Salman Rushdie
Des Mauren letzter
Seufzer

Salman Rushdie

Des Mauren
letzter Seufzer

Roman

Aus dem Englischen
von Gisela Stege

verlegt bei Kindler

Der Abdruck einer Passage aus dem Gedicht »Auf einen Tautropfen«
(aus: Andrew Marvell, *Gedichte*, Übertragung von Werner Vordtriede,
Copyright der deutschen Übersetzung 1994 by Diogenes Verlag AG Zürich)
sowie einer Strophe von »Das Walroß und der Zimmermann«
(aus: Lewis Carroll, *Alice im Spiegelland*, Copyright Der Kinderbuchverlag Berlin)
erfolgen mit freundlicher Genehmigung der Rechteinhaber.

Originaltitel: The Moor's Last Sigh
Originalverlag: Jonathan Cape, London

Die Folie des Schutzumschlags sowie die Einschweißfolie
sind PE-Folien und biologisch abbaubar.
Dieses Buch wurde auf chlor- und säurefreiem Papier gedruckt.

© Copyright 1996 für die deutschsprachige Ausgabe
by Kindler Verlag GmbH, München
© Copyright by Salman Rushdie 1995
Das Werk einschließlich aller seiner Teile
ist urheberrechtlich geschützt.
Jede Verwertung außerhalb der engen Grenzen des Urheberrechts-
gesetzes ist ohne Zustimmung des Verlages unzulässig und strafbar.
Das gilt insbesondere für Vervielfältigungen, Übersetzungen,
Mikroverfilmungen und die Einspeicherung und Verarbeitung
in elektronischen Systemen.
Umschlaggestaltung: Graupner & Partner, München
Umschlagillustration: Dennis Leigh
Buchillustrationen: Lucia Obi
Umbruch: Ventura Publisher im Verlag
Druck- und Bindearbeiten: Franz Spiegel Buch GmbH, Ulm
Printed in Germany
ISBN 3-463-40218-1

Für E. J. W.

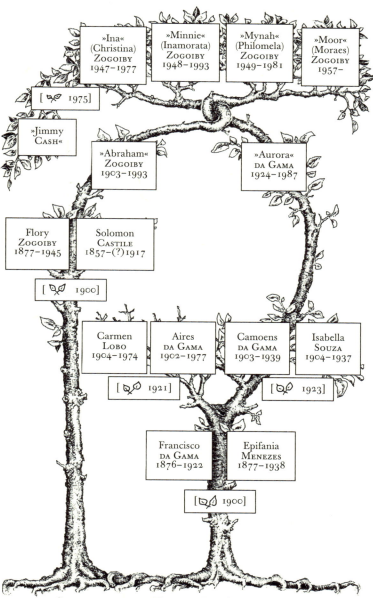

STAMMBAUM DER FAMILIE DA-GAMA-ZOGOIBY

I
Ein geteiltes Haus

1

Ich kann sie nicht mehr zählen, die Tage, die vergangen sind, seit ich vor den Schrecken von Vasco Mirandas wahnwitziger Festung in dem andalusischen Bergnest Benengeli geflohen bin; seit ich im Schutz der Dunkelheit dem Tod davongelaufen bin und eine an die Tür genagelte Botschaft hinterlassen habe. Und seit jenem Tag hat es auf meinem hungrigen, hitzeverschleierten Weg immer wieder Bündel beschriebener Blätter gegeben, Hammerschläge, den schrillen Aufschrei von Zwei-Zoll-Nägeln. Vor langer Zeit, als ich noch nicht trocken hinter den Ohren war, sagte meine Geliebte voll Zärtlichkeit zu mir: »Ach, Moor, du merkwürdiger schwarzer Mann, immer vollgestopft mit Thesen und nirgends eine Kirchentür, an die du sie nageln kannst.« (Sie, eine entschieden fromme, unchristliche Inderin, scherzte über Luthers Protest in Wittenberg, um sich über ihren Geliebten, einen entschieden unfrommen indischen Christen, lustig zu machen: Welch seltsame Wege Geschichten doch nehmen, auf welchen Zungen sie letztlich landen!) Leider hörte meine Mutter das; und schoß sofort, blitzschnell wie eine zuschnappende Schlange, zurück: »Vollgestopft mit Fäkalien, willst du wohl sagen.« Ja, Mutter, auch diesmal hattest du wieder das letzte Wort: wie immer.

»Amrika« und »Moskva« hat mal jemand sie genannt, Aurora, meine Mutter, und Uma, meine Liebste, hat die beiden großen Supermächte als Spitznamen für sie benutzt. Und alle Leute sagten, sie sähen sich ähnlich, ich aber vermochte eine solche Ähnlichkeit nicht zu erkennen, ganz und gar nicht. Beide sind inzwischen tot, eines unnatürlichen Todes gestorben, und ich befinde mich in einem fernen Land, den Tod auf den Fersen und ihre Geschichte in meiner Hand, eine Geschichte, die ich an ein Tor, einen Zaun, einen Ölbaum geschlagen, die ich über diese Landschaft meiner letzten Reise verteilt habe, jene Geschichte, die mit mir endet. Auf der Flucht habe ich die Welt zu meiner persönlichen Piratenkarte gemacht, mit verborgenen Hinweisen, verstreuten X-Markierungen, die zum eigentlichen Schatz führen sollen – zu mir. Wenn meine Jäger dieser Spur folgen, werden sie mich finden: wartend, ohne zu klagen, außer Atem, bereit. *Hier stehe ich. Ich konnte nicht anders.*

(Hier sitze ich, wäre wohl treffender. In diesem finsteren Wald – das heißt, auf diesem Ölberg, in diesem Gehölz, beobachtet von den seltsam schiefgeneigten Steinkreuzen eines kleinen, überwucherten Friedhofs gleich unterhalb der Zufahrt zur Tankstelle von Ultimo Suspiro –, ohne den Trost eines vergilschen Begleiters oder dem Bedürfnis nach ihm, an einem Ort, der die Mitte meines Lebensweges sein müßte, aus vielen, komplizierten Gründen aber zum Ende der Straße geworden ist, breche ich, verdammt noch mal, vor Erschöpfung zusammen.)

Und, jawohl, meine Damen, sehr vieles ist angeschlagen, angenagelt worden. Flaggen, zum Beispiel, die man zeigen will. Doch nach einem gar nicht so langen (wenn auch fahnenbunten) Leben sind mir plötzlich die Thesen ausgegangen. Das Leben selbst ist Kreuzigung genug.

Wenn einem der Dampf ausgeht, wenn der Atem, der einen vorwärtstreibt, beinah erstorben ist, wird es Zeit, Beichte abzulegen. Nennt es Testament oder Letzten Willen, was ihr wollt; den Saloon zum letzten Lebenshauch. Daher dieses »Hier-stehe-oder-sitze-ich« – ich, der ich die Sentenzen meines Lebens in die Landschaft genagelt und die Schlüssel zu einem roten Fort in der Tasche habe. Daher diese Augenblicke des Wartens unmittelbar vor der endgültigen Kapitulation.

Also ist es jetzt angemessen, vom Ende zu sprechen; von dem, was war und wohl nicht mehr sein wird; von dem, was richtig war und was falsch. Ein letzter Seufzer für eine verlorene Welt, eine Träne für ihren Untergang. Aber auch ein letztes Hurra, ein finales, skandalöses Gewirr unentwirrbarer Geschichten (Wör-

ter müssen genügen, denn visuelle Medien sind nicht greifbar),
und für die Totenwache eine Reihe von rauhen Männergesän-
gen. Die Erzählung des Moor, eines Mauren, oder auch Mohren, inklusive Ton und Wut. Wollen Sie? Na ja, auch wenn Sie
nicht wollen. Und damit ich anfangen kann, reichen Sie mir
bitte den Pfeffer!

Wie bitte?

Selbst die Bäume sind so verblüfft, daß sie zu sprechen
beginnen. (Haben Sie etwa noch nie, wenn Sie einsam und
verzweifelt waren, mit den Wänden gesprochen, mit Ihrem
blödsinnigen Hund oder in die leere Luft hinein?)

Ich wiederhole: den Pfeffer, bitte; denn ohne die Pfefferkörner hätte das, was in Ost und West heute endet, gar nicht erst
begonnen. Der Pfeffer war es, der Vasco da Gamas Dickschiffe
veranlaßte, über die Meere zu segeln, von Lissabons Leuchtturm
Torre de Belém bis zur Küste von Malabar, anfangs nach Calicut
und später, wegen des Lagunenhafens, nach Cochin. Im Kiel-
wasser jener portugiesischen Erstankömmlinge segelten Engländer und Franzosen, so daß wir zur Zeit der Entdeckung
Indiens – aber wie konnten wir *ent*deckt werden, da wir doch
zuvor niemals *be*deckt gewesen waren? – »weniger ein *sub-conti-
nent* als ein *sub-condiment* waren, wie meine vornehme Mutter es
formulierte:»Von Anfang an war es kristallklar, was die Welt von
der verdammten Mutter Indien wollte«, pflegte sie zu sagen.
»Scharfe Sachen wollte sie, genau wie ein Mann, der zu einer
Hure geht.«

Meine Geschichte handelt von einem hochgeborenen Mischl-
ling, der in Ungnade fiel: von mir, Moraes Zogoiby, genannt
Moor, fast während meines ganzen Lebens der einzige männliche Erbe der Gewürz- und Großhandelsmillionen der Dynastie
Da-Gama-Zogoiby aus Cochin, und von meiner Verbannung aus
dem, was ich mit Fug und Recht als mein natürliches Leben
betrachtet habe, der Verbannung durch meine Mutter Aurora,

geborene da Gama, berühmteste unserer modernen Malerinnen, eine große Schönheit, zugleich aber scharfzüngigste Frau ihrer Generation, die an jeden, der in ihre Reichweite kam, sofort gepfefferte Bemerkungen austeilte. Auch ihre Kinder hatten keine Gnade zu erwarten.»Wir Rosenkranz-Kreuzigungs-Beatnik-Mädchen haben glühheißen Chili in den Adern«, pflegte sie zu sagen.»Keine Sondervorrechte für Fleisch- und Blutsverwandte! Wir leben von Fleisch, meine Lieblinge, und an Blut können wir uns berauschen.«

»Ein Sprößling unserer dämonischen Aurora zu sein«, erfuhr ich schon, als ich noch jung war, von dem goanischen Maler V. (für Vasco) Miranda,»heißt im wahrsten Sinne des Wortes ein moderner Luzifer zu sein. Du weißt schon: Sohn des aufblühenden Morgens.« Damals war meine Familie bereits nach Bombay umgezogen, und derartige Aussprüche galten im Paradies von Aurora Zogoibys legendärem Salon als Kompliment. Mir sind diese Worte jedoch als Prophezeiung im Gedächtnis geblieben, denn es kam der Tag, da ich in der Tat aus jenem legendären Garten vertrieben und ins Pandämonium geschleudert wurde. (So aus meiner natürlichen Umgebung verbannt, was blieb mir übrig, als mich dem Gegenteil zuzuwenden? Das heißt, dem *Unnaturalismus,* dem einzig wahren Ismus dieser verrückten, überdrehten Zeit. Würde nicht jeder, der aus den Grenzen des Erlaubten verstoßen wird, danach trachten, Licht ins Dunkel des Unerlaubten zu bringen? Und so stürzte Moraes Zogoiby, aus seiner persönlichen Geschichte vertrieben, kopfüber der Weltgeschichte entgegen.)

Und der Ursprung von allem: ein Pfeffersack!

Das heißt, nicht nur Pfeffer, sondern auch Kardamom, Cashewnüsse, Zimt, Ingwer, Pistazien, Nelken; dazu Kaffeebohnen sowie das große, allmächtige Teeblatt persönlich. Tatsache aber bleibt, daß es, um mit Aurora zu sprechen,»der Pfeffer war, zuerst und in einziger Linie – jawohl, in einziger Linie, denn warum in erster Linie sagen? Warum überhaupt in einer Linie stehen, wenn man als einziger und erster dastehen kann?« Was auf die Geschichte im allgemeinen zutrifft, trifft im besonderen auf die Geschicke unserer Familie zu: Pfeffer, das begehrte Schwarze Gold von Malabar, war die erste Handelsware meiner stinkreichen Sippe, der reichsten Gewürz-, Nuß-, Bohnen- und Blätterhändler von Cochin, die ohne jeden anderen Beweis als einer jahrhundertealten Tradition behaupteten, illegitime Nachkommen des großen Vasco da Gama zu sein ...

Keine Geheimnisse mehr. Ich habe sie alle angenagelt.

2

Mit dreizehn Jahren begann meine Mutter Aurora da Gama während der Anfälle von Schlaflosigkeit, mit denen sie eine Zeitlang allnächtlich geschlagen war, barfuß in dem weitläufigen, duftenden Haus ihrer Großeltern auf Cabral Island umherzugeistern und bei diesen nächtlichen Odysseen unweigerlich sämtliche Fenster zu öffnen – zuerst die inneren Insektenfenster, deren feinmaschiger Draht das Haus vor Mücken-Moskitos-Fliegen schützte, dann die bleiverglasten Flügelfenster selbst und schließlich die geschlitzten Holzläden dahinter. Woraufhin die sechzigjährige Matriarchin Epifania – deren persönliches Moskitonetz im Laufe der Jahre eine Anzahl kleiner, aber folgenschwerer Löcher bekommen hatte, die zu bemerken sie zu kurzsichtig oder zu geizig war – allmorgendlich durch juckende Bisse auf ihren knochigen, bläulichen Unterarmen erwachte und dann beim Anblick der Fliegen, die ihr von der Zofe Tereza (diese ergriff auf der Stelle die Flucht) ans Bett gebrachtes Tablett mit dem Frühstückstee und den süßen Keksen umschwirrten, einen spitzen Schrei ausstieß. Anschließend verfiel sie in sinnloses, hektisches Kratzen und Klatschen und warf sich wie wild in ihrem üppigen Bett aus Schiffs-Teakholz herum, wobei sie nicht selten Tee sowohl auf die spitzenbesetzte Baumwollbettwäsche als auch auf ihr weißes Musselinnachthemd mit dem hohen, gerüschten Kragen verschüttete, der ihren ehemals schwanengleichen, inzwischen aber faltigen Hals verbarg. Und während die Fliegenklatsche in ihrer Rechten sauste und pfiff, während die langen Nägel ihrer Linken den Rücken auf der Suche nach weiteren, schwerer zu erreichenden Moskitostichen durchpflügten, rutschte die Nachthaube von Epifania da Gamas Kopf und enthüllte einen Wust langer, wirrer weißer Haarzotteln, durch die man stellenweise (o weh!) nur allzu deutlich die gefleckte Kopfhaut schimmern sah. Sobald die junge Aurora,

– 16 –

die an der Tür lauschte, erkannte, daß die Lautstärke der Wutgeräusche ihrer verhaßten Großmutter (Flüche, zerbrechendes Porzellan, das ergebnislose Patschen der Fliegenklatsche, das zornige Summen der Insekten) dem Höhepunkt entgegenging, setzte sie ihr süßestes Lächeln auf und stürmte mit einem fröhlichen Morgengruß ins Schlafzimmer der Matriarchin, wohl wissend, daß die ungezügelte Wut der Mutter sämtlicher da Gamas von Cochin durch das Erscheinen dieser jugendfrischen Zeugin ihrer altersbedingten Hilflosigkeit sogleich alle Grenzen sprengen würde. Mit wild zerzausten Haaren kniete Epifania, die wie ein zerbrochener Zauberstab flatternde Fliegenklatsche in der erhobenen Hand, auf ihren beschmutzten Laken und suchte zum geheimen Entzücken des jungen Mädchens ein Ventil für ihre Wut, indem sie wie eine der Hexen aus *Macbeth*, eine Rakshasa oder Banshee auf die zur Unzeit eindringende Aurora einbrüllte.

»Oho-ho, Mädchen, hast du mich erschreckt! Eines Tages wirst du mir noch das Herz brechifizieren.«

So kam es, daß der jungen Aurora da Gama die Idee, ihre Großmutter zu ermorden, direkt von den Lippen des in Frage kommenden Opfers eingegeben wurde. Sie begann Pläne zu schmieden, doch die immer makabrer werdenden Phantasien von Giften und schroffen Abgründen wurden ständig von pragmatischen Problemen durchkreuzt, so etwa der Unmöglichkeit, in den Besitz einer Kobra zu gelangen, um sie in Epifanias Bett zu legen, oder der glatten Weigerung der alten Vettel, ein Terrain zu betreten, das, wie sie es ausdrückte »rauf- und runterkippt«. Und obwohl Aurora sehr gut wußte, wo sie eines schönen scharfen Küchenmessers habhaft werden konnte, und sogar sicher war, daß sie längst stark genug sein würde, Epifania den Hals umzudrehen, entschied sie sich auch gegen diese Möglichkeiten, weil sie sich nicht schnappen lassen wollte und ein allzu offensichtlicher Mord unbequeme Fragen nach sich gezogen hätte. Da sich Aurora also keine Gelegenheit zu einem perfekten Verbrechen bot, fuhr sie fort, die perfekte Enkelin zu spielen, sann aber insgeheim weiter auf Böses, wobei ihr kein einziges Mal der Gedanke dämmerte, daß in ihren Überlegungen weit mehr als nur ein bißchen von Epifanias Skrupellosigkeit steckte.

»Geduld ist eine Tugend«, ermahnte sie sich. »Ich werde einfach abwarten.«

Vorerst einmal fuhr sie fort, während der schwülen Nächte die Fenster zu öffnen, und warf zuweilen auch wertvollen Zierat hinaus, lauter geschnitzte, rüsselnasige Figurinen, die auf den klatschenden Wellen der Lagune unterhalb der Mauern der Inselvilla davontrieben, oder kunstvoll bearbeitete Elefantenstoßzähne, die natürlich spurlos versanken. Tagelang hatte die Familie keine Ahnung, was sie von diesen Ereignissen halten sollte. Epifania da Gamas Söhne, Auroras Onkel Aires – wie *Irish* ausgesprochen – sowie ihr Vater Camoens – *Camonsh* ausgesprochen, aber nasal, wie bei den Franzosen –, mußten beim Erwachen feststellen, daß mutwillige nächtliche Brisen Buschhemden aus ihren Schränken und Geschäftspapiere aus den Ein- und Ausgangskörben geweht, daß sanfte Winde mit geschickten Fingern die Verschnürung der Probenbeutel gelöst hatten, Jutesäckchen mit großen und kleinen Kardamomen, Karriblättern und Cashewnüssen, die wie Wachsoldaten entlang der schattigen Korridore des Büroflügels standen, so daß Samen von Griechisch Heu und Pistazien weit über den abgetretenen, alten Bodenbelag aus Kalkstein, Holzkohle, Eiweiß und anderen, längst vergessenen Ingredienzen verstreut waren und der Duft der Gewürze, der in der Luft lag, die Matriarchin quälte, weil sie im Laufe der Jahre gegen die Quellen des Familienvermögens immer allergischer geworden war.

Und während die Fliegen durch die geöffneten Drahtfenster hereinsummten und die widrigen Windböen durch die geöffneten Bleiglasfenster ins Haus drangen, kam durch die geöffneten Holzläden alles herein, was es sonst noch gab: der Staub und

der Lärm der Schiffe im Hafen von Cochin, die Nebelhörner
der Frachter und Schleppdampfer, die derben Scherze der
Fischer und das pochende Glühen ihrer quallenverbrannten
Arme, das Sonnenlicht, so scharf wie ein Messer, die schwüle
Hitze, die jeden ersticken konnte wie ein nasses, fest um den
Kopf geknotetes Tuch, die Rufe der Händler in ihren Booten,
die weithin vernehmbare Traurigkeit der unverheirateten Juden am anderen Ufer in Mattancheri, die Drohungen der
Smaragdschmuggler, die Machenschaften rivalisierender Ge-
schäftsleute, die zunehmende Nervosität der britischen Kolonie
in Fort Cochin, die Lohnforderungen der Angestellten und
der Plantagenarbeiter in den Spice Mountains, die Berichte
von Unruhe stiftenden Kommunisten und der Politik der Kongreß-Wallahs, die Namen Gandhi und Nehru, Gerüchte von
Hungersnöten im Osten und Hungerstreiks im Norden, die
Gesänge und Trommelrhythmen der Geschichtenerzähler und
das schwere, rollende Donnern der auflaufenden Gezeitenströmung der Geschichte, die sich an der brüchigen Mole von
Cabral Island brach. »Dieses primitive Land, o Jesus!« fluchte
Onkel Aires beim Frühstück, zu dem er bereits in Gamaschen
und Hut erschien. »Ist die Welt da draußen vielleicht nicht
dreckschmutzig genug, eh, eh? Was für ein mieser Idiot, was für
ein rücksichtsloser Mistkerl hat denn das alles wieder hereinge-
lassen? Ist dies ein anständiges Haus, beim Zeus, oder ein
Scheißhaus – entschuldigt meine Ausdrucksweise – im Basar?«
    An jenem Morgen begriff Aurora, daß sie zu weit gegangen
war, denn ihr heißgeliebter Vater Camoens, ein kleiner, spitz-
bärtiger Mann in einem schreiend bunten Buschhemd, der
inzwischen schon einen Kopf kleiner war als seine Bohnenstan-
ge von Tochter, ging mit ihr zu der kleinen Mole und vertraute
ihr – vor Begeisterung und Aufregung so sehr zappelnd, daß
seine Silhouette vor der unglaublichen Schönheit und der
merkantilen Geschäftigkeit der Lagune wie eine Märchenfigur
wirkte, wie ein Rumpelstilzchen, das auf einer Waldlichtung

– 19 –

tanzt, oder wie ein guter Dschinn, der aus einer Lampe entwichen ist – in geheimnisvollem Flüsterton seine große, herzbewegende Erkenntnis an. Nach einem Dichter benannt und mit einem verträumten Naturell begabt (leider aber nicht mit dem entsprechenden Talent), wies Camoens sie schüchtern auf die Möglichkeit einer Geistererscheinung hin.

»Ich glaube«, erklärte er seiner sprachlosen Tochter, »ich glaube fest daran, daß deine geliebte Mummy zu uns zurückgekehrt ist. Du weißt doch, wie sehr sie die Meeresbrisen geliebt, wie sehr sie mit deiner Großmutter um frische Luft gerungen hat. Und nun springen wie durch Magie die Fenster auf. Und außerdem, mein liebes Töchterchen, sieh dir doch an, welche Gegenstände verschwinden! Nur solche, die sie immer gehaßt hat. Verstehst du? *Aires' Elefantengötter*, hat sie immer gesagt. Und prompt ist nun diese kleine Ganesha-Sammlung deines Onkels verschwunden. Die und das Elfenbein.«

Epifanias Elefantenstoßzähne. Zu viele Elefanten, die auf diesem Haus lasten. Die verblichene Belle da Gama hatte mit ihrer Meinung nie hinterm Berg gehalten. »Ich glaube, wenn ich heute nacht aufbleibe, darf ich vielleicht noch einmal ihr liebes Gesicht erblicken«, vertraute Camoens sehnsüchtig seiner Tochter an. »Was meinst du? Die Botschaft ist doch unverkennbar. Warum wartest du nicht mit mir? Du und dein Vater – sind wir nicht in derselben Situation? Er vermißt seine Missis, und du empfindest Gram über deine Mam.«

Aurora errötete vor Unbehagen und rief: »Aber ich glaube wenigstens nicht an diese idiotischen Geister!« Und lief ins Haus zurück, unfähig, die Wahrheit zu bekennen, die da lautete, daß sie selbst das Phantom ihrer verblichenen Mutter war, deren Handlungen ausführte, mit deren verstummter Stimme sprach; daß die nachtwandelnde Tochter die Mutter am Leben erhielt, ihren Körper der Dahingegangenen als Bleibe anbot, sich an die Tote klammerte, den Tod negierte, auf dem Fortbestehen der Liebe über das Grab hinaus beharrte; daß sie zum neuen

Erwachen der Mutter geworden war, Fleisch für ihren Geist, zwei Da-Gama-Frauen in einer.

(Viele Jahre später sollte sie ihr eigenes Haus *Elephanta* nennen; und so kam es, daß letztlich sowohl Elefanten als auch Geister weiterhin eine Rolle in unserer Familiensaga spielten.)

Belle war gerade erst zwei Monate tot. »Hell's Belle« pflegte Auroras Onkel Aires sie zu nennen (aber er gab den Leuten ständig Namen, zwang der Welt gewaltsam sein ganz persönliches Universum auf): Isabella Ximena da Gama, die Großmutter, die ich nie kennengelert habe. Zwischen ihr und Epifania hatte von Anfang an Krieg geherrscht. Mit fünfundvierzig zur Witwe geworden, begann Epifania augenblicklich, die Matriarchin zu spielen; den Schoß voller Pistazien saß sie im Vormittagsschatten ihres Lieblingsgartens, fächelte sich Luft zu, knackte als unüberhörbare, eindrucksvolle Demonstration ihrer Macht die Nußschalen mit den Zähnen und sang dazu mit ihrer hohen, unerbittlichen Stimme:

Booby Shafto's gone to sea-ea
Silver bottles on his knee-ee ...

Ker-räck! Ker-räck! machten die Nußschalen in ihrem Mund.

He'll come back to bury me-ee
Boney Booby Shafto.

In all den Jahren hatte nur Belle niemals Angst vor Epifania gehabt. »Vier dicke Fehler«, erklärte die neunzehnjährige Isabella ihrer Schwiegermutter strahlend, einen Tag nachdem sie das Haus als mißbilligte, aber zähneknirschend akzeptierte Braut betreten hatte. »Nicht *booby*, nicht *bottles*, nicht *bury*, nicht *boney*. Süß von dir, in deinem Alter ein Liebeslied zu singen, doch mit den falschen Wörtern wird es zum Nonsens, nicht wahr?«

»Camoens«, erwiderte Epifania mit steinerner Miene, »sag deiner lieben Frau, sie soll die Klappe haltifizieren! Sonst werd' ich ihrem Gesabbere höchstpersönlich den Hahn abdrehen.« In den darauffolgenden Tagen stürzte sie sich unaufhaltsam in ein großes Medley individualisierter Shanties. *What shall we do with the shrunken tailor?* bewirkte, daß ihre neue Schwiegertochter einen nur unzulänglich unterdrückten Lachanfall bekam, woraufhin Epifania stirnrunzelnd das Lied wechselte. *Row, row, row your beau, gently down istream,* sang sie, möglicherweise, um Belle zu ermahnen, ihre Pflichten als Ehefrau nicht zu vernachlässigen, und fügte dann den eher metaphysisch wirkenden Nachsatz hinzu: *Morally, morally, morally, morally ...* ker-räck! ... *wife is not a queen.*

Ach, die Legenden über die kampflustigen da Gamas von Cochin! Ich gebe sie weiter, wie sie auf mich überkommen sind, poliert und phantasievoll ausgeschmückt durch endloses Weitererzählen. Es sind alte Geister, ferne Schatten, und ich erzähle diese Geschichten, um mit ihnen abzuschließen; sie sind alles, was ich noch habe, also lasse ich sie frei. Vom Cochin-Hafen zum Bombay-Hafen, von der Malabar Coast zum Malabar Hill: die Geschichte unserer Begegnungen und Trennungen, unseres Steigens, unseres Fallens, unseres »Rauf- und Runterkippens«. Und dann heißt es, leb wohl Mattancheri, adieu, Marine Drive ... Jedenfalls, als meine Mutter Aurora in dieses kinderarme Haus kam und zu einer hochaufgeschossenen, rebellischen Dreizehnjährigen heranwuchs, waren die Grenzen deutlich abgesteckt.

»Zu lang für ein Mädchen«, lautete Epifanias mißbilligendes Urteil über ihre Enkelin, als Aurora zum Teenager wurde. »Bosheit in den Augen heißt Teufel im Herzen. Und auch für ihre Fassade sollte sie sich schämen, wie jeder sehen kann. Wölbifiziert sich viel zu weit vor.« Woraufhin Belle ärgerlich

– 22 –

zurückgab: »Und was für ein ach-so-perfektes Kind hat dein Liebling Aires vorzuweisen? Hier gibt es wenigstens eine junge da Gama, quicklebendig, und zum Teufel mit ihren großen *boobie-shaftoes!* Bruder Aires und Schwester Sahara dagegen bringen nicht das geringste zustande, weder *boobies* noch *babies.*« Aires' Frau hieß Carmen, aber Belle, die der Vorliebe ihres Schwagers für das Erfinden von Namen nacheiferte, hatte sie nach der Sahara genannt, »weil sie so dürr und flach ist wie die Wüste und ich in dieser Ödnis nirgendwo einen Ort entdecken kann, wo man was zu trinken kriegt«.

Aires da Gama, das dicht gewellte weiße Haar mühsam mit Brillantine gebändigt (vorzeitiges Ergrauen ist schon seit langem ein Charakteristikum unserer Familie; meine Mutter Aurora war mit zwanzig bereits schlohweiß, und welch einen märchenhaften Glanz, welch eine eisige *gravitas* verliehen diese seidigen Gletscher, die ihr in Kaskaden über den Rücken fielen, ihrer Schönheit!): Wie mein Großonkel sich in Positur warf! Und was machte er auf den kleinen Sechs-mal-sechs-Schwarzweißfotos, an die ich mich erinnere, für eine komische Figur mit seinem Monokel, dem steifen Kragen und dem Dreiteiler aus feinstem Gabardine! In einer Hand hielt er einen Stock mit Elfenbeingriff (*es war ein Stockdegen,* flüstert mir die Familiengeschichte ins Ohr), in der anderen eine lange Zigarettenspitze, und außerdem hatte er, wie ich zu meinem Bedauern vermelden muß, die Gewohnheit, Gamaschen zu tragen. Denkt man sich eine hochgewachsene Statur hinzu sowie einen gezwirbelten Schnurrbart, schon wäre der Inbegriff eines Operettenbösewichts fertig; aber Aires war genauso ein Taschenformat wie sein Bruder, dazu glattrasiert und mit leicht glänzendem Gesicht, so daß sein Auftreten als imitierter Stutzer möglicherweise eher Mitleid erregte als zu verächtlichem Zischen herausforderte.

Hier, auf einer anderen Seite im Fotoalbum der Erinnerungen, ist auch die krumme, schieläugige Großtante Sahara zu bewundern, die »Frau ohne Oasen«, die mit ihren kamelähnlichen Kiefern Betelnüsse kaute und auch sonst so aussah, als hätte sie einen Höcker. Carmen da Gama war Aires' Cousine ersten Grades, verwaistes Kind von Epifanias Schwester Blimunda und einem kleinen Drucker namens Lobo. Beide Eltern waren von einer Malariaepidemie dahingerafft worden, und Carmens Heiratschancen waren bereits bei weniger als Null, ja, sogar weit unter dem Gefrierpunkt angelangt, als Aires seine Mutter mit der Ankündigung verblüffte, er werde einer Verbindung mit Carmen zustimmen. Epifania durchlitt eine Woche schlafloser Nächte, außerstande, die Entscheidung zu treffen zwischen ihrem Traum, für Aires einen Fisch zu finden, den zu angeln sich lohnte, und der ständig stärker werdenden, verzweifelten Notwendigkeit, Carmen unter die Haube zu bringen, bevor es zu spät war. Zum Schluß gewann die Verpflichtung gegenüber ihrer verstorbenen Schwester die Oberhand über die Hoffnungen für ihren Sohn.

Carmen wirkte zu keiner Zeit jung, hatte keine Kinder, und ihr größter Traum war es, Camoens' Seite der Familie auf ehrliche oder auch nicht ganz so ehrliche Weise das Erbe abzuschwindeln. Sie erwähnte keiner Menschenseele gegenüber, daß ihr Ehemann in der Hochzeitsnacht das Schlafzimmer erst sehr spät betreten hatte, seine verängstigte, magere junge Frau, die jungfräulich-zitternd im Bett lag, einfach ignorierte, sich langsam und gewissenhaft entkleidete, um sodann seinen nackten Körper (in den Proportionen dem ihren ganz ähnlich) nicht weniger sorgfältig in das Brautkleid zu zwängen, das ihre Zofe als Symbol für die Vereinigung auf einer Schneiderpuppe zurückgelassen hatte, und den Raum durch die Außentür des Aborts zu verlassen. Carmen hörte unten auf dem Wasser einen Pfiff, und als sie sich, nur mit dem Bettlaken bekleidet, erhob, sah sie das Brautkleid im Mondschein glänzen, während sich die bleischwere Erkenntnis, welch eine Zukunft sie erwartete, auf ihre Schultern herabsenkte und sie für immer niederdrückte.

Ein junger Mann ruderte mit der Robe und dem, der darin steckte, eilfertig davon, offenbar auf der Suche nach dem wie auch immer gearteten Ziel, das für diese obskuren Wesen die Seligkeit war.

Die Geschichte von Aires' Brautkleid-Abenteuer, bei dem Großtante Sahara verlassen in den kalten Dünen ihrer unblutigen Laken zurückblieb, ist mir trotz ihres Schweigens zu Ohren gekommen. Die meisten normalen Familien können ihre Geheimnisse nicht bewahren; in unserem alles-andere-als-normalen Clan landen die tiefsten Mysterien gewöhnlich in Öl auf Leinwand an den Wänden einer Galerie ... Doch schließlich war der ganze Zwischenfall ja vielleicht auch einfach nur erfunden, eine Fabel, erdacht von der Familie, um zwar-zu-schockieren-aber-nicht-allzusehr, die Tatsache von Aires' Homosexualität also ein wenig verdaulicher, weil exotischer, also ein wenig *schöner* zu machen! Denn obwohl es zutrifft, daß Aurora da Gama die Szene tatsächlich später malen sollte – auf ihrer Leinwand sitzt der Mann in dem mondbeschienenen Kleid sehr steif dem nackten Oberkörper eines schwitzenden Ruderers gegenüber –, könnte man möglicherweise einwenden, daß dieses Doppelporträt trotz all ihres Bemühens um das Bohemehafte doch nur eine domestizierende und einzig vom konventionellen Standpunkt aus empörende Phantasie gewesen war; daß die Story nämlich in ihrer erzählten und gemalten Version Aires' geheime Perversität in ein hübsches Kleid verpackte, um den Schwanz, den Arsch, das Blut und das Sperma in der Geschichte zu verbergen, die tapfere, entschlossene Angst des zwergenhaften Dandys, der im Kreis der Hafenratten um wohlbestückte Gefährten buhlte, den exaltierten Schrecken erkaufter Umarmungen, die süßen Zärtlichkeiten der grobfäustigen Schauerleute in finsteren Gassen und üblen Kneipen, die Liebe zu den muskulösen Hinterbacken jugendlicher Rikschafahrer und den Mündern von unterernährten Basarkindern; daß sie die gereizte, streitsüchtige Amour-fou-Realität seiner langen, aber keineswegs treuen Liaison mit dem Burschen aus dem Hochzeitsnachtsboot, den Aires »Prinz Henry der Navigator« getauft hatte … daß diese Version also die Wahrheit, angenehm erregend verkleidet, der Bühne verwies und anschließend den Blick abwandte.

No, Sir. Die Glaubwürdigkeit des Gemäldes wird nicht geleugnet. Was immer sonst zwischen diesen dreien geschehen sein mag – über die höchst ungewöhnliche Intimität zwischen Prinz Henry und Carmen da Gama an ihrem Lebensabend wird zu gegebener Zeit berichtet werden –, die Episode des gemeinsamen Brautkleides ist jedenfalls der Punkt, an dem alles begann.

Die Nacktheit unter dem entliehenen Brautkleid, das Gesicht des Bräutigams unter dem Brautschleier sind die Gründe, warum die Erinnerung an diesen seltsamen Mann so sehr mein Herz berührt. Es gibt vieles an Aires, das mir nicht gefällt; doch wenn ich mir sein Dasein als »Queen« vorstelle, in dem viele Leute zu Hause (und nicht nur zu Hause) lediglich Erniedrigung sehen würden, erkenne ich seine Courage und, jawohl, die Möglichkeit für ihn, zu Ruhm und Glorie zu gelangen.

»Und wenn's kein Schwanz im Hintern war«, pflegte meine liebe Mutter, Erbin der furchtlosen Zunge ihrer Mutter, vom Leben mit ihrem ungeliebten Onkel Aires zu sagen, »dann, Liebling, war es mit Sicherheit ein Mühlstein am Hals.«

Da wir allmählich zur Sache kommen, zum Kern der ganzen Familienzwiste, der vorzeitigen Todesfälle und unglücklichen Lieben und wahnsinnigen Leidenschaften und schwachen Lungen, von Macht und Geld und der moralisch noch zweifelhafteren Verführungen und Mysterien der Kunst, wollen wir doch nicht vergessen, wer mit dem Ganzen angefangen hat, wer der erste war, der sein Element verließ und ertrank, durch wessen nassen Tod der Henkersschemel umgestoßen und der Grundstein entfernt wurde, so daß die Familie die schiefe Ebene hinabzugleiten begann (bis schließlich ich selbst in den Abgrund geschleudert wurde): Francisco da Gama, Epifanias dahingegangener Ehegatte.

Jawohl, auch Epifania war einstmals Braut gewesen. Sie kam aus einer alten, inzwischen weitgehend verarmten Handelsfamilie, dem Menezes-Clan von Mangalore, und der Neid war nicht gering, als sie nach einer zufälligen Begegnung auf einer Hochzeit in Calicut den fettesten Fang von allen landete – nach Meinung zahlreicher enttäuschter Mütter wider jede Logik, denn ein so reicher Mann hätte sich von den leeren Bankkonten, dem unechten Schmuck und der billigen Kleidung des heruntergekommenen Clans dieser kleinen Goldgräberin geziemend abgestoßen fühlen müssen. Als das neue Jahrhundert heraufdämmerte, kam sie an Urgroßvater Franciscos Arm nach Cabral Island, dem ersten der vier weltabgeschiedenen, schlangenverseuchten paradiesisch-infernalischen Privatuniversen meiner Geschichte. (Das zweite war der Salon meiner Mutter auf dem Malabar Hill, der Himmelsgarten meines Vaters das dritte; und Vasco Mirandas wunderliche Festung, seine »Kleine Alhambra« in Benengeli, Spanien, war, ist und wird mein letztes in dieser Erzählung sein.) Dort fand sie ein prachtvolles, altes Herrenhaus im traditionellen Stil vor, mit vielen wunderschön ineinander verschachtelten Gärten, grünlichen Teichen und vermoosten Springbrunnen, umrahmt von reich geschnitzten Holzgalerien, von denen ganze Labyrinthe weiterer Zimmer mit hohen, gegiebelten und geziegelten Dächern abzweigten. Es lag inmitten eines üppig wuchernden, tropischen Paradieses, wie es nur reiche Leute besitzen – genau das, was sie brauchte, fand Epifania, die ihre Jugend zwar in einer eher knauserigen Umgebung verbracht hatte, aber dennoch felsenfest von ihrem Talent überzeugt war, sich auf ein Leben auf großem Fuß zu verstehen.

Nun, ein paar Jahre nach der Geburt ihrer beiden Söhne kam Francisco da Gama eines Tages mit einem unglaublich jungen und verdächtig freundlichen Franzosen nach Hause, einem gewissen Charles-Édouard Jeanneret, der sich als architektonisches Genie ausgab, obwohl er kaum zwanzig Jahre alt war. Und ehe Epifania sich's versah, hatte ihr gutgläubiger Ehemann diesen Bruder Leichtfuß beauftragt, in ihren kostbaren Gärten zwei neue Häuser zu errichten. Und was für verrückte Bauwerke das wurden! Das eine war ein seltsamer, eckiger Steinbau, von dessen Innenräumen der wuchernde Garten so gründlich Besitz ergriff, daß man oftmals nicht sagen konnte, ob man drinnen oder draußen war, und dessen Möbel aussahen, als seien sie für ein Krankenhaus oder den Geometrieunterricht gemacht, nie konnte man sich irgendwohin setzen, ohne sich an einer spitzen Ecke zu stoßen; das andere dagegen war ein Kartenhaus aus Holz und Papier –»im Stil der Japaner«, erklärte Francisco der entsetzten Epifania –, eine schwachbrüstige Feuerfalle, deren Wände aus Pergamentschiebetüren bestanden und in dessen Räumen man nicht sitzen, sondern knien sollte, während man in der Nacht mit dem Kopf auf einem Holzblock schlafen mußte, wie ein Dienstbote auf dem blanken Fußboden, mit nur einer Matte als Unterlage. Diese mangelnde Intimsphäre veranlaßte Epifania zu der Bemerkung, daß »es in einem Haus mit Toilettenpapier statt Badezimmerwänden wenigstens kein Problem darstellt, sich von der gesunden Verdauung der Haushaltsmitglieder zu überzeugen«.

Schlimmer noch: Epifania entdeckte schon bald, daß ihr Mann, als diese Irrenhäuser fertig waren, ihrer wunderschönen Villa immer öfter müde wurde. Er schlug dann mit der flachen Hand auf den Frühstückstisch und verkündete, man werde jetzt »gen Osten ziehen« oder »nach Westen wandern«, woraufhin der gesamten Familie nichts anderes übrigblieb, als mit Kind und Kegel in den einen oder anderen Pavillon des Franzosen umzuziehen, da nützten all ihre Proteste auch nicht ein Jota. Nach ein paar Wochen zogen sie dann wieder um.

Francisco da Gama war nicht nur unfähig, ein ruhiges Leben

zu führen wie normale Menschen, sondern war darüber hinaus, wie Epifania verzweifelt feststellen mußte, ein Kunstmäzen. Rum-und-Whisky-saufende, hanfkonsumierende Personen niederer Geburt und mit abstoßendem Kleidungsgeschmack wurden zu längeren Aufenthalten eingeladen und füllten die Pavillons des Franzosen mit ihrer schrillen Musik, ihren Lyrikmarathons, ihren Partys mit Nacktmodellen, Marihuana Orgien, nächtelangen Kartenturnieren und anderen Manifestationen ihres in-jeder-Hinsicht-inkorrekten Verhaltens. Ausländische Künstler kamen und hinterließen seltsame Mobiles, die aussahen wie gigantische, sich in der Brise drehende Kleiderbügel, sowie Bilder von Teufelsweibern mit beiden Augen auf derselben Seite der Nase und riesige Leinwände, die aussahen, als wäre mit der Farbe ein Unfall passiert, und all diese Katastrophen mußte Epifania an die Wände ihres geliebten Heims hängen oder in ihren Gärten aufstellen und tagtäglich ansehen, als sei es richtige anständige Kunst.

»Dein Kunst-Schunst, Francisco«, sagte sie giftig zu ihrem Ehemann, »wird mich mit seiner Häßlichkeit noch blindofizieren.« Aber er war immun gegen ihr Gift. »Alte Schönheit reicht eben nicht«, erklärte er ihr. »Alte Paläste, alte Sitten, alte Götter. Heutzutage ist die Welt voller Fragen, und es gibt ganz neue Möglichkeiten, schön zu sein.«

Vom Tag seiner Geburt an war Francisco aus dem Holz, aus dem Helden geschnitzt sind, ein Mann, der auf Kreuzzug geht, statt zu Kreuze zu kriechen, für Häuslichkeit so wenig geschaffen wie Don Quijote. Er war schön wie die Sünde, aber doppelt so tugendhaft und erwies sich auf den Kokosmatten der Cricketplätze jener Zeit in seiner Jugend als teuflisch langsamer, linkshändiger Werfer und eleganter vierter Schläger. Im College war er der brillanteste Physikstudent seines Jahrgangs, wurde aber frühzeitig zur Waise und entschied sich nach langem Überlegen dafür, auf ein akademisches Leben zu verzichten und statt dessen seiner Pflicht nachzukommen und ins Familiengeschäft einzusteigen. Schon als junger Mann wurde er zum gelehrigen Adepten jener uralten Kunst der da Gamas, Gewürze und Nüsse in Gold zu verwandeln. Er konnte das Geld im Wind riechen, konnte das Wetter erschnuppern und erkennen, ob es Gewinn oder Verlust bringen würde; darüber hinaus war er aber auch ein Philanthrop, gründete Waisenhäuser, eröffnete kostenlose Ambulanzen für die Armen, baute Schulen für die Dörfer entlang der toten Wasserläufe, richtete Institute zur Erforschung der Kokospalmentrockenfäule ein, initiierte Elefantenschutzprogramme in den Bergen hinter seinen Gewürzfeldern und zeichnete die besten Geschichtenerzähler der Region mit Preisen aus: So freizügig war er in seiner Philanthropie, daß Epifania (vergebens) klagte: »Und wenn das Geld verplemperifiziert ist und die Kinder mit dem Hut in der Hand betteln gehen müssen? Was essen wir dann – etwa dieses Ding da, diese *Anthropologie?*«

Sie kämpfte um jeden Zentimeter mit ihm und verlor jede einzelne Schlacht, bis auf die letzte. Francisco, der Modernist, wurde, den Blick fest auf die Zukunft gerichtet, ein Anhänger erst Bertrand Russells – *Religion and Science* sowie *A Free Man's Worship* waren seine gottlosen Bibeln – und dann der immer fanatischer nationalistischen Politik der Theosophical Society von Mrs. Annie Besant. Erinnern wir uns: Cochin, Travancore, Mysore und Hyderabad waren, technisch gesehen, kein Teil von Britisch-Indien, sondern indische Staaten mit eigenen Fürsten. Einige von ihnen – wie Cochin – waren zum Beispiel stolz auf ihr schulisches und literarisches Niveau, das jenes unter direkter britischer Herrschaft weit übertraf, während es in anderen (Hyderabad) etwas gab, das Mr. Nehru als »perfekten Feudalismus« bezeichnete, und in Travancore wurde sogar der Kongreß für illegal erklärt. Aber wir wollen den Schein nicht mit der Wirklichkeit verwechseln (Francisco tat es nicht); das Feigenblatt ist nicht die Feige. Als Nehru die Landesflagge in Mysore aufzog, zerstörten die einheimischen (indischen) Behörden, kaum daß

Nehru die Stadt verlassen hatte, nicht nur die Fahne, sondern auch den Fahnenmast, um nur ja nicht die wahren Herrscher zu verärgern ... Kurz nach dem Ausbruch des Ersten Weltkriegs, an seinem achtunddreißigsten Geburtstag, zerbrach etwas in Francisco.

»Die Briten müssen gehen«, verkündete er beim Dinner unter den Ölporträts seiner gestiefelten und gespornten Vorfahren.

»O Gott, wo wollen sie denn hin?« fragte Epifania, die nicht gleich begriff, was er meinte. »Wollen sie uns in einer so schlimmen Situation unserem Schicksal und diesem Ungeheuer, Kaiser Bill, ausliefern?«

Da explodierte Francisco, und der zwölfjährige Aires wie auch der elfjährige Camoens erstarrten auf ihren Stühlen. »Dieser Kaiser Bill ist eine Unbill«, donnerte er, »und wir müssen dafür bezahlen: Doppelte Steuern! Unsere jungen Männer sterben in britischen Uniformen! Der Reichtum des Landes wird exportiert, Madam. Hier zu Hause verhungern die Menschen, aber der britische Tommy lebt von unseren Produkten, von Weizen, Reis, Jute und Kokos. Von mir persönlich verlangt man, Waren unter dem Selbstkostenpreis zu verschiffen. Unsere Bergwerke werden ausgebeutet: Salpeter, Magnesium, Glimmer. Verdammt! Die Bombay-Wallahs werden reich, und das Land geht vor die Hunde!«

»Dieses ganze Spintisieren und Politisieren hat dir das Hirn vernebelt«, protestierte Epifania. »Was sind wir denn, wenn nicht die Kinder des Empire? Alles haben die Briten uns gegeben – oder? Zivilisation, Recht, Ordnung, viel zuviel. Selbst deine Gewürze, die unser Haus vollstinken, kaufen sie aus lauter Großzügigkeit und sorgen so dafür, daß unsere Kinder etwas zum Anziehen haben und daß ihre Teller voll sind. Warum also redifizierst du wie ein Verräter und vergiftest die Ohren unserer Kinder mit solch gottlosem Unsinn?«

Von diesem Tag an hatten sie einander nicht mehr viel zu

sagen. Aires wandte sich gegen den Vater und ergriff die Partei
der Mutter; die beiden waren für England, Gott, Philistertum,
die althergebrachte Lebensart und ein ruhiges Dasein. Um
Francisco, der ein wahres Energiebündel war, kontra zu geben,
trug Aires bewußt Indolenz zur Schau und lernte seinen Vater
durch einen genüßlichen, unbekümmerten Schlendrian in Wut
zu versetzen. (In meiner Jugend neigte ich – aus anderen
Gründen – ebenfalls zum Schlendrian. Aber ich wollte damit
niemanden verletzen; meine Absicht war es, mit meiner Ge-
mächlichkeit gegen die zunehmende Hast der Zeit selbst Protest
zu erheben. Auch auf diese Phase werden wir an gebotener
Stelle zurückkommen.)

Einen Verbündeten fand Francisco dagegen in seinem jüngeren Sohn Camoens, dem er die Tugenden des Nationalismus,
der Vernunft, der Kunst, des Fortschritts und, das war in jenen
Tagen die größte Tugend überhaupt, des Protests einprägte.
Francisco teilte Nehrus anfängliche Verachtung für den indischen Nationalkongreß – »nichts weiter als eine Quasselbude
für Wogs« wetterte er –, und Camoens stimmte ihm todernst zu.
»Annie dies und Gandhi das«, schalt ihn die Mutter. »Nehru,
Tilak, all diese schurkischen Gangster aus dem Norden. Hör
nicht auf deine Mutter! Mach weiter so! Dann heißt es bald, ab
ins Gefängnis mit dir, *chop-chop!*«

Im Jahre 1916 schloß sich Francisco da Gama der Home-
Rule-Kampagne von Annie Besant und Bal Gangadhar Tilak an
und machte sich für die Forderung nach einem unabhängigen
indischen Parlament stark, das über die Zukunft des Landes
entscheiden sollte. Als Mrs. Besant ihn bat, in Cochin eine
Home Rule League zu gründen, und er die Kühnheit hatte,
nicht nur die einheimische Bourgeoisie, sondern auch Hafen-
arbeiter, Teepflücker, Basar-Kulis und seine eigenen Arbeiter
zum Beitritt aufzufordern, geriet Epifania außer sich. »Massen
und Klassen im selben Club! Schimpf, Schande und Skandal!
Der Mann hat den Verstand verloren«, schalt sie, einer Ohn-

– 32 –

macht nahe und sich wild Luft zufächelnd, dann versank sie in verdrossenem Schweigen.

Ein paar Tage nach Gründung der Liga gab es einen Krawall auf den Straßen des Hafenbezirks von Ernakulam; einigen Dutzend militanten Ligisten gelang es, ein kleines Detachement leichtbewaffneter Truppen zu überwältigen und sie, ihrer Waffen beraubt, in die Flucht zu schlagen. Am Tag darauf wurde die Liga offiziell verboten, und auf Cabral Island landete eine Barkasse, um Francisco da Gama zu arretieren.

Im Verlauf der folgenden sechs Monate wurde er immer wieder in Haft genommen, was ihm die Verachtung seines älteren und die grenzenlose Bewunderung seines jüngeren Sohnes eintrug. Jawohl, ein Held, ganz zweifellos. Während der Phasen im Gefängnis und seines furiosen politischen Aktivismus zwischen den Haftstrafen, als er, Tilaks Anweisungen befolgend, bei zahllosen Gelegenheiten bewußt seine Festnahme herausforderte, erwarb er jene Eigenschaften, die ihn zum Mann der Stunde machten, einem Mann, den man im Auge behalten mußte, einem Burschen mit vielen Anhängern: einem Star.

Stars können abstürzen; Helden können abstürzen; Francisco da Gama gelang es nicht, seine Bestimmung zu erfüllen.

Im Gefängnis hatte er Zeit für jene Arbeit, die seinen Untergang einleitete. Niemand hat je ergründet, in welchem Ramschladen für Ausschußwaren des Verstandes Urgroßvater Francisco sich die wissenschaftliche Theorie holte, die ihn, den aufsteigenden Helden, zur Witzfigur der ganzen Nation machen sollte, aber in jenen Jahren beschäftigten ihn diese Ideen immer stärker, bis sie schließlich sogar mit der nationalistischen Bewegung um seine Sympathie konkurrierten. Vielleicht vermischte sich sein altes Interesse für theoretische Physik mit seinen neueren Leidenschaften, mit Mrs. Besants Theosophie, mit der Erklärung des Mahatma über die Einheit der höchst unterschiedlichen Millionen Indiens, mit der Suche indischer Intellektueller jener

Zeit nach einer säkularisierten Definition des geistigen Lebens, jenes abgedroschenen Begriffs, der Seele; wie dem auch sei, gegen Ende des Jahres 1916 ließ Francisco privat eine Abhandlung drucken, die er sodann an alle führenden Zeitschriften jener Zeit »zur freundlichen Beachtung« versandte, einen Artikel mit dem Titel: »Für eine vorläufige Theorie der Transformationsfelder des Bewußtseins«, in dem er die Existenz eines unsichtbaren »dynamischen Netzes geistiger Energie« um uns herum postulierte, »ganz ähnlich den elektromagnetischen Feldern«, und behauptete, daß diese »Bewußtseinsfelder« nichts anderes seien als die Repositorien der – praktischen und moralischen – Erinnerung der menschlichen Spezies, ja, daß sie genau das seien, was James Joyce jüngst seinem Helden Stephen in den Mund gelegt hatte: daß er nämlich in der Schmiede seiner Seele das unerschaffene Gewissen unserer Rasse »prägen« wolle.

Auf ihrer untersten Wirkungsebene erleichterten diese Transformationsfelder des Bewußtseins, kurz TFBs, anscheinend die Ausbildung, so daß alles, was von irgend jemandem irgendwo auf der Erde gelernt wurde, sogleich überall für alle anderen leichter erlernbar wurde; aber es wurde auch angedeutet, daß diese Felder auf ihrer höchsten Ebene, der Ebene, die zugegebenermaßen am schwierigsten zu beobachten war, ethisch wirkten, das heißt, daß sie unsere moralischen Alternativen nicht nur definierten, sondern von ihnen auch definiert wurden, daß sie von jeder moralischen Entscheidung auf unserem Planeten gestärkt und, andererseits, von bösen Handlungen geschwächt wurden, so daß zu viele Missetaten die Gewissensfelder theoretisch irreparabel schädigen mußten und »die Menschheit dann vor der unvorstellbaren Realität eines durch die Zerstörung des ethischen Nexus – des Sicherheitsnetzes, könnte man sogar sagen, in dem wir immer gelebt haben – amoralisch und damit bedeutungslos gewordenen Universums stehen würde«.

Tatsächlich vertrat Francisco in seiner Abhandlung lediglich die untersten, die bildungsbezogenen Funktionen der Felder mit einiger Überzeugung, die moralischen Dimensionen extrapolierte er nur in einer einzigen, relativ kurzen und eingestandenermaßen spekulativen Passage. Dennoch löste sie Hohn und Spott in einem gigantischen Ausmaß aus. Ein Leitartikel der in Madras beheimateten Zeitung *The Hindu*, mit der Überschrift »Donnerschläge von Gut und Böse«, putzte ihn gnadenlos herunter: »Dr. da Gamas Ängste um unsere ethische Zukunft gleichen denen eines verrückten Meteorologen, der glaubt, daß unsere Handlungen das Wetter bestimmen und daß, wenn wir nicht sozusagen ›himmlisch‹ handeln, von oben nichts anderes kommt als Unwetter.« Der satirische Kolumnist »Waspyjee« im *Bombay Chronicle*, dessen Chefredakteur Horniman, ein Freund von Mrs. Besant und der nationalistischen Bewegung, Francisco eindringlich gebeten hatte, seinen Artikel nicht zu veröffentlichen, erkundigte sich boshaft, ob die berühmten Bewußtseinsfelder den Menschen vorbehalten seien oder ob andere Lebewesen – Küchenschaben, zum Beispiel, oder Giftschlangen – ebenfalls lernen könnten, davon zu profitieren; oder ob, andererseits, jede Spezies ihre eigenen Felder habe, die um den Planeten wirbelten. »Sollten wir etwa durch zufällige Feldkollisionen eine Verschmutzung unserer Werte – nennen wir sie Gama-Strahlung – befürchten müssen? Könnten die Sexualgewohnheiten der Gottesanbeterin, die Ästhetik der Paviane oder Gorillas, die Politik der Skorpione unsere eigene, arme Psyche eventuell tödlich infizieren? Oder, Gott behüte, *haben sie das vielleicht schon getan?*«

Es waren diese »Gama-Strahlen«, die Francisco den Garaus machten; er wurde zur Witzfigur, zur willkommenen Ablenkung von einem mörderischen Krieg, von wirtschaftlicher Not und dem Kampf um Unabhängigkeit. Anfangs ließ er sich nicht entmutigen und konzentrierte sich stur darauf, sich Experimente auszudenken, die seine erste, weniger wichtige Hypothese beweisen konnten. Er schrieb eine zweite Abhandlung, in der er behauptete, daß sich die langen Reihen sinnloser Wörter, die Bharat-Natyam-Lehrer benutzten, um Tänze einzustudieren, als Grundlage für Tests eigneten. Eine dieser Sequenzen *(tat-tat-taa dreegay-thun-thun jee-jee-kathay to, talang, taka-thun-thun, tai! Tat tai!)* könne neben vier weiteren Reihen sinnloser Wörter benutzt und im selben Rhythmus gesprochen werden wie die »Kontrollsequenz«. Studenten in einem anderen Land, die keine Ahnung von indischer Tanzlehre hätten, würde man auffordern, alle fünf auswendig zu lernen; und wenn Franciscos Feldtheorie zutraf, würde es ihnen dann ein leichtes sein, das Tanzunterricht-Kauderwelsch zu erlernen.

Der Test wurde niemals durchgeführt. Schon bald forderte man Franciscos Austritt aus der verbotenen Home Rule League, und ihre Führer, zu denen nun auch Motilal Nehru persönlich zählte, hörten auf, die immer kläglicheren Briefe zu beantworten, mit denen mein Urgroßvater sie bombardierte. Keine Künstlergestalten trafen mehr in ganzen Bootsladungen ein, um sich in einem der Pavillons von Cabral Island zu amüsieren, entweder im papierenen Osten Opium zu rauchen oder im kantigen Westen Whisky zu trinken, obwohl Francisco von Zeit zu Zeit, als der Ruhm des Franzosen stetig wuchs, gefragt wurde, ob er tatsächlich der erste indische Mäzen des jungen Mannes gewesen sei, der sich inzwischen Le Corbusier nannte. Jedesmal, wenn er eine derartige Anfrage erhielt, ließ der gestürzte Held eine kurzgefaßte Antwort vom Stapel: »Nie von dem Kerl gehört.« Nach einiger Zeit hörten auch diese Anfragen auf.

Epifania triumphierte. Während Francisco sich in sich selbst verkroch und sein Gesicht jenen verkniffenen Ausdruck annahm, wie er Männern eigen ist, die überzeugt sind, daß die Welt ihnen unerklärlicherweise ein großes und nicht verdientes Unrecht zugefügt hat, setzte sie unverzüglich zum Todesstoß an. (Wie sich herausstellte, buchstäblich.) Ich bin zu der Schlußfolgerung gelangt, daß sich in den Jahren, während denen sie ihre Unzufriedenheit unterdrückte, ein rachsüchtiger Zorn in ihr aufgestaut hatte – Zorn, mein wahres Erbe! –, der oft von echtem, mörderischem Haß nicht mehr zu unterscheiden war; dabei wäre sie, hätte man sie je gefragt, ob sie ihren Ehemann liebe, über die Frage allein schon schockiert gewesen. »Wir haben einzig und allein aus Liebe geheiratet«, erklärte sie ihrem niedergeschlagenen Gatten im Verlauf eines endlosen Inselabends, bei dem nur das Radio ihnen Gesellschaft leistete. »Warum hätte ich dir ständig deinen Willen gelassen, wenn nicht aus Liebe? Aber du siehst ja, wohin dich das geführt hat. Jetzt mußt du mir aus Liebe den meinen lassen.«

Die verhaßten Pavillons im Garten wurden verschlossen. Und nie wieder durfte in Epifanias Gegenwart von Politik gesprochen werden: Als die russische Revolution die Welt erschütterte, als der Erste Weltkrieg endete, als die Nachricht über das Amritsar-Massaker vom Norden her durchsickerte und den Indern die fast überall vorherrschende anglophile Einstellung gründlich austrieb (der Nobelpreisträger Rabindranath Tagore gab dem König sogar die ihm verliehene Ritterwürde zurück), verstopfte sich Epifania da Gama auf Cabral Island die Ohren und fuhr in einem Maß, das fast an Blasphemie grenzte, fort, an die allmächtige Güte der Briten zu glauben; und ihr älterer Sohn Aires glaubte genauso fest daran wie sie.

Zu Weihnachten 1921 brachte Camoens, damals achtzehn, schüchtern die siebzehnjährige Waise Isabella Ximena Souza mit nach Hause, um sie seinen Eltern vorzustellen. (Als Epifania sich erkundigte, wo sie sich kennengelernt hätten, erzählten sie ihr unter ständigem Erröten von einer kurzen Begegnung in der St. Francis' Church, und sie zischte mit einer Verachtung, die ihrer unvergleichlichen Fähigkeit entsprang, alles Unbequeme betreffs ihrer eigenen Herkunft zu vergessen, höhnisch: »Rumtreiberin aus dem Nichts und Nirgends!« Aber Francisco gab dem jungen Mädchen seinen Segen, streckte an der ehrlich-gesagt-nicht-allzu-festlichen Tafel eine müde Hand aus und legte sie auf Isabella Souzas hübschen Kopf.) Charakteristisch für Camoens' zukünftige Ehefrau war ihre ausgesprochene Freimütigkeit. Mit vor Erregung funkelnden Augen brach sie Epifanias fünf Jahre altes Tabu, um ihrer Freude über den aktiven Boykott Calcuttas und die zahlreichen Demonstrationen in Bombay gegen den Besuch des Prince of Wales (des zukünftigen Edward VIII.) Ausdruck zu verleihen und die Nehrus, Vater und Sohn, für ihre Kooperationsverweigerung vor Gericht zu loben, wegen der sie beide im Gefängnis gelandet waren. »Jetzt weiß der Vizekönig wenigstens, was los ist«, verkündete sie. »Motilal liebt England, aber selbst er hat es vorgezogen, sich einsperren zu lassen.«

Auf einmal kam Bewegung in Francisco; ein altes Leuchten glimmte in seinen längst stumpf gewordenen Augen auf. Aber Epifania kam ihm zuvor. »In diesem gottesfürchtigen Christenhaus ist alles Britische noch immer das Beste, Maddermoyzelle«, fuhr sie auf. »Wenn du Absichten auf unseren Jungen hast, dann hütifiziere bitte deine Zunge! Willst du dunkles oder helles Fleisch? Sag's frei heraus! Ein Glas importierten Dao-Wein, schön kalt? Kannst du haben. Pudding-Shudding? Warum nicht? Das sind unsere Weihnachtsthemen, mein Frowline. Magst du Füllung?«

Später, am Landungssteg, hielt Belle ebensowenig hinterm Berg und beschwerte sich bitter bei Camoens, daß er sich nicht für sie stark gemacht habe. »Dein Elternhaus ist wie ein Ort, der im Nebel versunken ist«, sagte sie zu ihrem Verlobten. »Wo gibt es hier Luft zum Atmen? Irgend jemand da drinnen hat einen Fluch ausgesprochen und saugt das Leben aus dir und deinem armen Dad. Und was deinen Bruder angeht – wen kümmert's, der arme Kerl ist ein hoffnungsloser Fall. Du kannst mich hassen oder nicht, aber es ist so klar wie die Farben auf deinem übrigens-entschuldige-bitte-furchtbar-schrecklichen Buschhemd, daß sich hier sehr schnell etwas Schlimmes zusammenbraut.«

»Dann wirst du also nicht wiederkommen?« fragte Camoens sie unglücklich.

Belle stieg in das wartende Boot. »Dummkopf«, schalt sie. »Du bist ein lieber, rührender Junge. Aber du hast nicht die geringste Ahnung davon, was ich für die Liebe tun werde und was nicht, wohin ich kommen werde oder nicht, mit wem ich mich streiten werde oder nicht, und wessen Magie ich mit der meinen entmagisieren werde.«

In den folgenden Monaten war es Belle, die Camoens über die Weltläufte auf dem laufenden hielt, die ihm Nehrus Ansprache vom Mai 1922 anläßlich seiner Verurteilung zu einer weiteren Haftstrafe im exakten Wortlaut wiederholte. *Einschüchterung und Terror sind zum Hauptinstrument dieser Regierung geworden. Glauben die Herrschaften, auf diese Weise unsere Zuneigung zu ihnen wecken zu können? Zuneigung und Loyalität sind eine Sache des Herzens. Man kann sie nicht mit aufgepflanztem Bajonett einfordern.* »Klingt für mich wie die Ehe deiner Eltern«, erklärte Isabella fröhlich; und Camoens, dessen nationalistischer Eifer durch seine Liebe zu diesem schönen, großmäuligen Mädchen angefacht wurde, besaß den Anstand zu erröten.

Belle hatte sich seine Rettung aufs Panier geschrieben. In jenen Tagen hatte er nämlich begonnen, sehr schlecht zu schlafen und asthmatisch zu keuchen. »Das kommt von all dieser üblen Luft«, erklärte sie ihm. »Wenigstens einen da Gama muß ich vor dem Untergang bewahren.«

Sie ordnete Veränderungen an. Auf ihren Befehl – und zu Epifanias Zorn: »Glaub bloß nicht auch nur für zwei Sekunden, daß ich in diesem Haus kein Huhn mehr servieren werde, nur weil dein kleines Hühnchen, dieses kleine Flittchen-Malittchen, Bettlerfraß essen will« – wurde er zum Vegetarier und lernte, auf dem Kopf zu stehen. Außerdem zerbrach er heimlich eine Fensterscheibe, kletterte in das spinnwebverzierte Westhaus, wo die Bibliothek seines Vaters dahindämmerte, und begann die Bücher mitsamt den Bücherwürmern zu verschlingen. Attar,

Khayyam, Tagore, Carlyle, Ruskin, Wells, Poe, Shelley, Raja Rammohun Roy. »Siehst du?« ermunterte ihn Belle. »Du kannst es doch. Auch du kannst dich zu einem Menschen entwickeln, statt ein Fußabtreter in einem potthäßlichen Hemd zu sein.«

Francisco rettete das allerdings nicht. Eines Abends nach dem Regen verließ er die Insel und schwamm davon; vielleicht wollte er jenseits der verhexten Grenzen der Insel ein bißchen frische Luft schnappen. Die Gezeitenströmung riß ihn hinaus; fünf Tage später fanden sie seinen aufgedunsenen Leichnam, der von den Wellen gegen eine rostige Hafenboje geworfen wurde. Eigentlich hätte man ihn wegen seines Anteils an der Revolution, seiner guten Taten, seiner Fortschrittlichkeit und seines Verstandes in Erinnerung behalten sollen, was aber die Familie tatsächlich von ihm erbte, waren Probleme in der Firma (die er in den letzten Jahren sträflich vernachlässigt hatte), das Phänomen plötzlichen Todes und das Asthma.

Epifania schluckte die Nachricht von seinem Tod ohne den geringsten Anflug eines Zitterns. Sie verschlang seinen Tod, wie sie sein Leben verschlungen hatte; und wuchs daran.

3

Direkt neben dem Absatz der breiten, steilen Treppe, die zu
Epifanias Schlafzimmer führte, lag die Privatkapelle der Familie.
Francisco hatte sie in den alten Zeiten trotz Epifanias heftigem
Protest von einem seiner Franzosen umgestalten lassen. Verschwunden war das vergoldete Altarstück mit den kleinen, ein-
gelassenen Gemälden, auf denen Jesus vor einem Hintergrund
aus Kokospalmen und Teeplantagen seine Wunder wirkte,
ebenso wie die kleinen, goldenen Cherubim, die auf Teakholz-
podesten posierten und in ihre Trompeten stießen, die Kerzen
in den Glasschalen, die wie riesige Brandy-Schwenker aussahen,
die importierten portugiesischen Spitzen auf dem Altar und
sogar das Kruzifix selbst, »alles Sachen von Wert«, hatte Epifania
geklagt, »Zusammen mit Jesus und Maria einsperrifiziert in der
Rumpelkammer.« Und als wäre er mit diesen Entweihungen
immer noch nicht zufrieden, hatte der verdammte Kerl den
ganzen Raum so blendend weiß gestrichen wie einen Kranken-
saal, ihn mit den unbequemsten Holzbänken von ganz Cochin
möbliert und in diesem fensterlosen Innenraum dann riesige,
aus Papier geschnittene Fenster an die Wände geklebt, Imitationen von Buntglasscheiben, »als könnten wir uns keine richtigen
Fenster leisten, wenn wir das wollten«, stöhnte Epifania. »Seht
euch das an, wie armselig wir dastehen, Papierfenster im Hause
Gottes!« Und auf den Fenstern waren nicht mal anständige
Bilder, sondern einfach nur Farbkleckse. »Wie die Dekoratio-
nen bei einer Kinderparty«, schniefte Epifania. »In einem solchen Raum sollte man nicht Blut und Fleisch unseres Heilands
aufbewahren, sondern höchstens eine Geburtstagstorte.«
   Um das Werk seines Schützlings zu verteidigen, hatte Francisco entgegnet, daß in diesem Raum Form und Farbe nicht nur
die *Stelle* des Inhalts einnähmen, sondern auch demonstrierten,
daß sie, richtig eingesetzt, tatsächlich Inhalt *sein* könnten, womit

er Epifanias verächtliche Entgegnung herausforderte: »Dann brauchen wir ja vielleicht Jesus Christus gar nicht, denn wenn schon die Form des Kreuzes genügt, warum sich erst um eine Kreuzigung bemühen, stimmt's? Welch eine Blasphemie dein Frenchy-Freund da fertiggebracht hat: eine Kirche, die den Sohn Gottes davon befreit, für unsere Sünden zu sterbifizieren!«

Am Tag nach der Beerdigung ihres Mannes ließ Epifania alles verbrennen, und schon waren sie wieder da, die Cherubim, die Spitzen und Gläser, die dick gepolsterten, mit roter Seide bezogenen Betstühle und die dazu passenden, mit Goldkordel eingefaßten Kissen, auf denen eine Dame von Epifanias gesellschaftlicher Stellung mit Anstand vor dem Herrn niederknien konnte. Alte Gobelins aus Italien mit der Darstellung wie Kebab aufgespießter Heiliger und tandoorigegrillter Märtyrer kehrten an die Wände zurück, umgeben von gerüschten und gerafften Draperien, und sehr bald war die beunruhigende Erinnerung an die strengen Innovationen des Franzosen von der gewohnten muffigen Frömmigkeit verdrängt worden. »Gott ist in seinem Himmel«, verkündete die frischgebackene Witwe. »Alles wieder tipptopp auf der Welt.«

»Von nun an«, entschied Epifania, »führifizieren wir ein einfaches Leben. Das Heil liegt nicht in dem kleinen Mann mit dem Lendenschurz nebst Konsorten.« Und die Einfachheit, die sie suchte, war in der Tat alles andere als gandhianisch. Ihr einfaches Leben sah so aus, daß sie erst spät erwachte, ein Tablett mit süßem Morgentee vorfand, in die Hände klatschte, um die Köchin zu rufen und die Mahlzeiten des Tages mit ihr zu besprechen, eine Zofe hereinbefahl, die sie eincremte und ihr die noch immer langen, aber schnell ergrauenden und sich lichtenden Haare bürstete, nur um diese Zofe dann dafür verantwortlich zu machen, daß an jedem Morgen mehr Haare in der Bürste zurückblieben; es war das einfache Leben der langen Vormittage, zu nichts anderem da, als den Schneider zu beschimpfen, wenn er mit neuen Roben ins Haus kam und mit

Nadeln im Mund vor ihr kniete, welche er von Zeit zu Zeit
herausnahm, um seine Schmeichlerzunge zu lösen; und anschließend der langen Nachmittage in den Tuchlagern, wo
Ballen wundervoller Seidenstoffe auf dem mit weißen Tüchern
belegten Boden vor ihr ausgebreitet wurden, wo Stoffbahn um
Stoffbahn nur zu Epifanias Vergnügen durch die Luft flog, um
sanfte Faltenberge von glanzvoller Schönheit zu bilden; es war
das einfache Leben des müßigen Abendgeplauders mit den
wenigen gesellschaftlich ihr Gleichgestellten und der Einladun-
gen zu den »Festlichkeiten« der Briten im Fort-Distrikt, ihren
sonntäglichen Cricketspielen, ihren Tanztees, dem weihnacht-
lichen Chorsingen ihrer wenig schönen, hitzegeplagten Kinder,
denn schließlich waren sie ja Christen, und obwohl es sich nur
um die Kirche von England handelte, egal, die Briten hatten
Epifanias Respekt, wenn sie auch niemals ihr Herz haben würden, das natürlich für Portugal schlug, denn insgeheim träumte
sie davon, eines Tages am Tejo, am Douro zu flanieren, am Arm
eines Granden durch Lissabons Straßen zu paradieren. Es war
das einfache Leben mit Schwiegertöchtern, die sich um fast alle
Bedürfnisse Epifanias kümmerten, während sie ihnen das Leben zur Hölle machte, und der Söhne, die den Geldstrom weiter
so frei fließen ließen, wie es von ihnen verlangt wurde; und es
war die Tatsache, daß alles-an-seinem-Platz-blieb, daß sie endlich im Mittelpunkt des Netzes, auf der Spitze des Berges, wie
ein Drache auf einem Haufen von Gold sitzen und, wann immer
sie wollte, einen Schwall reinigender, entsetzenerregender
Flammen ausstoßen konnte. »Es wird uns ein Vermögen kosten,
deiner Mama ihr einfaches Leben zu finanzieren«, beschwerte
sich Belle da Gama bei ihrem Mann (sie hatte Camoens Anfang
1923 geheiratet) und nahm damit eine Bemerkung vorweg, die
später häufig im Zusammenhang mit M. K. Gandhi gemacht
wurde. »Und wenn sie ihren Willen durchsetzt, wird uns das
auch noch unsere Jugend kosten.«
    Was Epifanias Träume zunichte machte: Francisco hinter-

— 43 —

ließ ihr nichts als ihre Kleider, ihren Schmuck und eine bescheidene Apanage. Mit allem anderen würde sie, wie sie zu ihrem Zorn erfuhr, vom guten Willen ihrer Söhne abhängig sein, denen alles zu gleichen Teilen vermacht worden war – unter der Bedingung, daß die Gama Trading Company nicht aufgeteilt wurde, »es sei denn, die Geschäftslage erfordert es«, und daß Aires und Camoens versuchten, »liebevoll zusammenzuarbeiten, damit das Familienvermögen nicht durch Disharmonie oder Zwietracht geschädigt werde«.

»Selbst nach dem Tod«, jammerte Urgroßmutter Epifania bei der Verlesung des Letzten Willens, »schlägt er mich auf beide Wangen.«

Aber auch das ist Teil meines Erbes: Das Grab beendet keinen Streit.

Zur Verzweiflung der Witwe fanden die Anwälte der Familie Menezes kein einziges Schlupfloch. Epifania weinte, raufte sich die Haare, schlug sich an den winzigen Busen und knirschte mit den Zähnen, wobei ein erschreckend durchdringendes Geräusch entstand; aber die Anwälte wurden nicht müde ihr zu erklären, daß das matrilineare Prinzip, für das Cochin, Travancore und Quilon berühmt waren und nach dem das Verfügungsrecht über den Familienbesitz bei Madame Epifania gelegen hätte und nicht bei dem verstorbenen Dr. da Gama, beim besten Willen nicht auf die christliche Gemeinde angewandt werden könne, da es ausschließlich Teil der Hindu-Tradition sei.

»Dann bringt mir sofort ein Schiwa-Lingam und eine Gießkanne!« soll Epifania der Legende nach gesagt haben, obwohl sie es später leugnete. »Bringt mich zum Ganges, und ich werde unverzüglich hineinspringen. *Hai Ram!*«

(Ich sollte erwähnen, daß Epifanias Bereitschaft, Puja zu verrichten und eine Pilgerfahrt zu machen, für mich keineswegs überzeugend, ja, unglaubwürdig klang; daß es aber Wehklagen, Zähneknirschen, Haareraufen und Busenschlagen gab, ist wohl unstrittig.)

Die Söhne des verstorbenen Magnaten vernachlässigten die Geschäfte, wie man zugeben muß, und zwar deshalb, weil sie sich allzuoft von weltlichen Problemen ablenken ließen. Aires da Gama, über den Selbstmord seines Vaters bekümmerter, als er zugeben wollte, suchte Trost in der Promiskuität und löste damit eine Flut von Zuschriften aus – Briefe auf billigem Papier, verfaßt in einer kaum lesbaren, nur halbwegs erlernten Schrift. Liebesbriefe, Beteuerungen von Sehnsucht und Zorn, Androhungen von Gewalt, falls der Geliebte nicht von seinen allzu verletzenden Gewohnheiten ablasse. Der Autor dieser angstgetriebenen Mitteilungen war kein anderer als der junge Mann im Hochzeitsnachtsruderboot. Prinz Henry der Navigator persönlich. *Glaube nicht, daß ich nicht von allem erfahre, was Du tust. Schenk mir Dein Herz, oder ich schneide es Dir aus dem Leib. Wenn die Liebe nicht die ganze Welt und der Himmel darüber ist, dann ist sie nichts, ist sie schlimmer als Dreck.*

Wenn die Liebe nicht alles ist, dann ist sie nichts: Dieser Grundsatz und sein Gegenteil (ich meine die Treulosigkeit) werden in den gesamten Jahren dieser meiner atemlosen Erzählung miteinander kollidieren.

Aires, die ganze Nacht wie ein verliebter Kater auf Pirsch, verbrachte die Stunden des Tages weitgehend damit, die Nachwirkungen von Haschisch oder Opium auszuschlafen und sich von seinen Ausschweifungen zu erholen, außerdem bedurfte er nicht selten der Versorgung seiner zahlreichen kleinen Wunden. Carmen verabreichte ihm wortlos Arzneien und heiße Bäder, um die Schmerzen seiner Blessuren zu lindern; und falls sie, wenn er in diesem aus dem tiefen Brunnen ihres Kummers geschöpften Badewasser in einen dumpfen, schnarchenden Schlaf fiel, jemals daran dachte, seinen Kopf unter Wasser zu drücken, so gab sie dieser Versuchung nicht nach. Schon bald sollte sie ein anderes Ventil für ihre Wut finden.

Camoens dagegen war mit seiner schüchternen, leisen Art ganz der Sohn seines Vaters. Durch Belle kam er mit einer

Gruppe junger, nationalistischer Radikaler zusammen, die sich, unzufrieden mit dem Gerede von Gewaltlosigkeit und passivem Widerstand, an den großen Ereignissen in Rußland berauschten. Nach und nach begann er, sich Reden mit Titeln wie »Vorwärts!« oder »Terrorismus: Heiligt der Zweck die Mittel?« anzuhören und später sogar selbst zu halten.

»Ach, mein lieber Camoens, der keiner Mückski was zuleide tun würde!« Belle lachte. »Was wirst du für einen großen, schlimmen Rotski abgeben!«

Es war Großvater Camoens, der den Reinfall mit den falschen Uljanows erlebte. Ende 1923 berichtete er Belle und ihren Freunden, daß eine Elitetruppe sowjetischer Schauspieler die Exklusivrechte an der Rolle des W. I. Lenin erhalten hatte: nicht nur für speziell präparierte Tournee-Aufführungen, bei denen das Sowjetvolk über seine glorreiche Revolution aufgeklärt wurde, sondern auch für Tausende und Abertausende von öffentlichen Veranstaltungen, bei denen der Politführer aus Zeitdruck nicht anwesend sein konnte. Diese Lenin-Thespisjünger lernten die Reden des großen Mannes auswendig, um sie anschließend perfekt zu deklamieren, und wenn sie dann perfekt geschminkt und kostümiert auftraten, jubelten die Massen, verneigten sich und erschauerten, als hätten sie den echten Lenin vor sich. »Und nun«, schloß Camoens aufgeregt, »erwartet man Bewerbungen von fremdsprachigen Schauspielern. Wir können also hier, an Ort und Stelle, unsere eigenen, ganz persönlichen und offiziell beglaubigten Lenins haben, die Malayalam, Tulu, Kannada oder jede andere verdammte Sprache sprechen, die uns gefällt.«

»Die produzieren also den Big Boß von der Si-Si-Si-Pi.« Belle zog seine Hand auf ihren Bauch. »Aber, sieh, sieh, sieh doch pitte ein, mein lieber Ehemann, daß du hier schon eine eigene kleine Produktion begonnen hast.«

Es ist ein Beweis für die absurde – jawohl! ich wage dieses Wort zu benutzen –, die lächerliche und absurde Perversität

meiner Familie, daß sich mein Großvater – zu einer Zeit, da sich
das Land, ja der ganze Planet mit so folgenschweren Ereignissen
herumschlagen mußten, da das Familienunternehmen gewis-
senhafteste Aufmerksamkeit erfordert hätte (weil der Mangel
an Führungsqualitäten nach Franciscos Tod geradezu beunruhigend wurde, kam es zu Unzufriedenheit auf den Plantagen
und Schlampereien in den beiden Speichern von Ernakulam,
und sogar die Stammkunden der Gama Company hörten allmählich auf die Sirenenstimmen der Konkurrenz) und da, um
allem die Krone aufzusetzen, die eigene Frau ihn von ihrer
Schwangerschaft in Kenntnis gesetzt hatte und jenes Kind trug,
das, wie sich herausstellte, nicht nur ihr Erstgeborenes, sondern
darüber hinaus ihr einziges Kind sein sollte, das einzige überdies
der ganzen Generation, meine Mutter Aurora, die letzte der da
Gamas –, daß sich also mein Großvater immer intensiver mit der
Frage der falschen Lenins befaßte. Mit welchem Eifer durchstö-
berte er die Umgebung nach Männern mit dem erforderlichen
schauspielerischen Talent, dem notwendigen Erinnerungsvermögen und dem gewünschten Interesse an seinem Plan! Mit
welcher Hingabe arbeitete er daran, besorgte er Abschriften der
jüngsten Äußerungen des ruhmreichen Politführers, suchte er
Übersetzer, versicherte er sich der Dienste von Maskenbildnern
und Kostümschneidern und probte er mit seiner kleinen Truppe von sieben Kandidaten, die Belle mit der üblichen Brutalität
als Too-Tall-Lenin bezeichnete, als Too-Short-Lenin, Too-Fat-
Lenin, Too-Skinny-Lenin, Too-Lame-Lenin, Too-Bald-Lenin
und – hierbei handelte es sich um einen Unglücklichen mit
einem stark defekten Gebiß – Too-Thless-Lenin … Camoens
korrespondierte fieberhaft mit Kontaktleuten in Moskau, ging
ihnen um den Bart und redete endlos auf sie ein – gewisse
Cochin-Autoritäten, sowohl hell- als auch dunkelhäutige, wurden ebenfalls umschmeichelt und beschwatzt – und erntete
schließlich im heißen Sommer 1924 seinen Lohn: Während
Belle zum Bersten schwanger war, tauchte in Cochin ein echtes,

eingetragenes Mitglied der Lenin-Spezialtruppe auf, ein Lenin allererster Klasse, mit der Befugnis, die Mitglieder des neuen Cochin-Zweigs der Truppe endgültig zu bestätigen und eingehender zu instruieren.

Er traf mit dem Schiff aus Bombay ein, und als er in voller Maske die Gangway herunterkam, hörte man an der Anlegestelle erschrockenes Schnaufen und leises Aufschreien, worauf er mit einer Reihe großmütiger Verbeugungen und leutseligem Winken reagierte. Wie Camoens feststellte, transpirierte er in der Hitze ziemlich stark; kleine Rinnsale dunkler Haarfärbetinktur liefen ihm über Stirn und Hals und mußten ständig abgetupft werden.

»Wie darf ich Sie nennen?« erkundigte sich Camoens höflich errötend, als er seinen Gast begrüßte, der mit einem Dolmetscher reiste.

»Nur keine Formalitäten, Genosse«, antworte der Dolmetscher. »Keine Ehrentitel! Ein einfaches Wladimir Iljitsch reicht aus.«

An der Mole hatte sich eine Menschenmenge versammelt, um die Ankunft des Kommunistenführers mitzuerleben, und nun klatschte Camoens, der einen eigenen kleinen theatralischen Auftritt vorbereitet hatte, in die Hände, und aus dem Ankunftsschuppen kamen die sieben einheimischen Lenins, ebenfalls in Maske, hervor. Sie nahmen am Hafenrand Aufstellung, scharrten verlegen mit den Füßen und grinsten ihren sowjetischen Kollegen freundlich an, der jedoch alles andere als begeistert aussah und sie mit einer Schimpfkanonade auf russisch empfing.

»Wladimir Iljitsch möchte wissen, was diese Unverschämtheit bedeuten soll«, erklärte der Dolmetscher Camoens, während die Menschenmenge um sie herum immer größer wurde. »Diese Personen haben eine dunkle Hautfarbe, und sie sehen auch nicht aus wie er: zu groß, zu klein, zu dick, zu dünn, zu lahm, zu kahl, und der eine da hat keine Zähne.«

– 48 –

»Man hat mir gesagt«, gab Camoens unglücklich zurück, »daß wir die Genehmigung haben, das Aussehen des Parteiführers den hiesigen Bedürfnissen anzupassen.«

Weitere Füsilladen auf russisch.

»Wladimir Iljitsch ist der Meinung, daß dies keine Adaption ist, sondern eine satirische Karikatur«, übersetzte der Dolmetscher. »Eine Kränkung und Beleidigung. Sehen Sie doch, mein Herr mindestens zwei Bärte sind trotz der mahnenden Gegenwart des Proletariats falsch angeklebt. Es wird auf der Stelle einen Bericht an die höchste Ebene geben. Unter keinen Umständen werden Sie die Genehmigung erhalten, so weiterzumachen.«

Camoens zog ein langes Gesicht, und als sie ihn so sahen, den Tränen nahe, weil sein Traum in Trümmern lag, sprangen seine Schauspieler – sein Kader – nach vorn; begierig darauf zu zeigen, wie sorgfältig sie ihre Rolle gelernt hatten, nahmen sie Posen ein und begannen zu deklamieren. Auf malayalam, kannada, tulu, konkani, tamil, telugu und englisch verkündeten sie die Revolution und forderten den sofortigen Abzug der revanchistischen Lakaien des Kolonialismus und der blutsaugenden Küchenschaben des Imperialismus, begleitet vom Übergang sämtlicher Vermögen in Gemeineigentum und der alljährlichen Übererfüllung der Reisquoten; mit dem rechten Zeigefinger wiesen sie in die Zukunft, während die linke Faust gebieterisch in die Hüfte gestemmt war. Vielsprachige Lenins, deren Bart sich in der Hitze vom Kinn löste, sprachen zu der inzwischen riesig angewachsenen Menge – die allerdings nach anfänglichem Zögern in einer großen, anschwellenden Woge laut und schallend loslachte.

Wladimir Iljitsch lief dunkelrot an. Leninistische Schmähungen drangen aus seinem Mund und hingen in kyrillischer Schrift über seinem Kopf in der Luft. Dann machte er auf dem Absatz kehrt, marschierte die Gangway wieder hinauf und verschwand unter Deck.

»Was hat er gesagt?« erkundigte sich Camoens verzweifelt bei dem russischen Dolmetscher.

»Ihr Land hier«, antwortete der Dolmetscher, »Wladimir Iljitsch erklärte offen und ehrlich, daß er von ihm das große Kotzen kriegt.«

Eine kleine Frau drängte sich durch die triumphierend grölende Menge, und durch den Dunstschleier seines Kummers erkannte Großvater Camoens Maria, die Zofe seiner Ehefrau. »Sie lieber kommen, Sir«, rief sie durch das Gelächter der Zuschauer. »Ihre gute Madam hat Ihnen ein Mädchen geschenkt.«

Nach seiner Demütigung am Hafen wandte sich Camoens vom Kommunismus ab und pflegte fortan gern zu sagen, er habe an eigenem Leibe erfahren müssen, daß diese Weltanschauung nicht »die indische Art« sei. Er wurde zum Kongreß-Wallah, zum Nehru-Mann, und verfolgte aus der Ferne alle großen Ereignisse der folgenden Jahre: aus der Ferne, weil er sich zwar, während er die meisten anderen Dinge vernachlässigte, täglich stundenlang in das Thema vertiefte, ausgiebig darüber las, redete und schrieb, sich aber nie mehr aktiv in der Bewegung engagierte und niemals auch nur ein Wort seiner leidenschaftlichen Niederschriften veröffentlichte ...

Bleiben wir einen Moment beim Fall meines Großvaters mütterlicherseits. Wie leicht ist es, ihn als flatterhaft abzutun, als Leichtgewicht, als Dilettanten! Einen Millionär, der mit dem Marxismus flirtete, eine scheue Seele, die nur in Gesellschaft einiger Freunde oder in der Zurückgezogenheit ihres Arbeitszimmers zum revolutionären Aufwiegler werden konnte, beim Schreiben geheimer Abhandlungen, die drucken zu lassen er jedoch – vielleicht, weil er eine Wiederholung jener Hohnrufe fürchtete, die Francisco vernichtet hatten – einfach nicht fertigbrachte; einen Nationalisten, dessen Lieblingsgedichte allesamt englisch waren, einen bekennenden Atheisten und Rationalisten, der allerdings an Geister glauben und der mit viel Gefühl Marvells gesamtes »Auf einen Tautropfen« auswendig hersagen konnte:

> So auch die Seele, Tropfen, Strahl
> Des klaren Brunnens ohne Zeit und Zahl.
> Säh man sie in der Menschenblume glühn,
> Gedenk der Höhn, da sie entsprang,
> Die süßen Blüten scheuend und das Grün,
> Nach eignem Licht zurück ihr Drang,
> Bezeugte sie in runder Denkbahn klar
> Im kleinren Himmel, was der größre war.

Epifania, eine äußerst strenge, niemals verzeihende Mutter, tat ihn als einen konfusen Toren und Kindskopf ab; ich jedoch schätze ihn aufgrund der liebevolleren Erzählungen, die ich von Belle und Aurora hörte, anders ein. Für mich ist die Zwiespältigkeit von Großvater Camoens ein Zeichen für die Schönheit seiner Seele; ist seine Bereitschaft, die Koexistenz einander widersprechender Impulse in sich selbst zuzulassen, die Quelle seiner allumfassenden, sanften Menschlichkeit. Wollte man zum Beispiel auf den Widerspruch zwischen seinen egalitären Ideen und dem göttergleichen Rang seiner tatsächlichen gesellschaftlichen Stellung hinweisen, er hätte höchstens mit einem zustimmenden Lächeln und einem entwaffnenden Achselzukken darauf reagiert. »Alle Menschen sollen gut leben können«, sagte er gern. »Cabral Island für alle, das ist mein Motto.« Und in seiner großen Liebe zur englischen Literatur, seiner tiefen Freundschaft mit zahlreichen englischen Familien von Cochin und seiner ebenso festen Überzeugung, daß das britische Imperium enden müsse und mit ihm die Herrschaft der Fürsten, sehe ich jene Hasse-die-Sünde-aber-Liebe-den-Sünder-Sanftmut, jene historische Großmut des Geistes, die zu den wahren Wundern Indiens gehört. Als die Sonne des Empire unterging, erschlugen wir nicht unsere einstigen Herren, sondern reservierten deren Privilegien füreinander ... Doch diese Vorstellung ist so grausam, daß sie Camoens nicht in den Sinn kam, denn das Böse verunsicherte ihn, er hielt es für »unmenschlich«, eine absurde Vorstellung, wie selbst seine ihn liebende Belle ihm vorhielt, und, Glück im Unglück für ihn, er lebte nicht lange genug, um die Teilungsmassaker im Punjab noch zu erleben. (Leider starb er aber auch lange bevor in dem neuen, aus dem alten Cochin-Travancore-Quilon geformten Staat Kerala die erste marxistische Regierung des Subkontinents gewählt wurde, süße Rache für all seine zerbrochenen Hoffnungen.)

Camoens erlebte jedoch Probleme genug, denn die Familie trieb damals schon unaufhaltsam jenem katastrophalen Konflikt entgegen, dem sogenannten »Krieg der Sippen«, der so manchem geringeren Haus den Garaus gemacht hätte und von dem sich unser Familienvermögen erst nach einem Jahrzehnt wieder erholte.

Hier rücken die Frauen in den Mittelpunkt meiner kleinen Bühne. Epifania, Carmen, Belle und die neu hinzugekommene Aurora: Sie, nicht die Männer, waren die echten Protagonisten dieses Kampfes; und natürlich war Urgroßmutter Epifania die Hauptunruhestifterin.

Am selben Tag, an dem sie von Franciscos Testament erfuhr, hatte sie sofort den Krieg erklärt und Carmen zu einem *pow-wow* in ihr Boudoir befohlen. »Meine Söhne sind unnütze Playboys«, verkündete sie mit einem Wink ihres Fächers. »Von nun an sollten lieber wir Ladies den Ton angeben.« Sie selbst würde der Oberbefehlshaber sein und Carmen, ihre Nichte und Schwiegertochter, ihr Stellvertreter, Handlanger und allgemeines Faktotum. »Das ist deine Pflicht, nicht nur diesem Haus, sondern auch der Familie Menezes gegenüber. Denk immer daran, daß du, bis ich deine Haut rettifiziert habe, auf dem trockenen gesessen hast und dort vergammelt wärst, bis die Hölle zufriert.«

Epifanias erste Anordnung entsprach dem ältesten Wunsch

aller Dynasten: Carmen müsse ein männliches Kind empfangen, einen zukünftigen Herrscher, durch den seine liebevolle Mutter und Großmutter regieren konnten. Carmen, der in bitterer Einsicht klar war, daß sie diese erste Anweisung nicht befolgen konnte, schlug bestürzt die Augen nieder und sagte leise:»Okay, Tante Epifania, dein Wunsch ist mir Befehl«, und floh aus dem Zimmer.

(Als Aurora geboren wurde, erklärten die Ärzte, daß Belle aufgrund eines unglücklichen Umstandes keine weiteren Kinder bekommen werde. In dieser Nacht las Epifania Carmen und Aires die Leviten.»Seht euch diese Belle an, was die zustande gebracht hat! Nur ein Mädchen, und nie wieder Kinder – ein Geschenk Gottes für euch! Ans Werk! Macht einen Jungen, oder der ganze Schrott wird ihr gehören: der ganze, gottverdammte Ramsch.«)

An Aurora da Gamas zehntem Geburtstag kam eine Barkasse quer durch den Hafen nach Cabral Island und brachte einen Mann aus dem Norden, einen Uttar-Pradesh-Typ mit einem Haufen Holzplanken, die er zu einem vereinfachten Riesenrad zusammensetzte, mit Holzbänken am Ende der vier Arme eines hölzernen X. Aus einem mit grünem Samt ausgeschlagenen Kasten holte er dann ein Akkordeon und stimmte ein fröhliches Medley von Jahrmarktsmelodien an. Nachdem sich Aurora und ihre Freundinnen auf dem, was der Akkordeonspieler *charrakh-choo* nannte, nach Herzensluft durch die Luft hatten wirbeln lassen, warf er sich ein scharlachrotes Cape um die Schultern, holte den Kindern Fische aus dem Mund und zog ihnen lebende Schlangen unter dem Rock hervor – zum Entsetzen von Epifania, während die noch immer kinderlose Carmen endlos tadelnd mit der Zunge schnalzte und Belle und Camoens vergnügt kicherten. Als Aurora den Mann aus dem Norden sah, wurde ihr klar, daß sie eines in ihrem Leben am dringendsten brauchte: einen persönlichen Magier, der die Fähigkeit besaß, all ihre Wünsche zu erfüllen, der ihre Großmutter auf ewig verschwinden und Onkel Aires und Tante Carmen von Kobras beißen und sterben ließ und es Camoens und Belle so ermöglichte, bis ans Ende ihrer Tage glücklich zu sein; denn dies war die Zeit des geteilten Hauses, mit Kreidestrichen, die wie Grenzen über die Fußböden verliefen, und Gewürzsäcken, die quer durch den Garten aufgestapelt waren wie kleine Mauern, als gelte es, sich gegen Hochwasser oder die Schüsse eines Heckenschützen zu verteidigen.

Angefangen hatte das Ganze damit, daß Epifania, die Unbeständigkeit ihres Sohnes zum Vorwand nehmend, ihre Verwandten nach Cochin einlud. Den Zeitpunkt ihres Coups wählte sie äußerst geschickt: Es waren die Tage von Aires' nachfrancisconischer Promiskuität, von Camoens' Jagd nach den Lenins und von Belles Schwangerschaft, daher gab es kaum Proteste. Die lautstärksten Einwände kamen ausgerechnet von Carmen, die von ihrer »Mutterseite« nie besonders freundlich behandelt worden war und deren Lobo-Haare sich bei der Ankunft so vieler Menezes borstig sträubten. Als sie Epifania zögernd und mit vielem Herumgerede ihre Bedenken anvertraute, erwiderte die Lady unter bewußtem Einsatz grober Ausdrücke: »Deine Zukunftsaussichten liegen hier unten, gleich zwischen deinen Beinen, Missy, also konzentriere dich freundlichst darauf, deinen Ehemann für dich zu interessieren, und halt ansonsten deinen Hintern aus Angelegenheiten heraus, die dich einen feuchten Kehricht angehen.«

Wie die Bienen zum Honig kamen die Menezes-Männer in ganzen Bootsladungen von Mangalore herbeigeschwärmt, und auch ihre Frauen und Kinder ließen nicht lange auf sich warten. Weitere Menezes strömten aus dem Busbahnhof herbei, und wieder andere Sippenmitglieder versuchten wohl, wie man vermutete, mit dem Zug zu kommen, konnten durch die Launen des indischen Eisenbahnsystems jedoch nicht pünktlich erscheinen. Bis sich Belle von Auroras Geburt und Camoens von seinem Lenin-Fiasko erholen konnten, hatten Epifanias Leute bereits überall ihre Finger dazwischen; wie Schlingpflanzen um Kokospalmen wanden sie sich um die Gama Trading Company, tyrannisierten die Plantagenaufseher, schnüffelten in den Kontobüchern und mischten sich in die Arbeit in den Speichern ein. Es war eine regelrechte Invasion, aber Eroberer haben es immer schwer, sich beliebt zu machen, und kaum hatte sich Epifania die Macht gesichert, da unterliefen ihr auch schon Fehler. Ihr erster Mißgriff war, daß sie sich zu machiavellisch verhielt, denn obwohl Aires ihr Lieblingssohn war, konnte sie nicht bestreiten, daß Camoens ihr den einzigen Erben geschenkt hatte und daher nicht ganz aus ihren Berechnungen gestrichen werden konnte. Ungeschickt begann sie mit Belle zu flirten, die wegen ihres wachsenden Zorns auf das Verhalten der unzähligen Menezes nicht darauf reagierte; bei Carmen wiederum bewirkte Epifanias allzu offensichtliches Bemühen um Belle eine deutliche Entfremdung. Dann beging Epifania einen noch größeren Fehler: Wegen ihrer sich verschlimmernden Allergie gegen die Gewürze, die ja Hauptstütze des Familienreichtums waren – jawohl, bis hinunter zum Pfeffer, vor allem anderen zum Pfeffer! –, verkündete sie, daß die Gama Trading Company ins Duftgeschäft einsteigen werde, »damit binnen kürzester Zeit angenehm riechendes Parfüm den Platz dieses Zeugs einnehmen kann, das meine Nase so stark strapazifiziert«.

Jetzt verlor Carmen die Geduld. »Die Menezes waren schon immer kleine Leute«, schimpfte sie Aires gegenüber. »Willst du zulassen, daß deine Mutter große Geschäfte in duftende Fläschchen verwandelt?« In jenen Tagen hatte sich Aires da Gamas übermäßige Nachgiebigkeit bereits zu einer Art Betäubung gesteigert, die auch durch Carmens gutes Zureden nicht zu vertreiben war. »Na schön, wenn du deinen rechtmäßigen Platz in diesem Haus nicht einnehmen willst«, schrie sie ihn an, »dann sei wenigstens so gut und gestatte mir, die Lobos zu Hilfe zu holen, statt zuzulassen, daß dieses Menezes-Ungeziefer überall rumkrabbelt wie weiße Ameisen und unser ganzes Bargeld auffrißt.« Großonkel Aires stimmte bereitwillig zu. Belle, die ebenfalls heftig erregt war, hatte weniger Erfolg (und keine Verwandten); Camoens war von Natur aus kein kriegerischer Mensch und wandte ein, da er keinen Sinn fürs Geschäft habe, dürfe er seiner Mutter nicht im Weg stehen. Dann aber trafen die Lobos ein.

Was mit Parfüm begonnen hatte, endete mit einem wahrhaft gigantischen Stunk ... Es gibt da etwas, das zuweilen aus uns herausbricht, etwas, das in uns lebt, das unsere Nahrung ißt, unsere Luft atmet, durch unsere Augen sieht, und wenn es Macht über uns bekommt, ist niemand dagegen immun; vom Wahn besessen gehen wir aufeinander los, den Wahn in den verdüsterten Augen und echte Waffen in den Händen, Nachbar gegen besessenen Nachbarn, besessener Cousin gegen Cousin, Bruder-Wahn gegen Bruder-Wahn, Wahn-Kind gegen Wahn-Kind. Carmens Lobos nahmen Kurs auf die Da-Gama-Besitzungen in den Spice Mountains, und die Dinge gerieten in Bewegung.

Die Jeep-Straße in die Spice Mountains rumpelt und holpert an Reisfeldern vorbei, an roten Pisangbäumen und Teppichen von rotem und grünem Spanischen Pfeffer, der in der Sonne zum Trocknen ausgebreitet liegt; vorbei an den kleinen, hellen Schirmen der wilden Tapioka und durch Cashew- und Arekanußpflanzungen (Quilon ist Cashewheim, wie Kottayam Gummifurk ist); und immer weiter hinauf, hinauf, bis zum Königtum von Kardamom und Kreuzkümmel, zu den schattigen Domänen junger, blühender Kaffeesträucher, zu den Teeterrassen, die aussehen wie gigantische, grüne Dächer, bis ganz hoch ins Reich des Malabar-Pfeffers. Früh am Morgen singen die Bulbuls, Arbeitselefanten ziehen vorbei, die stillvergnügt Grünpflanzen kauen, oben am Himmel kreist ein Adler. Radfahrer kommen zu viert nebeneinander, jeder die Arme auf den Schultern des anderen, ohne sich um die vorbeidonnernden Lastwagen zu kümmern. Seht doch: ein Radfahrer hat seinen Fuß hinten auf den Sattel seines Freundes gestützt. Idyllisch, nicht wahr? Aber schon wenige Tage nach Ankunft der Lobos gingen Gerüchte von Unruhen in den Bergen um; Lobos und Menezes kämpften um die Macht, hieß es, man munkelte von Streit und Schlägereien.

Das Haus auf Cabral Island war jetzt fast bis zum Bersten gefüllt; überall auf den Treppen stolperte man über die Lobos, während die Menezes die Toiletten besetzt hielten. Lobos weigerten sich erbost, beiseitezurücken, wenn Menezes versuchten, »ihre« Treppen hinauf- oder hinabzusteigen, und das Monopol der Menezes auf die Hygieneeinrichtungen ging so weit, daß Carmens Leute gezwungen waren, ihr Geschäft im Freien zu verrichten, weithin sichtbar für die Bewohner der benachbarten Insel Vypeen mit ihren Fischerdörfern und der Ruine des portugiesischen Forts (*o-ou, aa-aa,* sangen die Fischer, wenn sie an Cabral Island vorbeiruderten, und die Lobo-Frauen erröteten heftig und stritten sich um den Schutz der Büsche), in Sichtweite der Arbeiter in der nicht weit entfernten Kokosmattenfabrik auf Gundu Island und der dekadenten Duodezfürsten in ihren schlanken Barken, die auf ihren Vergnügungsfahrten vorüberkamen. Es herrschte viel Gedränge und Geschiebe in den Warteschlangen, die sich zu den Mahlzeiten bildeten, und in den Gärten fiel unter den desinteressierten Blicken der holzgeschnitzten Greifen so manches harte Wort.

Händel waren an der Tagesordnung. Um dem Platzproblem beizukommen, wurden die beiden Corbusier-Pavillons geöffnet, erwiesen sich bei den Verwandten jedoch als unbeliebt; es kam zu Schlägereien über die immer kompliziertere Frage, welchen Familienmitgliedern der angeblich höhere Status gewährt werden solle, im Haus zu schlafen. Lobo-Frauen begannen an Menezes-Zöpfen zu ziehen, und Menezes-Sprößlinge begannen Lobo-Kindern Puppen zu stibitzen, um ihnen alle Gliedmaßen auszureißen. Die Angestellten des Da-Gama-Haushalts beschwerten sich über das hochnäsige Verhalten der Angehörigen beider Sippen, über unflätige Ausdrücke und andere Verletzungen des Dienstbotenstolzes.

Allmählich spitzte sich die Lage zu. Eines Abends gerieten rivalisierende Banden von Menezes- und Lobo-Teenagern in den Gärten von Cabral Island aneinander; das Ergebnis: gebrochene Arme, aufgeschlagene Schädel und Stichwunden, zwei davon ernster Natur. Die Banden hatten die Papierwände von Le Corbusiers Ost-Pavillon-im-japanischen-Stil zerstört und die Holzkonstruktion so schwer beschädigt, daß er wenig später abgerissen werden mußte; sie hatten in den West-Pavillon eingebrochen und einen großen Teil der Möbel demoliert sowie zahlreiche Bücher zertrampelt. An diesem Abend rüttelte Belle Camoens wach und sagte: »Es wird Zeit, daß du etwas unternimmst, sonst ist wirklich alles verloren.« In diesem Moment flatterte ihr eine fliegende Küchenschabe ins Gesicht, und sie schrie auf. Der Schrei brachte Camoens zur Vernunft. Er sprang aus dem Bett und erschlug die Küchenschabe mit einer zusammengerollten Zeitung, doch als er zum Fenster ging, um es zu schließen, lag ein gewisser Duft in der Luft, der ihm sagte, daß der eigentliche Kampf bereits begonnen hatte. Es war der unverkennbare Geruch brennender Gewürze: Kümmel Koriander Gelbwurz, roter-Pfeffer-schwarzer-Pfeffer, roter-Chili-grüner Chili, ein bißchen Knoblauch, ein bißchen Ingwer, ein paar Stangen Zimt. Es war, als rühre ein Bergriese in einer gigantischen Pfanne das größte und schärfste Currygericht aller Zeiten zusammen. »So können wir unmöglich weiterleben, mit all diesen Leuten«, erklärte Camoens. »Wir zünden uns unser eigenes Dach über dem Kopf an, Belle.«

O ja, der große Stunk kam von den Spice Mountains zum Meer herabgerollt, *die Da-Gama-Verwandten setzen die Gewürzplantagen in Brand,* und als Belle an jenem Abend sah, wie sich Carmen, geborene Lobo, zum erstenmal in ihrem Leben gegen

– 58 –

ihre Schwiegermutter, geborene Menezes, erhob, als sie die beiden in ihren Nachthemden sah, mit aufgelösten Haaren, wie sie sich, zwei Megären gleich, gegenseitig anschrien und eine der anderen die Schuld am Brand auf den Plantagen gab, da legte sie die kleine Aurora mit großer Sorgfalt in ihr Bettchen, füllte eine Schüssel mit kaltem Wasser, trug sie in den mondbeschienenen Garten hinunter, in dem Epifania und Carmen mit Zähnen und Klauen aufeinander losgingen, zielte bedächtig und durchnäßte die beiden bis auf die Haut. »Da ihr mit euren Intrigen diese furchtbaren Brände gelegt habt«, erklärte sie ihnen, »müssen wir bei euch damit beginnen, sie zu löschen.«

Der Skandal war groß, und die Schande der Familie wurde immer größer. Die gierigen Flammen zogen mehr Menschen an als nur die Feuerwehr: Polizisten kamen nach Cabral Island, und nach den Polizisten kamen Soldaten, und dann wurden Aires und Camoens da Gama festgenommen, in Handschellen gelegt und mit bewaffneter Eskorte nicht direkt ins Gefängnis, sondern in den wunderschönen Bolgatty-Palast auf der Insel gleichen Namens gebracht, wo sie in einem hohen, kühlen Raum, von Pistolenmündungen bedroht, niederknien mußten, während ein Engländer mit schütterem Haar, cremeweißem Anzug, dicker Brille und Walroßschnauzbart, die Hände auf dem Rücken verschränkt, am Fenster stand, auf den Hafen von Cochin hinausblickte und, wie es schien, Selbstgespräche führte.

»Kein Mensch, nicht einmal die oberste Regierung, weiß alles über die Verwaltung des Empire. Jahr um Jahr schickt England junge Männer an die vorderste Front, die offiziell als Indian Civil Service bezeichnet wird. Diese Männer schuften bis zum Unfallen, sorgen sich zu Tode oder ruinieren sich ihre Gesundheit und ihre Perspektiven, um dieses Land vor Tod und Krankheit, Hungersnot und Krieg zu schützen und zu erreichen, daß es endlich fähig ist, auf eigenen Füßen zu stehen. Es wird niemals auf eigenen Füßen stehen können, aber die Idee ist gut, Menschen sind bereit, dafür zu sterben, und jedes Jahr macht die Aufgabe, dieses Land mit Überzeugungskraft und liebevollem Druck zu einem besseren Leben zu drängen, einige Fortschritte. Wird tatsächlich ein Erfolg erzielt, geht das Lob dafür an die Eingeborenen, während sich die Engländer im Hintergrund halten und den Schweiß von der Stirn wischen. Kommt es aber zu einem Mißerfolg, halten die Engländer dafür den Kopf hin und nehmen die Schuld auf sich. Solch übergroße Rücksichtnahme hat bei vielen Eingeborenen die feste Überzeugung wachgerufen, daß der Eingeborene tatsächlich fähig sei, das Land zu verwalten, und viele anständige Engländer sind ebenfalls davon überzeugt, weil diese Theorie in feinstem Englisch vorgebracht wurde und von Politikern jeglicher Couleur.«

»Sie dürfen meiner persönlichen Dankbarkeit versichert sein, Sir«, begann Aires, aber ein Sepoy, ein einfacher Malayali, schlug ihn mitten ins Gesicht, und er verstummte.

»Was Sie jetzt auch sagen mögen – wir werden das Land selbständig verwalten«, rief Camoens trotzig. Auch er wurde geohrfeigt: einmal, zweimal, dreimal. Blut rann ihm aus dem Mundwinkel.

»Es gibt andere Männer, die das Land auf ihre eigene Art und Weise regieren wollen«, fuhr der Mann am Fenster fort, seine Worte immer noch an den Hafen richtend. »Das heißt, mit einem guten Schuß roter Sauce. Auch solche Männer muß es in einem Land von dreihundert Millionen Menschen geben, aber wenn man sich nicht rechtzeitig um sie kümmert, könnten sie Probleme machen und sogar den großen Götzen namens Pax Britannica zerbrechen, der, wie die Zeitungen behaupten, zwischen Peshawar und Cape Comorin durchaus seinen festen Platz gefunden hat.«

Der Engländer drehte sich zu ihnen um, und natürlich war er ein Mann, den sie beide recht gut kannten: ein belesener Mann, mit dem Camoens immer gern über Wordsworth' Einstellung zur Französischen Revolution diskutiert hatte, über

Coleridges *Kubla Khan* und über Kiplings frühe, fast schizophrene Geschichten, in denen er von den indischen und den englischen Charakterzügen erzählt, die in ihm kämpfen; ein Mann, mit dessen Töchtern Aires im Malabar Club auf Willingdon Island getanzt und den Epifania an ihrer Tafel verköstigt hatte; der aber nun eine seltsam geistesabwesende Miene zur Schau trug.

»Wenigstens dieser eine Engländer, der hier vor Ihnen steht«, sagte er, »nämlich ich, der Resident, ist nicht geneigt, in diesem Fall die Schuld auf sich zu nehmen. Ihre eigenen Sippen sind es, die der Brandstiftung, der Rebellion, des Mordes, des blutigen Landfriedensbruchs schuldig sind, und nach meiner Ansicht haben Sie, obwohl Sie keinen direkten Anteil daran hatten, sich dieser Straftaten ebenso schuldig gemacht. Wir – womit ich mich, wie Sie natürlich verstehen werden, auf Ihre einheimischen Behörden beziehe – werden dafür sorgen, daß Sie dafür büßen. In den kommenden Jahren werden Sie beide nur sehr wenig Zeit mit Ihren Familien verbringen können.«

Im Juni 1925 wurden die Da-Gama-Brüder zu fünfzehn Jahren Haft verurteilt. Die außergewöhnliche Strenge des Urteils führte zu Spekulationen darüber, ob die Familie für Franciscos Mitgliedschaft in der Home-Rule-Bewegung oder sogar für Camoens' an eine Operette erinnernde Versuche bestraft werden sollte, die sowjetische Revolution zu importieren; für die meisten Menschen waren derartige Spekulationen jedoch überflüssig, ja sogar beleidigend geworden angesichts der vielen schrecklichen Entdeckungen, die man nach jener Brandnacht auf dem Besitz der Gama Trading Company in den Spice Mountains gemacht hatte und die den unstrittigen Beweis dafür lieferten, daß die Menezes- und die Lobo-Bande vollständig den Kopf verloren hatten. In einem niedergebrannten Cashewgarten waren die Leichen des (Lobo-)Aufsehers, seiner Frau und seiner Töchter gefunden worden – mit Stacheldraht an Bäume gefesselt wie Ketzer auf dem Scheiterhaufen. Und in den rauchenden Ruinen einer fruchtbaren Kardamompflanzung war man auf die verkohlten Überreste dreier Menezes-Brüder, ebenfalls an vom Feuer verbrannten Bäumen, gestoßen. Ihre Arme waren ausgestreckt, und durch die Mitte jeder Hand hatte man ihnen Eisennägel getrieben.

Ich spreche diese Dinge offen aus, weil sie mich vor Scham erzittern lassen.

Meine Familie hat unter so mancher dunklen Wolke gelebt. Was für eine Familie ist das? Ist das *normal*? Sind wir etwa alle so?

Wir sind so; nicht immer, aber potentiell. Und wir sind eben auch wie die anderen.

Fünfzehn Jahre: Epifania fiel im Gerichtssaal in Ohnmacht, Carmen weinte, aber Belle saß trockenen Auges mit steinerner Miene da, Aurora auf dem Schoß, die ebenfalls stumm und tiefernst dreinblickte. Zahlreiche Menezes- und Lobo-Männer sowie einige Frauen wurden verhaftet oder abgeurteilt; die übrigen wurden immer weniger, mit Asche auf dem Haupt kehrten sie nach Mangalore zurück. Als sie fort waren, wurde es im Haus auf Cabral Island sehr still, doch in den Wänden, den Möbeln, den Teppichen knisterte noch immer die von den jüngst Davongezogenen erzeugte elektrische Spannung, und manche Teile des Hauses waren so aufgeladen, daß einem schon die Haare zu Berge standen, wenn man sie betrat. Das alte Gemäuer ließ die Erinnerung an den Mob nur sehr, sehr langsam los, fast so, als erwarte es, die schlimmen Zeiten könnten zurückkehren. Am Ende aber kehrte Entspannung ein, und Ruhe und Frieden begannen über eine Rückkehr nachzudenken.

Belle hatte ihre eigenen Vorstellungen von einer Wiederherstellung der Zivilisation und verschwendete keine Zeit. Zehn Tage nach der Verhaftung von Aires und Camoens ordneten die Behörden, sozusagen im nachhinein, auch die Festnahme von Epifania und Carmen an, nur um sie eine Woche später, ebenso unvermittelt, wieder zu entlassen. Während dieser sieben Tage ging Belle mit Camoens' schriftlicher Ermächtigung – als Gefangener der A-Klasse durfte er sich von zu Hause täglich Mahlzeiten, Schreibmaterial, Bücher, Zeitungen, Seife, Handtücher und frische Kleidung bringen lassen sowie schmutzige Wäsche und Briefe hinausgeben – zu den Anwälten der Gama Trading Company, den Vollstreckern von Francisco da Gamas Testament, und überzeugte sie von der dringenden Notwendigkeit, die Firma zu teilen. »Die im Testament angesprochenen Bedingungen sind eindeutig eingetreten«, erklärte sie. Überall haben Gefolgsleute von Aires Disharmonie und Zwietracht ausgelöst – ob direkt oder indirekt, ist unwichtig; die Geschäftslage erfordert eindeutig, daß die Einheit des Unternehmens nicht länger aufrechterhalten wird. Wenn die Gama Company in einer Hand bleibt, wird die Schande dieser Greueltaten sie kaputtmachen. Teilen wir, kann man die Krankheit möglicherweise auf die eine Hälfte begrenzen. Teilen wir nicht, werden wir gemeinsam untergehen.«

Während die Anwälte sich mit einem Plan zur Halbierung des Familienunternehmens befaßten, kehrte Belle nach Cabral Island zurück und begann das große, alte Herrenhaus selbst zu teilen, und zwar von ganz tief unten bis zum höchsten Dachfirst; die alten Familiengarnituren von Silber, Leinen und Porzellan wurden bis zum letzten Teelöffel, Kopfkissenbezug und Suppenteller aufgeteilt. Mit der einjährigen Aurora auf der Hüfte dirigierte Belle das Hauspersonal; Schränkchen, Stielgläser, Puffs, weitausladende Rohrsessel, Bambusstangen für Moskitonetze, Sommer-Charpoys für jene, die während der heißen Jahreszeit lieber im Freien schliefen, Spucknäpfe, Nachttöpfe, Hängematten, Weinpokale wurden überall herumgeschoben; selbst die Eidechsen an den Wänden wurden eingefangen und gleichmäßig auf beiden Seiten der »großen Wasserscheide« verteilt. Nach gründlichem Studium der brüchigen, alten Baupläne des Hauses und unter gewissenhafter Abwägung von Boden Raum Fenstern Balkonen teilte sie das Herrenhaus mitsamt seinem Inhalt, seinen Höfen und Gärten genau in der Mitte. Entlang der von ihr gezogenen Grenzen ließ sie Säcke mit Gewürzen auftürmen, und dort, wo derartige Trennwände unangebracht waren – etwa auf der Haupttreppe –, zog sie in der Mitte eine weiße Linie und verlangte, daß diese Markierung beachtet wurde. In der Küche teilte sie die Töpfe und Pfannen und hängte einen Stundenplan an die Wand, auf dem jeder Partei ihre Benutzungszeiten mitgeteilt wurden, Tag um Tag. Auch das Hauspersonal wurde geteilt, und obwohl die meisten Angestellten darum baten, unter Belles Befehl bleiben zu dürfen, bestand sie unerbittlich auf größter Fairneß: eine Zofe hier, die andere dort, ein Küchenjunge auf dieser Seite, ein anderer hinter der Demarkationslinie. »Was die Kapelle betrifft«, teilte sie Epifania und Carmen mit, als diese bei ihrer Rückkehr bestürzt vor dem Fait accompli ihrer nunmehr aufgeteilten Welt standen, »so könnt ihr sie gern haben, mitsamt den Elfenbeinstoßzähnen und den Ganesha-Göttern. Wir auf unserer Seite haben weder vor, Elefanten zu sammeln, noch zu beten.«

Weder Epifania noch Carmen besaßen nach den jüngsten Ereignissen die Kraft, sich der Wucht von Belles entfesseltem Willen zu erwehren. »Ihr beiden habt das Höllenfeuer über diese Familie gebracht«, erklärte sie ihnen. »Jetzt will ich eure häßlichen Visagen nie wieder sehen müssen. Behaltet eure fünfzig Prozent! Ernennt eure eigenen Bevollmächtigten, laßt den ganzen Krempel zum Teufel gehen, von mir aus könnt ihr ihn auch verkaufen. Mir ist es egal! Ich werde lediglich dafür sorgen, daß die fünfzig Prozent meines Camoens' wachsen, blühen und gedeihen.«

»Aus dem Nichts bist du gekommen«, konterte Epifania niesend über eine Mauer von Kardamomsäcken hinweg, »und das Nichts wird dein Schicksal sein, Madam.« Aber es klang nicht

– 64 –

überzeugend, und weder sie noch Carmen widersprachen, als Belle ihnen mitteilte, daß die zerstörten Felder zu Aires' fünfzig Prozent gehörten. Aires wiederum sandte eine defätistische Nachricht aus dem Gefängnis:»Schlagt alles kurz und klein, jagt alles in die Luft! Macht Kleinholz aus der ganzen, verdammten Affäre – warum nicht?«

So kam es, daß Belle da Gama mit einundzwanzig Jahren die Verantwortung für das Vermögen ihres eingekerkerten Ehemanns übernahm; und obwohl es in den folgenden Jahren zu mancherlei Schicksalsschlägen kam, verwaltete sie es gut. Nach Camoens' und Aires' Verhaftung waren die Ländereien und Speicher der Gama Trading Company zunächst unter öffentliche Verwaltung gestellt worden: Während die Anwälte die Urkunden für die Teilung abfaßten, sah die Wirklichkeit so aus, daß bewaffnete Sepoys in den Spice Mountains patrouillierten und in den Chefsesseln des Unternehmens Staatsbeamte saßen. Monatelang mußte Belle reden, schmeicheln, schmieren und flirten, um das Unternehmen zurückzubekommen. Inzwischen waren viele Kunden, bestürzt über den Skandal, zur Konkurrenz übergelaufen oder hatten, als sie erfuhren, daß jetzt *ein ganz junges Ding* die Zügel in der Hand hielt, neue Geschäftsbedingungen verlangt, die die ohnehin schon wackligen Finanzen des Unternehmens noch weiter belasteten. Es gab auch zahlreiche Angebote, ihr die Company für ein Zehntel oder höchstens ein Achtel ihres wahren Wertes abzukaufen.

Aber Belle verkaufte nicht. Sie begann in Männerhosen, weißen Baumwollhemden und Camoens' cremefarbenem Filzhut herumzulaufen. Sie inspizierte jedes Feld, jeden Obstgarten, jede Plantage, die unter ihre Kontrolle fiel, und gewann das Vertrauen der eingeschüchterten Angestellten zurück, von denen viele in jener Brandnacht um ihr Leben gelaufen waren. Sie fand Manager, denen sie vertraute und denen die Arbeiter mit Respekt, aber ohne Furcht gehorchen konnten. Sie überredete Banken, ihr Geld zu leihen, brachte abgesprungene Kunden zur

Rückkehr und wurde Meisterin des Kleingedruckten. Für diese Rettung ihrer Hälfte der Gama Trading Company erwarb sie sich einen respektvollen Spitznamen: von den Salons in Fort Cochin bis zum Hafen von Ernakulam, von der britischen Residenz im alten Bolgatty-Palast bis zu den Spice Mountains sprach man nur von der »Queen Isabella of Cochin«. Doch obwohl die Bewunderung, die darin lag, sie mit heißem Stolz erfüllte, mochte sie diesen Spitznamen nicht. »Nennt mich Belle!« verlangte sie. »Einfach Belle, das reicht für mich.« Aber Belle war niemals »einfach« und hatte sich ihren Titel ehrlicher verdient als so manche einheimische Prinzessin.

Nach drei Jahren kapitulierten Aires und Carmen, weil ihre fünfzig Prozent inzwischen kurz vor dem Zusammenbruch standen. Belle hätte sie für einen Spottpreis aufkaufen können, doch weil Camoens seinem Bruder so etwas nie angetan hätte, bezahlte sie ihnen das Doppelte. In den darauffolgenden Jahren arbeitete sie ebenso fieberhaft daran, die fünfzig Prozent von Aires zu retten, wie sie es mit ihrem eigenen Anteil getan hatte. Nur der Name des Unternehmens wurde geändert: Die Gama Trading Company war für immer von der Bildfläche verschwunden. An ihre Stelle trat die restaurierte Konstruktion der sogenannten C-50, der »Camoens Fifty Per Cent Corp. (Private) Limited«. »Daran kann man sehen«, erklärte Belle gern, »daß in diesem Leben fünfzig plus fünfzig fünfzig sind.« Womit sie meinte, daß zwar das Unternehmen durch Queen Isabellas *reconquista* wiedervereinigt wurde, der Riß in der Familie aber nicht überbrückt werden konnte; die Sackbarrikaden blieben an Ort und Stelle. Für viele und sehr lange Jahre.

Sie war nicht perfekt; vielleicht sollte man das an dieser Stelle erwähnen. Sie war groß, schön, brillant, tapfer, fleißig, stark, siegreich, aber, Ladies und Gentlemen, Queen Isabella war kein Engel, weder Flügel noch Heiligenschein hingen in ihrem Kleiderschrank, o nein, Sir. In den Jahren, in denen Camoens im

Gefängnis saß, qualmte sie wie ein Vulkan, führte immer zotigere Reden und zügelte ihre Zunge nicht einmal vor ihrem heranwachsenden Kind, sie unternahm gelegentlich auch Sauftouren bis zur Bewußtlosigkeit und lag dann, alle viere von sich gestreckt, wie eine Hure in irgendeiner obskuren Schnapsbude herum; sie wurde die härteste aller zu knackenden Nüsse, und es gab Anzeichen dafür, daß ihre Geschäftsmethoden zuweilen ein wenig zur Einschüchterung tendierten, zu einem gewissen Druck auf die Lieferanten, Kontraktoren, Rivalen; und sie machte häufig, beiläufig, schamlos Seitensprünge, wahllose und hemmungslose Seitensprünge. Dann legte sie ihre Arbeitskleidung ab, schlüpfte in ein perlenbesticktes Flatterkleid und ein Cloche-Hütchen, übte vor ihrem großen Ankleidespiegel mit weit aufgerissenen Augen und Schmollmund den Charleston, ließ Aurora in der Obhut ihrer Ayah und machte sich auf zum Malabar Club. »Dann bis später, *chickadee!*« sagte sie mit ihrer tiefen, verräucherten Stimme, »Mummy geht heut auf Tigerjagd.« Oder, ein wenig ungeduldig und unter starkem Husten: »Träum was Schönes, Engelsgesicht! Mummy ist auf Löwenfleisch scharf.«

In späteren Jahren erzählte meine Mutter Aurora da Gama ihren Bohemefreunden folgende Geschichte. »Fünf-sechs-sieben-acht-Jahre war ich alt, wißt ihr, eine richtige kleine Madam. Wenn das Telefon klingelte, nahm ich den Hörer ab und sagte: ›Es tut mir leid, aber Daddy und Onkel Aires sind im Gefängnis, Tante Carmen und Granny sitzen hinter den stinkenden Säcken und dürfen nicht rüberkommen, und Mummy will die ganze Nacht Tiger schießen; kann ich was ausrichten?‹«

Während Belle auf Großwildjagd war, suchte die kleine Aurora, in ihrem surrealistisch aufgeteilten Elternhaus sich selbst überlassen, Zuflucht bei jenem inneren Auge, welches das Glück der Einsamkeit ist; und fand, wie die Sage geht, zu ihrer Begabung. Noch als sie längst erwachsen und ganz auf den Kult um sich selbst konzentriert war, ergingen sich ihre Bewunderer gern in der Vorstellung von dem kleinen Mädchen, das in dem großen Haus mutterseelenallein zurückblieb und sämtliche Fenster aufstieß, damit die überwältigende Realität Indiens seine Seele wachrufen konnte. (Wie Sie vermutlich feststellen, wurden zwei Episoden aus Auroras früheren Jahren zu diesem Bild miteinander verschmolzen.) Ehrfürchtig erzählte man sich von ihr, daß sie schon als Kind keine Kinderbilder malte, sondern daß ihre Gestalten und Landschaften von Anfang an erwachsen wirkten. Das war ein Mythos, den sie nie richtigzustellen versuchte; im Gegenteil, sie nährte ihn möglicherweise noch, indem sie bestimmte Zeichnungen zurückdatierte und andere Jugendwerke vernichtete. Die Wahrheit ist vermutlich, daß Aurora während jener langen, mutterlosen Stunden ihr Leben mit der Kunst begann; daß sie eine begabte Zeichnerin und Malerin war, vielleicht sogar eine, die ein fachmännisches Auge bereits damals erkannt hätte; und daß sie sich ihrem neuen Interesse unter strengster Geheimhaltung widmete und Arbeiten und Gerätschaften so geschickt versteckte, daß Belle zeit ihres Lebens nichts davon ahnte.

Ihr Material besorgte sie sich in der Schule; jeden einzelnen Penny ihres Taschengelds gab sie für Stifte, Papier, Tuschfedern, Scriptol und Kindermalkästen aus, oder sie zeichnete mit Holzkohle, die sie sich aus der Küche holte; und Josy, ihre Ayah, die alles wußte, half ihr immer wieder, die Skizzenblöcke zu verstecken, ohne ihr Vertrauen jemals zu enttäuschen. Erst nachdem sie von Epifania eingesperrt worden war ... aber ich greife vor. Und außerdem gibt es Menschen, die besser geeignet sind als ich, über die geniale Begabung meiner Mutter zu schreiben, Menschen, deren Augen deutlicher erkennen, was sie wirklich erreicht hat. Was mich fasziniert, wenn ich rückblickend das Bild des einsamen kleinen Mädchens betrachte, das als Erwachsene zu meiner unsterblichen Mutter wurde, zu meiner Nemesis, meiner Widersacherin über das Grab hinaus, ist die Erkenntnis, daß sie ihre Einsamkeit weder ihrem Vater zum Vorwurf gemacht hat, der während ihrer gesamten Kindheit abwesend war und im Gefängnis saß, noch ihrer Mutter, die ihre Tage damit verbrachte, das Unternehmen zu führen, und ihre Nächte mit der Großwildjagd; im Gegenteil, sie liebte sie beide heiß und innig und wollte, zum Beispiel von mir, kein einziges Wort der Kritik an deren Fähigkeiten als Eltern hören.

(Aber sie enthielt ihnen das Geheimnis ihrer wahren Natur vor. Sie hielt es fest und drückte es an sich; bis es aus ihr herausbarst, wie es derartige Wahrheiten immer tun: weil es nicht anders möglich war.)

Epifania, im Gebet,

und alternd, denn als ihre Söhne eingesperrt wurden, war sie achtundvierzig, als sie, nachdem sie neun Jahre ihrer Strafe abgesessen hatten, entlassen wurden, schon siebenundfünfzig, *die Jahre ziehen dahin wie verirrte Boote, Herr, als hätten wir Zeit zu verschwenden*, fiel in eine Art Ekstase, einen apokalyptischen Wahn, in dem Schuld und Gott und Eitelkeit und das Ende der Welt, die Zerstörung der alten Formen durch das verhaßte Aufkommen der neuen, in dem alles durcheinander geriet, *so war es nicht geplant, Herr, ich sollte nicht in meinem eigenen Haus hinter eine Wand aus Säcken verbannt werden und die weißen Grenzlinien dieser Verrückten nicht übertreten dürfen*, sie kratzte ihre Wunden der Gegenwart und der Vergangenheit, *meine eigenen Dienstboten, Herr, sie halten mich auf meinem Platz fest, denn auch ich bin hier eine Gefangene, und sie sind meine Wärter, ich kann sie nicht entlassen, weil ich nicht ihren Lohn bezahle, sie sie sie, überall und immer nur sie, aber ich kann warten, verstehst Du, Geduld ist eine Tugend, ich werde auf den richtigen Augenblick warten*, in ihren Gebeten verfluchte Epifania die Lobos, *und warum quälifiziert Ihr mich, süßer Jesus, heilige Maria, indem Ihr mich zwingt, mit der Tochter aus jenem verfluchten Haus zusammenzuleben, diesem unfruchtbaren Ding, mit dem ich in meiner Großherzigkeit Freundschaft zu schließen trachtete, seht doch, wie sie es mir dankt, wie diese Familie von Druckern kam und mein Leben zerstörte,* aber dann wieder stieg die Erinnerung an die Toten auf und klagte sie an, *Herr, ich habe gesündigt, ich müßte mit kochendem Öl verbrüht und mit eisigem Eis verbrannt werden, gewähre mir Deine Gnade, Mutter Gottes, denn ich bin die Niedrigste der Niedrigen, rette mich, wenn es Dein Wille ist, vor dem Abgrund des bodenlosen Nichts, denn in meinem Namen und durch meine Taten wurde großes und mörderisches Übel auf die Erde losgelassen,* sie wählte ihre Strafe selbst, *Herr, heute habe ich beschlossen, ohne Moskitonetz zu schlafen, sollen sie doch kommen, die Stacheln Deiner Vergeltung, sollen sie mich in der Nacht stechifizieren und mir das Blut aussaugen, sollen sie mich anstecken, Mutter Gottes, mit dem Fieber Deines Zorns,* und diese Buße sollte dauern bis nach der Entlassung ihrer Söhne, als sie sich selbst die Sünden verzieh und sich wieder in diese Wogen nächtlichen Nebels hüllte, sich blindlings weigerte, einzugestehen, daß die Moskitonetze während der Jahre, in denen sie unbenutzt blieben, von den Motten voller Löcher gefressen worden war, *Herr, die Haare gehen mir aus, die Welt ist in Scherben gegangen, Herr, und ich bin alt.*

Und Carmen, in ihrem einsamen Bett, versenkte sich, während ihre Finger unterhalb der Taille Trost spendeten, in sich selbst, trank die eigene Bitternis und nannte sie süß, wanderte durch die eigene Wüste und nannte sie fruchtbar, erregte sich an Phantasien von Verführung durch dunkelhäutige Matrosen auf dem Rücksitz des schwarz-goldenen, holzausgekleideten familieneigenen Lagonda, träumte davon, Aires' Liebhaber im familieneigenen Hispano-Suiza zu verführen, *o Gott, denk doch, wie viele neue Männer er im Gefängnis finden wird, findet, gefunden hat,* und liebkoste Nacht um schlaflose Nacht den eigenen knochigen Körper, während ihre Jugend dahinschwand, einundzwanzig, als Aires ins Gefängnis kam, dreißig, wenn er herauskommen würde, *und noch immer unberührt, unberührbar, niemals zu berühren, nicht von anderen, aber diese Finger können es, o ja, sie können es, o ja;* und

– 70 –

seifenglitschig im Bad und schweißnaß im Basar suchte sie ihre tägliche Lust, *so weit hätte es nicht kommen dürfen, Aires-Ehemann, Epifania-Schwiegermutter, wunderschön hätte es werden sollen; und rings um mich her ist überall Schönheit, Belles grenzenlose Kraft, die Launenhaftigkeit und die Möglichkeiten ihrer Schönheit. Aber ich, ich, ich bin unschön. In diesem Haus, das im Bann der Schönheit steht, habe ich mich gezeigt, und siehe da, Sirs, ich bin monströs, oho-ho, Ladies und Ladahs, jawohl, in der Tat,* und ihre unglücklichen Augen schließend und ihren Rücken durchbiegend, überließ sie sich den Freuden des Abscheus, *schinde mich, schinde mir die Haut vom Körper und laß mich von neuem beginnen laß mich von keiner Rasse von keinem Namen von keinem Geschlecht sein o laß die Nüsse in ihren Schalen verrotten, oh oh die Gewürze verderben in der Sonne o laß sie brennen o laß sie brennen o laß sie brennen, ooh,* und sank weinend zusammen und verkroch sich unter ihre Laken, während die in Flammen stehenden Toten auf sie eindrangen, und *Vergeltung* heulten.

An ihrem zehnten Geburtstag wurde Aurora da Gama von dem Mann aus dem Norden mit dem *charrakh-choo,* dem Akkordeon, dem Uttar-Pradesh-Akzent und den Zaubertricks gefragt: »Was wünschst du dir mehr als alles andere von der Welt?«, und bevor sie antworten konnte, gewährte er ihr einen Wunsch. Im Hafen ertönte die Sirene einer Motorbarkasse, die auf die Mole von Cabral Island zuhielt, und dort auf dem Deck, sechs Jahre vor Ablauf ihrer Strafzeit entlassen, standen Aires und Camoens, *nur-Haut-und-Knochen,* wie ihre Mutter voll Freude ausrief. Da kehrten sie heim, schwächlich winkend, ein identisches Lächeln auf dem Gesicht: das zögernde, gierige Lächeln eben entlassener Strafgefangener.

Großvater Camoens und Großmutter Belle umarmten sich auf der Mole. »Ich hab' dir dein scheußlichstes Buschhemd bügeln und rauslegen lassen«, sagte sie. »Schnell, geh hin, laß dich als Geschenk verpacken und präsentier dich diesem Ge-

– 71 –

burtstagskind mit dem breiten Grinsen, das ihr das ganze Gesicht verzerrt. Sieh nur, groß wie ein Baum ist sie geworden und versucht ihren Dad wiederzuerkennen.«

Ich spüre, wie mir ihre Liebe über die Jahre hinweg entgegenfließt; wie groß sie war, und wie wenig Zeit ihnen zusammen blieb. (Ja, trotz der vielen Herumhurerei beteure ich abermals: Was zwischen Belle und Camoens existierte, war wirklich der wahre Jakob.) Ich höre Belle husten, während sie Camoens zu Aurora brachte, ich spüre, wie der tiefe, rauhe Husten an mir zerrt, als sei er mein eigener. »Zu viele Zigaretten«, keuchte sie erstickt. »Schlechte Angewohnheit.« Und log, um keinen Schatten auf seine Heimkehr fallen zu lassen: »Ich werd's aufgeben.«

Auf Camoens' behutsame Bitte – »diese Familie hat zu viel durchgemacht, jetzt müssen wir anfangen, gesund zu werden« – gestattete sie, die Barrieren abzutragen, die ihr den Anblick von Epifania und Carmen erspart hatten. Für Camoens gab sie von heute auf morgen und endgültig ihre zügellosen, lasterhaften Ausflüge auf. Weil Camoens sie darum bat, ließ sie zu, daß Aires in den Vorstand des Familienunternehmens aufgenommen wurde, obwohl sich wegen seines Geldmangels niemals die Frage erhob, ob er einen Anteil zurückkaufen wolle. Ich glaube – ich hoffe –, daß sie ein wundervolles Liebespaar waren, Belle und Camoens, daß seine scheue Sanftmut und ihre hungrige Sinnlichkeit sie zu einem perfekten Gespann machten; daß sie während jener so-kurzen-viel-zu-kurzen drei Jahre nach Camoens' Entlassung sich gegenseitig befriedigten und einer in den Armen des anderen glücklich war.

Aber drei Jahre lang hustete sie, und obwohl der Schock nach allem, was geschehen war, das wiedervereinigte Haus in jenen Jahren zu einem Ort größter Vorsicht gemacht hatte, ließ sich ihre heranwachsende Tochter nicht täuschen. »Und noch ehe ich den Tod in Belles Lunge hörte, wußten sie es, diese Hexen«, erzählte mir meine Mutter. »Diese Schweine warteten ganz einfach ab, das war mir klar. Einmal geteilt, immer geteilt; in diesem Haus herrschte Krieg bis zum blutigen Ende.«

Als die Familie eines Abends bald nach der Heimkehr der Brüder auf Camoens' Ersuchen in dem lange unbenutzten großen Speisesaal unter den Porträts ihrer Ahnen zusammenkam, um ein Versöhnungsmahl zu sich zu nehmen, war es Belles Brust, die alles ruinierte, war es die Tatsache, daß Belle blutiges Sputum in einen Chromspucknapf spie, was Epifania, die in einer schwarzen Spitzenmantilla am Kopfende der Tafel präsidierte, zu der Bemerkung veranlaßte: »Aha, nachdem du genug Geld gescheffelt hast, brauchst du jetzt wohl keine Manieren mehr«; es kam zu Vorwürfen, zu wütendem Hinauslaufen, und dann wurde der labile Waffenstillstand wiederhergestellt, aber es gab keine weiteren Zusammenkünfte zu den Mahlzeiten.

Belle hustete, wenn sie erwachte, und hustete ganz fürchterlich, bevor sie schlafen ging. Der Husten weckte sie in der Nacht, und sie wanderte durch das alte Haus, um überall die Fenster zu öffnen ... aber zwei Monate nach seiner Heimkehr war es Camoens, der eines Nachts aufwachte und sah, daß sie in fiebrigem Schlaf hustete und daß ihr Blut aus den Mundwinkeln rann. Die Diagnose lautete auf Tuberkulose, die sich in beiden Lungenflügeln eingenistet habe, was damals weitaus gefährlicher war als heute, und die Ärzte erklärten Belle, daß der Kampf schwer sein würde und daß sie ihre beruflichen Aktivitäten drastisch einschränken müsse. »Verdammt noch mal, Camoens«, grollte sie, »wenn du verbockst, was ich einmal für dich entbockt habe, dann solltest du hoffen, daß ich noch da bin, um es zum zweitenmal für dich zu entbocken.« Woraufhin er, die sanfte Seele, außer sich vor Angst und Sorge, in heiße Tränen der Liebe ausbrach.

Und auch Aires fand, als er zurückkehrte, eine veränderte Ehefrau vor. Am Abend seiner Entlassung kam sie in sein Schlafzimmer und sagte: »Wenn du dein schändliches und skandalöses Verhalten nicht aufgibst, Aires, werde ich dich im

Schlaf ermorden.« Er reagierte mit einer tiefen Verneigung, dem Kratzfuß eines Dandys aus dem Zeitalter der Restauration, bei dem die rechte Hand geckenhafte Spiralen nach außen vollführte, während der rechte Fuß mit kokett abgeknicktem Zeh nach vorn ausgestreckt wurde, und Carmen verschwand. Aires gab seine Abenteuer nicht auf; aber er wurde vorsichtiger, stahl sich ein paar Nachmittagsstunden in einer gemieteten Wohnung in Ernakulam mit einem trägen Deckenventilator, schießpulverblauen Wänden, abblätternd und schmucklos, einem angrenzenden Bad mit Pumpengriffdusche und Hocktoilette und einem großen, niedrigen Charpoy-Bett, dessen Gurte er aus Gründen der Hygiene und der Stabilität hatte erneuern lassen. Durch die Bambusjalousien fielen schmale Streifen Tageslicht quer über seinen Körper und den eines anderen, und die Rufe vom Markt stiegen zu ihm herauf und vermischten sich mit dem Stöhnen seines Liebhabers.

Des Abends spielte er Bridge im Malabar Club, wo seine Anwesenheit verbürgt werden konnte, oder blieb sittsam zu Hause. Er kaufte Vorhängeschlösser für die Riegel an seiner Tür und erwarb eine englische Bulldogge, die er, um Camoens zu provozieren, Jawaharlal nannte. Auch in der Zeit nach dem Gefängnis war und blieb er ein eingeschworener Gegner des Kongresses und dessen Forderung nach Unabhängigkeit, doch nun wurde er auch noch ein eifriger Briefeschreiber und füllte ganze Zeitungsspalten mit seinem Eintreten für die sogenannte Liberale Alternative. »Diese fehlgeleitete Politik der Vertreibung unserer Herrscher«, donnerte er, »angenommen, sie hat Erfolg: Was wird dann? Wo gibt es hier in Indien die demokratischen Institutionen, welche die lenkende Hand der Briten ersetzen könnten, die, wie ich persönlich bestätigen kann, wohlwollend auch dann ist, wenn sie uns für unsere infantilen Missetaten bestraft?« Als der liberale Chefredakteur der Zeitung *Leader*, Mr. Chintamani, andeutete, daß Indien sich »lieber der gegenwärtigen unkonstitutionellen Regierung unterwerfen solle als der reaktionäreren und überdies noch weniger konstitutionellen Regierung der Zukunft«, schrieb ihm Großonkel Aires ein ausdrückliches »Bravo!«, und als ein anderer Liberaler, Sir P. S. Sivaswamy Iyer, erklärte, daß »der Kongreß, wenn er sich für den Zusammentritt einer konstituierenden Nationalversammlung ausspricht, zu großes Vertrauen in die Intelligenz der Massen setzt und der Aufrichtigkeit und Fähigkeit von Männern, die an vielen verschiedenen Round-table-Konferenzen teilgenommen haben, zu wenig gerecht wird. Ich zweifle sehr daran, ob es die konstituierende Nationalversammlung besser gemacht hätte«, da gratulierte ihm Aires da Gama schriftlich: »Ich stimme Ihnen *von ganzem Herzen* zu! In Indien ist der gemeine Mann auf der Straße von jeher vor dem Ratschlag der über ihm Stehenden niedergekniet – vor gebildeten Menschen und Personen von Stand.«

Am folgenden Tag stellte Belle ihren Schwager auf der Mole zur Rede. Bleich und mit geröteten Augen, in mehrere Schals gewickelt, bestand sie wie jeden Morgen trotz ihrer Krankheit darauf, Camoens zu dem Boot zu begleiten, das ihn zur Arbeit brachte. Als die Brüder an Bord der Familienbarkasse gingen, hielt sie Aires die Morgenzeitung unter die Nase. »In diesem Haus herrschen Bildung und Standesbewußtsein«, sagte Belle dabei laut, »und doch haben wir uns wie die Schweine benommen.«

»Nicht wir«, widersprach Aires da Gama, »sondern unsere saudummen, armen Verwandten, für die ich, verdammt noch mal, genug gelitten habe und für die ich keine weitere Schuld auf mich zu nehmen gedenke. Hör auf zu bellen, Jawaharlal! Platz, mein Junge, Platz!«

Camoens wurde rot, hielt aber den Mund, während er an Mr. Nehru im Gefängnis von Alipore und an so viele gute Männer und Frauen dachte, die man in irgendwelche entlegenen Zuchthäuser gesteckt hatte. Allnächtlich saß er bei Belle mit ihrem Husten, trocknete ihr Augen und Lippen, legte ihr kalte Kom-

pressen auf die Stirn und erzählte ihr flüsternd vom *Heraufdäm-
mern einer neuen Welt, Belle, eines befreiten Landes, Belle, über der
Religion stehend, weil säkular, über den Klassen, weil sozialistisch, über
den Kasten, weil aufgeklärt, über dem Haß, weil voll Liebe, über der
Rache, weil verzeihend, über den Stämmen, weil vereinend, über den
Sprachen, weil vielsprachig, über den Farben, weil vielfarbig, über der
Armut, weil siegreich darüber, über der Ignoranz, weil gebildet, über der
Dummheit, weil intelligent, Freiheit, Belle, der Freiheitsexpreß, schon
bald werden wir auf dem Bahnsteig stehen und die Ankunft dieses Zuges
bejubeln,* und während er ihr seine Träume schilderte, schlief sie
ein und wurde von Phantomen des Elends und des Krieges
heimgesucht.

Wenn sie eingeschlafen war, deklamierte er an ihrem Bett
Gedichte,

*Absent thee from felicity awhile,
And for a season draw thy breath in pain,*

und flüsterte die Worte dabei ebenso für die Gefangenen wie
für seine Frau, für das ganze, gefangene Land, beugte sich,
außer sich vor Sorge, über ihren kranken, schlafenden Körper
und vertraute seine angstvolle Hoffnung und Liebe dem Wind
an,

*When all its work is done, the lie shall rot;
The truth is great and shall prevail,
When none cares whether it prevails or not.*

Es war nicht Tuberkulose, oder nicht nur Tuberkulose. Im Jahre
1937 wurde festgestellt, daß Isabella Ximena da Gama, geborene Souza, im Alter von erst dreiunddreißig Jahren an einem
Lungentumor litt, der sich in einem fortgeschrittenen – einem
tödlichen – Stadium befand. Sie schied rasch dahin, unter
enormen Schmerzen, wobei sie bis zuletzt gegen den Feind in

ihrem Körper wütete, mit dem Tod haderte, weil er zu früh kam und sich so schrecklich aufführte. Eines Sonntagmorgens, als der Klang der Kirchenglocken über das Wasser kam und Holzrauch in der Luft lag, sagte sie, während Aurora und Camoens an ihrem Bett standen, das Gesicht dem hereinströmenden Sonnenlicht zugewandt, *vergeßt nicht die Geschichte von El Cid Campeador aus Spanien, auch er hat eine Frau namens Ximena geliebt.*

O nein, wir werden sie nicht vergessen.

Und als er zu Tode verwundet war, bat er sie, seinen Leichnam auf ein Pferd zu binden und ihn in die Schlacht zurückzuschicken, damit die Feinde sähen, daß er noch am Leben sei.

Ja, Mutter. Meine Liebste, ja.

Dann binde meinen Leichnam auf eine verdammte Rikscha oder was immer für ein verfluchtes Transportmittel ihr findet, Kamelkarren Eselskarren Ochsenkarren Fahrrad, aber um Gottes willen nicht auf einen verdammten Elefanten; okay? Weil der Feind nahe und Ximena in dieser traurigen Geschichte der Cid ist.

Ja, Mutter, das werde ich tun.

[Stirbt.]

4

Wir in unserer Familie haben die Luft der Welt schon immer nur schwer atmen können; wir kommen in der Hoffnung auf die Erde, dort einen besseren Ort zu finden.

Und ich, zu dieser späten Stunde? Ich schlag' mich so durch, danke der Nachfrage; obwohl ich vor der Zeit schon alt, alt, alt geworden bin. Man könnte sagen, ich hätte zu schnell gelebt, hätte wie ein Marathonläufer, der zusammenbricht, weil er es versäumt hat, sich die Zeit einzuteilen, oder wie ein erstickender Astronaut, der zu übermütig auf dem Mond getanzt hat, in meinen überhitzten Jahren den Luftvorrat eines ganzen Lebens verbraucht. Ach Moor, du Verschwender! Hast in nur sechsunddreißig Jahren deine ganze Zuteilung von zweiundsiebzig verbraucht! (Aber lassen Sie mich strafmildernd hinzufügen, daß mir keine große Wahl blieb.)

Also: Es gibt Schwierigkeiten, aber ich bewältige sie. In den meisten Nächten sind da Geräusche, das Krächzen und Heulen phantastischer Bestien, das aus dem Dschungel meiner Lunge dringt. Ich erwache keuchend, greife mir schlaftrunken ganze Fäuste voll Luft und stopfe sie mir wirkungslos in den Mund. Immerhin fällt es mir leichter, ein- statt auszuatmen. Genauso wie es leichter ist, hinzunehmen, was das Leben bietet, als die Folgen dieser Hinnahme von sich zu geben. Wie es leichter ist, einen Schlag einzustecken, als zurückzuschlagen. Wie dem auch sei, pfeifend und röchelnd atme ich schließlich aus, werde der Sache Herr. Darauf kann ich wirklich stolz sein; und gönne mir einen anerkennenden Klaps auf den schmerzenden Rücken.

Bei solchen Gelegenheiten werde ich zu meinem eigenen Atmen. Alles, was mir an Kraft geblieben ist, konzentriert sich auf das fehlerhafte Funktionieren meiner Brust: das Husten, das fischähnliche Luftschnappen. Ich bin es, das atmet. Ich bin, was vor langer Zeit mit einem Schrei begonnen hat und was enden wird, wenn ein Spiegel, den man vor meine Lippen hält, klar bleibt. Nicht das Denken ist es, was uns so macht, sondern die Luft. *Suspiro, ergo sum.* Ich seufze, daher bin ich. Das Latein verrät gewöhnlich die Wahrheit: *suspirare* = *sub*, unter, + *spirare*, atmen.

Suspiro: Ich unter-atme.

Am Anfang und gegen das Ende zu war und ist die Lunge: göttliche In-spiration, Babys erster Schrei, Sprache als geformte Luft, Stakkatostöße des Lachens, erhabene Weisen des Gesangs, glückliches Stöhnen des Liebenden, unglückliches Klagen des Liebenden, Krächzen des alten Weibes, Pesthauch der Krankheit, ersterbendes Flüstern, und danach die luftlose, lautlose Leere.

Ein Seufzer ist nicht einfach ein Seufzer. Wir inhalieren die Welt und atmen Sinn und Bedeutung aus. Solange wir können. Solange wir können.

Wir atmen Licht, die Bäume melden sich. Hier, am Ende der Reise, an diesem Ort mit seinen Olivenbäumen und Grabsteinen, hat die Vegetation beschlossen, ein Gespräch zu beginnen. *Wir atmen Licht*, in der Tat; äußerst informativ. Sie sind von der Gattung »El Greco«, diese geschwätzigen Olivenbäume; ein passender Name, möchte man meinen, der Name dieses lichtatmenden, gottbesessenen Griechen.

Von nun an werde ich dem plauderfreudigen Laubwerk mit seiner arborealen Metaphysik, seiner Chlorophyllosophie, kein Gehör mehr schenken. Mein Familienstammbaum sagt mir alles, was ich zu hören brauche.

Ich habe in einer Caprice gelebt: in Vasco Mirandas türmebewehrter Feste im Dorf Benengeli. Von einem braunen Hügel blickt sie auf eine Ebene hinab, die in glitzernden Bildern davon träumt, ein mediterranes Meer zu sein. Auch ich habe geträumt und durch einen schmalen Fensterschlitz meiner Wohnung den Süden nicht Spaniens, sondern Indiens gesehen; habe trotz der Entfernung in Raum und Zeit in jenes dunkle Zeitalter zwischen Belles Tod und dem Erscheinen meines Vaters auf der Szene zurückzukehren versucht. Hier, durch diese enge Öffnung, diesen schmalen Spalt in der Zeit, drang Epifania Menezes da Gama zu mir herein, kniend, im Gebet, ihre Kapelle ein goldener Teich in der Finsternis des riesigen Treppenhauses. Ich schloß kurz die Augen, und eine Erinnerung an Belle tauchte auf. Eines Tages, kurz nach seiner Entlassung aus dem Gefängnis, erschien Camoens in schlichter Khaddar-Kleidung zum Frühstück; Aires, schon wieder ganz der alte Dandy, lachte in seinen Fischbrei hinein. Nach dem Frühstück nahm Belle Camoens beiseite. »Leg diese Maskerade ab, Liebling!« sagte sie. »Unser nationales Anliegen ist es, ein gutes Unternehmen zu leiten und uns um unsere Arbeiter zu kümmern, nicht aber, uns wie die Botenjungen zu kleiden.« Diesmal jedoch blieb Camoens fest. Er war, genau wie sie, für Nehru, nicht für Gandhi – für Geschäfte und Technologie und Fortschritt und Modernität, für die Stadt und gegen all dieses sentimentale Getue wie selbstgesponnene Baumwolle und Bahnfahrten in der dritten Klasse. Aber Homespun-Kleidung trug er gern. Will man den Herrn wechseln, sollte man auch die Kleider wechseln. »Okay, Bapuji«, neckte sie ihn, »aber bilde dir nicht ein, daß du mich aus meinen Hosen rauskriegst, es sei denn, in ein aufregendes Tanzkleid.«

Ich sah zu, wie Epifania betete, und dankte dafür, daß meine Eltern irgendwie, durch einen glücklichen Riesenzufall, der zu jener Zeit das Normalste von der Welt zu sein schien, von der Religion geheilt worden waren. (Wo ist ihre Medizin, ihr das Priestergift besiegendes Antidot? Zieht es um Himmels willen auf Flaschen und schickt es in die ganze Welt!) Ich sah Camoens in seiner Khaddar-Jibba und dachte daran, daß er einmal, ohne Belle, quer über die Berge bis in den kleinen Ort Malgudi am Sarayu-Fluß gepilgert war, nur weil Mahatma Gandhi dort sprechen sollte – und das, obwohl Camoens ein Nehru-Anhänger war. In seinem Tagebuch notierte er darüber:

In dieser gigantischen Versammlung am sandigen Ufer des Sarayu war ich nur ein winziger Fleck. Um das Podium herum wimmelte es nur so von freiwilligen Helfern in weißem Khaddar. Der Chromständer des Mikrofons glänzte in der Sonne. Hier und da standen Polizisten. Übereifrige Assistenten schwirrten herum und baten die Menschen, sich still und leise zu verhalten. Die Menschen gehorchten ihnen ... der Fluß strömte dahin, die Blätter der riesigen Banyan- und Peepulbäume an den Ufern raschelten; die wartende Menge gab ein stetes Gemurmel von sich, immer wieder vom plop *der Sodawasserflaschen unterbrochen; längliche Gurkenscheiben, halbmondförmig und mit einer in Salz ge-stippten Limonenschale verziert, verschwanden im Handumdrehen vom Holztablett eines fliegenden Händlers, der (als Konzession an die An-kunft eines großen Mannes) gedämpften Tones verkündete:* »Gurken gegen den Durst, das beste Mittel gegen den Durst.« *Zum Schutz vor der Sonne hatte er sich einen grünen türkischen Turban um den Kopf gewunden.*

Dann kam Gandhi, und alle klatschten im Takt seines Lieb-lings-Dhun in die Hände und sangen:

>*»Raghupati Raghava Raja Ram*
>*Patitha pavana Sita Ram*
>*Ishwara Allah tera nam*
>*Sabko Sanmati dé Bhagwan.«*

Und dann kam *Jai Krishna, Hare Krishna, Jai Govind, Hare Govind,* kam *Samb Sadashiv Samb Sadashiv Samb Sadashiv Samb Shiva Har Har Har Har.* »Nach alldem«, erzählte Camoens Belle bei seiner Rückkehr, »hörte ich nichts mehr. In dieser Menschenmenge mit ihrem Sodawasser und ihren Gurken hatte ich Indiens Schönheit erkannt, doch dieses Gotteszeug machte mir angst. Wir in der Stadt sind für ein säkulares Indien, das Dorf aber ist für Ram. Und sie sagen ›Ishwar und Allah sind Deine Namen‹, aber sie meinen es nicht ernst, sie meinen Ram persönlich, den König der Raghu-Sippe, mit Sita zusammen Erlöser von den

Sünden. Ich fürchte, letztlich werden die Dorfbewohner in die Städte marschieren, werden Menschen wie wir die Türen verschließen müssen, und dann werden sie mit dem Rammbock kommen.«

5

Wenige Wochen nach dem Tod seiner Frau begannen auf Camoens da Gamas Haut geheimnisvolle Kratzer zu erscheinen. Der erste an seinem Hals, hinten im Nacken, und ausgerechnet seine Tochter mußte ihn auf ihn aufmerksam machen, dann fand er drei lange, schräge Linien auf seiner rechten Hinterbacke und anschließend einen auf seiner Wange, der bis zum Spitzbart hinunterlief. Zur selben Zeit fing Belle an, in seinen Träumen zu ihm zu kommen, nackt und fordernd, so daß er jeden Morgen weinend erwachte, denn er schlief zwar mit ihrem Traumbild, wußte aber dennoch, es war nicht real. Die Kratzer waren aber durchaus real, und obwohl er es Aurora gegenüber nicht aussprach, hatte sein Gefühl, daß Belle zurückgekehrt war, ebensoviel mit diesen Liebeszeichen zu tun wie mit den offenen Fenstern und den verschwundenen Elefantenfigurinen.

Sein Bruder Aires versuchte dem Rätsel der verlorenen Elefantenstoßzähne und Ganeshas auf einfachere Weise beizukommen. Er versammelte die Dienerschaft im großen Hof unter dem Peepulbaum, dessen Stamm am unteren Teil weiß gestrichen war, und stolzierte in der Nachmittagshitze in Panamahut, kragenlosem Hemd und weißer Segeltuchhose mit roten Hosenträgern vor ihnen auf und ab, um ihnen seine felsenfeste Überzeugung ins Gesicht zu brüllen, daß einer von ihnen der Dieb sein müsse. Die Hausangestellten – Gärtner, Bootsführer, Kehrer, Latrinenputzer – standen in einer schwitzenden, verschreckten Reihe vor ihm, auf den Gesichtern das einschmeichelnde Lächeln ihrer Furcht, während Jawaharlal, die Bulldogge, ein leises, drohendes Knurren ausstieß und ihr Herrchen Aires alle mit Spottnamen überschüttete.

»Wer will hier etwas sagen?« fragte er.

»*Gobbledy*gokhale, du? Nallappa*boomdiay*? Karampal*stilzchen*? Raus damit, pronto!« Die Hausboys nannte er *Tweedlydum* und

Tweedlydee, wobei er jedem eine Ohrfeige versetzte, die Gärtner bezeichnete er als Nüsse und Gewürze, wobei er sie heftig vor die Brust stieß, *Cashew, Pista, Großer und Kleiner Kardamom,* und die Latrinenputzer, die er natürlich nicht berührte, waren *Aa* und *Pipi.*

Als sie hörte, was geschah, kam Aurora angelaufen, und zum erstenmal in ihrem Leben empfand sie angesichts der Dienstboten Scham, und sie konnte ihnen nicht in die Augen sehen. Sie wandte sich an die versammelte Familie (denn die teilnahmslose Epifania, Carmen mit dem Eissplitter im Herzen und sogar Camoens – der sich wand, aber, wie betont werden muß, nicht eingriff – waren gekommen, um Aires' Vernehmungstechnik zu studieren) und gestand mit einem hohen, immer höher steigenden Kreischen: »*Die waren's nicht ich war's ich!*«

»Was?« gab Aires, um sie nachzuahmen, aber auch aus Verärgerung ebenfalls kreischend, zurück: ein Peiniger, seines Vergnügens beraubt. »Sprich lauter! Ich kann kein Wort verstehen.«

»Hör auf, sie zu schikanieren!« brüllte Aurora. »Sie haben nichts getan; sie haben deine soundso Elefanten und ihre blitzeblanken Zähne nicht angefaßt. *Ich* habe das alles getan.«

Ihr Vater erbleichte. »Aber warum, Baby?« Knurrend fletschte die Bulldogge die Zähne.

»Sag nicht Baby zu mir!« protestierte Aurora, die ihn jetzt sogar herausforderte. »Es war genau, was meine Mutter immer schon tun wollte. Von nun an werde ich ihren Platz einnehmen. Und übrigens, Onkel Aires, du solltest diesen verrückten Hund einsperren, für *den* hab' ich einen Spitznamen, den er *wirklich* verdient: *Jawarwauwau,* der Immer-bellen-aber-nie-beißen-Köter.« Damit machte sie hoch erhobenen Kopfes auf dem Absatz kehrt und marschierte davon, während ihrer Familie vor Staunen der Mund offenstand: als hätten sie einen leibhaftigen Avatar gesehen, eine Reinkarnation, den lebenden Geist ihrer toten Mutter.

– 84 –

Und doch wurde Aurora eingesperrt; zur Strafe verbannte man sie eine Woche lang, bei Reis-und-Wasser, in ihr Zimmer. Die getreue Josy jedoch schmuggelte Speisen und Gestränke zu ihr hinauf – nicht nur *idli* und *sambar*, sondern auch würzige Garnelengerichte, Bananengelee, Creme Caramel und Soda-pop; außerdem brachte die alte Ayah ihr heimlich sämtliche Malutensilien – Kohlestifte, Pinsel, Farben –, mit deren Hilfe Aurora in diesem eigentlichen Augenblick ihres Erwachsenwerdens ihr Innerstes auszudrücken begann. Die ganze Woche arbeitete sie und machte kaum einmal Pause, um ein wenig zu schlafen. Wenn Camoens an ihre Türe kam, um sie zu besuchen, forderte sie ihn auf, zu verschwinden, sie wolle ihre Strafe allein abbüßen und könne keinen Exsträfling als Vater gebrauchen, der keinen Finger rühre, um die eigene Tochter vor dem Eingesperrtsein zu bewahren; dann ließ er den Kopf hängen und gehorchte.

Nachdem ihr Hausarrest beendet war, bat Aurora Camoens jedoch zu sich herein und machte ihn zum zweiten Menschen auf der Welt, der ihr Werk betrachten durfte. Jeder Zoll der Wände und sogar der Zimmerdecke war mit Gestalten bedeckt, menschlichen und tierischen, realen und imaginären, gezeichnet mit einem unverkennbaren, schwungvollen schwarzen Strich, der seine Stärke ständig veränderte und hier und da mit dicken Farbblöcken ausgefüllt worden war, dem Rot der Erde, dem Purpur und Zinnober des Abendhimmels, den vierzig Schattierungen der Farbe Grün; ein Strich, so machtvoll und frei, so voll Leben und Kraft, daß Camoens sich mit dem überquellenden Herzen des stolzen Vaters sagen hörte: »Aber das ist ja das große Gewimmel des Lebens selbst.« Je mehr er sich an das soeben enthüllte Universum seiner Tochter gewöhnte, desto deutlicher begann er ihre Visionen zu erkennen. Sie hatte Geschichte an die Wände gemalt: König Gondophares, der den Apostel Thomas nach Indien einlud; aus dem Norden Kaiser Asoka mit seiner Gesetzessäule, und die Reihen der Menschen, die sich unbedingt mit dem Rücken an die Säule

stellen wollten, um zu probieren, ob sie sie zu umfassen vermochten, weil das Glück bringen sollte; Auroras Versionen
erotischer Tempelschnitzereien, deren klare Einzelheiten Camoens erbleichen ließen; die Errichtung des Tadsch Mahal,
nach der man, wie Aurora furchtlos aufzeigte, den großen
Baumeistern, die Hände abgeschlagen hatte, damit sie nie
wieder etwas so Vollkommenes erschaffen konnten; und aus
dem Sagenschatz ihres heimatlichen Südens hatte sie die
Schlacht von Srirangapatnam, das Schwert des Tipu Sultan und
die magische Festung Golconda ausgewählt, wo ein Mann, der
im Torhaus mit ganz normaler Stimme spricht, noch in der
Zitadelle deutlich verstanden werden kann, sowie die weit zurückliegende Ankunft der Juden. Doch auch moderne Geschichte gab es hier, es gab Gefängnisse voll leidenschaftlicher
Männer, aus dem Kongreß wie aus der Muslim League, Nehru
Gandhi Jinnah Patel Bose Azad, und britische Soldaten, die
hinter vorgehaltener Hand von einem bevorstehenden Krieg
tuschelten; und neben der Geschichte gab es Kreaturen aus
Auroras Phantasie, gab es Hybriden wie Halb-Frau-halb-Tiger,
Halb-Mann-halb-Schlange, gab es Seeungeheuer und Bergdä-
monen. Einen Ehrenplatz nahm Vasco da Gama persönlich ein,
wie er den ersten Schritt auf indischen Boden tut, die Nase in
den Wind hebt und alles erschnuppert, was würzig und scharf
ist und Geld einbringt.

Allmählich erkannte Camoens auch Familienporträts, nicht
nur Abbildungen der Toten und Lebenden, sondern sogar der
Nie-Geborenen – zum Beispiel von Auroras ungeborenen Ge-
schwistern, mit ernstem Gesicht um ihre tote Mutter neben
einem Konzertflügel gruppiert. Bestürzt entdeckte er ein Bild
von Aires da Gama, splitternackt in einer Werft, eingehüllt in
ein Licht, das von ihm ausging, während er rings von dunklen
Gestalten umgeben war; und erschüttert betrachtete er eine
Parodie des Abendmahls, bei der die Dienstboten der Familie
hemmungslos an der Tafel zechten, über sich ihre zerlumpten

– 86 –

Ahnen, die von den Porträts an der Wand herabstarrten, während die da Gamas bei Tisch bedienten, Speisen hereintrugen, Wein ausschenkten und schlecht behandelt wurden – Carmen wurde in den Po gekniffen, und Epifania bekam von einem betrunkenen Gärtner einen Tritt versetzt. Dann zog ihn der rasche Fluß der Komposition jedoch schon wieder weiter, fort vom Persönlichen und in die Menge hinein, denn hinter der Familie und rundum und über und unter ihr und dazwischen war die Masse Mensch selbst, die dichte Masse, die Masse ohne Grenzen; Aurora hatte ihr gigantisches Werk so komponiert, daß die Bilder ihrer Familie sich einen Weg durch diese Hyperfülle der Abbildungen kämpfen mußten, womit sie andeutete, die Zurückgezogenheit auf Cabral Island sei nichts weiter als Illusion und die eigentliche Wahrheit sei dieser Berg, dieser Haufen, diese endlos metamorphe Reihe der Menschheit; und wo Camoens auch hinblickte, sah er die Wut der Frauen, die zerquälte Schwäche und Kompromißbereitschaft in den Gesichtern der Männer, die sexuelle Ambivalenz der Kinder, die passiven, klaglosen Gesichter der Toten. Er wollte wissen, woher sie all diese Dinge wußte, fragte sich mit dem bitteren Geschmack seines Versagens als Vater auf der Zunge, wieso sie in ihrem zarten Alter so viel über Zorn und Schmerz und Enttäuschung auf der Welt wußte und so wenig von ihren Freuden gekostet hatte, *wenn du die Freude kennengelernt hast,* hätte er gern zu ihr gesagt, *dann, erst dann wird dein Talent vollkommen sein,* aber sie wußte bereits so viel, daß es ihm vor Furcht die Worte verschlug und er nichts zu sagen wagte.

Nur Gott war nicht vorhanden, so gründlich Camoens die Wände auch absuchte, und selbst nachdem er eine Trittleiter emporgestiegen war, um die Decke zu betrachten, gelang es ihm weder, die Gestalt Christi, mit oder ohne Kreuz, ausfindig zu machen, noch die Darstellung irgendeines anderen höheren Wesens, sei es Baumgott oder Wassergott, sei es Engel, Teufel oder Heiliger.

Das Ganze war in einer Landschaft angesiedelt, bei deren Anblick Camoens zu zittern begann, denn es war Mutter Indien persönlich, Mutter Indien mit ihrer Grellheit und ihrer unerschöpflichen Bewegtheit, Mutter Indien, die ihre Kinder liebte und verriet und fraß und vernichtete und wieder liebte, mit der sich diese Kinder bis weit über das Grab hinaus leidenschaftlich verbunden fühlten und doch auf ewig haderten; die sich wie ein Ausrufezeichen der Seele bis in hohe Berge hinein, entlang breiter Flüsse voller Gnade und Siechtum und quer über harte, dürregeplagte Ebenen erstreckte, wo Menschen verzweifelt mit Spitzhacken auf den trockenen, unfruchtbaren Boden einschlugen; Mutter Indien mit ihren Meeren und Kokospalmen, Reisfeldern und Ochsen an den Wasserbrunnen, den Kranichen in den Baumwipfeln mit Hälsen wie die Haken von Kleiderbügeln, den hoch oben kreisenden Drachen, der Stimmbegabung der Beos und der gelbschnäbligen Brutalität der Krähen, eine proteische Mutter Indien, die monströs sein konnte und ein Wurm, der aus dem Meer aufstieg, mit Epifanias Gesicht am Ende eines langen, schuppigen Halses; die zur Bestie werden konnte und schielend, wie Kali züngelnd tanzte, während Tausende starben; doch über allem, im absoluten Mittelpunkt der Decke, an jenem Punkt, wo all die Füllhorn-Linien sich vereinigten: Mutter Indien mit Belles Gesicht. Queen Isabella war die einzige Göttin-Mutter hier, und sie war tot; im Zentrum dieses ersten, immensen Ergusses von Auroras Kunst stand die schlichte Tragödie ihres Verlustes, der unverminderte Schmerz, ein mutterloses Kind geworden zu sein. Dieses Zimmer war ihre Trauerarbeit.

Camoens, der das begriff, nahm sie in den Arm, und beide weinten.

Ja, Mutter; auch du warst einmal eine Tochter. Dir wurde das Leben geschenkt, und du hast es anderen genommen ... Meine Geschichte ist eine Geschichte zahlreicher Gewalttaten, zahlreicher unerwarteter Todesfälle, eine Geschichte von Morden wie auch von Selbstmorden. Feuer, Wasser und Krankheit müssen ihre eigene Rolle spielen, neben den Menschen – nein, *um sie herum und in ihnen.*

Am Weihnachtsabend 1938, siebzehn Jahre nachdem der junge Camoens die siebzehnjährige Isabella Souza nach Hause mitgebracht hatte, um sie seiner Familie vorzustellen, erwachte ihrer beider Tochter, meine Mutter Aurora da Gama, von Regelschmerzen und konnte nicht wieder einschlafen. Sie ging ins Bad und versorgte sich, wie es die alte Josy ihr gezeigt hatte, mit Watte, Gaze und einem langen Schlafanzugsgürtel, der alles an Ort und Stelle hielt, dann rollte sie sich derart verschnürt auf dem weißgefliesten Boden zusammen und kämpfte gegen die Schmerzen an. Nach einer Weile ließen sie nach. Sie beschloß, in den Garten hinauszugehen und ihren geplagten Körper im schimmernden, unbekümmerten Wunder der Milchstraße zu baden. *Star light, star bright* ... Wir blicken hinauf und hoffen, daß die Sterne auf uns herabblicken, wir beten, daß es Sterne gibt, denen wir folgen können, Sterne, die am Himmel ziehen und uns unserer Bestimmung entgegenführen, aber das ist nur unsere Eitelkeit. Wir betrachten die Galaxis und verlieben uns, aber das Universum kümmert sich weit weniger um uns als umgekehrt, und die Sterne weichen nicht von ihrem Kurs ab, sosehr wir es uns auch wünschen. Gewiß, wenn man eine Weile zusieht, wie sich das Himmelsrad dreht, wird man einen Meteor fallen, aufflammen und verlöschen sehen. Aber das ist kein Stern, dem zu folgen sich noch lohnt; es ist nichts als ein verunglückter Felsbrocken. Unser Schicksal findet hier auf der Erde statt. Es gibt keine Leitsterne.

Seit dem Zwischenfall mit den offenen Fenstern war über ein Jahr vergangen, und das Haus auf Cabral Island schlummerte in jener Nacht in einer Art Waffenstillstand. Aurora, die schon lange nicht mehr an den Weihnachtsmann glaubte, legte einen leichten Schal über ihr Nachtkleid, stieg über die schlafende

Gestalt ihrer Josy-Ayah auf der Matte vor ihrer Tür hinweg und ging barfuß den Korridor entlang.

(Weihnachten, diese Erfindung des Nordens, diese Erzählung von Schnee und Strümpfen, von lustigen Feuern und Rentieren, lateinischen Weihnachtsliedern und *O Tannenbaum*, von immergrünen Bäumen und Santa Klaas mit seinen kleinen Helferlein, wird durch die tropische Hitze irgendwie auf seine Ursprünge zurückgeführt, denn was immer das Jesuskind gewesen sein mag oder nicht, es war ein Hitzebaby; so armselig seine Krippe auch gewesen sein mag, *kalt* war es nicht darin; und falls überhaupt die drei Weisen kamen und dem fernen Stern folgten – unklugerweise, wie ich schon andeutete –, so kamen sie jedenfalls, das dürfen wir nicht vergessen, aus dem Osten. Drüben in Fort Cochin haben die englischen Familien Weihnachtsbäume mit Watte auf den Zweigen aufstellen lassen; in der St. Francis' Church – damals noch anglikanisch, heute nicht mehr – hat der junge Reverend Oliver D'Aeth bereits den alljährlichen Weihnachtsgottesdienst abgehalten; auf den Weihnachtsmann warten Mince Pies und Gläser voll Milch, und irgendwo dort wird morgen Truthahn auf dem Tisch stehen, mit zwei Sorten Füllung und sogar Rosenkohl. Aber es gibt viele christliche Gemeinden hier in Cochin, katholische, syrisch-orthodoxe und Nestorianer, es gibt Mitternachtsmessen, wo man vor lauter Weihrauch keine Luft bekommt, es gibt Priester mit dreizehn Kreuzen auf der Mütze, die Jesus und die Apostel symbolisieren, es gibt Kriege zwischen den Bekenntnissen, römisch-katholisch gegen syrisch, und *alle* sind einhellig der Meinung, daß die Nestorianer überhaupt keine richtigen Christen sind; und auch all diese einander bekriegenden Weihnachtsfeste werden vorbereitet. In unserem Haus auf Cabral Island ist es der Papst, der die Szene beherrscht. Hier gibt es keine Bäume; statt dessen gibt es eine Krippe. Joseph könnte ein Zimmermann aus Ernakulam sein, Maria eine Frau von den Teefeldern, das Vieh sind Wasserbüffel, und die Haut der Heiligen Familie

– o Schreck! – ist eher dunkel. Geschenke gibt es nicht. Für Epifania da Gama ist Weihnachten ein Tag für Jesus. Geschenke – und selbst in dieser ziemlich lieblosen Familie findet ein Austausch von Geschenken statt – gehören in die Nacht vor Epiphanias, die Nacht von Gold Weihrauch Myrrhe. In *diesem* Haus kommt niemand durch den Kamin herab …)

Aurora erreichte an den oberen Absatz der großen Treppe und sah, daß die Kapellentür offenstand; die Kapelle war beleuchtet, und das Licht, das aus der Tür fiel, bildete eine kleine goldene Sonne im Dunkel des Treppenhauses. Lautlos schlich Aurora näher und spähte hinein. Eine zierliche Gestalt, den Kopf mit einer schwarzen Spitzenmantilla bedeckt, kniete vor dem Altar. Aurora konnte das zarte Klicken von Epifanias Rubinrosenkranz hören. Da das junge Mädchen vermeiden wollte, daß die Matriarchin sie bemerkte, begann sie sich leise zurückzuziehen. In diesem Moment kippte Epifania Menezes da Gama lautlos zur Seite und blieb liegen.

»Eines Tages wirst du mir noch das Herz brechifizieren.«

»Geduld ist eine Tugend. Ich werde einfach abwarten.«

Wie näherte sich Aurora ihrer zusammengebrochenen Großmutter? Hob sie, wie ein liebevolles Kind, erschrocken die Hand an den Mund und lief zu ihr hinüber?

Sie näherte sich langsam, schob sich an den Wänden der Kapelle entlang und ging mit zögernden, bedächtigen Schritten auf die reglose Gestalt zu.

Schrie sie auf, schlug sie einen Gong (in der Kapelle gab es einen Gong), oder tat sie auf irgendeine andere Art und Weise ihr Möglichstes, das Haus zu alarmieren?

Sie tat es nicht.

Vielleicht hatte es ja keinen Sinn, das zu tun. Vielleicht war es offensichtlich, daß Epifania nicht mehr zu helfen war – daß der Tod sie schnell und gnädig ereilt hatte?

Als Aurora Epifania erreichte, sah sie, daß die Hand, die den Rosenkranz hielt, noch immer schwach an den Perlen zupfte; daß die

Augen der Alten geöffnet waren und sie offenbar erkannten; daß sich die Lippen der Alten ganz leicht bewegten, obwohl kein vernehmliches Wort herauskam.

Und als Aurora sah, daß ihre Großmutter noch lebte – tat sie da etwas, um ihr das Leben zu retten?

Sie zögerte.

Und nach dem Zögern? Zugegeben, sie war sehr jung, und eine gewisse Lähmung darf wohl der jugendlichen Panik zugeschrieben und verziehen werden; doch nach dem Zögern – da rief sie doch sicher sofort jemanden aus dem Haus, damit Hilfe geleistet werden konnte ... oder?

Nach dem Zögern trat sie zwei Schritte zurück; setzte sich im Schneidersitz auf den Boden; und wartete.

Empfand sie denn gar nichts – kein Mitleid, keine Scham, keine Furcht?

Sie war beunruhigt, gewiß. Falls Epifanias Anfall nicht wirklich tödlich war, würde dieses Verhalten gegen sie sprechen; selbst ihr Vater würde böse sein. Das war ihr klar.

Weiter nichts?

Sie sorgte sich, daß sie entdeckt werden könnte; also ging sie hin und schloß die Kapellentür.

Warum dann aber nicht gleich Tabula rasa machen: Warum nicht die Kerzen ausblasen und das elektrische Licht abschalten?

Alles mußte so bleiben, wie Epifania es hinterlassen hatte.

Dann war es also eiskalter Mord. Sie stellte Überlegungen an.

Falls ein Mord durch Unterlassung begangen werden kann, dann ja. Falls Epifania einen so schweren Schlag erlitten hatte, daß sie nicht hätte überleben können, dann nein. Dieser Punkt ist strittig.

Ist Epifania gestorben?

Nach einer Stunde bewegte sie ein letztes Mal die Lippen; ihr Blick richtete sich auf die Enkelin. Deren Ohr, an die sterbenden Lippen gelegt, den Fluch der Großmutter vernahm.

Und die Mörderin? Oder, in aller Fairneß: die potentielle Mörderin?

Ließ die Kapellentür genauso weit offen, wie sie sie vorgefunden hatte; und ging wieder schlafen ...

Aber sie konnte doch sicher nicht ...?

... und schlief so fest wie ein kleines Kind. Und erwachte am Weihnachtsmorgen.

Eine harte Wahrheit muß an dieser Stelle ausgesprochen werden: Nach Epifanias Tod wurde alles lebendiger. Irgendein schon lange exilierter Geist, vielleicht jener der Fröhlichkeit, kehrte nach Cabral Island zurück. Ein jeder merkte, daß sich die Qualität des Lichts verändert hatte, fast so, als sei ein Filter aus der Luft entfernt worden; Helligkeit brach hervor wie eine Leibesfrucht. Im neuen Jahr meldeten die Gärtner eine nie dagewesene Fülle des Wachstums, begleitet von einer deutlichen Abnahme der Insektenplagen; selbst einem gärtnerisch alles andere als geschulten Auge konnten die üppigen Kaskaden der Bougainvilleen nicht verborgen bleiben, und auch eine alles andere als feine Nase vermochte das frisch prangende Wuchern von Jasmin, Maiglöckchen, Orchideen und Königinnen der Nacht wahrzunehmen. Das alte Haus selbst schien von einer neuen Erregung, einem neuen Gespür für Möglichkeiten zu summen; eine gewisse Morbidität war aus den Höfen und Gärten gewichen. Sogar Jawaharlal, die Bulldogge, schien in diesem neuen Zeitalter sanfter zu werden.

Besucher kamen so häufig wie damals in Franciscos glorreichen Tagen. Ganze Bootsladungen junger Leute trafen ein, um Auroras Zimmer zu bestaunen und die Abende in dem noch bestehenden Corbusier-Haus zu verbringen, das sie mit jugendlichem Eifer schnell wieder instand setzten; auch Musik gab es wieder auf der Insel, und die neuesten modernen Tänze. Sogar Großtante Sahara, Carmen da Gama, ließ sich von der Stimmung anstecken und nahm unter dem Vorwand, Anstandsdame der jungen Leute zu sein, an diesen Zusammenkünften teil, bis ein hübscher junger Mann sie schließlich dazu überredete, eine zwar von verächtlichem »Papperlapapp« und Zungenschnalzen begleitete, aber immerhin doch erstaunlich geschmeidige Sohle aufs Parkett zu legen. Wie sich herausstellte, besaß Carmen ein Gefühl für Rhythmus. Und als Auroras junge Freunde an den folgenden Abenden Schlange standen, um sie zum Tanz aufzufordern, konnte man förmlich zusehen, wie die Maske des Alters von Mrs. Aires da Gama abfiel, zusehen, wie sich der gebeugte Rücken straffte, das Blinzeln der Augen verschwand und die Armesündermiene der zögernden Andeutung eines vergnügten Gesichtsausdrucks wich. Sie war noch nicht einmal fünfunddreißig Jahre alt, aber zum erstenmal seit einer Ewigkeit wirkte sie jünger, als sie war.

Während Carmen den Shimmy tanzte, betrachtete Aires sie mit einem Ausdruck, der fast an Interesse grenzte, und sagte: »Es wird Zeit, daß wir Älteren ein paar Leute einladen, damit wir ein klitzekleines bißchen mit dir angeben können.« Das war das Freundlichste, was er jemals zu ihr gesagt hatte, und so verbrachte Carmen die folgenden Wochen inmitten eines Chaos von Einladungskarten, Lampions für den Garten, Menüvorschlägen, Schragentischen und der ach so süßen Qual der Wahl, was sie anziehen solle. Am Abend der Party spielte ein Orchester auf dem Hauptrasen, und im Corbusier-Pavillon wurden Grammophonplatten aufgelegt. Damen mit viel Schmuck und Herren in elegantem Frack kamen in ganzen Barkassenladungen auf die Insel herüber, und wenn einige der Herren Carmens Ehemann ein bißchen zu tief in die Augen schauten, so war sie an ihrem großen Abend geneigt, wohlwollend darüber hinwegzusehen.

Ein Mitglied der Familie blieb von dieser allgemein gehobenen Stimmung allerdings unberührt: Im Gewühl des Balls auf Cabral Island vermochte Camoens ausschließlich an Belle zu denken, deren Schönheit an einem so großen Abend sogar die

– 94 –

Sterne in den Schatten gestellt hätte. Inzwischen hatte er beim Erwachen keine Liebeskratzer mehr auf der Haut, und weil er sich nicht mehr an die verzweifelte Hoffnung klammern konnte, daß sie vielleicht aus dem Jenseits zu ihm zurückkehren werde, lockerte etwas, das ihn am Leben gehalten hatte, langsam seinen Griff; es gab Tage und Nächte, da er es nicht ertragen konnte, seine Tochter anzusehen, weil die Gegenwart ihrer Mutter so stark in ihr zu spüren war. Zuweilen empfand er sogar eine Art Zorn auf sie, weil sie mehr von Belle besaß, als er selbst je wieder besitzen würde.

Mutterseelenallein stand er mit einem Glas Granatapfelsaft in der Hand auf der Mole. Eine junge Frau, etwas mehr als nur leicht angeheitert, mit schwarzen Ringellocken und viel zu scharlachrot bemaltem Mund, kam in einem wallenden Kleid mit Puffärmeln herbei und beugte sich zu ihm vor. »Schneewittchen!« erklärte sie beschwipst.

Camoens, der mit den Gedanken weit, weit weg war, antwortete nicht.

»Haben Sie denn nicht den Film gesehen?« lallte die junge Frau verärgert. »Jetzt wird er endlich in der Stadt gezeigt, und ich hab' ihn schon elf-, zwölfmal gesehen, jawohl, das hab' ich.« Dann, auf ihr Kleid deutend: »Genau wie in dem Fillum! Ich hab' meinem Schneider gesagt, er soll ihr Kleid haargenau nachmachen, Stich für Stich. Ich kann auch die sieben Zwerge aufzählen«, fuhr sie fort, ohne auf eine Reaktion zu warten. »Sneezysleepyhappydopeygrumpybashfuldoc. Und welcher sind Sie, bitte?«

Der traurige Camoens wußte keine Antwort; stumm schüttelte er den Kopf.

Das bläuliche Schneewittchen ließ sich von seinem Schweigen nicht abschrecken. »Sneezy nicht, Happy nicht, Doc nicht«, fuhr die junge Frau fort. »Also Sleepydopeygrumpybashful – welcher? Sie wollen's wohl nicht sagen, also muß ich raten. Sleepy nicht, Dopey glaub' ich nicht, Grumpy vielleicht, aber

Bashful, ja! Hi-ho, Bashful! Pfeifen Sie nur schön weiter bei Ihrer Arbeit!«

»Miss«, versuchte Camoens sie abzuwehren, »es wäre besser, wenn Sie sich wieder der Party anschließen würden. Ich bin, so leid es mir tut, nicht so recht in Partystimmung.«

Schneewittchen schniefte tief enttäuscht. »Mr.-Großes-Tier-Knastbruder Camoens da Gama!« fuhr sie ihn an. »Kann einer Dame gegenüber nicht mal einen höflichen Ton anschlagen, weint sich noch immer nach seiner verblichenen Frau die Augen aus, stimmt's? Spielt ja auch keine Rolle, daß sie's mit der halben Stadt getrieben hat, reicher Mann armer Mann Bettler Pastor. Großer Gott, hör dir das an, das hätt' ich nicht sagen sollen.« Sie wandte sich zum Gehen; Camoens packte sie am Oberarm. »Herrgott, Mann, lassen Sie das, Sie machen mir 'n blauen Fleck!« rief Schneewittchen, konnte sich aber der Forderung, die in Camoens' Gesicht geschrieben stand, nicht entziehen. »Ich krieg' ja richtig Angst vor Ihnen, Mensch. Sie seh'n aus, als wär'n Sie total verrückt oder was. Sind Sie betrunken? Vielleicht sind Sie *zu* betrunken. Na schön. Tut mir leid, daß ich's gesagt hab', aber schließlich wissen's alle, und irgendwann mußte es ja rauskommen – oder? Jetzt reicht's aber, *tata-bata*, Sie sind nicht Bashful, sondern Grumpy, aber irgendwo wird's auch noch einen anderen Zwerg für mich geben.«

Am nächsten Morgen erhielt Schneewittchen, von mörderischen Kopfschmerzen geplagt, Besuch von zwei Polizeibeamten, die sie baten, die oben geschilderte Szene zu rekonstruieren. »Was wollt ihr, Leute, ich hab' ihn auf der Mole stehenlassen, und das war's, Ende, nichts mehr hinzufügen.«

Sie war die letzte, die meinen Großvater lebend gesehen hatte.

Das Wasser ruft uns. Es hat Francisco gerufen und Camoens, Vater und Sohn. Sie sprangen in den nachtschwarzen Hafen und schwammen zur Mutter Ozean hinaus. Und die Gezeiten trugen sie davon.

6

Im August 1939 sah Aurora da Gama, daß der Frachter *Marco Polo* noch immer im Hafen von Cochin vor Anker lag, und bekam einen Wutanfall, zeigte sich hier doch die Tatsache, daß ihr geschäftsuntüchtiger Onkel Aires während des Interregnums zwischen dem Tod ihrer Eltern und ihrer eigenen Großjährigkeit die Zügel des Unternehmens durch seine gleichgültigen Finger schleifen ließ. Sie wies ihren Fahrer an, »aber dalli!«, zum C-50 Godown Nr. 1 im Hafen von Ernakulam zu fahren, und stürmte zornig in den riesigen Speicher, wo sie einen Augenblick zögerte – verunsichert von der kühlen Stille des hier herrschenden, von Lichtbalken durchzogenen Dunkels und von der blasphemischen Atmosphäre einer Jutesack-Kathedrale, wo der Duft von Patschuli-Öl und Nelken, von Gelbwurz und Griechisch Heu, von Kreuzkümmel und Kardamom wie die Erinnerung an Musik in der Luft hing, während die schmalen Gänge, die sich im Dämmer zwischen den hohen Stapeln exportfertiger Waren verloren, Wege zur Hölle und zurück oder auch zur Erlösung sein konnten.

(Große Stammbäume aus kleinen Körnern: Es ist angemessen, nicht wahr, daß meine persönliche Geschichte, die Geschichte der Entstehung von Moraes Zogoiby, ihren Ursprung einer verzögerten Ladung Pfeffer verdankt.)

Auch Priester gab es in diesem Tempel: Expedienten hetzten und hasteten, über ihre Klemmbretter gebeugt, zwischen den Kulis, die ihre Karren beluden, und dem beängstigend hageren Dreigestirn der Rechnungsprüfer umher: Mr. Elaichipillai Kalonjee, Mr. V. S. Mirchandalchini und Mr. Karipattam Tejpattam, die wie die leibhaftige Inquisition in unheilvollen Lampenlichtkreisen auf hohen Stühlen hockten und mit Federkielen kratzend in gigantischen Kontobüchern schrieben, Folianten, die, ihnen schräg zugeneigt, auf Pulten mit langen Storchenbeinen lagen. Tiefer als diese erhabenen Persönlichkeiten saß an einem ganz alltäglichen Schreibpult mit einer eigenen kleinen Lampe der Exportbuchhalter des Lagerhauses, auf den sich Aurora, nachdem sie ihre Contenance wiedergewonnen hatte, sofort stürzte, um eine Erklärung für die Verzögerung der Pfefferladung zu verlangen.

»Aber was denkt sich der Onkel eigentlich!« rief sie unlogischerweise aus, denn wie konnte ein so niedriger Wurm die Gedanken des großen Mr. Aires persönlich kennen? »Will er uns in den Ruin treibifizieren?«

Der Anblick dieser schönsten aller da Gamas und einzigen Erbin der Familienmillionen – es war allgemein bekannt, daß Mr. Aires und Mrs. Carmen zwar vorläufig die Verwalter waren, daß der verstorbene Mr. Camoens ihnen aber nicht mehr als ein Taschengeld vermacht hatte, wenn auch ein sehr großzügiges –, dieser Anblick aus nächster Nähe also traf den Exportbuchhalter wie ein Speer mitten ins Herz und ließ ihn vorübergehend verstummen. Die junge Erbin beugte sich zu ihm herab, nahm sein Kinn zwischen Daumen und Zeigefinger, fixierte ihn mit ihrem grimmigsten Blick und verliebte sich bis über beide Ohren in ihn. Bis der Mann seine blitzartig eingetretene Schüchternheit überwunden und die Neuigkeit vom Krieg zwischen England und Deutschland sowie die Meldung von der Weigerung des Skippers der *Marco Polo*, nach England zu fahren, hervorgestammelt hatte – »Es ist möglich, daß die Handelsflotte angegriffen wird, verstehen Sie?« –, war es Aurora, verärgert darüber, ihren eigenen Emotionen auf den Leim gegangen zu sein, klargeworden, daß sie angesichts dieses lächerlichen und unangemessenen Ausbruchs von Leidenschaft Klassenbewußtsein und Konventionen in den Wind schießen und diesen sprachlosen, gutaussehenden Angestellten ihrer Familie auf der Stelle heiraten werde. Das ist, als wollte man den verflixten Chauffeur heiraten, schalt sie sich selbst in seliger Verzweiflung und war einen Moment so sehr mit dem süßen Entsetzen über ihren Zustand beschäftigt, daß sie den Namen, der auf dem kleinen Holzschild auf seinem Schreibtisch stand, übersah.

»Großer Gott«, stieß sie hervor, als sich die weißen Blockbuchstaben nicht länger ignorieren ließen, »als ob es nicht schon Schande genug wäre, daß Sie weder einen Heller in der Tasche noch eine Zunge im Mund haben, müssen Sie auch noch Jude sein!« Und dann, beiseite: »Sieh den Tatsachen ins Auge, Aurora! Denke nach! Du hast dich in einen verdammten Speicher-Moses verliebt.«

Die pedantischen weißen Blockbuchstaben berichtigten sie (das Objekt ihrer Zuneigung, vom Donner gerührt, vom Schlag getroffen, mit trockenem Mund, klopfendem Herzen, mit langsam sich erhitzenden Lenden, war dazu nicht in der Lage, da es durch das Aufblühen von Gefühlen, die bei Mitgliedern des Personals gewöhnlich nicht gern gesehen werden, schon wieder jeglicher Sprache beraubt war): Exportbuchhalter Zogoibys Vorname lautete nicht Moses, sondern Abraham. Wenn es zutrifft, daß unsere Namen unser Schicksal bergen, dann bestätigten sieben Blockbuchstaben, daß er kein Besieger von Pharaonen, Empfänger von Gesetzestafeln oder Teiler von Wogen sein, daß er kein Volk ins Gelobte Land führen würde. Sondern daß er seinen Sohn als lebendes Opfer auf dem Altar einer furchtbaren Liebe opfern würde.

Und »Zogoiby«?

»Der Glücklose«. Auf Arabisch, wenigstens laut Cohen, dem Krämer, und Abrahams mütterlicher Familienlegende. Nicht daß jemand auch nur den leisesten Schimmer von dieser weit entfernten Sprache hatte. Der Gedanke allein war beunruhigend. »Sieh dir doch nur diese Schrift an!« hatte Abrahams Mutter Flory einmal gesagt. »Sogar die ist gewalttätig wie Messerhiebe und Dolchstiche. Aber trotz und alledem: Wir stammen auch von kriegerischen Juden ab. Vielleicht haben wir deswegen diesen falschsprachigen andalusischen Namen behalten.«

(Sie fragen: Aber wenn es der Name seiner Mutter war, wie kommt es dann, daß der Sohn ...? Ich antworte: Zügeln Sie bitte Ihre Pferde!)

»Du bist so alt, daß du ihr Vater sein könntest.« Abraham Zogoiby, geboren im selben Jahr wie der verstorbene Mr. Camoens, stand stocksteif vor der blaugefliesten Cochin-Synagoge – *Fliesen aus Kanton & Keine ist wie die andere*, stand auf der kleinen Werbefliese an der Wand des Vorraums –, roch kräftig nach Gewürzen und etwas anderem und ließ den Zorn seiner Mutter über sich ergehen. Die alte Flory Zogoiby, in einem verschossenen grünen Kattunkleid, schnalzte nachdenklich mit der Zunge und hörte sich ihres Sohnes gestammelte Beichte von einer verbotenen Liebe an. Mit ihrem Krückstock zog sie einen Strich in den Staub. Auf einer Seite die Synagoge, Flory und die Geschichte; auf der anderen Abraham, sein reiches Mädchen, das Universum, die Zukunft – allesamt unrein. Mit geschlossenen Augen, Abrahams Odeur und Stammeln ignorierend, beschwor sie die Vergangenheit herauf, hielt sich an die Erinnerungen, um den Augenblick hinauszuschieben, da sie ihr einziges Kind würde verstoßen müssen, weil es noch immer einfach unmöglich war, daß ein Cochin-Jude außerhalb seiner Gemeinde heiratete; ja, ihre Erinnerungen, und dahinter und darunter die älteren Erinnerungen des Stammes ... Die weißen Juden von Indien, Sephardim aus Palästina, waren im Jahr 72 christlicher Zeitrechnung in großer Zahl (annähernd zehntausend) als Flüchtlinge vor der Verfolgung durch die Römer nach Indien gekommen. Sie ließen sich in Cranganore nieder und verdingten sich als Söldner an einheimische Fürsten. Einmal mußte eine Schlacht zwischen dem Herrscher von Cochin und seinem Feind, dem Zamorin von Calicut, dem Herrn der Meere, sogar aufgeschoben werden, weil die jüdischen Söldner am Sabbat nicht kämpfen wollten.

O blühende Gemeinde! Sie gedieh wahrhaftig. Und im Jahr 379 n. Chr. übertrug König Bhaskara Ravi Varman I. die Herrschaft über das Dorf Anjuvannam bei Cranganore an Joseph Rabban. Die Kupferplatten, auf denen die Schenkung verewigt wurde, landeten in der gefliesten Synagoge in Florys Obhut; denn seit vielen Jahren und trotz der Vorurteile wegen ihres Geschlechts übte sie das Amt des Synagogendieners aus. Die Platten lagen in einer Truhe unter dem Thoraschrein, und sie polierte sie von Zeit zu Zeit mit viel Geduld und Spucke.

»Ein Christenmädchen war dir wohl nicht gut genug, o nein, du mußtest dir die Schlimmste von allen aussuchen«, brummte Flory. Aber ihr Blick weilte noch immer weit entfernt in der Vergangenheit, ruhte auf den jüdischen Cashew-, Arekanuß- und Jackbäumen, auf den uralten, wogenden Rapsfeldern, dem frisch geernteten Kardamom – denn war all das nicht die Grundlage für den Wohlstand der Gemeinde? »Und jetzt verderben uns diese Nachzügler das Geschäft«, murmelte sie. »Und sind noch stolz darauf, Bastarde zu sein, und so. Fitz-Vasco-da-Gamas, das sind sie. Nicht besser als 'ne Bande dreckiger Mohren.«

Wäre Abraham von seiner Liebe nicht aus der Bahn geworfen worden, hätte ihn nicht erst kurz zuvor der Donnerschlag getroffen, er hätte höchstwahrscheinlich den Mund gehalten: aus Kindesliebe wie auch aus dem Bewußtsein heraus, daß man Florys Vorurteile nicht wegdiskutieren konnte. »Ich hab' dir eine zu moderne Erziehung angedeihen lassen«, fuhr diese fort. »Christen und Mohren, mein Junge – du kannst nur hoffen, daß sie nie hinter dir her sein werden!«

Doch Abraham war verliebt, und als er hörte, wie das Objekt seiner Liebe angegriffen wurde, platzte er mit der Bemerkung heraus, daß »du, wenn du die Dinge recht betrachtest, erstens einsehen mußt, daß du ebenfalls ein Nachzügler bist«, womit er sagen wollte, daß lange vor den weißen Juden die schwarzen Juden nach Indien gekommen waren, nachdem sie 578 v. Chr. vor Nebukadnezars Heeren aus Jerusalem flüchten mußten.

Und selbst wenn einem das gleichgültig war, weil sie sich mit Einheimischen vermischt hatten und längst von der Bildfläche verschwunden waren, gab es da noch die Juden, die 490–518 n. Chr. aus Babylon gekommen waren; und viele Jahrhunderte lag es zurück, daß Juden in Cranganore und später in Cochin Geschäfte gegründet hatten (wie alle wußten, war ein gewisser Joseph Azaar im Jahre 1344 mit seiner Familie dort zugezogen), und selbst aus Spanien trafen die Juden nach ihrer Vertreibung 1492 ein, darunter mit der ersten Gruppe die Familie des Solomon Castile ...

Bei der Nennung dieses Namens schrie Flory Zogoiby laut auf; schrie und schüttelte heftig den Kopf.

»Solomon Solomon Castile Castile«, verhöhnte der sechsunddreißigjährige Abraham seine Mutter mit kindischer Rachsucht. »Von dem zumindest dieser Infant von Kastilien hier abstammt. Soll ich dir den Stammbaum herunterbeten? Angefangen bei Señor León Castile, dem Klingenschmied aus Toledo, dem eine spanische Prinzessin Elephant-and-Castle den Kopf verdreht hat, bis zu meinem Daddyji, der ebenfalls verrückt gewesen sein muß, aber der springende Punkt ist, daß die Castiles zweiundzwanzig Jahre *vor* den Zogoibys nach Cochin gekommen sind, also, quod erat demonstrandum ... Und zweitens sollten Juden mit arabischem Namen und sorgsam gehüteten Geheimnissen achtgeben, wen sie als Mohren bezeichnen.«

Ältere Männer mit aufgekrempelten Hosenbeinen und Frauen mit grauen Haarknoten tauchten in der schattigen jüdischen Gasse vor der Synagoge von Mattancheri auf und wurden ernste Zeugen der Auseinandersetzung. Über der zornigen Mutter und dem ebenso zornigen Sohn flogen blaue Fensterläden auf, erschienen Köpfe in den Fenstern. Auf dem angrenzenden Friedhof waberten hebräische Inschriften auf Grabsteinen wie Halbmastflaggen im Zwielicht. In der Abendluft hing der Duft von Fisch und Gewürzen. Und Flory Zogoiby geriet bei der Erwähnung der Geheimnisse, von denen sie niemals gesprochen hatte, unversehens ins Stottern und Zittern.

»Fluch über alle Mohren«, wütete sie. »Wer hat die Synagoge von Cranganore zerstört? Mohren, wer sonst! Hausgemachte, in Indien produzierte Othello-Rowdies! Die Pest über diese Bagage!« Im Jahre 1524, zehn Jahre nachdem die Zogoibys aus Spanien gekommen waren, war es in diesem Landesteil zu einem Krieg zwischen Juden und Muslimen gekommen. Eine sehr alte Fehde, die Flory da ansprach, aber sie tat es in der Hoffnung, die Gedanken ihres Sohnes von verborgenen Dingen ablenken zu können. Flüche sollten jedoch nicht leichtfertig ausgesprochen werden, vor allem nicht vor Zeugen. Florys Fluch flog in die Luft hinauf wie ein aufgescheuchtes Huhn und blieb dort für lange Zeit hängen, als sei er seines Zieles nicht sicher. Ihr Enkel Moraes Zogoiby sollte erst nach über achtzehn Jahren geboren werden; und das war der Zeitpunkt, da das Huhn endlich heimkehrte und sich auf seiner Stange niederließ.

(Und worum kämpften Muslime und Juden im Cinquecento? – Um was wohl? Um den Pfefferhandel.)

»Juden und Mohren waren es, die Krieg führten«, brummte die alte Flory, von ihrer Not dazu verleitet, einen Satz zuviel zu sagen, »und nun sind deine christlichen Fitz-Vascos gekommen und haben uns beiden den Markt gestohlen.«

»Du bist mir die Richtige, von Bastarden zu sprechen«, rief Abraham Zogoiby, der den Namen seiner Mutter trug. »Fitz, sagt sie«, wandte er sich dann an die versammelte Menge. »Ich werd' ihr Fitz zeigen!« Woraufhin er wütend und zielbewußt in die Synagoge stürmte, während die Mutter hinter ihm herstolperte und in ein trockenes, schrilles Schluchzen ausbrach.

Was meine Großmutter Flory Zogoiby betrifft, Epifania da Gamas Gegenstück, ebenso alt wie sie und mir dennoch um eine Generation näher: Ein Jahrzehnt vor der Jahrhundertwende pflegte die »furchtlose Flory« immer wieder den Schulhof der Jungenschule heimzusuchen, die heranwachsenden Männer mit dem Rascheln ihrer Röcke und höhnischem Singsang zu provozieren und mit einem Zweig Herausforderungen in den Staub zu kratzen – *tritt ja nicht über diese Linie.* (Grenzlinienziehen hab' ich von beiden Seiten der Familie geerbt.) Sie verspottete die Knaben mit unsinnigen, erschreckenden Beschwörungen und »spielte die Hexe«.

Obeah, jadoo, fo, fum,
chicken entrails, Kingdom come.
Ju-ju, voodoo, fee, fi,
piddle cocktails, time to die.

Wenn die Jungen dann auf sie losgingen, attackierte sie sie mit einer Wildheit, die deren theoretischen Vorteil an Kraft und Größe mühelos wettmachte. Diesen Kampfgeist hatte sie von einem unbekannten Vorfahren geerbt, und obwohl ihre Widersacher sie bei den Haaren packten und Jüdin schimpften, vermochten sie sie nie zu besiegen. Manchmal drückte sie ihnen buchstäblich die Nase in den Dreck. Bei anderen Gelegenheiten blieb sie, die mageren Arme triumphierend vor der Brust verschränkt, einfach stehen und ließ ihre verdutzten Opfer unsicher den Rückzug antreten. »Sucht euch das nächste Mal einen, der so groß ist wie ihr«, krönte Flory die Demütigung mit einer Kränkung, indem sie die Bedeutung des Spruchs: »Uns winzigen Judenmädchen seid ihr bei weitem nicht gewachsen« ironisch umkehrte. Jawohl, sie rieb es ihnen unter die Nase, aber auch mit diesem Versuch, ihre Siege zu stilisieren, sich als Kämpfer für die Kleinen, die Minderheit, die *Mädchen* darzustellen, vermochte sie sich nicht beliebt zu machen. »Flotte Flory«, »flammende Flory«: Sie erwarb sich einen gewissen Ruf.

Es kam die Zeit, da niemand mehr die Linien überschreiten wollte, die sie mit einschüchternder Präzision immer wieder quer über die Abgründe und freien Flächen ihrer Kinderjahre zog. Sie wurde bedrückt und in sich gekehrt und hockte, belagert in der eigenen Festung, hinter ihren Staublinien. Als ihr achtzehnter Geburtstag nahte, hatte sie endlich aufgehört zu kämpfen: Sie hatte einiges über das Gewinnen von Schlachten und das Verlieren von Kriegen gelernt.

Der Punkt, auf den ich zusteuere, ist der, daß ihr die Christen nach ihrer eigenen Ansicht mehr gestohlen hatten als nur die Gewürzfelder ihrer Vorfahren. Das, was sie ihr weggeschnappt hatten, war damals schon Mangelware, und für ein Mädchen mit einem gewissen Ruf war es sogar noch schwerer aufzutreiben … In ihrem vierundzwanzigsten Lebensjahr hatte Solomon Castile, der Synagogendiener, den Schritt über Miss Florys Grenzlinien gewagt und sie um ihre Hand gebeten. Dieser Schritt wurde allgemein als eine Tat großer Barmherzigkeit – oder Dummheit, oder beides – aufgefaßt. Schon damals nahm die Zahl der Gemeindemitglieder allmählich ab. Etwa viertausend Personen lebten in der Judenstadt von Mattancheri, und wenn man die Familienmitglieder sowie die ganz Jungen und die ganz Alten, die Verrückten und die Kranken abzog, blieb den jungen Leuten im heiratsfähigen Alter kein großer Spielraum bei der Partnerwahl. Alte Junggesellen saßen beim Uhrturm und fächelten sich Luft zu oder gingen Hand in Hand am Hafen spazieren; zahllose alte Jungfern hockten in den offenen Haustüren und nähten Kleider für nicht existierende Babys. Der Ehestand bewirkte ebenso viel gehässigen Neid, wie er von fröhlichem Feiern begleitet war, und folglich schrieb der Tratsch dann auch Florys Heirat mit dem Synagogendiener der Tatsache zu, daß beide häßlich waren. »Wie die Sünde«, wollten die spitzen Zungen wissen. »Großer Gott, die armen Kinder!«

(So alt, daß du ihr Vater sein könntest, schalt Flory Abraham; aber Solomon Castile, geboren im Jahr des Indischen Aufstands, war zwanzig Jahre älter gewesen als sie, *der Ärmste, wollte vermutlich heiraten, solange er noch konnte,* vermuteten die Klatschbasen

... und dann gibt es da noch so ein Faktum hinsichtlich ihrer Hochzeit. Sie fand am selben Tag im Jahre 1900 statt wie ein weitaus wichtigeres Ereignis; keine Zeitung berichtete in ihrer Gesellschaftsspalte von der Eheschließung Castile-Zogoiby, dafür gab es um so mehr Fotos von Mr. Francisco da Gama und seiner lächelnden mangalorischen Braut.)

Die Rachsucht der neidischen Unverehelichten wurde schließlich befriedigt: Nach sieben Jahren und sieben Tagen explosiven Ehestands, in denen Flory ein Kind gebar, einen Jungen, der seltsamerweise zum hübschesten jungen Mann seiner dahinschwindenden Generation heranwachsen sollte, ging Synagogendiener Castile am Abend seines fünfzigsten Geburtstags ans Wasser hinunter, stieg mit einem halben Dutzend betrunkener portugiesischer Matrosen in ein Ruderboot und machte die Flatter. »Es war dumm von ihm, die flammende Flory zu heiraten«, flüsterte der Chor der Junggesellen und alten Jungfern voller Genugtuung, »aber der Name eines Weisen bürgt eben noch lange nicht für Weisheit.« Die zerrüttete Ehe wurde in Mattancheri als das Solomonische Fehlurteil bekannt; aber Flory beschuldigte die Schiffe der Christen, die Handels-Armada des omnipotenten Westens, ihren Mann von ihr fort und auf die Fährte des Goldes gelockt zu haben. Ihr Sohn mußte mit sieben Jahren den Namen des Vaters ablegen; glücklos in der Wahl seiner Väter, nahm er den glücklosen Namen seiner Mutter an: Zogoiby.

Nach Solomons Flucht übernahm Flory seine Aufgaben als Hüterin der blauen Keramikfliesen und der Kupferplatten des Joseph Rabban. Sie hatte den Posten mit einer so funkelnden Entschlossenheit eingefordert, daß jeder Widerspruch gegen ihre Ernennung verstummte. Außerdem unter ihrer Aufsicht (neben dem kleinen Abraham): das Alte Testament, auf dessen ausgefransten, ledrigen Pergamentseiten die hebräischen Buchstaben dahinflossen, und die hohle Goldkrone, ein Geschenk (aus dem Jahre 1805 christlicher Zeitrechnung) des

Maharadscha von Travancore. Und sie führte Änderungen ein. Wenn die Gläubigen zum Beten kamen, befahl sie ihnen, die Schuhe auszuziehen. Als Einwände gegen diesen eindeutig maurischen Brauch erhoben wurden und man mehr Demut von ihr verlangte, stieß Flory ein bitteres Lachen aus.

»Wie bitte – Demut?« schnaufte sie verächtlich. »Ihr wollt, daß ich saubermache? Dann solltet auch ihr alles sauberhalten. Schuhe aus! Schont die chinesischen Fliesen!«

Keine ist wie die andere. Die Fliesen aus Kanton, ungefähr zwölf mal zwölf Zoll, importiert von Ezekiel Rabhi im Jahr 1100 n. Chr., bedeckten Boden, Wände und Decke der kleinen Synagoge. Um sie herum rankte sich mancherlei Legende. Die einen sagten, wenn man sie lange genug absuche, werde man auf einem der blau-weißen Quadrate die eigene Lebensgeschichte finden, weil sich die Bilder auf den Fliesen verändern könnten, und in jedem Fall veränderten sie sich von einer Generation zur anderen, um die Geschichte der Cochin-Juden zu erzählen. Andere waren überzeugt, daß die Fliesen Prophezeiungen enthielten, der Schlüssel zu ihrer Enträtselung aber im Laufe der Jahre verlorengegangen sei.

Als Junge war Abraham, Hintern in die Höhe, Nase auf das antike Chinesisch-Blau gepreßt, immer wieder in der Synagoge herumgekrabbelt. Niemals erzählte er der Mutter, daß sein Vater ein Jahr nach seinem Verschwinden auf dem Synagogenboden wieder aufgetaucht war, sozusagen in Fliesenform. Er saß mit mehreren blauhäutigen, ausländisch wirkenden Typen in einem kleinen Boot und ruderte einem ebenso blauen Horizont entgegen. Nach dieser Entdeckung hatte Abraham in gewissen Abständen immer wieder über die metamorphen Fliesen Nachricht von Solomon Castile erhalten. Als nächstes sah er seinen Vater, wie er in einer azurfarbenen dionysischen Bilderfolge ausgelassen feierte, malerisch umgeben von erschlagenen Drachen und grummelnden Vulkanen. Solomon tanzte in einem offenen, sechseckigen Pavillon, und auf dem fliesenblauen Gesicht stand ein so intensiver Ausdruck unbekümmerter Freude, daß Abraham kaum in ihm den Miesepeter zu erkennen vermochte, an den er sich erinnerte. Wenn er glücklich ist, dachte der Junge, dann bin ich froh, daß er gegangen ist. Von seiner frühesten Kindheit an besaß Abraham ein instinktives Wissen um die überlegene Macht der Freude, und dieser Instinkt war es auch, der es Jahre später dem erwachsenen Exportbuchhalter ermöglichte, die Liebe, die ihm unter ständigem Erröten und mit viel Sarkasmus von Aurora da Gama im Halbdunkel des Speichers von Ernakulam angetragen wurde, zu akzeptieren ...

Einmal fand Abraham den Vater auf einer Fliese wohlhabend und dick, auf weichen Kissen in der Position königlicher Entspannung ruhend, bedient von Eunuchen und Tanzmädchen; nur wenige Monate später jedoch entdeckte er ihn, spindeldürr und bettelarm, in einem ganz anderen Zwölf-mal-Zwölf-Szenarium. Abraham begriff, daß der ehemalige Synagogendiener alle Hemmungen hinter sich gelassen hatte und wie wild durch ein Leben mäanderte, über das er bewußt die Kontrolle aufgegeben hatte. Er war Sindbad, der sein Glück in den ozeanischen Zufälligkeiten der Welt suchte. Er war ein Himmelskörper, dem es durch reine Willenskraft gelungen war, sich aus seinem festen Orbit zu lösen, und der nun durch die Galaxien wanderte, um alles hinzunehmen, was ihm das Schicksal bescheren mochte. Abraham schien es, daß der Ausbruch aus der Schwerkraft des Alltagslebens den Vater sämtliche Willensreserven gekostet hatte, so daß er nach dem ersten, radikalen Akt der Transformation mit gebrochenem Ruder hilflos den Winden und Gezeiten ausgeliefert war.

Als Abraham Zogoiby zum Jüngling heranwuchs, begann Solomon Castile in halb pornographischen Tableaus zu erscheinen, bei denen die Frage, ob sie in eine Synagoge paßten, zum Thema zahlreicher Diskussionen geworden wäre, hätte außer Abraham noch jemand Kenntnis von ihnen gehabt. Auf diese Fliesen stieß er in den staubigsten und dunkelsten Winkeln des

Gebäudes, und Abraham hütete sie, indem er sie bewußt nicht säuberte, so daß sich Schimmel auf ihnen bildete und Spinnweben die abstoßenderen Teile verdeckten, auf denen sich der Vater mit einer erstaunlichen Anzahl von Individuen beiderlei Geschlechts vergnügte, und zwar auf eine Art und Weise, der sein Sohn, wenn er mit großen Augen die Fliesen betrachtete, bestenfalls erzieherischen Wert beimessen konnte. Dabei hatte der alternde Wanderer trotz dieser wollüstigen Leibesübungen seine düstere Miene von vormals wieder aufgesetzt, so daß all seine Reisen vielleicht nicht mehr bewirkt hatten, als ihn letztlich an dieselbe Küste der Unzufriedenheit zu spülen, von der er einstmals in See gestochen war. An dem Tag, da des jungen Abraham Zogoiby Stimme brach, hatte er plötzlich das Gefühl, der Vater werde nun bald heimkehren. Er rannte durch die Gassen des Judenviertels zum Hafen hinab, wo chinesische Fischernetze vor dem Himmel aufgespannt waren; aber der Fisch, den er suchte, sprang nicht aus den Wellen empor. Als er niedergeschlagen in die Synagoge zurückkehrte, hatten sich alle Fliesen, auf denen die Odyssee seines Vaters abgebildet gewesen war, verändert und zeigten anonyme, banale Szenen. In fieberhaftem Zorn kroch Abraham stundenlang über den Fußboden und suchte nach der verlorenen Magie. Ohne Erfolg: Zum zweitenmal in seinem Leben war sein wenig weiser Vater Solomon Castile ins Blaue hinein verschwunden.

Ich weiß nicht mehr, wann ich zum erstenmal die Familiengeschichte hörte, der ich meinen Spitznamen und meine Mutter ihre berühmteste Gemäldeserie verdankte, die »Moor-Sequenz«, die ihren triumphalen Höhepunkt in dem unvollendeten und später gestohlenen Meisterwerk *Des Mauren letzter Seufzer* gefunden hatte. Es kommt mir vor, als hätte ich sie mein Leben lang gekannt, diese unheimliche Saga, der, wie ich hinzufügen sollte, auch Mr. Vasco Miranda ein frühes eigenes Werk verdankt; obwohl ich also schon sehr lange mit ihr vertraut bin, hege ich doch schwere Zweifel an der wortwörtlichen Wahrheit dieser Geschichte mit ihrem etwas übertriebenen Bombay-Talkie-Masala-Stil, ihrer fast verzweifelten Suche in der Vergangenheit nach einer Art Authentizität, nach *Beweisen* ... Ich glaube, und andere haben mir das inzwischen bestätigt, daß es eine einfachere Erklärung gibt für das, was sich zwischen Abraham Zogoiby und seiner Mutter abspielte, vor allem für das, was er in einer alten Schatulle unter dem Altar fand oder nicht fand; ich werde nach und nach eine solche Alternativversion anbieten. Vorerst präsentiere ich die genehmigte und aufpolierte Familienfassung, eine abenteuerliche Geschichte, die, da sie einen so festen Bestandteil des Bildes darstellt, das meine Eltern von sich selber malten – und einen so signifikanten Beitrag zur zeitgenössischen Kunstgeschichte Indiens –, allein schon aus diesen Gründen eine Macht und Bedeutung besitzt, die ich nicht leugnen möchte.

Wir sind an einem Schlüsselpunkt der Erzählung angelangt. Kehren wir kurz zu dem jungen Abraham zurück, wie er die Synagoge auf allen vieren hektisch nach dem Vater absucht, der ihn soeben abermals verlassen hat, wie er mit einer gebrochenen Stimme, die zwischen Bulbul und Krähe wechselt, nach ihm ruft; bis er sich schließlich, ein stillschweigendes Tabu übertretend, zum erstenmal in seinem Leben hinter und unter das blaßblaue Tuch mit dem goldenen Saum vorwagt, das den Thoraschrein verbarg ... Solomon Castile war nicht dort; statt dessen fiel das Licht der Taschenlampe auf eine alte Schatulle, gezeichnet mit einem Z und verschlossen mit einem billigen Vorhängeschloß, das im Handumdrehen geöffnet war (denn Schuljungen besitzen Fähigkeiten, die sie später als Erwachsene genauso sicher vergessen wie eingepaukte Lektionen). Und so entdeckte er auf der verzweifelten Suche nach seinem verschwundenen Vater statt dessen das Geheimnis seiner Mutter.

Was enthielt die Schatulle? Nun ja, den einzigen Schatz von

einigem Wert; das heißt, Vergangenheit und Zukunft. Aber auch Smaragde waren dabei.

Und nun zu jenem Tag der Krise, an dem der erwachsene Abraham Zogoiby in die Synagoge stürmte – *Ich werd' ihr Fitz zeigen*, rief er – und die Schatulle aus ihrem Versteck hervorholte. Als seine Mutter, die ihm dicht auf den Fersen war, erkannte, daß in diesem Moment ihre Geheimnisse ans Licht gezerrt wurden, gaben ihre Knie nach. Mit einem dumpfen Geräusch plumpste sie auf den blaugefliesten Boden, während Abraham die Schatulle öffnete und einen Silberdolch herausnahm, den er sich in den Hosengürtel steckte; anschließend mußte Flory, kurzatmig keuchend, mit ansehen, wie er eine ramponierte alte Krone herausnahm und sich einfach auf den Kopf setzte.

Nicht den Goldreif aus dem neunzehnten Jahrhundert, das Geschenk des Maharadscha von Travancore, sondern etwas weitaus Älteres, wie ich gehört habe. Einen dunkelgrünen Turban, gewunden aus einem durch das Alter illusorisch gewordenen Stoff, so hauchzart, daß selbst das orangefarbene Abendlicht, das in die Synagoge fiel, dafür zu grell wirkte; so vergänglich, daß es fast schien, als löse er sich unter Flory Zogoibys brennenden Blicken auf …

An diesem Phantom von einem Turban, so geht die Familiensage, hingen vom Alter blinde Ketten aus purem Gold, und an diesen Ketten baumelten Smaragde, so groß und grün, daß sie wie wertloses Spielzeug wirkten. *Sie war viereinhalb Jahrhunderte alt, die letzte Krone, die vom Kopf des letzten Fürsten von al-Andalus gefallen war; keine Geringere als die Krone von Granada, getragen von Abu Abdallah, dem letzten der Nasrids, auch bekannt als Boabdil.*

»Aber wie kam sie hierher?« pflegte ich meinen Vater zu fragen. Ja wirklich, wie? Dieser unschätzbar wertvolle Kopfputz – diese königlich-maurische Kopfbedeckung –, wie kam es, daß er aus der Schatulle einer zahnlosen Alten auf den Kopf Abra-

– 111 –

hams, des zukünftigen Vaters und abtrünnigen Juden, gelangen konnte?

Ich werde vorerst, ohne Stellung zu nehmen, Abrahams Version der Ereignisse folgen: Nachdem er als Junge die verborgene Krone und den Dolch entdeckt hatte, legte er die Schätze in ihr Versteck zurück, befestigte das Vorhängeschloß an der Schatulle und verbrachte eine Nacht und einen Tag voll Furcht vor dem Zorn seiner Mutter. Sobald er jedoch merkte, daß seine Neugierde unbemerkt geblieben war, erwachte seine Wißbegier von neuem, er zog die Schatulle wieder hervor und öffnete das Schloß abermals. Diesmal fand er in dem Turbankasten auch ein in Leinwand gewickeltes Büchlein, grob aus handbeschriebenen Pergamentseiten zusammengeheftet und in Leder gebunden. Es war in Spanisch verfaßt, einer Sprache, die der junge Abraham nicht verstand, doch er schrieb eine Anzahl der darin erwähnten Namen ab und erkundete in den darauffolgenden Jahren ihre Bedeutung, indem er zum Beispiel dem schrulligen und einsiedlerischen alten Krämer, zur damaligen Zeit das gewählte Oberhaupt der Gemeinde und Hüter ihrer Überlieferungen, harmlose Fragen stellte. Der betagte Mr. Cohen war so verwundert darüber, daß sich ein Angehöriger der jüngeren Generation für die alten Zeiten interessierte, daß er bereitwillig Auskunft gab und ferne Horizonte erschloß, während der hübsche junge Mann ihm mit großen Augen zu Füßen saß.

So erfuhr Abraham, daß Sultan Boabdil von Granada im Januar 1492 – vor den Augen eines ebenso verwunderten wie von Verachtung erfüllten Christopher Columbus – dem siegreichen katholischen Königspaar Fernando und Isabella, ohne den geringsten Widerstand zu leisten, die Schlüssel zum Festungspalast Alhambra, der letzten und größten aller Befestigungsanlagen der Mauren, überreicht und damit seine Herrschergewalt aufgegeben hatte. Als Boabdil mit Mutter und Gefolgsleuten ins Exil aufbrach, ging die Epoche des maurischen Spaniens zu Ende; und als er sein Roß den Hügel der

– 112 –

Tränen emporlenkte, wandte er sich noch einmal zurück, um einen letzten Blick auf das Verlorene zu werfen, auf den Palast, die fruchtbaren Ebenen und den vergangenen Glanz von ganz al-Andalus ... woraufhin der Sultan seufzte und heiße Tränen vergoß, während seine Mutter, die furchterregende Ayxa die Tugendhafte, höhnisch über seinen Kummer lächelte. Nicht genug, daß Boabdil gezwungen worden war, vor der allmächtigen Königin niederzuknien: Nun mußte er durch die Hand einer machtlosen (doch überaus starken) Matrone eine weitere Demütigung erleiden. *Wohl steht es dir an, wie ein Weib zu beweinen, was du nicht verteidigen konntest wie ein Mann,* verspottete sie ihn; und meinte natürlich das Gegenteil. Meinte, daß sie diesen flennenden Mann, ihren Sohn, darob verachtete, daß er so ohne weiteres alles aufgegeben hatte, was sie, hätte sie nur die Chance gehabt, bis in den Tod verteidigt hätte. Sie wäre eine ebenbürtige Gegnerin für Königin Isabella gewesen; und in ihren Augen war es *reina Isabellas* Glück, daß sie es mit einer Heulsuse wie Boabdil zu tun hatte ...

Plötzlich, während der Krämer erzählte, spürte Abraham das ganze trauervolle Gewicht von Boabdils Dem-Ende-Entgegen-gehen, spürte es, als wäre es sein eigenes. Der Atem entwich seinem Körper mit einem Winseln, der folgende Atemzug war ein Aufkeuchen. Der Ausbruch des Asthmas (schon wieder Asthma! Ein Wunder, daß ich überhaupt atmen kann!) war wie ein Omen, die Vereinigung zweier Leben über die Jahrhunderte hinweg – jedenfalls stellte Abraham es sich so vor, als er zum Mann heranwuchs und die Krankheit schlimmer wurde. *Diese quälenden Seufzer sind nicht die meinen, sondern die seinen. Diese Augen, heiß von seinem uralten Leid. Boabdil, auch ich bin deiner Mutter Sohn.*

Ist Weinen eine solche Schwäche? fragte er sich. Ist das Bis-in-den-Tod-Verteidigen eine solche Stärke?

Nachdem Boabdil die Schlüssel zur Alhambra übergeben hatte, zog er sich in den Süden zurück. Das katholische Königspaar hatte ihm einen Landbesitz zugestanden, aber selbst der wurde ihm von dem Höfling, dem er das größte Vertrauen entgegenbrachte, unter den Füßen hinweg verkauft. Boabdil, der Fürst, wurde zum Narren. Letzten Endes fiel er in einer Schlacht, in der er unter der Flagge eines anderen Königs focht.

Auch die Juden zogen im Jahre 1492 gen Süden. Schiffe mit ins Exil geschickten Juden verstopften den Hafen von Cádiz, so daß der andere Reisende jenes Jahres, Columbus, von Palos de Moguer aus segeln mußte. Die Juden hörten auf, Toledo-Stahl zu schmieden; die Castiles setzten Segel für die Fahrt nach Indien. Aber nicht alle Juden zogen sofort davon. Die Zogoibys, erinnern Sie sich, folgten den alten Castiles erst zweiundzwanzig Jahre später. Was war geschehen? Wo hielten sie sich versteckt?

»Ich werde dir alles zu seiner Zeit erklären, mein Sohn; alles zu seiner Zeit.«

Zwischen seinem zwanzigsten und dreißigsten Lebensjahr tat Abraham es, was die Geheimniskrämerei anging, seiner Mutter gleich. Er begnügte sich zum Ärger einer kleinen Gruppe heiratsfähiger Frauen seiner Generation mit sich selbst, vergrub sich in der Mitte der Stadt und mied, soweit es ihm möglich war, das Judenviertel, vor allem aber die Synagoge. Anfangs arbeitete er bei Moshe Cohen, dann als Bürogehilfe bei den da Gamas, und obwohl er fleißig war und schnell befördert wurde, benahm er sich wie ein Mann, der auf etwas wartet; wegen seiner In-sich-Gekehrtheit und Schönheit sagte man bald allgemein von ihm, er sei ein kommendes Genie, vielleicht sogar der große Dichter, nach dem sich die Juden von Cochin immer gesehnt hatten, den hervorzubringen ihnen jedoch nie gelungen war. Moshe Cohens ein wenig zu haarige Nichte Sara, eine grobschlächtige junge Frau, die wie ein unentdeckter Subkontinent darauf wartete, daß Abrahams Schiff in ihren Hafen einlief, war die Quelle eines großen Teils dieser spekulativen Schmeicheleien. In Wirklichkeit aber ermangelte es Abraham auch der kleinsten Spur künstlerischer Begabung; seine Welt

bestand aus Zahlen, vor allem Zahlen, die etwas bedeuteten –
seine Literatur war ein Bilanzbogen, seine Musik die zarten
Harmonien von Herstellung und Verkauf, sein Tempel ein
duftender Speicher. Da er nie etwas von der Krone und dem
Dolch in der Holzschatulle erwähnte, wußte auch niemand, daß
sie der Grund waren, warum er sich benahm wie ein König im
Exil. Klammheimlich entschlüsselte er in jenen Jahren die Geheimnisse seiner Abstammung, indem er aus Büchern Spanisch
lernte und bald entziffern konnte, was ihm ein mit Zwirn zusam-
mengeheftetes Notizbuch zu sagen hatte; bis er schließlich an
einem orangefarbenen Abend mit der Krone auf dem Haupt
dastand und die Mutter mit der verborgenen Schande seiner
Familie konfrontierte.

Draußen auf der Mattancheri-Gasse ging ein Murmeln durch
die immer größer werdende Menschenmenge. Moshe Cohen
nahm es als Gemeindevorsteher auf sich, die Synagoge zu betreten, um zwischen Mutter und Sohn zu vermitteln, denn eine
Synagoge war nicht der Ort für einen Streit; und seine Tochter
Sara folgte ihm, während ihr das Herz ganz langsam unter dem
Gewicht der Erkenntnis zerbrach, daß das weite Land ihrer
Liebe jungfräulicher Boden bleiben mußte, daß Abrahams treu-
lose Leidenschaft für die ungläubige Aurora sie, Sara, auf ewig
zu dem furchtbaren Inferno des Altjungfernstandes verdammt
hatte, zum Stricken überflüssiger blauer und rosa Schühchen
und Kleidchen für Kinder, die niemals ihren Leib füllen würden.

»Mit einer Christin auf und davon gehen willst du, Abie«,
sagte sie, und ihre Stimme klang laut und hart in der blaugefliesten Luft, »und jetzt schon takelst du dich auf wie ein Weihnachtsbaum.«

Doch Abraham bedrängte die Mutter mit alten, von Zwirn
und Leder zusammengehaltenen Pergamentseiten. »Wer hat
das geschrieben?« fragte er sie und gab sich, als sie stumm blieb,

die Antwort selbst: »Eine Frau.« Und, mit seinen Fragen und Antworten fortfahrend: »Wie lautet ihr Name? – Nicht angegeben. – Wer war sie? – Eine Jüdin, die unter dem Dach des vertriebenen Sultans Zuflucht suchte, unter seinem Dach und dann unter seiner Bettdecke. Es kam« – so stellte Abraham kurz und knapp fest – »zur Rassenmischung.« Und obwohl es leicht gewesen wäre, Mitgefühl für dieses Paar zu empfinden, für den vertriebenen spanischen Araber und die ausgestoßene spanische Jüdin – zwei hilflose Liebende, die gegen die Macht der katholischen Könige gemeinsame Sache machten –, war es doch immer der Maure allein, für den Abraham Mitleid forderte. »Sein Höfling verkaufte seine Ländereien, und seine Geliebte stahl ihm die Krone.« Nach vielen Jahren an seiner Seite hatte sich diese anonyme Ahnin nämlich vor dem bereits siechen Boabdil davongeschlichen und ein Schiff nach Indien genommen – mit einem großen Schatz im Gepäck und einem männlichen Kind im Bauch, aus dem, nach zahlreichen Generationen, Abraham selbst hervorgehen sollte. *Du, meine Mutter, die auf die Reinheit unserer Rasse pocht – was sagst du zu deinem Vorfahren, dem maurischen Mohren?*

»Diese Frau hat keinen Namen«, fiel Sara ihm ins Wort. »Und dennoch behauptest du, ihr verderbtes Blut sei auch das deine. Schämst du dich nicht, deine Mummy zum Weinen zu bringen? Und das alles für die Liebe eines reichen Mädchens? Ich bitte dich, Abraham! Das stinkt, und, nebenbei gesagt, du auch.«

Von Flory Zogoiby kam ein dünnes, ihre Worte unterstreichendes Wimmern. Doch Abraham war noch nicht fertig mit seiner Beweisführung. *Seht diese gestohlene Krone, in Lumpen gewikkelt, vierhundert Jahre und mehr in einem Kasten eingeschlossen. Wenn sie nur aus Gewinnsucht gestohlen wurde – wäre sie dann nicht schon längst verkauft worden?*

»Aus heimlichem Stolz auf die königliche Abstammung wurde die Krone aufbewahrt; aus heimlicher Scham wurde sie

– 116 –

versteckt. Wer ist schlimmer, Mutter? Meine Aurora, die ihre Vasco-Abstammung nicht verbirgt, sondern sich über sie freut; oder ich, geboren aus den letzten Seufzern eines dicken, alten Mauren von Granada in den Armen seiner diebischen Mätresse – Boabdils Judenbastard?«

»Beweise«, forderte Flory mit schwacher Stimme, eine tödlich verletzte Gegnerin, die um den Todesstoß bittet. »Bislang sind das alles nur Vermutungen; wo sind die harten Tatsachen?«

Unbarmherzig stellte Abraham seine vorletzte Frage: »Wie lautet unser Familienname, Mutter?«

Als sie das hörte, wußte Flory, daß gleich der *Coup de grâce* kommen mußte. Benommen schüttelte sie den Kopf. Auch den alten Moshe Cohen, dessen langjährige Freundschaft er sich an diesem Tag auf ewig verscherzen sollte, forderte Abraham heraus: »Nach seinem Sturz wurde Sultan Boabdil unter einem *sobriquet* bekannt, aber auch sie, die seine Krone und seine Juwelen stahl, übernahm diesen Beinamen. Boabdil der Glücklose: so hieß er. Kann das hier jemand in der Sprache der Mauren sagen?«

Und so war der alte Krämer verpflichtet, den letzten Beweis zu liefern. »*El-zogoybi.*«

Behutsam setzte Abraham die Krone neben der geschlagenen Flory ab; der Fall war für ihn erledigt.

»Wenigstens hat er sich in ein starkes Mädchen verliebt«, sagte Flory mit erloschener Stimme zu den Wänden. »Solange er mein Sohn war, hatte auch ich großen Einfluß auf ihn.«

»Es ist besser, wenn du jetzt gehst«, sagte Sara zu dem nach Pfeffer riechenden Abraham. »Vielleicht solltest du, wenn du heiratest, den Namen des Mädchens annehmen, warum nicht? Dann können wir dich vergessen, und was für ein Unterschied besteht schon zwischen einem Maurenbastard und einem Portugiesenbastard?«

»Ein schwerer Fehler, Abie«, bemerkte Moshe Cohen, »dir

deine Mutter zum Feind zu machen; denn Feinde gibt es jede Menge, aber Mütter sind schwer zu finden.«

Flory Zogoiby blieb allein in der Synagoge zurück, doch nach der ersten katastrophalen Enthüllung sollte ihr noch eine zweite bevorstehen. Im zinnoberroten Nachglühen des Sonnenuntergangs ließ sie die kantonesischen Fliesen eine nach der anderen vor ihren Augen Revue passieren – wie oft hatte sie sie doch in all diesen vielen Jahren, während sie sie reinigte und polierte, gehorsam erforscht? Hatte sie nicht zahllose Male versucht, in ihre Myriadenwelten einzudringen, jene unendlichen Welten, die doch Gefangene waren der Gleichförmigkeit des Zwölf-mal-zwölf und der strengen Anordnung der so sorgfältig gekachelten Wände? Flory, die so gerne Linien zog, war immer schon bezaubert gewesen von den dicht geschlossenen Reihen der Fliesen, doch bis zu diesem Moment hatten sie noch nicht zu ihr gesprochen, hatte sie dort weder vermißte Ehemänner noch zukünftige Verehrer gefunden, weder Voraussagen für die Zukunft noch Erklärungen für die Vergangenheit. Anleitung, Bedeutung, Schicksal, Freundschaft, Liebe – das alles war ihr vorenthalten worden. Jetzt aber, in der Stunde ihrer Seelenqual, offenbarten sie ihr ein Geheimnis.

Szene um blaue Szene lief vor ihren Augen ab. Da gab es wimmelnde Marktplätze, zinnenbesetzte Festungspaläste, beackerte Felder und Diebe im Gefängnis, da gab es zahnzackige Berge und große Fische in der See. Lustgärten waren ganz in Blau angelegt, und blau-blutige Schlachten wurden ingrimmig ausgefochten; blaue Reiter paradierten unter lampenerleuchteten Fenstern, und blaumaskierte Damen schmachteten in Gartenlauben. Oh, und Intrigen von Höflingen, Träume von Bauern, langbezopfte Talleymänner mit ihren Rechenbrettern und Dichter, die zu tief ins Glas schauten. An Wänden Boden Decke der kleinen Synagoge und nunmehr auch vor Flory Zogoibys innerem Auge zog die Keramikenzyklopädie der materiellen

Welt vorbei, die zugleich ein Bestiarium war, ein Reisebericht, eine Synthese und ein Lied, und zum erstenmal in all den Jahren, seit sie hier saubermachte, erkannte Flory, was in dieser überreichen Kavalkade fehlte. Nicht so sehr *was* als *wer*, dachte sie, und die Tränen in ihren Augen trockneten. Keine Spur, nirgends. Das orangefarbene Abendlicht fiel auf sie wie donnernder Regen, wusch ihre Blindheit hinweg, öffnete ihr die Augen. Achthundertundneununddreißig Jahre, nachdem die Fliesen nach Cochin gekommen waren, und zu Beginn einer Zeit der Kriege und Massaker, brachten sie einer schmerzerfüllten Frau ihre Botschaft.

»Was man sieht, ist das, was da ist«, murmelte Flory vor sich hin. »Es gibt keine Welt außer der Welt.« Und dann, ein wenig lauter: »Es gibt keinen Gott. Hokuspokus! Mumbo-jumbo! *Es gibt kein metaphysisches Leben.*«

Leicht ist es, Abrahams Argumente zu widerlegen. Was bedeutet ein Name? Die da Gamas behaupteten, von Vasco, dem Entdecker, abzustammen, aber behaupten ist nicht beweisen, und auch im Hinblick auf diese Abstammung hege ich ernsthafte Zweifel. Aber was diese Maurengeschichte betrifft, diese Granada-Saga, diese unglaublich *lose* Verbindung – ein Nachname, der wie ein Spitzname klingt, ich bitte Sie! –, die kippt um, bevor man überhaupt zu blasen beginnt. Ein altes, ledergebundenes Notizbuch? Dummes Gerede! Nie gesehen. Keine Spur. Und was die mit Smaragden behängte Krone betrifft, das kauf' ich auch keinem ab; das ist eines jener Märchen, wie wir alle sie immer gern über uns selbst erzählen, und, Herren & Damen, es hält nicht stand. Abrahams Familie war nie wohlhabend, und wenn ihr glaubt, daß eine Handvoll Edelsteine vier Jahrhunderte lang nicht angerührt wurden, dann, Sportsfreunde und -freundinnen, könnt ihr auch einfach alles glauben. Ach so, das waren *Erbstücke?* Na schön, ich roll' die Augen und wisch' mir die Stirn. Was für ein absolut idiotischer Witz! Wer in ganz

Indien gibt auch nur zwei Paisa für ein Erbstück, wenn er die Wahl hat zwischen uraltem Kram und Geld auf der Bank?

Aurora Zogoiby malte ein paar berühmte Bilder und starb unter entsetzlichen Umständen. Die Vernunft erfordert, daß wir alles übrige auf die Selbstmythologisierung der Künstlerin zurückführen, zu der in diesem Fall mein lieber Vater mehr als nur ein wenig beigetragen hat ... Sie wollen wissen, was in der Schatulle war? Hören Sie zu: Vergessen Sie den juwelenbesetzten Turban; aber Smaragde, o ja. Manchmal mehr, manchmal weniger. – Aber keine Erbstücke. Was dann? – Heiße Steine, genau das. Jawohl! Diebesgut! Konterbande! Beute! Sie wollen was von Familienschande hören? Ich werd' Ihnen ihren wahren Namen verraten: Meine Granny Flory Zogoiby war eine Gaunerin. Seit vielen Jahren war sie ein hochgeschätztes Mitglied einer erfolgreichen Bande von Smaragdschmugglern; denn wer würde jemals unter dem Thoraschrein nach Zaster suchen? Sie strich ihren Anteil am Erlös ein, bewahrte ihn auf und war nicht so dumm, einfach zu kaufen kaufen kaufen. Niemand hatte sie je in Verdacht; und dann kam der Moment, da ihr Sohn Abraham erschien, um sein illegales Erbe zu beanspruchen ... Illegalität, das wollten Sie doch? Kümmern Sie sich nicht um die Genetik; folgen Sie einfach der Knete!

So sieht meine Auffassung von dem aus, was hinter den Geschichten steckte, die mir erzählt wurden; aber ich muß auch ein Geständnis machen. Im folgenden werden Sie weit seltsamere Erzählungen finden als jene, die ich soeben zu enthüllen versuchte; und lassen Sie mich eines versichern, lassen Sie es mich allen sagen, die es angeht: an der Wahrheit dieser weiteren Geschichten kann es keinen noch so geringen Zweifel geben. Also liegt es letztlich nicht an mir, darüber zu urteilen; sondern an Ihnen.

Und was die Erzählung des Moor betrifft: Wäre ich gezwungen, mich zwischen Logik und Kindheitserinnerungen zu entscheiden, zwischen Kopf und Herz – auch dann würde ich mich ungeachtet alles Vorhergehenden weiterhin an die Geschichte halten.

Abraham Zogoiby verließ die Judenstadt und ging zur St. Francis' Church, wo Aurora da Gama ihn, seine Zukunft in der Hand, an Vascos Grab erwartete. Als er den Hafen erreicht hatte, wandte er sich für einen kurzen Augenblick um; und glaubte die Gestalt eines jungen Mädchens zu sehen, das als Silhouette vor dem dunkelnden Himmel auf dem Dach eines mit grellen, horizontalen Streifen bemalten Speichers Kapriolen schlug, mit Rock und Unterrock Cancan tanzte und vertraute Zaubersprüche herunterrief, um ihn zum Kampf herauszufordern: *Tritt ja nicht über diese Linie!*

Tränen traten ihm in die Augen; er blinzelte sie weg. Die Gestalt war verschwunden.

»Obeah, jadoo, fo, fum,
chicken entrails, Kingdom come.«

7

Christen, Portugiesen und Juden; chinesische Fliesen, die eine
gottlose Zukunft voraussagen; aufdringliche Damen, Röcke-
statt-Saris, spanische Gaunereien, maurische Kronen … kann
das wirklich Indien sein? *Bharat-mata, Hindustan-hamara*, ist dies
das Land? Gerade wurde Krieg erklärt. Nehru und der All-India
Congress verlangen, daß die Briten die Forderung nach Unabhängigkeit als Voraussetzung für indische Hilfe bei der Kriegs-
führung akzeptieren; Jinnah und die Muslim League weigern
sich, die Forderung zu unterstützen; Mr. Jinnah artikuliert voll
Eifer eine Auffassung, die Geschichte machen wird: daß es
nämlich zwei Nationen auf dem Subkontinent gibt, die eine
hinduistisch, die andere muslimisch. Bald wird die Spaltung
unwiderruflich sein; bald wird Nehru ins Gefängnis von Dehra
Dun zurückkehren, und die Briten werden sich, nachdem sie
die führenden Köpfe der Kongreßpartei verhaftet haben, an die
Liga um Hilfe wenden. In einer solchen Zeit des Umbruchs, des
ruinösen Höhepunktes von Teile-und-Herrsche, ist da diese
Geschichte nicht das Exzentrischste, was man sich vorstellen
kann – ein verirrtes blondes Haar, aus einem pechschwarzen
(und sich schrecklich auflösenden) Zopf gezogen?

Nein, Sahibzadas und Madams: keineswegs. Die Mehrheit,
dieser mächtige Elefant, und ihr Kumpan, die größte Minderheit, werden meine Erzählung nicht unter ihren Füßen zermal-
men. Sind meine Personen denn nicht Inder, jede einzelne?
Gut: Dann ist dies auch eine indische Erzählung. Das ist die eine
Antwort; aber es gibt noch eine andere: *Alles zu seiner Zeit.*
Elefanten sind für später versprochen. Für Mehrheit und größte
Minderheit wird der richtige Zeitpunkt kommen, und viel Schönes wird von ihren flappohrigen, trompetenden Herden aufgespießt und niedergetrampelt werden. Bis dahin fahre ich fort,
dies letzte Souper zu verschlingen; diesen zuvor erwähnten

dernier soupir, wenn auch keuchend, auszustoßen. Zum Teufel mit den großen Staatsaffären! Ich habe eine Liebesgeschichte zu erzählen.

Im wohlriechenden Halblicht des C-50 Godown Nr. 1 packte Aurora da Gama Abraham Zogoiby beim Kinn und sah ihm tief in die Augen ... nein, Männer, ich kann das nicht! Es sind meine Mutter und mein Vater, von denen ich hier spreche, und obgleich Aurora die Große von allen Frauen wohl am wenigsten Schamgefühl besaß, habe ich vermutlich, zusätzlich zu meinem eigenen, auch noch ihren Anteil davon geerbt. Habt ihr jemals den Schwanz eures Vaters, die Muschi eurer Mutter gesehen? Ja oder nein spielt keine Rolle, der springende Punkt ist, daß es mythische Orte gibt, mit Tabus belegt; zieh dir die Schuhe aus, dies ist geweihter Boden, wie die Stimme auf dem Berg Horeb sagte, und wenn Abraham Zogoiby die Rolle des Moses spielte, dann war meine Mutter Aurora so sicher wie das Amen in der Kirche der brennende Dornbusch. Gesetzestafeln, Feuersäule, *ich bin, der ich bin* ... jawohl, in der Tat, sie versuchte sich als Gott des Alten Testaments. Manchmal glaube ich, daß sie in der Badewanne das Teilen der Wogen geübt haben muß.

»Ich konnte nicht warten«, wie Aurora selbst es auszudrükken pflegte. In ihrem gold-orangefarbenen, von Zigarettenrauch erfüllten Salon, in dem junge Schönheiten sich auf den Sofas rekelten, während die Herren vor ihnen auf Perserteppichen hockten und ihnen die Füße mit den Knöchelkettchen und den lila lackierten Nägeln liebkosten, und während Auroras alternder Ehemann mit vor Verlegenheit zuckenden Lippen im Straßenanzug in einer Ecke lehnte, die Hände hilflos flatternd, bis sie sich endlich um meine jungen Ohren schlossen, trank meine Mutter Champagner aus einem opalisierenden Glas, das wie eine sich öffnende Blüte geformt war, und schilderte mit lässiger Detailtreue und fröhlich über ihre jugendliche Verwegenheit lachend, ihre Entjungferung. »Beim Kinn, ehrlich!

Einfach gezogen hab' ich ihn, und er ist mir gefolgt, ist aus seinem Sessel geschossen wir der Korken aus einer Flasche, und ich hab' ihn am Kinn geführt. Meinen ganz persönlichen Yahoody. Meinen in-jenen-Tagen geliebten Juden.«

In-jenen-Tagen ... es wird noch mehr zu sagen sein über die Grausamkeit dieses Ausdrucks, flüchtig hingeworfen mit einer leichten Handbewegung, einem wegwerfenden Klirren der Armbänder. Aber im Augenblick befinden wir uns ja noch in jenen Tagen, befinden wir uns *genau an jenem Tag*, und so führte sie ihn beim Kinn, und er folgte; verließ seinen Posten und folgte unter den zweifellos mißbilligenden Blicken der Hauptbuch-haltenden Dreifaltigkeit der Kontrolleure Kalonjee, Mirchandalchini und Tejpattam seinem Kinn, unterwarf sich seinem Schicksal. Schönheit ist eine Art Vorsehung, Schönheit spricht Schönheit an, erkennt und billigt, glaubt fest, daß sie alles rechtfertigen kann, so daß die beiden, obwohl sie nicht mehr voneinander wußten als die Worte *christliche Erbin* und *jüdischer Angestellter*, schon jetzt die wichtigste Entscheidung von allen getroffen hatten. Ihr ganzes Leben lang hat Aurora Zogoiby keinerlei Zweifel daran gelassen, warum sie ihren Exportbuchhalter in die dunstigen Tiefen des Speichers geführt und ihm dann bedeutet hatte, ihr zu folgen, als sie eine lange, wippende Leiter bis zur höchsten Höhe der entlegensten Stapel emporkletterte. Jedem Versuch zu einer psychologischen Analyse widerstehend, wies sie zornig die Theorie zurück, daß sie infolge der allzu vielen Todesfälle in der Familie eine leichte Beute für den Charme eines älteren Mannes gewesen sei, daß Abrahams Miene verletzter Güte sie zunächst fasziniert und dann gebannt habe: daß es ganz einfach ein Fall gewesen sei, bei dem die Unschuld sich von der Erfahrung angezogen fühlte. »Erstens einmal«, argumentierte sie unter Jubel und Beifall, während Daddy Abraham meine Verachtung auf sich zog, weil er sich voll Scham davonstahl, »Sie müssen schon entschuldigen, aber wer hat wen wohin gezogen? Mir scheint, ich war der

Zieher, nicht die Gezogene. Mir scheint, daß Abie die süße, hilflose Unschuld war und ich eine gewiefte, fünfzehnjährige Person. Und zweitens war ich immer anfällig für einen *Helden*, einen *loverboy*, einen schönen, kräftigen, knackigen Burschen.«

Weit, weit oben, dicht unterm Dach des Speichers Nr. 1, legte sich Aurora da Gama mit fünfzehn Jahren auf die Pfeffersäcke, atmete die heiße, gewürzduftbeladene Luft und wartete auf Abraham – der zu ihr kam wie ein Mann, der in sein Verderben rennt, zitternd, aber entschlossen, und hier, an dieser Stelle, gehen mir die Worte aus, darum werden Sie von mir nicht die blutigen Details dessen erfahren, was geschah, als sie, und dann er, und dann beide, und danach sie, woraufhin er, und daraufhin wiederum sie, und somit, und außerdem, und eine kurze Zeitlang, und dann eine lange Zeitlang, und leise, und geräuschvoll, und am Ende ihrer Durchhaltekraft, und schließlich, und danach, bis ... puh! Boy! Endlich geschafft! Nein. Es gibt noch mehr. Die ganze Geschichte muß erzählt werden.

Folgendes möchte ich sagen: Was die beiden hatten, war mit Sicherheit heiß & hungrig. Rasende Liebe! Die Abraham nach Hause trieb, um Flory Zogoiby gegenüberzutreten, und ihn dann veranlaßte, sein Volk im Stich zu lassen und nur ein einziges Mal zurückzublicken. *Daß er gleich für diese Gunst das Christentum bekenne*, forderte der Kaufmann von Venedig im Augenblick seines Sieges über Shylock und zeigte damit ein sehr begrenztes Verständnis für die Eigenschaft der Gnade; und der Herzog stimmte zu: *Das soll er tun; ich widerrufe sonst die Gnade, die ich eben hier erteilt* ... Was Shylock aufgezwungen wurde, hätte Abraham freiwillig gewählt, weil er die Liebe meiner Mutter der Liebe Gottes vorzog. Er war bereit, Aurora nach den Gesetzen Roms zu heiraten – und oh, welch ein Ungewitter sich hinter dieser Aussage verbirgt! Doch ihre Liebe war stark genug, allen Schlägen standzuhalten, den ganzen Ansturm des Skandals zu überstehen; und es war mein Wissen von ihrer Kraft, das mir die Kraft verlieh, als ich wiederum – als meine Geliebte und ich –

aber in diesem Fall hat sie, meine Mutter – anstatt – als ich es mit Sicherheit erwartete – hat sie sich gegen mich gewandt, und gerade, als ich sie am dringendsten brauchte, hat sie – gegen ihr eigenes Fleisch und Blut ... Wie Sie sehen, bin ich wiederum noch nicht in der Lage, diese Geschichte zu erzählen. Wieder einmal haben mich die Worte verlassen.

Pfefferliebe: So sehe ich sie. Abraham und Aurora erlebten eine Pfefferliebe, da oben, auf dem »Malabar Gold«. Sie kamen von diesen hohen Stapeln mit mehr herab als dem Geruch der Gewürze in ihren Kleidern. So leidenschaftlich hatten sie einander verschlungen, so gründlich hatten sich Schweiß, Blut und andere Sekrete ihrer Körper in dieser mit Gerüchen geschwängerten Luft mit den Düften von Kardamom und Kümmel vermengt, so innig hatten sie sich vereinigt, nicht nur miteinander, sondern mit-dem-was-in-der-Luft-hing, jawohl, und mit den Gewürzsäcken selbst – von denen einige, wie ich gestehen muß, zerrissen waren, so daß Pfefferkörner und Samen herausquollen und zwischen Beinen, Bäuchen und Schenkeln zerquetscht wurden –, daß sie auf ewig Pfeffer und Gewürze ausschwitzen und auch ihre Körpersekrete ·nach dem riechen und sogar schmecken sollten, was in ihre Haut gepreßt worden war, was sich mit ihren Liebesergüssen vermischt, was von ihnen bei diesem transzendenten Fick eingeatmet worden war.

Na bitte; man beschäftigte sich nur lange genug mit einem Thema, und die Worte kommen von selbst. Aber Aurora gab sich bei diesem Thema niemals schüchtern. »Seit damals, wissen Sie, hab' ich den guten Abie hier von der Küche fernhalten müssen, weil der Gestank gemahlener Gewürze, meine Lieben, weil der bewirkt, daß er sofort mit den Hufen scharrt. Was dagegen mich selbst betrifft, so schrubbele und rubbele und wienere ich mich, pflege mich gründlich, parfümiziere das Zimmer mit feinsten Düften, und deswegen bin ich, wie jedermann sehen kann, so süß, wie ich süßer nicht werden kann.« Vater, o Vater, warum hast du zugelassen, daß sie dir dies antut, warum hast du dich zur alltäglich-allnächtlichen Zielscheibe ihres Spottes machen lassen? Warum haben wir das alle getan? Hast du sie wirklich noch immer so sehr geliebt? Haben wir sie in jenen Tagen alle geliebt, oder waren es einfach ihre Macht über uns und die passive Hinnahme unserer Versklavung, die wir fälschlich für Liebe hielten?

»Von nun an werde ich immer für dich sorgen«, versprach mein Vater meiner Mutter, nachdem sie sich zum erstenmal geliebt hatten. Sie sei eine angehende Künstlerin, antwortete sie. »Für den wichtigsten Teil von mir kann und werde ich daher selber sorgen.«

»Dann«, gab Abraham demütig zurück, »werde ich für den weniger wichtigen Teil von dir sorgen, der Teil, der essen, genießen und ausruhen muß.«

Männer in konischen Chinesenhüten stakten langsam über die dunkelnde Lagune. Rot-gelbe Fährboote glitten auf der letzten Fahrt des Tages gemächlich von Insel zu Insel. Ein Bagger stellte die Arbeit ein, und mit dem Verstummen seines *boom-yacka-yacka-yacka-boom* senkte sich Stille über den Hafen. Jachten lagen vor Anker, und kleine Boote mit Patchworkledersegeln fuhren zum Feierabend heimwärts in das Dorf Vypeen; man konnte Ruderboote, Motorboote und Schleppdampfer sehen. Abraham Zogoiby ließ das Phantom seiner Mutter, die auf einem Dach in der Judenstadt herumkapriolte, hinter sich und machte sich auf den Weg, um seinen Liebling in der St. Francis' Church zu treffen. Die chinesischen Fischernetze waren für die Nacht eingeholt worden. Cochin, Stadt der Netze, dachte er, und ich bin genauso ins Netz gegangen wie ein Fisch. Dampfer mit zwei Schornsteinen, das Frachtschiff *Marco Polo* und sogar ein britisches Kanonenboot hingen wie Geister da draußen im letzten Licht. Alles wirkt normal, dachte Abraham staunend. Wie schafft es die Welt, diese Illusion gleichbleibender Normalität zu bewahren, während sich in Wirklichkeit alles verändert, unabänderlich verwandelt hat – durch die Liebe?

Vielleicht, dachte er, weil Fremdheit, die Vorstellung eines Unterschieds, etwas ist, auf das wir mit Unbehagen reagieren. Der frisch berauschte Liebende läßt uns, wenn wir ehrlich sind, zusammenzucken; er gleicht dem Schläfer auf dem Straßenpflaster, der mit einem unsichtbaren Gefährten in einem leeren Hauseingang redet, gleicht der vom Rum betrunkenen Frau, die mit einem Riesengarnknäuel auf dem Schoß aufs Meer hinausstarrt; wir sehen sie und gehen weiter. Und dem Arbeitskollegen, von dem wir zufällig erfahren, daß er ungewöhnliche sexuelle Neigungen hat, und dem Kind, das völlig darin vertieft ist, eine Reihe von Lauten ohne jede Bedeutung zu wiederholen, und der schönen Frau, die wir zufällig an einem erleuchteten Fenster sehen, wie sie sich von ihrem Schoßhund die Brustwarzen lecken läßt; ach ja, und dem brillanten Wissenschaftler, der sich die Zeit auf Partys damit vertreibt, sich am Hinterteil zu kratzen und anschließend ausgiebig seine Fingernägel zu untersuchen, und dem einbeinigen Schwimmer, und … Abraham blieb unvermittelt stehen und errötete. Wieso galoppierten seine Gedanken so davon? Bis heute morgen war er ein außergewöhnlich methodischer und ordentlicher Mann gewesen, ein Mensch der Kontobücher und Zahlenkolonnen, und auf einmal, Abie, hör dich nur selber an, all dieser luftig-duftige Quatsch, reiß dich zusammen jetzt, die Lady wird dich schon in der Kirche erwarten, für den Rest deines Lebens mußt du dir nun Mühe geben, deine junge Mrs. nicht warten zu lassen …

… Fünfzehn Jahre alt! Okay, okay. In unserem Teil der Welt ist das nicht ganz so jung.

In St. Francis': Wer ist das, der da leise in der Kirche stöhnt? Dieses dickarschige, ingwerhaarige Bleichgesicht, das sich wie wild die Handrücken kratzt? Dieser krummzahnige Cherub, dem der Schweiß am Hosenbein herunterrinnt? Ein Priester,

Herrschaften. Was kann man in kirchlicher Umgebung schon anderes erwarten als einen steifen Kragen, dieses Hundehalsband? In diesem Fall gehört es dem Reverend Oliver D'Aeth, einem jungen Hund mit bestem anglikanischem Stammbaum, der, vor kurzem erst mit dem Schiff eingetroffen, in der indischen Hitze an Photophobie litt.

Genau wie ein Werwolf scheute er das Licht. Aber die Sonnenstrahlen fanden ihn überall; sie hetzten ihn, so hündisch er sich auch in den Schatten duckte. Tropische Sonnenhunde erwischten ihn hinterrücks, sprangen ihn an und leckten, seinen Protest zum Trotz, überall an ihm herum; woraufhin die winzigen Champagnerbläschen seiner Allergie durch die Oberfläche seiner Haut drangen und es ihn wie einen räudigen Köter am ganzen Körper unkontrollierbar zu jucken begann. Ein wahrhaft armer Hund von einem Priester, gehetzt von der unbarmherzigen Grelle des Tages. Bei Nacht träumte er von Wolken, von seiner fernen Heimat, wo einem der Himmel in sanften Grautönen gemütlich über dem Kopf hing; von Wolken träumte er, aber auch – denn obwohl es dunkel wurde, hielt die tropische Hitze noch seine Lenden umklammert – von Mädchen. Um genau zu sein, von einem hochgewachsenen Mädchen, das St. Francis' in einem bodenlangen roten Samtrock betrat, den Kopf mit einer eindeutig un-anglikanischen weißen Spitzenmantilla verhüllt, einem Mädchen, das einen einsamen jungen Priester transpirieren ließ wie einen undichten Wassertank, einem Mädchen, bei dessen Anblick er vor Begierde eine äußerst ekklesiastische Purpurfärbung annahm.

Sie kam ein- oder zweimal in der Woche, um eine Weile an da Gamas leerem Sarkophag zu sitzen. Gleich das erste Mal, als sie wie eine Kaiserin oder eine große Tragödin an D'Aeth vorbeigerauscht war, ist es um ihn geschehen gewesen. Noch bevor er ihr Gesicht zu sehen bekommen hatte, war die Purpurfarbe des seinen schon ziemlich weit fortgeschritten gewesen. Als sie sich

dann zu ihm umwandte, war es, als werde er mit Sonnenlicht
übergossen. Sofort fielen die Transpiration und das Jucken mit
ungeahnter Heftigkeit über ihn her; obwohl riesige Punga-Fä-
cher mit langen, langsamen Schwüngen den Kirchenraum
durchkämmten wie Frauenhaar und einen leichten Luftzug
erzeugten, brachen auf seinem Hals und seinen Händen Ent-
zündungen auf. Als sich Aurora ihm näherte, wurde sie noch
schlimmer, diese fürchterliche Allergie des Begehrens. »Sie
sehen aus«, sagte Aurora zuckersüß, »wie ein Hummer in Tomatensauce. Sie sehen aus wie ein Flohzirkus, nachdem alle Flöhe
ausgebüxt sind. Und welch kunstvolle Wasserspiele, Sir! Soll
Bombay doch seinen Flora-Brunnen behalten, wir hier, Reverend, haben Sie!«

Sie hatte ihn tatsächlich. In der Hand. Von jenem Tag an
waren die Schmerzen seiner Allergie nichts im Vergleich zu den
Schmerzen seiner unausgesprochenen, unmöglichen Liebe. Er
wartete auf ihre Verachtung, sehnte sich danach, denn das war
alles, was sie ihm gewährte. Doch langsam veränderte sich etwas
in ihm. Obwohl er so ernst, hingebungsvoll und zungenlahm
war wie ein englischer Schuljunge, eine Zielscheibe des Spottes
sogar für seinesgleichen, verhöhnt wegen seiner Sprachlosigkeit
von Emily Elphinstone, der Witwe des Kokosfaserhändlers, die
ihm an jedem Donnerstag Steak and Kidney Pie vorsetzte und
hoffte, er werde ihr dafür auch etwas geben (bisher aber noch
nichts erhalten hatte), verwandelte er sich hinter der Fassade
einer kirchlichen Witzfigur in etwas völlig anderes: Seine Fixierung dunkelte langsam in Richtung Haß.

Vielleicht war es ihre Anhänglichkeit gegenüber dem leeren
Grab des portugiesischen Entdeckers, die ihn dazu brachte, sie
hassen zu lernen, weil er selber Angst vor dem Sterben hatte,
denn wie konnte sie nur einfach so daherkommen, an Vasco da
Gamas Grab sitzen und leise mit ihm sprechen, wie konnte sie,
während die Lebenden gierig an jeder ihrer Gesten, jeder ihrer
Bewegungen und Silben hingen, der morbiden Intimität mit

einem Toten den Vorzug geben, diesem Loch im Boden, aus dem Vasco vierzehn Jahre nach seiner Beisetzung wieder entfernt und nach Lissabon zurückgebracht worden war, jene Stadt, die er vor so langer Zeit verlassen hatte? Nur einmal beging D'Aeth den Fehler, sich Aurora zu nähern und zu fragen, kann ich dir helfen, Tochter; woraufhin sie sich mit all der überheblichen Wut der unermeßlich Reichen zu ihm umwandte und erwiderte:»Hier geht es um Familienprobleme, also verschwinden Sie und kochen Sie Ihre Tomatensauce!«Dann, ein wenig freundlicher, erklärte sie ihm, sie sei gekommen, um zu»beichtifizieren«, und Reverend D'Aeth war schockiert von der blasphemischen Idee, bei einem leeren Grab Absolution zu suchen.»Wir hier sind die Church of England«, sagte er hilflos, und bei diesen Worten sprang sie hoch, baute sich vor ihm auf, eine blendend schöne Venus in rotem Samt, und brachte ihn mit ihrem Hohn zum Schrumpfen.»Bald«, sagte sie,»werden wir euch ins Meer treiben, und diese Church könnt ihr gleich mitnehmen. Die wurde ja bloß gründifiziert, weil irgendein alter Piß-in-die-Stiefel-King eine jüngere Frau fürs Bett haben wollte.«

Schließlich fragte sie ihn nach seinem Namen. Als er ihn nannte, lachte sie und klatschte in die Hände.»Oh, das ist köstlich!«sagte sie.»Reverend Allover Death.«Von da an konnte er nicht mehr mit ihr sprechen, weil sie einen schwachen Punkt berührt hatte. Indien hatte Oliver D'Aeth entnervt; seine Träume waren entweder erotische Phantasien von nackten Teestunden mit der Witwe Elphinstone auf stachlig-braunen Rasenflächen aus Kokosmatten, oder Folteralpträume, in denen er sich an einem Ort befand, wo er wie ein Teppich, wie ein Muli, geschlagen und getreten wurde. Männer mit Hüten, die hinten flach waren, damit sie mit dem Rücken zur Wand stehen und so verhindern konnten, daß ihre Feinde sich von hinten an sie heranschlichen, Hüten aus einem steifen und glänzend schwarzen Material – diese Männer verstellten ihm an felsigen Berghängen den Weg. Sie schlugen ihn, sprachen aber kein einziges

Wort. Er jedoch ließ seinen Stolz fahren und schrie laut auf. Es war demütigend, zum Schreien gebracht zu werden, aber er konnte es nicht verhindern, daß ihm die Schreie entfuhren. Er wußte jedoch – in seinen Träumen –, daß dieser Ort seine Heimat war und bleiben würde; daß er nicht aufhören würde, diesen felsigen Bergpfad entlangzuwandern.

Nachdem er Aurora in der St. Francis' Church gesehen hatte, tauchte sie in diesen schrecklichen Schlägerträumen auf. *Die Entscheidungen des Mannes sind unergründlich,* sagte sie einmal zu ihm, als sie zusah, wie er sich nach einer besonders grausamen Prügelorgie davonschleppte. Verurteilte sie ihn? Manchmal glaubte er, sie verachte ihn dafür, daß er sich so demütigen ließ. Dann wieder sah er so etwas wie Weisheit aufdämmern in ihren Augen, in der festen Muskulatur ihrer Oberarme, in dem vogelähnlichen Winkel ihres Kopfes. Wenn die Entscheidungen des Mannes unergründlich sind, schien sie zu sagen, sind sie auch über jede Kritik und über jede Verachtung erhaben. »Ich werde geschlagen«, erklärte er ihr in seinem Traum. »Das ist meine heilige Berufung. Nie werden wir Menschlichkeit erlangen, solange wir nicht unsere Haut verlieren.« Wenn er erwachte, wußte er nicht, ob sein Glaube an die Identität aller Menschen diesen Traum ausgelöst hatte oder die Photophobie, die daran schuld war, daß seine Haut ihn so sehr quälte: ob es eine heldenhafte Vision war oder eine Banalität.

Indien bedeutete Unsicherheit. Es bedeutete Täuschung und Illusion. Hier in Fort Cochin hatten die Engländer angestrengt versucht, eine Fata Morgana des Englischseins zu konstruieren, wo englische Rasenflächen englische Bungalows umgrünten, wo es Rotarier gab, Golfer, Tanztees, Cricket und eine Freimaurerloge. Aber D'Aeth durchschaute durchaus diesen Zaubertrick, er erkannte durchaus die falschen Vokale der Kokosfaserhändler, die hinsichtlich ihrer Ausbildung logen, zuckte bei dem ungeschliffenen Tanzstil ihrer ehrlich-gesagt-ziemlich-ordinären Ehefrauen zusammen und sah sowohl die

Blutsaugereidechsen unter den englischen Hecken als auch die Papageien, die über die eher unenglischen Jacarandabäume flogen. Und wenn er aufs Meer hinausblickte, verschwand die englische Illusion endgültig; denn der Hafen ließ sich nicht tarnen, und so anglisiert das Land auch sein mochte, das Wasser widersprach dem Schein; als werde England von einem fremden Meer überschwemmt. Fremd und anmaßend; denn Oliver D'Aeth war klug genug, um zu wissen, daß die Grenze zwischen den englischen Enklaven und der sie umgebenen Fremdartigkeit durchlässig wurde, daß sie sich aufzulösen begann. Indien würde alles zurückfordern. Sie, die Briten, würden – wie Aurora es vorausgesagt hatte – in den Indischen Ozean getrieben werden, der durch eine indische Laune in diesem Land Arabisches Meer genannt wurde.

Immerhin, dachte er, das Niveau muß gewahrt, die Kontinuität gesichert werden. Es gab den rechten Weg und den falschen, Gottes Weg und den Pfad zur Hölle. Obwohl das eindeutig Metaphern waren und es keinen Sinn hatte, sie allzu wörtlich zu nehmen, allzu laut vom Paradies zu singen oder zu viele Sünder in Satans Reich zu verdammen. Diesen Nachsatz hängte er noch aus einer Art wildem Trotz an, denn Indien hatte an den Rändern seiner Sanftmut genagt; ja, Indien, wo der ungläubige Thomas das etabliert hatte, was man als ein Christentum der Unsicherheit hätte bezeichnen können, begegnete der behutsamen Vernunft der Church of England mit dicken Wolken glühendheißen Weihrauchs und Feuerzungen religiöser Hitze … Er betrachtete die Mauern von St. Francis', die Gedenktafeln für blutjunge Engländer und Engländerinnen, die hier gestorben waren, und empfand Angst.

Achtzehnjährige Mädchen kamen mit der sogenannten Männerfangflotte herüber und wurden dahingerafft, kaum daß sie den Fuß auf indischen Boden gesetzt hatten, und auf die Särge neunzehnjähriger Sprößlinge großer Familien fiel innerhalb weniger Monate nach ihrer Ankunft die Erde. Oliver

– 133 –

D'Aeth, der sich tagtäglich fragte, wann Indiens Rachen auch ihn verschlingen werde, fand Auroras Scherz über seinen Namen genauso geschmacklos wie ihre Plauderstündchen mit da Gamas leerem Grab. Natürlich sagte er das nicht. Das wäre nicht recht gewesen. Außerdem schien ihre Schönheit seine Zunge zu lähmen; sie steigerte seine hitzige Verwirrung – jedesmal, wenn dieses Mädchen ihn mit seinem verächtlichen, belustigten Blick ins Visier nahm, wünschte er, *er könne im Boden versinken* –, und sie bewirkte, daß es ihn juckte.

An Vascos Grab stand Aurora mit spitzenbedecktem Haupt, kräftig nach Sex und Pfeffer duftend, und wartete auf ihren Geliebten; Oliver D'Aeth, strotzend vor Lüsten und Ressentiments, lauerte im Schatten. Die einzigen weiteren Anwesenden in der langsam im Dunkel versinkenden Kirche, die von ein paar gelben Wandlampen nur wenig erhellt wurde, waren drei englische Memsahibs, die Schwestern Aspinwall, die mißbilligend mit der Zunge geschnalzt hatten, als die katholische Aurora in Scharlachrot an ihnen vorbeistolzierte – eine der Schwestern war sogar so weit gegangen, ein parfümiertes Taschentuch an die Nase zu führen –, und hatten sofort die Schärfe von Auroras Zunge zu spüren bekommen. »Wem sollen diese Gluckenlaute gelten?« hatte Aurora sie gefragt. »Sie sehen gar nicht wie Glucken aus. Eher wie Fische, denen eine Gräte im Hals steckengeblieben ist.«

Und der junge Priester, unfähig, sich ihr zu nähern, aber auch unfähig, sie aus den Augen zu lassen, halb verrückt von ihrem würzigen Geruch, spürte, wie die Witwe Elphinstone in den Hintergrund seiner Gedanken gedrängt wurde, obwohl sie mit nur einundzwanzig Jahren eine ansehnliche Frau war und keineswegs der Bewunderer entbehrte. *Mag sein, daß wir nicht viel besitzen, aber wir sind wählerisch*, hatte sie zu ihm gesagt. Viele Männer klopften an die Tür der jungen Witwe, und nicht alle mit den Absichten eines Gentleman. *Viele machen mir die Aufwar-*

tung, aber nur wenige werden eingeladen, sagte sie. *Eine Grenze muß gezogen werden, die nicht so leicht zu überschreiten ist.* Emily Elphinstone, eine aufrechte junge Frau und gefährlich schlechte Köchin, stand wohl jetzt gerade an ihrem Herd und wartete darauf, daß Oliver D'Aeth vorbeischaute; und das würde er tun, das würde er mit Sicherheit tun. Inzwischen jedoch blieb er, wo er war, obwohl ihm die verstohlenen Blicke auf die Frau seiner Träume wie eine Art Treulosigkeit erschienen.

Abraham kam in großer Hast und eilte fast im Laufschritt an Vascos Grab. Als Aurora seine Hände zwischen die ihren nahm und die beiden eifrig zu flüstern begannen, stieg in Oliver D'Aeth Zorn auf. Unvermittelt wandte er sich ab und schritt mit auf dem Steinboden klappernden Absätzen davon, und die gelben Lichtteiche verrieten den aufmerksam beobachtenden Damen Aspinwall, daß der junge Mann die Fäuste geballt hatte. Die Schwestern erhoben sich und schnitten ihm an der Tür den Weg ab: Ob er gerochen habe, was von den langen, langsamen Punga-Fächern durch die Kirche geweht werde, was unverwechselbar sei und nicht geleugnet werden könne? – Er hatte, Ladies. – Und ob er beobachtet habe, diese papistische Hexe, wie sie sich hier, vor ihren Augen, der Liebe hingegeben habe? Und womöglich sei es ihm noch nicht bekannt, schließlich sei er ja erst vor kurzem eingetroffen, daß der Kerl, der sie hier im Gotteshaus betätschelte, nicht nur ein kleiner Angestellter ihrer Familie, sondern überdies, es müsse gesagt werden, jüdischen Glaubens sei? – Ladies, das sei ihm nicht bekannt, doch er sei überaus dankbar für diese Information. – Aber so etwas dürfe nicht geduldet werden, so etwas dürfe er nicht zulassen, ob er etwas unternehmen werde? – Ladies, das werde er; nicht in diesem Moment, hier dürfe es zu keiner häßlichen Szene kommen, aber es werde mit Sicherheit etwas unternommen werden, sehr energisch, in dieser Hinsicht brauchten sie sich keine Gedanken zu machen. – Nun gut! Dann solle er dafür sorgen. Am folgenden Morgen würden sie nach Ootacamund zurück-

kehren, sie erwarteten aber, bei ihrem nächsten Besuch unbedingt Fortschritte zu sehen. »*Samjao* Sie diesem *baysharram*
Pärchen«, sagte die älteste Schwester Aspinwall, »daß diese Art
von *tamasha* ganz einfach nicht statthaft ist.« – Gehorsamster
Diener, Ladies.

Später an diesem Abend erwähnte Oliver D'Aeth bei einem
kleinen Portwein mit der jungen Witwe – er erholte sich gerade
von den gehäuften Tellern voll angebrannter, ledriger Leichen,
die sie ihm vorgesetzt hatte – auch den abendlichen Vorfall in
der St. Francis' Church. Doch kaum hatte er Aurora da Gamas
Namen ausgesprochen, da kehrte das Schwitzen und Jucken
zurück, allein schon ihr Name vermochte ihn zu entflammen,
und in erschreckender, bei ihr völlig ungewohnter Wut rief
Emily: »Diese Leute gehören genausowenig hierher wie wir,
aber wir können wenigstens heimkehren. Eines Tages wird sich
Indien auch gegen sie wenden, und dann werden sie sehen, wo
sie bleiben.« Nein, nein, wandte D'Aeth ein, hier im Süden gebe
es nur selten derartige Probleme im Zusammenleben; doch jetzt
wurde die Witwe erst recht böse. Das seien *Ausgestoßene*, schrie
sie ihn an, diese sonderbaren Christen mit ihren nicht wieder-
zuerkennenden Hokuspokusgottesdiensten, ganz zu schweigen
von diesen aussterbenden Juden, die seien die unwichtigsten
Menschen der Welt, die Winzigsten der Winzigen, und wenn sie
… wenn sie sich *begatten* wollten, dann sei dies das Uninteressan-
teste auf der Welt und gewiß nichts, wodurch sie sich einen so
angenehmen Abend verderben lassen würde, nicht einmal mit
dem Gedanken daran, und selbst wenn diese alten Ungeheuer
aus dem hochnäsigen Ootacamund, diese *tea ladies*, ein großes
Geschrei darum machten, habe sie nicht die Absicht, auch nur
noch eine Minute auf dieses Thema zu verschwenden, und sie
müsse sagen, daß er, Oliver, in ihrer Hochachtung gesunken sei,
sie habe gedacht, er hätte genügend Taktgefühl, ein derartiges
Thema nicht anzuschneiden, geschweige denn puterrot zu werden und regelrecht zu *tropfen*, wenn er den Namen dieser Person

in den Mund nehme.«»Der selige Mr. Elphinstone«, schloß sie
mit unsicherer Stimme,»hatte eine Schwäche für Chichi-Frau-
en. Aber er war wenigstens so höflich, diese Neigung zu Natsch-
Mädchen, zu Bajaderen, vor mir geheimzuhalten; während Sie,
Oliver – ein Mann der Kirche! –, an meinem Tisch sitzen und
sabbern.«

An diesem Abend erklärte die Witwe Elphinstone Oliver
D'Aeth, er brauche sich nicht länger zu bemühen und ihr die
Aufwartung zu machen. Er verabschiedete sich; und schwor
Rache. Emily hatte es zutreffend ausgedrückt. Aurora da Gama
und ihr Jude waren nichts weiter als Fliegen auf dem großen
Diamanten Indien; wie konnten sie es wagen, die natürliche
Ordnung der Dinge so schamlos zu provozieren? Sie forderten
es regelrecht heraus, zerquetscht zu werden.

Am leeren Grab des legendären Portugiesen legte Abraham
Zogoiby beide Hände in die seiner jungen Geliebten und gestand, was ihm widerfahren war: Streit, Rauswurf, Obdachlosig-
keit. Wieder glänzten Tränen in seinen Augen. Aber er war vom
Regen in die Traufe geraten: Aurora war noch härter als seine
Mutter und ergriff sofort die Initiative. Sie ließ Abraham verschwinden, indem sie ihn auf Cabral Island in dem restaurierten
Corbusier-Pavillon, jenen im westlichen Stil, unterbrachte.»Leider bist du zu groß und hast zu breite Schultern«, erklärte sie
ihm,»deswegen werden dir die Anzüge meines armen, verstorbenen Daddy nicht passen. Heute nacht aber wirst du keinen
Anzug brauchen.«

Später bezeichneten meine Eltern übereinstimmend diese
Nacht trotz der vorangegangenen Ereignisse hoch oben auf den
Säcken voll»Malabar Gold« als ihre eigentliche Hochzeitsnacht,
und zwar wegen dem, was geschah,

nachdem die fünfzehn Jahre junge Gewürzhändlerserbin
das Schlafgemach ihres Geliebten, des einundzwanzig Jahre
älteren Exportbuchhalters betreten hatte, bekleidet mit nichts

als Mondlicht und Girlanden aus Jasmin und Maiglöckchen, von der alten Josy ins lose herabhängende schwarze Haar geflochten, das ihr wie der Umhang eines Monarchen über den Rücken floß und fast bis auf den kalten Steinboden reichte, den Boden, über den sich ihre nackten Füße so schwebend leicht bewegten, daß der vor Ehrfurcht ergriffene Abraham glaubte, sie fliege;

nachdem sich der ältere Mann bei ihrem zweiten gewürzduftenden Liebesakt dem Willen der jüngeren Frau rückhaltlos untergeordnet hatte, als habe sich seine Fähigkeit zu wählen in der Wahl Auroras – und den Folgen dieser Wahl – völlig erschöpft;

nachdem Aurora ihm, *weil ich jahrelang nur einem Loch gebeichtet habe, aber nun, mein Gatte, kann ich dir alles erzählen,* ihre Geheimnisse ins Ohr geflüstert hatte, vom Mord an ihrer Großmutter, vom Fluch der sterbenden Alten, alles, und Abraham sich seinem Schicksal ergeben hatte, ohne mit der Wimper zu zucken; nachdem er also, verbannt aus der Gemeinschaft seiner eigenen Leute, die letzte Verwünschung der Matriarchin auf sich genommen hatte, die Epifania Aurora damals ins Ohr flüsterte und deren süßes Gift die junge Frau nunmehr in das seine träufelte: *Ein Haus, das gegen seinen Willen geteilt wurde, kann nicht bestehen,* hat sie gesagt, mein Gatte, *möge dein Haus auf ewig geteilt bleiben, mögen seine Fundamente zu Staub zerfallen, mögen deine Kinder sich gegen dich erheben, und möge dein Fall ein harter sein;*

nachdem Abraham Aurora getröstet hatte, indem er schwor, den Fluch zu brechen, ihr zur Seite zu stehen, Schulter an Schulter, auch angesichts der schlimmsten Widrigkeiten, die das Leben bringen mochte;

und nachdem er gesagt hatte, ja, um sie zu heiraten, werde er den großen Schritt wagen, werde er Vorbereitungsunterricht nehmen und der römisch-katholischen Kirche beitreten und – in Gegenwart ihres nackten Körpers, der in ihm eine Art religiöser Ehrfurcht erweckte, war das gar nicht so schwer auszusprechen – auch in dieser Hinsicht werde er sich ihrem Willen beugen, ihrer kulturellen Herkunft, obwohl sie weniger Glauben hatte als ein Moskito und obwohl sich in ihm eine Stimme meldete mit einem Befehl, den er nicht laut zu wiederholen wagte, eine Stimme, die ihm erklärte, er müsse sein Judentum in der tiefsten Kammer seiner Seele verbergen, müsse im Herzen seines Seins einen Raum schaffen, den niemand betreten dürfe, damit er seine Wahrheit dort bewahren könne, seine geheime Identität, denn nur so sei er fähig, den Rest seiner selbst für die Liebe zu opfern;

da

wurde die Tür ihres Hochzeitsgemachs aufgestoßen, und plötzlich stand da, im Pyjama mit Laterne und Nachtmütze, wie eine Gestalt aus einem Märchenbuch bis auf den Ausdruck gespielten Zorns auf dem Gesicht, Aires da Gama, und neben ihm, in einer von Epifanias alten Musselinmorgenhauben und einem ihrer am Hals gerüschten Nachtgewänder, Carmen Lobo da Gama, die sich die größte Mühe gab, eine schockierte Miene zu ziehen und ihren offenen Neid zu kaschieren; und unmittelbar hinter ihnen dräute der Racheengel, der Verräter, tomatensaucenrot und ausgiebig schwitzend: Oliver D'Aeth, natürlich. Aber Aurora vermochte sich nicht zusammenzunehmen, weigerte sich, den Regeln dieses in die Tropen versetzten viktorianischen Melodrams zu gehorchen. »Onkel Aires! Tantchen Sahara!« rief sie vergnügt. »Aber wo habt ihr denn den lieben Jawarwauwau gelassen? Wird er nicht böse sein, weil ihr heute abend einen Hund mit einem anderen Halsband Gassi führt?« Woraufhin Oliver D'Aeth noch tiefer errötete.

»Hure von Babylon!« brüllte Carmen, die bemüht war, die Dinge wieder ins Lot zu bringen. »Dirnenbrut tut selten gut!« Unter dem weißen Leinenbettlaken rekelte Aurora provokativ den langgliedrigen Körper; eine Brust rutschte heraus und löste ein scharfes, ekklesiastisches Atemanhalten aus, während Aires sich bemüßigt fühlte, seine nächsten Bemerkungen an das

– 139 –

Telefunken-Rundfunkgerät zu richten. »Zogoiby, um Himmels willen! Besitzen Sie denn überhaupt keinen Anstand, Mann?«

»*Das, Sir, ist meine Nichte!* Hömpf-hömpf-hömpf! So aufgeblasen – bei seiner Vorgeschichte!« Jedesmal, wenn diese Vorkommnisse in Malabar Hill erzählt wurden, brach meine Mutter in Gelächter aus. »Leute, hab' ich mich gebogen vor Lachen. *Was hat das hier zu bedeuten?* Dämlicher Esel. Ich hab's ihm ins Gesicht gesagt. Das soll heißen, daß wir heiraten wollen, hab' ich ihm gesagt. ›Hör zu‹, hab' ich gesagt, ›hier ist ein Priester, nächste Angehörige sind zur Stelle, und du wirst mich jetzt liebenswürdigerweise meinem Ehemann übergeben. Stell den Radioapparat an, vielleicht spielen sie ja den Hochzeitsmarsch!‹«

Aires befahl Abraham, sich anzuziehen und zu verschwinden; Aurora widerrief den Befehl. Aires drohte den Liebenden mit der Polizei; Aurora gab zurück: »Und du, Onkel Aires, hast du gar nichts von den neugierigen Cops zu befürchten?« Aires wurde tiefrot und zog sich mit einem gemurmelten: »Morgen früh werden wir uns weiter darüber unterhalten« zurück, hastig gefolgt von Oliver D'Aeth. Carmen blieb mit offenem Mund einen Moment im Türrahmen stehen. Dann vollzog auch sie ihren Abgang: unter kräftigem Zuschlagen der Tür. Aurora wälzte sich zu Abraham herum, der die Hände vors Gesicht geschlagen hatte. »Hallo, ich komme, ob du bereit bist oder nicht«, flüsterte sie. »Hier kommt die Braut, Mister!«

In jener Nacht im August 1939 bedeckte Abraham Zogoiby sein Gesicht, weil ihn die Furcht übermannt hatte; nicht die Furcht vor Aires oder Carmen, nicht die Furcht vor dem photophobischen Priester, sondern die plötzliche, schreckliche Erkenntnis, daß es im Leben mehr Häßliches als Schönes gab; daß Liebe die Liebenden nicht unverletzlich macht. Aber, dachte er, selbst wenn Schönheit und Liebe in der Welt kurz vor der Vernichtung stehen, würden sie immer noch die einzige Seite sein, auf die

– 140 –

man sich schlagen kann; besiegte Liebe würde immer noch Liebe sein, der Sieg des Hasses würde sie nicht verändern. »Besser ist es freilich, zu gewinnen.« Er hatte Aurora versprochen, sich um sie zu kümmern, und er würde sein Wort halten.

Meine Mutter malte *Der Skandal*, und den Liebhabern der Kunst muß ich das nicht erklären, da sich dieses riesige Gemälde gleich hier in der National Gallery of Modern Art in New Delhi befindet und eine ganze Wand einnimmt. Man geht an Raja Ravi Vermas *Frau, eine Frucht haltend* vorbei, der jungen, mit Juwelen geschmückten Versucherin, deren verstohlener, von unverhohlener Sinnlichkeit erfüllter Blick mich an die Bilder der jungen Aurora erinnert; dann biegt man bei Gaganendranath Tagores schauerlichem Aquarell *Jadoogar (Magier)* ab, auf dem eine monochrome indische Version der verzerrten Welt des *Kabinett des Dr. Caligari* auf einem schockorangefarbenen Teppich abgebildet ist (und ich fühle mich, wie ich gestehen muß, von den harten Schatten, den geduckten Gestalten und wechselnden Perspektiven dieses Bildes an das Haus auf Cabral Island erinnert, von der seltsamen, halb verdeckten Gestalt einer mit Mantel und Krone geschmückten Riesin ganz zu schweigen); und dort – wenden wir uns eilends ab, denn dies ist nicht der richtige Moment, um näher auf die geringschätzige Meinung einzugehen, die Aurora Zogoiby, die Erzkosmopolitin, vom Werk ihrer älteren und eindeutig dorforientierten Konkurrentin um den Titel der größten Malerin hegte! –, gegenüber von Amrita Sher-Gils Meisterwerk *Der alte Geschichtenerzähler*, sehen wir das Bild: Aurora in Höchstform, nach meiner bescheidenen oder vielleicht auch nicht so bescheidenen Meinung, was Farbe und Bewegung betrifft, dem Tanzzyklus von Matisse in nichts nachstehend, nur daß der Tanz auf diesem übervollen Bild mit seinen bewußt grellen Magenta- und skandalösen Neongrüntönen nicht von Körpern ausgeführt wird, sondern von Zungen, und all die Zungen der stark geröteten Gestalten, die einander *zischel-zischel-zischel* ins Ohr flüstern, sind schwarz, schwarz, schwarz.

Ich will hier nicht von den künstlerischen Qualitäten des Werkes sprechen, sondern nur auf einige seiner tausendundeinen Anekdoten hinweisen, denn wie wir wissen, hatte Aurora eine Menge von der Tradition des narrativen Malens im Süden gelernt. Sehen Sie, hier ist zum Beispiel die immer wieder auftauchende, rätselhafte Gestalt eines ingwerfarbenen, schwitzenden Priesters mit dem Kopf eines Hundes, und wir können uns, wie ich hoffe, darauf einigen, daß dies in mancher Hinsicht die Gestalt ist, welche die Handlung des Bildes koordiniert. Hier ist er, ein ingwerfarbener Fleck auf den blauen Fliesen der Synagoge; und auch dort, vor der Kathedrale von Santa Cruz, die von oben bis unten mit falschen Balkonen, falschen Girlanden und natürlich den Kreuzwegstationen bemalt ist, dort auch! Man sieht, wie der Hund-Vikar einem schockierten katholischen Bischof etwas ins Ohr flüstert, der in vollem Ornat als Fisch dargestellt ist.

Der Skandal – ich sollte sagen, das Bild *Der Skandal* – ist eine riesige Spirale von Szenen, in die Aurora beide Skandale eingeflochten hat, die die da Gamas von Cochin betrafen: sowohl die brennenden Gewürzfelder als auch das Liebespaar, das sich durch seinen Geruch nach Gewürzen verriet; auf den Bergen, die den Hintergrund des spiralförmigen Gedränges bilden, sieht man die miteinander kämpfenden Sippen der Lobos und der Menezes: letztere haben alle Schlangenköpfe und -schwänze, während die Lobos natürlich Wölfe sind. Im Vordergrund aber sieht man die Straßen und Wasserwege von Cochin, und darin wimmelt es nur so von erregten Menschen, die bildlich jeweils ihrer Religion zugeordnet sind: Fisch-Katholiken, Hunde-Anglikaner und die Juden alle in Blau, wie Gestalten auf chinesischen Fliesen. Der Maharadscha, der Resident, verschiedene Justizbeamte werden gezeigt, wie sie Petitionen entgegennehmen; man fordert Aktionen unterschiedlicher Art.

Zischel-zischel-zischel! Plakate werden getragen, brennende Fackeln emporgereckt. Bewaffnete Männer verteidigen Speicher gegen den rechtschaffenen Zorn der Brandstifter aus der Stadt. Jawohl, die Gefühlswogen schwappen hoch auf diesem Gemälde: genau wie im Leben. Aurora sagte immer, das Gemälde habe seinen Ursprung in der Familiengeschichte, und irritierte damit jene Kritiker, die gegen ein solches Historisieren Einwände erhoben, weil es die Kunst zu primitivem »Klatsch« herabwürdige ... aber sie leugnete niemals, daß die Gestalten im Kern der wirbelnden Spirale auf Abraham und sie zurückgehen. Sie bilden das stille Auge des Wirbelsturms; ineinander verschlungen liegen sie in einem offenen Pavillon inmitten eines schön angelegten Gartens mit Wasserfällen, Trauerweiden und Blumen, und wenn man die beiden näher betrachtet – sie sind nämlich sehr klein –, erkennt man, daß sie keine Haut haben, sondern Federn: Und ihre Köpfe sind Adlerköpfe, und ihre eifrig spielenden Zungen sind nicht schwarz, sondern saftig, prall und rot. »Der Sturm legte sich«, erklärte mir mein Vater, als er mich, den Jungen, einmal mitnahm, um mir das Bild zu zeigen, »aber wir segelten hoch darüber hinweg. Wir haben so manchem Sturm getrotzt, und wir haben überlebt.«

An diesem Punkt möchte ich – endlich! – etwas Gutes über Großonkel Aires und seine Frau Carmen/Sahara sagen, möchte mildernde Umstände für ihr Verhalten vorbringen: daß sie nämlich tatsächlich aufrichtig um Aurora besorgt waren, als sie in ihr kleines Liebesnest eindrangen, da es schließlich keine Kleinigkeit ist, wenn ein mittelloser sechsunddreißigjähriger Mann eine fünfzehnjährige Millionärin defloriert. Aires' und Carmens Leben, das darf nicht übersehen werden, war qualvoll und problematisch, weil sie in einer Lüge lebten und ihr Verhalten daher zuweilen auch problematisch wurde. Genau wie Jawarwauwau machten sie viel Lärm, bissen aber niemals zu. Vor allem möchte ich betonen, daß sie ihre flüchtige Allianz mit

dem Engel Allover Death sehr schnell bereuten, und als der
Skandal sich zuspitzte, als der Mob kurz davor war, ihre Lager-
häuser zu zerstören, als vom Lynchen des Juden und seiner
Kinderhure die Rede war, als die sowieso dahinschwindende
Bevölkerung der Judenstadt von Mattancheri einige Tage lang
um ihr Leben fürchten mußte und die Nachrichten aus
Deutschland so klangen, als kämen sie keineswegs aus weiter
Ferne – da hielten Aires und Carmen zu den Liebenden: Sie
schlossen die Reihen und verteidigten die Interessen der Familie. Und wäre Aires nicht vor die den Speicher bedrohende
Menge getreten und hätte ihre Anführer niedergeschrien – eine
Tat von immenser Zivilcourage –, und hätten er und Carmen
nicht persönlich die religiösen und weltlichen Autoritäten der
Stadt aufgesucht und erklärt, bei dem, was zwischen Abraham
und Aurora geschehen sei, handle es sich um eine Liebesverbin-
dung, gegen die sie als gesetzliche Vormünder des Mädchens
nichts einzuwenden hätten, dann wären die Dinge womöglich
außer Kontrolle geraten. So aber verlief der Skandal innerhalb
weniger Tage im Sande. In der Freimaurerloge (Aires war inzwischen Freimaurer geworden) gratulierten einheimische Honoratioren Mr. da Gama zu seiner vernünftigen Einstellung bei
dieser Affäre. Die Schwestern Aspinwall, zu spät aus dem »hochnäsigen Ootacamund« zurückgekehrt, verpaßten den gesamten
Spaß.

Kein Sieg ist jedoch ganz vollkommen. Der Bischof von
Cochin weigerte sich, Abrahams geplante Konversion zu unterstützen, und Moshe Cohen, der Führer der Juden von Cochin,
erklärte, eine jüdische Eheschließung könne auf gar keinen Fall
vollzogen werden. Deswegen war es meinen Eltern – wie ich hier
zum erstenmal bekenne – so wichtig, das Ereignis im Corbusier-
Chalet als ihre Hochzeitsnacht zu bezeichnen. Als sie nach
Bombay gingen, nannten sie sich Mr. und Mrs., Aurora nahm
den Namen Zogoiby an und machte ihn berühmt; aber Hoch-
zeitsglocken, Ladies and Gents, die gab es nicht.

– 144 –

Ich salutiere vor ihrem trotzigen Unverheiratetsein; und stelle fest, das Schicksal hat die Dinge so arrangiert, daß schließlich doch keiner von beiden – unreligiös, wie sie waren – konfessionelle Verbindungen mit der Vergangenheit lösen mußte. (Ich jedoch wurde weder zum Katholiken noch zum Juden erzogen. Ich war beides und nichts: ein anonymer Jewholic, eine Cathjewnuß, ein Schmelztiegel, eine Promenadenmischungstöle. Ich wurde – wie lautet die Bezeichnung heutzutage? – *atomisiert.* Yessir: eine echte Bombay-Mischung.)

»Bastard«: Mir gefällt der Klang dieses Ausdrucks. *Baas,* ein Geruch, ein Stinkepuh, *turd* (Kötel) spricht für sich selbst. Ergo, *Bastard:* ein stinkender Scheißhaufen. Wie zum Beispiel ich.

Zwei Wochen nach dem Ende des Skandals, den er gegen meine zukünftigen Eltern angezettelt hatte, wurde Oliver D'Aeth von einer ganz besonders tückischen Anopheles-Mücke heimgesucht, die, während er schlief, durch ein Loch in seinem Moskitonetz schlüpfte. Kurz nach dem Besuch dieses Moskitos der poetischen Gerechtigkeit bekam er die Malaria des verdienten Lohnes, und obwohl er Tag und Nacht von der Witwe Elphinstone gepflegt wurde, die seine Stirn mit den kalten Kompressen zunichte gemachter Hoffnungen kühlte, schwitzte er noch einmal gewaltig und verschied.

Mann, bin ich heute in mitfühlender Stimmung! Und wissen Sie was? Selbst dieses arme Schwein tut mir leid.

8

Der dritte, der schockierendste Skandal unserer Familie wurde niemals öffentlich bekannt, doch nun, da mein Vater Abraham Zogoiby im Alter von neunzig Jahren den Geist aufgegeben hat, habe ich keine Bedenken mehr, seine Leichen aus dem Keller zu holen ... *Es ist besser, zu gewinnen,* war stets sein Motto, und von dem Augenblick an, da er in Auroras Leben trat, begriff sie, daß er es ernst damit meinte; denn kaum hatte sich die Aufregung um die Liebesaffäre der beiden beruhigt, da legte das Frachtschiff *Marco Polo* mit Rauchfahnen aus den Schornsteinen, einen lauten *tuut tuut tuut* seines Nebelhorns und Kurs auf den Londoner Hafen von seinem Liegeplatz ab.

Als Abraham an jenem Abend nach Cabral Island zurückkehrte, war er den ganzen Tag abwesend gewesen, und als er sogar so weit ging, der Bulldogge Jawaharlal den Kopf zu tätscheln, war nicht mehr zu übersehen, daß er vor Übermut fast platzte. In ihrem majestätischsten Ton verlangte Aurora von ihm zu wissen, wo er gewesen sei. Statt einer Antwort deutete er auf das davondampfende Schiff und machte zum erstenmal in ihrem gemeinsamen Leben jenes Zeichen, das bedeutete *Stell keine Fragen*: Er zog eine imaginäre Nadel mit Faden durch seine Lippen, als wolle er diese zunähen. »Ich hab' dir doch gesagt«, erklärte er, »daß ich mich um die unwichtigen Dinge kümmern werde; aber dafür muß ich manchmal unauffällig zur Thread Needle Street gehen.«

Zu jenem Zeitpunkt beschäftigten sich die Zeitungen, der Rundfunk und auch die Leute auf der Straße mit nichts anderem als dem Krieg – um ehrlich zu sein, trugen Hitler und Churchill nicht unerheblich dazu bei, daß meine skandalösen Eltern nur ein paar Federn lassen mußten; der Ausbruch des Zweiten Weltkriegs war ein recht wirkungsvolles Ablenkungsmanöver – und die Preise von Pfeffer und Gewürzen waren durch den Verlust des deutschen Marktes und die wachsende Zahl von Geschichten über die Risiken der Frachtschiffahrt instabil geworden. Besonders hartnäckig hielten sich die Gerüchte über Pläne der Deutschen, durch die Entsendung von Kriegsschiffen und Unterseebooten – die Leute lernten allmählich den Begriff *U-Boot* – in die Schiffahrtswege des Indischen Ozeans wie auch des Atlantiks das britische Empire zu lähmen, was (wie jeder glaubte) bedeutete, daß die Handelsschiffe genauso wichtige Ziele waren wie die britische Navy; obendrein sollte alles vermint werden. Trotz allem hatte Abraham jedoch seine magischen Fähigkeiten angewandt, und die *Marco Polo* lief soeben mit westlichem Kurs aus dem Hafen von Cochin aus. *Stell keine Fragen,* lautete die Warnung seiner lippenvernähenden Finger; und Aurora, meine Kaiserin von Mutter, hob die Hände zu lobendem Beifall und stellte keine weiteren Fragen. »Ich hab' mir immer einen Magier gewünscht. Offenbar hab' ich ihn jetzt doch noch gefunden.« Mehr sagte sie nicht.

Wenn ich daran denke, muß ich mich über meine Mutter wundern. Wie hat sie ihre Neugier unterdrückt? Abraham hatte das Unmögliche geschafft, und sie war es zufrieden, keine Ahnung zu haben, wie: Sie war bereit, in Unwissenheit zu leben, nach dem alten Motto: »Was ich nicht weiß, macht mich nicht heiß.« Und auch in den darauffolgenden Jahren, als die Familienfirma sich triumphierend in mannigfache Richtungen ausdehnte, als die Schatzberge von einfachen Gama-Ghats zu Zogoiby-Himalayas anwuchsen, hat sie nie überlegt, hat sie keinen Moment darüber nachgedacht … Aber natürlich muß sie das getan haben; ihre Blindheit muß eine freiwillige gewesen sein, ihre Komplizenschaft eine Komplizenschaft des Schweigens, des »Sag mir nichts, ich will nichts wissen«, des »Still, ich bin selber dabei, etwas Großes zu schaffen«. Und die Wirkung ihres Nicht-Hinsehens war so zwingend, daß auch wir anderen nicht hinsahen. Welch eine Deckung war sie für Abraham Zogoibys Unternehmungen! Welch eine brillante, legitimierende Fassade ... Aber ich darf meiner Geschichte nicht vorauseilen. Vorerst einmal ist nichts weiter notwendig, als zu verraten – nein, ist es *höchste Zeit*, daß jemand es verrät: Mein Vater Abraham Zogoiby besaß, wie sich herausstellte, ein angeborenes Talent, noch unentschlossene Zuhörer von seinem Standpunkt zu überzeugen.

Ich selbst habe das aus erster Quelle: Er verbrachte seine freien Stunden bei den Hafenarbeitern, zog die größten und stärksten der Männer, die er kannte, beiseite und wies sie darauf hin, daß, wenn die Nazis mit ihrer Blockade Erfolg hätten und ein Unternehmen wie die »Camoens Fifty Per Cent Corp. (Private) Limited« der da Gamas untergehen sollte, auch sie, die Schauerleute mit ihren Familien, sehr schnell im Sumpf der Armut versinken würden. »Der Kapitän der *Marco Polo*«, flüsterte er verächtlich, »ist so feige, daß er sich weigert, auszulaufen; damit schnappt er euren Kindern das Essen vom Teller weg.«

Sobald es ihm gelungen war, eine Truppe aufzustellen, die für den Fall, daß es soweit kommen sollte, stark genug war, die Schiffscrew zu überwältigen, ging Abraham persönlich zu den Kontrolleuren. Die Herren Tejpattam, Kalonjee und Mirchandalchini begegneten ihm mit kaum verhohlener Abneigung, denn war er nicht noch vor kurzem ihr demütiger Untergebener gewesen, den sie nach Belieben herumkommandieren konnten? Während er jetzt, nur weil er von diesem billigen Flittchen, der Eigentümerin, verführt worden war, die Frechheit besaß, ihnen Vorschriften zu machen wie der alleroberste Boß ... Doch da sie keine andere Wahl hatten, befolgten sie seine Anweisungen. Dringende und eindringliche telegraphische Nachrichten gingen an die Eigner und den Kapitän der *Marco Polo*, und kurz darauf wurde Abraham Zogoiby, noch immer ohne jede Begleitung, vom Hafenlotsen persönlich zu dem Handelsfrachter hinübergebracht.

Die Besprechung mit dem Kapitän dauerte nicht lange. »Ich

hab' ihm die ganze Situation offen geschildert«, erzählte mir
mein Vater viel später, als er schon sehr betagt war. »Promptes
Handeln sei erforderlich, um den britischen Markt zum Aus-
gleich für den Verlust der Einkünfte aus Deutschland zu erobern, und so weiter, und so fort. Ich war großzügig, das ist bei
Verhandlungen immer klug. Wegen seiner Courage, erklärte
ich, würden wir ihn, sobald er das East India Dock erreichte,
zum reichen Mann machen. Das gefiel ihm. Das machte ihn
einsichtig.« Er hielt inne, holte Luft, versuchte die durchlöcher-
ten Reste seiner Lunge zu füllen. »Natürlich benutzte ich nicht
nur diese Schüssel voll süßer Karotten-Halva, sondern dazu
noch einen kräftigen Bambusprügel. Ich erklärte dem Skipper,
wenn wir seine Zusage nicht bis Sonnenuntergang hätten, würde sein Schiff zu meinem größten Bedauern – unter Kollegen
gesprochen – auf dem Grund des Hafens landen, und er, nun
ja, würde gezwungen, es dorthin zu begleiten.«

Hätte er seine Drohung wahr gemacht? Ich fragte ihn. Einen
Moment dachte ich, er würde nach seiner unsichtbaren Nadel
mit dem Faden greifen; dann jedoch bekam er einen Husten-
anfall, keuchte und würgte, bis ihm die Tränen aus den trüben
alten Augen rannen. Erst als der Krampf allmählich nachließ,
begriff ich, daß mein Vater gelacht hatte. »Junge, Junge«,
krächzte Abraham Zogoiby, »versuche nie, ein Ultimatum zu
stellen, wenn du nicht auch bereit bist zu handeln, sollte dein
Gegner dich herausfordern.«

Der Kapitän der *Marco Polo* wagte es nicht, ihn herauszufordern; aber ein anderer wagte es. Der Frachter dampfte über den
Ozean, jedes Gerücht, jede Gefahr außer acht lassend, bis der
deutsche Kreuzer *Medea* ihn schließlich unter Beschuß nahm,
als er nur noch wenige Stunden von der Insel Sokotra am Horn
von Afrika entfernt war. Die *Marco Polo* sank sehr schnell; die
ganze Besatzung sowie die Fracht gingen verloren.

»Ich hab' mein As ausgespielt«, erinnerte sich mein alter
Vater, »aber verdammt, es wurde übertrumpft.«

Wer konnte es Flory Zogoiby übelnehmen, daß sie ein bißchen *loca* wurde, nachdem ihr einziges Kind sie verlassen hatte? Wer konnte es ihr verdenken, daß sie begann, Stunden um Stunden, zungenschnalzend und mit einem Strohhut auf dem Kopf, in der Eingangshalle der Synagoge auf einer Bank zu sitzen, Patience zu legen oder mit Mah-Jongg-Steinen zu klicken und dabei eine Non-Stop-Tirade gegen die »Mohren« vom Stapel zu lassen, wobei sie inzwischen fast alle und jeden in diesen Begriff mit einbezog? Und wer hätte es ihr zum Vorwurf gemacht, daß sie glaubte, nicht richtig zu sehen, als der verlorene Sohn Abraham eines schönen Tages im Frühjahr 1940 unverfroren auf sie zukam und dabei übers ganze Gesicht grinste, als hätte er soeben einen Regenbogen mitsamt dem dazugehörigen Topf voll Gold entdeckt?

»Nun, Abie«, fragte sie langsam, ohne ihn direkt anzublikken, weil sie fürchtete, sie könne durch ihn hindurchsehen, was dann bewiesen hätte, daß sie total verrückt geworden war, »willst du ein Spielchen mit mir wagen?«

Sein Grinsen wurde noch breiter. Er sah so gut aus, daß es sie ärgerte. Was fiel ihm eigentlich ein, ohne Vorwarnung hierherzukommen und sie mit seinem guten Aussehen einfach zu überrumpeln? »Ich kenne dich, Abie-Boy«, sagte sie, während sie auf ihre Karten starrte. »Wenn du dieses Grinsen aufsteckst, sitzt du in der Patsche, und je breiter das Grinsen, desto tiefer die Patsche. Mir scheint, du wirst nicht fertig mit dem, was du hast, also kommst du zu deiner Mutter gelaufen. In meinem ganzen Leben hab' ich dich nicht so breit grinsen sehen. Setz dich! Und mach ein, zwei kleine Spielchen mit mir!«

»Keine Spielchen, Mutter«, entgegnete Abraham, dessen Grinsen fast schon die Ohrläppchen erreichte. »Könnten wir vielleicht reingehen, oder soll die ganze Judenstadt mithören?«

Jetzt sah sie ihm doch in die Augen. »Setz dich!« befahl sie. Er setzte sich; sie teilte die Karten für Neuner-Rommé aus.

»Glaubst du, daß du mich besiegen kannst? Aber mich doch nicht, mein Sohn. Du hattest niemals eine Chance.«

Ein Schiff war untergegangen, und das Kapital von Abrahams neuer Großhandelsfamilie stand wieder einmal auf dem Spiel. Aber ich freue mich, sagen zu können, daß diese Tatsache nicht zu einem häßlichen Streit auf Cabral Island geführt hatte. Der Waffenstillstand zwischen den alten und den neuen Clanmitgliedern hielt. Immerhin, die Krise war real genug; nach langem Zureden und anderen, weniger erwähnenswerten Taktiken aus den dunklen Tiefen der Thread Needle Street, waren eine zweite und eine dritte Da-Gama-Ladung losgeschickt worden, diesmal, um den Gefahren vor Nordafrika auszuweichen, auf die lange Strecke ums Kap der Guten Hoffnung herum. Doch trotz aller Vorsicht und der Bemühungen der britischen Navy, alle bedeutenden Seewege zu beschützen – obwohl man sagen muß, und Pandit Nehru sagte es aus dem Gefängnis heraus, daß die britische Einstellung zur indischen Schiffahrt, um es gelinde auszudrücken, mehr als ein bißchen lax war –, endete die Fahrt auch dieser beiden Schiffe damit, daß sie ausgiebig den Meeresgrund würzten; und das C-50-Gewürz-Imperium (und wer weiß, vielleicht sogar, da der pfeffrigen Inspiration beraubt, das Herz des Empire selbst) begann zu wanken und zu schwanken. Die Unkosten – Lohnabrechnungen, Unterhaltungskosten, Kreditzinsen – stiegen. Da dies jedoch keine Betriebsbilanz ist, müssen Sie's mir einfach glauben: Um die Dinge stand es schlecht, als ein strahlender Abraham, neuerdings mächtiger Kaufmann in Cochin, in die Judenstadt zurückkehrte. *Sind denn alle Unternehmen ihm fehlgeschlagen? Wie? Nicht eines gelang?* Kein einziges. Okey-dokey? Dann machen wir jetzt weiter. Ich möchte Ihnen ein Märchen erzählen.

Letztlich sind es Geschichten, die von uns bleiben, und wir sind nicht mehr als die paar Erzählungen, welche die Zeit überdauern. Und in den besten dieser alten Erzählungen, jenen, nach denen wir immer und immer wieder verlangen, gibt

– 151 –

es Liebende, gewiß, aber die Teile, für die wir uns wirklich interessieren, sind die, in denen den Liebenden Steine in den Weg gelegt werden. Vergiftete Äpfel, verzauberte Spindeln, eine schwarze Königin, eine böse Hexe, ein kinderstehlender Gnom – das ist es, was wir hören wollen. Also: Es war einmal ein Mann, mein Vater Abraham Zogoiby, der viel auf eine Karte setzte und verlor. Aber er hatte einen Eid geleistet: *Ich werde mich um die Dinge kümmern.* Und daher war seine Verzweiflung, als alle Mittel versagten, so groß, daß er sich gezwungen sah, mit einem mächtigen Grinsen zu seiner verrückten Mutter zu gehen und sie um etwas zu bitten. Um was? Um ihre Schatztruhe. Was sonst?

Abraham schluckte seinen Stolz hinunter und kam betteln – eine Tatsache, die ihr allein schon genügte, um zu wissen, wie stark ihr Blatt war. Er hatte in einem prahlerischen Moment etwas versprochen, das er nicht halten konnte – Stroh-zu-Gold-Spinnen, der alte Märchentraum –, und war zu stolz, der angeheirateten Sippe sein Versagen einzugestehen, ihnen zu sagen, daß sie ihre großen Besitzungen entweder mit Hypotheken belasten oder verkaufen müßten. *Sie ließen dir deinen Kopf, Abie, und siehst du, hier liegt er auf der Schale.* Flory ließ ihn ein bißchen zappeln, doch nicht zu lange; dann erklärte sie sich einverstanden. Kapital brauchte er? Juwelen aus einer alten Schatulle? Also okay, er durfte sie nehmen. Alle Dankbarkeitsbezeugungen, alle Erklärungen für die vorübergehende Insolvenz, alle Ausführungen über die besonders verlockende Wirkung von Edelsteinen, wenn man Seeleute bat, ihr Leben aufs Spiel zu setzen, auch alle Angebote von Zins- und anderem pekuniären Profit wurden von Flory mit einer Handbewegung weggewischt. »Ich gebe dir meine Juwelen«, sagte sie, »aber als Lohn verlange ich dafür ein wertvolleres Juwel.«

Der Sohn begriff nicht, was sie meinte. Sie werde, schwor er strahlend, bestimmt für ihr Darlehen voll entschädigt, sobald das Schiff einlief; und falls sie es vorziehe, ihren Teil in Gestalt

– 152 –

von Smaragden zu bekommen, würde er persönlich für sie die schönsten Steine aussuchen. So plapperte er daher; aber er war in tieferes Wasser geraten, als er ahnte, und am anderen Ufer lag ein finsterer Wald, in dem auf einer Lichtung ein kleines Männlein tanzte und lauthals sang: *Ach, wie gut, daß niemand weiß, daß ich Rumpelstilzchen heiß'* ... »Das ist unwichtig«, fiel Flory ihm ins Wort. »An der Rückgabe des Darlehens zweifle ich nicht, doch für eine so riskante Investition kann mein Lohn nur das kostbarste aller Juwelen sein. Du mußt mir deinen erstgeborenen Sohn geben.«

Zwei mögliche Quellen wurden für Florys Schatulle mit den Smaragden erwähnt: Familienerbstück und Schmugglerbeute. Betrachtet man das Ganze ohne Sentimentalität, so weisen Vernunft und Logik auf letzteres hin; und wenn die recht haben, wenn Flory tatsächlich mit einem Räuberschatz spekulierte, dann stand ihr eigenes Überleben auf dem Spiel. Das hieße, daß sie selbst ein Risiko einging, um jenes menschliche Leben zu gewinnen, nach dem sie verlangte, aber macht das ihre Forderung weniger schockierend? War sie gar heroisch?

Bring mir deinen Erstgeborenen ... Ein Satz aus dem Märchen stand zwischen Mutter und Sohn. Entsetzt antwortete Abraham, das komme niemals in Frage, so etwas sei böse, unvorstellbar. »Hab' dir das dämliche Grinsen aus dem Gesicht gewischt, Abie, nicht wahr?« höhnte Flory grimmig. »Und glaub nur ja nicht, daß du dir die Kiste schnappen und weglaufen kannst! Die ist längst in einem anderen Versteck. Du willst meine Edelsteine? Gib mir deinen ältesten Sohn; mit Fleisch, Haut und Knochen.«

O Mutter, du bist wahnsinnig, Mutter! O meine Vorfahrin, ich fürchte sehr, daß du in blinden Wahn verfallen bist! »Aurora erwartet noch kein Kind«, entgegnete Abraham leise.

»Oho-ho, Abie«, kicherte Flory. »Glaubst du, ich bin verrückt? Ich würde ihn umbringen und aufessen oder sein Blut trinken, oder was? Ich bin keine reiche Frau, mein Junge, aber es kommt noch immer genug auf den Tisch, auch ohne daß ich anfange, Familienmitglieder zu verzehren.« Sie wurde ernst. »Hör zu: Du kannst ihn sehen, wann immer du willst. Sogar die Mutter kann herkommen. Ausflüge, Feiertage, auch okay. Nur bei mir leben soll er, damit ich alles tun kann, was in meinen Kräften steht, um ihn zu dem zu erziehen, was du nicht mehr bist, das heißt, zu einem männlichen Juden von Cochin. Ich habe einen Sohn verloren; also will ich wenigstens einen Enkel retten.« Ihre heimliche Bitte verschwieg sie jedoch: *Und vielleicht werde ich, wenn ich ihn rette, wieder einen Gott für mich entdecken.*

Als die Welt allmählich wieder in die Fugen geriet, stimmte Abraham Florys Forderung zu: So groß war seine Not gewesen, so benommen machte ihn die Erleichterung, daß Rettung nahte; ganz abgesehen davon, daß Aurora derzeit kein Baby erwartete. Aber Flory war unerbittlich, sie wollte es schriftlich. »Hiermit verspreche ich meiner Mutter Flory Zogoiby mein erstgeborenes männliches Kind, damit sie es nach jüdischer Sitte erzieht.« Unterzeichnet, gesiegelt, überreicht. Flory schnappte sich das Dokument, schwenkte es über ihrem Kopf, raffte den Rock und tanzte an der Synagogentür im Kreis. *Ein Eid! Ein Eid! Ich hab' nen Eid im Himmel ... Ich steh' hier auf meinem Schein.* Für diese versprochenen Pfunde ungeborenes Fleisch händigte sie Abraham ihren Reichtum aus; und so setzte, mit Juwelen bezahlt und geschmiert, das Schiff, das seine letzte Chance war, die Segel.

Doch all das behielten Flory und ihr Sohn für sich; Aurora wurde nicht informiert.

Und es geschah, daß das Schiff sicher in den Hafen einlief, und nach ihm noch eins, und noch eins, und noch eins. Während das Kapital überall auf der Welt abnahm, blühte und gedieh jenes der Achse Da-Gama-Zogoiby. (Wie mein Vater sich den Schutz der britischen Navy für seine Frachter sicherte? Hier soll doch wohl nicht angedeutet werden, daß Smaragde, ob Konterbande oder Erbstücke, ihren Weg in Empire-Taschen fanden!

Welch ein kühner Streich wäre das wohl gewesen, welch ein Alles-oder-Nichts-Glückswurf! Und wie unglaubwürdig, anzudeuten, ein derartiges Angebot hätte akzeptiert werden können! Nein, nein, man muß, was damals geschah, einfach auf die Tüchtigkeit der Navy – die marodierende *Medea* wurde schließlich versenkt – oder die Konzentration der Nazis auf andere Kriegsschauplätze zurückführen; oder man nennt es ein Wunder; oder einfach blindes Glück.) Bei der ersten Gelegenheit zahlte Abraham jedenfalls das von seiner Mutter geborgte Juwelengeld zurück und bot ihr darüber hinaus eine großzügige Gewinnsumme an – nur um sich dann jedoch brüsk und ohne Antwort von ihr zu verabschieden, weil sie den Bonus mit dem klagenden Ruf ablehnte: »Und das Juwel, mein schriftlich zugesagter Lohn? Wann wird mir der ausbezahlt? *Ich fordre das Gesetz, die Buße und Verpfändung meines Scheins.*«

Aurora erwartete auch weiterhin kein Kind, wußte aber nichts von einem unterzeichneten Dokument. Die Monate dehnten sich zu einem Jahr. Noch immer bewahrte Abraham Schweigen. Inzwischen war er der einzige Verantwortliche für die Familiengeschäfte; Aires war nie so recht mit dem Herzen dabeigewesen, und nachdem sein neuer Schwiegersohn seine triumphale Rettungstat vollführt hatte, zog sich der überlebende Da-Gama-Bruder dankbar – wie man so sagt – ins Privatleben zurück ... Am Ersten eines jeden Monats schickte Flory ihrem Sohn, dem Großkaufmann, eine Nachricht. »Ich hoffe, Du läßt nicht nach; ich verlange meinen Edelstein.« (Wie seltsam, wie *schicksalhaft*, daß Aurora in jenen heißen Tagen ihrer pfefferscharfen Liebe kein Kind empfing! Denn hätte sie einen Jungen bekommen, und hier spreche ich als der einzige männliche Nachkomme meiner Eltern, dann hätte ich der Knochen sein können, um den es ging, der *Fleisch-Haut-Knochen.*)

Wiederholt offerierte er ihr Geld, und wiederholt lehnte sie es ab. Einmal bettelte und bat er sogar; wie könne er von seiner jungen Frau verlangen, ihren neugeborenen Sohn fortzugeben, damit der von einer Frau erzogen werde, die sie haßte? Aber Flory blieb unerbittlich. »Hättest du dir früher überlegen sollen.« Schließlich gewann sein Zorn die Oberhand, und er widersetzte sich ihr. »Mit deinem Fetzen Papier erreichst du gar nichts«, schrie er ins Telefon. »Warte nur ab, wer einem Richter mehr bezahlen kann.« Florys grüne Steine reichten bei weitem nicht an den neuerworbenen Reichtum der Familie heran; und wenn sie tatsächlich heiße Ware waren, würde Flory zweimal nachdenken, bevor sie sie einem Gericht zeigte, selbst wenn dort Beamte saßen, die durchaus nicht abgeneigt waren, ihr eigenes Nest zu polstern. Welche Alternativen blieben ihr denn? Sie hatte den Glauben an die göttliche Vergeltung verloren. Rache mußte auf *dieser* Welt stattfinden.

Ein weiterer Rächer! Ein weiterer ingwerfarbener Hund oder mordlustiger Moskito! Welch eine Epidemie von Vergeltung zieht sich durch meine Geschichte, welch eine Seuche von Malaria Cholera Typhus, von Auge-um-Zahn und Wie-du-mir-so-ich-dir! Kein Wunder, daß ich am Ende ... aber mein Ende sollte nicht vor meinem Beginn erzählt werden. Hier ist Aurora an ihrem siebzehnten Geburtstag im Frühling 1941, an dem sie Vascos Grab allein besucht; und dort im Schatten wartet ein altes Weib.

Als sie sah, wie Flory aus den Schatten der Kirche auf sie zugestürzt kam, dachte Aurora einen erschrockenen Augenblick lang, ihre Großmutter Epifania sei aus dem Grab auferstanden. Dann nahm sie sich zusammen, und ein kleines Lächeln trat auf ihre Lippen, weil sie daran denken mußte, wie sie sich einst über den Geisterglauben ihres Vaters lustig gemacht hatte; nein, nein, dies war nur eine alte Frau – aber was war das für ein Papier, das sie ihr unter die Nase hielt? Manchmal hielten einem Bettlerinnen solche Zettel hin: *Ich bitte Sie im Namen Gottes! Seien Sie barmherzig, kann nicht sprechen, muß 12 Kinder ernähren.* »Verzeihen Sie, tut mir leid«, sagte Aurora obenhin und wollte sich abwenden. Da rief die Alte ihren

Namen. »Madame Aurora!« *(Laut).* »Römische Hure meines Abie! Sie müssen dieses Dokument lesen!«

Aurora wandte sich um; nahm das Papier, das Abrahams Mutter ihr reichte, und las.

Portia, ein reiches Mädchen, angeblich intelligent, das dem Letzten Willen ihres verstorbenen Vaters zustimmt – den Mann zu heiraten, der das Rätsel der drei Kästchen, Gold Silber Blei, löst –, wird uns von Shakespeare als Inbegriff der Gerechtigkeit vorgestellt. Aber hören wir gut zu; als ihr Bewerber, der Fürst von Marokko, die Prüfung nicht besteht, seufzt sie:

> *Erwünschtes Ende! Geht, den Vorhang zieht,*
> *So wähle jeder, der ihm ähnlich sieht.*

Also keine Freundin der Mohren! Nein, nein; sie liebt Bassanio, der durch einen glücklichen Zufall das richtige Kästchen wählt, jenes, das Portias Bild enthält *(»du, du magres Blei«).* Leihen wir daher der Erklärung unser Ohr, die dieser vorbildliche Mann für seine Wahl abgibt.

> *So ist denn Zier die trügerische Küste*
> *Von einer schlimmen See, der schöne Schleier,*
> *Der Indiens Schönen birgt; mit einem Wort,*
> *Die Scheinwahrheit, womit die schlaue Zeit*
> *Auch Weise fängt …*

O ja: Für Bassanio gleicht indische Schönheit einer »schlimmen See«; oder, analog, einer »schlimmen Zeit«! Also werden Mohren, Inder und natürlich »der Jude« (Portia bringt Shylocks Namen nur zweimal über die Lippen; sonst identifiziert sie ihn immer nur durch seine Zugehörigkeit zum jüdischen Volk) verächtlich abgetan. Ein aufrecht gesinntes Paar, allerdings; gleich zwei Daniels, die vor Gericht auf ihre Rechte pochen …

Ich führe all diese Beweise an, um zu zeigen, warum ich, wenn ich sage, daß die Aurora unserer Geschichte keine Portia war, das nicht ganz und gar als Kritik meine. Sie war reich (wie Portia), aber sie wählte ihren Ehemann selbst (anders als Portia); sie war mit Sicherheit intelligent (gleich) und, mit siebzehn, auf dem Höhepunkt ihrer sehr indischen Schönheit (ganz und gar anders). Ihr Ehemann war – was der von Portia niemals hätte sein können – ein Jude. Doch wie die Maid von Belmont Shylock sein blutiges Pfund verweigerte, so fand meine Mutter, zu Recht, eine Möglichkeit, Flory das Kind zu verweigern.

»Sag deiner Mutter«, befahl Aurora Abraham an jenem Abend, »daß in diesem Haus keine Kinder geboren werden, solange sie am Leben ist.« Sie verbannte ihn aus ihrem Schlafzimmer. »Tu du deine Pflicht, ich tu' die meine«, erklärte sie. »Doch die Verpflichtung, auf die Flory wartet, wird sie niemals zu sehen bekommen.«

Auch sie hatte eine Grenzlinie gezogen. An jenem Abend bürstete sie ihren Körper, bis die Haut wund war und keine Spur von dem pfeffrigen Parfüm der Liebe mehr daran haftete. (»Ich schrubbele und rubbele ...«) Dann verschloß und verriegelte sie ihre Schlafzimmertür und fiel in einen tiefen, traumlosen Schlaf. In den darauffolgenden Monaten jedoch wandelte sich die Welt in ihren Werken – Zeichnungen, Gemälden sowie gräßlichen, kleinen aufgespießten Puppen aus rotem Lehm – immer mehr zu einer Welt der Hexen, der Feuerbrände und Apokalypsen. Später sollte sie den größten Teil der Arbeiten dieser »roten Epoche« vernichten – mit dem Ergebnis, daß die übriggebliebenen Stücke ungeheuer an Wert gewannen. Sie erschienen nur selten im Verkaufsraum, und wenn doch, herrschte dort fiebrige Aufregung.

Mehrere Nächte lang wartete Abraham vor ihrer verschlossenen Tür, er klagte und jammerte, wurde aber nicht eingelassen. Schließlich heuerte er, wie Cyrano, einen einheimischen

Akkordeonspieler und Balladensänger an, der Aurora im Garten unter ihrem Fenster ein Ständchen brachte, während Abraham wie ein Idiot neben dem Musikanten stand und mit dem Mund lautlos den Text der alten Liebeslieder artikulierte. Aurora öffnete ihre Läden und warf zuerst Blumen hinab; dann das Wasser aus der Blumenvase; und schließlich die Vase selbst. Alle drei waren Treffer. Die Vase, ein schweres Stück aus Steingut, traf Abrahams linken Knöchel, der daraufhin brach. Naß und jaulend wurde er ins Krankenhaus gebracht und gab hinfort jeglichen Versuch auf, sie umzustimmen. Ihre Lebenswege trennten sich.

Nach der Episode mit der Vase konnte Abraham nur noch mit einem leichten Hinken gehen. Aus jeder Furche seines Gesichtes sprach Kummer, und Kummer zog ihm die Mundwinkel nach unten und verschandelte sein gutes Aussehen. Aurora dagegen blühte immer mehr auf. Ein Genie erwachte in ihr und füllte die Leere in ihrem Bett, ihrem Herzen und ihrem Leib. Sie brauchte niemanden außer sich selbst.

Die Kriegsjahre über war sie meistens nicht in Cochin; anfangs machte sie ausgedehnte Besuche in Bombay, wo sie einen jungen Parsen, Kekoo Mody, kennenlernte, der in seinem Haus an der Cuffe Parade mit zeitgenössischer indischer Kunst handelte – zu jener Zeit kein besonders lukratives Feld – und bei dem sie auch wohnte. Der hinkende Abraham begleitete sie nicht auf diesen Ausflügen; und wenn sie abreiste, lauteten ihre Abschiedsworte unweigerlich: »Okey-dokey, Abie! Kümmerifiziere du dich ums Geschäft!« Und so geschah es also in seiner Abwesenheit, weit entfernt von seiner hilflosen Armesündermiene voll unerträglicher Sehnsucht, daß Aurora Zogoiby in der Öffentlichkeit zu jener gigantischen Persönlichkeit wurde, die wir alle kennen, zu der großen Schönheit im Herzen der nationalistischen Bewegung, der flatterhaarigen Bohemienne, die bei Demonstrationen mutig neben Vallabhabhai Patel und Abul

Kalam Azad vorausmarschierte, zur Vertrauten – und, hartnäkkigen Gerüchten zufolge, Geliebten – von Pandit Nehru, seinem »Freund aller Freunde«, der Frau, die später mit Edwina Mountbatten um sein Herz kämpfen sollte. Von Gandhiji mit Mißtrauen betrachtet, von Indira Gandhi verabscheut, wurde Aurora durch ihre Verhaftung nach der Quit-India-Resolution von 1942 zur Nationalheldin. Auch Jawaharlal Nehru verhaftete man und steckte ihn ins Fort Ahmadnagar, wo die Kriegerprinzessin Chand Bibi im sechzehnten Jahrhundert den Armeen des Mughal-Empire, des großen Mughal Akbar persönlich, Widerstand geleistet hatte. Die Leute begannen zu behaupten, Aurora Zogoiby sei die neue Chand Bibi, die sich gegen ein anderes und sogar noch mächtigeres Empire erhebe, und mit einem Mal tauchte überall ihr Gesicht auf. Auf Mauern gemalt, in Zeitungen karikiert, wurde die Bilderschöpferin selbst zum Bild. Zwei Jahre verbrachte sie im Bezirksgefängnis von Dehra Dun. Als sie herauskam, war sie zwanzig Jahre alt, und ihre Haare waren weiß. Als lebender Mythos kehrte sie nach Cochin zurück. Die ersten Worte, die Abraham zu ihr sagte, lauteten: »Das Geschäft läuft gut.« Sie nickte kurz und ging wieder an die Arbeit.

Einiges hatte sich verändert auf Cabral Island. Während Auroras Gefängnisaufenthalts war Aires da Gamas langjähriger Liebhaber, jener Mann, den wir als Prince Henry der Navigator kennen, schwer erkrankt. Wie sich herausstellte, litt er an einer besonders bösartigen Spielart der Syphilis, und schon bald wurde klar, daß auch Aires sich angesteckt hatte. Auf Grund eines syphilitischen Ausschlags im Gesicht und am Körper konnte er das Haus nicht mehr verlassen; sein Körper wurde immer hagerer, seine Augen sanken immer tiefer in die Höhlen, und er wirkte zwanzig Jahre älter, obwohl er erst etwas über vierzig Lenze zählte. Carmen, seine Frau, die vor langer Zeit gedroht hatte, ihn wegen seiner Treulosigkeit umzubringen, wich nun nicht mehr von seinem Bett. »Nun sieh dir an, was aus dir geworden ist, mein Irish-Man!« sagte sie. »Willst du mir einfach wegsterben oder was?« Er wandte den Kopf auf dem Kissen und sah nichts als Mitgefühl in ihren Augen. »Wir müssen dich wieder auf die Beine bringen«, erklärte sie, »denn mit wem soll ich wohl sonst bis an mein Lebensende tanzen? Ich päppele euch schon auf, dich« – hier machte sie eine kaum merkliche Pause, und ihr Gesicht rötete sich heftig – »und deinen Prince Henry ebenfalls.«

Prince Henry der Navigator bekam ein Zimmer im Haus auf Cabral Island, und in den darauffolgenden Monaten überwachte Carmen unermüdlich und entschlossen die Behandlung der beiden Männer durch die besten und diskretesten – weil hochbezahlten – Spezialisten der Stadt. Beide Patienten gesundeten langsam; und dann kam der Tag, an dem Aires, der im seidenen Morgenmantel mit Jawaharlal, der Bulldogge, im Garten saß und frisches Limonenwasser trank, seine Frau auf sich zukommen sah, die ihm gelassen mitteilte, es sei nicht erforderlich, daß Prince Henry ausziehe. »Zu viele Kriege in diesem Haus und draußen«, erklärte sie. »Laß uns wenigstens hier einen Dreierfrieden schließen!«

Mitte 1945 wurde Aurora Zogoiby volljährig. Ihren einundzwanzigsten Geburtstag verbrachte sie ohne Abraham in Bombay auf einer Party, die Kekoo Mody für sie gab und an der ein Großteil der künstlerischen und politischen Koryphäen der Stadt teilnahm. Inzwischen hatten die Briten die Kongreß-Häftlinge entlassen, weil neue Verhandlungen in der Luft lagen; Nehru war ebenfalls freigekommen und schickte Aurora einen langen Brief aus einem gewissen Haus Armsdell in Simla, um sich dafür zu entschuldigen, daß er an ihrem Fest nicht hatte teilnehmen können. »Meine Stimme ist sehr heiser«, schrieb er. »Ich habe keine Ahnung, wieso ich die Menschenmassen so fasziniere. Überaus befriedigend, gewiß, aber auch anstrengend und oft ärgerlich. Hier in Simla mußte ich immer wieder auf den Balkon oder die Veranda hinaustreten, um mich der Menge zu zeigen. Wegen all dieser Menschen, die mir folgen, werde ich

– 161 –

wohl, glaube ich, nie wieder einen Spaziergang machen können, es sei denn, mitten in der Nacht ... Du solltest dankbar sein, daß ich Dir diese Erfahrung erspart habe, indem ich nicht gekommen bin.« Als Geburtstagsgeschenk sandte er ihr Hogbens *Science for the Citizen* und *Mathematics for the Million,* »um Deinen künstlerischen Geist mit etwas Entgegengesetztem zu befruchten«.

Mit einer kleinen Grimasse gab sie die Bücher sofort an Kekoo Mody weiter. »Jawahar interessiert sich für diesen wissenschaftlichen Hokuspokus. Ich aber bin ein eher eingleisiges Mädchen.«

Was Flory Zogoiby betraf: Sie lebte noch, war in letzter Zeit aber ein bißchen sonderbar geworden. Eines Tages gegen Ende Juli fand man sie dann, wie sie auf Händen und Knien über den Boden der Synagoge von Mattancheri kroch; sie behauptete, aus den blauen chinesischen Fliesen die Zukunft lesen zu können, und prophezeite, daß schon sehr bald ein Land ganz in der Nähe von China von gigantischen, kannibalischen Pilzen aufgefressen werden würde. Dem alten Moshe Cohen fiel die traurige Aufgabe zu, sie von ihren Pflichten zu entbinden. Seine Tochter Sara – immer noch unverheiratet – hatte von einer Kirche am Meer in Travancore gehört, die von Geistesgestörten aller Bekenntnisse aufgesucht wurde, weil sie die Macht habe, Wahnsinn zu heilen; wie sie Moshe erklärte, wollte sie mit Flory dorthin reisen, und der Krämer erklärte sich bereit, die Reisekosten zu übernehmen.

Flory verbrachte den ersten Tag damit, vor der Wunderkirche im Staub zu sitzen, mit einem Zweig Linien in den Staub zu ziehen und ausgiebig mit dem unsichtbaren, weil nicht vorhandenen Enkelsohn an ihrer Seite zu plaudern. Am zweiten Tag ihres Aufenthalts ließ Sara Flory für eine Stunde allein, um am Strand spazierenzugehen und die Fischer mit ihren Booten zu beobachten. Als sie zurückkehrte, war auf dem Kirchengrundstück die Hölle losgebrochen. Einer der dort versammelten Verrückten hatte Selbstmord begangen, indem er sich zu Füßen des lebensgroßen gekreuzigten Christus mit Petroleum übergoß. Als er das tödliche Streichholz anriß, sprang die mörderische Flamme – *wusch* – sofort auf den Saum des blumenbedruckten Kleides einer alten Frau über, so daß auch sie in dem Inferno umkam. Es war meine Großmutter. Sara brachte den Leichnam nach Hause, wo er auf dem Friedhof der Judenstadt zur letzten Ruhe gebettet wurde. Nach der Beisetzung blieb Abraham noch lange an ihrem Grab stehen, und als Sara Cohen seine Hand ergriff, entzog er sie ihr nicht.

Wenige Tage später fraß eine gigantische Pilzwolke die Stadt Hiroshima, und als Moshe Cohen, der Krämer, davon hörte, brach er in heiße, bittere Tränen aus.

Inzwischen sind sie fast alle verschwunden, die Juden von Cochin. Nicht einmal fünfzig von ihnen sind geblieben, und die jungen wandern nach Israel aus. Sie sind die letzte Generation; es wurde vereinbart, daß die Synagoge von der Regierung des Staates Kerala übernommen wird, die ein Museum darin einrichten will. Die letzten Junggesellen und alten Jungfern sonnen sich zahnlos in den kinderlosen Gassen von Mattancheri. Auch das ist eine Form der Vernichtung, die zu beklagen ist; keine Ausrottung, wie anderswo, aber dennoch das Ende einer Geschichte, die zweitausend Jahre gedauert hat.

Aurora und Abraham hatten Cochin Ende 1945 verlassen und sich an den Hängen des Malabar Hill in Bombay inmitten von Tamarinden, Platanen und Jackfruchtbäumen einen weitläufigen Bungalow mit einem steil terrassierten Garten gekauft, von dem aus man den Chowpatty Beach, die Back Bay und den Marine Drive sehen konnte. »Mit Cochin ist es ohnehin vorbei«, argumentierte Abraham. »Vom rein geschäftlichen Standpunkt aus ist dieser Umzug absolut logisch.« Die Leitung der Geschäfte unten im Süden überließ er einigen handverlesenen Männern

– 163 –

und kam im Laufe der Jahre nur noch zu Inspektionsbesuchen
… Aber Aurora brauchte keine logischen Argumente für den
Ortswechsel. Noch an dem Tag, an dem sie einzogen, ging sie
zu dem Aussichtspunkt, wo der terrassierte Teil des Gartens in
einen schwindelnden Abgrund aus schwarzen Felsen und schäu-
mendem Wasser überging; und schrie dort über die wogenden
Baumwipfel hinweg ihre Freude aufs Meer hinaus.

Abraham blieb mit verschränkten Armen schüchtern ein
paar Meter hinter ihr stehen und wirkte ganz und gar wie der
Exportbuchhalter, der er einst gewesen war. »Ich hoffe sehr, daß
unsere neue Umgebung sich förderlich auf dein Schaffen aus-
wirkt«, sagte er mit quälender Steifheit. Aber Aurora kam auf
ihn zugelaufen und warf sich in seine Arme.

»Schaffen, meinst du, ja?« fragte sie und sah ihn an, wie sie
ihn seit Jahren nicht mehr angesehen hatte. »Na, dann komm
mit, Mister! Gehen wir ins Haus und fangen wir endlich an,
etwas zu schaffen!«

II

Malabar Masala

1

Einmal im Jahr genoß es meine Mutter Aurora Zogoiby, hoch oben, über den Göttern zu tanzen. Einmal im Jahr kamen die Götter nämlich zum Chowpatty Beach, um in dem verschmutzten Meer zu baden: Zu Tausenden schwärmten die dickbäuchigen Götzen, Pappmachéfiguren des elefantenköpfigen Gottes Ganesha oder Ganpati Bappa, zum Wasser hinab, rittlings auf Ratten aus Pappmaché sitzend – schließlich tragen indische Ratten, wie wir wissen, Götter ebenso wie sie Seuchen übertragen. Einige dieser Stoßzahn-Schwanz-Duos waren so klein, daß sie auf den Schultern der Menschen oder auf den Armen getragen werden konnten; andere waren so groß wie kleine Häuser und wurden von Hunderten ihrer Anhänger auf großrädrigen Holzkarren gezogen. Außerdem gab es zahlreiche Tanzende Ganeshas, und diese hüftwackelnden Ganpatis mit ihren liebevoll gefertigten Masken und den ausladenden Hinterteilen waren es, mit denen Aurora wetteiferte, indem sie ihre weltlichen Hüftschwünge gegen das gutmütig-freundliche Wogen der vielfältigen göttlichen Konkurrenz setzte. Einmal im Jahr war der Himmel voll De-Luxe-Farben-Wolken: Pink und purpurn, magenta- und zinnoberrot, safrangelb und grün schwebten diese Pulvergebilde, aus zweckentfremdeten Insektenvertilgungskanonen abgefeuert oder aus platzenden Luftballontrauben vom Himmel herabrieselnd, über den Gottheiten in der Luft; »als Aurora-nicht-borealis-sondern-bombayalis«, pflegte der Maler Vasco Miranda zu sagen. Wiederum himmelhoch über den Wolken und Göttern wirbelte Jahr um Jahr – insgesamt einundvierzig Jahre lang – furchtlos die ebenfalls gottähnliche Gestalt unserer Aurora bombayalis auf der steil abstürzenden Brüstung des Bungalows auf dem Malabar Hill (den sie aus einer ironisch-mutwilligen oder perversen Laune heraus ausgerechnet *Elephanta* nennen mußte), herausgeputzt in grellfarbigen,

– 167 –

mit kleinen Spiegeln besetzten Kostümen, deren Schönheit
sogar den Festhimmel mit seinen hängenden Gärten aus pul-
verisierten Farben überstrahlte. Mit ihren weißen Haaren, die
ihr wie lange, lose Ausrufezeichen (o du prophetisch vorzeitig
erbleichtes Haar meiner Vorfahren!) um den Kopf flogen, dem
bloßen Bauch, nicht etwa altweiberfett, sondern jungmädchen-
flach, den nackten Füßen, die rhythmisch stampften, den Knö-
cheln, an denen die silbernen Jhunjhunna-Glöckchenketten
klirrten, dem Hals, der sich von einer Seite zur anderen bog,
den Händen, mit denen sie unverständliche Bände sprach – mit
all dem verlieh die große Malerin im Tanz ihrem Trotz, verlieh
sie ihrer offenen Verachtung für die Perversität der Menschheit
Ausdruck, welche diese riesigen Menschenmassen dazu verführ-
te, ihren eigenen Tod-durch-Zertrampeln zu riskieren, »nur um
ihre Dödel in den Teich zu tauchifizieren«, wie sie, die Augen
gen Himmel rollend und unter ironischem Verziehen des Mundes, gern höhnte.

»Die Perversität der Menschen ist größer als das Heldentum
der Menschen« – klirr-*klirr!* – »oder ihre Feigheit« – st-st-*ampf!* –
»oder ihre Kunst«, verkündete meine tanzende Mutter. »Denn
letzteren sind Grenzen gesetzt, es gibt Punkte, über die die
Menschen im Zusammenhang mit diesen Begriffen nicht hinausgehen werden; die Perversität dagegen kennt keine Schranken, keine Grenzen, an die irgend jemand bereits vorgestoßen
wäre. Welchen Exzeß es heute auch geben mag, der morgige
wird noch weiter gehen.«

Und wie um ihre Überzeugung von der polymorphen Macht
des Perversen zu beweisen, wurde die tanzende Aurora im Laufe
der Jahre zur Spitzenattraktion ebenjenes Ereignisses, das sie
verabscheute, wurde zum Bestandteil dessen, wogegen sie ange-
tanzt hatte. Die Menge der Gläubigen sah in ihren wirbelnden
(und glaubenlosen) Röcken – fälschlich, doch unausrottbar –
die eigene Gläubigkeit gespiegelt; sie vermuteten, daß auch
Aurora dem Gott huldige. *Ganpati Bappa morya*, skandierten sie

hüpfend zum Geschmetter billiger Trompeten und riesiger Muschelhörner, zu den Hammerschlägen drogenbeflügelter Trommler mit milchigen Augen und Mündern, die die dankbaren Gläubigen mit Banknoten vollgestopft hatten, und je höhnischer die legendäre Lady auf ihren hohen Mauern tanzte, je erhabener sie sich über allem glaubte, desto heftiger sog die Masse sie zu sich herab, da sie in ihr nicht die Rebellin, sondern eine Tempeltänzerin sah: nicht die Geißel, sondern vielmehr das Groupie der Götter.

(Abraham Zogoiby hatte, wie wir sehen werden, eine andere Verwendung für Tempeltänzerinnen.)

Einmal, bei einem Familienstreit, erinnerte ich meine Mutter wütend an die vielen Zeitungsberichte über ihre Vereinnahmung durch das Fest. Zu jener Zeit hatten fäustereckende junge Rowdies mit safrangelben Stirnbändern die Ganesha-Feier zum Anlaß genommen, eine Show des triumphierenden Hindufundamentalismus abzuziehen, angefeuert von brüllenden »Mumbai's Axis« – Parteipolitikern und -demagogen wie etwa Raman Fielding, alias Mainduck (»Frosch«). »Du bist jetzt nicht nur eine Touristenattraktion«, höhnte ich, »du bist eine Reklame für das Beautification Programme.« Bei diesem Programm mit dem so attraktiven Namen handelte es sich, einfach ausgedrückt, um die Vertreibung der Armen von den Straßen der Stadt; Aurora Zogoibys Panzerung war jedoch zu stark, um mit einem so ungeschliffenen Stoß durchbohrt zu werden.

»Denkst du etwa, ich lasse mich von den Pressionen der Gosse beeindrucken?« brüllte sie verächtlich. »Denkst du etwa, du kannst mich mit deiner schwarzen Zunge beschmutzifizieren? Was kann mir diese idiotische Mumbo-Jumbo-Partei schon anhaben? Ich habe einen viel wichtigeren Gegner: Ich kämpfe gegen Shiva Nataraja persönlich, jawohl, und gegen sein langnasiges heilig-schmeiliges Disco-Baby ebenfalls – seit Jahren tanze ich diese Gestalten von der Bühne! Warte nur ab, du schwarzer Kerl, du! Vielleicht wirst ja sogar du lernen, wie man einen Wirbelwind aufwirbelt, wie man einen Hurrikan aufhurriet – jawohl! Und wie man ein Unwetter herbeitanzt!« Als hätte sie ein Stichwort gegeben, begann über uns Donner zu grollen. Bald würden dicke Regentropfen vom Himmel fallen.

Einundvierzig Jahre Tanz am Ganpati-Tag: Sie tanzte ohne Rücksicht auf die drohende Gefahr, ohne einen Blick auf die rauhen Felsspitzen, die unter ihr geduldig lauerten wie schwarze Zähne in einem klaffenden Maul. Als sie zum erstenmal in voller Pracht aus *Elephanta* trat, um am Rande des Abgrunds ihre Pirouetten zu drehen, hatte Jawaharlal Nehru persönlich sie gebeten, davon abzulassen. Es war nicht lange nach dem antibritischen Streik der Flotte im Hafen von Bombay, und die Hartal, die unterstützende Arbeitsniederlegung in der City, war gerade auf gemeinsames Bitten von Gandhiji und Vallabhabhai Patel beendet worden, weshalb Aurora natürlich eine entsprechende Bemerkung machen mußte: »Panditji, der Kongreß hat schon immer vor radikalen Aktionen gekniffen. Aber hier wird nicht zu einer pflaumenweichen Alternative gegriffiziert.« Und als er nicht aufhörte, sie zu bitten, stellte sie ihm eine Bedingung und erklärte, sie werde nur herunterkommen, wenn er ihr das ganze Gedicht »Das Walroß und der Zimmermann« auswendig aufsage – was er zur allgemeinen Bewunderung auch tat. Als er ihr anschließend von der schwindelnden Balustrade half, sagte er: »Der Flottenstreik war eine komplizierte Angelegenheit.«

»Was ich von dem Streik zu halten habe, weiß ich«, entgegnete sie ungeduldig. »Erzähl mir lieber von dem Gedicht!«

Woraufhin Mr. Nehru tief errötete und schwer schluckte. »Es ist ein trauriges Gedicht«, antwortete er nach einer Pause, »weil die Austern so jung sind; man könnte sagen, es ist ein Gedicht über das Verschlingen von Kindern.«

»Wir alle verschlingen Kinder«, gab meine Mutter ihm zurück. Das war ungefähr zehn Jahre vor meiner Geburt. »Wenn nicht die der anderen, dann unsere eigenen.«

Später hatte sie vier davon. Ina, Minnie, Mynah und Moor; eine Mahlzeit mit vier Gängen und magischen Eigenschaften, denn so oft und so gierig sie auch zugriff, das Essen schien nie auszugehen.

Vier Jahrzehnte lang bediente sie sich nach Herzenslust. Dann aber, als sie im Alter von dreiundsechzig Jahren zum zweiundvierzigsten Mal ihren Ganpati-Tanz tanzte, stürzte sie ab. Eine dünne, speichelnde Flut wusch über ihren Körper, während die schwarzen Kiefer sich ans Werk machten. Damals jedoch war sie zwar noch immer meine Mutter, ich aber schon lange nicht mehr ihr Sohn.

Am Tor von *Elephanta* stand ein Mann mit einem Holzbein, der sich auf eine Krücke stützte. Wenn ich die Augen schließe, kann ich ihn immer noch mühelos vor mir sehen, diesen schlichten Petrus vor dem Tor eines irdischen Paradieses, der mein persönlicher Billigpreis-Vergil wurde und mich in den Orkus hinabführte – die große Höllenstadt, das Pandämonium, die dunkle Seite, den Bösen-Zwilling-hinter-dem-Spiegel meiner persönlichen Glücksstadt: nicht in das eigentliche, das schöne, sondern in das unschöne Bombay. Heißgeliebter, monopoder Wächter! Meine Eltern nannten ihn auf ihre sprachverhunzende Art Lambajan Chandiwala. (Wie mir scheint, hatten sie sich von Aires da Gamas Gewohnheit, der ganzen Welt Spottnamen zu verpassen, anstecken lassen.) Diesen intersprachlichen Scherz hätten in jenen Tagen noch viele Menschen verstanden: *lamba* – lang; *jan* – klingt wie John; *chandi* – Silber. Long John Silverman, der, einschüchternd behaart im Gesicht, aber buchstäblich und metaphorisch so zahnlos wie am Tag seiner Geburt, ständig zwischen seinen betel- oder blutroten Kiefern Paans zermalmte. »Unser ganz persönlicher Pirat«, nannte Aurora ihn, und, jawohl, Sie haben es erraten, auf seiner Schulter saß gewöhnlich ein grüner Papagei mit gestutzten Flügeln, der ständig Obszönitäten krächzte. Meine Mutter, Perfektionistin in

— 171 —

jeder Beziehung, hatte den Vogel höchstpersönlich besorgt; das hatte sie sich nicht nehmen lassen.

»Was nützt ein Pirat ohne Papagei?« fragte sie, zog die Augenbrauen hoch und drehte die rechte Hand, als halte sie einen unsichtbaren Türknauf; und beiläufig, jedoch zu unserem größten Entsetzen (denn man machte keine anstößigen Witze über den Mahatma) setzte sie hinzu: »Genausogut könnte man dem kleinen Mann seinen Lendenschurz nehmen.« Sie gab sich alle Mühe, dem Papagei den Piratenjargon beizubringen, der aber war ein sturer, alter Bombay-Vogel. *»Pieces of eight! Me hearties!«* (»Her mit den Pesos, Jungs!«) kreischte meine Mutter, ihr Schüler verharrte jedoch in rebellischem Schweigen. Nach langen Jahren derartiger Überredungsversuche gab der Totah schließlich nach und fauchte schlechtgelaunt: *»Peesay – saféd – hathi!«* Diese bemerkenswerte Äußerung, annähernd mit »weiße Matsch-Elefanten« zu übersetzen, wurde zum familieninternen Fluch. Zwar war ich bei Aurora Zogoibys letztem Tanz nicht anwesend, aber viele, die dabei waren, bezeugten später, daß der herrliche Fluch des Papageien ihr, als sie in ihren Tod stürzte, *diminuendo* nachhallte: »Ohhh ... weiße Matsch-Elefanten«, schrie meine Mutter, bevor sie auf den Felsen aufschlug. Dicht neben ihrem Leichnam, von der Flut ihr zugetrieben, lag eine zerbrochene Nachbildung des Tanzenden Ganesha. Aber das war es bestimmt nicht, was sie gemeint hatte.

Auch auf Lambajan Chandiwala hatte der Ausspruch des Totah eine profunde Wirkung, denn er war – wie so viele von uns – ein Mann, für den sich alles um Elefanten drehte; nachdem der Papagei gesprochen hatte, erkannte Lamba in dem Wesen, das auf seiner Schulter saß, eine verwandte Seele und öffnete diesem gelegentlich orakelnden, zumeist aber schweigsamen und (ehrlich gesagt) reizbaren und scheißgräßlichen Vogel sein Herz.

Von welchen Schatzinseln pflegte unser papaginierter Pirat zu träumen? Hauptsächlich und am häufigsten sprach er vom echten Elephanta, von Elephanta Island. Für die Zogoiby-Kinder, die durch ihre Erziehung den Punkt, an dem man noch Visionen hat, bereits überschritten hatten, war Elephanta Island nichts als ein Erdbuckel im Hafen. Vor der Unabhängigkeit – vor Ina, Minnie und Mynah – konnten die Leute dort hingelangen, wenn sie ein Boot nahmen und bereit waren, die Gefahren von Schlangen & Co. in Kauf zu nehmen; als ich jedoch eintraf, war die Insel längst für den Besucherverkehr vereinnahmt worden, und es gab regelmäßige Touren mit der Motorbarkasse vom Gateway of India aus. Meine drei großen Schwestern fanden die Insel langweilig. Also war Elephanta für mich als Kind, das in der Nachmittagshitze neben Lambajan hockte, alles andere als eine Märcheninsel; für Lambajan dagegen war sie, wenn man ihm zuhörte, das Land, in dem Milch und Honig fließt.

»Früher einmal lebten auf dieser Insel die Elefantenkönige, Baba«, erzählte er mir vertraulich. »Warum, glaubst du, ist dieser Gott Ganesha in Bombay so beliebt? Weil in der Zeit, bevor es Menschen gab, Elefanten auf den Thronen saßen und über Philosophie diskutierten, und die Affen waren ihre Diener. Es heißt, daß die Menschen, als sie nach dem Untergang der Elefanten zum erstenmal nach Elephanta Island kamen, Statuen von Mammuts fanden, die größer waren als das Qutb Minar in Delhi, und daß sie daraufhin so große Angst bekamen, daß sie einfach alles kurz und klein schlugen. Jawohl, die Menschen löschten die Erinnerung an die gigantischen Elefanten aus, aber noch immer haben nicht alle von uns sie vergessen. Da oben, in den Bergen von Elephanta, da ist der Ort, an dem sie ihre Toten beerdigten. Nein? Wir schütteln den Kopf? Wie ich sehe, glaubt er uns nicht, Totah. Okay, Baba. Wir runzeln die Stirn? Dann sieh dir das hier an!«

Und nun brachte er unter beträchtlichem Papageiengezeter – was denn wohl sonst, o du mein nostalgisches Herz? – ein zerknittertes Stück billiges Papier zum Vorschein, das, wie sogar

das Kind Moor sehen konnte, alles andere als alt war. Es war –
natürlich – eine Piratenkarte.

»Ein großer Elefant, möglicherweise *der* große Elefant, versteckt sich auch heute noch da oben, Baba. Ich hab' gesehn,
was ich gesehen habe! Warum, glaubst du wohl, hat er mir das
Bein abgebissen? Und dann hat er mich in all seiner Größe und
seiner Verachtung blutend den dschungelbewachsenen Berg
hinab- und bis in mein kleines Boot kriechen lassen. Was ich
alles gesehen habe! Juwelen bewacht er, Baba, einen Schatz,
weit größer als der Besitz des Nizam von Hyderabad persönlich.«

Lambajan kam unserer Phantasievorstellung von einem Piraten sehr entgegen – denn meine Mutter, die große Erklärerin,
hatte natürlich dafür gesorgt, daß er seinen Spitznamen verstand –, und so kreierte er einen ganz eigenen Traum, ein
Elephanta für *Elephanta*, an das er im Laufe der Jahre immer
fester zu glauben schien. Ohne es zu wissen, klinkte er sich
dadurch in die Legenden der Da-Gama-Zogoibys ein, in denen
versteckte Schmuckschatullen einen zentralen Platz einnahmen. Und so fand jene Gewürzmischung, das Malabar Coast
Masala, wie es möglicherweise unvermeidlich war, ihr noch weit
legendäreres Gegenstück auf dem Malabar Hill, denn ganz
gleich, was es in Cochin für Pfeffer-und-Gewürz-Ereignisse gab
oder gegeben haben mochte – diese, unsere große Kosmopolis
war und ist der zentrale Knotenpunkt aller derartigen Tama-
shas, und die schärfsten Geschichten, die süffig-biestigsten Sto-
ries, die grausigsten und unheimlichsten Nicht-Groschen-son-
dern-Paisa-Schocker sind jene, die durch unsere Straßen ziehen.
In Bombay lebt man regelrecht bedrängt von dieser Wahnsinns-
masse, wird man betäubt von ihren gellenden Füllhörnern, und
die eigene Geschichte muß sich – wie die Figuren der Familienmitglieder auf Auroras Wandgemälde von Cabral Island – einen
Weg durch die dichte Menge bahnen. Was für Aurora Zogoiby
kein Problem war; sie, die nie für ein ruhiges Leben schwärmte,

– 174 –

sog den heißen Gestank der City einfach nur so in sich auf, leckte deren brennende Saucen in sich hinein, verschlang die Speisen unbesehen. Aurora begann sich als Freibeuter zu sehen, als die Outlaw-Queen der großen Stadt. »In dieser Residenz werden wir keine andere Flagge aufziehen als die Piratenflagge«, erklärte sie ihren Kindern, die davon nur peinlich berührt und genervt waren. Tatsächlich ließ sie sich dann von ihrem Schneider eine Piratenflagge anfertigen und übergab sie unserem Hauspiraten. »Kommen Sie schnell, Mister Lambajan! Hissen Sie sie am Fahnenmast! Und dann werden wir sehen, wer sie grüßt.«

Was mich betrifft, ich habe Auroras Totenschädel-und-Knochen-Flagge nicht gegrüßt; damals war ich alles andere als ein Piratentyp. Außerdem wußte ich, wie Lambajan sein Bein wirklich verloren hatte.

Der erste Punkt, der zu beachten wäre, ist der, daß die Menschen ihrer Glieder in jenen Tagen sehr viel leichter verlustig gingen. Die Banner der Britenherrschaft hingen über dem Land wie Fliegenfänger, und bei dem Versuch, uns von diesen tödlichen Flaggen zu lösen, ließen wir Fliegen – wenn ich den Ausdruck »wir« auch für die Zeit vor meiner Geburt benutzen darf – oftmals Beine oder Flügel zurück, weil wir die Freiheit höher schätzten als die Unversehrtheit. Heutzutage sind diese klebrigen Papierstreifen natürlich Uraltgeschichte, und wir finden Möglichkeiten, unsere Glieder im Kampf gegen andere, ebenso tödliche, ebenso überholte, ebenso haftfähige, auf unserem eigenen Mist gewachsene Normen zu verlieren. – Es reicht, es reicht; weg mit der Seifenkiste als Rednerpodest! Zwickt diesem Lautsprecher den Saft ab, und halt still, du mein drohender Finger! – Um fortzufahren: Die zweite wesentliche Information im Zusammenhang mit Lambajans Bein betrifft die Fenstervorhänge meiner Mutter; damit will ich sagen, daß diese Vorhänge gold-grün und am Heckfenster sowie den hinteren Seitenfenstern ihres amerikanischen Automobils befestigt waren und daß sie ständig geschlossen gehalten wurden ...

Im Februar 1946, als Bombay, dieses superbreite Filmepos von einer Stadt, über Nacht durch den großen Seemanns- und Landrattenstreik in eine reglose Standaufnahme verwandelt wurde, als die Schiffe nicht ausliefen, der Stahl nicht gekocht wurde, die Textilwebstühle weder ketteten noch schußten und es in den Studios weder Turnovers noch Cuts gab – damals begann die einundzwanzigjährige Aurora in ihrem berühmten, mit Vorhängen ausgestatteten Buick in der gelähmten Stadt umherzustreifen, ihren Chauffeur Hanuman mitten ins Zentrum der Aktivitäten oder vielmehr der großen Inaktivitäten zu dirigieren und sich von ihm vor einem Fabriktor oder einer Schiffswerft absetzen zu lassen, um dann allein, nur mit einem hölzernen Klappstuhl und einem Skizzenblock bewaffnet, ins Elendsviertel Dharavi, die Rum-Spelunken von Dhobi Talao und die neonbeleuchtete Fleischbeschau der Falkland Road vorzudringen. Dort klappte sie beide Utensilien auf und machte sich daran, mit Holzkohle Geschichte festzuhalten. »Tut einfach so, als wär' ich gar nicht da!« forderte sie die sprachlosen Streikenden auf und begann sie mit fliegendem Stift zu skizzieren, wie sie vor den Fabriken Posten standen, wie sie hurten und wie sie soffen. »Ich sitze einfach-nur-so hier, wie eine Eidechse auf der Mauer, und krakele ein bißchen herum.«

»Verrücktes Weib«, wunderte sich Abraham Zogoiby viele Jahre später. »Ja, das war deine Mutter, mein Junge. Verrückt wie ein Affe in einem Affenbrotbaum. Weiß der Himmel, was sie sich dabei gedacht hat. Selbst in Bombay ist es keine Kleinigkeit für eine Frau ohne Begleitung, an einer Durchgangsstraße zu sitzen und Männern ins Gesicht zu starren oder in anrüchigen Vierteln Spielhöllen aufzusuchen und den Zeichenblock rauszuholen.«

Wahrhaftig kein Kinderspiel. Bullige Stauer mit dem Mund voller Goldzähne behaupteten, sie versuche ihre Seele zu steh-

len, indem sie sie ihnen mit dem Zeichenstift buchstäblich *aus
dem Körper ziehe*, und streikende Stahlarbeiter argwöhnten, daß
sie in Wirklichkeit ein Polizeispitzel sei. Allein schon die unge-
wohnte künstlerische Betätigung machte sie zur fragwürdigen
Person – wie es überall geschieht, wie es schon immer war und
vermutlich immer sein wird. Doch all das und noch mehr
verstand Aurora zu bewältigen: die Rempeleien, die sexuelle
Bedrohung, die physische Gefährdung starrte sie einzig und
allein mit diesem ruhigen, unnachgiebigen Blick nieder. Meine
Mutter hatte schon immer die okkulte Fähigkeit besessen, sich
bei ihrer Arbeit unsichtbar zu machen. Das lange weiße Haar
zum Knoten aufgesteckt, kehrte sie in einem billigen Blumen-
druckkleid vom Crawford Market still und unbeirrt Tag um Tag
an ihre ausgewählten Schauplätze zurück, und ganz allmählich,
Schritt für Schritt, begann die Magie zu wirken. Die Menschen
nahmen sie nicht mehr wahr. Sie vergaßen, daß sie eine vornehme Dame war, die mit einem Wagen kam, der so groß wie ein
Haus war und sogar Vorhänge an den Fenstern hatte, und ließen
die Wahrheit ihres persönlichen Lebens auf die Gesichter zurückkehren. So kam es, daß der Kohlestift in Auroras fliegenden
Fingern so erstaunlich viel von diesem Leben einfangen konnte:
die Ohrfeigenschlachten der nackten Kinder an einem Hydran-
ten vor einer Mietskaserne, die graue Verzweiflung müßig her-
umlungernder Arbeiter, die auf der Türschwelle verschlossener
Apotheken Bidis rauchten, die stillen Fabriken, der Eindruck,
das Blut in den Augen der Männer stehe kurz davor, hervorzu-
brechen und wie ein Vulkan die Straßen zu überfluten, die
Härte der Frauen, die, das lange Ende ihres Saris über den Kopf
gezogen, in den Jopadpatti-Buden der Obdachlosen vor winzigen Primuskochern hockten und aus der leeren Luft eine Mahlzeit zu zaubern versuchten, die Panik in den Augen der mit
Knüppeln angreifenden Polizisten, die befürchteten, eines
nicht mehr fernen Tages, wenn die Freiheit einkehrte, als Scher-
gen der Unterdrückung betrachtet zu werden, die Anspannung

und der Jubel der streikenden Seeleute vor den Toren der
Schiffswerften, den schuldbewußten Kleinkinderstolz auf ihren
Gesichtern, wenn sie Channa kauend bei *Apollo Bunder* standen
und zu den festgehaltenen Schiffen mit den roten Flaggen zur
Verherrlichung der Revolution hinausstarrten, die im Hafen vor
Anker lagen, und die abgewrackte Arroganz der englischen
Offiziere, denen die Macht davonlief wie die Wellen bei Ebbe
und sie gestrandet zurückließ, ohne etwas anderes als die Überheblichkeit und stramme Haltung ihrer ehemaligen Unüber-
windlichkeit, die Fetzen ihrer imperialen Roben; und das alles
unterlegt mit Auroras eigenem Sinn für die Unzulänglichkeiten
der Welt und deren Versagen, den Erwartungen der jungen
Künstlerin gerecht zu werden, so daß ihre eigene Enttäuschung
angesichts der Realität, der Zorn über deren Unvollkommen-
heit sich in ihren Sujets spiegelten und diese Skizzen nicht
einfach zu Reportagen werden ließen, sondern zu ganz persönlichen Berichten mit einer heftigen, halsbrecherischen Leidenschaft des Strichs, der die Wucht eines körperlichen Angriffs
hatte.

Kekoo Mody mietete hastig einen Saal im Fort-Bezirk, um
die Zeichnungen meiner Mutter auszustellen, die schon bald als
ihre »Chipkali« oder Eidechsenbilder bekannt wurden, weil
Aurora sie auf Modys Vorschlag – die Bilder waren eindeutig
subversiv, eindeutig streikfördernd und daher eine Provokation
für die britische Obrigkeit – nicht signierte, sondern nur eine
winzige Eidechse in eine Ecke jeder Skizze zeichnete. Kekoo,
der erwartete, jeden Moment verhaftet zu werden, hätte mit
Freuden für Aurora geradegestanden (denn er war vom ersten
Augenblick an von ihr bezaubert gewesen), als er das aber nicht
mußte – da die Briten, im Gegenteil, beschlossen, die Ausstellung einfach zu ignorieren –, interpretierte er dies als ein
weiteres Zeichen für das Schwinden ihrer Macht, ja sogar ihrer
Willenskraft. Hochgewachsen, bleich, unbeholfen und auf ma-
jestätische Art und Weise kurzsichtig (seine runden Brillenglä-

ser waren so dick, daß sie aussahen, als seien sie kugelsicher) stolzierte er in der Chipkali-Ausstellung umher, wartete auf die Verhaftung, die niemals stattfand, trank viel zu oft aus einer harmlos wirkenden Thermosflasche, die er mit billigem Rum gefüllt hatte, weil der dieselbe Farbe besaß wir starker Tee, und knöpfte sich die Besucher der Galerie vor, um sich endlos über den unmittelbar bevorstehenden Exitus des Empire auszulassen. Abraham Zogoiby, der die Ausstellung hinter Auroras Rücken eines Tages allein besuchte, sah das anders. »Ihr Kunst-Wallahs«, sagte er zu Kekoo, »immer seid ihr eurer Wirkung so absolut sicher! Seit wann kommen die Massen und sehen sich solche Ausstellungen an? Und was die Briten betrifft, so gestatte ich mir, Sie freundlichst darauf hinzuweisen, daß die im Moment wirklich andere Probleme haben als Bilder.«

Eine Zeitlang war Aurora stolz auf ihren Decknamen, denn er hatte das aus ihr gemacht, was sie im Grunde auch sein wollte: eine unerschrockene Eidechse auf der Mauer der Geschichte, die beobachtete, nichts als beobachtete; doch als ihre Pionierarbeit Nachahmer fand, als andere junge Künstler ebenfalls öffentlich als Berichterstatter zu arbeiten begannen und dem Ganzen sogar den Namen »Chipkalist Movement« gaben, da sagte sich meine Mutter auf ihre ganz eigene Art und Weise von ihren Anhängern los. In einem Zeitungsartikel mit dem Titel »Ich bin die Eidechse« bekannte sie sich zu ihrer Urheberschaft, provozierte dadurch die Briten, gegen sie vorzugehen (was sie nicht taten), und tat ihre Imitatoren als »Karikaturisten und Fotografen« ab.

»Der große Stil ist schön und gut«, lautete der Kommentar meines Vaters im hohen Alter, »aber er macht das Leben einsam.«

Als Aurora Zogoiby hörte, daß die Kongreßführung das Naval Strike Committee überredet hatte, die Arbeitsniederlegung abzubrechen, und eine Versammlung der Matrosen einberief, um sie an ihre Posten zurückzuschicken, brach ihre Enttäuschung über den Zustand der Welt alle Dämme. Ohne nachzudenken, ohne auf ihren Chauffeur Hanuman zu warten, sprang sie in ihren vorhangverhangenen Buick und machte sich auf den Weg zum Flottenstützpunkt. Als sie jedoch die afghanische Kirche im Colaba-Bezirk erreichte, platzte der schützende Panzer ihrer Unverletzlichkeit, und sie fragte sich, ob es klug sei, diese Fahrt fortzusetzen. Die Straße zum Stützpunkt war verstopft mit enttäuschten Matrosen, frustrierten jungen Männern in sauberen Uniformen und finsterer Stimmung, jungen Männern, die sich ziellos im Kreis bewegten wie trockenes Laub im Wind. In einer Platane hohnlachten Krähen; ein Matrose hob einen Stein auf und schleuderte ihn in die Richtung des kreischenden Lärms. Verächtlich stoben die schwarzen Vögel auf, kreisten, ließen sich wieder nieder und fuhren mit dem Hohngelächter fort. Polizeibeamte in kurzen Hosen unterhielten sich in kleinen Gruppen, beunruhigt wie Kinder, die sich vor Strafe fürchten, und selbst meine Mutter begann einzusehen, daß dies kein Ort für eine Lady mit Skizzenblock und Klappstuhl war, geschweige denn für den blitzblank glänzenden Buick ohne die schützende Gegenwart eines Chauffeurs. Es war ein heißer, schwüler, reizbarer Nachmittag. Ein lila Spielzeugdrache, dessen Schnur im Verlauf irgendeiner anderen verlorenen Schlacht durchtrennt worden war, stürzte kläglich vom Himmel.

Aurora brauchte ihr Fenster nicht herabzukurbeln, um zu erfahren, was die Matrosen vorhatten, denn ihre eigenen Gedanken gingen in dieselbe Richtung – daß der Kongreß sich verhielt wie eine Bande von Speichelleckern; daß die Briten, auch wenn sie sich ihrer eigenen Army zu unsicher waren, um sie gegen die Matrosen einzusetzen, jetzt jedenfalls sicher sein konnten, daß die Kongreß-Wallahs ihnen diese Mühe ersparen würden. Wenn die Massen tatsächlich rebellieren, dachte Aurora, geben die Bosse Fersengeld. Braune Bosse, weiße Bosse – einerlei. »Dieser Streik hat unseren Leuten genausoviel Angst eingejagt wie den ihren.« Auch Aurora war in rebellischer Stimmung; aber sie war kein Matrose und wußte, daß sie auf diese zornigen jungen Männer wie ein reiches Miststück in einem teuren Auto wirken mußte – vielleicht sogar wie der Feind.

Wegen der trägen, richtungslosen Menge, die immer dichter wurde, sah sie sich gezwungen, nur noch im Schrittempo zu fahren, und als ein finster dreinblickender junger Riese mit einer Bewegung, hinter deren flinker Lässigkeit sich eine erschreckende Kraft verbarg, den chromgefaßten Kotflügelspiegel an ihrem Buick verdrehte, bis er wie ein gebrochenes Glied nutzlos vom Wagen herabhing, spürte sie, wie ihr Herz zu klopfen begann, und sie entschied, daß es Zeit sei, den Rückzug anzutreten. Da sie unmöglich wenden konnte, legte sie den Rückwärtsgang ein – und merkte, als sie aufs Gaspedal trat, daß sie ohne den Kotflügelspiegel wegen der hindernden grün-goldenen Vorhänge nicht sehen konnte, was hinter ihr vorging; daß ein paar Matrosen sich als allerletzte Trotzgebärde plötzlich entschlossen hatten, sich mitten auf die Straße zu setzen; und daß sie, Aurora, auf Grund ihrer wachsenden, hämmernden Unruhe stärker beschleunigt hatte, als sie wollte, und viel, sehr viel zu schnell fuhr.

Als sie bremste, spürte sie einen kleinen Stoß.

Zeugnisse von einer Aurora Zogoiby, die in Panik gerät, gibt es nur wenige, dies jedoch ist eines davon: Als sie den Stoß spürte, legte meine entsetzte Mutter, die sofort begriff, daß jemand hinter ihrem Wagen ein Sit-in organisiert hatte, den ersten Gang ein. Der Wagen machte einen kleinen Satz nach vorn und fuhr so zum zweitenmal über das ausgestreckte Bein des unglückseligen Matrosen. In diesem Augenblick kamen mehrere Polizisten, schrill pfeifend und die Schlagstöcke schwingend, auf den Buick zugelaufen, und Aurora, die jetzt nur noch wie in Trance reagierte, stieß den Schaltknüppel, getrieben von einer Mischung aus Schuldgefühl, blindem Fluchtbe-

– 181 –

dürfnis und völliger Orientierungslosigkeit, abermals in den Rückwärtsgang. Es kam zu einem dritten Aufprall, obwohl er diesmal weniger akzentuiert ausfiel als bei den anderen beiden Malen. Hinter ihr erhob sich Wutgeschrei, woraufhin sie, von der Situation nunmehr ganz und gar aus der Fassung gebracht, als wilde Reaktion auf dieses Geschrei wiederum den Vorwärtsgang einlegte und, ohne den vierten Aufprall richtig wahrzunehmen, mindestens einen Polizisten umfuhr, der daraufhin lang auf dem Rücken lag. In diesem Moment streikte gnädigerweise der Motor.

Was mich am meisten verwunderte, als ich in meinen Kindheitstagen diese Geschichte hörte, und was ich auch heute noch nicht begreife, ist die Tatsache, daß es ihr gelang, mit heiler Haut davonzukommen, obwohl sie einen Mann praktisch in zwei Teile zertrennt hatte. Aurora selbst bot jedesmal eine andere Erklärung dafür an, mal schrieb sie ihre erfolgreiche Flucht der Verwirrung jener unglückseligen Matrosen zu, mal einem letzten Rest Marinedisziplin, der die Leute nicht zum Lynch-Mob werden ließ, mal der angeborenen Ritterlichkeit der indischen Männer und ihrem Gefühl für Hierarchie, das sie daran hinderte, einer Lady, vor allem einer so vornehmen Lady, etwas anzutun. Aber es könnte auch die echte und rührende Sorge – diesmal nicht der große Stil! – um den Verletzten gewesen sein, dessen Bein eine beunruhigende Ähnlichkeit mit Auroras herabhängendem Kotflügelspiegel angenommen hatte; oder die Geschwindigkeit und der befehlsgewohnte Ton, womit meine Mutter dafür sorgte, daß der Mann aufgehoben und auf den Rücksitz ihres Buicks gebettet wurde, wo ihn die grün-goldenen Vorhänge vor zornigen Blicken schützten, während sie der versammelten Menge erklärte, der Verletzte müsse fortgebracht werden und ihr Wagen sei das einzige sofort einsatzbereite Transportmittel. In Wirklichkeit hatte sie keine Ahnung, warum sie von dieser immer erregter werdenden Menge verschont wurde; in depressiven Anwandlungen jedoch kam sie der Wahrheit vermutlich am nächsten und gab zu, daß sie dank ihres Ruhms gerettet worden war, denn ihr Anblick war noch überall in der Stadt gegenwärtig, und mit ihrem schönen, jungen Gesicht und den langen weißen Haaren war sie mühelos zu erkennen. »Sagen Sie Ihren Kongreß-Freunden, daß sie uns im Stich gelassen haben!« rief jemand, und sie rief zurück: »Das werde ich!« Woraufhin man sie davonfahren ließ. (Einige Monate später, als sie auf den Mauern ihres Hauses Pirouetten drehte, hielt sie Wort und sagte es Jawaharlal Nehru ins Gesicht. Kurz darauf trafen die Mountbattens in Indien ein, und Nehru und Edwina verliebten sich ineinander. Ist es zu weit hergeholt, wenn man annimmt, Auroras offene Worte im Zusammenhang mit dem großen Marinestreik hätten bewirkt, daß Panditji sich von ihr ab- und der vermutlich weniger streitsüchtigen Gattin des letzten Vizekönigs zuwandte?)

Abrahams Version – Abraham, der geschworen hatte, sich immer um sie zu kümmern – lautete anders. Lange nach ihrem Tod vertraute er sich mir an. »Damals hatte ich ein Topteam, das sie ständig heimlich beschattete, und ganz schön in Atem hat sie uns gehalten! Ich will nicht sagen, daß es besonders schwierig war, deine törichte Mummy zu beschützen, wenn sie zu einem ihrer übermütigen Abenteuer auszog, aber ich mußte auf dem Quivive sein. Überall, wo der Buick auftauchte, waren meine Boys zur Stelle. Wie hätte ich ihr das erklären können? Hätte sie davon gewußt, sie hätte mich in der Luft zerrissen.«

Nach all diesen Jahren fällt es mir schwer, zu entscheiden, was ich nun glauben soll. Wie hätte Abraham wissen sollen, daß Aurora so einfach losfuhr, wie sie es getan hat? Aber vielleicht ist es ja ihre Version, die mißtrauisch macht – vielleicht kam ihr Entschluß, wegzufahren, doch nicht ganz so überstürzt. Das alte Problem der Biographen: Selbst wenn die Menschen aus ihrem eigenen Leben erzählen, beschönigen sie unweigerlich die Tatsachen, schreiben ihre Berichte um oder erfinden sie auch ganz einfach so. Aurora wollte unbedingt unabhängig wirken; diesem

Wunsch folgte auch ihre Version, genau wie die von Abraham seinem Bedürfnis entsprang, die Welt glauben zu lassen – *mich* glauben zu lassen –, daß ihre Sicherheit von seiner Fürsorge abhing. Die Wahrheit derartiger Geschichten liegt in dem, was sie über das Herz der Protagonisten verraten, und nicht über deren Taten. Im Fall des überfahrenen Matrosen jedoch ist die Wahrheit einfacher zu finden: Der arme Kerl verlor sein Bein.

Sie nahm ihn mit nach Hause und veränderte sein Leben. Sie hatte ihn herabgesetzt, klein gemacht, ihn um ein Bein und dadurch um seine Zukunft in der Navy gebracht; deswegen war sie nun fest entschlossen, ihn wieder größer zu machen, ihm eine neue Uniform zu verpassen, ein neues Bein, eine neue Identität und obendrein einen mürrischen Papagei. Sie hatte sein Leben ruiniert, ihn aber vor den schlimmsten Folgen dieser Vernichtung – einem Dahinvegetieren in der Gosse, dem Schwingen der Bettlerschale – bewahrt. Das Resultat war, daß er sich in sie verliebte, was sonst; wie sie es wünschte, wurde aus ihm Lambajan Chandiwala, und die phantasievollen Elefantengeschichten, die er erzählte, waren seine Art, dieser Liebe Ausdruck zu verleihen, der aussichtslosen, hündisch-ergebenen Liebe des Sklaven zu seiner Königin, mit der er unsere säuerliche, knochige Ayah und Haushälterin Miss Jaya Hé verärgerte, die später seine Frau und zur ständigen Plage seines Lebens werden sollte. »*Baap-ré!*« schimpfte sie. »Warum nimmst du nicht an einem von Gandhis Salzmärschen teil und bleibst einfach nicht stehen, wenn du das Meer erreicht hast?«

Lambajan an Auroras Tor – am Tor der Morgenröte, wie Vasco Miranda es nannte – beschützte seine Herrin vor der rauhen Welt draußen, in gewisser Weise beschützte er jedoch auch andere vor ihr. Niemand durfte eintreten, bis Lamba wußte, was der Besucher wollte; aber er ließ es sich auch nicht nehmen, den Besuchern guten Rat zuteil werden zu lassen. »Heute nur leise sprechen«, sagte er vielleicht. »Heute ist ihr

Kopf voll von Geflüster.« Oder auch: »Dunkle Gedanken sind in ihr. Erzählen Sie ihr einen guten Witz.« Derart vorgewarnt, gelang es Mutters Gästen (falls sie klug genug waren, Lambajans Hinweise zu befolgen), den Supernova-Explosionen ihres legendären – und hochkünstlerischen – Zorns zu entrinnen.

Meine Mutter Aurora Zogoiby war ein allzu strahlender Stern; starrte man sie zu eindringlich an, war man geblendet. Selbst jetzt, in der Erinnerung, blendet sie noch, darf man sich ihr nur nähern, wenn man sie zuvor eine Weile vorsichtig umkreist hat. Wahrnehmen kann man sie indirekt, durch ihre Wirkung auf andere – durch die Art, wie sie das Licht ablenkte, das andere ausstrahlten, durch ihre Anziehungskraft, die uns jede Hoffnung auf Entkommen nahm, durch die schwindenden Kreisbahnen jener, die zu schwach waren, ihr Widerstand zu leisten, die in ihre Sonne stürzten und von ihrer Glut verschlungen wurden. Ach, die Toten, die unendlichen, endlos endenden Toten: Wie lang, wie reich ist ihre Geschichte! Wir, die Lebenden, müssen zusehen, wo wir neben ihnen Platz finden; die gigantischen Toten, die wir nicht festhalten können, obwohl wir nach ihren Haaren greifen, obwohl wir sie in Fesseln legen, während sie schlafen.

Müssen wir auch sterben, damit unsere Seelen, die so lange unterdrückten, Ausdruck finden können – damit unser geheimes Wesen bekannt werden kann? Allen, die es wissen wollen, antworte ich: Nein, und sage noch einmal: Niemals. Als ich jung war, träumte ich oft davon – wie Carmen da Gama, aber aus weniger masochistischen, masturbatorischen Gründen; oder wie der photophobische, gottgeplagte Oliver D'Aeth –, daß meine Haut sich schälte wie die einer Platane, daß ich nackt wie eine anatomische Illustration aus der *Encyclopaedia Britannica* in die Welt hinausging, nichts als Ganglien, Sehnen, Nervenstränge und Adern, befreit aus dem sonst unentrinnbaren Gefängnis von Farbe, Volkszugehörigkeit und Clan. (In einer anderen

Version dieses Traums war es mir möglich, mehr als die Haut abzuschälen, trieb ich dahin, befreit von Fleisch, Haut und Knochen, und wurde zur reinen Intelligenz oder einem Gefühl, das in die Welt hinausgelassen wurde, um sich ungehindert auf ihr zu tummeln, wie eine Science-fiction-Wesenheit, die keine körperliche Form benötigt.)

Also muß ich, indem ich dies schreibe, meine Vorgeschichte, das Gefängnis meiner Vergangenheit, abschälen. Es wird Zeit für eine Art Ende, Zeit, daß sich die Wahrheit über mich endlich aus der erstickenden Macht meiner Eltern, aus meiner eigenen schwarzen Haut befreit. Diese Worte sind ein wahr gewordener Traum. Ein schmerzlicher Traum, das leugne ich nicht; denn in der Welt des Wachens ist ein Mensch nicht so leicht zu schälen wie eine Banane, egal wie reif er sein mag. Und Aurora und Abraham abzuschütteln wird eine ganze Weile dauern.

Mütterlichkeit – verzeihen Sie mir, daß ich diesen Punkt unterstreiche – ist eine wichtige Idee in Indien, vielleicht die wichtigste; das Land als Mutter, die Mutter als Land, der feste Boden unter unseren Füßen. Ladies and Gents: Ich spreche vom *ganz großen* Mutterland. In dem Jahr, in dem ich geboren wurde, kam *Mother India*, der alles übertrumpfende Film der Mehboob Productions, in die Kinos des Landes – drei Jahre in Arbeit, dreihundert Drehtage, einer von Bollywoods drei besten Filmen aller Zeiten. Keiner, der ihn sah, wird jemals diese süßliche Saga bäuerlichen Heldentums vergessen, diese supersentimentale Ode an die Unzerstörbarkeit des Dorfes Indien, produziert von den größten städtischen Zynikern der ganzen Welt. Und was die Hauptdarstellerin betrifft – o Nargis, mit deiner Schaufel auf der Schulter und der schwarzen Haarsträhne, die dir in die Stirn fiel! –, die wurde, bis sie durch Indira-Mata ersetzt wurde, für uns alle die leibhaftige Mutter-Göttin. Aurora kannte sie natürlich; wie jede andere Berühmtheit jener Zeit wurde die Schauspielerin magisch von der heißen Flamme meiner Mutter angezogen. Aber sie kamen nicht miteinander aus, vielleicht weil

– 186 –

Aurora es nicht lassen konnte, das Thema – mein Herzensthema! – der Mutter-Sohn-Beziehung anzuschneiden.

»Als ich den Film zum erstenmal sah«, vertraute sie dem berühmten Filmstar auf der hohen Terrasse von *Elephanta* an, »hab' ich nur einen Blick auf Birju, Ihren bösen Sohn, geworfen und mir sofort gedacht, o Mann, was für ein hübscher Kerl – zuviel Schärfe, zuviel Chili, Wasser her! Er mag ja ein Dieb und ein Rabauke sein, aber das gehört nun mal zu manchen erstklassigen Loverboys. Und nun sieh einer an – Sie haben ihn tatsächlich geheiratet! Was für ein sexy Leben ihr Filmleute doch führifiziert: den eigenen Sohn heiraten, *wow*!«

Sunil Dutt, von dem sie sprach, stand stocksteif neben seiner Frau und trank Limonade. Er errötete. (Zu jener Zeit war Bombay ein »trockener« Staat, und obwohl es in *Elephanta* Whisky-Soda im Überfluß gab, wollte der Schauspieler mit gutem Beispiel vorangehen.) »Auroraji, Sie bringen Wirklichkeit und Scheinwelt durcheinander«, dozierte er wichtigtuerisch, als sei das eine Sünde. »Birju und seine Mutter Radha sind reine Fiktion, zweidimensional auf der Filmleinwand; wir aber sind aus Fleisch und Blut, 3-D – und Gäste in ihrem wunderschönen Heim.« Nargis, die Nimbu-Wasser trank, reagierte mit einem dünnen Lächeln auf den Vorwurf, der sich in seinem letzten Satz versteckte.

»Aber sogar in dem Film«, fuhr Aurora unnachsichtig fort, »wußte ich sofort, daß der böse Birju scharf auf seine hinreißende Ma war.«

Nargis stand sprachlos und mit offenem Mund da. Vasco Miranda, der nie der Versuchung widerstehen konnte, ein bißchen Ärger zu machen, sah, daß sich ein Unwetter zusammenbraute, und beeilte sich, einzugreifen. »Die Sublimierung gegenseitiger Eltern-Kind-Sehnsüchte«, erläuterte er, »sind tief in der nationalen Psyche verankert. Die Verwendung der Namen in diesem Film macht die Bedeutung klar. Dieser ›Birju‹-Übername wird auch auf Gott Krishna angewendet, nicht wahr, und wir wissen, daß die milchweiße ›Radha‹ die einzige und wahre Liebe dieses tristblauen Kerls ist. In dem Film, Sunil, sind Sie so hergerichtet, daß Sie dem Gott ähnlich sehen, Sie necken sogar die Mädchen und werfen mit Steinen, um ihre bauchigen Wassertöpfe zu zerbrechen; was ja, geben wir's zu, ein krishnaeskes Verhalten ist. In dieser Interpretation« – hier versuchte der kaspernde Vasco erfolglos, eine gewisse gelehrtenhafte *gravitas* an den Tag zu legen »– ist *Mother India* die dunkle Seite der Radha-Krishna-Erzählung, mit dem zusätzlichen Nebenthema der verbotenen Liebe. Aber was soll's; Ödipus-Schnödipus! Trinken Sie doch noch ein Gläschen!«

»Jetzt werden Sie aber anzüglich, mein Herr«, sagte die leibhaftige Mutter-Göttin. »Schmutzige Reden führen Sie, pfui Teufel! Ich habe zwar gehört, daß moralisch verderbte Künstler und Beatnik-Intellektuelle hier herkommen, hatte aber mit Rücksicht auf Sie immer meine Zweifel. Jetzt muß ich feststellen, daß ich vom blasphemischen Abschaum der Menschheit umgeben bin. Wie ihr Leute euch in negativen Vorstellungen suhlt! In unserem Film betonen wir die positive Seite. Da gibt es die Courage der Massen, und sogar Fregatten und Staudämme.«

»Fregatten, sagen Sie?« sinnierte Vasco mit unschuldiger Miene. »Und Sie werfen *mir* vor, ich sei anzüglich?«

»*Bewaqoof!*« schnaubte Sunil Dutt, über jedes erträgliche Maß hinaus provoziert. »Verdammter Idiot! Nicht von Anzüglichkeiten, sondern von der neuesten Technologie ist hier die Rede; nämlich von dem hydroelektrischen Projekt, das von meiner lieben Frau in der Anfangsszene eingeweiht wird.«

»Und wenn Sie sagen, ›meine Frau‹«, stellte der ach so hilfreiche Vasco klar, »meinen Sie natürlich Ihre Mutter.«

»Sunil, komm!« befahl die Legende und rauschte davon. »Wenn diese gottlose, antinationale Bande die Welt der Kunst ist, dann bin ich froh, auf der Seite des Kommerzes zu stehen.«

In *Mother India* – einem Werk über Hindu-Mythen mit einem Muslim-Sozialisten, Mehboob Khan, als Regisseur – wird eine

indische Bauersfrau als Ehefrau, Mutter und Gebärerin von
Söhnen idealisiert; als endlos leidende, stoische, liebevolle, verzeihende und konservativ der Erhaltung des sozialen Status quo
dienende Frau. Für Birju, den Bösen, jedoch, aus den liebenden
Armen der Mutter verstoßen, wird sie, wie ein Kritiker feststellte,
»zum Inbegriff einer aggressiven, verräterischen, vernichten-
den Mutter, die im Phantasieleben der indischen Männer her-
umspukt«.

Auch ich weiß einiges über dieses Bild; auch ich habe die
Rolle des bösen Sohnes gespielt. Meine Mutter war keine Nargis
Dutt – sie war der Mitten-ins-Gesicht-Typ, und alles andere als
demütig. Der Tag müßte noch kommen, an dem man sie mit
einer Schaufel über der Schulter sieht! *Ich bin froh, sagen zu
können, daß ich niemals einen Spaten zu Gesicht bekommen habe.*
Aurora war ein Stadtmädchen, vielleicht sogar *das* Stadtmädchen an sich, ebensosehr die Inkarnation der neunmalklugen
Metropolis wie Mutter Indien die der fleischgewordenen bäuerlichen Erde. Dennoch fand ich es interessant, unsere Familien
zu vergleichen und einander gegenüberzustellen. Mutter Indiens Filmehemann wurde impotent, ein Felsblock zerschmetterte ihm die Arme; und auch in unserer Familiensaga spielen
zerbrochene Glieder eine zentrale Rolle. (Ob Abraham potent
war oder im-, müssen Sie selbst entscheiden.) Und was Birju und
Moor betrifft: Dunkle Haut und kriminelle Neigungen waren
nicht alles, was wir gemeinsam hatten.

Ich habe mein Geheimnis viel zu lange bewahrt. Höchste
Zeit, daß ich endlich auspacke.

Meine Schwestern wurden in kurzen Abständen nacheinander
geboren, und Aurora schenkte in allen drei Fällen sowohl der
Schwangerschaft als auch dem Geburtsvorgang so geringe Beachtung, daß die Mädchen schon lange vor ihrer Geburt wußten, ihre Mutter würde nur wenige Konzessionen an ihre Post-
partum-Bedürfnisse machen. Die Namen, die sie ihnen gab,

bestätigten diesen Argwohn. Die älteste, trotz der Proteste ihres jüdischen Vaters Christina genannt, mußte ihren Namen schließlich halbieren lassen. »Hör auf zu schmollen, Abie«, befahl Aurora. »Von nun an heißt sie einfach Ina, ohne das Christ.« Also wuchs die arme Ina mit einem verstümmelten Namen auf, doch als ein Jahr darauf das zweite Kind geboren wurde, kam es noch schlimmer, weil Aurora dieses Mal auf Inamorata bestand. Wieder protestierte Abraham: »Die Leute werden die beiden verwechseln«, jammerte er, »und wenn wir sie *Ina-more* nennen, klingt das, als wollten wir sagen, sie ist Ina-plus ...« Aurora zuckte die Achseln. »Ina war ein Zehn-Pfund-Baby, das kleine, dicke Dingelchen«, erinnerte sie Abraham. »Kopf wie eine Kanonenkugel, Hüften wie der Achtersteven eines Dickschiffs. Wie kann diese Taschenmaus hier dann etwas anderes sein als Ina-minus?« Nach einer Woche stellte Aurora fest, daß Baby Inamorata, das Fünf-Pfund-Mäuschen, große Ähnlichkeit mit einem berühmten Comic-Nager besaß – »nichts als riesige Ohren, große Augen und dicke Tupfen« –, und von da an war meine mittlere Schwester nur noch Minnie. Als Aurora achtzehn Monate später verkündete, daß ihre neugeborene dritte Tochter Philomela heißen werde, raufte Abraham sich die Haare. »Jetzt wird's ganz kompliziert«, stöhnte er. »Erst Ina-plus, dann Vielo-mela!« Philomela, die der Diskussion lauschte, begann zu weinen, ein sattes, tonloses Brüllen, das jedermann außer ihrer Mutter erkennen ließ, wie komisch und unangemessen es war, ihr ausgerechnet den Namen jener stummen Sagengestalt zu geben, die nach Ovid in eine Nachtigall verwandelt wurde. Als das Kind jedoch drei Monate alt war, hörte Miss Jaya Hé aus dem Kinderzimmer eine Folge beunruhigender Krählaute und durchdringender Triller, und als sie eiligst hineinstürzte, fand sie das Baby zufrieden in seinem Bettchen, während ihm Vogelgesang über die Lippen strömte. Ina und Minnie betrachteten ihre Schwester durch die Gitterstäbe des Bettchens mit Schrecken und Ehrfurcht. Als

Aurora herbeigerufen wurde, reagierte sie mit einer souveränen Gleichgültigkeit, die dem Wunder sofort das Wunderbare nahm, nickte brüsk und entschied: »Wenn sie so gut imitieren kann, ist sie keine Bulbul, sondern ein Mynah.« Von da an hieß es Ina, Minnie, Mynah, und nur in der Walsingham House School an der Nepean Sea Road wurden sie zu Eeny Meeny Miney, drei Viertel einer unfertigen Verszeile, gefolgt von einem stummen Takt, einer Pause anstelle des vierten Wortes. Drei Schwestern, die darauf warteten – und sie mußten lange warten, denn zwischen Mynah und mir gab es eine achtjährige Pause –, einen kleinen Bruder zu bekommen.

Aber das männliche Kind, um das die alte, fluchende Flory Zogoiby vergebliche Ränke gesponnen hatte, ließ weiterhin auf sich warten, und in ehrenvollem Gedenken an meinen Vater muß ich hier erwähnen, daß er immer wieder erklärt hat, er sei mit seinen Töchtern zufrieden. Während die Mädchen heranwuchsen, erwies er sich als überaus liebevoller Vater; bis er sich eines Tages plötzlich – es war 1956, während der langen Schulferien nach der Regenzeit –, als die Familie einen Ausflug machte, um die zweitausendjährigen buddhistischen Höhlentempel bei Lonaula zu besichtigen, auf halbem Weg die steile, in den Berg gehauene Treppe hinauf, die zu der finsteren Öffnung der größten Höhle führte, aufkeuchend ans Herz faßte und, während der Atem in seiner Kehle rasselte und sein Blick verschwamm, die Hand nach den damals neun, acht und nahezu sieben Jahre alten Mädchen ausstreckte, die seine Not nicht erkannten und mit der sorglosen Eile und Unsterblichkeit der Jugend kichernd herum- und vor ihm davonsprangen.

Aurora fing ihn auf, bevor er fiel. Eine alte Pilzverkäuferin war neben ihnen aufgetaucht und half Aurora, Abraham mit dem Rücken am Felsen niederzulassen, während ihm der Strohhut in die Stirn rutschte und eiskalter Schweiß den Hals herabrann.

– 191 –

»Verdammt noch mal, kratz ja nicht ab!« rief Aurora, die sein Gesicht in beide Hände nahm. »Atme! Du darfst nicht sterben!« Und Abraham gehorchte ihr, wie er es immer tat, und blieb am Leben. Sein Atem ging leichter, sein Blick wurde klarer, und er blieb lange mit hängendem Kopf sitzen und ruhte sich aus. Die Mädchen kamen mit großen Augen, Finger im Mund, die Treppe heruntergelaufen.

»Das ist das Problem, wenn man ein alter Vater ist«, sagte der dreiundfünfzigjährige Abraham leise zu Aurora, bevor die Töchter in Hörweite kamen. »Sieh nur, wie schnell sie groß werden, und gleichzeitig, wie schnell ich klapprig werde. Wenn es nach mir ginge, würde all dieses Werden – groß und alt gleichermaßen – auf der Stelle endgültig aufhören.«

Als die beunruhigten Kinder bei ihnen anlangten, zwang sich Aurora, locker zu wirken. »Du wirst ewig bei uns bleiben«, erklärte sie Abraham. »Um *dich* mach' ich mir keine Sorgen. Und was diese Wildfänge hier betrifft, die können für mich gar nicht schnell genug wachsifizieren. Großer Gott! Wie lange sich so eine Kinderzeit hinzieht! Warum konnte ich nicht Kinder kriegen – warum nicht wenigstens *ein* Kind, das *wirklich schnell* groß wird!«

Hinter ihr sprach eine Stimme fast unhörbar die Worte: *Obeah, jadoo, fo, fum.*

Aurora wirbelte herum. »Wer hat das gesagt?«

Aber da waren nur die Kinder. Andere Besucher, manche von ihnen in Sänften (Abraham hatte diese bequeme Möglichkeit hochmütig verschmäht), kamen und gingen zu den Höhlen, aber sie waren alle, bergauf und bergab, zu weit entfernt.

»Wo ist diese alte Frau?« fragte Aurora ihre Kinder. »Die Pilzverkäuferin, die mir geholfen hat. Wohin ist sie verschwunden?«

»Wir haben keine gesehen«, antwortete Ina. »Hier war niemand außer euch beiden.«

Mahabaleshwar, Lonaula, Khandla, Matheran ... Ach, ihr geliebten, kühlen Bergorte, die ich nie wiedersehen werde, deren Namen sich für die Bewohner von Bombay mit der Erinnerung an Kinderlachen, sanfte Liebeslieder, an Tage und Nächte in kühlen grünen Wäldern, an Spaziergänge und Ruhe verbinden! In der Trockenzeit vor dem Großen Regen scheinen diese gesegneten Höhen leicht wie ein Hauch auf einem schimmernden Zauberdunst zu schweben; nach dem Monsun, wenn die Luft klar ist, kann man zum Beispiel in Matheran auf dem Heart Point oder dem One Tree Hill stehen und dank dieser übernatürlichen Klarheit, wenn auch nicht endlos, aber doch wenigstens ein kleines Stückchen in die Zukunft sehen, vielleicht ein oder zwei Tage voraus.

Am Tag von Abrahams Zusammenbruch jedoch waren die malerisch sich dahinziehenden Wege der Bergorte nicht das, was der Doktor ihm verschrieben hätte. Die Familie war für die ganze Saison im Lord's Central House in Matheran einquartiert, und das bedeutete, daß sie nach Abrahams Zusammenbruch mehr als zwanzig Meilen eine beschwerliche, unbefestigte Straße entlangfahren, am Ende der Straße den Buick in Hanumans Obhut zurücklassen und von Neral aus den Berg hinauf, durch den One Kiss Tunnel und weiter die Bimmelbahn benutzen mußte, eine zwei lange Stunden während Kriechtour, bei der Aurora ihre sonst so gußeisernen Regeln durchbrach und die Mädchen mit Zucker-Nuß-Chikki-Toffees vollstopfte, um sie ruhig zu halten, und Miss Jaya an einem Wasser-Surahi Taschentücher näßte, damit Aurora sie Abraham auf die geschwächte Stirn legen konnte. »Zum Haus dieses Lords zu gelangifizieren«, klagte Aurora, »ist schwieriger als ins Paradies.«

Aber wenigstens war das Lord's Central House real und hatte sogar empirisch nachweisbare solide Grundmauern, während das himmlische Paradies noch nie ein Ort gewesen war, in den meine Familie großes Vertrauen setzte ... Mit rosa Vorhängen, die aus den Fenstern der ersten Klasse flatterten, schnaufte die

— 193 —

Schmalspurbahn den Berg hinauf, bis sie endlich hielt und Affen sich vom Dach herabschwangen, um den verblüfften Zogoiby-Mädchen die Chikkis aus den Händen zu stibitzen. Dies war die Endstation; und in jener Nacht, in einem Zimmer des Lord's House, das frisch mit schweren Gewürzdüften erfüllt war, liebkoste Aurora Zogoiby, während Eidechsen von den Wänden aus zusahen, auf einem geräuschvollen Sprungfedernbett unter einem gemächlich sich drehenden Ventilator den Körper ihres Ehemanns, bis er wieder ganz ins Leben zurückgekehrt war – und schenkte *viereinhalb Monate später*, am Neujahrstag 1957, ihrem vierten und letzten Kind das Leben.

Ina, Minnie, Mynah und schließlich Moor. Das bin ich: der Letztgeborene. Und ich bin noch etwas anderes: Man könnte es als die Erfüllung eines Wunsches bezeichnen; oder als den Fluch einer Toten. Ich bin das Kind, das Aurora Zogoiby sich auf der Treppe zu den Lonaula-Höhlen so heftig gewünscht hatte. Das ist mein Geheimnis, und nach all diesen Jahren kann ich nur eines tun: es offen aussprechen. Und es schert mich einen Dreck, wie es sich anhört.

Ich gehe schneller durch die Zeit, als es sein sollte. Verstehen Sie mich? Irgendwer hat irgendwo die Taste »ff« gedrückt, oder richtiger »× 2«. Hören Sie gut zu, lieber Leser, beachten Sie jedes Wort, denn was ich nunmehr niederschreibe, ist die schlichte und buchstäbliche Wahrheit! Ich, Moraes Zogoiby, auch bekannt als Moor, ich bin – zur Strafe für meine Sünden, für meine vielen, vielen Sünden – ein Mensch, der doppelt so schnell wie andere lebt.

Und die Pilzverkäuferin? Aurora, die sich am folgenden Morgen nach ihr erkundigte, erfuhr vom Portier des Hotels, daß in der Region der Lonaula-Höhlen seines Wissens noch niemals Pilze gefunden oder verkauft worden seien. Und die Alte – *chicken entrails, kingdom come* – wurde niemals wieder gesehen.

(Ich sehe, daß der Morgen heraufdämmert; und verstumme diskret.)

2

Ich sage es noch einmal: Seit dem Augenblick meiner Empfängnis altere ich, wie ein Besucher aus einer anderen Dimension,
eines anderen Zeitkontinuums, doppelt so schnell wie die gute
alte Erde und alles, was auf ihr existiert. Viereinhalb Monate von
der Empfängnis bis zur Geburt: Wie konnte diese zweifach
beschleunigte Evolution meiner Mutter etwas anderes als eine
besonders schwierige Schwangerschaft bescheren? In meinen
Augen, im Blick der Phantasie, gleicht das Zeitrafferwachstum
ihres Leibes eher einem Spezialeffekt im Kino, als seien ihre
biochemischen Pixels unter dem Einfluß irgendeiner zweimal
gedrückten genetischen Taste durchgedreht und hätten begonnen, ihren protestierenden Körper so heftig zu morphen, daß
die beschleunigten äußeren Effekte der Schwangerschaft wort-
wörtlich mit bloßem Auge zu sehen waren. Gezeugt auf einem
Berg, geboren auf einem anderen, wies ich zu einem Zeitpunkt,
da ich noch höchstens ein kleiner Maulwurfshügel hätte sein
dürfen, bereits berggewaltige Proportionen auf... Damit will ich
folgendes sagen: Es besteht zwar keinerlei Zweifel daran, daß
ich in Matheran im Lord's Central House gezeugt wurde, aber
genauso unbestreitbar ist es auch, daß der Säugling Gargantua
Zogoiby, als er in der vornehmen Privatklinik-cum-Nonnen-
kloster der Sisters of Maria Gratiaplena an der Altamount Road,
Bombay, den ersten, überraschten Atemzug tat, körperlich bereits so weit entwickelt war – eine beachtliche Erektion behinderte sogar den Durchgang durch den Geburtskanal ein
wenig –, daß kein vernünftiger Mensch auf den Gedanken
kommen konnte, in ihm etwas Halbfertiges zu sehen.

Frühreif? Spätreif wäre angebrachter. Viereinhalb Monate in
Schleim und Nässe kamen mir viel zu lange vor. Von Anfang an
– von *vor* dem Anfang an – wußte ich, daß ich keine Zeit zu
verschwenden hatte. Während ich aus verlorenen Wassern der

lebensnotwendigen Luft entgegenstrebte, dabei jedoch durch den eher militärischen Beschluß meines Dingsda gestoppt wurde, diesen Augenblick zu begrüßen, indem er Habtachtstellung einnahm, beschloß ich, den Menschen die große Dringlichkeit meines Problems selbst kundzutun, indem ich ein mächtiges Muhen hören ließ. Als Aurora vernahm, daß mein erster Laut noch aus ihrem Körper kam (und auch eine erste Ahnung von der unglaublichen Größe dessen erhielt, was da geboren werden wollte), war sie zugleich erschrocken und tief beeindruckt; aber natürlich nicht um Worte verlegen. »Nach unseren Eeny-Meeny-Miney«, sagte sie keuchend zu der verängstigten klösterlichen Hebamme, die ein Gesicht machte, als hätte sie ein Höllentier gehört, »kommt jetzt wohl Moo, Schwester.« Von Moo zu Moor, vom ersten Muhen des Mauren bis zu seinem letzten Seufzer; um solche Dinge rankt sich meine Erzählung.

Wie viele von uns fühlen heutzutage etwas, das zu schnell vorübergeeilt ist, zu Ende gehen: einen Augenblick im Leben, einen Abschnitt in der Geschichte, eine Vorstellung von Zivilisation, einen Hiatus bei der Drehung der gleichgültigen Welt. »So sind wohl tausend Jahr in deinen Augen«, singen sie in der St. Thomas' Cathedral zu ihrem ganz-zweifellos-nichtexistenten Gott, »gleich einem einzigen Tag«; deswegen möchte ich Sie, meinen omnipotenten Leser, darauf hinweisen, daß auch ich zu schnell vorübergeeilt bin. Eine Existenz im Sauseschritt gestattet nur ein halbes Leben. »Kurz wie die Stunde, die die Nacht beendet, bevor die Morgensonn' erwacht.«

Übernatürliche Erklärungen sind nicht notwendig; irgendein Fehler in der DNS reicht aus. Irgendeine vorzeitiges Altern bewirkende Störung im Kernprogramm, die zur Produktion zu vieler Kurzlebenszellen führt. In Bombay, meiner alten Hütten-und-Hochhaus-Heimat, bilden wir uns ein, auf der Höhe der modernen Zeit zu stehen, brüsten wir uns damit, geborene Techno-Fast-Tracker zu sein, aber das sind wir nur im Hochhaus unseres Kopfes. Tief unten, im Slum unseres Körpers, sind wir noch immer für die störendsten Störungen, die grindigsten Grinde, die pestilenzigsten Pestilenzen anfällig. Da mögen noch so viele Hauskätzchen in unseren quietschsauberen, himmelhohen Penthäusern umherschnüren – die rattenverpestete Fäulnis in den Kloaken des Blutes vermögen sie nicht auszurotten.

Wenn eine Geburt der Fallout einer Explosion ist, die von der Vereinigung zweier instabiler Elemente ausgelöst wurde, dann ist ein halbes Leben vielleicht alles, was wir dabei erwarten dürfen. Von einem Nonnenkloster in Bombay bis zu dieser architektonischen Verrücktheit in Benengeli hat meine Lebensreise nur sechsunddreißig Kalenderjahre gedauert. Und was ist von dem zarten, jungen Riesen, der ich in meiner Jugend war, geblieben? Die Spiegel von Benengeli zeigen einen erschöpften Mann mit Haaren, so weiß, so dünn, so schlangengleich wie die längst dahingeschwundene Chevelure seiner Urgroßmutter Epifania. In seinem eingefallenen Gesicht, in seinem langen, dünnen Körper kaum mehr als die Erinnerung an eine alte, sanfte Grazie der Bewegung. Das Adlerprofil nur noch schnabelförmig, und die weiblich-vollen Lippen so dünn geworden wie der schüttere Haarkranz. Ein alter brauner Ledermantel über einem farbfleckigen Karohemd und einer ausgebeulten Kordhose flattert wie ein gebrochener Flügel hinter ihm her. Geierhalsig und hühnerbrüstig, gelingt es diesem knochigen, verstaubten Oldtimer dennoch, eine bewundernswert aufrechte Haltung an den Tag zu legen (ich konnte beim Gehen schon immer mühelos einen Krug Milch auf dem Kopf balancieren); wenn Sie ihn aber sehen könnten und sein Alter schätzen müßten, würden Sie sagen, er sei reif für Breinahrung, aufgerollte Hosenbeine und den Schaukelstuhl, Sie würden ihm wie einem alten Gaul das Gnadenbrot geben oder ihn – falls Sie zufällig nicht in Indien sind – einfach in ein Altersheim stecken. Zweiundsiebzig Jahre alt, würden Sie sagen, mit einer zum Klumpen verkrüppelten rechten Hand.

»Etwas, das so schnell wächst, *kann* gar nicht richtig wachsen«,
dachte Aurora (und sprach es später, als unsere Probleme
begannen, laut aus, sagte es mir offen ins Gesicht). Angewidert
vom Anblick meiner Mißbildung, versuchte sie vergeblich, sich
zu trösten: »Welch ein Glück, daß es nur eine Hand ist.« Anstelle
meiner Mutter beklagte Sister John, die Hebamme, diese Tragödie, weil eine körperliche Abnormität nach ihrer Auffassung
(die sich von der meiner Mutter gar nicht so sehr unterschied)
auf der Skala der Familienschande nur eine Stufe unter einer
Geisteskrankheit rangierte. Sie verpackte das Neugeborene in
Weiß und wickelte es so, daß die gesunde wie auch die kranke
Hand verborgen blieben; und als mein Vater hereinkam, reichte
sie ihm das erstaunlich große Bündel mit einem unterdrückten
– und möglicherweise nur halbheuchlerischen – Aufschluch-
zen. »Ein so wunderschönes Baby aus einem so guten Haus«,
schniefte sie. »Freuen Sie sich in Demut, Mr. Abraham, daß Gott
der Herr, der Allmächtige, Ihren Sohn mit Seiner ach, so
schmerzhaften Wunde der Liebe geschlagen hat.«

Das war natürlich zuviel für Aurora; meine rechte Hand, so
abstoßend sie auch sein mochte, war ein Thema, das Nichtfami-
lienmitglieder oder Götter nichts anging. »Schaff diese Frau
hier raus, Abie«, rief meine Mutter von ihrem Bett aus, »bevor
ich sie selbst mit ein paar ach, so schmerzhaften Wunden
schlage!«

Meine rechte Hand: die Finger zu einem undifferenzierten
Etwas verschmolzen, der Daumen ein warzenförmiger Stum-
pen. (Bis heute strecke ich, wenn ich jemandem die Hand geben
muß, meine ganz normale Linke verkehrt herum hin, so daß
der Daumen zu Boden zeigt.) »Hallo, mein kleiner Boxer!«
begrüßte mich Abraham traurig, als er sich meine verunstaltete
Hand näher betrachtete. »Hallo, Champion! Mit deiner Faust
wirst du die ganze Welt k. o. schlagen, das kannst du mir glauben.« Dieses väterliche Bemühen, das Beste aus einer schlimmen Situation zu machen, geäußert durch einen von Kummer

verzerrten Mund, erwies sich zuletzt tatsächlich als Prophezeiung, tatsächlich als die reine Wahrheit.

Um sich von diesem Positivdenken nicht übertreffen zu lassen, schob Aurora, die nicht zulassen wollte, daß ihre erste schwierige Schwangerschaft in etwas anderem als einem Triumph endete, ihr Entsetzen und ihren Abscheu beiseite und versteckte beide in einem finsteren Kellergemach ihrer Seele – bis an den Tag unserer letzten Auseinandersetzung, an dem sie die inzwischen monströs und geifernd gewordenen Gefühle wieder hervorholte, um dem Ungeheuer in ihr schließlich die Zügel schießen zu lassen ... Vorerst jedoch entschied sie sich, das Wunder meines Lebens zu betonen, meine außergewöhnliche Größe und die erstaunliche Geschwindigkeit meiner Entwicklung, die ihr so große Schmerzen bereitet, aber auch bewiesen hatte, daß ich ein ganz besonderes Kind sei. »In einem hatte diese verdammte, idiotische Sister John recht«, sagte sie und nahm mich in die Arme. »Er ist das schönste von unseren Kindern. Und das da, was bedeutet das schon? Gar nichts, oder? Selbst ein Meisterwerk hat hier und da kleine Fehler.«

Mit diesen Worten übernahm sie die künstlerische Verantwortung für ihr Werk; und meine verwachsene Flosse, dieser Klumpen, so mißgestaltet wie die moderne Kunst an sich, wurde zu nichts weiter als dem Ausrutscher eines genialen Pinsels. Dann machte mir Aurora in einem weiteren Anfall von Großmut – oder war es eine Kasteiung des Fleisches, eine selbstauferlegte Strafe für ihren instinktiven Ekel? – ein weiteres Geschenk. »Für die Mädchen war Miss Jayas Fläschchen genug«, verkündete sie, »meinen Sohn aber werde ich selber stillen.« Ich protestierte nicht, sondern saugte mich an ihren Brüsten fest.

»Seht doch, wie schön«, schnurrte Aurora energisch. »Ja, ja, trink dich nur satt, mein kleiner Pfau, mein *mór*.«

Eines Tages Anfang 1947 stand ein bleichsüchtiger junger Bursche, ein gewisser Vasco Miranda aus Loutulim in Goa, völlig mittellos vor Auroras Haustür, bezeichnete sich als Maler und verlangte, zu »der einzigen Künstlerin in diesem kunstlosen Schrottistan, deren Größe an die meine heranreicht«, vorgelassen zu werden. Lambajan Chandiwala warf nur einen Blick auf den dünnen, schwächlichen Strich von Schnurrbart über dem Ganovenlächeln des Mannes, auf die hinterwäldlerische Frisur mit Stirnlocke und Koteletten, die von Kokosöl nur so troff, auf die billige, aus Buschhemd, Hose und Sandalen bestehende Kleidung, und begann laut zu lachen. Vasco erwiderte das Lachen, und bald wurde es da draußen vor dem Tor der Dämmerung regelrecht lustig, beide Männer wischten sich die Tränen aus den Augen und klatschten sich auf die Schenkel – nur Totah, der Papagei, war wenig amüsiert, weil er vollauf damit zu tun hatte, sich ängstlich an die bebenden Schultern des Piraten zu klammern –, bis Lambajan schließlich keuchte: »Weißt du überhaupt, wessen Haus dies ist?«, nur um zu Totahs Mißbehagen sofort wieder in schulterzuckendes Kichern auszubrechen. »Ja«, schluchzte Vasco zwischen Lachtränen, woraufhin Lambajans Vergnügen so stark wurde, daß der Papagei davonflog und sich mißmutig auf dem Tor niederließ. »Nein«, heulte Lambajan und schlug heftig mit einer langen Holzkrücke auf Vasco ein, »nein, Mister Unverfroren, du weißt nicht, wessen Haus dies ist. Verstanden? Hast es nie gewußt, weißt es jetzt nicht und wirst es morgen ebensowenig wissen!«

Also lief Vasco den Malabar Hill wieder hinunter bis dorthin, wo er damals irgendein Loch bewohnte – vermutlich in so einem baufälligen Chawl, einer Mietskaserne –, um sich, wund geschlagen, doch ungebrochen, unverzüglich hinzusetzen und Aurora einen Brief zu schreiben, dem dann das gelang, was Vasco persönlich nicht gelungen war: Der Brief stahl sich an dem Piraten vorbei bis in die Hände der großen Lady persönlich. Er war ein früher Ausdruck der Neuen Unverfrorenheit, *Nayi Badmashi*, mit der sich Vasco später einen Namen machen sollte, obwohl es sich dabei kaum um mehr handelte als um ein aufgepepptes Wiederkäuen des europäischen Surrealismus; er drehte sogar einen Kurzfilm mit dem Titel *Kutta Kashmir Ka* (»Ein kashmiri« – statt andalusischer – »Hund«). Aber Vascos Karriere machte nicht lange an diesen verrückten, derivativen Ufern halt; schon bald entdeckte er seine spezielle Begabung für jene Art einschmeichelnder, harmloser Schöpfungen, für welche Eigentümer öffentlicher Gebäude wahrhaft surrealistische Summen bezahlten, und von da an sank sein Ruf – der nie ein besonders ernsthafter gewesen war – genauso schnell ins Bodenlose, wie sein Bankkonto wuchs.

In dem Brief erklärte er sich zu Auroras unvermutetem Seelenfreund. Beide seien sie »Sterne des Südens«, beide »Anti-Christen«, beide Exponenten einer »Epico-Mythico-Tragico-Comico-Super-Sexy-High-Masala-Kunst«, deren vereinigendes Prinzip die »Technicolor-Story-Line« sei, und sie würden einander in ihrer Arbeit positiv beeinflussen »wie Georges, der Franzose, und Pablo, der Spanier, nur wegen des Unterschieds der Geschlechter noch weit besser. Außerdem erkenne ich«, fuhr er fort, »daß Sie öffentlichkeitsorientiert sind und sich für viele aktuelle Themen interessieren; während ich, wie ich fürchte, auf eine absolute Art oberflächlich bin: Sobald die öffentliche Sphäre am Horizont auftaucht, werde ich zum bösartigen und unbezähmbaren Kind und befördere besagte Sphäre mit einem schönen, kräftigen Tritt aus meinem Operationsgebiet hinaus. Sie sind eine Heldin, und ich bin eine rückgratlose Qualle; wie sollten wir da nicht alle aus dem Weg fegen können? Es wird eine traumhafte Verbindung werden – denn Sie sind Recht, während ich unglücklicherweise Unrecht bin.«

Als Lambajan Chandiwala am Tor von *Elephanta* das perlende Lachen seiner Herrin vernahm, ihr Banshee-Geheul unbändigen Vergnügens, das der Wind zu ihm heraustrug, begriff er, daß Vasco ihn überlistet, die Komödie die Sicherheit besiegt hatte, und daß er, wenn dieser billige Clown das nächste Mal den Berg heraufkam, vor ihm strammstehen und salutieren mußte. »Aber ich werde ihn im Auge behalten«, sagte unser Pirat leise zu seinem ewig schweigsamen Papagei. »Eines Tages wird dieser dämliche Lackaffe einen Fehler machen, und wenn ich ihn dann erwische, werden wir ja sehen, wer zuletzt lacht.«

Als Vasco am folgenden Tag kurz vor Sonnenuntergang zu ihr geführt wurde, lag Aurora Zogoiby in einer Art »Bekleidete-Maja«-Pose in dem Eckpavillon der oberen Terrasse. Sie trank französischen Champagner und rauchte mit einer langen Bernsteinspitze eine importierte Zigarette, während ihr Ina-gewölbter Leib auf seidenen Kissen ruhte. Vasco verfiel ihr, bevor sie ein Wort gesprochen hatte, verfiel ihr, wie er einer Frau niemals hatte verfallen wollen, und setzte sozusagen im Fallen einen großen Teil all dessen in Gang, was später folgen sollte. Als abgewiesener Liebhaber wurde er nämlich zum bösartigen Menschen.

»Ich hatte einen Maler erwartet«, sagte Aurora zu ihm.

»Der bin ich«, begann Vasco und wollte eine theatralische Pose einnehmen, aber Aurora schnitt ihm das Wort ab.

»Einen *Anstreicher*«, fuhr sie mit einer gewissen Brutalität fort. »Das Kinderzimmer muß frisch gestrichifiziert werden, und zwar fix. Können Sie das? Reden Sie! In diesem Haus wird gut bezahlt.«

Vasco Miranda war platt, aber auch pleite. Nach ein paar Sekunden ließ er sein schönstes Lächeln aufblitzen und fragte: »Welche Sujets bevorzugen Sie, Madam?«

»Cartoons«, antwortete sie mit unbestimmter Miene. »Gehen Sie ins Kino? Lesen Sie Comics? Nun, dann also diese Maus, diese Ente, und wie heißt dieser Hase noch? Außerdem den Seemann und seine Spinat-Saga. Vielleicht auch die Katze, die niemals diesen Vogel fängt, oder den anderen Vogel, der zu schnell für den Coyoten rennt. Malen Sie mir die Felsblöcke, die jeden nur vorübergehend plattwalzifizieren, wenn sie ihm auf den Kopf fallen, die Bomben, die nur die Gesichter schwarz machen, und dieses Über-die-leere-Luft-laufen-bis-man-nachunten-sieht. Malen Sie mir verknotete Gewehrläufe und ganze Badewannen voll Goldmünzen. Vergessen Sie Harfen und Engel, vergessen Sie sämtliche stinkenden Gärten! Ich möchte meinen Kiddies ein anderes Paradies schenkifizieren.«

Autodidakt Vasco, soeben erst aus Goa gekommen, wußte so gut wie gar nichts von boshaften Woodpecker-Spechten und infamen Karnickeln. Obwohl er keine Ahnung hatte, wovon Aurora sprach, grinste er jedoch breit und verneigte sich. »Bei mir liegen Sie genau richtig, Madam. Sie haben das Hit-geschick, mit dem absolut-größten-Nummer-eins-Parade-Paradies-maler von Bombay zu sprechen.«

»Hit-geschick?« fragte Aurora verwundert.

»Wie Hit-verhältnis, Hit-erfolg, Hit-verständnis, hit-teriös«, erklärte Vasco. »Gegenteil von Miß-.«

Innerhalb weniger Tage war er bei uns eingezogen; eine offizielle Einladung wurde nie ausgesprochen, und dennoch blieb er uns irgendwie fünfunddreißig Jahre erhalten. Anfangs behandelte Aurora ihn wie eine Art Schoßhund. Sie entprimitivierte seine Frisur und brachte ihn nicht nur dazu, aufzuhören, seinen Schnurrbart zu stutzen, sondern diesen auch, als er lang und üppig wurde, mit Wachs zu behandeln, bis er aussah wie ein haariger Amorbogen. Sie beauftragte ihren Schneider, eine spezielle Garderobe für ihn zu kreieren: breitgestreifte Seiden-anzüge mit riesigen, schlaffen Schleifenkrawatten, die *tout* Bombay davon überzeugten, daß Aurora Zogoibys jüngste Entdeckung eine hinreißende »Queen« sein müsse (in Wirklichkeit war er ein echter Bisexueller, wie zahlreiche junge Männer und Frauen aus dem *Elephanta*-Kreis im Laufe der Jahre feststellen sollten). Aurora fühlte sich angezogen von Vascos unstillbarem Hunger nach Informationen, Essen, Arbeit und – vor allem – Vergnügen; und von der Offenheit, mit der er, sein Gangster-lächeln zeigend, allem nachjagte, was er begehrte. »Laß ihn bleiben!« forderte sie, als Abraham sich höflich erkundigte, ob dieser Bursche irgendwie erkennen lasse, daß er auch einmal wieder verschwinden werde. »Ich hab' ihn gern in meiner Nähe. Schließlich ist er, wie er gesagt hat, mein Hit-geschick; betrachte ihn einfach als Talisman!« Als Vasco mit dem Ausmalen des Kinderzimmers fertig war, stellte sie ihm ein eigenes Atelier samt Staffeleien, Kreiden, einer Chaiselongue, Pinseln und Farben zur Verfügung. Abraham Zogoiby legte, wie ein skeptischer Papagei, den Kopf schief; aber er ließ die Sache auf sich beruhen. Vasco Miranda behielt sein Atelier noch lange, auch als er schon reich geworden war und über einen amerikanischen Händler sowie Studios in der gesamten westlichen Welt verfügte. Er sprach davon, daß in Malabar Hill seine »Wurzeln« lägen; und Auroras Entschluß, ihn zu entwurzeln, war es letztlich, der ihn dann endgültig ausrasten ließ ...

Vasco-Sprech wurde bald zum Zogoiby-Slang. Ina, Minnie und Mynah lernten beim Heranwachsen ihre Lehrer an der Walshingham House School in »Hits« und »Misses«, Treffer und Nieten, einzuteilen. Zu Hause in *Elephanta* wurde nichts mehr ein- oder abgeschaltet; Telefone, Lichtschalter, Plattenspieler wurden immer nur »auf- oder zugemacht«. Unerklärliche Lükken in der Sprache wurden ausgefüllt: Wenn es die gegensätzlichen Wortpaare »dort/wo«, »dann/wann«, »das/was«, »hierher/daher«, »hierhin/dorthin« gab, dann müßte, wie Vasco behauptete, »jedes *dies* auch ein *wies*, jedes *diese* auch sein *wiese*, jedes *jene* auch sein *wene* haben«.

Was unser Kinderzimmer betraf, so hielt er jedenfalls Wort. In einem großen, hellen Raum mit Meeresblick schuf er etwas, das für meine Schwestern und mich im Rückblick immer einem irdischen (obwohl glücklicherweise nicht hortikulturellen) Eden am nächsten kommen sollte. Trotz all seiner Bombay-Talkie-Krummbein-Stöckchen-wirbelnden Komischer-Onkel-Kapriolen war er ein fleißiger Arbeiter und hatte schon einige Tage nach Auftragserteilung Kenntnisse in seinem neuen Fach erworben, die weit über Auroras Ansprüche hinausgingen. Auf die Kinderzimmerwände hatte er zunächst eine Reihe von Trompe-l'œil-Fenstern gemalt: Mughal-Palast-ähnliche, andalusisch-maurische, manuelinisch-portugiesische, rosetten-gotische, große und kleine Fenster; und dann zeigte er uns durch diese magischen Öffnungen, die auf die Welt der schönen Täuschungen hinausblickten und zugleich ein Teil von ihr waren, Scharen von Märchenfiguren. Frühzeit-Micky auf seinem Dampfboot, Donald, wie er gegen die Zeiger der Zeit ankämpft, Onkel Dagobert mit Dollarzeichen in den Augen. Tick, Trick und Track. Daniel Düsentrieb, Goofy, Pluto. Krähen, Erdhörnchen und andere Paare, die mein Erinnerungsvermögen übersteigen: Heckle'n'Jeckle, Ahörnchen und Behörnchen, What'n'Not. Außerdem malte er für uns Figuren aus *Schweinchen Dick* an die Wand: Daffy Duck, Bugs Bunny, Elmer Fudd und natürlich Porky Pig persönlich; und in die Luft über diese zweidimensionale Bildergalerie hängte er ihre kakophonischen Äußerungen: »*HahahaHAha*«, »*Kladderadatsch*«, »*Rumms-ratsch-bum*«, »*Miep-miep*«, »*Was liegt an?*«, »*Zack!*« Es gab sprechende Hähne, gestiefelte Kätzchen und fliegende Snoopys mit rotem Cape; außerdem großartige Galerien einheimischer Helden, denn er schenkte uns mehr, als wir erwartet hatten, und ergänzte die Figuren durch Dschinns auf Teppichen, Diebe in riesigen Krügen und einen Mann in den Klauen eines gigantischen Vogels. Er schenkte uns Märchenmeere und Abrakadabras, Panchatantra-Fabeln und Aladins Wunderlampe. Am wichtigsten jedoch war für uns das Gefühl, das er uns durch die Bilder an den Wänden vermittelte: das Gefühl einer geheimen Identität.

Wer war dieser maskierte Mann? Beim Betrachten der Wände meiner Kindheit erfuhr ich zum erstenmal von dem wohlhabenden Lebemann Bruce Wayne und seinem Mündel Dick Grayson, unter deren luxuriöser Residenz die Geheimnisse der Fledermaushöhle lauerten, von Superman persönlich, dem sanftmütigen Clark Kent, der eigentlich der Weltraumeinwanderer Kal-

El vom Planeten Krypton war, von John Jones alias J'onn J'onzz, der Marsianer, und Diana King alias Wonder Woman, Königin der Amazonen. Beim Betrachten dieser Wände erfuhr ich, wie sehr sich ein Superheld nach Normalität sehnen konnte, daß zum Beispiel Superman, der tapfer wie ein Löwe war und durch alles außer Blei hindurchsehen konnte, sein Leben darum gegeben hätte, wenn Lois Lane ihn als einen mickrigen Kleinbürger mit Brille geliebt hätte. Verstehen Sie mich bitte nicht falsch, ich selber hatte mich nie als Superhelden gesehen; mit einem Klumpen als Hand und einem persönlichen Kalender, der seine Blätter in Supergeschwindigkeit abwarf, war ich außergewöhnlich genug und brauchte daher kein Held zu sein. Aber ich lernte Phantom und Flash Gordon kennen, Green Arrow, Batman und Robin und machte mich daran, für mich selbst eine ganz eigene Identität zu erfinden. (Wie es meine Schwestern vor mir getan hatten; meine armen, schwer geschädigten Schwestern.)

Mit siebeneinhalb Jahren trat ich ins Jünglingsalter ein und bekam einen Flaum im Gesicht, einen Adamsapfel, eine tiefe Baßstimme sowie voll entwickelte männliche Geschlechtsorgane und -begierden; mit zehn war ich ein Kind, gefangen im ein Meter achtundneunzig großen Körper eines zwanzigjährigen Riesen, und von diesen ersten Augenblicken des Sichselbstbewußtwerdens an besessen von der entsetzlichen Angst, nicht mehr sehr viel Zeit zu haben. Geschlagen mit Geschwindigkeit, tarnte ich mich mit Langsamkeit wie der Lone Ranger mit seiner Maske. Entschlossen, meine Entwicklung durch schiere Kraft der Persönlichkeit zu verlangsamen, wurde ich körperlich immer träger, und meine Wörter lernten, sich zu einem langgezogenen, sinnlichen Gähnen zu dehnen. Eine Zeitlang legte ich mir die affektierten Aristosprachmanierismen von Billy Bunters indischem Kumpel Hurree Jamset Ram Singh, dem »Dusky Nabob of Bhanipur«, zu: In jener Zeit war ich niemals einfach durstig, sondern »ein großer Durst trocknete meine Kehle aus«.

Meine Schwester Mynah, die Stimmen-Imitatorin, heilte mich
von dem, was sie »Hurree-Patriotismus« nannte, indem sie zu
meinem karikierenden Echo wurde, aber auch nachdem ich
den Dusky Nabob hinter mir gelassen hatte, löste sie im Familienkreis Lachkrämpfe aus, wenn sie meine gebremsten Manie-
rismen in schlafwandlerischem Zeitlupentempo nachahmte;
doch dieser »Slomo« – ihr Spitzname für mich – war lediglich
eine meiner geheimen Identitäten, nur die sichtbarste meiner
vielen Schichten der Tarnung.

Southpaw, sinister, cuddy-wiftie, keggy-fistie, corrie-paw: welch ein
Vokabularium herabsetzender Wortverbindungen für Linkshändigkeit! Welch eine endlose Kette winziger Demütigungen
erwartet den Nichtrechtshändigen hinter jeder Ecke! Wo, bitte,
gibt es einen Hosenschlitz, ein Scheckbuch, einen Korkenzie-
her, ein Bügeleisen (jawohl, ein Bügeleisen; stellen Sie sich doch
mal vor, wie unhandlich es für einen Linkshänder ist, daß die
Schnur stets auf der rechten Seite rauskommt) für Linkshänder?
Ein linkshändiger Cricketspieler wird, als geschätztes Mitglied
eines jeden Mittelklasseteams, jederzeit einen passenden Schläger finden; aber im ganzen, großen, hockeybesessenen Indien
gibt es nirgendwo so etwas wie einen verkehrt herum funktio-
nierenden Hockeyschläger. Von Kartoffelschälmessern und Kameras will ich gar nicht erst reden … und wenn das Leben für
»geborene« Linkshänder hart ist, um wieviel härter war es dann
für mich – denn wie sich herausstellte, war ich eigentlich ein
Rechtshänder, dessen rechte Hand zufällig nicht zu gebrauchen
war. Es fiel mir genauso schwer wie jedem Rechtshänder auf der
Welt, mit der linken Hand zu schreiben. Als ich zehn war und
wie zwanzig wirkte, war meine Handschrift nicht besser als die
ersten Kritzelversuche eines Kleinkindes. Aber auch damit wurde ich fertig.

Schwerer war es, mit dem Gefühl fertig zu werden, in einem
Haus der Kunst zu leben, umgeben von dort wohnenden oder
zu Besuch weilenden Menschen, die Schönheit kreierten, dabei

aber zu wissen, daß mir solches Schaffen für immer verschlossen bleiben mußte; daß ich meiner Mutter (und auch Vasco) niemals dorthin folgen konnte, wo beide ihre größte Freude fanden. Und noch viel schwerer wog das Gefühl, häßlich, mißgestaltet, ungeraten zu sein, das Bewußtsein, daß mir das Leben schlechte Karten ausgeteilt hatte und eine Laune der Natur mich überdies auch noch dazu zwang, sie viel zu schnell auszuspielen. Am allerschlimmsten aber war das Gefühl, eine Peinlichkeit zu sein, eine Schande.

Auch das versuchte ich erfolgreich zu verstecken. Die erste Lektion in meinem Paradies war das Training in Metamorphosen und Tarnung.

Als ich noch sehr jung (wenn auch nicht sehr klein) war, pflegte sich Vasco Miranda, während ich schlief, in mein Zimmer zu schleichen und die Bilder an den Wänden zu verändern. Einige Fenster waren plötzlich zu, andere dagegen öffneten sich; Maus oder Ente, Katze oder Karnickel veränderten ihre Position, wanderten von einer Wand zur anderen, von einem Abenteuer zum nächsten. Sehr lange glaubte ich, tatsächlich in einem magischen Zimmer zu wohnen, war ich fest davon überzeugt, daß die Phantasiewesen an den Wänden zum Leben erwachten, während ich schlief. Dann gab mir Vasco eine andere Erklärung.

»Du selbst bist es, der das Zimmer verändert«, verriet er mir eines Abends flüsternd. »Du selbst. Du machst das im Schlaf, mit dieser dritten Hand.« Dabei zeigte er etwa in Richtung meines Herzens.

»Welcher dritten Hand?«

»Na, mit der hier, der unsichtbaren, mit diesen unsichtbaren Fingern, an denen du diese raspelrauhen, diese furchtbar abgekauten Nägel hast ...«

»Wiese? Wene?«

»... der Hand, die du nur in deinen Träumen deutlich siehst.«

– 208 –

Kein Wunder, daß ich ihn liebte. Allein für das Geschenk der Traumhand hätte ich ihn schon geliebt; aber sobald ich alt genug war, es zu verstehen, flüsterte er mir ein sogar noch größeres Geheimnis ins nächtliche Ohr. Er verriet mir, daß seit einer verpfuschten Blinddarmoperation vor vielen Jahren irgendwo eine Nadel in ihm steckte. Sie störe ihn nicht weiter, doch eines Tages werde sie sein Herz erreichen, und er werde auf der Stelle tot umfallen, von innen heraus erstochen. Dies war das Geheimnis seiner Hyperaktivität – er schlief nie mehr als drei Stunden pro Nacht und war im Wachzustand unfähig, auch nur für drei Minuten stillzusitzen. »Bis zum Tag der Nadel hab' ich noch sehr viel zu tun«, vertraute er mir an. »Leben, bis man stirbt, lautet mein Motto.«

Ich bin wie du. Das war seine liebevolle, brüderliche Botschaft. *Ich habe auch nicht mehr viel Zeit.* Und vielleicht versuchte er einfach, mich von diesem Gefühl, ganz allein im Universum zu sein, zu erlösen, denn je älter ich wurde, desto schwerer fiel es mir, seine Geschichten zu glauben; ich vermochte nicht zu begreifen, warum ein Mann, der so unerhört und unkonventionell war wie der berühmte V. Miranda, ein derart schreckliches Schicksal so passiv hinnahm, warum er nicht wenigstens versuchte, die Nadel ausfindig zu machen und entfernen zu lassen; so kam es, daß ich mir die Nadel allmählich als Metapher vorstellte, als Stachel seiner Ambitionen vielleicht. Aber an jenem Abend meiner Kindheit, als Vasco sich auf die Brust tippte und dabei das Gesicht verzog, als er mit den Augen rollte, zu Boden fiel, die Beine in die Luft streckte und sich zu meinem Vergnügen totstellte – damals, ja, damals glaubte ich ihm blind; und wenn ich mich später an diesen rückhaltlosen Glauben erinnerte (auch wenn ich mich jetzt daran erinnere, nachdem ich ihn in Benengeli in den Klauen anderer Nadeln wiedergefunden habe und seine jugendliche schlanke Figur zu unförmigen Altersdimensionen aufgedunsen, seine Leichtigkeit gedunkelt, seine Offenheit geschlossen, der Wein der Liebe in ihm schon lange gesäuert ist und sich in Essig des Hasses verwandelt hat), vermochte ich – vermag ich – einen anderen Sinn in seinem Geheimnis zu lesen. Vielleicht war die Nadel, falls sie tatsächlich dort, im Heuhaufen seines Körpers, verlorengegangen war, in Wirklichkeit der Ursprung seines gesamten Ichs – vielleicht war sie seine Seele. Sie zu verlieren hieße, sofort das Leben zu verlieren, oder wenigstens dessen Sinn. Er zog es vor, zu arbeiten und zu warten. »Die Schwäche des Mannes ist seine Stärke, und verce visa«, erklärte er mir einmal. »Wäre Achilles ein so großer Krieger geworden – ohne seine Ferse?« Wenn ich daran denke, könnte ich ihn fast um seinen spitzen, wandernden, stärkenden Todesengel beneiden.

In dem bekannten Märchen von Hans Christian Andersen steckt dem jungen Kay, als er der Schneekönigin entkommen kann, ein Eissplitter im Herzen, ein Splitter, der ihn sein ganzes Leben lang quälen wird. Meine weißhaarige Mutter war Vascos Schneekönigin gewesen, die er liebte und vor der er, in den Klauen einer Demütigung, die ihn rasend machte, schließlich floh – mit dem eisigen Splitter der Bitterkeit im Blut, der ihn immer weiter schmerzte, seine Körpertemperatur senkte und dieses einstmals warme Herz zu Eis erstarren ließ.

Vasco, mit seinen verrückten Kleidern und Wortschöpfungen, mit seiner frivolen Respektlosigkeit vor allen Schibboleths, Konventionen, heiligen Kühen, Schwülstigkeiten und Göttern und – vor allem – mit seiner legendären Unermüdlichkeit, ebenso erfolgreich bei der Jagd nach Aufträgen, Bettgenossinnen und Squashbällen wie nach Liebe, wurde mein erster Held. Als ich vier Jahre alt war, die indische Armee Goa besetzte und damit vierhunderteinundfünfzig Jahre portugiesischer Kolonialherrschaft beendete, versank Vasco wochenlang in einer seiner schwärzesten Depressionen. Aurora ermunterte ihn, die Besetzung wie so viele Goaner als Befreiung zu betrachten, aber er wollte sich nicht trösten lassen. »Bis jetzt hatte ich nur drei

Götter nebst der Jungfrau Maria, an die ich nicht glauben mußte«, jammerte er. »Jetzt hab' ich dreihundert Millionen. Und was für Götter! Für meinen Geschmack haben sie viel zu viele Köpfe und Hände.«

Bald jedoch erholte er sich wieder und verbrachte ganze Tage und Abende in den weitläufigen Küchenräumen von *Elephanta*, wo er unseren anfangs zutiefst empörten alten Koch Ezekiel für sich gewann, indem er ihm die Geheimnisse der Goa-Küche verriet und alle Rezepte in ein neues, grünes Notizbuch eintrug, das er an einem Draht neben die Küchentür hängte; von da an gab es nur noch Schweinefleisch, mußten wir goanische Chourisso-Würste essen, Schweineleber-Sarpotel und Schweinecurries mit Kokosmilch, bis Aurora sich beklagte, wir würden allmählich selbst alle zu Schweinen werden; woraufhin Vasco grinsend mit riesigen Körben voll scherenklappernder Schalentiere und flossigzahniger Haipakete vom Markt zurückkam, so daß unsere Putzfrau, als sie ihn sah, ihren Besen beiseite warf und zum Tor hinunterlief, wo sie Lambajan mitteilte, solange diese »unreinen« Ungeheuer im Haus seien, werde sie nicht an ihre Arbeit zurückkehren.

Doch diese Konterrevolution blieb nicht auf den Eßtisch beschränkt. Unsere Tage füllten sich mit Erzählungen vom Heldentum des Alfonso de Albuquerque, der Goa 1510 am Fest der heiligen Katharina dem Sultan von Bijapur, einem gewissen Yusuf Adilshah, entrissen hatte; und außerdem von Vasco da Gama. »Eine Pfeffer-Gewürz-Familie wie die deine sollte meine Gefühle verstehen«, sagte Vasco vorwurfsvoll zu Aurora. »Wir haben eine gemeinsame Geschichte; was wissen diese indischen Soldaten denn schon davon?« Er trug uns Mando-Liebeslieder vor, servierte den Erwachsenen geschmuggelten Cashew- und Kokosnuß-Feni-Likör, und am Abend kam er vor dem Schlafengehen zu mir in das Zimmer der magischen Fenster und erzählte mir seine anrüchigen Goa-Geschichten. »Nieder mit Mutter Indien!« rief er verächtlich und stellte sich in Positur, während ich unter meiner Bettdecke kicherte. »Es lebe Mutter Portugans!«

Nach vierzig Tagen machte Aurora unserer ganz persönlichen Goa-Invasion ein Ende. »Die Trauerzeit ist beendet«, verkündete sie. »Von nun an wird die Geschichte fortschreitifizieren.«

»Kolonialistin!« schimpfte Vasco vorwurfsvoll. »Kulturunterdrückerin, jawohl!« Aber auch er machte es wie wir alle, wenn Aurora einen Befehl erteilte: Er gehorchte.

Ich liebte ihn; aber sehr lange erkannte ich nicht – wie hätte ich das auch können? – das Kreuzfeuer, das in ihm wütete, den Kampf zwischen seinem quälenden Ehrgeiz und seiner Oberflächlichkeit, zwischen Loyalität und Karrieredenken, zwischen Fähigkeit und Wunschdenken. Ich begriff nicht, welchen Preis er auf dem Weg zu unserem Tor bezahlt hatte.

Er hatte keine Freunde aus der Zeit, bevor wir ihn kennenlernten; jedenfalls erwähnte oder präsentierte er niemals jemanden. Er sprach auch nie von seiner Familie und nur selten von seinem früheren Leben. Sogar sein Heimatdorf Loutulim mit den Häusern aus roten Lateritsteinen und den Fenstern mit Scheiben aus Muschelschalen war etwas, das wir ihm einfach glauben mußten. Zwar erzählte er niemals direkt davon, aber gelegentlich ließ er einen Hinweis auf eine Zeit als Lastenträger auf dem Markt der nordgoanischen Ortschaft Mapusa fallen, und manchmal auch auf einen Gelegenheitsjob im Hafen von Marmagoa. Offenbar hatte er seiner selbst erwählten Zukunft zuliebe sämtliche Bluts- und Heimatverbindungen gekappt, ein Entschluß, der auf eine ungeheure Härte schließen ließ, und außerdem auf eine gewisse Labilität. Er war seine eigene Erfindung, und Aurora hätte merken müssen – genauso wie Abraham, viele Mitglieder ihres Bekanntenkreises und sogar meine Schwestern es merkten, ich jedoch niemals –, daß diese Erfindung nicht funktionieren würde, daß sie letztendlich in Scherben gehen mußte. Sehr lange jedoch weigerte sich Aurora, sich auch nur die kleinste Kritik an ihrem Schoßhund zuzulassen; genauso wie ich dies später bei Uma Sarasvati, ebenfalls einer Selbsterfinderin, ablehnte. Sobald ein Fehler des Herzens sich als Torheit erweist, halten wir uns selbst für Toren und fragen unsere Nächsten und Liebsten, warum sie uns nicht vor uns selbst gerettet haben. Aber das ist ein Feind, gegen den uns niemand verteidigen kann. Niemand hätte Vasco vor sich selbst retten können; ganz gleich, was immer darunter zu verstehen gewesen wäre, wer immer er hätte werden können oder geworden ist. Und kein Mensch hätte *mich* retten können.

Im April 1947, als meine Schwester Ina erst drei Monate alt und Auroras Schwangerschaft mit der zukünftigen Minnie-die-Maus bestätigt worden war, ging Abraham Zogoiby, stolzer Ehemann und Vater, indem er etwas ungeschickt und harsch versuchte, freundlich zu sein, zu Vasco Miranda. »Na ja, da Sie doch angeblich ein richtiger Maler sind – warum malen Sie dann nicht ein Porträt meiner schwangeren Frau mit dem Kind?«

Dieses Porträt war Vascos erste Arbeit auf Leinwand; Abraham kaufte sie für ihn, und Aurora zeigte ihm, wie man sie grundierte. Seine früheren Werke hatte er aus finanziellen Gründen auf Pappe oder Papier gemalt und, kurz nachdem er nun sein *Elephanta*-Atelier bezog, allesamt vernichtet: weil er, wie er erklärte, ein neuer Mensch geworden sei, der jetzt erst sein wahres Leben beginne; der eigentlich jetzt erst, wie er es ausdrückte, geboren worden sei. Und das Aurora-Porträt stellte für ihn diesen Neuanfang dar.

Ich sage, »das Aurora-Porträt«, weil Abraham, als Vasco es schließlich enthüllte (er hatte sich geweigert, irgend jemanden das unfertige Bild sehen zu lassen), zu seiner Entrüstung entdeckte, daß der Maler das Kleinkind Ina einfach ignoriert hatte. Nachdem sie schon die Hälfte ihres Namens hatte verlieren müssen, war meine arme älteste Schwester nun auch noch vollständig von der Bildfläche jenes Werkes verschwunden, dessen Hauptsujet sie hätte sein sollen und das als unmittelbare Folge ihres kürzlich erfolgten Erscheinens auf der Bildfläche des Lebens in Auftrag gegeben worden war. (Die neue Minnie-die-Beule war ebenfalls weggelassen worden, was in diesem frühen Stadium von Auroras zweiter Schwangerschaft allerdings eher zu entschuldigen war.) Auf Vascos Bild saß meine Mutter unter ihrem Chhatri im Schneidersitz auf einer Rieseneidechse und wiegte die leere Luft in ihren Armen. Ihre ganze linke Brust, schwer vor Mutterschaft, war entblößt. »Was zum Henker?« brüllte Abraham. »Miranda, Mann, haben Sie Augen im Kopf oder Steine?« Aber Vasco fegte alle naturalistischen Argumente beiseite; als Abraham ihn darauf hinwies, daß seine Frau nie mit entblößtem Busen Modell gesessen habe und daß die ausgelöschte Ina zudem nicht gestillt werde, verdunkelte sich die Miene des Malers vor Verachtung. »Jetzt fehlt nur noch, daß Sie mir erklären, es gäbe auf diesem Besitz nirgendwo eine überdimensionale Chipkali als Haustier«, seufzte er. Als Abraham Vasco zornig daran erinnerte, wer die Rechnung bezahlte, reckte der Künstler hochmütig die Nase in die Luft. »Ein Genie ist niemals Sklave des reichen Mannes«, behauptete er. »Eine Leinwand ist kein Spiegel, der ein klebrig-süßes Lächeln wiedergibt. Ich hab' gesehen, was ich gesehen hab': eine Anwesenheit und eine Abwesenheit, eine Fülle und eine Leere. Sie wollten ein Doppelporträt? Sehen Sie hin! Wer Augen hat zu sehen, der sehe!«

»Schön, nachdem Sie nun also Ihre Reflexionen beendet haben«, gab Abraham in einem Ton, so scharf wie ein Messer, zurück, »haben auch wir einiges, das zu reflektieren wäre.«

Wurde Vasco für seine ungeheuerliche Mißachtung des Kindes Ina kurzerhand des Hauses verwiesen? Fiel die Mutter der Kleinen mit Zähnen und Klauen über ihn her? O nein, lieber Leser, er wurde nicht; sie tat es nicht. Als Mutter war Aurora Zogoiby schon immer eine Vertreterin des Harte-Hand-Erziehungssystems gewesen und sah keinen Grund, ihre Kinder gegen die Unbilden des Lebens zu verteidigen (was vielleicht daran lag, daß sie, die geborene Solistin, mit Abraham hatte zusammenwirken müssen, um uns zu produzieren, und uns deswegen kategorisch zu ihren minderwertigeren Arbeiten erklärte). Allerdings ließ Abraham zwei Tage nach der Enthüllung des Porträts den Maler in sein Büro im Cashondeliveri Terrace kommen – benannt nach Sir Duljee Duljeebhoy Cashondeliveri, dem Parsi-Granden und halsabschneiderischen Geldverleiher des neunzehnten Jahrhunderts –, um ihm mitzuteilen, das Gemälde gehe zurück, und Vasco könne darüber verfügen und habe es nur der außerordentlichen Nachsicht und Güte von Mrs. Zogoiby zu verdanken, daß er nicht wieder auf die Straße gesetzt werde, »wohin Sie«, wie Abraham gehässig schloß, »meiner Ansicht nach gehören«.

Nachdem sein Porträt meiner Mutter abgelehnt worden war, hörte Vasco auf, seinen Schnurrbart zu wachsen, und schloß sich in seinem Atelier ein, um es erst drei Tage später, abgezehrt und ausgetrocknet, mit dem in Sackleinen verpackten Bild unter dem Arm, wieder zu verlassen. Unter den feindseligen Blicken von Pirat und Papagei verließ er das Haus und ließ sich eine Woche lang nicht sehen. Als Lambajan Chandiwala sich schon zu der Annahme hatte verleiten lassen, der Gauner sei endgültig verschwunden, tauchte Vasco in einem gelb-schwarzen Taxi wieder auf – mit einem feinen neuen Anzug und seiner alten strahlend-guten Laune. Wie sich herausstellte, hatte er während seiner dreitägigen Klausur das Bild meiner Mutter übermalt und unter einer neuen Arbeit versteckt, einem Reiterporträt des Künstlers in arabischer Aufmachung, das Kekoo Mody, ohne etwas von dem abgelehnten Gemälde unter dieser seltsamen neuen Darstellung des Vasco Miranda – kostümiert und weinend auf einem riesigen Schimmel – zu wissen, fast augenblicklich verkaufen konnte: an keinen Geringeren als den Stahlmilliardär C. J. Bhabha, den *Crorepati*, und zwar zu einem überraschend hohen Preis, der Vasco in die Lage versetzte,

Abraham die Leinwand zu bezahlen und sich außerdem mehrere neue zu bestellen. Dies war der Beginn jener außergewöhnlichen – und in vieler Hinsicht an den Aufstieg einer Kurtisane erinnernden – Karriere, während der es zuweilen den Anschein hatte, als sei keine neue Hotellobby, kein neuer Airport-Terminal vollständig, bis sie mit einem überdimensionalen Wandgemälde von V. Miranda geschmückt waren, das irgendwie zugleich pyrotechnisch und banal wirkte … Und nie versäumte es Vasco, auf jedem Bild, das er malte, auf jedem Triptychon, Wandgemälde, Fresko und Glasfenster die kleine, perfekte Abbildung einer Frau unterzubringen, die mit einer entblößten Brust und untergeschlagenen Beinen auf einer Eidechse sitzt und in ihren Armen nichts als die leere Luft zu wiegen scheint, es sei denn, natürlich, sie wiege den unsichtbaren Vasco oder sogar die ganze Welt; es sei denn, sie würde, statt zu niemandes Mutter, tatsächlich zu unser aller Mutter. Und wenn er dieses winzige Detail fertiggestellt hatte, auf das er oft weit mehr Aufmerksamkeit zu verwenden schien als auf das übrige Werk, übermalte er es jedesmal mit breiten, energischen Pinselstrichen, an denen seine Arbeiten immer deutlicher zu erkennen waren und die zum Markenzeichen wurden – jenem berühmten, trügerischen Schwung, der so übertrieben wirkte und mit dem er so produktiv und schnell zu arbeiten vermochte.

»Ist dein Haß auf mich so groß, daß du mich auslöschifizieren mußt?« rief Aurora, als sie, zugleich zerknirscht und aufgewühlt, in sein Atelier gestürzt kam. »War es wirklich unmöglich, fünf Minuten zu warten, bis ich den guten Abie beruhigen konnte?« Vasco tat, als begreife er nicht. »Denn natürlich war die kleine Ina nicht das Problem«, fuhr Aurora fort. »Du hast mich viel zu sexy dargestellt, und Abraham war eifersüchtig.«

»Na schön, jetzt hat er keinen Grund mehr, eifersüchtig zu sein.« Vasco zeigte ein bitteres, aber auch kokettes Lächeln. »Oder auch um so mehr Grund; denn jetzt, Auroraji, mußt du auf ewig unter mir begraben bleiben. Mr. Bhabha wird uns in sein Schlafzimmer hängen, den sichtbaren Vasco mit der unsichtbaren Aurora darunter und der noch unsichtbareren Ina in deinen Armen. Irgendwie ist das Ganze so eine Art Familienbild geworden.«

Aurora schüttelte den Kopf. »Was für ein Unsinn, wahrhaftig! Ihr Männer! Unsinn von A bis Z. Und ein weinender Araber zu Pferde! Geschieht diesem Bhabha-ohne-Geschmack ganz recht. Selbst ein Basarmaler würde kein so idiotisches Bild malen.«

»*Der Künstler als Boabdil, der Glücklose (el-Zogoybi), letzter Sultan von Granada, wie er endgültig die Alhambra verläßt*, habe ich es genannt«, erklärte Vasco mit ausdrucksloser Miene. »Oder *Des Mauren letzter Seufzer*. Ich hoffe, daß diese Titelwahl Abieji nicht schon wieder Grund gibt, gekränkt zu sein. Verwendung des Nachnamens, der Familienlegenden und persönlichen Materials – und das alles, ohne um Erlaubnis zu bitten! Tut mir leid.«

Aurora Zogoiby starrte ihn fassungslos an; dann brach sie in ein lautes und möglicherweise maurisch-schluchzendes Lachen aus. »Oh, du verflixter Vasco!« sagte sie schließlich und trocknete sich die Augen. »Du böser schwarzer Mann! Wie soll ich verhindern, daß mein Mann dir deinen boshaften Hals brechifiziert? Darüber werde ich nachdenken müssen.«

»Und du?« fragte Vasco. »Magst du dieses glücklose, abgelehnte Gemälde?«

»Ich mag den glücklosen, abgelehnten Maler«, antwortete sie leise, küßte ihn auf die Wange und verschwand.

Zehn Jahre später fand der Maure in mir, Moor, seine nächste Inkarnation; und es kam die Zeit, da Aurora Zogoiby, in V. Mirandas Fußstapfen tretend, ebenfalls ein Bild malte, das sie *Des Mauren letzter Seufzer* nannte … Ich habe mich bei diesen alten Histörchen von Vasco aufgehalten, weil ich mich beim Erzählen meiner eigenen Geschichte noch einmal meiner Angst stellen und sie abermals überwinden mußte. Wie soll ich

dieses wilde Entsetzen erklären, das einen jedesmal wie ein
Schlag in die Magengrube trifft und die Hände zu Fäusten
ballen läßt, wenn einem bewußt wird, daß man ein überbe-
schleunigtes Leben lebt – daß man gegen seinen Willen gezwungen ist, die buchstäbliche Wahrheit der Metaphern auszuleben,
die so oft auf meine Mutter und ihren Kreis angewandt worden
sind? Auf der Überholspur, auf der Schnellstraße, meiner Zeit
voraus, ein echter Jetsetter bis hinein in meine Gene, verbrannte
ich – ohne eine Wahl zu haben – die Kerzen an beiden Enden,
obwohl ich von Natur aus zur Gruppe der Sorgfältig-das-Kerzen-
wachs-Verwahrenden gehörte. Wie soll ich anderen den Wer-
wolffilmschrecken des Gefühls nahebringen, das entsteht, wenn
die schnell wachsenden Füße gegen die Innenseite der Schuhe
drücken, wenn man den eigenen Haaren fast beim Wachsen
zusehen kann; wie soll ich Ihnen das Gefühl der Wachstums-
schmerzen in den Knien beschreiben, das es mir oft unmöglich
machte, zu laufen? Es war ein Wunder, daß meine Wirbelsäule
gerade gewachsen war. Ich war eine Treibhauspflanze, ein Soldat auf ewigem Parforcemarsch, ein Reisender, gefangen in
einer Zeitmaschine aus Fleisch und Blut, ständig außer Atem,
weil ich trotz meiner schmerzenden Knie schneller lief als die
Zeit.

Bitte, begreifen Sie, daß ich nicht den Anspruch erhebe, auf
irgendeine Art ein Wunderkind gewesen zu sein. Mir war keine
frühe Begabung für Schach, Mathematik oder den Sitar eigen.
Und dennoch war ich, wenn auch nur in meinem unkontrollier-
barem Wachstum, ein Wunder. Wie die Stadt selbst, das Bombay
meiner Freuden und Leiden, entwickelte ich mich, einem Pilz
gleich, der aus dem Boden schießt, zu einer riesigen, urbanen
Ausdehnung von einem Kerl, expandierte ich ohne ausreichend Zeit für die entsprechende Planung, ohne Pausen, um
aus meinen Erfahrungen, meinen Fehlern oder von meinen
Zeitgenossen zu lernen, ohne Muße zum Nachdenken. Wie also
konnte ich irgend etwas anderes werden als etwas Chaotisches?

Vieles, was verderblich an mir war, wurde verdorben; vieles, was perfektionierbar gewesen wäre, aber auch zerstört werden konnte, ging verloren.

»Seht nur, wie wunderschön, mein kleiner Pfau, mein mór …«, sang meine Mutter, wenn sie mich an die Brust legte, und ich darf ohne falsche Bescheidenheit sagen, daß ich trotz meiner südindisch-dunklen Haut (so *un*attraktiv für die Heiratsvermittlerinnen der Gesellschaft!) und mit Ausnahme meiner verkrüppelten Hand tatsächlich zu einem gutaussehenden Menschen wurde; sehr lange Zeit jedoch machte es mir diese rechte Hand unmöglich, etwas anderes an mir zu sehen als Häßlichkeit. Und zu einem hübschen jungen Mann heranzuwachsen, während ich in Wirklichkeit noch ein Kind war, stellte in der Tat einen doppelten Fluch dar, der mir anfangs die natürlichen Vorzüge der Kinderzeit verweigerte, das Kleinsein, das *Kindischsein* des Daseins als Kind, und dann verschwand, so daß ich, als ich tatsächlich zum Mann wurde, die Goldene-Apfel-Schönheit der Jugend bereits wieder verloren hatte. (Mit dreiundzwanzig wurde mein Bart weiß; und auch andere Dinge hatten aufgehört, so perfekt zu funktionieren wie früher einmal.)

Mein Inneres und mein Äußeres waren ganz einfach asynchron; daher werden Sie verstehen, daß das, was Vasco Miranda einmal als meine »Filmstar-Hit-bildung« genannt hatte, in meinem Leben von kaum nennenswertem Wert gewesen ist.

Ich werde Ihnen die Ärzte ersparen; meine Krankengeschichte würde ein halbes Dutzend Bände füllen. Die Baumstumpfhand, das superschnelle Altern, meine wahrhaft erstaunliche Größe, ein Meter achtundneunzig in einem Land, in dem die Männer im Durchschnitt kaum über ein Meter fünfundsechzig werden: All das war wiederholt Gegenstand von Untersuchungen. (Bis heute weckt der Name »Breach Candy Hospital« in mir Erinnerungen an eine Art Besserungsanstalt, eine gutgemeinte Folterkammer, einen Ort infernalischer Qualen, geleitet von wohlwollenden Dämonen, die mich quälten – mich *grillten,* mich *Tikka-kebabten* und *Bombay-enteten* –, natürlich zu meinem eigenen Besten.) Und schließlich dann, nachdem alle Anstrengungen gemacht waren, kamen das unvermeidliche Schütteln des eminenten, stethoskopgeschmückten Kopfes irgendeines Chefteufels, die Handflächen-nach-oben-Geste der Hilflosigkeit, das verhaltene Gemurmel von Karma, Kismet, Schicksal. Nicht nur zu Allgemeinmedizinern brachte man mich, sondern genauso zu Ayurveda-Spezialisten, Tibia-College-Professoren, Gesundbetern und Heiligen. Aurora war eine gründliche und energische Frau und daher durchaus willens, mich – wiederum in meinem eigenen Interesse! – allem möglichen Guru-Hokuspokus auszusetzen, den sie selbst sowohl verachtete als auch fürchtete. »Nur für den Fall«, hörte ich sie einmal zu Abraham sagen. »Wenn einer von diesen Juju-Kerlen die Uhr meines armen Jungen reparieren kann, werde ich im Nullkommanichts konvertifizieren, darauf kannst du dich verlassen.«

Nichts davon half. Es war die Zeit, in der der Kind-Mahaguru Lord Khusro Khusrovani Bhagwan auftauchte, der Millionen Anhänger gewann, obwohl das hartnäckige Gerücht umging, er sei das durch und durch künstliche Produkt seiner Mutter, einer gewissen Mrs. Dubash. Eines Tages, als ich ungefähr fünf Jahre alt war (und wie zehn wirkte), arrangierte Aurora Zogoiby eine Privataudienz bei diesem magischen Knaben. Wir besuchten ihn an Bord einer Luxusjacht, die im Hafen von Bombay ankerte, wo er in Chooridar-Hose, Goldrock und Turban meinen Eltern wie ein verängstigtes Kind vorkam, das gezwungen wird, sein ganzes Leben als Gefangener in einem Hochzeitskostüm zu verbringen. Dennoch biß meine Mutter die Zähne zusammen, erklärte ihm meine Probleme und bat ihn untertänigst um Hilfe. Der Knabe Khusro musterte mich mit ernstem, traurigem, klugem Blick.

»Nimm dein Schicksal an!« sagte er. »Freu dich an dem, was dir Kummer bereitet! Statt ihm zu entfliehen, dreh dich um und geh von ganzem Herzen darauf zu! Nur indem du zu deinem eigenen Unglück wirst, vermagst du es zu überwinden.«

»Zuviel der Weisheit«, rief Mrs. Dubash, die auf einem Diwan lag und auf wenig appetitliche Art und Weise Mangos aß. »*Wah-wah!* Rubine, Brillanten, Perlen! Und jetzt«, ergänzte sie, unsere Audienz beschließend, »darf ich freundlichst zur Kasse bitten. Bar, und in Rupien, es sei denn, es ist ausländische Währung verfügbar, in welchem Fall für blanke Dollar oder Pfund Sterling fünfzehn Prozent Nachlaß gewährt werden.«

Noch lange erinnerte ich mich voll Bitterkeit an jene Tage, an die nutzlosen Ärzte, die noch nutzloseren Quacksalber. Ich ärgerte mich über meine Mutter, weil sie mir Hoffnungen gemacht hatte, weil sie mir durch diese Kniefälle vor der Guru-Industrie plötzlich als Heuchlerin erschien. Ich grolle ihr nicht mehr; ich habe gelernt, die Liebe zu erkennen, die in allem lag, was sie tat, ich habe gelernt, zu erkennen, daß die Demütigungen, die wir von all den mangoklebrigen Mrs. Dubashs erfahren mußten, für sie mindestens genauso grausam waren wie für mich. Außerdem muß ich zugeben, daß Lord Khusro mir eine Lektion erteilt hat, die ich in meinem Leben gezwungenermaßen oft genug von neuem lernen mußte. Und bei jeder dieser Gelegenheiten war der Preis hoch, und auf ausländische Währung wurde kein Nachlaß gewährt.

Indem ich das Unabänderliche akzeptierte, verlor ich die Angst davor. Ich werde Ihnen ein Geheimnis über die Angst verraten: Sie ist wie ein absolutistischer Herrscher. Bei der Angst heißt es: Alles oder nichts. Entweder sie ruiniert einem, mit einer stupiden, blinden Omnipotenz wie ein brutaler Tyrann, das ganze Leben, oder man überwindet sie, und ihre Macht verpufft wie eine Rauchwolke. Und noch ein Geheimnis: Die Revolution gegen die Angst, der Versuch, diesen aufgeblasenen Despoten zu stürzen, hat mehr oder weniger nichts mit Courage zu tun. Sie wird von etwas weitaus Unkomplizierterem ausgelöst – dem schlichten Bedürfnis, weiterzuleben. Ich hörte auf, Angst zu haben, weil ich, wenn meine Zeit auf Erden begrenzt war, keine Sekunde Zeit für Fracksausen hatte. Lord Khusros Ermahnung spiegelte Vasco Mirandas Motto wider, von dem ich Jahre später in einer Erzählung von Joseph Conrad eine andere Version fand: *Ich muß leben, bis ich sterbe.*

Ich habe die familieneigene Gabe des gesunden Schlafes geerbt: Sobald wir von Traurigkeit oder Problemen befallen werden, schlafen wir wie die kleinen Kinder. (Nicht immer, das stimmt: Die von Fenster-Aufreißen und Zierat-Hinauswerfen begleitete Schlaflosigkeit der dreizehnjährigen Aurora da Gama war eine zwar weit zurückliegende, aber wichtige Ausnahme von dieser Regel.) Und so legte auch ich mich an den Tagen, an denen ich mich nicht wohl fühlte, kurzerhand ins Bett und schaltete mich aus wie eine Lampe, oder, so hätte Vasco es formuliert, »machte mich zu«, und hoffte, in einem besseren Seelenzustand zu sein, wenn ich mich wieder »aufmachte«. Aber das klappte nicht immer. Manchmal erwachte ich mitten in der Nacht und weinte, flehte kläglich um etwas Liebe. Das Zittern, das Schluchzen kamen so tief aus meinem Inneren, daß sein Ursprung nicht identifiziert werden konnte. Mit der Zeit lernte ich diese nächtlichen Tränen als die Strafe zu akzeptieren, die ich erdulden mußte, weil ich eine Ausnahme war. Obwohl ich, wie schon gesagt, gar keine Ausnahme sein wollte – ich wollte der private Clark Kent sein, nicht etwa irgendein Superman. In unserer schönen Villa hätte ich meine Tage liebend gern als wohlhabender Playboy verbracht wie Bruce Wayne, mit oder ohne Zugabe eines Mündels. Aber sosehr ich es mir auch wünschte, ich konnte meine geheime, im Grunde fledermausähnliche Natur nicht leugnen.

Gestatten Sie mir, im Hinblick auf Vasco Miranda einen Punkt klarzustellen: Es gab von Anfang an erschreckende Anzeichen dafür, daß nicht alle Macken, die er hatte, harmlos waren. Wir, die ihn liebten, beschönigten die Zwischenfälle, bei denen Wut und Aggression nur so aus ihm herausloderten, bei denen er unter einem so bedrohlichen, negativ-elektrischen Strom stand, daß wir Angst hatten, ihn zu berühren, um nicht an ihm klebenzubleiben und zu verbrennen. Er ging auf ganz fürchterliche Sauftouren und landete – genau wie Aires (und Belle) da Gama in einer anderen Zeit und an einem anderen Ort – bewußtlos in irgendeiner Gosse von Kamathipura oder irrte benommen an einem von Sassoons Fischereidocks herum, betrunken, von Drogen betäubt, zerschlagen, blutend, ausgeraubt und einen entsetzlichen Fischgestank verströmend, der sich mehrere Tage lang nicht abwaschen ließ. Als er dann Erfolg hatte und zum Liebling des internationalen Geld-Establishments wurde, kostete es eine Menge Schweigegeld, diese Episoden aus der Presse herauszuhalten, zumal es Hinweise darauf gab, daß viele der Partner, die er auf diesen bisexuellen orphischen Zechgelagen fand, hinterher recht wenig glücklich über ihre Erfahrungen waren. Es gab da eine gewisse Hölle in Vasco, geboren aus irgendeinem Teufelspakt, den er geschlossen hatte, um seine Vergangenheit abzuschütteln und durch uns wiedergeboren zu werden, und manchmal schien es fast, als wolle er in Flammen aufgehen. »Ich bin der Grand Old Duke of York«, erklärte er, wenn er sich besser fühlte. »Wenn ich auf der Höhe bin, bin ich auf der Höhe, und wenn ich in einem finsteren Loch bin, bin ich in einem finsteren Loch. Außerdem hab' ich übrigens zehntausend Männer gehabt; und zehntausend Frauen.«

Am Abend des Tages, an dem Indien unabhängig wurde, sah er dann regelrecht rot. Das Widersprüchliche an diesem hehren Moment zerriß ihn. Dieses Feiern einer Freiheit, dessen überwältigenden Emotionen er sich nicht entziehen konnte, obwohl er, als Goaner, eigentlich nichts damit zu tun hatte, und das zu seinem Entsetzen stattfand, während im Punjab das Blut noch immer in Strömen floß, zerstörte das labile Gleichgewicht im Herzen seines erfundenen Ichs und setzte den Wahnsinn in ihm frei. So klang es jedenfalls, wenn meine Mutter es erzählte, und zweifellos enthielt diese Version einen Teil Wahrheit, aber ich weiß, daß es da auch noch seine Liebe zu ihr gab, die Liebe, die er nicht offen erklären konnte, die ihn aber ganz erfüllte, die überkochte und sich in Wut verwandelte. Er saß am unteren Ende von Auroras und Abrahams langer, glänzender Tafel, funkelte die vielen distinguierten und freudig erregten Gäste wütend an, trank in Rekordgeschwindigkeit Unmengen von Vinho verde und versank mehr und mehr in Finsternis. Als dann die Mitternachtsstunde kam und die Feuerwerke wie Funkenschauer über den Himmel rieselten, wurde seine Stimmung noch schwärzer; bis er sich, sturzbetrunken, auf die Füße stemmte und die Gäste lallend und speichelsprühend mit einem Schwall von Beschimpfungen überschüttete.

»Worüber freut ihr euch eigentlich alle so?« rief er schwankend. »Diese Nacht ist nicht die eure, ihr Söldner dieses verdammten Macaulay! Kapiert ihr denn nicht? Ihr seid doch nichts anderes als eine Bande von mittelmäßigen Außenseitern, die in England keiner haben wollte! Angehörige irgendwelcher Minderheiten! Ausgeflippte Randgruppen-Freaks! *Ihr gehört nicht hierher!* Dieses Land ist euch genauso fremd, als wenn ihr, wie-heißt-das-noch, *lunatics* wärt. *Mondmänner. Verrückte.* Ihr lest die falschen Bücher, schlagt euch in jeder Diskussion auf die falsche Seite, denkt die falschen Gedanken. Sogar eure verdammten Träume entspringen fremden Wurzeln.«

»Hör auf, dich lächerlich zu machen, Vasco!« ermahnte ihn Aurora. »Wir alle hier sind entsetzt über die Moslem-Killer. Du hast kein Monopol auf diesen Schmerz; nur auf Vinho verde und auf das Recht, ein selbstgerechter Schmarotzer zu sein.«

Womit sie fast jeden anderen zum Schweigen gebracht hätte – nur nicht den armen, getriebenen Vasco, in den Wahnsinn gejagt von der Geschichte, der Liebe und der Qual, die es bedeutete, diese große Täuschung aufrechtzuerhalten, zu der er sich stilisiert hatte. »Nichtsnutzige, verfickte, klugscheißerische Kunstheinischwänze«, höhnte er, und seine Schlagseite erreichte einen gefährlichen Winkel. »Zirkular-sexualistisches Indien, daß ich nicht lache! Nein. Verdammter Zungenbrecher, ist mir falsch rausgekommen. Säkular-sozialistisch, jetzt stimmt's. Verdammter *Mist!* Panditji hat euch diesen Unsinn verkauft wie irgendein Höker billige Uhren, und ihr habt sie alle gekauft und wundert euch jetzt, daß sie nicht richtig ticken. Diese verdammte Kongreßpartei ist voll von verdammten Imitats-Rolex-Verkäufern! Ihr glaubt, Indien würd' sich euch einfach zu Füßen werfen, all diese blutdurstigen, blutrünstigen Götter würden sich ganz einfach hinlegen und *sterben,* ja? Unsere Aurora, die große Gastgeberin, große Lady, große Künstlerin, glaubt, sie könnte die Götter einfach wegtanzen. *Tanzen! Tat-tat-taa-dreegay-thun-thun! Tai! Tat-tai! Tat-tai!* Himmel Herrgott!«

»Miranda!« Abraham erhob sich. »Das reicht!«

»Und ich werd' *Ihnen* was sagen, Mr. Big Businessman Abie«, fuhr Vasco fort und begann auf einmal zu kichern. »Ich werd' Ihnen einen Tip geben. Nur eine einzige Macht in diesem verdammten Land ist stark genug, sich gegen diese Götter zu erheben, und das ist nicht der lahmarschige sockulare Spezialismus. Es sind nicht der lahmarschige Pandit Nehru und seine lahmarschigen, für die Minderheiten eintretenden Kongreß-Wallahs. Wollen Sie wissen, was es ist? Ich werd's Ihnen sagen: die Korruption. Haben Sie mich verstanden? Bestechung und, und ...«

Hier verlor er das Gleichgewicht und fiel hintenüber. Zwei Träger in weißen, goldgeknöpften Nehrujacken fingen ihn auf und warteten darauf, ihn auf Abrahams Zeichen hin aus der Gesellschaft zu entfernen. Abraham Zogoiby aber zögerte. Offenbar wollte er lieber abwarten, ob die Szene von selbst im Sande verlief.

»Das gute, alte System des Bestechens und Schmierens«, verkündete Vasco mit Tränen in der Stimme, als rede er von einem alten, heißgeliebten Hund. »Handgeld, Schmiermittel,

Liebesgaben. Könn' Sie mir folgen? Abieji? Noch immer ganz Ohr? V. Mirandas Definition der Demokratie: ein Mann – eine Bestechung. So muß das laufen. Das ist das ganz große Geheimnis. So geht's.« In plötzlichem Erschrecken schlug er sich die Hände vor den Mund. »O Gott, o Gott! Wie dumm von mir! Dummer, dummer Vasco! Es *ist* gar kein Geheimnis. Abieji, der verdammte Großkotz, weiß natürlich längst Bescheid. So 'ne verdammt große Großmutter, die so 'ne Menge verdammt große Eier auslutscht. Entschuldigung. Bitte, verzeihen Sie mir!«

Abraham nickte; die Weißjacken packten Vasco unter den Armen und begannen ihn rückwärts wegzuschleppen.

»Eines noch!« brüllte Vasco so laut, daß die Träger stehenblieben. Wie eine Stoffpuppe hing er in ihren Armen und fuchtelte wie ein Wahnsinniger mit dem Zeigefinger. »Guter Ratschlag für euch alle. Geht mit den Briten in die Boote! Geht einfach auf die verdammten Schiffe und *verpißt euch!* Hier haben wir keinen Platz mehr für euch. Hauen, stechen und lebendig verspeisen werde ich euch! Verschwindet! Verschwindet, solange man euch noch läßt!«

»Und Sie«, fragte Abraham mit stahlharter Höflichkeit in das entsetzte Schweigen hinein. »Sie, Vasco? Welchen Rat haben Sie für sich selbst?«

»Ach, *ich!*« rief er, während die Weißjacken ihn hinaustrugen. »Um *mich* brauchen Sie sich keine Sorgen zu machen. Ich bin *Portugiese.*«

3

Keiner hat je einen Film mit dem Titel *Father India* gedreht. *Bharat-pita?* Klingt total falsch. *Hindustan-ké-Bapuji?* Viel zu Gandhi-isch. *Valid-e-Azam?* Zu mughalisch. Am Ende wurden wir mit *Mr. India,* wohl der krudesten all dieser nationalistischen Formulierungen, beglückt. Der Held war ein raffinierter junger Loverboy, der sich bemühte, uns von seinen Superheldkräften zu überzeugen, aber keine väterlichen Züge aufwies, weder die eines munteren Indo-Opas noch die eines patriarchalischen Indo-Daddys. Er war nichts als eine muskelbepackte Bond-Imitation *made in India.* Die große Sridevi in ihrer schönsten, sirenenhaften Fülle stahl ihm in einem mehr als nassen Sari mit verächtlicher Mühelosigkeit die Schau ... Doch ich erinnere mich aus einem anderen Grund an diesen Film. Mir scheint, daß die Produzenten uns mit dieser kitschigen Posse, die in ihren grellen Farben so wertlos war wie der alte Margis-Mutter-Streifen düster und wertvoll, unabsichtlich doch noch eine gewisse Vorstellung von einem Landesvater geliefert haben, und zwar in Mr. Indias Gegenspieler. Da sitzt er, wie ein Drachen in seiner Höhle, wie ein tausendfingriger Puppenspieler, wie das Herz im Herzen der Finsternis, Befehlshaber uzibewaffneter Legionen, Fingerspitzen-Controller von diabolischen Feuersäulen, Orchestrierer aller geheimen Musiken der Unter-Sphären: der Erzböse, der finstere Capo, moriartier als Moriarty, blofelder als Blofeld, nicht einfach Godfather, sondern *»Gone-farthest«,* Dada aller Dadas – *Mogambo.* Sein Name, stibitzt aus dem Titel eines alten Ava-Gardner-Schinkens, eines vergessenswerten afrikanischen Stücks Unsinn, wurde sorgfältig ausgewählt, um keine der Religionsgemeinschaften in unserem Land zu beleidigen; er ist weder ein Muslim- noch ein Hindu-, weder ein Parsi- noch ein Christen-, weder ein Jain- noch ein Sikh-Name, und wenn er ein fernes Echo der Bongo-Bongo-*Todestrommeln-am-großen-Fluß-*

Karikaturen enthält, mit denen sich das Nachkriegs-Hollywood an den Menschen des »Schwarzen Kontinents« versündigt hat – nun, dann ist das eine Form der Xenophobie, die sich im Indien von heute vermutlich nicht besonders viele Feinde macht. In Mr. Indias Kampf gegen Mogambo erkenne ich die Auf-Leben-und-Tod-Konfrontation zahlreicher Filmväter und -söhne. Hier haben wir das tragische Pendant zum *Blade Runner*, der seinem Erzeuger bei einer tödlichen Umarmung den Schädel zerquetscht, und zu Luke Skywalker aus *Krieg der Sterne* bei seinem letzten Duell mit Darth Vader, jeder als Vertreter der lichten beziehungsweise der dunklen Seite der Streitmacht. In diesem Schunddrama also mit seinem Cartoon-Bösewicht und seinem idiotisch aufgeblasenen Helden sehe ich ein gespenstisches Spiegelbild dessen, woraus nie, *niemals* ein Film werden wird: der Geschichte von Abraham Zogoiby und mir.

Auf den ersten Blick war er die absolute Antithese eines Dämonenkönigs. Der Abraham Zogoiby, den ich kennenlernte – damals war er schon in den Sechzigern und sein Steinvasen-Hinken hatte sich noch verstärkt –, schien ein armseliger, schwächlicher Mensch zu sein, dessen Atem schnarrend ging und dessen Rechte ständig mit einer Geste, die zugleich Selbstschutz und Unterwürfigkeit signalisierte, auf seiner Brust ruhte. Nicht viel (seine Exportbuchhalterservilität ausgenommen) war übriggeblieben von dem Mann, zu dem die Erbin Aurora so schnell und heftig in pfeffriger Liebe entbrannt war. In meinen Kindheitserinnerungen ist er ein eher farbloses Phantom, das sich am Rand von Auroras turbulenter Hofhaltung herumdrückte, zögernd, leicht gebeugt, mit jenem vagen Stirnrunzeln, mit dem Bediente ihre angstvolle Beflissenheit signalisieren. In seiner vornübergeneigten Körperhaltung schien etwas unangenehm Übereifriges, Schmeichlerisches zu liegen. »Was für eine Tautologie«, pflegte die scharfzüngige Aurora gern zu sagen, um die Leute zum Lachen zu bringen, »*schwacher Mann!*« Und ich als

Abrahams Sohn konnte nicht anders als Abraham dafür zu verachten, daß er sich zur Zielscheibe dieses Spottes machen ließ, und litt unter dem Gefühl, daß er mit seiner Schwäche uns alle herabwürdigte – womit ich natürlich uns Männer meinte.

Durch eine seltsame Logik des Herzens kühlte Auroras große Leidenschaft für »ihren Juden« nach meiner Geburt rapide ab. Auf ihre charakteristische Art verkündete sie einem jeden, der in Hörweite war, ihre nachlassende Liebe. »Wenn ich sehe, daß er sich mir nähert, erregt ist und nach Curry riechofiziert«, erklärte sie lachend, »*baap-ré*, dann versteck' ich mich hinter meinen Kindern und halte mir die Nase zu.« Auch diese Demütigungen nahm er protestlos hin. »Die Männer in unserem Teil der Welt«, dozierte Aurora in ihren berühmten orange- und goldfarbenen Salons, »sind alle entweder Pfauen oder schäbig. Aber sogar ein Pfau wie mein *mór* ist nichts im Vergleich zu uns Ladies, die in blühendem Glanz erstrahlen. Hütet euch vor den Schäbigen, sage ich! Sie sind es, die uns gefangenhalten. Sie sind es, die die Kassenbücher und die Schlüssel des vergoldeten Käfigs hüten.«

Das war die einzige Gelegenheit, da sie sich bei Abraham auch nur annähernd für die klaglose Unerschöpflichkeit seiner Schecks bedankte, für die goldene Stadt, die er so schnell aus dem Wohlstand ihrer Familie geschaffen hatte, jenem Wohlstand, der trotz allen Charmes des alten Geldes im Vergleich zu der riesigen Metropole ihres gegenwärtigen Reichtums niemals mehr gewesen war als ein Dorf, ein Landsitz oder eine kleine Provinzstadt. Aurora war sich durchaus bewußt, daß ihre verschwenderische Freigebigkeit irgendwie finanziert werden mußte, so daß sie folglich durch ihre eigenen Bedürfnisse an Abie gefesselt war. Manchmal war sie drauf und dran, sich diese Tatsache einzugestehen, ja sogar zu befürchten, ihre Angewohnheit, Geld zum Fenster hinauszuwerfen, oder auch ihre lockere Zunge könnten den Untergang des Hauses herbeiführen. Immer gut für eine makabre Gutenachtgeschichte, erzählte sie mir einmal die Fabel von dem Skorpion und dem Frosch, in der der Skorpion, nachdem er den Frosch gebeten hatte, ihn über einen Wasserlauf zu tragen, wofür er ihm versprach, ihn nicht zu stechen, sein Versprechen bricht und ihm einen hochgiftigen, tödlichen Stich verpaßt. Während beide ertrinken, entschuldigt sich der Mörder bei seinem Opfer. »Ich konnte nicht anders«, sagt der Skorpion. »Ich bin eben so.«

Abraham war, wie ich erst sehr viel später erkannte, zählebiger als der Frosch; Aurora stach ihn, weil sie eben so war, er aber ertrank nicht. Wie leicht fiel es mir, ihn zu verachten, wie lange brauchte ich, seinen Schmerz zu verstehen! Denn er hatte nie aufgehört, sie so leidenschaftlich zu lieben wie am ersten Tag; und alles, was er tat, tat er für sie. Je schwerer, je öffentlicher ihre Treuebrüche waren, desto allumfassender, desto heimlicher wurde seine Liebe.

(Doch als ich später erfuhr, was er alles getan hatte – Dinge, die als verachtenswert zu bezeichnen eine unzulängliche Reaktion gewesen wäre –, fiel es mir schwer, diese jugendliche Verachtung wieder hervorzurufen; denn inzwischen war ich in den Bann eines Frosches aus anderen Gewässern geraten, und meine eigenen Taten hatten mich des Rechtes beraubt, mich zum Richter über meinen Vater aufzuwerfen.)

Wenn sie ihn in der Öffentlichkeit schmähte, geschah es mit jenem diamantharten Lächeln, mit dem sie zu erkennen gab, daß sie nur Spaß machte, daß diese ständigen Erniedrigungen nichts weiter waren als ihre Art, eine Bewunderung zu kaschieren, eine Bewunderung, die zu immens war, um ihr adäquat Ausdruck zu verleihen; es war ein ironisierendes Lächeln, mit dem sie ihr Verhalten in Anführungsstriche zu setzten suchte. Dieser Versuch fiel jedoch nie ganz überzeugend aus. Häufig trank sie – die Anti-Alkohol-Gesetze kamen und gingen, je nach Morarji Desais politischem Glück, und verschwanden nach der Teilung des Staates Bombay in Maharashtra und Gujarat ganz aus der Stadt –, und wenn sie trank, begann sie zu schimpfen.

Überzeugt von ihrer genialen künstlerischen Begabung, bewaffnet mit einer Zunge, die so gnadenlos war wie ihre Schönheit und so ungestüm wie ihre Arbeit, verschonte sie niemanden von ihren Koloraturen der Verwünschungen, von den sturzflugartigen Tiraden, den Rokoko-*riffs* und den großen, militärisch geplanten Ghaselen ihrer Flüche, allesamt mit diesem fröhlichen, steinharten Lächeln vorgebracht, mit dem sie ihre Opfer zu betäuben versuchte, bevor sie ihnen den Bauch aufschlitzte. (Fragen Sie mich, was ich dabei empfand! Ich war ihr einziger Sohn. Je dichter am Stier man arbeitet, desto wahrscheinlicher ist es, daß man von ihm aufgespießt wird.)

Das war natürlich Belle in Reinkultur; Belle, wie vorausgesagt, im Körper ihrer Tochter wiedergeboren. *Du wirst schon sehen,* hatte Aurora gesagt, *von nun an werde ich ihren Platz einnehmen.*

Man stelle sich vor: In einem cremefarbenen Seidensari mit goldenem, geometrischem Muster, das an die Togen der römischen Senatoren erinnern sollte – oder vielleicht, falls die Flut ihres Ego besonders hoch stieg, in einem noch prächtigeren Sari in kaiserlichem Purpur –, ruht sie auf einer Chaiselongue, verstänkert ihre Salons mit Drachenwolken von billigem Bidi-Rauch und präsidiert, entspannt von Whisky und Schlimmerem, einer jener berühmt-berüchtigten Nächte, an deren gesellschaftlicher Libertinage sich die vielen Lästerzungen der Stadt wetzten; obwohl man niemals gesehen hat, daß sie persönlich sich anstandswidrig verhielt, weder mit Männern noch mit Frauen oder, wie man hinzufügen muß, mit Injektionsnadeln ... Und in den frühen Morgenstunden der Orgie schreitet sie umher wie eine trunkene Prophetin und stürzt sich in eine wilde Parodie jener Philippika, die der Alkohol am Abend des Unabhängigkeitstages Vasco Miranda entlockt hatte; ohne ihn als Urheber zu erwähnen, so daß die versammelte Gesellschaft keine Ahnung hat, daß sie eine seiner wildesten Schmähreden zitiert, schildert sie detailliert den bevorstehenden Untergang ihrer Gäste – Maler, Modelle, zweitklassige Drehbuchschreiber, Thespisjünger, Tänzer, Bildhauer, Dichter, Playboys, Sportgrößen, Schachmeister, Journalisten, Glücksspieler, Antiquitätenschmuggler, Amerikaner, Schweden, Freaks, *demi-mondaines* sowie die hübschesten und ausgelassensten Mitglieder der *jeunesse dorée* der Stadt –, und diese Parodie ist so überzeugend, daß es schwerfällt, nicht an ihre schmatzende Schadenfreude oder – ihre Launen wechseln ständig – an ihre olympische, unsterbliche Gleichgültigkeit zu glauben.

»Ihr Imitationen des Lebens! Ihr historischen Anomalien! Ihr Zentauren!« deklamiert sie. »Zerschmetterifiziert werdet ihr durch das heraufziehende Ungewitter! Bastarde, Promenadenmischungen, Geistertänzer, Schatten! Fische auf dem Trockenen! Schlechte Zeiten stehen euch bevor, meine Lieblinge, glaubt ja nicht, daß sie nicht kommen werden, und dann werden alle Geister in die Hölle fahren, die Nacht wird die Schatten auslöschen, und Mischlingsblut wird strömen, so dünn und leicht wie Wasser. Ich aber werde überleben« – als gipfelnder Abschluß ihrer Ansprache, verkündet mit durchgebogenem Rücken und einem Finger, der in den Himmel sticht wie die Fackel der Freiheitsstatue –, »und zwar, ihr elenden Wichte, auf Grund meiner Kunst!«

Ihre Gäste liegen in Haufen übereinander, schon viel zu hinüber, um ihr zuzuhören oder auf das Gesagte etwas zu geben.

Auch ihren Sprößlingen weissagt sie Tragödien. »Die armen Kids, ein kläglicher Haufen; zum Untergang verdammt.«

... Und wir verbrachten unsere Zeit damit, ihre Weissagungen vor- beziehungsweise nachzuleben oder uns wenigstens an ihnen entlangzuhangeln ... Hab' ich erwähnt, daß sie unwiderstehlich war? Beachten Sie bitte: Sie war das Licht unseres Lebens, Nahrung für unsere Phantasie, Geliebte unserer Träume. Wir liebten sie, obwohl sie uns vernichtete. Sie rief eine Liebe in uns hervor, die wir zu groß für unseren Körper empfanden, als hätte sie, die Malerin, dieses Gefühl erschaffen und

– 232 –

es uns dann zum Nachempfinden gegeben wie eines ihrer Kunstwerke. Wenn sie auf uns herumtrampelte, dann nur, weil wir uns bereitwillig vor ihre gestiefelt-gespornten Füße warfen; wenn sie uns des Abends eine Strafpredigt hielt, geschah das auf Grund unserer Begeisterung für die süßen Geißelungen durch ihre Zunge. Erst als mir dies endlich klar wurde, vermochte ich meinem Vater zu vergeben; denn wir waren allesamt ihre Sklaven, und sie bewirkte, daß uns diese Frondienste wie ein Paradies erschienen – wozu Göttinnen, wie es heißt, durchaus fähig sind.

Und nach ihrem tödlichen Sturz ins felsspitzenstarrende Wasser kam mir der Gedanke, daß der Untergang, den sie mit diesem superben, eisig-harten Lächeln, mit der Ironie, die jedem entgangen war, vorausgesagt hatte, womöglich schon immer ihr eigener gewesen war.

Auch Abraham verzieh ich, denn ich begann einzusehen, daß sie, obwohl die beiden nicht mehr im selben Bett schliefen, einer den anderen am dringendsten brauchten; daß meine Mutter Abrahams Zustimmung ebensosehr brauchte, wie er sich nach der ihren sehnte.

Er war immer der erste, dem sie ihre Arbeiten zeigte (dicht-auf gefolgt von Vasco Miranda, der dann unweigerlich allem widersprach, was mein Vater gesagt hatte). In den zehn Jahren nach der Unabhängigkeit versank Aurora in eine tiefe, kreative Konfusion, eine Semiparalyse, geboren aus Unsicherheit nicht nur im Hinblick auf den Realismus, sondern ebenso auf das Wesen des Realen selbst. Die Gemälde aus dieser Periode, ein geringer Ausstoß, wirken zermartert, unentschlossen, und in der Retrospektive erkennt man in diesen Bildern unschwer die Spannung zwischen Vasco Mirandas verspieltem Einfluß, seiner Vorliebe für imaginäre Welten, deren einziges Naturgesetz seine eigene unumschränkte Launenhaftigkeit war, und Abrahams dogmatischem Beharren auf die zu diesem historischen

Zeitpunkt große Bedeutung eines klarsichtigen Naturalismus, der Indien helfen würde, sich über die eigene Situation klarzuwerden. Die Aurora jener Tage – und das war zum Teil der Grund, warum sie sich gelegentlich nächtelang alkoholisiertes, seichtes Geschwafel gönnte – schwankte in ihrem Schaffen unentschlossen zwischen plump revisionistisch-mythologischen Gemälden und einer steifen, ja sogar gestelzten Rückkehr zu den mit Eidechsen gekennzeichneten Dokumentargemälden ihrer Chipkali-Phase. Die Gefahr, daß eine Künstlerin ihre Identität verlor, war groß in dieser Zeit, da so viele Denker überzeugt waren, die Bitterkeit und Leidenschaft des immensen Lebens in diesem Land könne nur durch eine Art selbstloser, hingebungsvoller – ja sogar patriotischer – Mimesis dargestellt werden. Abraham war keineswegs der einzige, der solche Ideen vertrat. Sukumar Sen, der große bengalische Filmregisseur, Auroras Freund und von all ihren Zeitgenossen wohl der einzige künstlerisch ihr ebenbürtige, war der beste dieser Realisten und schenkte dem indischen Kino – dem indischen Kino, dieser grell geschminkten alten Hure! – eine Fusion von Herz und Hirn, die seine Ästhetik weitgehend rechtfertigte. Doch diese realistischen Filme wurden niemals so recht populär (in einem Augenblick bitterer Ironie wurden sie von Nargis Dutt, der Mutter Indien persönlich, wegen ihres verwestlichten Elitedenkens angegriffen), und Vasco (offen) wie Aurora (insgeheim) zogen Sens Kinderfilme vor, in denen er seiner Phantasie freien Lauf ließ, in denen Fische redeten, Teppiche flogen und kleine Jungen von früheren Inkarnationen in Festungen aus Gold träumten.

Außer Sen gab es dann noch jene Gruppe hervorragender Autoren, die sich eine Zeitlang unter Auroras Fittichen versammelte: Premchand, Sadat Hasan Manto, Mulk Raj Anand und Ismat Chughtai – allesamt überzeugte Realisten. Aber selbst in ihren Werken stieß man immer wieder auf Elemente des Märchenhaften, zum Beispiel in *Toba Tek Singh*, Mantos großer

Erzählung über die Absonderung der Geisteskranken auf dem Subkontinent, die zur Zeit jener größeren, politischen Aufteilung des ganzen Landes spielt. Einer dieser Verrückten, ein ehemals wohlhabender Grundbesitzer, befindet sich in einem Niemandsland der Seele, was ihn unfähig macht, zu bestimmen, ob seine Punjabi-Heimatstadt in Indien oder in Pakistan liegt, und zieht sich in seinem Wahn, der auch der Wahn jener Zeit war, auf eine Art göttliches Kauderwelsch zurück. Aurora Zogoiby verliebte sich in diese Plappersprache; ihre Darstellung der tragischen Schlußszene von Mantos Erzählung, in der der unglückselige Irre zwischen zwei Stacheldrahtzäunen gestrandet ist, hinter denen Indien und Pakistan liegen, ist wohl ihr schönstes Werk dieser Periode, und sein armseliges Kauderwelsch, das den Zusammenbruch nicht nur seiner Kommunikationsmöglichkeiten darstellt, sondern auch der unseren, bildet den langen und wunderschönen Titel dieses Gemäldes: *Uper the gur gur the annexe the bay dhayana the mung the dal of the laltain.*

Der Geist jener Ära – und Abrahams Präferenzen – drängten Aurora in den Naturalismus; Vasco dagegen erinnerte sie an ihre instinktive Abneigung gegen das rein Mimetische, das sie veranlaßt hatte, ihre chipkalistischen Anhänger zurückzuweisen, und versuchte sie wieder zu der episch-fabulistischen Manier zurückzuführen, die ihrem eigentlichen Wesen entsprach. Er ermutigte sie, nicht nur ihren Träumen wieder Beachtung zu schenken, sondern ebenso dem traumgleichen Wunder der wachen Welt. »Wir sind keine Ansammlung von Durchschnittlern«, argumentierte er, »sondern ein magisches Volk. Willst du dein Leben damit verbringen, Schuhputzboys, Stewardessen und zwei Morgen Land zu malen? Müssen es von nun an immer nur Kulis, Traktorfahrer und Nargissche Wasserkraftprojekte sein? Die Widerlegung einer derartigen Weltsicht findest du in deiner eigenen Familie. Vergiß diese verdammten Realisten! Das Reale verbirgt sich stets – nicht wahr? – in einem auf wunderbare Weise brennenden Busch. Das ganze Leben ist phantastisch! Das solltest du malen – das bist du deinem phantastischen, unrealen Sohn schuldig. Welch ein Riese er ist, dieser wunderschöne Kind-Mann, deine menschliche Zeitrakete! *Chipko* auf seine eigene, unglaublich wahre Weise – daran, an ihn, halte dich, und nicht an diesen längst verschlissenen Eidechsenscheiß.«

Weil sie so sehr auf Abrahams Achtung angewiesen war, trug Aurora eine Zeitlang Künstlerkleider, die an ihr höchst unnatürlich wirkten; weil Vasco die Stimme ihrer geheimen Identität war, verzieh sie ihm jedweden Exzeß. Und weil sie selbst so durcheinander war, trank sie, wurde sie ordinär, feindselig und obszön. Schließlich jedoch akzeptierte sie Vascos guten Rat; und machte mich für lange Zeit zum Talisman und Kernpunkt ihrer Kunst.

Was Abraham betraf, so sah ich oft einen melancholischen Schatten über sein Gesicht huschen. Offenbar war ich ihm ein Rätsel. Der Realismus verwirrte ihn so sehr, daß er mir von seinen längeren Geschäftsreisen nach Delhi, Cochin oder anderen Orten, deren Zweck mir viele Jahre lang verborgen blieb, entweder lächerlich winzige Kleidungsstücke mitbrachte, die für ein Kind meines Alters bestimmt, mir aber viel zu klein waren, oder aber Bücher, an denen ein junger Mann meiner Statur seine Freude gehabt hätte, die aber das Kind, das in meinem überdimensionalen Körper steckte, nur verunsicherten. Doch auch er war verunsichert: von seiner Frau, vom Wechsel ihrer Gefühle ihm gegenüber, von der heraufdämmernden Gewalttätigkeit in ihr und von ihren selbstzerstörerischen Neigungen, die sie nie gründlicher demonstriert hatte als bei ihrem letzten Treffen mit dem Premierminister von Indien neun Monate vor meiner Geburt ...

Neun Monate vor meiner Geburt reiste Aurora Zogoiby nach Delhi, um dort für ihre Verdienste um die Kunst aus den Händen des Präsidenten und in Gegenwart ihres guten Freundes, des Premierministers, einen Staatspreis – den sogenannten Ehrenwerten Lotus – entgegenzunehmen. Durch einen unglücklichen Zufall war Mr. Nehru jedoch soeben erst von einer Englandreise zurückgekehrt, während der er seine Freizeit meist in Gesellschaft von Edwina Mountbatten verbracht hatte. Inzwischen war es in unserem Familienkreis eine häufig beobachtete (wenn auch selten ausgesprochene) Tatsache geworden, daß schon die Erwähnung des Namens dieser distinguierten Lady genügte, um Aurora in apoplektische Schimpfkanonaden ausbrechen zu lassen. Die intimen Einzelheiten der Freundschaft zwischen Pandit Nehru und der Ehefrau des letzten Vizekönigs waren lange Gegenstand von Spekulationen gewesen; meine eigenen Spekulationen verweilen dagegen immer häufiger bei ähnlichen Gerüchten über den PM und meine Mutter. Gewisse chronologische Tatsachen können nicht geleugnet werden. Rechnet man von meiner Geburt an viereinhalb Monate zurück, gelangt man zu den Ereignissen im Lord's Central House in Matheran und dem, was möglicherweise die letzte Liebesnacht meiner Eltern gewesen ist. Stellt man die Uhr aber weitere viereinhalb Monate zurück, findet man Aurora Zogoiby in Delhi, wo sie die Festhalle in Rashtrapati Bhavan betritt und von Panditji persönlich empfangen wird; dort verursacht sie einen Skandal, indem sie dem nachgibt, was die Presse dann als »einen ungehörigen Ausbruch künstlerischen Temperaments« bezeichnen sollte, und schleudert Nehru unüberhörbar in das entsetzte Gesicht: »Diese plattbrüstige Henne! Edweenie Mont-teenie! Wenn Dickie der Vize war, dann, mein Lieber, war sie mit Sicherheit sein Vitzliputzli! Gott weiß, warum du immer wieder wie ein Bettler vor ihrer Tür winselst. Wenn du weißes Fleisch willst, *ji,* bei ihr wirst du bestimmt nicht viel davon finden.«

Woraufhin sie, die versammelten Gäste offenen Mundes staunend und den Präsidenten mit dem Ehrenwerten Lotus in der Hand zurücklassend, auf den Preis verzichtete, auf dem

Absatz kehrtmachte und nach Bombay zurückfuhr. So lautete jedenfalls die Version, die von der erschütterten Presse des Landes am folgenden Tag verbreitet wurde. Mir selbst machen dabei allerdings zwei Details zu schaffen: erstens die interessante Tatsache, daß Abraham, als Aurora in den Norden reiste, gen Süden zog; völlig unverständlicherweise versäumte er es, seine geliebte Frau bei diesem Augenblick höchster Anerkennung zu begleiten, um statt dessen Geschäftsinteressen im Hinterland wahrzunehmen, und gelegentlich kann ich nicht umhin, dies – so schwer es zu glauben ist – als das Verhalten eines entgegenkommenden Gatten zu interpretieren ... Das zweite Detail hat mit den Notizheften unseres Kochs Ezekiel zu tun.

Ezekiel, mein Ezekiel: ewig-alt, eierkopfkahl, die drei kanariengelben Zähne ständig zu einem gackernden Grinsen entblößt, hockte er vor einem auf althergebrachte Art offenen Herd und wedelte mit einem muschelförmigen Strohfächer die Holzkohlendämpfe beiseite. Er war auf seine Art ein Künstler und als solcher von allen anerkannt, die seine Gerichte aßen, Gerichte, deren Geheimrezepte er mit mühsam-zittriger Hand in den grüngebundenen Notizheften niederkritzelte, welche er in einer mit Vorhängeschloß gesicherten Kiste verwahrte – wie Smaragde. Ein hervorragender Archivar, unser Ezekiel, denn sein Schatz, die Notizbücher, enthielt nicht nur Rezepte, sondern auch Aufzeichnungen über ganze Mahlzeiten – ein lückenloses Protokoll der langen Jahre seiner Dienste, ein Protokoll all dessen, was wem bei welcher Gelegenheit aufgetischt wurde. Während meiner abgeschirmten Kinderjahre (davon ein anderes Mal mehr) verbrachte ich lange Lehrstunden an seiner Seite und lernte dabei, mit einer Hand das zu verrichten, was er mit zwei Händen tat; und erfuhr außerdem alles über die Essenshistorie meiner Familie, las Situationen der Nervosität aus den Randbemerkungen, die mir sagten, daß nur sehr wenig gegessen wurde, erahnte hinter dem lakonischen Eintrag »verschüttet« wütende Auseinandersetzungen. Aber auch glückliche Momente wurden durch die schlichten Hinweise auf Wein, Kuchen oder andere besondere Wünsche in Erinnerung gerufen: Lieblingsgerichte für ein Kind, das in der Schule gute Noten bekommen hatte, Festbankette anläßlich eines geschäftlichen oder künstlerischen Erfolgs. Es liegt natürlich auf der Hand, daß man aus den Eß- genauso wie aus anderen Gewohnheiten nicht alles über eine Persönlichkeit erfahren kann. Was soll man von dem gemeinsamen Haß meiner Schwestern auf Auberginen halten, oder von meiner Leidenschaft für ebendieses Brinjal? Welche Erkenntnisse zieht man aus der Vorliebe meines Vaters für nicht entbeintes Hammel- oder Hühnerfleisch und der Tatsache, daß meine Mutter ausschließlich entbeintes Fleisch zu verzehren pflegte?

Doch diese Fragen lasse ich erst einmal beiseite, um vielmehr festzuhalten, daß ich beim Lesen jenes Notizheftes, das sich mit dem hier behandelten Zeitraum befaßte, plötzlich entdeckte, daß Aurora nach jenem Skandal in Delhi drei Nächte lang nicht nach Bombay zurückgekehrt war. Ich bin zu vertraut mit dem Reiseverkehr zwischen Delhi und Bombay, um extra nachschlagen zu müssen: Die Reise dauerte zwei Nächte und einen Tag, so daß es für eine Nacht kein Alibi gab. »Madam ist wohl in Delhi geblieben, um die Kochkünste eines anderen Khansama zu genießen«, lautete Ezekiels trauriger Kommentar zu Auroras Abwesenheit. Er klang wie ein betrogener Mann, der sich die größte Mühe gibt, seiner umherzigeunernden, ungetreuen Geliebten zu verzeihen.

Ein anderer Khansama ... welch scharf gewürzte Kochkünste hielten Aurora Zogoiby von der Heimreise ab? Was, um es noch deutlicher auszudrücken, war da am Kochen? Es gehörte zu den Schwächen meiner Mutter, daß Kummer und Schmerz sich bei ihr häufig als Wut äußerten; eine weitere Schwäche war in meinen Augen, daß sie, sobald sie sich den Luxus gestattet hatte, sich gehenzulassen, von einer ungeheuren Woge reumütiger Liebe zu jenen Menschen überwältigt wurde, denen sie weh getan hatte. Als könnten positive Gefühle nur als Folge einer zerstörerischen Flut von Galle in ihr aufsteigen.

Auf den Tag genau neun Monate vor meiner Geburt gibt es also eine fehlende Nacht. Doch »unschuldig-solange-nicht-schuldig-befunden« ist eine ausgezeichnete Regel, und weder Aurora noch jener verstorbene große Volksführer müssen sich gegen den Verdacht einer Unschicklichkeit zur Wehr setzen. Vermutlich gibt es für all diese Punkte stichhaltige Erklärungen. Kinder können nie verstehen, warum sich Eltern so verhalten, wie sie es tun.

Wie eitel wäre es von mir, ohne Beweise die Abstammung – und sei es die illegitime – von einer so illustren Familie für mich in Anspruch zu nehmen! Lieber Leser: Ich habe nichts weiter versucht, als einer gewissen Rätselhaftigkeit kopfschüttelnd Ausdruck zu verleihen, aber gewißlich wollte ich keine Behauptungen aufstellen. Ich bleibe bei meiner bisherigen Geschichte, nämlich daß ich auf der Bergstation, die ich zuvor beschrieben habe, gezeugt wurde, und daß von da an gewisse biologische Normen aus dem Lot gerieten. Gestatten Sie mir, Ihnen abermals zu versichern: Dies soll kein Vertuschungsversuch sein.

Im Jahre 1957 war Jawaharlal Nehru achtundsechzig; meine Mutter dreiunddreißig. Die beiden haben sich nie wiedergesehen; und auch nach England ist der große Mann nie wieder gereist, um sich mit der Ehefrau eines anderen großen Mannes zu treffen.

Die öffentliche Meinung kehrte sich – nicht zum letztenmal – gegen Aurora. Zwischen Delhi-Mackern und Bombay-Typen hat schon immer ein gewisses Maß gegenseitiger Verachtung geherrscht (ich spreche natürlich von der Bourgeoisie); die Bombay-Wallahs neigen dazu, die Delhianer als katzbuckelnde Lakaien der Macht abzutun, als schmierige Steigbügelhalter und Futterkrippenpolitiker, während die Bürger der Hauptstadt naserümpfend über die Oberflächlichkeit, Kritikasterei, die kosmopolitische »Westoxikation« der Geschäfts-Babus meiner Heimatstadt und die lackierten, hochglanzpolierten *femmes* spöttelten. In der Empörung über Auroras Ablehnung des Lotus waren sich Bombay und Delhi jedoch ausnahmsweise einig. Hier sahen die zahlreichen Feinde, die meine Mutter sich mit ihrer anmaßenden Art gemacht hatte, ihre Chance und schlugen zu. Schurkische Patrioten nannten sie eine Verräterin, die Gottesfürchtigen nannten sie gottlos, selbsternannte Wortführer der Armen beschimpften sie wegen ihres Reichtums. Unter den Künstlern gab es wenige, die sie verteidigten: Die Chipkalisten dachten an die Attacken, die Aurora gegen sie geritten hatte, und blieben stumm; jene Künstler, die tatsächlich im Banne des Westens standen und, mit gewaltigem Erfolg, die Größen der Vereinigten Staaten und Frankreichs imitierten, bezichtigten sie plötzlich des Provinzialismus, während jene anderen – und deren gab es ziemlich viele –, die auf dem toten Meer des uralt-überkommenen Erbes unseres Landes dahintrieben und Zwanzigstes-Jahrhundert-Versionen der alten Miniaturenkunst (und nebenbei insgeheim pornographische Fälschungen der Mughalischen oder Kashmiri-Kunst) produzierten, ihr nicht weniger laut vorwarfen, sie »verliere den Kontakt zu ihren Wurzeln«. All die alten Familienskandale wurden wieder ausgegraben – bis auf die Rumpelstilzchen-Affäre (»Gib mir deinen Erstgeborenen!«) zwischen Abraham und seiner Mutter Flory, die der Öffentlichkeit niemals bekanntgeworden war; die Zeitungen druckten genüßlich jedes Detail ab, dessen sie habhaft werden konnten, berichteten über die Schande des alten Francisco mit seinen Gama-Strahlen, über die absurden Bemühungen Camoens da Gamas, eine Truppe südindischer Lenins zu trainieren, über den mörderischen Krieg zwischen den Lobos und den Menezes, in dessen Folge die Da-Gama-Brüder ins Gefängnis gesteckt worden waren, über den feuchten Freitod des armen Camoens mit dem gebrochenen Herzen und natürlich über den großen Skandal der unehelichen Vereinigung des armen, unbedeutenden Juden mit seiner stinkend-reichen christlichen Hure. Sobald jedoch Fragen über die Legitimität der Zogoiby-Kinder gestellt wurden, schienen die Redakteure sämtlicher großen Tageszeitungen irgendwann unauffällig Besuch von Abgesandten Abraham Zogoibys erhalten zu haben, die ihnen gute Ratschläge in die Ohren wisperten; woraufhin die Pressekampagne mit einem Schlag eingestellt wurde, als hätte sie einen Herzinfarkt erlitten und habe vor Angst den Geist aufgegeben.

Aurora zog sich merklich aus dem öffentlichen Leben zurück. Ihr Salon hatte zwar immer noch Glanz, aber die konservativeren Elemente der High-Society und des künstlerischen wie des intellektuellen Lebens im Land ließen sie endgültig fallen. Sie verkroch sich immer mehr hinter die Mauern ihres persönlichen Paradieses und wandte sich endgültig in jene Richtung, die Vasco Miranda ihr aufgedrängt hatte, die wahre Richtung ihres Herzens: das heißt, nach innen, zur Realität der Träume.

(Zu diesem Zeitpunkt, da Sprachunruhen die Teilung des Staates vorwegnahmen, verkündete sie, daß in ihren vier Wänden weder Marathi noch Gujarati gesprochen werden dürfe; die Sprache ihres persönlichen Reiches sei Englisch und basta. »Diese vielen verschiedenen Lingos trennofizieren uns voneinander«, erklärte sie. »Nur Englisch bringt uns zusammen.« Und als Beweis zitierte sie mit einem schmerzlichen Ausdruck, der bei ihren Zuhörern unfehlbar boshafte Assoziationen auslöste, den gängigen Spruch jener Tage: »A-B-C-D-E-F-G-H-I-, daher kam unser Panditji.« Woraufhin nur ihr zuverlässiger Verbündeter V. Miranda den Nerv hatte, zu erwidern: »J-K-L-M-N-O-P, und weg ist er wieder, o weh, o weh.«)

Auch ich führte notgedrungen ein relativ zurückgezogenes Leben; und ich muß betonen, daß Aurora und ich enger zusammengeschmiedet wurden als die meisten Mütter und Söhne, denn bereits kurz nach meiner Geburt hatte sie jene Serie großer Gemälde begonnen, mit der sie am engsten in Verbindung gebracht wird: die Werke, die meinen Namen (»die

Moor-Bilder«) tragen, auf denen mein Heranwachsen bedeutungsvoller dokumentiert ist als in jedem Fotoalbum und die uns auf ewig verbinden werden, ganz gleich, wie weit und wie heftig uns das Leben auseinanderkatapultiert hat.

Die Wahrheit über Abraham Zogoiby ist, daß er sich eine Tarnung zugelegt hatte, eine geheime, sanfte Identität, um seine eigentliche Supernatur zu kaschieren. Ganz bewußt hatte er über die aufregende, doch inakzeptable Realität ein möglichst biederes Bild von sich gemalt, Welten entfernt von dem exzessiven Kitsch eines Vasco Miranda in seinem weinerlichen Selbstbildnis *en arabe*. Die höfliche, gewinnende Oberfläche hätte Vasco als Abrahams »Darüber« bezeichnet; darunter aber herrschte er über eine Art Mogambo-Unterwelt, die weit gespenstischer war als jede Masala-Film-Phantasie.

Kurz nachdem er sich in Bombay niedergelassen hatte, pilgerte er zu einem Antrittsbesuch beim alten Sassoon, dem Kopf jener großen jüdischen Baghdadi-Familie, die, mit englischen Königen befreundet und durch Heiraten eng mit den Rothschilds verbunden, seit einhundert Jahren die Stadt beherrschte. Der Patriarch ließ sich herab, ihn zu empfangen, aber nur in den Büros von Sassoon & Co. im Fort; nicht etwa zu Hause, nicht etwa als Gleichrangiger, sondern als Neuankömmling aus den Provinzen und Bittsteller durfte Abraham vor das Angesicht des Präsidenten treten. »Das Land mag kurz vor der Freiheit stehen«, erklärte ihm der alte Gentleman gütig lächelnd, »aber Sie, Zogoiby, dürfen nicht verkennen, daß Bombay eine geschlossene Stadt ist.«

Sassoon, Tata, Birla, Readymoney, Jeejeebhoy, Cama, Wadia, Bhabha, Goculdas, Wacha, Cashondeliveri – das waren die großen Häuser, welche die ganze Stadt in ihrem Griff hatten mit ihren Edel- und Industriemetallen, ihren Chemikalien, Textilien und Gewürzen, und sie dachten nicht daran, den Griff zu lockern. In der letztgenannten Sparte hatte die Firma Da-Gama-

Zogoiby eine solide Position; und überall, wohin Abraham kam, wurde er mit Tee oder Erfrischungsgetränken, Süßigkeiten und herzlichen Willkommensworten empfangen, vor allem aber mit einer Reihe unfehlbar höflicher, doch eiskalt-ernsthafter Warnungen, sich von anderen Branchen fernzuhalten, auf die er eventuell ein unternehmerisches Auge geworfen haben könnte. Doch als kaum fünfzehn Jahre später aus offiziellen Quellen bekannt wurde, daß nur anderthalb Prozent der Firmen des Landes über mehr als die Hälfte des gesamten Privatkapitals verfügten, daß innerhalb dieser elitären anderthalb Prozent lediglich zwanzig Firmen die anderen beherrschten und daß es unter diesen zwanzig Firmen vier Superunternehmen gab, die zusammen ein Viertel des gesamten Aktienkapitals von Indien kontrollierten, war die Da-Gama-Zogoiby-C-50-Corporation bereits zur Nummer fünf aufgestiegen.

Zunächst hatte Abraham damit begonnen, sich mit Geschichte zu beschäftigen. In Bombay herrscht eine gewisse endemische Unbestimmtheit im Hinblick auf die Vergangenheit; fragt man einen Mann, wie lange er im Geschäft ist, antwortet er: »Lange.« – »Nun gut, Sir, aber wie alt ist Ihr Haus?« – »Alt. Aus sehr alter Zeit.« – »Aha; und wann wurde Ihr Urgroßvater geboren?« – »Vor langer Zeit. Warum fragen Sie? So alte Unterlagen verlieren sich im Nebel der Zeiten.« Dokumente werden, mit Schleifen zusammengebunden, in verstaubten Rumpelkammern aufbewahrt, und niemand wirft je einen Blick auf sie. Bombay, eine relativ junge Stadt in einem unendlich alten Land, interessiert sich nicht für das Gestern. »Wenn es allen nur um das Heute und das Morgen geht,« schloß Abraham, »werde ich zunächst einmal in das investieren, was niemandem etwas wert zu sein scheint, das heißt in das, was vergangen ist.« In der Folge verwendete er viel Zeit und Geld auf ein gründliches Studium der großen Familien und förderte ihre Geheimnisse zutage. Die Geschichte der Cotton Mania, oder auch Bubble, aus den sechziger Jahren des neunzehnten Jahrhunderts zeigte ihm, daß viele Granden in jenen Zeiten wildester Spekulationen schweren Schaden erlitten hatten, ja fast in den Ruin getrieben worden waren, weshalb ihr Geschäftsgebaren seitdem von höchster Vorsicht und einer konservativen Grundhaltung gekennzeichnet war. »Aus diesem Grund wäre es möglich, daß dort eine Marktlücke existiert, wo man zum Risiko bereit sein muß«, lautete Abrahams Hypothese. »Nur der Tapfere verdient den Preis.« Er erforschte das Netz der Verbindungen aller großen Häuser untereinander, begriff, wie sämtliche Fäden gezogen wurden, und entdeckte, welche Imperien auf Sand gebaut waren. Als er dann Mitte der fünfziger Jahre seine spektakuläre Übernahme des Hauses Cashondeliveri inszenierte, das als ein Unternehmen von Geldverleihern begonnen hatte und im Verlauf eines Jahrhunderts zu einem riesigen Konzern mit extensiven Holdings im Bank-, Grundstücks-, Schiffs-, Chemikalien- und Fischgeschäft herangewachsen war, gelang ihm das nur, weil er entdeckt hatte, daß die alte Parsi-Familie sich im Endstadium des Untergangs befand, »und wenn der Verfall schon so weit fortgeschritten ist«, notierte er in seinem privaten Tagebuch, »müssen die verfaulten Zähne sofort gezogen werden, oder der ganze Körper wird infiziert und stirbt«. Mit jeder Cashondeliveri-Generation war das Geschäftsniveau kraß gesunken; die gegenwärtige Generation, zwei Brüder, die als Playboys bekannt waren, hatte in den Spielkasinos von Europa kolossale Verluste eingefahren und war darüber hinaus so töricht gewesen, sich in einen rasch vertuschten Bestechungsskandal hineinziehen zu lassen, als sie versuchte, indische Geschäftsmethoden ein wenig allzu krude auf westliche Finanzmärkte zu übertragen, die eine wesentlich behutsamere Behandlung erforderten. All diese Leichen hatte Abrahams Team beharrlich aus ihren Kellern hervorgeholt; und dann spazierte Abraham eines schönes Morgens ganz einfach ins Allerheiligste des Hauses Cashondeliveri hinein, um die beiden bleichen Nicht-mehr-ganz-so-Jugendlichen, die er dort vorfand, am hellichten Tag rücksichtslos zu erpressen, damit sie unverzüglich seinen zahlreichen und sehr präzisen Forderungen zustimmten. Die aus der ehemals großen Familie hervorgegangenen Softies Lowjee Lowerjee Cashondeliveri und Jamibhoy Lifebhoy Cashondeliveri schienen, als sie ihr Geburtsrecht verkauften, fast glücklich, die Verantwortung los zu sein, die auf ihren Schultern zu tragen sie so wenig geeignet waren, »wie sich die dekadenten Sassaniden in Persien gefühlt haben müssen«, pflegte Abraham gern zu sagen, »als die Armeen des Islam ins Land gedonnert kamen«.

Doch Abraham war wahrlich kein heiliger Krieger, *no, Sir.*

Der Mann, der in seinem häuslichen Leben den Anschein von Kraftlosigkeit, ja sogar Schwäche erweckt hatte, schwang sich in Wirklichkeit zu einem veritablen Zaren, einem Mughal auf, der mit menschlichen Schwächen sein Geschäft machte. Würde es Sie schockieren, zu erfahren, daß er innerhalb weniger Wochen nach seiner Ankunft in Bombay begonnen hatte, mit menschlichem Fleisch zu handeln? Mich hat es geschockt, lieber Leser. Mein Vater, Abraham Zogoiby? Abraham, dessen Love-Story eine so leidenschaftliche, eine so romantische Geschichte gewesen war? Ich fürchte, ja; genau das. Mein unversöhnlicher Vater, dem ich verzieh … Wie oft habe ich schon gesagt, daß es außer dem liebevollen Ehemann, dem niemals klagenden Mäzen unserer größten modernen Künstlerin von Anfang an einen dunkleren Abraham gegeben hatte; einen Mann, der sich seinen Weg mit Hilfe von Drohungen und Nötigung bahnte, ob dies nun widerwillige Schiffskapitäne oder auch Pressezaren zu spüren bekamen. Dieser Abraham suchte sich zwecks gegenseitig zufriedenstellender Arrangements mit sicherem Blick jene Personen – man könnte sie Schwarzmarkthändler nennen – heraus, die mit Einschüchterung, schwarzgebranntem Whisky und Sex ebenso engagiert handelten, wie die Tatas und Sassoons ihre respektableren »Weißmarkt«-Geschäfte tätigten. Bombay war in jenen Tagen, wie Abraham entdeckte, alles andere als die »geschlossene Stadt«, von der der alte

Sassoon gesprochen hatte. Für einen Mann, der bereit war, Risiken einzugehen und jeden Skrupel beiseite zu schieben – kurz gesagt, für einen Schwarzmarkthändler – war es eine sperrangelweit offene Stadt, und die einzige Grenze für die Geldsummen, die dabei verdient werden konnten, war die eigene Vorstellungskraft.

Später wird mehr über den gefürchteten muslimischen Gang-Boß »Scar« zu sagen sein, dessen richtigen Namen hier zu nennen ich mir nicht anmaßen will; deswegen begnüge ich mich mit diesem einschüchternden Klischee seines Spitznamens, unter dem er in der gesamten Unterwelt der Stadt und letztlich – wie wir noch sehen werden – auch in höheren Sphären bekannt wurde. Vorerst einmal werde ich es dabei belassen, hier aufzuzeichnen, daß Abraham durch eine Allianz mit diesem Gentleman jenen »Schutz« erlangte, der von Anfang an eine wichtige Rolle bei seinem bevorzugten Aktionsmodus spielte; im Gegenzug zu diesem Schutz wurde mein Vater – und blieb es heimlich sein langes, verruchtes Leben lang – zum primären Lieferanten frischer, junger Mädchen für die Häuser, die Scars Leute so geschäftstüchtig verwalteten, die Fleischbanken Bombays in der Grant Road, Falkland Road, Foras Road und in Kamathipura.

Wie bitte? Woher er sie geholt hat? – Nun ja, aus den Tempeln Südindiens, muß ich bedauerlicherweise gestehen, vor allem aus den Schreinen, die der Anbetung einer gewissen Kellamma geweiht waren, einer Karnataka-Göttin, die offenbar unfähig war, ihre armen, jungen Vestalinnen zu beschützen … Es ist belegt, daß in unserem traurigen Zeitalter mit seinen Vorurteilen zugunsten männlicher Kinder viele arme Familien ihre Töchter, die zu verheiraten oder zu ernähren sie sich nicht leisten konnten, ihrem bevorzugten Kulttempel zur Verfügung stellten – in der Hoffnung, daß sie dort als Dienerinnen oder, falls sie Glück hatten, als Tänzerinnen ein frommes Leben führen könnten; leider eine eitle Hoffnung, denn in vielen

Fällen waren die leitenden Priester dieser Tempel Männer, denen die höchsten Standards der Redlichkeit seltsamerweise unbekannt waren, ein Fehler, der sie empfänglich dafür machte, für die jungen Jungfrauen und Nicht-ganz-Jungfrauen, die ihnen anvertraut waren, Bares auf die Hand zu nehmen. Daher konnte Abraham, der Gewürzhändler, seine weitreichenden Verbindungen im Süden des Landes nutzen, um eine neue Ernte einzufahren, die er in seinen geheimsten Kontobüchern als »Garam Masala Super Quality« und, wie ich mit einiger Verlegenheit sagen muß, als »Extra Hot Chili Peppers: Green« verbuchte.

Und seine heimliche Partnerschaft mit Scar ermöglichte es Abraham Zogoiby dann auch, in die Talkumpuderindustrie einzusteigen.

Kristallisiertes, wasserhaltiges Magnesiumsilikat, $H_2Mg_3Si_4O_{12}$: Talk. Als Aurora Abraham beim Frühstück fragte, wieso er ins Babypo-Geschäft einsteigen wolle, nannte er zwei Vorteile: erstens eine protektionistische Volkswirtschaft, die importierte Talkumsorten mit prohibitiven Steuern belege, und zweitens eine Bevölkerungsexplosion, die einen »Po-Boom« garantiere. Begeistert schilderte er den erdumfassenden Markt für dieses Produkt, bezeichnete Indien als die einzige Wirtschaftsmacht der Dritten Welt, die es, was Welterfahrenheit und Wachstum betreffe, mit der rivalisierenden Ersten Welt aufnehmen könne, ohne von dem allmächtigen US-Dollar versklavt zu werden, und äußerte die Vermutung, daß viele andere Drittweltländer unverzüglich die Gelegenheit nutzen würden, einen Talkumpuder bester Qualität kaufen zu können, für den man keine Greenback-Zahlungen leisten müsse. Als Abraham dazu überging, Spekulationen über die sehr realen Short-Term-Möglichkeiten seiner »Baby-Softo«-Marke anzustellen und Johnson & Johnson auf ihrem Heimatmarkt anzugreifen, hörte Aurora ihm längst nicht mehr zu. Als er anhob, den Werbejingle zu singen, mit dem er seinen neuesten Gag lancieren wollte, einen Text, den er persönlich ersonnen und mit der nervtötenden Melodie von *Bobby Shafto* unterlegt hatte, hielt meine Mutter sich die Ohren zu.

»*Baby Softo, sing it louder, / Softo-pofto talcum powder*«, trillerte Abraham.

»Talkum kannst du von mir aus machen oder nicht«, schrie Aurora, »aber dieser Lärm muß *stoppo pronto.* Er läßt die Schale von meinem Ei zerspringifizieren.«

Während ich dies schreibe, wundere ich mich wieder einmal über Auroras Weigerung, zu sehen, wie oft und mit welcher Selbstverständlichkeit Abraham sie hintergangen hat, staune ich über all die Dinge, die sie hinnahm, ohne zu fragen, denn natürlich belog er sie, und das weiße Pulver, für das er sich interessierte, kam nicht aus den Steinbrüchen der Western Ghats, sondern wurde in ausgewählten Baby-Softo-Kanistern über eine höchst ungewöhnliche Route transportiert, bei der nächtliche Lkw-Konvois unbekannter Herkunft sowie die weitreichende und systematische Bestechung von Polizisten und anderen Beamten eine Rolle spielten, welche entlang der Landstraßen des Kontinents in den Steuerkontrollposten saßen; und diese relativ wenigen Kanister trugen ihm mehrere Jahre lang ein auf dem Export basierendes Einkommen ein, das den Rest der Firmengewinne weit überstieg und eine Unternehmensstreuung auf breiter Basis ermöglichte – ein Einkommen, das jedoch nie deklariert wurde, das in keinem Kontobuch erschien, es sei denn dem geheimen, kodierten Buch der Bücher, das Abraham unauffindbar versteckt hielt, möglicherweise in einem finsteren Winkel seiner verdorbenen Seele.

Die Stadt selbst, möglicherweise das ganze Land, war eine palimpsestische Unterwelt unter der Oberwelt, ein schwarzer Markt unter dem weißen; wenn das ganze Leben so funktionierte, wenn eine unsichtbare Realität wie ein Phantom unter der sichtbaren Fiktion verlief und all ihre Bedeutungen untergrub

– wie hätte Abrahams Karriere dann überhaupt anders verlaufen können? Wie hätte irgendeiner von uns dieser tödlichen Schichtung entkommen können? Wie hätten wir, gefangen in der hundertprozentigen Fälschung des Realen, in dem kostümierten Heulender-Araber-Kitsch des Oberflächlichen, bis zu der vollen sinnlichen Wahrheit der verlorenen Mutter darunter durchdringen können? Wie hätten wir unser authentisches Leben leben können? Wie hätten wir es vermeiden können, grotesk zu sein?

Wenn ich heute zurückblicke, wird mir klar, daß mich an Vasco Mirandas launiger Bemerkung vom Unabhängigkeitstag, daß nämlich die Macht der Korruption ebenso groß sei wie die der Götter, nichts weiter störte als die außerordentliche Zurückhaltung der Formulierung. Und Abraham Zogoiby muß natürlich genau gewußt haben, daß der alkoholisierte Versuch des Malers, sich in flammendem Zynismus zu ergehen, in Wirklichkeit weit hinter den Tatsachen zurückblieb.

»Deine Mutter und ihre Kunstjünger haben sich ständig darüber beklagt, wie schwer es für sie sei, *aus nichts etwas zu machen*«, erinnerte sich Abraham mit mehr als nur leichter Belustigung, als er mir im hohen Alter seine Missetaten gestand. »Was haben die denn schon gemacht? Bilder! Ich aber, ich hab' aus dem Nichts eine ganze Stadt geschaffen! Also sage mir, mein Sohn: Welches ist der schwierigere Zaubertrick? Aus dem magischen Zylinder deiner lieben Mutter kamen viele schöne Wesen; aus dem meinen aber kam: King Kong!«

Während der ersten gut zwanzig Jahre meines Lebens wurde – *aus nichts etwas* – am Südende von Bombays Halbinsel dem Arabischen Meer Neuland entrissen, und Abraham investierte in großem Stil in dieses Atlantis-verkehrt, das sich aus den Wogen erhob. In jenen Tagen wurde allerdings häufig erwogen, die Übervölkerung der Stadt zu mildern, indem man Zahl und Höhe der neuen Gebäude auf diesem Neuland begrenzte, dafür aber auf dem Festland am anderen Ufer ein zweites Stadtzentrum erbaute. Für Abraham war es lebenswichtig, daß diese Pläne fehlschlugen – »Wie hätte ich sonst den Wert der Immobilien aufrechterhalten können, in die ich so viel Geld gesteckt hatte?« fragte er mich, breitete die knochendürren Arme aus und bleckte die Zähne zu dem, was früher einmal ein freundliches Lächeln gewesen sein mochte, meinem über achtzigjährigen Vater jetzt aber, im Halbdunkel seines Büros hoch über den Straßen der Stadt, das Aussehen eines gefräßigen Totenschädels verlieh.

Einen Verbündeten fand er, als Kiran (»K. K.« oder »Kéké«) Kolatkar, eine kleine, glubschäugige schwarze Kanonenkugel von einem Politiker aus Aurangabad und der härteste von all den harten Männern, die Bombay im Laufe der Jahre regiert haben, zum Herrscher der Municipal Corporation aufstieg. Kolatkar war ein Mann, dem Abraham Zogoiby das Prinzip der Unsichtbarkeit nahebringen konnte, jene verborgenen Naturgesetze, die von den sichtbaren Gesetzen der Menschen nicht umzustoßen sind. Ihm erklärte Abraham, wie unsichtbare Gelder den Weg durch eine Reihe unsichtbarer Bankkonten finden und schließlich, sichtbar und rein wie Schnee, auf dem Konto eines Freundes landen konnten. Er machte darauf aufmerksam, daß, wenn die Traumstadt am anderen Ufer weiterhin unsichtbar blieb, jene Freunde begünstigt werden konnten, die möglicherweise in das investiert oder sich zufällig eingekauft hatten, was bis vor kurzem unsichtbar gewesen, nun aber wie eine Bombay-Venus aus den Meereswogen emporgestiegen war. Er zeigte ihm, wie leicht es sein würde, jene ehrbaren Beamten, deren Aufgabe es war, Anzahl und Höhe der Baulichkeiten auf dem Neuland zu überwachen und zu kontrollieren, davon zu überzeugen, daß es zu ihrem Vorteil sei, wenn sie die Gabe des Sehens verlieren würden – »metaphorisch natürlich, meine Junge, nur so als Redensart; wir wollten bestimmt niemandem die Augen ausstechen, nicht etwa wie Schahdschahan bei diesem Neugierigen, der voreilig einen Blick auf den Tadsch wer-

– 251 –

fen wollte«–, damit die enorme Anzahl der neuen Gebäude den prüfenden Blicken der Öffentlichkeit tatsächlich verborgen blieb und sie so hoch in den Himmel wachsen konnten, wie man es sich nur wünschen mochte. Und wiederum – presto! – würden diese Gebäude, unsichtbar, wie sie waren, Berge von Bargeld ausspeien und zu den wertvollsten Immobilien der Welt gehören; aus nichts entsteht etwas, ein Wunder, und alle Freunde, die an seinem Zustandekommen mitgewirkt hatten, würden reichlichen Lohn für ihre Mühe erhalten.

Kolatkar lernte schnell und war sogar mit einem eigenen Einfall bei der Hand. Angenommen, die unsichtbaren Gebäude könnten von unsichtbaren Arbeitern errichtet werden? Wäre das nicht die eleganteste und wirtschaftlichste Lösung überhaupt?»Ich war natürlich einverstanden«, bekannte der alte Abraham.»Kéké, dieser kleine Kugelkopf, kam so richtig in Fahrt.« Kurz darauf verfügten die städtischen Behörden, daß jede Person, die sich nach der letzten Volkszählung in Bombay niedergelassen hatte, als nicht-existent zu gelten habe. Und da diese Menschen ausgelöscht worden waren, folgte daraus, daß die Stadt nicht mehr für ihre Unterbringung oder Versorgung zuständig war, ein Vorteil, der nunmehr als willkommene Erleichterung jenen ehrlichen und tatsächlich existierenden Bürgern zukommen sollte, die für die Instandhaltung der schmutzigen, dynamischen Metropole Steuern bezahlten. Nicht zu leugnen ist allerdings, daß das Leben für die eine Million oder mehr Geisterpersonen, die dadurch per Gesetz geschaffen wurden, unendlich viel schwerer wurde. Hier nun sprangen Abraham Zogoiby und all jene ein, die auf den breiten Trittbrettern der»Reclamation«– der Landrückgewinnung – mitfuhren, und stellten großzügig so viele Phantome ein, wie sie konnten, um die riesigen Bauvorhaben, die auf jedem Zoll Neuland aus dem Boden schossen, möglichst schnell hochzuziehen, und gingen sogar so weit – oh, diese Philanthropen! –, ihnen für ihre Arbeit einen geringen Lohn bar auf die Hand zu bezahlen.»Kein

Mensch hatte je davon gehört, daß Gespenster bezahlt werden, bis wir plötzlich damit begannen«, berichtete Abraham, der Uralte, und kicherte kurzatmig. »Aber natürlich übernahmen wir keine Verantwortung für den Fall einer Erkrankung oder Verletzung. Das wäre, wenn du mir folgen kannst, unlogisch gewesen. Schließlich waren diese Arbeiter nicht nur unsichtbar, sondern, den öffentlichen Verlautbarungen zufolge, ganz einfach nicht vorhanden.«

Wir saßen bei hereinbrechender Dämmerung im einunddreißigsten Stock des Juwels von New Bombay, I. M. Peis Meisterwerk, des Cashondeliveri Tower. Durchs Fenster sah ich den schimmernden Speer des K. K. Chambers den Nachthimmel durchbohren. Jetzt erhob sich Abraham und öffnete eine Tür. Licht fiel herein, helle harfenartige Akkorde erklangen. Er führte mich in ein gigantisches Atrium mit Bäumen und Pflanzen aus milderen Klimata als dem unseren – ganze Obstgärten mit Apfelbäumen und *poiriers* gab es da, und sogar von Trauben schwere Weinstöcke –, allesamt unter Glas, bei idealen Temperaturen und Feuchtigkeitsgraden gehalten von einer Klimaanlage, deren Kosten unvorstellbar hoch gewesen wären, hätte nicht ein glücklicher Zufall sie unsichtbar gemacht, denn nie war Abraham eine Stromrechnung zugeschickt worden. Aus diesem Atrium stammt meine letzte Erinnerung an ihn, meinen alten, uralten Vater, dem ich mit meinem Sechsunddreißigbald-zweiundsiebzig-Aussehen immer mehr zu ähneln begann; meinen unbußfertigen, der Schlange gleichen Vater, der in Abwesenheit von Aurora und Gott den Garten Eden übernommen hatte.

»Jetzt geht es wirklich allmählich mit mir zu Ende«, seufzte er. »Alles zerbricht mir unter den Händen. Sobald die Menschen die Fäden sehen, hört der Zauber auf zu wirken. Aber zum Teufel noch mal! Ich bin verdammt gut auf meine Kosten gekommen. Nimm dir doch so 'nen beschissenen Apfel, Junge!«

4

Nolens volens wuchs ich in alle Richtungen. Mein Vater war ein großer Mann, doch als ich zehn wurde, waren meine Schultern schon zu breit für seine Jacketts. Ich war ein von allen gesetzlichen Bauvorschriften befreiter Wolkenkratzer, eine Ein-Mann-Bevölkerungsexplosion, eine Megalopolis, ein hemden-zerreißender, knöpfeabsprengender Koloß. »Nun sieh dich an!« staunte meine große Schwester Ina, als ich meine volle Höhe und Breite erreicht hatte. »Ein echter Mr. Gulliver bist du geworden, und wir sind deine Liliputaner.« Das stimmte wenigstens in einer Hinsicht: Wenn unser Bombay mein persönliches Nicht-Rajpur-sondern-Liliputana war, dann reichte meine Übergröße tatsächlich dazu aus, mich in Fesseln zu legen.

Je weiter sich meine physischen Grenzen dehnten, desto begrenzter schien mein Horizont zu werden. Die Schulbildung war ein Problem. Viele Jungen aus »gutem Hause«, den Villen von Malabar Hill, Scandal Point und Breach Candy, begannen ihre Ausbildung an der Walsingham House School von Miss Gunnery, die im Kindergarten und in den unteren Klassen die Koedukation pflegte, bevor die Schüler dann ans Campion, Cathedral oder eines der anderen In-jenen-Tagen-nur-für-Jungen-Eliteinstitute überwechselten. Die legendäre »Gunner« mit ihrer von Batmobil-Flossen gekrönten Hornbrille weigerte sich jedoch, die Wahrheit über meinen Zustand zu akzeptieren. »Zu alt für KG«, schnaubte sie am Ende des Gesprächs, bei dem sie mich Dreieinhalbjährigen ständig behandelte, als sei ich der Siebenjährige, den sie vor sich im Stuhl sitzen sah, »und für die Juniorklassen, wie ich Ihnen leider erklären muß, sub-normal.« Meine Mutter kochte. »Wen haben Sie eigentlich in Ihrer Schule – lauter Einsteins?« fauchte sie. »Kleine Alberts und Albertinas, eh? Eine ganze Schule voll Emzehquadraten?«

Aber La Gunnery ließ sich nicht umstimmen, und so hieß es

– 254 –

also, Privatlehrer für mich. Es folgte eine Reihe männlicher Tutoren, von denen nur wenige länger als ein paar Monate aushielten. Ich trage es ihnen nicht nach. Angesichts eines Achtjährigen, zum Beispiel, der beschlossen hatte, zu Ehren seiner Freundschaft mit dem Maler V. Miranda einen spitz auslaufenden, gewachsten Schnurrbart zu tragen, räumten sie verständlicherweise das Feld. Trotz all meiner Bemühungen, ein sauberes, ordentliches, bescheidenes, *unauffälliges* Erscheinungsbild zu bieten, war ich ihnen einfach zu unheimlich; das heißt, bis meine erste Lehrer*in* den Plan betrat. O Dilly Hormus meiner süßesten Erinnerungen! Genau wie bei Miss Gunnery hatte ihre dicke Brille Flossen, oder Flügel; bei ihr aber waren es Engelsflügel. Als sie Anfang 1967 in weißem Kleidchen und Knöchelsöckchen erschien, die Haare zu Zöpfen geflochten, die Bücher an ihren Busen gedrückt, kurzsichtig blinzelnd und übernervös schnatternd, wirkte sie auf den ersten Blick weit eher wie ein Kind als meine Wenigkeit. Aber Dilly war einen zweiten Blick wert, denn auch sie hatte sich getarnt. Sie trug flache Schuhe und hatte jenen langgeübten krummen Rücken, durch den hochgewachsene Mädchen ihre Größe zu kaschieren lernen. Sehr schnell begann sie sich jedoch, sobald wir allein waren, zu entrollen – ach, ihre wundervolle, bleiche Länge vom relativ kleinen Kopf bis zu den wohlgeformten, doch riesigen Füßen! Und außerdem – sogar nach all diesen Jahren weckt die Erinnerung daran in mir eine heiße Welle sehnsüchtigen Begehrens – begann sie sich zu *strecken*. Langgestreckt enthüllte Dilly mir – während sie so tat, als recke sie sich nach einem Buch, einem Lineal, einem Stift –, nur mir allein die ganze Fülle ihres Körpers unter dem Kleid und erwiderte schon bald mein plumpes, unverhohlen gieriges Glotzen mit ihrem ruhigen, gelassenen Blick. Hübsche Dilly: Denn sobald wir allein waren und sie ihr Haar löste, sobald sie ihre Brille abnahm, um mich blind mit diesen unvergeßlichen, geistesabwesenden Blicken aus ihren tiefliegenden Augen anzusehen, enthüllte sie ihr wahres Ich. Sie sah ihren neuen Schüler lange und durchdringend an. Und seufzte.

»Zehn Jahre alt, *men*«, sagte sie leise, als wir zum erstenmal allein waren. »Du bist das achte Weltwunder, kleiner Mann, und das ist die reine Wahrheit.« Als sie sich dann an ihre didaktische *rôle* erinnerte, begann sie ihre erste Lektion damit, daß sie mir auftrug, die sieben Weltwunder des Altertums und die sieben der Neuzeit auswendig zu lernen – mir »einzuprägifizieren«, nannten wir es –, und erwähnte dabei die interessante Nähe meiner Person (»der junge Master Colossus«) zu den Hängenden Gärten. Als hätten sich hier bei uns in Malabar Hill alle Weltwunder versammelt und eine typisch indische Gestalt angenommen.

Inzwischen scheint mir, daß Miss Hormus, meine Lehrerin, in meinem jüngeren Ich, diesem abstoßenden Monstrum, in dem die Seele eines verwirrten Kindes durch die Portale des schönen Körpers eines jungen Mannes spähte (denn trotz meiner Hand, trotz meiner Selbstverachtung und meines Bedürfnisses nach Trost hätte Dilly Schönheit in mir sehen können; Schönheit, der Fluch unserer Familie!), eine Art persönlicher Befreiung sah, weil sie begriff, daß ich als Kind ihrem Befehl unterstand, aber gleichzeitig auch – und hier wage ich mich auf gefährlichen Boden – für sie als Mann da war, den sie berühren und von dem sie sich berühren lassen konnte.

Ich erinnere mich nicht mehr, wie alt ich war (obwohl ich natürlich meinen vascoiden Schnurrbart abrasiert hatte), als Dilly ganz einfach aufhörte, sich über meinen Körper zu wundern, und ihn, anfangs noch schüchtern, dann aber mit zunehmender Hemmungslosigkeit, zu streicheln begann. Innerlich befand ich mich in einem Alter, da solche Zärtlichkeiten die unschuldigen Liebkosungen waren, nach denen ich mich so wolfshungrig sehnte; äußerlich aber war mein Körper inzwischen absolut männlicher Reaktionen fähig. Verurteilen Sie Dilly bitte nicht, denn ich selbst vermag sie auch nicht zu

verurteilen; ich war ein Wunder ihrer Welt, und sie war schlichtweg hingerissen.

Fast ganze drei Jahre lang fand mein Unterricht in *Elephanta*
statt, und in dieser tausend-und-einen-Tag währenden Zeit gab
es natürlich örtlich bedingte Grenzen sowie die Angst, in fla-
granti ertappt zu werden. Bitte zwingen Sie mich nicht, Ihnen
zu sagen, wie weit unsere Zärtlichkeiten gingen, denn dann
müßte ich in meiner Erinnerung auch wieder an jenen Grenzen
innehalten, die zu überschreiten wir keinen Paß besaßen! Die
Erinnerung an jene Zeiten bleibt für mich ein atemloser
Schmerz, läßt mein Herz hämmern, ist eine Wunde, die sich
nicht schließen will; denn mein Körper wußte, was mir nicht klar
war, und obwohl das Kind voller Verwirrung in seinem Körper
gefangen saß, begannen meine Lippen, meine Zunge, meine
Glieder unter Dillys erfahrener Belehrung ganz unabhängig
von meinem Willen zu reagieren. An einigen glücklichen Tagen, wenn wir uns sicher fühlten oder wenn das, was uns trieb,
so unsinnig stark wurde, daß wir uns keinen Gedanken an
Risiken erlaubten, schenkten ihre Hände, ihre Lippen, ihre
Brüste meinen Lenden sogar einen gewissen Grad hitziger,
verzweifelter Erleichterung.

Sie ergriff meine verkrüppelte Hand und legte sie hierhin,
dorthin. Sie war der erste Mensch, der bewirkte, daß ich mich
während solch gestohlener Augenblicke unversehrt fühlte …
und meistens überschüttete sie mich dabei, ganz gleich, was ihr
Körper mit dem meinen anstellte, mit einem niemals abreißen-
den Strom von Informationen.

Liebesgeflüster gab es bei uns nicht; unsere Liebesschwüre
handelten von der Schlacht von Srirangapatnam und den wichtigsten Exportgütern Japans. Während ihre flinken Finger meine Körpertemperatur zu unerträglichen Höhen ansteigen ließen, behielt sie die Situation dennoch unter Kontrolle, indem
sie mich zwang, das Einmaleins mit dreizehn oder die Wertigkeit
eines jeden Elements im periodischen System aufzusagen. Dilly,

ein Mädchen, das sehr viel mitzuteilen hatte, infizierte mich mit Geschwätzigkeit, die für mich bis heute eine stark erotische Komponente besitzt. Wenn ich drauflosplaudere oder von der Redseligkeit anderer überfallen werde, finde ich das – wie-soll-ich-es-ausdrücken? – erregend. In der Hitze einer *bavardage* muß ich meinen Schoß nicht selten mit den Händen bedecken, um die Veränderungen dort vor den Blicken meiner Gesprächspartner zu verbergen, die eine derartige Erregung wohl kaum verstehen oder – wahrscheinlicher – belustigend finden würden. Bisher jedoch machte es mir keinen Spaß, zur Quelle einer derartigen Belustigung zu werden. Nun aber muß und wird alles offen ausgesprochen werden; denn nun geht die Geschichte meines Lebens, dieses Gewebe erektiler Geschwätzigkeit, dem Ende zu.

Dilly Hormus war, als wir uns kennenlernten, eine alte Jungfer von etwa fünfundzwanzig Jahren, und als ich sie zum letztenmal sah, war sie Mitte Dreißig. Sie lebte mit ihrer winzigen, alten, stockblinden Mutter zusammen, die den ganzen Tag auf dem Balkon saß und Steppdecken nähte, denn ihre geübten Näherinnenfinger brauchten schon lange nicht mehr die Hilfe der Augen. Wie kann eine so zierliche, zarte Frau eine so große, üppige Tochter haben, fragte ich mich im Alter von dreizehn Jahren, als man beschlossen hatte, ich sei alt genug, zum Unterricht Dillys Wohnung aufzusuchen, weil es mir guttun würde, zuweilen das Haus zu verlassen. An manchen Tagen verzichtete ich auf den Wagen, schickte den Chauffeur weg und ging zu Fuß – das heißt, in Wirklichkeit *hüpfte* ich – den Hügel hinab zu ihrer Wohnung: vorbei an der freundlichen alten Apotheke an der Kemp's Corner – das war lange, bevor diese Gegend in das von Überführungen und Boutiquen beherrschte spirituelle Ödland verwandelt wurde, das sie heutzutage ist – und dem Royal Barber Shop (wo ein Bademeister mit Wolfsrachen nebenbei Beschneidungen anbot). Dilly wohnte in den dunklen, abblätternden Tiefen eines alten, grauen Parsi-Hauses voller Balkons und

Schnörkel an der Gowalia Tank Road, ein paar Türen entfernt von den Vijay Stores, jenem vielfältig sortierten Gemischtwarenladen, in dem man von »*Time*« zum Polieren der Möbel bis zu »*Hope*« zum Säubern des Hinterteils alles kaufen konnte. Wir Zogoibys nannten das Geschäft Jaya Stores nach unserer säuerlichen Ayah, Miss Jaya Hé, die sich dort kleine Päckchen »*Life*« zu kaufen pflegte, Eukalyptus-Reinigungsstäbchen für die Zähne, sowie »*Love*«, um ihre Haare hennarot zu färben … Mit jauchzendem Herzen und einem Gefühl, das an Ekstase grenzte, betrat ich Dillys Heim, diese winzige Wohnung der Verarmten, die aber immer noch von Geschmack und Vornehmheit zeugte. Die Tatsache, daß im vorderen Zimmer ein Stutzflügel mit silbergerahmten Fotos stand, Porträts von Patriarchen in quastenverzierten Blumentopfhüten und einer kecken jungen Dame der feinen Gesellschaft, die, wie ich erfuhr, Mrs. Hormus war, sprach ebenso dafür, daß die Familie bessere Zeiten gesehen hatte, wie Dillys Kenntnisse in Latein und Französisch. Mein Latein habe ich zum größten Teil vergessen, doch das, was mir aus dem Französischen geblieben ist – Sprache, Literatur, Küsse, Briefe; die schweißgetränkten Nachmittagsfreuden des *cinq à sept* –, das alles, Dilly, hab' ich von dir gelernt … Leider waren die beiden Frauen jedoch zu einem Dasein zwischen Privatunterricht und Steppdecken verdammt. Das könnte erklären, warum Dilly sich so sehr nach einem Mann sehnte, daß sie sich mit einem überdimensional gewachsenen Kind zufriedengab; warum sonst wäre sie mir auf den Schoß gesprungen, um mich mit ihren Beinen zu umschlingen und mir, meine Unterlippe zwischen den Zähnen, zuzuflüstern: »Ich hab' meine Brille abgenommen, *men*; jetzt seh' ich nur noch meinen Lover und sonst nichts.«

Sie war tatsächlich meine erste Geliebte; aber ich glaube, ich liebte sie nicht. Immerhin: Dilly bewirkte, daß ich mich wohl in meiner Haut fühlte und sogar froh war, äußerlich älter zu sein,

als ich es hätte sein dürfen. Ich war noch ein Kind; deswegen
wollte ich für sie möglichst schnell auf das Erwachsenenalter
zuschießen. Ein Mann wollte ich für sie sein, ein richtiger Mann,
und nicht eine hohle Form der Männlichkeit, und wenn das
bedeutet hätte, noch mehr von meiner ohnehin schon abge-
kürzten Zeitspanne zu opfern, dann wäre ich für sie mit Freuden
einen Pakt mit dem Teufel eingegangen. Als jedoch später,
nachdem Dilly gegangen war, die wahre Liebe kam, diese große,
wundervolle Sache selbst, wie bitter verfluchte ich da mein Los!
Mit welchem Verlangen, mit welcher Wut wollte ich das viel zu
schnelle Ticken meiner unnachsichtigen inneren Uhr verlangsamen! Nur weil Dilly Hormus niemals an meine kindliche
Überzeugung, unsterblich zu sein, rührte, konnte ich mir den
unbekümmerten Wunsch leisten, meine Kinderjahre wegzuwer-
fen. Als ich dagegen Uma, meine Uma, liebte, bewirkte dies nur,
daß ich die pfeilschnellen Schritte des Todes vernahm, die sich
unaufhaltsam näherten; bei ihr, o ja, bei ihr vernahm ich jedes
einzelne, todbringende Sausen seines unerbittlichen Sensen-
blattes.

Unter Dilly Hormus' sanften, geschickten Händen wuchs ich
allmählich dem Mannestum entgegen. Aber – und dieses Be-
kenntnis fällt mir schwer, vielleicht bis jetzt am allerschwersten
– Dilly war nicht die erste Frau, die mich berührte. Jedenfalls
hat man mir das erzählt, obwohl ich sagen muß, daß die Ge-
währsperson – unsere Ayah, Miss Jaya Hé, Holzbein-Lambajans
despotische Ehefrau – eine Lügnerin und Diebin war.
   Die Kinder der Reichen werden von den Armen großgezo-
gen, und da meine Eltern mit ihren jeweiligen Angelegenheiten
beschäftigt waren, geschah es nicht selten, daß ich nur den
Piraten und die Ayah um mich hatte. Und obwohl Miss Jaya
bissig war wie ein Reißzahn, mit Lippen, so scharf wie Kratzer,
und Augen, so schmal wie Ritzen, obwohl sie so dünn schien wie
Eis und so herrisch wie ein Stiefel, war und bin ich ihr ewig

dankbar, denn in ihrer Freizeit glich sie einem wahrhaft peripatetischen Vogel und wanderte gern in der Stadt umher, damit sie alles mögliche mißbilligen, die Zunge schnalzen, die Lippen schürzen und über die verschiedenen Mißstände den Kopf schütteln konnte. Also benutzte ich mit Miss Jaya die verschiedenen B.E.S.T.-Straßenbahnen und -Busse und genoß, während sie sich über die ständige Überfüllung beklagte, insgeheim diese dicht gepackte Menschheit, so eng zusammengedrängt, daß es keine Intimsphäre mehr gab und die Grenzen des eigenen Ichs sich aufzulösen begannen, ein Gefühl, das uns nur überfällt, wenn wir uns entweder in einer Menschenmenge befinden oder aber sehr innig lieben. Mit Miss Jaya drang ich auch vor ins legendäre Gewimmel des Crawford Market mit dem von Kiplings Vater geschaffenen Fries und den Geflügelhändlern und ihren echten und falschen Hühnern, mit Miss Jaya betrat ich die Rum-Spelunken von Dhobi Talao, wagte ich mich in die Chawls von Byculla hinein, jene Mietskasernen (wo sie mich zu ihren armen – ich sollte wohl sagen, *sehr armen* – Verwandten mitnahm, die ihren Besuch mit dem noch-ärmer-machenden Anbieten von kalten Getränken und Kuchen feierten, als sei sie eine Königin), mit ihr aß ich im *Apollo Bunder* Wassermelonen und Chaat am Hafen von Worli und verliebte mich ganz und gar und für alle Zeiten in all diese Örtlichkeiten und ihre lärmenden Bewohner, in all diese Lokale und Speisen und ihre hartnäckigen Verkäufer, in mein unerschöpfliches, exzessives Bombay, obwohl Miss Jaya dabei ständig ihrer überentwickelten Neigung zu Hohn und Spott, gegen die sie keine Einwände zuließ, nachgab: »Viel zu teuer!« (Hühner) »Viel zu abscheulich!« (dunkler Rum) »Viel zu slummy!« (Chawl) »Viel zu trocken!« (Wassermelone) »Viel zu scharf!« (Chaat). Und jedesmal, wenn wir nach Hause fuhren, sah sie mich mit einem bitterbös glitzernden Blick an und spie hervor: »Und du, Baba, viel zuviel Glück. Du solltest deinen Glückssternen danken.«

In meinem achtzehnten Lebensjahr – wie ich mich erinnere,

war es in den ersten Tagen der Emergency – fuhr ich einmal mit ihr in den Zaveri-Basar, wo die Juweliere wie weise Affen in ihren winzigen Läden voller Spiegel und Glas hockten und antikes Silber nach Gewicht an- und verkauften. Als Miss Jaya zwei schwere Armbänder hervorzog und sie dem Schätzer reichte, wußte ich sofort, daß sie meiner Mutter gehörten. Miss Jayas Blick durchbohrte mich wie ein Speer; ich spürte, wie mir der Mund trocken wurde, und konnte nicht sprechen. Der Handel war schnell abgeschlossen, und wir traten aus dem Juwelierladen auf die belebte Straße hinaus, wo wir den mit dicken, in Sackleinen gewickelten und mit Metallbändern verschnürten Baumwollballen beladenen Lastkarren auswichen, den Straßenständen, an denen Pisang, Mangos, Buschhemden, Filmzeitschriften und Gürtel verkauft wurden, den Kulis mit den riesigen Körben auf dem Kopf, den Motorrollern, den Fahrrädern, der Wahrheit. Wir fuhren nach *Elephanta* zurück, und erst als wir den Bus verließen, machte die Ayah endlich den Mund auf. »Viel zuviel«, sagte sie. »In dem Haus. So viele viel-zu-viele-Sachen.«

Ich antwortete nicht. »Und Leute«, fuhr Miss Jaya fort. »Kommen. Gehen. Wachen. Schlafen. Essen. Trinken. In Salons. In Schlafzimmern. In allen Zimmern. Viel zu viele Leute.« Womit sie meinte, wie ich begriff, daß Aurora niemals ihre Freunde verdächtigen und es daher nie jemandem gelingen würde, den Dieb zu identifizieren; es sei denn, ich würde sie verraten.

»Du wirst nichts sagen«, fügte Miss Jaya hinzu und spielte ihre Trumpfkarte aus. »Wegen Lambajan. Seinetwegen.«

Sie hatte recht. Ich hätte Lambajan niemals wehtun können; denn er hatte mich das Boxen gelehrt. Er hatte die verzweifelte Prophezeiung meines Vaters wahr werden lassen: *Mit deiner Faust wirst du die ganze Welt k. o. schlagen.*

In früheren Tagen, da Lambajan noch zwei Beine, aber

keinen Papagei hatte, in jenen Tagen, bevor er Long John Silverfellow wurde, hatte er seine Fäuste benutzt, um seinen mageren Matrosensold aufzubessern. In den Glücksspielgassen der Stadt, wo Kampfhähne und dressierte Bären als Aufwärm-Unterhaltung dienten, hatte er sich einen gewissen Ruf und einiges Geld als Pugilist erworben. Ursprünglich hatte er Ringer werden wollen, denn in Bombay konnte man als Ringer ein so großer Star werden wie etwa der berühmte Dara Singh; nach einer Reihe von Niederlagen aber wandte er sich der brutaleren, härteren Welt der Straßenfaustkämpfer zu und machte sich einen Namen als einer, der einiges einstecken konnte. Die Liste seiner Siege und Niederlagen vermochte sich durchaus sehen zu lassen; zwar hatte er sämtliche Zähne verloren, aber er hatte sich niemals k. o. schlagen lassen.

Während meiner Jugendzeit kam er einmal pro Woche mit langen Stoffstreifen in den Garten von *Elephanta*, mit denen er mir die Hände bandagierte. »Genau hierher, Baba!« befahl er mir dann und zeigte auf sein behaartes Kinn. »Hier mußt du deine Superbombe landen!« Dabei entdeckten wir, daß meine verkrüppelte Rechte nicht zu verachten war, ja, sie war ein Torpedo, eine echte Schmetterfaust. Einmal pro Woche verdrosch ich Lamba so hart, wie ich nur konnte, und anfangs wich das zahnlose Lächeln keine Sekunde aus seinem Gesicht. »Na?« versuchte er mich zu provozieren. »Dieser Federkitzel, ist das alles? So was krieg' ich besser von meinem Papageienfreund hier.« Nach einer Weile aber grinste er nicht mehr. Zwar bot er mir noch immer das Kinn, aber jetzt konnte ich deutlich sehen, wie er sich auf den Schlag gefaßt und all seine alten Profireserven mobil machte … Und als ich an meinem neunten Geburtstag einen meiner Schwinger landete, stob Totah laut kreischend in die Luft, während der Pirat zu Boden ging.

»Weiße Matsch-Elefanten!« kreischte der Papagei. Ich rannte schnell den Gartenschlauch holen. Ich hatte den guten Lamba ausgeknockt!

Als er wieder zu sich kam, zog er die Mundwinkel in einer
Mischung aus Bewunderung und Respekt nach unten, dann
richtete er sich auf und zeigte auf seinen blutenden Kiefer.
»Volltreffer, Baba«, lobte er mich. »Jetzt wird es Zeit, richtig
zu lernen.«

Also hängten wir einen reisgefüllten Sack an den Ast einer
Platane, und jedesmal, nachdem Dilly Hormus mir ihre unvergeßlichen Lektionen erteilt hatte, erteilte mir Lambajan die
seinen. So begann unser achtjähriges Sparringstraining. Er lehr-
te mich Strategie – das, was man als Kunst im Ring hätte
bezeichnen können, wäre da ein Ring gewesen. Er schärfte mein
Gespür für Positionen und vor allem für meine Verteidigung.
»Glaub nur ja nicht, daß du niemals getroffen wirst, Baba, und
wenn du Sterne siehst, wirst du selbst mit einer Faust wie der
deinen nicht treffen können.« Als Coach war Lambajan nur
allzu deutlich in seiner Beweglichkeit eingeschränkt; aber mit
welch übermenschlicher Entschlossenheit versuchte er dieses
Handicap zu überwinden! Wenn wir trainierten, warf er seine
Krücke weg und hüpfte herum wie ein lebender Pogo-Stick.

Je älter ich wurde, desto kraftvoller wurde meine Waffe. Ja,
ich mußte mich zurückhalten mit meinen Boxhieben. Ich wollte
Lambajan nicht allzuoft oder allzu schwer k. o. schlagen. Vor
meinem inneren Auge stand das Bild eines Piraten, der punch-
drunk geworden war, nur noch lallend sprach und meinen
Namen nicht mehr wußte, und deshalb bremste ich die Wucht
meiner Schläge.

Zu der Zeit, als Miss Jaya und ich zum Zaveri-Basar fuhren,
war ich so weit fortgeschritten, daß Lambajan mir zuflüsterte:
»Wenn du wirklich Action willst, Baba, brauchst du nur *ein*
Wörtchen zu sagen.« Das war aufregend, beängstigend. War ich
dem gewachsen? Mein Reissack schlug schließlich nicht zurück,
und Lambajan war mir als Sparringpartner nur allzu vertraut.
Was, wenn ich einen Bipeden als Gegner hatte, aus Fleisch und
Blut statt aus Reis und Sackleinen, einen, der auf zwei Beinen

um mich herumtanzte und mich grün und blau prügelte? »Deine Faust ist bereit«, erklärte Lambajan achselzuckend, »über dein Herz kann ich nichts sagen.«

Also sprach ich aus lauter Kampfeslust das eine Wörtchen, und wir begaben uns zum erstenmal in jene Gassen von Bombay Central, die keinen Namen haben. Lamba stellte mich einfach als »The Moor« vor, und da ich in seiner Gesellschaft war, bekam ich weniger Verachtung zu spüren, als ich erwartet hatte. Doch als er den anderen mitteilte, ich sei ein neuer Boxer von etwas mehr als siebzehn Jahren, wieherten sie vor Lachen, denn es schien allen Zuschauern nur zu offensichtlich zu sein, daß ich ein Mann in den Dreißigern war, der sogar schon grau wurde, ein Kerl, der auf dem letzten Loch pfiff und den der einbeinige Lamba aus reiner Gefälligkeit trainierte. Doch in den Spott mischten sich auch Stimmen, die sich in unangebrachten Lobsprüchen ergingen. »Vielleicht ist er ja wirklich gut«, sagten diese Stimmen, »schließlich ist er nach so vielen Jahren immer noch hübsch.« Dann führten sie mir meinen Gegner zu, einen Sikh mit lose herabhängenden Haaren, der mindestens so groß war wie ich, und erwähnten ganz nebenbei, daß dieser junge Kraftprotz, obwohl er gerade zwanzig geworden war, bei solchen Kämpfen bereits zwei Männer getötet hatte und sich auf der Flucht vor der Polizei befand. Ich drohte die Nerven zu verlieren und sah mich fragend zu Lambajan um, aber der nickte mir nur wortlos zu und spie auf sein rechtes Handgelenk. Also spie ich auf das meine und nahm tapfer Kurs auf den Mörder. Der ging, strotzend von Selbstbewußtsein, sofort auf mich los, weil er einen Vorteil von vierzehn Jahren zu haben glaubte und überzeugt war, diesen Oldtimer im Handumdrehen wegputzen zu können. Ich dachte an meinen Reissack und prügelte drauflos. Und schon als ich ihn zum erstenmal richtig traf, ging er zu Boden und blieb viel länger liegen, als die anderen brauchten, um bis zehn zu zählen. Was mich betraf, so bekam ich selbst nach diesem einen Schlag einen so schweren Asthmaanfall mit

Atemnot und Tränen, daß ich mich trotz meines großen Sieges fragte, ob ich in diesem Beruf je eine Zukunft haben würde. Lambajan tat derartige Zweifel verächtlich ab. »Das sind nur 'n bißchen die Anfängernerven«, versicherte er mir auf dem Heimweg. »Ich hab' schon viele Boys erlebt, die nach dem ersten Mal Krämpfe kriegten und mit Schaum vor dem Mund, ob sie nun siegten oder nicht, einfach umkippten. Du weißt ja nicht, was für Qualitäten du hast, Baba«, ergänzte er glücklich. »Nicht nur 'ne richtige Dampframme, sondern außerdem noch jede Menge Tempo. Und Mumm.« Ich hätte keinen einzigen Kratzer am Körper, betonte er, und außerdem könnten wir uns ein dickes Bündel Taschengeld teilen.

Wie hätte ich da Lambas Ehefrau des Diebstahls bezichtigen und zusehen können, wie sie beide entlassen wurden? Ich durfte meinen Manager nicht verlieren, den Mann, der mich auf meine Begabung aufmerksam gemacht hatte ... Sobald Miss Jaya sich ihrer Macht über mich sicher war, begann sie sie auszuspielen und bestahl uns, sozusagen unter meinen Augen, wobei sie darauf achtete, nicht zu oft oder zu viel zu stehlen – hier eine kleine Jadedose, dort eine winzige Goldbrosche. Es gab Tage, da sah ich Aurora und Abraham kopfschüttelnd auf einen leeren Fleck starren, aber Miss Jayas Kalkül erwies sich als zutreffend: Sie befragten die Dienstboten, aber sie riefen nicht die Polizei, denn sie wollten erstens ihr Hauspersonal nicht den sanften Liebkosungen der Bombay-Polizei ausliefern und zweitens ihre Freunde nicht in Verlegenheit bringen. (Und außerdem frage ich mich, ob Aurora nicht auch daran dachte, daß sie selbst einmal vor langer Zeit auf Cabral Island die kleinen Ganesha-Figuren stibitzt und weggeworfen hatte. Von *Zu-viele-Elefanten* bis hierher nach *Elephanta* war es eine lange Reise gewesen. Machte ihr jüngeres Ich ihr möglicherweise Vorwürfe und bewirkte eventuell sogar, daß sie ein gewisses Mitgefühl, eine unbestimmte Solidarität mit dem unbekannten Dieb empfand?)

Während dieser diebischen Periode geschah es dann, daß Miss Jaya mir das furchtbare Geheimnis meiner frühesten Kindertage verriet. Wir befanden uns am Scandal Point gegenüber dem großen Chamchawala-Haus, und ich glaube, ich machte eine Bemerkung – vergessen Sie nicht, daß die Emergency noch relativ jung war – über das ungesunde Verhältnis zwischen Mrs. Indira Gandhi und ihrem Sohn Sanjay. »Das ganze Land bezahlt für dieses Mutter-Sohn-Problem«, sagte ich. Miss Jaya, die über die jungen Liebespärchen, die händchenhaltend an der Kaimauer entlangwanderten, mißbilligend den Kopf schüttelte, schnaufte angewidert. »Das mußt gerade du sagen!« entgegnete sie. »Deine Familie. Pervers. Auch deine Schwestern und deine Mutter. Als du ein Baby warst. Wie sie mit dir gespielt haben! Einfach krank.«

Ich wußte nicht, habe niemals erfahren, ob sie die Wahrheit sagte. Miss Jaya Hé war mir ein Rätsel: eine Frau, so nachhaltig erbittert über ihr Los im Leben, daß sie offenbar der aberwitzigsten Rachepläne fähig war. Also mußte es eine Lüge sein; jawohl, vermutlich eine bösartige Lüge; wahr ist allerdings – das muß ich jetzt offenbaren, solange ich in der Stimmung für Offenbarungen bin –, daß ich mit einer außergewöhnlichen Laissez-faire-Einstellung meinem primären Geschlechtsmerkmal gegenüber aufgewachsen bin. Gestatten Sie mir, Ihnen mitzuteilen, daß verschiedene Personen es von Zeit zu Zeit angefaßt – jawohl! – oder auf andere Art und Weise, sowohl sanft als auch fordernd, seine Dienste erbeten oder mich angewiesen haben, wie und wo und mit wem und für wieviel es zu benutzen sei, und daß ich im großen und ganzen durchaus bereit war, zu gehorchen. Ist das so ungewöhnlich? Ich glaube nicht, Begums 'n' Sahibs … Auf konventionellere Art hat mir dieses selbe Organ bei anderen Gelegenheiten selbst Instruktionen erteilt, und auch diese habe ich – wie Männer es zu tun pflegen – so weit wie möglich befolgt; mit katastrophalen Ergebnissen. Wenn Miss Jaya mich nicht belogen hat, könnten die Ursachen für dieses

Verhalten in jenen frühen Liebkosungen liegen, auf die sie so boshaft anspielte. Und wenn ich ehrlich bin, kann ich mir solche Szenen gut vorstellen, erscheinen sie mir absolut glaubhaft: meine Mutter, die mein Dingsda streichelt, während ich an ihrer Brust nuckele, oder meine drei Schwestern, die sich um mein Bettchen scharen und an meiner kleinen braunen Kette ziehen. *Pervers! Einfach krank.* Aurora, hoch über der Ganpati-Menge tanzend, sprach von der Grenzenlosigkeit menschlicher Perversitäten. Also ist es vielleicht wahr. Vielleicht. Vielleicht.

Mein Gott, was für eine Familie waren wir, die wir gemeinsam in den Untergang getrieben wurden? Ich habe gesagt, daß ich das *Elephanta* jener Tage als Paradies in Erinnerung habe, und das trifft zu – aber man kann sich gut vorstellen, daß es auf einen Außenseiter weit eher wie die Hölle gewirkt haben mag.

Ich bin nicht sicher, ob man meinen Großonkel Aires da Gama wirklich als Außenseiter bezeichnen kann, doch als er im Alter von zweiundsiebzig Jahren zum erstenmal in Bombay auftauchte, war er ein so heruntergekommenes menschliches Wrack, daß Aurora Zogoiby ihn nur an der Bulldogge Jawaharlal erkannte, die er mit sich führte. Das einzige, was von dem fein herausgeputzten anglophilen Dandy von einst übriggeblieben war, war eine gewisse eloquente Indolenz in Sprache und Gestus, die ich, ständig bemüht, gegen mein Schicksal der zu vielen U/min. anzukämpfen, indem ich die Freuden der Langsamkeit pflegte, angestrengt nachzuahmen trachtete. Er wirkte krank – hohlwangig, unrasiert, unterernährt –, und es hätte mich nicht gewundert, zu erfahren, daß seine alte Krankheit wiederausgebrochen sei. Aber im Grunde war er nicht krank.

»Carmen ist tot«, sagte er. (Der Hund war selbstverständlich ebenfalls tot, schon seit Jahrzehnten. Aber Aires hatte Jawarwauwau ausstopfen und ihm kleine Räder unter die Pfoten schrauben lassen, so daß sein Herrchen ihn weiterhin an der Leine mitführen konnte.) Aurora, die Mitleid mit ihm hatte, schob all die betagten Familienressentiments beiseite; sie brachte ihn in unserem besten Gästezimmer unter, dem mit der weichsten Matratze, der dicksten Steppdecke und dem schönsten Meeresblick, und verbot uns allen, über Aires zu kichern, denn er hatte die Angewohnheit, mit Jawaharlal zu reden, als lebe er noch. Während der ersten Woche verhielt sich Großonkel Aires bei Tisch sehr still, fast so, als wolle er möglichst wenig Aufmerksamkeit auf sich lenken, damit die alten Feindseligkeiten nur ja nicht wieder aufkeimten. Er aß wenig, obwohl er eine ausgesprochene Vorliebe für die neuen Braganza-Lime-and-Mango-Pickles an den Tag legte, welche in letzter Zeit die Stadt im Sturm erobert hatten; wir versuchten, ihn nicht anzustarren, doch aus den Augenwinkeln nahmen wir unwillkürlich wahr, wie der alte Herr ganz langsam den Kopf von einer Seite zur anderen wandte, als suche er etwas, das er verloren hatte.

Auf seinen Reisen nach Cochin hatte Abraham Zogoiby dem Haus auf Cabral Island gelegentlich einen befangenen Höflichkeitsbesuch abgestattet, daher wußten wir ein wenig über die erstaunlichen Entwicklungen in diesem fast völlig abgetrennten Zweig unseres streitsüchtigen Clans; und mit der Zeit erzählte uns dann Großonkel Aires die ganze traurige, wunderschöne Geschichte. An dem Tag, da Travancore-Cochin zum Staat Kerala wurde, hatte Aires da Gama seine heimliche Phantasievorstellung, die Europäer würden eines Tages an die Malabar Coast zurückkehren, aufgegeben und war in einen einsiedlerischen Ruhestand getreten. Er zog einen Schlußstrich unter sein lebenslanges Philistertum und machte sich an die vollständige Lektüre des Kanons englischer Literatur, um sich mit den Höhepunkten kulturellen Schaffens der Alten Welt über die unerquickliche Mutabilität der Geschichte hinwegzutrösten. Die übrigen Mitglieder jenes ungewöhnlichen häuslichen Dreiecks, Großtante Carmen und Prince Henry der Navigator, immer öfter zusammen allein gelassen, wurden zu dicken Freunden und spielten bis spät in die Nacht hinein um hohe, wenn

– 269 –

auch nur nominelle Beträge Karten. Nach ein paar Jahren schlug Prince Henry eines Abends das Notizbuch auf, in dem er sämtliche Spielergebnisse festgehalten hatte, und erklärte Carmen mit einem nur halben Lächeln, daß sie ihm nun ihr gesamtes Vermögen schulde. Zu diesem Zeitpunkt erfüllten die Kommunisten Camoens da Gamas Traum: Sie kamen an die Macht. Und unter der neuen Regierung wendete sich Prince Henrys Glück. Dank seiner guten Verbindungen im Hafen von Cochin kandidierte er für ein Amt und wurde, ohne einen Wahlkampf führen zu müssen, durch einen wahren Erdrutsch von Stimmen zum Mitglied der Legislative gewählt. Als er Carmen noch am selben Abend von seiner neuen Karriere erzählte, gewann diese, von der Nachricht befeuert, in einem Marathon-Pokerspiel, das in einem einzigen, gigantischen Pot kulminierte, jede einzelne Rupie ihres verlorenen Vermögens zurück. Prince Henry hatte Carmen gegenüber stets angedeutet, sie verliere nur deshalb so hoch, weil sie so ungern passe, diesmal jedoch war er es, der in ihr Spinnennetz gezogen und von den vier Königinnen in seiner Hand dazu verführt wurde, den Einsatz bis in schwindelnde Höhen zu steigern. Als sie schließlich die Gelegenheit hatte, ihm ihre vier Könige zu zeigen, begriff er, daß sie in all den langen Jahren im stillen das Schummeln von ihm gelernt hatte: daß er das Opfer der größten Langzeitgaunerei in der Geschichte des Kartenspiels geworden war. Wieder einmal total verarmt, zollte er ihrer Kartenkunst höchstes Lob.

»Die Armen werden niemals so hinterlistig sein wie die Reichen, deswegen werden sie letztlich immer verlieren«, erklärte Carmen ihm liebevoll. Prince Henry erhob sich vom Kartentisch, küßte sie auf den Scheitel und widmete den Rest seines Arbeitslebens, mit und ohne Machtposition, der Bildungspolitik seiner Partei, weil nur Bildung den Armen die Möglichkeit bieten konnte, Carmen da Gamas Diktum zu widerlegen. Und tatsächlich stieg der Prozentsatz der mehr oder weniger Gebildeten im neuen Staat Kerala, bis er der höchste in ganz Indien war – Prince Henry selbst lernte, wie sich herausstellte, sehr schnell –, und Carmen da Gama gründete eine Tageszeitung für die Lesermassen in den Fischerdörfern am Meer und den Reisdörfern im hyazinthenverseuchten Hinterland. Wie sie entdeckte, besaß sie eine echte Begabung als Verlegerin, und ihr Journal entwickelte sich zu einem großen Hit bei den Armen – sehr zum Ärger von Prince Henry, denn obwohl es vorgab, brav eine linke Linie einzuhalten, erreichte das Blatt dennoch, daß die Menschen sich von der Partei abwandten, und als die antikommunistische Koalition die Macht im Staat übernahm, war es die hinterlistige, spaltzüngige Zeitung der kartengewitzten Carmen, der Prince Henry neben der Einmischung der Zentralregierung in Delhi die Schuld daran zuschrieb.

Im Jahre 1974 begab sich Aires da Gamas einstiger Geliebter (denn die Affäre war längst Vergangenheit) auf eine Reise in die Spice Mountains, um das gut gedeihende Elefantenreservat zu besuchen, zu dessen Schirmherrn er ernannt worden war, und verschwand. Carmen erhielt die Nachricht an ihrem siebzigsten Geburtstag und reagierte hysterisch. Mehrere Zoll hoch argwöhnten die Schlagzeilen ihrer Zeitung ein Verbrechen. Bewiesen aber wurde nie etwas; Prince Henrys Leiche wurde niemals gefunden, und nach einer gewissen Anstandsfrist wurde der Fall ad acta gelegt. Der Verlust des Mannes, der zu ihrem besten Freund und freundlichsten Rivalen geworden war, sog Carmen das Mark aus den Knochen, und eines Nachts stand sie im Traum an einem von waldigen Hügeln umgebenen See, wo Prince Henry ihr vom Rücken eines wilden Elefanten aus zuwinkte.

»Niemand hat mich umgebracht«, erklärte er ihr. »Es war einfach Zeit für mich, zu passen.« Am folgenden Morgen saßen Aires und Carmen zum letztenmal zusammen in ihrem Inselgarten. Carmen erzählte ihrem Mann von diesem Traum, und Aires, der die Bedeutung ihrer Vision erkannte, senkte den

Kopf. Er blickte nicht auf, bis er hörte, daß seiner Frau die Teetasse aus den leblosen Händen fiel.

Ich versuche mir vorzustellen, wie *Elephanta* auf Großonkel Aires gewirkt haben muß, als er mit seinem ausgestopften Hund und einem gebrochenen Herzen dort erschien, wieviel Verwirrung es in seinem aufgeweichten Verstand angerichtet haben muß. Was hielt er wohl nach der fast völligen Isolation auf Cabral Island von dem alltäglichen Tohuwabohu *chez nous*, von Auroras übermächtigem Ego und den wilden Arbeitsanfällen, die sie tagelang von uns fernhielten, bis sie, schielend vor Hunger und Erschöpfung, aus ihrem Atelier gestolpert kam; von meinen drei verrückten Schwestern und Vasco Miranda, von der diebischen Miss Jaya, dem einbeinigen Lambajan, von Totah und von Dilly Hormus' kurzsichtiger Wollust? Und was von *mir*?

Und dann war da noch das ständige Kommen und Gehen von Malern, Sammlern, Galeristen, Neugierigen, Modellen, Assistenten, Mätressen, Nackten, Fotografen, Packern, Steinhändlern, Bürstenverkäufern, Amerikanern, Tagedieben, Drogensüchtigen, Professoren, Journalisten, Prominenten und Kritikern sowie das endlose Gerede über Themen wie *Der Westen als Problematik, Der Mythos der Authentizität, Die Logik des Traums*, die langweiligen Konturen von Sher-Gils Figuration und die Präsenz sowohl von *Exaltation* als auch von *Dissens* im Werk B. B. Mukherjees, der derivative *Progressivismus* von Souza, die *Zentralität des magischen Image*, das *Sprichwort*, das Verhältnis zwischen *Gesten* und *offengelegten Motiven*, ganz zu schweigen von den hitzigen Debatten über *wieviel* und *wem* und *group-hang* und *one-man-show* und *New York, London* und die eintreffende wie ausgehende Prozession von Bildern, Bildern, Bildern. Denn wie es schien, hatte jeder Maler, den es im Land gab, das Bedürfnis, zu Auroras Tür zu pilgern und sie um ihren Segen für sein Werk zu bitten – den sie dem Ex-Banker mit seinem leuchtenden, indisierten *Abendmahl* erteilte, dem talentlosen Selbstverleger aus Delhi jedoch mit einem vielsagenden Räuspern vorenthielt, woraufhin sie mit dessen wunderschöner Ehefrau, einer Tänzerin, kurzerhand auf und davon ging, um ihre Ganpati-Stücke zu proben, während der Künstler mit seinen grauenhaften Werken allein zurückblieb … War diese gloriose Überfülle ganz einfach zu viel für den armen, alten Aires? In welchem Fall unsere frühere Annahme, daß des einen Paradies die Hölle des anderen sein kann, wohl recht schlagend bewiesen sein dürfte.

Ach, immer diese Hypothesen! In Wahrheit war es ganz anders. Zunächst möchte ich Ihnen sagen, daß Großonkel Aires mehr als nur eine Zuflucht in *Elephanta* fand, denn er erlebte zu seinem eigenen Erstaunen und dem aller anderen, einen Moment später, süßer Freundschaft. Liebe wohl nicht. Aber »etwas«. Jenes »Etwas«, das weitaus besser ist als ein »Nichts«, auch kurz vor dem Ende all unserer nur halberfüllten Tage.

Viele der Maler, die kamen, um der großen Aurora zu Füßen zu sitzen, verdienten ihren Lebensunterhalt in anderen Berufen und hießen in unseren Mauern nur noch – um wenigstens ein paar zu nennen – der Doktor, die Doktorin, der Radiologe, der Journalist, der Professor, der Sarangi-Spieler, der Dramatiker, der Drucker, der Kurator, der Jazzsänger, der Jurist und der Buchhalter. Dieser letzte – der Künstler, der heute ganz ohne Zweifel Auroras Erbe angetreten hat – war es, der Aires adoptierte: Ein etwa vierzigjähriger, schlampig frisierter Mensch war er damals, mit einer Brille, deren Gläser in Größe und Form dem Bildschirm eines Campingfernsehers ähnelten, und dahinter einem Ausdruck so vollkommener Unschuld, daß man unwillkürlich einen Ulk argwöhnte. Innerhalb weniger Wochen wurde er der beste Freund meines Großonkels. In diesem letzten Jahr seines Lebens wurde Großonkel Aires zum ständigen Modell des Buchhalters und meiner Meinung nach auch zu seinem Geliebten. Auf den Bildern ist das deutlich zu erkennen, vor allem auf dem ganz außergewöhnlichen *Wünsche gehen nicht immer in Erfüllung*, 114 × 114 cm, Öl auf Leinwand, eine belebte Straßenszene in Bombay – vermutlich die Muhammad Ali Road –, betrachtet vom nackten Aires da Gama, der auf einem Balkon steht, rank und schlank wie ein junger Gott, doch mit der unerfüllten, unerfüllbaren, unausgesprochenen, unaussprechbaren Sehnsucht des Alters in jedem Pinselstrich seiner gemalten Gestalt. Zu seinen Füßen sitzt eine alte Bulldogge; und es mag zwar meiner Phantasie entspringen, aber unten in der Menschenmenge, ja, ja, ganz genau dort, die beiden winzigen Gestalten auf dem Rücken des Elefanten mit der auf seine Flanken gemalten Vimto-Werbung, könnten die vielleicht – aber natürlich sind sie es: Prince Henry der Navigator und Carmen da Gama, die dem Großonkel bedeuten, er möge sich ihrer Reise anschließen.

(Es waren einmal zwei Gestalten in einem Boot, die eine in einem Brautkleid, die andere nicht, und eine dritte Person mutterseelenallein in ihrem Hochzeitsbett. Aurora hatte diese schmerzliche Szene unsterblich gemacht; und hier im Werk des Buchhalters erschienen tatsächlich dieselben drei Personen. Nur ihre Zuordnung hatte sich verändert. Der Tanz war weitergegangen; und war zum Totentanz geworden.)

Kurz nach der Vollendung von *Wünsche gehen nicht immer in Erfüllung* verstarb Aires da Gama. Aurora wie auch Abraham reisten gen Süden, um ihn zu beerdigen. Ungeachtet der in den Tropen üblichen Verfahrensweise, nach der die Menschen möglichst schnell zur ewigen Ruhe gebettet werden, damit sie die Welt nicht von üblen Gerüchen erfüllt zurücklassen, beauftragte meine Mutter die Leichenbestatterfirma Mahalaxmi Deadboby Disposicians Pvt. Ltd. (Motto: »Leiche ist hier? Sie wollen sie dort? Kein Grund zur Panik! Wir schaffen sie fort!«) und ließ Aires für die Reise auf Eis betten, damit er neben Carmen auf dem Familienfriedhof von Cabral Island beigesetzt werden konnte, dort, wo Prince Henry der Navigator ihn finden konnte, falls er jemals auf seinem Elefanten von den Spice

Mountains herabgeritten kommen sollte. Als Aires an seinem letzten Ruheplatz angelangt war und sie seinen Aluminium-Dispotainer öffneten, um ihn in den Sarg umzubetten, sah er – wie Aurora uns erzählte – wie ein »riesiger, blauer Eiszapfen« aus. Seine Augenbrauen waren mit Reif überkrustet, und er war kälter als ein Grab. »Macht nichts, Onkel«, murmelte Aurora während der Beerdigung, bei der sie und Abraham die einzigen Trauergäste waren. »Da, wo du hingehst, werden sie dich bestimmt bald wärmifizieren.«

Doch wirklich berührt war Aurora von alldem nicht. Die Streitereien der Vergangenheit waren längst vergessen, das Haus auf Cabral Island wirkte wie ein übriggebliebener Rest, eine Irrelevanz. Selbst das Zimmer, das Aurora als junge Künstlerin während ihrer Phase des »Hausarrests« ausgemalt hatte, berührte sie nicht mehr, denn sie war immer wieder zu diesen Themen zurückgekehrt, hatte wie besessen an dem mythisch-romantischen Stil gearbeitet, in dem Geschichte, Familie, Politik und Phantasie einander anrempelten wie die drängelnden Menschenmassen im Victoria Terminus oder in der Churchgate Station; und genauso war sie zurückgekehrt zur Erforschung einer alternativen Vision von Indien-als-Mutter, nicht etwa von Nargis' sentimentaler Erdmutter, sondern einer Mutter der Städte, so herzlos und liebenswert, so strahlend und dunkel, so vielfältig und einsam, so faszinierend und abstoßend, so schwanger und leer, so ehrlich und hinterhältig wie die schöne, grausame, unwiderstehliche Metropole selbst. »Mein Vater glaubte, ich hätte hier ein Meisterwerk geschaffen«, sagte sie zu Abraham, als sie in dem ausgemalten Zimmer standen. »Doch wie du siehst, waren es nur die ersten Schritte eines Kindes.«

Aurora ließ die Möbel mit Tüchern vor dem Staub schützen und das Haus verschließen. Sie kehrte nie wieder nach Cochin zurück, und selbst nach ihrem Tod ersparte Abraham ihr die Demütigung, wie ein tiefgefrorener Fisch gen Süden geflogen zu werden. Er verkaufte den alten Besitz, und dieser wurde zu

einem verfallenden, billigen Hotel für jugendliche Rucksack-
touristen und alte indische Arbeiter, die trotz ihrer viel zu
kleinen Rente einen letzten Blick auf ihre verlorene Welt werfen
wollten. Schließlich brach das Haus, wie ich hörte, in sich
zusammen. Das tut mir leid; aber schließlich war ich, glaube ich,
das einzige Mitglied unserer Familie, dem unsere Vergangenheit nicht völlig gleichgültig war.

Als Großonkel Aires starb, hatte jeder von uns das Gefühl,
an einem Wendepunkt angekommen zu sein. Vereist, bläulich
angelaufen, markierte er das Ende einer Generation. Nun also
war die Reihe an mir.

Ich beschloß, Miss Jaya nicht mehr auf ihren Ausflügen in die
Stadt zu begleiten. Doch diese Distanzierung erwies sich als
unzulänglich; die Ereignisse im Zaveri-Basar quälten mich weiterhin. Also ging ich schließlich zu Lambajan ans Tor, um ihm
– tief errötend, weil ich wußte, daß ich ihn demütigte – alles zu
erzählen, was ich wußte. Als ich fertig war, wartete ich verzagt
auf seine Reaktion. Schließlich hatte ich noch nie zuvor einem
Mann gesagt, daß seine Frau eine Diebin sei. Würde er mit mir
um seine Familienehre kämpfen, mich auf der Stelle umzubringen versuchen? Lambajan schwieg, sein Schweigen breitete sich
rings um ihn aus und dämpfte das Hupen der Taxis, die Rufe
des Zigarettenverkäufers, das Gekreisch der Straßenkinder, die
Kampfdrachen, Reifenschlagen und Autos-Ausweichen spielten, und die lärmende Tonbandmusik aus dem *Sorryno,* dem
iranischen Restaurant ein Stück weiter den Berg hinauf (so
genannt wegen der riesigen schwarzen Tafel vor dem Eingang,
auf der lauter *Sorry no* standen: *Sorry, kein Alkohol, keine Auskunft
über Adressen am Ort, kein Haarekämmen, kein Rindfleisch, kein
Feilschen, kein Wasser außer zum Essen, keine Zeitungen und Filmzeitschriften, kein Teilen von Getränken, kein Rauchen, keine Streichhölzer,
keine R-Gespräche, kein Verzehr von mitgebrachten Speisen, keine Unterhaltung über Pferde, keine Sigretten, kein langes Verweilen in den*

Räumlichkeiten, kein Erheben der Stimme, kein Wechselgeld, und ganz zuletzt zwei besonders wichtige Verbote: *Kein Dämpfen der Laut-stärke – wir mögen es so* und *Keine Musikwünsche – alle Melodien entsprechen dem Geschmack des Besitzers).* Selbst der verflixte Papagei schien sich für die Reaktion des Piraten zu interessieren.

»Bei meinem Job«, antwortete Lambajan schließlich, »sieht man vieles, Baba, vor dem man auf der Hut sein muß. Ein Mann kommt mit billigen Edelsteinen, die Damen des Hauses müssen beschützt werden. Eine andere Person kommt mit einem ganzen Arm voll schlechter Uhren, ich muß ihn hinausbefördern. Bettler, *badmashes, lafangas,* alles mögliche. Besser, sie verschwinden wieder, also tue ich meine Pflicht. Ich biete der Straße die Stirn und tue, was notwendig ist. Aber jetzt merke ich, daß ich auch noch hinten am Kopf Augen haben muß.«

»Okay, lassen wir das«, sagte ich ungeschickt. »Du bist sauer. Vergessen wir das Ganze einfach!«

»Du weißt es nicht, Baba, aber ich bin ein gottesfürchtiger Mensch«, fuhr Lamba fort, als hätte ich nichts gesagt. »Ich stehe hier vor diesem gottlosen Haus Wache und sage nichts. Aber im Walkeshwar Tank und im Mahalaxmi Temple kennen die Leute mein armseliges, unbedeutendes Gesicht. Jetzt muß ich hingehen und dem Lord Ram opfern und ihn um Augen-hinten-am-Kopf bitten. Und darüber hinaus um taube Ohren, damit ich so-schlimme zu-schlimme Sachen nicht hören kann.«

Gleich nachdem ich Miss Jaya bezichtigt hatte, hörten die Diebereien auf. Kein einziges Wort fiel zwischen uns, doch Lamba hatte getan, was notwendig war, und ihre Beutezüge nahmen ein Ende. Aber auch etwas anderes nahm ein Ende: Lambajan spielte nicht mehr meinen Boxtrainer, hüpfte nicht mehr wie ein Pogo-Stick im Garten umher und schrie: »Na los, Mister Papagei! Willst du mich mit 'ner Feder kitzeln? Nun komm schon, ich will deinen besten Treffer sehen!« Und er wollte mich nicht mehr in die Gasse der Faustkämpfer mitnehmen, damit ich meinen mächtigen Krüppel-Knüppel gegen die stärksten Raufbolde der Stadt einsetzen konnte. Die Frage, ob meine Atemprobleme der Entfaltung meines pugilistischen Naturtalents im Wege standen, sollte noch viele Jahre auf eine Antwort warten müssen. Unser Verhältnis zueinander war ziemlich gespannt und wurde erst nach meinem tiefen Fall ein wenig besser. In der Zwischenzeit aber schmiedete Miss Jaya Hé Rachepläne, die sie dann auch äußerst erfolgreich in die Tat umsetzte.

So verlief mein Leben im Paradies: erfüllt, aber ohne Freunde. Da ich nicht in die Schule gehen durfte, verzehrte ich mich vor Sehnsucht nach Gleichaltrigen; während ich in dieser Welt, in welcher der Schein Wirklichkeit wird und wir sein müssen, was wir scheinen, sehr schnell zum Ehren-Erwachsenen wurde, von allen als solcher behandelt, blieb ich aus der Welt dessen, was ich tatsächlich war, ausgeschlossen. Wie habe ich von kindlicher Unschuld geträumt! Von einer Kinderzeit mit Cricketspielen auf dem Cross Maidan, von Ausflügen an die Strände von Juhu oder Marvé oder in die Aarey Milk Colony, vom Taraporevala-Aquarium, wo ich den Engelhaien ein Fischmäulchen machen und mir mit Freunden überlegen konnte, wie sie möglicherweise schmecken würden; von kurzen Hosen und Schlangenschnallen am Gürtel, von der Ekstase eines Pistazienpuddings und Ausflügen in chinesische Restaurants und von den ersten, ungeschickten Küssen der Jugend; vom Schwimmunterricht am Sonntagvormittag im Willingdon Club bei diesem Lehrer, der seine Schüler gern ängstigte, indem er sich flach auf den Beckenboden sinken und die gesamte Luft aus seinen Lungen entweichen ließ. Die ganze Überlebensgröße eines glücklichen Kinderlebens, seine Achterbahnhöhen und -tiefen, seine Bündnisse und Verrätereien, das Herumtoben und -balgen wie richtige Jungen – das alles wurde mir von meiner Statur und äußeren Erscheinung unmöglich gemacht. Mein Paradies war ein Eden der Erkenntnis. Und dennoch war ich glücklich dort.

Warum? – Warum? – Warum?
Ganz einfach: weil es mein Zuhause war.

Also, jawohl, ich war glücklich inmitten der Wildnis dieser Erwachsenenleben, inmitten der Seelenqualen meiner Geschwister und der elterlichen Bizarrerien, die für mich zu etwas Alltäglichem wurden und es auf eine gewisse Weise noch heute sind; sie überzeugen mich davon, daß bizarr nur die Idee der Norm ist, die Vorstellung, daß Menschen ein *normales, alltägliches* Leben führen müßten … Sehen Sie doch hinter die Tür irgendeines Haushalts, und Sie werden ein genauso ungezähmtes, makabres Wunderland finden wie das unsere. Ich mag damit recht haben; aber vielleicht ist auch diese Sichtweise nur Teil meiner Klage, vielleicht ist auch diese – was? – diese verfluchte Außenseitereinstellung ausschließlich die Schuld meiner Mutter.

Meine Schwestern würden dies vermutlich bejahen. Ach, meine Ina, Minnie, Mynah von ehedem! Welch eine Last, Töchter ihrer Mutter zu sein. Obwohl sie schön waren, war sie faszinierender. Der Zauberspiegel an ihrer Schlafzimmerwand gab niemals den jüngeren Frauen den Vorzug. Außerdem war sie intelligenter und begabter, und sie verstand jeden jungen Beau in ihren Bann zu ziehen, den ihre Töchter ihr vorzustellen wagten, ihm so ganz und gar den Kopf zu verdrehen, daß sie jede Chance der Mädchen zunichte machte; waren die jungen Männer erst einmal geblendet von der Mutter, wollten sie von den armen Eeny-Meenie-Miney nichts mehr wissen … Ganz zu schweigen von Auroras scharfer Zunge und dem Fehlen einer Schulter, an der man sich ausweinen konnte, sowie ihrer Skrupellosigkeit, die Kinder endlos lange in Miss Jaya Hés knochigen, freudlosen Krallen zu lassen … Aurora verlor sie alle, müssen Sie wissen, alle fanden eine Möglichkeit, sie zu verlassen, obwohl sie sie schmerzhaft liebten, leidenschaftlicher liebten, als sie diese Liebe jemals zurückgeben konnte, und inniger, als es ihnen in Ermangelung einer Erwiderung – dieses

Gefühl hatten sie jedenfalls – jemals möglich war, sich selbst zu lieben.

Ina, die Älteste, Ina mit dem halbierten Namen, war die größte Schönheit dieses Trios und leider Gottes auch das, was ihre Schwestern als »der Familientrottel« zu bezeichnen pflegten. Aurora, immer die liebe, großzügige Mama, deutete vor den erhabensten Gästen vage in ihre Richtung und erklärte den Anwesenden: »Aber die ist nur zum Anguckifizieren, nicht zum Ansprechen. Die Ärmste ist im Kopf beschränkt.« Mit achtzehn Jahren nahm Ina ihren ganzen Mut zusammen, ließ sich bei Jhaveri Bros., dem Juwelier an der Warden Road, die Ohrläppchen durchstechen und wurde für ihre Courage prompt mit einer Infektion belohnt; die Rückseite ihrer Ohren schwoll zu riesigen, suppenden Beulen an, die durch ihre von Eitelkeit diktierte Gewohnheit, immer wieder in sie hineinzustechen und den Eiter abzuwischen, nur ständig schlimmer wurden. Zuletzt mußte sie in einem Krankenhaus ambulant behandelt werden, und die ganze traurige, drei Monate während Episode lieferte ihrer Mutter neue Munition gegen sie. »Vielleicht wär's besser gewesen, sie abschneiden zu lassen«, schalt Aurora. »Vielleicht hätte das die Blockade beseitifiziert. Denn irgendeine Blockade ist doch da, oder nicht? Irgendein Ohrenwachs oder -stöpsel. Die äußere Form ist super, aber es geht einfach nichts hinein.«

Natürlich verschloß Ina die Ohren vor ihrer Mutter, und statt zu gehorchen, konkurrierte sie mit ihr auf die einzige Art, die ihr gegeben war: durch ihr Aussehen. Einem Maler nach dem anderen aus Auroras Kreis bot sie sich als Modell an – dem Juristen, dem Sarangi-Spieler, dem Jazzsänger –, und sobald sie ihren außergewöhnlichen Körper in den Ateliers der Künstler entblätterte, fühlten diese sich unwiderstehlich zu ihr hingezogen; wie Satelliten, die aus dem Orbit ausbrechen, setzten sie zu Bruchlandungen auf ihren weichen Hügeln an. Nach jeder Eroberung sorgte Ina dann dafür, daß ihre Mutter ein Briefchen des jeweiligen Liebhabers entdeckte, oder eine pornographische Skizze – so wie ein Apachenkrieger dem großen Häuptling in seinem Zelt die erbeuteten Skalps präsentiert. Nicht nur die Welt der Kunst betrat sie so, sondern auch die des Kommerzes, und wurde das erste indische Mannequin und Covergirl – *Femina, Buzz, Celebrity, Patakha, Debonair, Bombay, Bombshell, Ciné, Blitz, Lifestyle, Gentleman, Eleganza, Chic* –, ein Model, dessen Bekanntheitsgrad sich mit dem der Bollywood-Filmstars messen konnte. Ina wurde zur stummen Sexgöttin, stets bereit, die exhibitionistischsten Gewänder vorzuführen, entworfen von einer neuen Generation junger, radikaler Designer, die in der Stadt auftauchten, Gewänder, so entblößend, daß viele der Topmodels sich genierten, sie zu tragen. Ina, völlig ungeniert, stahl ihnen mit ihrem hüfteschwingenden Super-Schassieren jedesmal die Show. Ihr Gesicht auf einem Zeitschriftencover vermochte, wie man schätzte, den Verkauf um ein Drittel zu steigern; aber sie gab keine Interviews, vereitelte jeden Versuch, ihre intimsten Geheimnisse aufzudecken, etwa die Farbe ihres Schlafzimmers, ihren bevorzugten Filmhelden oder den Song, den sie in der Badewanne summte. Keine Schönheitstips wurden verraten, keine Autogramme gegeben. Sie blieb unnahbar: Jeder Zoll die Oberschicht-*femme* von Malabar Hill, vermittelte sie den Leuten den Eindruck, sie sei »einfach nur so« Mannequin und Model. Ihr Schweigen verstärkte ihre Anziehungskraft; es erlaubte den Männern, sich ihre eigene Version von ihr zu erträumen, und den Frauen, sich in ihre Riemchensandalen oder Krokodillederschuhe zu versetzen. Auf dem Höhepunkt der Emergency, als in Bombay fast alles *business-as-usual* war, nur, daß sämtliche Reisenden ihren Zug verpaßten, weil der auf einmal pünktlich abfuhr, als sich die Pestkeime des kommunalen Fanatismus immer weiter verbreiteten, in der Metropole die Krankheit jedoch noch nicht ausgebrochen war – in dieser seltsamen Zeit wurde meine Schwester Ina von den jungen Zeitschriftenleserinnen der Stadt zum Vorbild Nr. 1 gewählt und schlug Mrs. Indira Gandhi somit um Längen.

Doch die Rivalin, die Ina zu besiegen trachtete, war nicht Mrs. Gandhi, und Aurora machte die Triumphe der Tochter zunichte, indem sie sich weigerte, den Köder zu schlucken, und statt dessen deren Libertinage und Exhibitionismus verurteilte; bis es Ina endlich gelang, ihrer großen Mutter den Beweis einer Liaison – wie sich herausstellte, eines verstohlenen Wochenendes im Lord's Central House von Matheran – mit Vasco Miranda zukommen zu lassen. Damit traf sie ins Schwarze. Aurora befahl ihre älteste Tochter zu sich, beschimpfte sie als nymphomanische Hure und drohte, sie auf die Straße zu setzen. »Du brauchst mich nicht hinauszuwerfen«, gab Ina voller Stolz zurück. »Keine Sorge, ich werd' von ganz allein springen.«

Innerhalb von vierundzwanzig Stunden war sie mit einem jungen Playboy nach Nashville, Tennessee, durchgebrannt, dem einzigen Erben dessen, was nach Abrahams Auszahlung von Vater und Onkel vom Familienvermögen der Cashondeliveris übriggeblieben war. Jamshedjee Jamibhoy Cashondeliveri war in den Nightclubs von Bombay unter dem Künstlernamen »Jimmy Cash« als Barde bekanntgeworden; er vertrat einen Musikstil, den er selbst gern als Country-and-Eastern-Musik bezeichnete, eine Reihe nasaler Songs über Ranches, Eisenbahnen, Liebe und Rindviecher mit einem eigenartigen indischen Unterton. Jetzt hatte er sich mit Ina ins Ursprungsland dieser Musik aufgemacht, und dort trugen sie gemeinsam ihre Liebe zu Markte. Ina benutzte den Künstlernamen Gooddy (das heißt »Dolly«) Gama – noch diese abgekürzte Version des Familiennamens ihrer Mutter war ein Hinweis auf Auroras niemals nachlassenden Einfluß auf das Denken und Handeln ihrer Töchter –, aber das war noch nicht alles. Ina, die durch ihr Schweigen zur Legende geworden war, machte auf einmal den Mund auf und sang. Sie trat als Leadsängerin mit einer Truppe von drei Backgroundsängern auf, und der Name dieses Ensembles, dem sie trotz seines bedauerlichen Pferdeoper-Anklangs zustimmte, lautete »Jimmy Cash and the G.Gs«.

– 282 –

Als Ina ein Jahr später nach Hause kam, waren wir alle zutiefst schockiert. Sie trug ihre Haare in fettigen Strähnen und hatte über dreißig Kilo zugenommen: keine sehr gooddy Gama mehr! Die Einwanderungsbeamten konnten kaum glauben, daß sie die junge Frau auf ihrem Paßfoto war. Ihre Ehe war passé, und obwohl sie behauptete, daß Jimmy sich zu einem Monster entwickelt habe und wir »nicht wissen könnten«, was er alles getan habe, stellte sich im Laufe der Zeit heraus, daß ihr alles verschlingender Sexhunger nach jodelnden Rhinestone-Cowboys und ihr ständig zunehmender Exhibitionismus weder bei den moralinsauren Richtern über das Schicksal eines Sängers in Tennessee noch bei ihrem Ehemann Jamshed gut angekommen waren; außerdem klang ihr Gesang wie das durchdringende Sterbegeschrei einer strangulierten Gans. Ihr Geld hatte sie genauso großzügig verschleudert, wie sie die Freuden der amerikanischen Küche genossen hatte, und je umfangreicher sie geworden war, desto heftiger hatten sich ihre Wutanfälle gestaltet. Schließlich war ihr Jimmy davongelaufen und hatte die Country-and-Eastern-Musik aufgegeben, um in Kalifornien Jura zu studieren. »Ich muß ihn wiederhaben«, flehte sie uns an. »Ihr müßt mir bei meinem Plan helfen.«

Zu Hause ist ein Ort, an den man jederzeit zurückkehren kann, so schmerzlich die Umstände des Abschieds von dort auch gewesen sein mögen. Aurora erwähnte kein Wort von ihrem Bruch vor einem Jahr, sondern nahm die verlorene Tochter kurzerhand in die Arme. »Wir werden's diesem Mistkerl schon heimzahlifizieren«, tröstete sie die weinende Ina. »Du brauchst nur zu sagen, was du willst.«

»Ich muß ihn wieder nach Hause holen«, antwortete sie weinend. »Wenn er hört, daß ich im Sterben liege, wird er bestimmt zurückkommen. Schickt ihm ein Kabel und teilt ihm mit, daß bei mir Verdacht auf ich-weiß-nicht-was besteht. Irgendwas, das nicht ansteckend ist. Ein Herzanfall.«

Aurora mußte ein Grinsen unterdrücken. »Wie wär's denn«,

fragte sie, während sie ihr mehr als rundlich gewordenes Kind in den Armen wiegte, »mit irgendeiner *auszehrenden Krankheit?*« Meiner Schwester entging der ironische Ton. »Aber nein, du Dummchen«, schluchzte sie an Auroras Schulter, »wie soll ich in der kurzen Zeit so viel abnehmen? Verschont mich bitte mit solch idiotischen Ideen! Sagt ihm doch einfach« – und hier hellte sich ihre Miene auf –, »es ist Krebs.«

Und Minnie: Im selben Jahr, da Ina fort war, entdeckte sie ihren eigenen Fluchtweg. Leider muß ich Ihnen mitteilen, daß sich unsere süße Inamorata, die sanftmütigste junge Frau, die man sich vorstellen kann, in jenem Jahr in keinen Geringeren als Jesus von Nazareth verliebte; in den Menschensohn selbst und auch in seine heilige Mutter. Die mausgraue Minnie, immer so leicht zu schockieren, die Schwester, die auf die Beatnik-Libertinage in unserem Haus mit erschrockenem Zungenschnalzen und Hand-vor-den-Mund-Heben reagiert hatte, unsere großäugige, unschuldige Mini-Minnie, die bei den Nonnen von der Altamount Road Krankenpflege gelernt hatte, verkündete uns ihren Wunsch, Aurora, ihre leibliche Mutter, gegen Maria Gratiaplena, die Mutter Gottes, einzutauschen, das Schwestersein für das Schwesterndasein aufzugeben und den Rest ihres Lebens nicht in *Elephanta* zu verbringen, sondern im Haus von und eingehüllt in die Liebe von …

»Jesus Christus!« fluchte Aurora, wütender, als ich sie je gesehen hatte. »So dankifizierst du uns also für alles, was wir für dich getan haben!«

Minnie errötete, und man sah deutlich, daß sie ihre Mutter gern ermahnt hätte, den Namen des Herrn nicht lästerlich im Munde zu führen, aber sie biß sich auf die Lippe, bis sie blutete, und ging in den Hungerstreik. »Soll sie doch sterben!« sagte Aurora unbarmherzig. »Besser eine Leiche als eine Nonne.« Sechs Tage lang aß und trank die kleine Minnie nichts, bis sie schließlich von einer Ohnmacht in die andere fiel und immer mühsamer aus ihrer Bewußtlosigkeit zu wecken war. Auf Abrahams Druck hin gab Aurora nach. Ich habe meine Mutter nicht oft weinen sehen, an jenem siebten Tag aber weinte sie Tränen, die sich ihr schmerzhaft entrangen, unter rauhem, hartem Schluchzen. Sister John vom Gratiaplena-Kloster wurde gerufen – Sister John, die bei all unseren Geburten geholfen hatte –, und sie erschien mit der gelassenen Autorität einer siegreichen Herrscherin, als wäre sie Königin Isabella von Spanien, die die Alhambra von Granada betritt, um die Kapitulation Boabdils, des Mauren, entgegenzunehmen. Sie war eine mächtige alte Fregatte von einer Frau, mit weißen Segeln um den Kopf und weichen Fleischwogen unterm Kinn. Alles an ihr nahm an jenem Tag symbolische Bedeutung an: Sie schien das Schiff zu sein, mit dem unsere Schwester davonsegeln würde. Auf ihrer Oberlippe saß ein knotiger Baumstumpf von einem Muttermal (Zeichen für die Widerborstigkeit des wahren Glaubens), aus dem wie Pfeile (Hinweis auf die Qualen der wahren Gläubigen) ein halbes Dutzend dünne Haare sprossen. »Gesegnet ist dieses Haus«, sagte sie, »denn es schenkt Jesus eine Braut.« Es kostete Aurora Zogoiby all ihre Selbstbeherrschung, sie nicht augenblicklich umzubringen.

So war Minnie also Novizin geworden, und wenn sie uns in ihrer Audrey-Hepburn-Aufmachung aus der *Geschichte einer Nonne* besuchte, nannten die Dienstboten sie – ausgerechnet – Minnie *mausi*. Kleine Mutter, meinten sie damit, aber für mich klang der Ausdruck ein bißchen makaber, als wären Vasco Mirandas Disney-Figuren an unserer Kinderzimmerwand irgendwie verantwortlich für die Metamorphose meiner Schwester. Auch kam mir diese neue Minnie, diese ruhige, distanzierte, selbstsichere Minnie mit ihrem Mona-Lisa-Lächeln und dem frommen Glanz in ihrem auf die Ewigkeit gerichteten Blick, so fremd vor, als wäre sie Mitglied einer ganz anderen Spezies geworden: ein Engel, oder ein Marsmensch, oder eine zweidimensionale Maus. Ihre ältere Schwester dagegen tat, als habe

sich an ihrem Verhältnis zueinander nichts geändert, als sei
Minnie – obwohl zu einer anderen Armee eingezogen – noch
immer verpflichtet, die Anweisungen ihrer großen Schwester zu
befolgen.

»Rede mit deinen Nonnen!« befahl Ina ihr. »Bestell mir ein
Bett in ihrem Pflegeheim!« (Die Gratiaplena-Nonnen von der
Altamount Road waren auf die beiden Seiten des Lebens spezialisiert und halfen den Menschen sowohl in diese sündige Welt
hinein als auch wieder aus ihr hinaus.) »Wenn mein Jimmy Cash
wiederkommt, muß ich unbedingt an so einem Ort sein.«

Warum haben wir es getan? Denn wir waren alle an Inas Plan
beteiligt, müssen Sie wissen. Aurora schickte das Krebskabel,
und Minnie überredete die Altamount-Nonnen, aus Gründen
des Mitgefühls ein Bett zur Verfügung zu stellen, denn alles, was
geeignet sei, eine Ehe zu retten, erklärte sie, alles, was geeignet
sei, dieses heilige Sakrament zu schützen, sei in Gottes Augen
rein. Und als das mit dem Telegramm funktionierte und Jamshed Cashondeliveri in die Stadt geflogen kam, wurde die Fiktion aufrechterhalten. Sogar Mynah, die dritte und härteste
meiner Schwestern, die erst jüngst ihre Zulassung als Anwältin
in Bombay erhalten hatte und die wir in jenen Tagen immer
weniger zu sehen bekamen, schloß sich uns an.

Wir waren schon ein verdammter Haufen, wir Da-Gama-Zogoibys, ein jeder von uns mußte unbedingt eine andere Richtung einschlagen als die anderen, um ein Territorium zu beanspruchen, das wir als unser Eigen betrachten konnten. Nach
Abrahams Geschäften und Auroras Kunst kam Inas Professiona-
lisierung ihrer Sexualität und Minnies Kapitulation vor Gott.
Was nun Philomela Zogoiby anging – »Mynah« legte sie so
schnell wie möglich ab, und das zauberhafte Kind, das Vogelrufe
nachahmte, existierte schon lange nicht mehr, obwohl wir sie,
hartnäckig wie unsere Familie war, immer wieder ärgerten,
indem wir den verabscheuten Spitznamen benutzten, sobald sie
bei uns zu Hause auftauchte –, Philomela hatte sich vorgenom-

men, einen Beruf aus dem zu machen, was jede jüngste Tochter
tun muß, um Aufmerksamkeit zu erregen – nämlich protestie-
ren. Kaum war sie als Advokatin zugelassen, da erzählte sie
Abraham schon, sie habe sich einer radikalen Gruppe von
Aktivistinnen, Filmemacherinnen und Anwältinnen ange-
schlossen, die es sich zum Ziel gemacht habe, den doppelten
Skandal der unsichtbaren Menschen und der unsichtbaren
Wolkenkratzer aufzudecken, an dem er so gut verdient hatte.
Sie brachte Kéké Kolatkar und seine Kumpane von der Municipal Corporation zu einem Musterprozeß vor Gericht, der viele
Jahre dauern und das alte Gebäude der F. W. Stevens Corporation – »Wie alt?« – »Alt. Aus sehr alter Zeit.« – in seinen
Grundfesten erschüttern sollte. Jahre später gelang es ihr, den
alten Gauner Kéké hinter Schloß und Riegel zu bringen; Abraham Zogoiby jedoch entkam, nachdem ihm das Gericht zur
Empörung seiner Tochter nach Verhandlungen mit der Steuer-
behörde einen Handel angeboten hatte. Erleichtert bezahlte er
eine hohe Geldstrafe, sagte als Zeuge der Anklage gegen seinen
alten Verbündeten aus, bekam von der Anklage dafür Immu-
nität zugesichert und erwarb das wunderschöne K. K. Chambers
einige Monate später von der zusammenbrechenden Immobi-
lienfirma des Häftlings für einen Apfel und Ei. Aber Mynah
mußte noch eine weitere Niederlage einstecken; denn obwohl
sie die Existenz der unsichtbaren Gebäude erfolgreich bewiesen
hatte, gelang es ihr nicht, die Realität der unsichtbaren Personen herzustellen, die diese erbaut hatten. Sie wurden weiterhin
als Phantome eingestuft, die wie Gespenster durch die Stadt
irrten, auch wenn es diese Gespenster waren, die die Stadt
instand hielten, die Häuser bauten, die Güter schleppten, die
Abfälle forträumten, um dann schlicht und schrecklich, jedes
zu seiner Zeit und ungesehen, zu sterben, während ihnen das
Gespensterblut mitten auf den nur allzu realen, gleichgültigen
Straßen der Hurenstadt aus dem Geistermund schoß.

Während sich Ina im Pflegeheim der Altamount-Nonnen

verkroch, um auf Jimmy Cashs Heimkehr zu warten, überraschte Philomela uns allesamt, indem sie ihrer Schwester einen Besuch abstattete. Damals gab es einen Song von Dory Previn, den man überall hörte – zu uns kam alles immer ein bißchen später –, in dem sie ihren Geliebten beschuldigte, er sei bereit, für völlig Fremde zu sterben, aber nicht mit ihr zu leben ... Nun ja, etwa das gleiche warfen wir unserer Philomela vor. Deswegen kam ihre Besorgnis um die arme Ina für uns so unerwartet.

Warum haben wir es getan? Ich glaube, weil wir begriffen, daß etwas zerbrochen war und daß es sich hier wohl um Inas letzten Würfelwurf handelte. Ich glaube, wir hatten schon immer gewußt, daß Ina, obwohl größer als Minnie und älter als Mynah, am zerbrechlichsten war, daß sie, seit die Eltern ihren Namen halbiert hatten, niemals ganz richtig dagewesen war und mit ihrer Nymphomanie und so weiter seit Jahren allmählich verkümmerte. Sie drohte unterzugehen, sie klammerte sich an jeden Strohhalm, wie sie sich immer an Männer geklammert hatte, und der flotte Jimmy war für sie der letzte aller erreichbaren Strohhalme.

Mynah erbot sich, Jamshed Cashondeliveri vom Flughafen abzuholen, weil sie meinte, angesichts seines neuen Lebens als Jurastudent würde er sich ihr vermutlich am ehesten öffnen. Als er eintraf, wirkte er sehr verschreckt und sehr jung, und um ihn zu beruhigen, begann sie bei der Fahrt in die Stadt von ihrer Arbeit zu erzählen, von ihrem »Kampf gegen die Phallokratie«, von dem Prozeß gegen die unsichtbare Welt und auch von den Bemühungen ihrer Frauengruppe, die Emergency gerichtlich zu bekämpfen. Sie berichtete ihm von der Atmosphäre der Angst, die in großen Teilen des Landes herrschte, und von der großen Bedeutung des Kampfes um Demokratie und Menschenrechte. »Indira Gandhi«, sagte sie, »hat das Recht verspielt, sich eine Frau zu nennen. Ihr ist ein unsichtbarer Schwanz gewachsen.« So vertieft war sie in ihre eigenen Probleme und so von deren Rechtmäßigkeit überzeugt, daß sie nicht merkte, wie Jimmy mit jeder Minute nervöser wurde. Er war kein Intellektueller – das Jurastudium erwies sich für ihn als Schwerarbeit –, und in seinen Adern floß, was weitaus wichtiger war, auch nicht ein einziger Tropfen von politischem Radikalismus. Deshalb war es Mynah, die Ina als erste von uns einen Knüppel zwischen die Beine warf. Als sie Jimmy anvertraute, daß sie und ihre Kolleginnen inzwischen erwarteten, jeden Tag verhaftet zu werden, erwog er ernstlich, aus dem fahrenden Wagen zu springen und schnurstracks zum Flughafen zurückzulaufen, bevor er sich der Verbindung mit einer so gefährlichen Schwägerin schuldig machte.

»Ina stirbt vor Sehnsucht nach dir«, sagte Mynah, nachdem sie ihren Monolog beendet hatte, und errötete über ihre Wahl der Metapher. »Nein, nein, ich meine, natürlich nicht«, korrigierte sie sich hastig und machte die Sache dadurch nur noch schlimmer. Ein Abgrund von Schweigen tat sich auf. »Ach, verdammt. Wie dem auch sei, jetzt sind wir da«, fuhr sie nach einer Weile fort. »Jetzt kannst du's ja selber sehen.«

Minnie, die sie am Eingang des Maria-Gratiaplena-Pflegeheims erwartete, wirkte noch mehr als sonst wie Audrey Hepburn und redete auf dem Weg zu dem Zimmer, in dem Ina wie ein elendiger, menschlicher Ballon ihren Jimmy erwartete, mit einer Engelsstimme, so scharf wie splitterndes Glas, unaufhörlich von Höllenfeuer, Verdammnis und Bis-daß-der-Tod-uns-scheide. Jimmy versuchte ihr zu erklären, daß er und Ina keineswegs den ganzen, heiligen Pech-und-Schwefel-Vertrag unterschrieben, sondern sich statt dessen für eine zivile Blitztrauung im Midnight-Special-Country-Style zu fünfzig Dollar in einer »Wed-Inn«-Kapelle von Reno entschieden hätten; daß sie zur Musik von Hank Williams sen. und nicht zu alten Kirchenliedern geheiratet hätten, und zwar nicht vor einem Altar, sondern an einem *hitching post* stehend, einer Art Hochzeitstotem; außerdem seien sie von keinem Priester getraut worden, sondern ein Mann mit einem Zehn-Gallonen-Hut und zwei

Sechsschüssigen mit Perlmuttgriffen an der Hüfte, und in dem Moment, da sie zu Mann und Frau erklärt wurden, sei ein Rodeo-Cowboy mit gepunktetem Halstuch unter mächtigem Gejodel an sie herangetreten und habe sie mit einem Lasso so fest zusammengeschnürt, daß Inas Brautstrauß aus gelben Rosen an ihrem Busen zerdrückt wurde. Die Dornen hatten sie gepikst, bis es blutete.

Meine Schwester ließen derart säkulare Ausreden kalt. »Dieser Kuhhirt«, erklärte sie, »das war – begreifst du das nicht? – der Bote Gottes!«

Die Begegnung mit Minnie verstärkte in Jimmy noch die spontane Fluchtreaktion, die schon Mynahs Monolog ausgelöst hatte; und dann trug auch ich, wie ich gestehen muß, unbewußt das Meine dazu bei. Als Minnie und Jimmy vor Inas Zimmer eintrafen, lehnte ich tagträumend an der Korridorwand. In meiner Vorstellung sah ich – geistesabwesend, wie ich war – in einer dicht belebten Gasse einen riesigen jungen Sikh auf mich zukommen und spie auf meine Krüppel-Knüppel-Hand. Als Jamshed Cashondeliveri angstvoll einen Satz rückwärts machte und mit Mynah zusammenstieß, wurde mir klar, daß ich auf ihn wie ein rächender Bruder gewirkt haben muß, ein Ein-Meter-achtundneunzig-Riese, der drauf und dran war, den Mann niederzuschlagen, der seiner Schwester so großes Unrecht zugefügt hatte. Ich versuchte, meine Hände zu einer Friedensgeste zu erheben, er aber interpretierte das als die Herausforderung eines Boxers und stürzte mit dem Ausdruck reinsten Entsetzens auf dem Gesicht Hals über Kopf in Inas Zimmer.

Nur wenige Zentimeter vor Aurora Zogoiby persönlich kam er zum Stehen. Auf dem Bett hinter meiner Mutter hatte Ina ihre eingeübten Stöhner und Seufzer angestimmt; doch Jimmy hatte nur noch Augen für Aurora. Die große Dame war zu jener Zeit in den Fünfzigern, aber die Zeit hatte ihre Anziehungskraft nur noch verstärkt; Aurora ließ Jimmy erstarren wie ein verstörtes Tier, das im Scheinwerferlicht ihrer Macht gefangen war, sie richtete wortlos den heißen Strahl ihrer Aufmerksamkeit auf ihn und machte ihn zu ihrem Sklaven. Später, als diese tragische Farce vorüber war, sagte Aurora mir – das heißt, sie gestand es ein –, daß sie dies nicht hätte tun dürfen, daß sie hätte beiseite treten und zusehen müssen, wie das einander entfremdete Paar das Bestmögliche aus seinem verpfuschten Leben machte. »Was sollte ich tun?« fragte sie mich (damals saß ich ihr Modell, und sie plauderte beim Malen). »Ich wollte sehen, ob ein altes Huhn wie ich einem jungen Mann noch immer den Atem raubifizieren kann.«

Ich konnte nicht anders, meinte meine Skorpion-Mutter. *Ich bin eben so.*

Ina, hinter ihr, verlor sehr schnell die Beherrschung. Es war ihr kläglicher Plan gewesen, Jimmys Liebe zurückzugewinnen, indem sie ihm vorführte, wie gering ihre Chancen auf Genesung seien, daß der Krebs den ganzen Körper bedrohe, daß er perniziös, invasiv sei, daß die Lymphknoten befallen seien und daß ihre Krankheit vermutlich zu spät entdeckt worden sei. Sobald Jimmy ihr zu Füßen gefallen wäre, um sie um Verzeihung zu bitten, hätte sie ihn ein paar Wochen schwitzen lassen, während deren sie sich vorgeblich einer Chemotherapie unterzogen hätte (sie war entschlossen, für die Liebe zu hungern, ja selbst ihre Haare auszudünnen). Letztlich wollte sie dann eine wunderbare Heilung vortäuschen und mit ihm glücklich sein bis an ihr Lebensende. All diese Pläne wurden jedoch von der Mondkalb-Bewunderungsmiene durchkreuzt, mit der ihr reumütiger Ehemann ihre schöne Mutter ansah.

Innerhalb eines Augenblicks kochte Inas heftige Sehnsucht nach ihm in Wahnsinn über, und in ihrer Raserei machte sie den irreparablen Fehler, ihren Plan zu beschleunigen. »Jimmy«, kreischte sie, »Jimmy, *men,* ein Wunder ist geschehen! Du bist gekommen, und ich bin geheilt. Ich weiß es, ich schwöre es, ich lass' mich untersuchen, und du wirst es sehen. Du hast mir das

Leben gerettet, Jimmy, nur du allein konntest das tun, so stark
ist die Macht der Liebe!«

Auf einmal sah er sie sich näher an, und wir alle merkten,
daß es ihm wie Schuppen von den Augen fiel. Nacheinander
wandte er sich an jeden von uns und sah uns die Verschwörung
ins Gesicht geschrieben, sah die Wahrheit, die wir nicht länger
vor ihm verbergen konnten. Ina, jeder Hoffnung beraubt, ließ
eine schäumende Barrage der Enttäuschung los. »Was für eine
Familie«, stöhnte Jamshed Cashondeliveri. »Also wirklich. Total
beknackt.« Damit verließ er das Gratiaplena-Pflegeheim und
ward nie wieder in Inas Nähe gesehen.

Jimmys Abschiedsworte erwiesen sich als prophetisch; Inas Demütigung wurde zum Knackpunkt unserer Familiengeschichte.
Von jenem Moment an und während des gesamten folgenden
Jahres war sie verrückt, zog sie sich in eine Art zweite Kindheit
zurück. Aurora ließ sie wieder in Vascos Kinderzimmer unter-
bringen, in dem sie, in dem wir alle unseren Anfang genommen
hatten; als sich ihr Zustand verschlimmerte, wurde sie in eine
Zwangsjacke gesteckt, und die Zimmerwände wurden gepol-
stert, doch in ein Sanatorium für Geisteskranke wollte Aurora
sie nicht einweisen lassen. Jetzt, da es zu spät, da Ina überge-
schnappt war, wurde Aurora zur liebevollsten Mutter der Welt,
fütterte sie mit dem Löffel, wusch sie wie ein Baby, herzte und
küßte sie, wie sie Ina niemals zuvor, als sie noch gesund war,
geherzt oder geküßt hatte – anders gesagt, sie schenkte ihr jene
Liebe, die ihrer ältesten Tochter, wäre sie früher in ihren Genuß
gekommen, die Kraft verliehen hätte, die Katastrophe zu überstehen, ohne den Verstand zu verlieren.

Kurz nach dem Ende der Emergency starb Ina an Krebs. Das
Lymphom hatte sich rasch entwickelt und verschlang ihren
Körper wie ein Bettler ein Festmahl. Nur Minnie, die ihr Novi-
ziat abgeschlossen hatte und als Sister Floreas wiedergeboren
war – »Klingt wie ein verdammter Blumendünger«, spöttelte

Aurora voller Verachtung –, hatte den Mut zu sagen, daß Ina die Krankheit selbst auf sich herabbeschworen, daß sie »ihren eigenen Heimgang« gewählt habe. Aurora und Abraham sprachen niemals über Inas Tod, sondern ehrten ihn mit Schweigen, jenem Schweigen, das einst dazu beigetragen hatte, Ina zur gefeierten Schönheit zu machen, und das nunmehr das Schweigen des Grabes war.

Ina war also tot, Minnie war fort, und Mynah saß vorübergehend im Gefängnis, denn sie wurde ganz gegen Ende der Emergency verhaftet, nach Mrs. Gandhis Wahlniederlage aber sehr schnell wieder entlassen, was ihrer Reputation überaus dienlich war. Aurora wollte der jüngsten Tochter sagen, wie stolz sie auf sie war, kam aber irgendwie niemals dazu, weil die Kälte, die brüske Art, mit der Philomela Zogoiby reagierte, sobald sie irgendwie mit ihrer Familie in Berührung kam, jedes liebevolle Wort ihrer Mutter gefrieren ließ. Mynah kam nicht mehr oft nach *Elephanta*, blieb also nur noch ich.

Und noch ein Mensch fiel schließlich dem Knacks in unserer Welt zum Opfer: Dilly Hormus wurde entlassen. Miss Jaya Hé, die von der Ayah zur Haushälterin aufgestiegen war, nutzte die Vorteile ihrer neuen Position, um einen letzten großen Beutezug durchzuziehen. Sie stahl drei Kohleskizzen von mir als kleiner Junge aus Auroras Atelier, Skizzen, auf denen meine verstümmelte Hand auf wunderbare Weise verwandelt erschien, je nachdem, als Blume, Pinsel oder Schwert. Mit diesen Blättern suchte Miss Jaya Dilly in ihrer Wohnung auf und behauptete, sie seien ein Geschenk des »jungen Sahib«. Dann berichtete sie Aurora, sie habe gesehen, wie die Lehrerin die Skizzen entwendete, *und, entschuldigen Sie, Begum Sahib, aber wie diese Frau sich unserem Jungen gegenüber verhält, das ist nicht moralisch.* Am selben Tag noch stattete Aurora Dilly einen Besuch ab, und die Bilder – meine liebevolle Lehrerin hatte sie in den Silberrahmen auf dem Stutzflügel plaziert, die die Porträts ihrer Familie enthielten – reichten aus, um meine Mutter von Dillys Schuld zu überzeugen. Ich versuchte, Dilly zu entlasten, aber wenn sich meine Mutter einmal eine Meinung gebildet hatte, vermochte keine Gewalt der Erde sie umzustimmen. »Wie dem auch sei«, belehrte sie mich, »inzwischen bist du zu alt für sie. Es gibt nichts, was sie dich noch lehrifizieren könnte.«

Nachdem sie also entlassen worden war, wies Dilly all meine Kontaktversuche ab. Ein letztes Mal noch machte ich den Weg den Berg hinab zu dem Haus neben den Vijay Stores, doch als ich dort ankam, wollte sie mich nicht einlassen. Sie öffnete die Tür nur etwa drei Zoll breit und weigerte sich, den Weg freizugeben. Dieser lange, schmale Ausschnitt, in Teakholz gerahmt, den ich von ihr sah, dieses rebellisch gereckte Kinn und der kurzsichtige Blick waren der einzige Lohn für meinen schweißtreibenden Marathonlauf. »Geh deiner Wege, du armer Junge«, sagte sie zu mir. »Ich wünsche dir alles Gute auf deinem beschwerlichen Pfad.«

Das war die Rache der Miss Jaya Hé.

5

Die sogenannten »Moor-Bilder« von Aurora Zogoiby sind in
drei deutlich zu unterscheidende Perioden einzuteilen: die
»frühen« Werke, entstanden zwischen 1957 und 1977, das heißt
zwischen dem Jahr meiner Geburt und dem Wahljahr, in dem
nicht nur Mrs. G. vom Sitz der Macht hinweggefegt wurde,
sondern auch meine Schwester Ina starb; die »großen« oder
»Hoch-Zeit«-Jahre 1977 bis 1981, in denen sie jene glühenden,
profunden Arbeiten schuf, mit denen ihr Name am häufigsten
verbunden wird; und die sogenannten »dunklen Moors«, Bilder
von Exil und Terror, die sie malte, nachdem ich fort war, und
zu denen ihr letztes, unvollendetes und unsigniertes Meisterwerk gehört, *Des Mauren letzter Seufzer* (170 × 247 cm, Öl auf
Leinwand, 1987), ein Bild, mit dem sie sich endlich dem einen
Sujet zuwandte, das sie zuvor noch niemals direkt in Angriff
genommen hatte, stellte sie sich doch in jener krassen Wieder-
gabe des Augenblicks von Boabdils Vertreibung aus Granada
zum erstenmal der Behandlung, die sie ihrem einzigen Sohn
hatte angedeihen lassen. Es war ein Bild, das sich trotz seiner
Größe auf das Wesentlichste konzentrierte und in dem alle
Elemente auf das Gesicht in seinem Mittelpunkt zuliefen, auf
das Gesicht des Sultans nämlich, von dem Entsetzen, Schwäche,
Verlust und Schmerz ausgingen wie die Dunkelheit selbst, ein
Gesicht im Zustand existentieller Qual, das an die Bilder von
Edvard Munch erinnerte. Es unterschied sich von Vasco Mirandas sentimentaler Darstellung desselben Themas so extrem, wie
man es sich kaum vorstellen kann. Aber es war auch ein Rätsel-
bild, dieses »verlorene Gemälde« – und wie sonderbar, daß
sowohl Vascos als auch Auroras Darstellung dieses Themas
innerhalb weniger Jahre nach dem Tod meiner Mutter verschwinden sollten, das eine wurde aus der Privatsammlung von
C. J. Bhabha gestohlen, das andere aus dem Zogoiby-Nachlaß

selbst! Gents, Gentesses: Gestatten Sie mir, Ihr Interesse zu wecken, indem ich Ihnen verrate, daß dies das Bild war, in dem Aurora Zogoiby in diesen Jahren der Verdrossenheit die Prophezeiung des eigenen Todes verborgen hatte. (Und auch Vascos Schicksal war mit der Geschichte dieser beiden Werke verbunden.)

Während ich mir ins Gedächtnis rufe, welchen Anteil ich an diesen Gemälden hatte, ist mir natürlich bewußt, daß alle, die sich bei der Entstehung eines Kunstwerks als Modell zur Verfügung stellen, im Höchstfall eine subjektive, häufig verletzte, manchmal gehässige, sozusagen von der falschen Seite der Leinwand aus gesehene Lesart der fertigen Arbeit liefern können. Was könnte der bescheidene Ton schon Brauchbares über die Hände aussagen, die ihn geformt haben? Vielleicht ganz einfach nur: *Ich war dabei.* Und daß ich mir während der Jahre des Modellsitzens selbst auch eine Art Porträt von Aurora gemacht habe. Sie blickte mich an, ich blickte zurück.

Und sah folgendes: eine hochgewachsene Frau in einem mit Farbflecken übersäten, halbwadenlangen Homespun-Kurta, getragen über dunkelblauen Segeltuchslacks, barfuß, mit hochgetürmten weißen Haaren, was ihr, weil sie sich mehrere Pinsel hineingesteckt hatte, ein exzentrisches Madame-Butterfly-Aussehen verlieh, Butterfly, wie Katharine Hepburn oder – jawohl! – Nargis sie in einer komisch-reißerischen indischen Version, *Titli Begum,* hätte spielen können: nicht mehr jung, nicht mehr geschniegelt und gelackt, und ganz sicher nicht mehr besorgt um die Rückkehr eines armseligen Linkerton. So stand sie vor mir in einem unendlich unluxuriösen Atelier, in dem es weder einen bequemen Sessel noch eine Klimaanlage gab, nur einen einzigen, lahmen Deckenventilator, der sich träge über unseren Köpfen drehte, so daß es heiß und feucht war wie in einem billigen Taxi. Da sich Aurora niemals anmerken ließ, ob sie die Temperaturen als störend empfand, tat ich es ihr natürlich nach. Ich saß, wo und wie sie mich hingesetzt hatte, und machte

– 296 –

es mir zur Pflicht, mich niemals über die Schmerzen in meinen auf die unterschiedlichste Art und Weise arrangierten Gliedmaßen zu beschweren, bis ihr unvermittelt einfiel, mich zu fragen, ob ich vielleicht eine Pause machen wolle. So drang ein wenig ihres legendären Eigensinns, ihrer einmaligen Zielstrebigkeit, durch die Leinwand bis zu mir durch.

Ich war das einzige Kind, das sie an ihrer Brust genährt hatte. Das machte einen Unterschied: denn obwohl ich meinen satten Anteil ihrer Scharfzüngigkeiten erhalten hatte, lag etwas in ihrem Verhalten mir gegenüber, das weniger destruktiv wirkte als ihr Verhalten zu meinen Schwestern. Vielleicht war es mein »Zustand« – ihn als Krankheit zu bezeichnen hatte sie allen anderen strikt verboten –, der an ihr Herz rührte. Die Ärzte gaben meinem Mißgeschick anfangs den einen Namen und dann einen anderen, doch wenn wir als Künstlerin und Modell in ihrem Atelier saßen, erklärte mir Aurora immer wieder, ich solle mich nicht als Opfer einer Störung verstehen, die vorzeitiges Altern hervorrufe, sondern als magisches Kind, als Zeitreisender. »Nur viereinhalb Monate im Mutterleib«, erinnerte sie mich. »Ach, mein Baby, viel zu schnell bist du in die Startlöcher gegangen! Vielleicht zündest du jetzt dein Triebwerk und sausifizierst einfach auf und davon aus diesem Leben, in einen anderen Raum und eine andere Zeit. Vielleicht sogar – wer weiß? – in eine bessere.« Deutlicher hatte sie sich noch nie dazu bekannt, daß sie an ein Leben nach dem Tod glaubte. Wie es schien, hatte sie beschlossen, die Angst – sowohl die ihre als auch die meine – zu bekämpfen, indem sie sich derartigen Strategien der Mutmaßung hingab, indem sie mein Schicksal zum Privileg erklärte und mich mir selbst wie auch der Welt als einen ganz besonderen Menschen, einen Menschen von Bedeutung, präsentierte, als eine übernatürliche Entität, die im Grunde nicht in diese Welt, in diese Zeit gehörte, deren Gegenwart hier auf Erden jedoch das Leben aller Menschen ihrer Umgebung und des Zeitalters, in dem sie lebten, bestimmte.

Nun gut, ich glaubte ihr. Ich brauchte Trost und nahm dankbar alles entgegen, was mir geboten wurde. Ich glaubte ihr, und dieser Glaube half mir. (Als ich von der fehlenden Nach-Lotus-Nacht in Delhi neun Monate vor meiner Geburt erfuhr, fragte ich mich, ob Aurora etwa ein ganz anderes Problem zu kaschieren trachtete; aber das glaube ich eigentlich nicht. Ich glaube, sie versuchte, mein Halb-Leben durch die Macht der Mutterliebe in ein Ganzes zu verwandeln.)

Sie stillte mich, und die ersten Moor-Bilder entstanden, während ich an ihrer Brust lag: Kohlezeichnungen, Aquarelle, Pastelle und schließlich eine große Arbeit in Öl. Darauf posierten Aurora und ich – irgendwie blasphemisch – als gottlose Madonna mit Kind. Meine verkrüppelte Hand war zu einem sanft strahlenden Licht geworden, der einzigen Lichtquelle auf diesem Bild. Der Stoff von Auroras amorpher Robe fiel in kraß verschatteten Falten. Der Himmel war von einem stählernen Kobaltblau. Es war genau das, was Abraham Zogoiby sich vermutlich erhofft hatte, als er Vasco fast zehn Jahre zuvor beauftragte, sie zu malen; nein, es war mehr, als Abraham sich je hätte träumen lassen. Es zeigte die Wahrheit über Aurora, ihre Fähigkeit zu tiefer, selbstloser Liebe wie auch ihre Neigung zur Selbstverherrlichung; es enthüllte die Größe, die Erhabenheit ihres Zerwürfnisses mit der Welt und ihre Entschlossenheit, deren Unzulänglichkeit durch ihre Kunst zu überwinden und sie zu erlösen. Tragödie, als Phantasie getarnt und in den herrlichsten, leuchtendsten Farben und Lichtnuancen wiedergegeben, die die Künstlerin erzielen konnte: ein mythomanisches Schmuckstück. Sie nannte es *Ein Licht, zu erleuchten die Finsternis.* »Warum nicht?« antwortete sie achselzuckend, als sie, unter anderem von Vasco Miranda, nach diesem Titel gefragt wurde. »In letzter Zeit interessiert es mich, religiöse Bilder für Menschen zu malen, die keinen Gott haben.«

»Dann steck dir schon mal ein Ticket nach London in die Tasche!« lautete Vascos Rat. »Denn in diesem gottverlassenen

Loch hier weiß man nie, wann man möglichst schnell verschwinden muß.«

(Aber Aurora lachte nur über diesen Rat; und letztlich war es Vasco, der verschwand.)

Während ich aufwuchs, benutzte sie mich immer wieder als Sujet, und auch diese Kontinuität war ein Zeichen der Liebe. Da sie keine Möglichkeit sah, meine »zu schnelle Gangart« zu bremsen, machte sie mich mit ihrer Malerei unsterblich, machte es mir zum Geschenk, Teil dessen zu sein, was von ihr bleiben würde. Also möchte ich sie hier, wie der Liederdichter sagt, frohen Herzens preisen, denn sie war gütig. *Denn ihre Güte währet ewiglich* ... Und wahrhaftig, wenn man mich auffordert, den Finger – meine ganze von Geburt an behinderte Hand – auf den Ursprung meines Glaubens daran zu legen, daß ich trotz meines Lebenstempos, meiner Verkrüppelung und Freudlosigkeit eine glückliche Kindheit im Paradies verbracht habe, würde ich ihn genau dorthin legen, würde ich sagen, daß meine Lebensfreude unserer Zusammenarbeit entsprang, der Intimität jener trauten Stunden, da Aurora von allen Dingen unter der Sonne sprach, selbstvergessen, als sei ich ihr Beichtvater, und da sie mir nicht nur die Geheimnisse ihres Herzens anvertraute, sondern auch die ihres Verstandes.

So erfuhr ich zum Beispiel, wie sie sich in meinen Vater verliebt hatte, und von der ungeheuren Sinnlichkeit, die ganz plötzlich eines Tages in einem Speicher in Ernakulam aus meinen Eltern hervorgebrochen war, der Sinnlichkeit, die sie zusammenführte und möglich machte, was eigentlich unmöglich war und doch darauf drängte, wahr zu werden. Was ich an meinen Eltern vor allem liebte, war diese Leidenschaft füreinander, die schlichte Tatsache, daß sie einst existent gewesen war (obwohl es mir im Laufe der Zeit immer schwerer fiel, in dem alten Ehepaar, das sich ständig weiter voneinander entfernte, die jungen Liebenden zu sehen, die sie einstmals gewesen waren). Weil sie einander so unendlich geliebt hatten, wünschte auch ich mir eine so große Liebe, dürstete ich nach einer solchen, und selbst als ich mich in der überraschenden Zärtlichkeit der Dilly Hormus verlor, wußte ich, daß es nicht das war, was ich suchte; o ja, ich wünschte mir, nein, ich *wollte* dieses *asli mirch masala*, dieses Erlebnis, nach dem man Tropfen aus Koriandersaft schwitzte und durch die brennenden Lippen scharfe Chiliflammen atmete. Ich wollte auch so eine Pfefferliebe!

Und als ich sie fand, war ich überzeugt, meine Mutter werde mich verstehen. Als ich für meine Liebe Berge versetzen wollte, war ich überzeugt, meine Mutter werde mir dabei helfen.

Aber ach, o weh, für uns alle: Ich sollte mich irren.

Sie wußte natürlich von Abrahams Tempelmädchen, hatte es von Anfang an gewußt. »Ein Mann, der Geheimnisse bewahren will, sollte nicht im Schlaf reden«, murmelte sie eines Tages unbestimmt. »Dieses nächtliche Kauderwelsch von deinem Daddy hat mich so gelangweilt, daß ich aus seinem Schlafzimmer ausgezogen bin. Als Lady braucht man einfach seine Ruhe.« Und wenn ich an diese stolze, vielbeschäftigte Frau zurückdenke, höre ich, wie sie mir zwischen den Zeilen dieser beiläufigen Bemerkungen noch etwas anderes sagt, höre ich, wie sie zugibt, daß sie, die immer jeden Kompromiß ablehnte und keinerlei Zugeständnisse machte, sich – trotz der Schwächen des Fleisches, die es ihm unmöglich machten, der Versuchung zu widerstehen, sich kleine Proben der aus dem Süden importierten Waren zu Gemüte zu führen – für ihn entschieden hatte. »Alte Männer«, schnaubte sie ein anderes Mal verächtlich, »ewig hecheln sie hinter den jungen Dingern her. Und die, die viele Töchter haben, sind die schlimmsten.« Eine Zeitlang war ich jung und naiv genug, um diese Betrachtungen als Teil eines Prozesses zu sehen, durch den sie sich in die Figuren ihrer Gemälde hineindachte; als dann aber – durch Dilly Hormus' Hände – meine eigene Lust geweckt worden war, begann ich endlich klarer zu sehen.

Ich hatte mich immer über die achtjährige Pause zwischen Mynah und mir gewundert, und als in meinem jung-alten-Kinder-Ich allmählich Verstehen aufblühte wie eine züngelnde Flamme, war es mir – dem die Gesellschaft anderer Kinder versagt blieb und der daher in jungen Jahren schon über den Wortschatz eines Erwachsenen verfügte, ohne jedoch dessen Taktgefühl oder Selbstbeherrschung zu besitzen – einfach unmöglich, mich zurückzuhalten, und so platzte ich mit meiner Entdeckung heraus: »Ihr habt aufgehört, Kinder zu machen, weil er sich rumgetrieben hat.«

»Ich werde dir eine Backpfeife verpassen«, versicherte sie mir, »daß dir die Zähne in deinem frechen Gesicht wackeln!« Die Ohrfeige, die darauf folgte, verursachte jedoch keine nennenswerten Dentalschäden, und daß sie so sanft ausfiel, war mir Bestätigung genug.

Warum stellte sie Abraham wegen seiner ständigen Treuebrüche niemals zur Rede? Bitte, berücksichtigen Sie, daß Aurora Zogoiby, obwohl sie sich gern als Freidenkerin und Bohemienne gab, im tiefsten Innern ihres Herzens immer noch eine Frau ihrer Generation war, einer Generation, die ein derartiges Betragen bei einem Mann erträglich, ja sogar normal fand, während von den Frauen erwartet wurde, daß sie ihren Schmerz einfach abschüttelten und unter solchen Banalitäten verbargen wie dem Hinweis auf die *animalische Natur* der Männer, die eben regelmäßig *der Hafer steche*. Zum Wohl der Familie, dieses großen Absoluten, in dessen Namen alles möglich war, drückten die Frauen beide Augen zu und versteckten ihren Kummer in einem Stoffknoten am Ende einer Schärpe oder wie Kleingeld und die Hausschlüssel in einer kleinen Seidenbörse. Aber es konnte auch sein, daß Aurora wußte, wie sehr sie Abraham brauchte – ihn brauchte, damit er sich um die Geschäfte kümmerte und sie sich ausschließlich mit ihrer Kunst befassen konnte. Schon möglich, daß es so gewesen war, so einfach, gefällig und trivial.

(Eine Bemerkung über Gefälligkeit: Hinsichtlich Abrahams Entschluß, in den Süden zu reisen, während Aurora sich zu ihrer letzten Begegnung mit Mr. Nehru und dem Lotus-Skandal in den Norden begab, argwöhnte ich, mein Vater habe den gefälligen Ehemann gespielt. War es also wechselseitiges Einvernehmen, das seinem Entschluß zugrunde lag, und nicht nur ihm, sondern dieser ganzen hohlen, offenen Ehe, dieser Heuchelei, diesem faulen Zauber? – O Moor, sei ruhig, bleibe ruhig! Sie sind beide für deine Vorwürfe nicht mehr erreichbar; dieser Zorn führt zu nichts, und brächte er die Erde ins Wanken.)

Wie muß sie sich dafür gehaßt haben, daß sie einen so feigen, finanziell motivierten, pflaumenweichen Teufelspakt mit dem Schicksal geschlossen hatte! Denn – Generation hin oder her – die Mutter, die ich kannte, die Mutter, die ich während der vielen Tage in ihrem spartanischen Atelier kennenlernte, war kein Mensch, der irgend etwas im Leben einfach so hinnahm. Sie war eine Herausforderin, Abrechnerin, Diskutiererin. Angesichts der Trümmer ihrer großen Liebe jedoch, und vor die Wahl zwischen einem ehrlichen Krieg und einem unaufrichtigen, egoistischen Frieden gestellt, hielt sie den Mund verschlossen und hatte kein einziges böses Wort für ihren Mann. So wuchs das Schweigen zwischen ihnen wie ein Vorwurf; er redete im Schlaf, sie redete im Atelier, und sie schliefen in getrennten Zimmern. Nur noch einen Augenblick lang, nämlich nachdem sein Herz auf der Treppe zu den Lonaula-Höhlen fast stehengeblieben war, hatten sie sich an das zu erinnern vermocht, was einstmals zwischen ihnen gewesen war, doch bald darauf schon kehrte die Wirklichkeit zurück. Manchmal bin ich überzeugt, daß sie beide meine verkrüppelte Hand und mein vorzeitiges Altern als Bestrafung empfanden: ein mißgestaltetes Kind, geboren aus einer verkümmerten Liebe, ein halbes Leben, geboren aus einer Ehe, die nicht mehr ganz war. Hatte auch nur der Hauch einer Chance bestanden, daß sie sich versöhnten, so hatte meine Geburt dieses Phantom in die Flucht geschlagen.

Anfangs betete ich meine Mutter an, dann haßte ich sie. Jetzt, am Ende all unserer Geschichten, blicke ich zurück und vermag – wenigstens hier und da – ein gewisses Mitleid zu empfinden. Und das ist eine Art Versöhnung – für ihren Sohn wie auch für ihren eigenen, ruhelosen Schatten.

Starkes Begehren trieb Abraham und Aurora zusammen; schwache Lust trieb sie auseinander. Erst in diesen letzten Tagen, da ich meinen Bericht über Auroras Hochmut, ihre scharfe und schrille Art niederschreibe, habe ich unter jenem lärmenden Drama auch leisere Töne der Trauer und des Verlustes vernommen. Aurora verzieh Abraham, daß er sie einmal – in Cochin anläßlich Flory Zogoibys Rumpelstilzchen-Versuchs, ihr einen damals noch ungeborenen Sohn wegzunehmen – enttäuscht hatte. In Matheran hatte sie versucht – und bei diesem Versuch mich geschaffen –, ihm ein zweites Mal zu verzeihen. Aber weil er sich nicht besserte, gab es keine dritte Vergebung ... und dennoch blieb Aurora bei ihm. Sie, die der Liebe wegen ihre eigene Welt erschüttert hatte, unterdrückte ihr Aufbegehren und kettete sich an eine zunehmend liebeleere Ehe. Kein Wunder, daß ihre Zunge so spitz wurde.

Und Abraham: Hätte er sich wieder ihr zugewandt und alle anderen aufgegeben – hätte sie ihn dann vor dem Absinken retten können, dem Absinken in die Mogambo-Unterwelt eines Kéké und Scar und schlimmerer Verbrecher? Wäre er unter der gesegneten Last ihrer Liebe möglicherweise nicht dennoch in diese Schlangengrube gefallen? ... Es ist sinnlos, das Leben der eigenen Eltern neu schreiben zu wollen. Der Versuch, es so niederzuschreiben, wie es war, fällt mir schwer genug; von meinem eigenen Leben ganz zu schweigen.

Auf den »frühen Moors« war meine Hand zu einer Reihe von Wundern umgeformt worden; oft wurde sogar mein Körper auf diese wunderbare Weise verändert. Auf einem Bild – *Balz* – war ich Moor-als-Pfau und breitete meinen vieläugigen Fächer-

– 303 –

schwanz aus; den unscheinbaren Körper einer Pfauenhenne versah Aurora mit ihrem eigenen Kopf. Auf einem anderen (entstanden, als ich zwölf war und wie vierundzwanzig aussah) kehrte Aurora unser Verhältnis um und malte sich als die junge Eleanor Marx und mich als ihren Vater Karl. Hinter *Moor und Tussy* steckte eine eher schockierende Idee: meine Mutter mädchenhaft, mich anhimmelnd, und ich in patriarchalischer Hände-am-Revers-Pose, mit Bratenrock und Koteletten, wie die Voraussage einer allzu nahen Zukunft. »Wenn du doppelt so alt wärst, wie du aussiehst, und ich halb so alt wäre, wie ich bin, könnte ich deine Tochter sein«, erklärte mir meine über vierzigjährige Mutter, und ich war damals noch zu jung, um etwas anderes herauszuhören als die Heiterkeit in ihrer Stimme, unter der sie schwerwiegendere Dinge verbarg. Aber das war nicht unser einziges Doppelporträt oder gar das einzige vieldeutige; denn außerdem gab es noch *Der Kuß im Tode*, auf dem sie sich als die ermordete Desdemona, quer über ihr Bett hingestreckt, darstellte, während ich der erdolchte Othello war, der sich voll selbstmörderischer Reue mit seinem letzten Atemzug über sie warf. Meine Mutter bezeichnete diese Werke abwertend als »Pantomime-Bilder«, gemalt nur zum Privatvergnügen der Familie, sozusagen ein von der Künstlerin ersonnenes, frivoles Äquivalent zu Scharaden. Aurora war jedoch – wie etwa ihr berüchtigtes Cricket-Gemälde zeigt, das ich sogleich schildern werde – immer besonders ikonoklastisch, besonders *épatante*, wenn sie am leichtherzigsten wirkte; und die hochgradige Erotik all dieser Arbeiten, die sie zeit ihres Lebens nicht ausstellte, verursachte posthum eine Schockwelle, die sich nur deswegen nicht zu einer waschechten Tsunami auswuchs, weil es Aurora, die schamlose Erotikerin, nicht mehr gab, die anständige Menschen hätte provozieren können, indem sie sich weigerte, eine Entschuldigung oder wenigstens ein winziges Wort des Bedauerns auszusprechen.

Nach dem Othello-Bild änderte die Serie jedoch ihre Rich-

tung, und meine Mutter fand Gefallen an der Idee, eine Neu-
fassung der alten Boabdil-Story – »keine autorisierte Version,
sondern eine aurorisierte Version«, wie sie mir sagte – in unsere
heimische Umgebung zu versetzen, wobei ich so eine Art Bom-
bay-Remix des letzten der Nasriden spielen sollte. Im Januar
1970 versetzte Aurora Zogoiby die Alhambra zum erstenmal auf
den Malabar Hill.

Ich war damals dreizehn Jahre alt und erlebte gerade den
Höhepunkt meines berauschenden Verhältnisses mit Dilly Hormus. Während Aurora den ersten der »echten« Moors malte,
erzählte sie mir von einem Traum. Sie habe in einer spanischen
Nacht auf der hinteren Plattform eines klapprigen Zuges gestanden und meinen schlafenden Körper im Arm gehalten. Plötzlich wußte sie – wußte es, wie man es im Traum eben weiß, ohne
daß es ihr gesagt wurde, aber mit absoluter Gewißheit –, daß sie
bis an ihr Lebensende in Sicherheit und unverwundbar sein
werde, wenn sie mich nur wegwerfen, mich der Nacht opfern
würde. »Ich kann dir sagen, Kiddo, ich hab' angestrengt darüber nachgedacht.« Dann habe sie das Angebot in ihrem Traum
jedoch ausgeschlagen und mich nach Hause ins Bett gebracht.
Man muß kein Bibelexperte sein, um zu begreifen, daß sie sich
in Abrahams Rolle versetzt hatte, und in diesem Künstlerhaus
war mir sogar schon mit dreizehn Michelangelos Pietà vertraut;
also begriff ich, was sie damit sagen wollte, oder jedenfalls zum
größten Teil. »Vielen Dank, Ma«, sagte ich. – »Keine Ursache«,
gab sie zurück. »Sollen sie doch machen, was sie wollen.«

Dieser Traum sollte sich, wie so viele Träume, später erfüllen;
doch als ihr Abraham-Moment tatsächlich kam, traf Aurora
nicht die Wahl, von der sie geträumt hatte …

Sobald das Bild der roten Festung von Granada in Bombay
Einzug gehalten hatte, gerieten die Dinge auf Auroras Staffelei
sehr schnell in Bewegung. Aus der Alhambra wurde bald schon
eine Nicht-ganz-Alhambra; in die maurische Grazie des spanischen Bauwerks mischten sich Elemente von Indiens roten

Festungen, den Mughal-Palästen in Delhi und Agra. Der Hügel
wurde zu einem Nicht-Malabar, das auf ein Nicht-ganz-Chowpat-
ty niederblickte, und wurde von Gestalten aus der Phantasie der
Künstlerin bevölkert: Ungeheuern, Elefantengöttern, Geistern.
Im Mittelpunkt von Auroras Aufmerksamkeit stand auf vielen
dieser Bilder der Rand des Wassers, die Grenzlinie zwischen zwei
Welten. Sie füllte das Meer mit Fischen, untergegangenen Schif-
fen, Meerjungfrauen, versunkenen Schätzen und Königen; an
Land wiederum drängten ganze Horden einheimischen Gesindels – Taschendiebe, Zuhälter, fette Huren, die ihren Sari
angesichts der Wellen rafften – sowie andere Gestalten aus
Geschichte und Phantasie, aus aktuellen Affären oder aus dem
Nirgendwo genauso zum Wasser wie die Bombayaner im realen
Leben, wenn sie am Strand ihren Abendspaziergang machten.
Seltsame Zwitterwesen glitten am Wasser zwischen den Elemen-
ten hin und her. Häufig malte Aurora die Wasserlinie so, als
wolle sie andeuten, man sehe ein Gemälde, das nicht vollendet
wurde und zur Hälfte ein anderes überdeckte. Aber war es eine
Wasserwelt, die über die Welt der Luft gemalt wurde? Oder
umgekehrt? Unmöglich zu entscheiden.

»Man könnte es Mooristan nennen«, erklärte Aurora mir.
»Dieser Strand, dieser Hügel mit der Festung. Wassergärten und
hängende Gärten, Wachttürme und Türme des Schweigens. Ein
Ort, an dem die Welten zusammenstoßen, fließend ineinander
übergehen und wieder wegspülofiziert werden. Ein Ort, an dem
ein Luftmensch im Wasser ertrinken oder aber Kiemen entwickeln kann; an dem ein Wasserwesen sich an der Luft berauschen, aber auch in ihr ersticken kann. Ein Universum, eine
Dimension, ein Land, ein Traum – sie stoßen zusammen und
unter- oder überlagern einander. Man könnte es Palimpstina
nennen. Und ganz oben, in dem Palast, bist du.«

(Bis ans Ende seines Lebens sollte Vasco Miranda fest daran
glauben, daß sie ihm diese Idee gestohlen hatte; daß dieses
Gemälde-über-einem Gemälde der Ursprung ihrer Palimpsest-

Kunst war, und daß sein tränenreicher maurischer Mohr die Inspiration für ihre tränenleere Darstellung von mir gewesen sei. Aurora bestätigte dies nicht, noch stritt sie es ab. »Es gibt eben nichts Neues unter der Sonne«, pflegte sie zu sagen. Und in ihrer Vision der Gegensätze und der Entsprechung von Land und Wasser lag etwas von dem Cochin ihrer Jugend, wo das Land so tat, als sei es ein Teil von England, und doch vom Indischen Ozean umspült wurde.)

Niemand konnte sie aufhalten. Rings um den Moor-Mauren in seiner hybriden Festung webte sie ihre eigene Vision, die eigentlich eine Vision des Webens oder vielmehr des Ineinander-Verwebens war. Auf gewisse Weise waren es polemische Bilder, andererseits stellten sie den Versuch dar, aus der vielschichtigen, hybriden Nation einen romantischen Mythos zu machen; Aurora benutzte das arabische Spanien, um Indien neu zu erfinden, und diese Meereslandschaft, in der das Land flüssig und das Meer staubtrocken werden konnte, war ihre – idealisierte? sentimentale? vermutlich letzteres – Metapher der Gegenwart und der Zukunft, die sich, wie sie hoffte, daraus entwickeln würde. Gewiß, o ja, es steckte eine gewisse Didaktik darin, doch bei dem äußerst lebendigen Surrealismus ihrer Darstellung, der eisvogelhaften Brillanz ihrer Farben und der dynamischen Beschleunigung ihres Pinsels fiel es leicht, sich nicht belehrt zu fühlen, sondern diese Kirmes zu genießen, ohne dem Anreißer zuzuhören, ohne zur Musik zu tanzen, ohne die Botschaft des Textes zu beachten.

Personen – außerhalb des Palastes so zahlreich vorhanden – begannen nun auch innerhalb seiner Mauern aufzutauchen. Boabdils Mutter, das alte Schlachtroß Ayxa, trug natürlich Auroras Züge; doch auf diesen frühen Werken war die düstere Atmosphäre der Zukunft, waren die Reconquista-Heere von Ferdinand und Isabella kaum je zu sehen. Auf ein oder zwei Bildern entdeckte man fern am Horizont eine aufragende Lanze mit Fähnlein; doch ansonsten versuchte Aurora Zogoiby während meiner Kinderzeit zumeist ein Goldenes Zeitalter zu malen. Juden, Christen, Moslems, Parsen, Sikhs, Buddhisten und Jaina drängten sich auf ihren gemalten Boabdil-Kostümfesten, und der Sultan selbst wurde immer weniger naturalistisch dargestellt, erschien immer öfter als maskierter, vielfarbiger Harlekin, eine Art Patchworkdecke von einem Mann; oder, wenn er seine alte Haut abstreifte wie eine Verpuppung, als prachtvoller Schmetterling, dessen Flügel eine wunderbare Mischung aller Farben der Welt waren.

Während die Moor-Bilder immer weiter diesem fabulistischen Weg folgten, stellte sich heraus, daß ich meiner Mutter kaum noch Modell zu sitzen brauchte. Aber sie wollte, daß ich anwesend war, wenn sie malte, denn sie brauche mich, sagte sie, nannte mich ihren Talis-Moor, ihren Glücksbringer. Und ich war gerne dort, weil die Geschichte, die sich auf ihren Bildern fortspann, weit eher meine Autobiographie zu sein schien als meine echte Lebensgeschichte.

Während der Emergency-Jahre, als ihre Tochter Philomela den Kampf gegen die Tyrannei begann, blieb Aurora zu Hause und arbeitete. Und auch das war möglicherweise ein Ansporn für die Moor-Bilder dieser Periode: Vielleicht sah Aurora in der Arbeit ihre persönliche Antwort auf die Brutalitäten jener Zeit. Ironischerweise sollte jedoch ein altes Bild meiner Mutter, von Kekoo Mody ohne böse Absicht einer banalen Ausstellung von Gemälden über Sport hinzugefügt, eine weit größere Empörung auslösen als alles, was Mynah zu bewirken vermochte. Das Werk aus dem Jahre 1960 trug den Titel *Der Kuß des Abbas Ali Baig* und beruhte auf einem tatsächlichen Geschehnis während des dritten Vergleichsspiels gegen Australien im Brabourne Stadium von Bombay. Nach zwei Spielen war der Stand 1 : 1, doch das dritte Spiel verlief nicht zugunsten Indiens. Während des zweiten Innings vermochte die Heimmannschaft dank Baigs *half-century* – dem zweiten dieses Spiels – ein Unentschieden zu

– 308 –

erzwingen. Als er die 50 erreichte, kam eine hübsche junge Frau aus der gewöhnlich ziemlich ruhigen und vornehmen Nordkurve, dem North Stand, auf den Batsman zugelaufen und küßte ihn auf die Wange. Acht Runs später wurde Baig, der inzwischen wohl ein wenig ermüdet war, herausgenommen, aber das Spiel war zu diesem Zeitpunkt so gut wie gewonnen.

Aurora liebte Cricket – damals fühlten sich immer mehr Frauen von diesem Spiel angezogen, und junge Stars wie A. A. Baig waren nicht minder populär als die Halbgötter der Bombay-Filmwelt –, und so war sie auch am Tag dieses schockierend provokanten, skandalösen Kusses zufällig im Stadion, eines Kusses zwischen zwei schönen Fremden, verabreicht bei hellem Tageslicht in einem vollbesetzten Stadion, und zwar zu einer Zeit, da kein Kino der Stadt dem Publikum derart obszönprovozierende Bilder vorführen durfte. Aber oho: Meine Mutter fühlte sich inspiriert. Sie eilte nach Hause und malte in einem einzigen, langanhaltenden Schaffensschub das ganze Bild, auf dem das in Wirklichkeit scheue Küßchen – aus purem Überschwang erfolgt – in einen heftigen Clinch westlichen Stils verwandelt wurde. Es war schließlich Auroras Version – so bald danach von Kekoo Mody ausgestellt und in der nationalen Presse immer wieder abgebildet –, an die sich alle erinnern sollten; selbst jene, die an dem betreffenden Tag im Stadion gewesen waren, begannen unter mißbilligendem Kopfschütteln von den äußerst ungehörigen, schamlosen Umschlingungen anläßlich jenes endlosen Kusses zu sprechen, der, wie sie heilig beschworen, *stundenlang* gedauert habe – so lange, bis die Schiedsrichter das Paar getrennt und den Batsman an seine Pflicht dem Team gegenüber erinnert hätten. »So was gibt's nur in Bombay«, behaupteten die Leute und schlürften genüßlich jenen Cocktail aus Erregung und Mißbilligung, den nur ein Skandal so richtig schön mixen kann. »Was für eine sündhafte Stadt, wirklich, ich sag's Ihnen!«

Auf Auroras Bild schloß sich das Brabourne Stadium voller

Gier um die beiden Küssenden, die gaffenden Tribünen hatten
sich so weit nach oben und vornüber gereckt, daß sie fast den
Himmel verbargen, und das Publikum bestand hauptsächlich
aus glotzäugigen Filmstars – einige von ihnen waren tatsächlich
anwesend gewesen –, geifernden Politikern, kühl beobachtenden Wissenschaftlern und Industriellen, die sich auf die Schenkel klatschten und anstößige Witze rissen. Selbst 🐸 , der
»Common Man« des Cartoonisten R. K. Laxman, hockte, auf
seine komische, weltferne Art schockiert dreinblickend, auf den
Bänken des East Stand. Dabei war ein Bild des aktuellen Indiens
entstanden, ein Schnappschuß vom Vordringen des Cricket ins
Zentrum des nationalen Bewußtseins, und, weitaus umstritte-
ner, ein allgemeiner Aufschrei sexueller Revolte. Diese bewußte
Übertreibung des Kusses – ein Gewirr aus weiblichen Gliedmaßen, den Polstern und den Trikots des Cricketspielers, das an
die Erotik der Tantra-Schnitzereien in den Chandela-Tempeln
von Khajraho erinnerte – wurde von einem liberalen Kunstkri-
tiker als »Ruf der Jugend nach Freiheit, als Akt des Aufbe-
gehrens direkt vor der Nase des Status quo« eingestuft und
von einem konservativeren Kommentator als »eine Obszönität,
die auf dem Marktplatz verbrannt werden sollte«. Abbas Ali Baig
wurde gezwungen, öffentlich abzustreiten, daß er den Kuß
des Mädchens erwidert hatte; der beliebte Cricketkolumnist
»A.F.S.T.« schrieb zur Verteidigung Baigs eine witzige Glosse, in
der er vorschlug, unwissende Künstler sollten aufhören, ihre
langen Pinsel in die wirklich wichtigen Dinge des Lebens, wie
etwa Cricket, zu tauchen; und nach und nach schien dieser
kleine Skandal im Sand zu verlaufen. In den darauffolgenden
Spielen jedoch, gegen Pakistan, erzielte der arme Baig nur 1,
13, 19 und 1, flog aus dem Team und spielte nur noch ganz
selten für Indien. Er wurde zur Zielscheibe eines bösartigen
jungen politischen Cartoonisten, dessen Name Raman Fielding
war, und der – Auroras alte Chipkali-Gemälde parodierend –
seine Karikaturen mit einem kleinen Frosch signierte, der am

– 310 –

Bildrand gewöhnlich bissige Bemerkungen machte. Fielding – damals schon besser bekannt als »Mainduck«, nach dem Frosch – beschuldigte den honorigen und hochbegabten Baig, ein Tor gegen Pakistan absichtlich verpatzt zu haben, weil er ein Muslim war. »Und dieser Bursche hat den Nerv, unsere patriotischen Hindu-Mädchen zu küssen«, spottete der gefleckte Frosch in der unteren Ecke.

Entsetzt über die Attacke gegen Baig, packte Aurora das Gemälde ein und gab es irgendwo aufs Lager. Als sie fünfzehn Jahre später zuließ, daß es noch einmal ausgestellt wurde, geschah das, weil sie es inzwischen als ein recht kurioses Zeitstück betrachtete. Der betreffende Cricketspieler war mittlerweile in den Ruhestand gegangen, und ein Kuß war längst nicht mehr so unerhört wie damals in der schlechten alten Zeit. Was sie nicht hatte voraussehen können, war die Tatsache, daß Mainduck – inzwischen hauptberuflicher Kommunalist und einer der Gründer der nach Bombays Muttergöttin benannten Mumbai's-Axis-Partei hinduistischer Nationalisten, die unter den Armen sehr schnell an Beliebtheit gewann – die Attacke wiederaufnehmen würde.

Karikaturen zeichnete Fielding nicht mehr, obwohl bei dem seltsamen Tanz von Anziehung und Abstoßung, den er später mit meiner Mutter aufführen sollte – die, wie man sich erinnert, das Wort »Cartoonist« ausschließlich als Beleidigung benutzte –, eigentlich immer seine starke Aggressivität zu spüren war. Er schien nicht so recht zu wissen, ob er vor der großen Künstlerin und Grande Dame von Malabar Hill auf die Knie fallen oder sie zu sich in den Schmutz herabzerren sollte, in dem er wühlte; und diese Ambiguität ist es zweifellos auch, warum sich Aurora zu ihm hingezogen fühlte – zu diesem *motu-kalu*, diesem dicken schwarzen Kerl, der all das repräsentierte, was sie aus tiefstem Herzen verabscheute. Diese gewisse Vorliebe für das Slumming, das Aufsuchen von Slums um des Kitzels willen, haben eine ganze Anzahl aus meiner Familie an den Tag gelegt.

Raman Fieldings Name stammte, so ging die Sage, von einem Vater, der nach Cricket verrückt war, einem gewitzten Tunichtgut, der sich in der Gegend des Gymkhana von Bombay herumtrieb und ständig bettelte, man möge ihm eine Chance geben: »Bitte, Babujis, lassen Sie diesen armen Teufel hier ein einziges Mal an den Schlag! Lassen Sie ihn nur einmal werfen! Okay, okay – dann *just one fielding* – *nur ein einziges Mal fangen!*« Er entpuppte sich als ein lausiger Cricketspieler, doch als 1937 das Brabourne Stadium eröffnet wurde, bekam er eine Anstellung als Sicherheitsposten und entwickelte im Laufe der Jahre eine so große Geschicklichkeit im Erwischen und Hinausbefördern von unerwünschten Eindringlingen, daß der unsterbliche C. K. Nayudu auf ihn aufmerksam wurde, der ihn aus den alten Zeiten im Gymkhana wiedererkannte und scherzte: »Na, mein kleiner *Just-one-fielding* – du bist in der Tat ein ausgezeichneter Fänger geworden.« Von da an hieß der junge Bursche nur noch J. O. Fielding, und er trug diesen Namen mit Stolz.

Sein Sohn zog (sehr zum Kummer seines Vaters, wie es hieß) eine ganz andere Lektion aus dem Cricket. Er hielt nichts von den bescheidenen, demokratischen Freuden des Nur-dabei-Seins, und sei es in einer noch so geringen, marginalen Funktion in dieser heißgeliebten Welt. Nein: Als junger Mann pflegte er seinen Freunden in den Rum-Spelunken von Bombay Central lange Reden darüber zu halten, daß die Ursprünge dieses indischen Spiels im Wettstreit zwischen den Religionsgemeinschaften lägen. »Von Anfang an versuchten uns die Parsis und Muslime das Spiel zu stehlen«, behauptete er. »Doch als wir Hindus unsere Teams zusammenstellten, erwiesen wir uns natürlich als viel zu stark. Aus demselben Grund müssen wir über die Grenzen hinweg auf Änderungen drängen. Viel zu lange haben wir stillgehalten und geduldet, daß unindische Typen uns überrundeten. Doch wenn wir unsere Kräfte sammeln – wer wird uns dann noch standhalten können?« In seiner wunderlichen Auffassung von Cricket als ursprünglich an Religionen gebundenem, grundlegend hinduistischem Spiel, dessen spezifisch hinduistischer Charakter unablässig von den anderen, verräterischen Glaubensgemeinschaften des Landes bedroht werde, lagen die Ursprünge seiner politischen Philosophie und der Mumbai's Axis selbst. Es kam sogar ein Moment, da Raman Fielding erwog, seine neue politische Bewegung nach einem großen Hindu-Cricketspieler zu nennen – »Ranji's Army« vielleicht, oder »Mankad's Martinets« –, letztlich jedoch entschied er sich für die Göttin, auch bekannt als Mumba-Ai, Mumbadevi, oder Mumbabai, und vermochte so den regionalen und religiösen Nationalismus in seiner starken, explosiven neuen Gruppierung zu vereinen.

Ironischerweise wurde ausgerechnet das Cricket, diese individualistischste aller Mannschaftssportarten, zur Basis der streng hierarchischen, neostalinistischen inneren Struktur von Mumbai's Axis oder MA, wie sie schon bald genannt werden sollte: denn Raman Fielding bestand darauf – wie ich später aus erster Hand erfuhr –, seine hochmotivierten Kader in Elevens – elf Mann starke Truppen – einzuteilen, und jedes dieser kleinen Pelotons hatte einen Team Captain, dem rückhaltlose Treue geschworen werden mußte. Bis heute wird der Zentralrat der MA »First XI« genannt. Und Fielding verlangte von Beginn an, daß man ihn mit »Skipper« ansprach.

Der alte Spitzname aus der Karikaturistenzeit wurde in seiner Gegenwart niemals erwähnt, doch überall in der Stadt konnte man, an Mauern gemalt und an die Seitenwände von Autos geklebt, sein berühmtes Froschsymbol – »Deine Stimme für Mainduck« – entdecken. Obwohl dies für einen so erfolgreichen, populistischen Parteiführer recht seltsam war, haßte er Vertraulichkeit. Also sprach man ihn immer nur mit Captain an, während man ihn hinter seinem Rücken Mainduck nannte. Und im Verlauf der fünfzehn Jahre zwischen seinen beiden Attacken gegen *Der Kuß des Abbas Ali Baig* hatte er sich – wie ein Mann, der seinem Hund immer ähnlicher wird – tatsächlich zu einer Riesenversion jenes längst aufgegebenen Cartoon-Frosches entwickelt. Im Garten seiner zweistöckigen Villa im Vorort Lalgaum von Bandra East hielt er hof unter einem Gulmohr-Baum, umgeben von Adjutanten und Bittstellern, direkt am Ufer eines mit Wasserlilien bewachsenen Teichs, inmitten buchstäblich Dutzender großer und kleiner Statuen der Mumbadevi, wo goldene Blüten herabschwebten, um sowohl die Köpfe der Statuen als auch den von Fielding zu schmücken. Zumeist brütete Mainduck schweigend vor sich hin; nur gelegentlich brachen, von der unbedachten Bemerkung eines Besuchers provoziert, ganze Wortfluten aus ihm hervor: unflätig, schrekkenerregend, tödlich. Und wie er so in seinem niedrigen Rohrsessel hockte, den unmäßigen Bauch wie den Sack eines Bettlers quer über die Knie gebettet, während das Froschquaken seiner Stimme über seine dicken Froschlippen drang, der kleine, schnelle Pfeil seiner Zunge die Mundwinkel beleckte und er mit seinen verhangenen Froschaugen gierig auf die kleinen Bidi-Rollen Geld hinabblickte, mit denen die zitternden Bittsteller ihn gnädig zu stimmen suchten und die er genüßlich in seinen dicken, kleinen Wurstfingern drehte, bis er schließlich ein breites, gaumenrotes Lächeln aufsetzte – da war er tatsächlich ein Froschkönig, ein Mainduck Raja, gegen dessen Befehle kein Widerspruch geduldet wurde.

Inzwischen hatte Fielding beschlossen, die Lebensgeschichte seines Vaters umzuschreiben und die Sage des »Just-one-fielding« aus seinem Repertoire zu streichen. Von da an erklärte er zu Besuch weilenden ausländischen Journalisten, sein Vater sei ein gebildeter, kultivierter Literaturkenner gewesen, ein Internationalist, der den Namen Fielding als Verbeugung vor dem Autor von *Tom Jones* angenommen habe. »Ihr nennt mich engstirnig und provinziell«, warf er den Journalisten vor. »Auch bigott und prüde habt ihr mich schon geschimpft. Aber mein intellektueller Horizont war von Kindesbeinen an weit und frei. Er war – möchte ich sagen – *pikaresk.*«

Daß ihr Werk den Zorn dieser mächtigen Amphibie wieder-
erregt hatte, hörte Aurora zum erstenmal, als Kekoo Mody ihr
am Telefon von Unruhen vor seiner Galerie an der Cuffe Parade
berichtete. Die MA hatte zu einem Protestmarsch zu Kekoos
kleinem Ausstellungsraum aufgerufen und behauptete, er präsentiere auf schamlose Weise die pornographische Darstellung
des sexuellen Angriffs eines Muslim-Sportlers auf eine unschuldige Hindu-Jungfrau. Raman Fielding wolle den Marsch
persönlich anführen, sagte Kekoo, und eine öffentliche Rede
halten. Polizei sei anwesend, jedoch in ungenügender Zahl; es
herrsche akute Gefahr, daß es zu gewalttätigen Auseinandersetzungen, sogar einem Brandanschlag auf die Galerie komme.
»Warte erst mal ab!« riet meine Mutter ihm. »Ich weiß schon,
wie ich dieses kleine Froschgesicht kirre mache. Gib mir eine
halbe Stunde!«

Innerhalb von dreißig Minuten wurde der Marsch abgebla-
sen. In Form einer vorbereiteten Erklärung teilte ein Vertreter
der First XI der MA einer hastig zusammengerufenen Presse-
konferenz mit, daß in Anbetracht des unmittelbar bevorstehenden Gudhi Padwa, des Maharashtri-Neujahrsfestes, der Protestmarsch in Sachen Pornographie ausgesetzt worden sei, damit
dieser frohe Tag – Gott behüte! – nur ja nicht durch einen
Ausbruch von Gewalt beeinträchtigt werde. Außerdem habe
sich die Mody Gallery mit Rücksicht auf die allgemeine Empörung einverstanden erklärt, das anstößige Bild aus dem Blickfeld
der Öffentlichkeit zu entfernen. Ohne *Elephanta* zu verlassen,
hatte meine Mutter eine Krisensituation bewältigt.

Aber, Mutter: Es war kein Sieg. Es war eine Niederlage.

Das allererste Gespräch zwischen Aurora Zogoiby und Raman Fielding war kurz und präzise verlaufen. Ausnahmsweise
hatte sie nicht Abraham gebeten, ihr die Schmutzarbeit abzu-
nehmen, sondern persönlich zum Telefon gegriffen. Ich weiß
es: Ich war dabei. Jahre später erfuhr ich, daß das Telefon auf
Raman Fieldings Schreibtisch ein ganz besonderer Apparat war,

ein amerikanischer Import: Der Hörer war als knallgrüner Plastikfrosch gestaltet, der quakte, statt zu klingeln. Fielding muß den Frosch an sein Ohr gedrückt und durch dessen Lippen die Stimme meiner Mutter gehört haben.

»Wieviel?« fragte sie.

Und Mainduck nannte seinen Preis.

Ich habe mich entschlossen, die ganze Geschichte des Bildes *Der Kuß des Abbas Ali Baig* aufzuschreiben, weil der Tag, an dem Fielding in unser Leben trat, ein äußerst wichtiger Augenblick war; und weil diese Cricketszene eine Zeitlang das Bild darstellte, durch das Aurora Zogoiby, sagen wir mal, allzu berühmt war. Die Gefahr, es könne zu Gewalttätigkeiten kommen, schien vorerst gebannt, aber das Werk mußte unter Verschluß bleiben und konnte nur gerettet werden, indem es unsichtbar wurde wie so viele Dinge in dieser Stadt. Ein Prinzip war erodiert; ein Steinchen hüpfte den Hang hinab: *plink, plonk, plank.* In den darauffolgenden Jahren sollte es viele weitere Erosionen geben, und dem hüpfenden Steinchen sollten sich zahlreiche größere Steine anschließen. Dabei legte sich Aurora für den *Kuß* nie sonderlich ins Zeug, weder aus Prinzip noch weil sie ihn für besonders gut hielt; für sie war es ein *jeu d'esprit,* ein flüchtiger Einfall, mit leichter Hand ausgeführt. Aber das Bild war ihr schon bald ein Klotz am Bein, und ich wurde Zeuge sowohl der Langeweile, die sie empfand, weil sie es endlos verteidigen mußte, als auch ihrer Wut über das Tempo, mit dem dieser »Monsun im Teeglas« die allgemeine Aufmerksamkeit von ihrem Gesamtwerk abgelenkt hatte. Die Presse zwang sie, umständlich von »unterschwelligen Beweggründen« zu sprechen, während sie nur einer Laune gefolgt war; moralische Erklärungen abzugeben, während das Gemälde doch nur (»nur«!) aus einer Spielerei entstanden war, als Produkt ihrer Gefühle und der daraus unausweichlich folgenden Logik von Pinsel und Licht. Aurora sah sich genötigt, den Vorwurf gesellschaftlicher

Verantwortungslosigkeit aus der Feder diverser »Experten« zu dementieren, und murmelte mißlaunig vor sich hin, daß sämtliche Bemühungen, Künstler zu sozialer Verantwortung zu erziehen, im Verlauf der Geschichte zu nichts geführt hätten: siehe Traktorenkunst, siehe höfische Kunst, und erst recht dieser ganze moderne Pralinenschachtelmist. »Am widerlichsten finde ich jedoch, daß diese Klugscheißer aus dem Boden schießifizieren wie Drachensaat«, erklärte sie mir, wild den Pinsel schwingend, »und daß sie mich dazu zwingen, auch noch selber einer zu werden.«

Plötzlich mußte sie sich – von Anhängern der MA, aber nicht nur von ihnen – als »christliche Malerin« bezeichnen lassen, und einmal sogar als »diese Christin, die mit einem Juden verheiratet ist«. Anfangs lachte sie über derartige Formulierungen; bald schon mußte sie jedoch einsehen, daß sie alles andere als lächerlich waren. Wie wenig Mühe kostete es, mit einer solchen Attacke eine Persönlichkeit auszulöschen, ein ganzes Leben voller Arbeit und Tatendrang, voll Engagement und Widerspruchsgeist! »Es ist«, sagte sie zu mir und benutzte dabei unversehens ein Bild aus dem Cricketbereich, »als hätte ich keinen einzigen Run auf der verfluchten Tafel verzeichnet.« Oder, ein anderes Mal: »Es ist, als hätte ich kein Geld auf der verdammten Bank.« Eingedenk von Vascos Warnungen reagierte Aurora schließlich mit der für sie charakteristischen Unberechenbarkeit. Eines Tages in diesen dunklen Jahren Mitte der Siebziger – Jahren, die in der Erinnerung irgendwie dunkler wirken, weil von ihrer Tyrannei so wenig zu sehen war, weil die Emergency auf Malabar Hill ebenso unsichtbar war wie die illegalen Wolkenkratzer und die entrechteten Armen – drückte sie mir am Ende eines langen Ateliertages einen Umschlag mit einem Einweg-Flugticket nach Spanien und meinen Paß mit einem spanischen Visum in die Hand. »Sorge dafür, daß beides immer gültig bleibt!« ermahnte sie mich. »Das Ticket kannst du jedes Jahr erneuern lassen, das Visum ebenfalls. Ich selbst werde niemals irgendwohin fliehen. Wenn diese Indira, die mich schon immer in Grund und Boden gehaßt hat, mich holen kommen will, wird sie wissen, wo sie mich findet. Aber vielleicht kommt einmal der Tag, an dem du Vascos Rat folgen solltest. Nur bitte, geh nicht zu den Engländern! Von denen haben wir die Nase voll. Geh du lieber Palimpstina suchen; oder versuch Mooristan zu finden!«

Für Lambajan am Tor hatte sie ebenfalls ein Geschenk: einen Patronengürtel aus schwarzem Leder, an dem ein Polizeihalfter mit aufknöpfbarer Klappe und einer geladenen Waffe darin hing. Außerdem arrangierte sie eine Schießausbildung für ihn. Was mich betrifft, so nahm ich ihr Geschenk entgegen; und achtete von da an fast abergläubisch darauf, ihre Ermahnung peinlich genau zu befolgen, indem ich mir immer eine Hintertür offenließ und für Fluchtmöglichkeiten sorgte. Genau wie alle anderen verlor nämlich auch ich allmählich den Boden unter den Füßen. Nach der Emergency begannen uns die Menschen mit anderen Augen zu sehen. Vor der Emergency waren wir Inder – danach waren wir christliche Juden.

Plank, plonk, plink.

Nichts geschah. Kein Mob kam ans Tor, keine Polizisten erschienen, um uns in der Rolle von Indiras Racheengeln zu verhaften. Lambas Pistole blieb in ihrer Tasche. Lediglich Mynah wurde festgenommen, aber nur für ein paar Wochen, und dabei wurde sie mit äußerster Höflichkeit behandelt und durfte in ihrer Zelle Besuch sowie Bücher und Lebensmittel empfangen. Die Emergency ging zu Ende. Das Leben ging weiter.

Nichts geschah; und alles. Es kam zum Aufruhr im Paradies. Ina starb, und Aurora kam nach ihrer Beerdigung heim, um ein Moor-Bild zu malen, auf dem die Linie zwischen Land und Meer keine durchlässige Grenze mehr war. Sie malte diese jetzt als scharf gezeichneten Zickzackriß, in den sich sowohl das Land ergoß als auch der Ozean. Die Mango- und Papaya-Esser, die

Trinker grellblauer Sirupgetränke – so süß, daß schon der Anblick schlecht für die Zähne war –, die Büroangestellten mit den aufgerollten Hosenbeinen und den billigen Schuhen in der Hand sowie all die barfüßigen Liebespärchen, die auf jener Darstellung des Chowpatty Beach unterhalb des Moor-Palastes einherschlenderten, schrien erschrocken auf, als der Sand unter ihren Füßen sie unaufhaltsam dem Riß entgegentrug, ebenso wie die Taschendiebe, die neonbeleuchteten Stände der Imbißbuden und die abgerichteten Affen in Soldatenmontur, die zur Unterhaltung der promenierenden Menschenmassen für ihr Heimatland gestorben waren. Sie alle verschwanden zusammen mit Butterfischen, Quallen und Krebsen in dieser scharf gezackten Finsternis. Sogar der abendliche Bogen des Marine Drive mit seiner banalen Zuchtperlenkette von Lichtern, verzerrte sich; die ganze Esplanade geriet in den Sog des Abgrunds. Und der Moor-Harlekin in seinem Palast auf dem Hügel blickte auf diese Tragödie hinab: hilflos, seufzend und vor der Zeit alt. An seiner Seite stand, fast durchsichtig, die tote Ina, die Vor-Nashville-Ina auf der Höhe ihrer üppigen Schönheit. Dieses Gemälde *Moor und Inas Geist blicken in den Abgrund* wurde später als das erste der »Hoch-Zeit« der Moor-Bilder eingestuft, zu der jene sehr inspirierten, apokalyptischen Werke gehörten, in die Aurora all ihren Schmerz über den Tod ihrer Tochter, all die mütterliche Liebe hineingearbeitet hatte, die viel zu lange keinen Ausdruck gefunden hatte; aber auch ihre weiterreichenden, prophetischen, ja sogar kassandrahaften Befürchtungen für die Nation hatte sie hineingepackt, ihren wütenden Kummer darüber, daß das, was einstmals – wenigstens in einem Indien der Träume – so süß wie Zuckerrohrsaft war, sauer wurde. All das tauchte in diesen Bildern auf, o ja; und ihre Eifersucht.

– *Eifersucht? – Auf was, auf wen, auf welche?*

Alles geschah. Die Welt veränderte sich. Uma Sarasvati betrat die Szene.

6

Die Frau, die mein Leben verändern, sublimieren und ruinieren sollte, betrat die Szene einundvierzig Tage nach Inas Tod – und zwar auf der Mahalaxmi-Rennbahn. Es war ein Sonntagvormittag zu Beginn der kühlen Zeit im Spätherbst, und dem alten Brauch entsprechend (»Wie alt?« fragen Sie, und ich erwidere nach Bombay-Art: »Alt. Aus sehr alter Zeit.«) waren die vornehmsten Einwohner der Stadt zeitig aufgestanden, um anstelle der hochnervösen, überzüchteten Vollbluthengste, die sonst auf einer Rennbahn zu finden sind, den Sattelplatz und die Bahn selbst zu bevölkern. Rennen waren nicht angesagt; nur die Schatten von längst dahingegangenen Jockeys in buntgestreiften Hemden, die Phantomechos einstiger und zukünftiger Hufe, der Nachhall des Schnaubens und Wieherns der Rösser und das vereinzelte Rascheln alter, weggeworfener Exemplare von Cole's-Race-Day-Booklets (ach, ihr unvergleichlichen Leitfäden für gute Manieren!) hätten von den Augen und Ohren der Phantasie wahrgenommen werden können, sanft schimmernd wie die schwachen Spuren eines übermalten Bildes unter dieser allwöchentlichen *Rus-in-urbe*-Szene, dieser sonnenbeschirmten Parade müßiger Honoratioren. Flink, in Laufschuhen und Shorts, Babys auf den Rücken geschnallt, oder gemächlich mit Spazierstock und Strohhut dahinschlendernd, kamen sie alle herbei, die Könige von Fisch und Stahl, die Grafen von Tuch und Schiffahrt, die Lords von Finanzen und Grundbesitz, die Fürsten von Land und See sowie die Mächtigen der Lüfte, und mit ihnen die Ladies, bis über die Toppen getakelt in Seide und Gold, oder in Trainingsanzug und Pferdeschwanz, mit pinkfarbenen Bändern wie königliche Diademe auf der Athletenstirn. Einige von ihnen jagten mit der Stoppuhr in der Hand an den Furlong-Marken vorbei; andere segelten bedächtig wie Ozeandampfer, die in den Hafen einlaufen, an der alten Haupttribüne entlang. Es war ein Ereignis, bei dem sich alles traf, Legale wie Il-; bei dem Geschäfte abgeschlossen und Hände auf diesen Abschluß geschüttelt wurden; bei dem die Matriarchinnen der Stadt die Jugend in Augenschein nahmen und zukünftige Heiraten verabredeten, während die jungen Männer und Mädchen Blicke tauschten und ihre eigene Wahl trafen. Es war ein Ereignis, bei dem Familien zusammenkamen und die einflußreichsten Clans der Metropole sich versammelten. Macht, Geld, Verwandtschaft und Begierde: Das waren, verborgen unter der schlichteren Bekömmlichkeit eines gesunden, einstündigen Spaziergangs auf der alten Rennbahn, die Triebkräfte des Mahalaxmi Weekend Constitutional, eines pferdelosen Rennens mit einem Klasse-Feld, eines Derbys ohne Startpistole und Photo-Finish, und dennoch eines, bei dem es zahlreiche Preise zu gewinnen gab.

An jenem Sonntag sechs Wochen nach Inas Tod versuchten wir die bedrückend gelichteten Reihen der Familie zu schließen. Aurora, in eleganten Slacks und weißer Leinenbluse mit offenem Kragen, bestand darauf, den Zusammenhalt der Familie zu demonstrieren, indem sie Arm in Arm mit Abraham ging, der mit seiner weißen Mähne und wundervoll kerzengeradem Rücken im Alter von vierundsiebzig Jahren Zoll für Zoll das Bild eines elegant gekleideten Patriarchen bot, kein Vetter vom Land mehr unter lauter Stadtgrößen, sondern der größte von ihnen allen. Der Vormittag hatte jedoch nicht sehr vielversprechend begonnen. Auf dem Weg nach Mahalaxmi hatten wir Minnie – Sister Floreas – abgeholt, die aus Gründen des Mitgefühls von der Morgenandacht im Kloster Maria Gratiaplena befreit worden war. In ihrer Nonnentracht mit der großen Haube saß sie neben mir im Fond, fingerte an ihrem Rosenkranz, murmelte Ave-Marias vor sich hin und sah dabei – fand ich – wie eine Version der Herzogin in *Alice im Wunderland* aus – weit hübscher, natürlich, aber ebenso absolutistisch; oder wie ein Bild aus einem Kartenspiel – Joker trifft Pik-Königin.

– 321 –

»Gestern hab' ich Ina gesehen«, verkündete sie ohne Vorrede. »Sie sagt, ich soll euch ausrichten, daß sie glücklich ist im Himmel, und die Musik sei wirklich sehr schön.« Aurora wurde puterrot, kniff die Lippen zusammen und reckte das Kinn. Minnie hatte in letzter Zeit angeblich häufig Visionen, obwohl Aurora nicht davon überzeugt war. Die Meinung der Herzogin über ihren kleinen Sohn könnte, frei ausgelegt, auch auf meine fromme Herzogin von Schwester zutreffen: *Sie tut es nur, um mich zu ärgern, weil sie weiß, daß ich mich ärgere.*

»Hör auf, deine Mutter aufzuregen, Inamorata«, sagte Abraham, und nun krauste Minnie verärgert die Stirn, weil dieser Name zu ihrer Vergangenheit gehörte und keine Verbindung mehr mit dem Menschen hatte, zu dem sie gerade wurde: Wunder der Gratiaplena-Nonnen, asketischste Asketin aller Gläubigen, klargloseste aller Schwerstarbeiterinnen, fleißigste Schrubberin aller Bodenschrubberinnen, sanftmütigste und hingebungsvollste aller Krankenpflegerinnen und – als wolle sie für lebenslange Privilegien büßen – Trägerin der rauhesten, kratzigsten Unterwäsche des ganzen Ordens, die sie sich eigenhändig aus alten, nach Kardamom und Tee stinkenden Jutesäcken genäht hatte und die ihre zarte Haut in dicken roten Striemen anschwellen ließ, bis die Mutter Oberin sie warnte, daß auch exzessive Kasteiung eine Form der Eitelkeit sei. Nach dieser Zurechtweisung hatte Sister Floreas aufgehört, Sackleinen auf der Haut zu tragen. Statt dessen begannen die Visionen.

In ihrer Zelle auf dem Holzbrett liegend (auf ein Bett hatte sie schon sehr bald verzichtet), erschien ihr nicht nur ein geschlechtsloser, elefantenköpfiger Engel und übte mit starken Worten Kritik an der lockeren Moral der Einwohner von Bombay, die er mit den Sodomiten und Gomorrhais verglich und denen er mit Überschwemmungen, Dürren, Explosionen und Feuersbrünsten drohte – die Strafen sollten sich über einen Zeitraum von annähernd sechzehn Jahren hinziehen –, sondern es erschien ihr auch eine sprechende schwarze Ratte, die voraussagte, die Pest werde als letzte aller Seuchen wieder über die Menschheit herfallen. Inas Erscheinung war wesentlich persönlicher, und während die früheren Manifestationen Aurora vor allem um den Geisteszustand ihrer Tochter fürchten ließen, sah sie bei dieser neuen Erscheinung rot, vielleicht auch deshalb, weil Inas Geist erst jüngst in ihrem eigenen Schaffen aufgetaucht war; aber auch, weil sie seit dem Tod ihrer Tochter ein neues Gefühl entwickelt hatte – eines, das von zahllosen Menschen in dieser paranoiden, unsicheren Zeit geteilt wurde –, das Gefühl nämlich, daß sie beschattet wurde. Geistererscheinungen drängten sich in unser Familienleben; sie überschritten die Grenze zwischen den Metaphern der Kunst und den wahrnehmbaren Tatsachen des Alltagslebens, und so suchte Aurora entnervt Zuflucht in ihrer Wut. Doch dieser Tag war zum Tag der Familienvereinigung erklärt worden, also biß meine Mutter sich nur fest auf die Lippe und schwieg.

»Auch das Essen ist gut, sagt sie«, fügte Minnie hinzu. »Soviel Nektar, Ambrosia und Manna, wie man nur will, und niemals nimmt man ein Gramm zu.« Zum Glück war die Mahalaxmi-Rennbahn nur wenige Autominuten von der Altamount Road entfernt.

So wandelten Abraham und Aurora nunmehr, wie sie es schon seit vielen langen Jahren nicht mehr getan hatten, Arm in Arm, und Minnie, unser ganz persönlicher Cherub, trippelte unmittelbar hinter ihnen, während ich ein wenig zurückblieb, mit gesenktem Kopf, um den Blicken der Menschen auszuweichen, die rechte Hand tief in der Hosentasche vergraben und aus Verlegenheit ständig den Rasen kickend. Das Geflüster und Gekicher der Matriarchinnen und der jungen Schönheiten von Bombay vermochte ich natürlich dennoch zu hören; ich wußte, daß ich – der ich mit zwanzig aussah wie vierzig –, wenn ich zu dicht neben Aurora ging, die trotz ihrer vollen weißen Haare im Alter von dreiundfünfzig Jahren nicht älter wirkte als fünfundvierzig, für den flüchtigen Beobachter zu alt wirkte, um ihr Sohn zu sein. *He, seht ihn euch an ... mißgebildet ... grotesk ... eine merkwürdige Entstellung ... Ich hab' gehört, sie halten ihn unter Verschluß ... eine Schande für das Haus ... fast wie ein echter Idiot, heißt es ... und der einzige Sohn seines bedauernswerten Vaters.* So schmierte die ölige Zunge des Klatsches das Rad des Skandals. Unser Volk reagiert nicht sehr taktvoll auf körperliche Schäden. Und auf geistige wahrhaftig auch nicht.

Vielleicht hatten sie auf eine gewisse Weise recht, diese Rennbahnwisperer. Irgendwie war ich eine Art gesellschaftlicher Idiot, durch meine Natur vom Alltäglichen abgeschnitten, vom Schicksal zum Außenseiter gemacht. Natürlich habe ich mich nie als Gelehrten betrachtet, aber dank meiner außergewöhnlichen und inadäquaten Erziehung war ich zu einer Art Informations-Elster geworden, hatte alle möglichen glänzenden Bruchstückchen – Sinn und Unsinn – aus Literatur, Kunstgeschichte, Politik, Musik und Film gesammelt und außerdem eine gewisse Geschicklichkeit im Manipulieren und Arrangieren dieser erbärmlichen Splitter entwickelt, so daß sie glitzerten und das Licht einfingen. Katzengold oder kostbare Nuggets, gewonnen aus der reichen Boheme-Goldader meiner einzigartigen Kindheit? Das zu entscheiden überlasse ich anderen.

Tatsache ist, daß es mir gelungen war, meine außerplanmäßigen Lektionen mit Dilly länger hinzuziehen als unbedingt nötig. Außerdem wäre es sowieso niemals in Frage gekommen, daß ich aufs College ging. Ich diente meiner Mutter als Modell, während mein Vater mir vorwarf, mein Leben zu vertrödeln, und mich ins Familiengeschäft einzuführen versuchte. Es war sehr lange her, daß irgend jemand – außer Aurora – es gewagt hatte, Abraham Zogoiby die Stirn zu bieten. Mit Mitte siebzig war er so stark wie ein Ochse, so fit wie ein Ringer und, von seinem sich verschlimmernden Asthma abgesehen, so gesund wie die Trainingsanzugsjogger auf der Pferderennbahn. Seine relativ bescheidene Herkunft war vergessen, und das alte C-50-Unternehmen Camoens da Gamas war in dem riesigen Konzern

– 324 –

aufgegangen, der in der Sprache der Geschäftswelt akronymisch »Siodi Corp« genannt wurde. »Siodi« stand für C. O. D., das war Cashondeliveri, und der Gebrauch dieses Kurznamens wurde von Abraham energisch gefördert. Er verdrängte die alte Bezeichnung – die Erinnerung an das heruntergekommene und assimilierte Imperium der Cashondeliveri-Granden – und prägte allerorten die neue ein. Als in einem Porträt auf den Wirtschaftsseiten mein Vater als »Mr. Siodi – der brillante neue Entrepreneur des Hauses Cashondeliveri« bezeichnet wurde, begannen ihn einige seiner Geschäftspartner irrtümlich »Siodi Sahib« zu nennen, doch Abraham machte sich nicht immer die Mühe, sie zu korrigieren. So begann er, eine neue Farbschicht über die eigene Vergangenheit zu legen ... Und auch was ihn als Vater betraf, hatte das Alter ein Palimpsestbild über die Erinnerung an jenen Mann gemalt, der mich als Neugeborenen ans Herz gedrückt und unter Tränen tröstende Worte gemurmelt hatte. Inzwischen war Abraham einschüchternd geworden, distanziert, gefährlich, kalt und insgesamt so, daß man sich ihm unmöglich widersetzen konnte, weshalb ich mich denn schließlich auch beugte und sein Angebot einer Einsteigposition in der Marketing-, Verkaufs- und Publicity-Abteilung der Baby Softo Talcum Powder Company (Private) Limited akzeptierte. Von da mußte ich meine Sitzungen mit Aurora auf meine Firmenverpflichtungen abstimmen. Aber von Modellstehen und Babys später mehr.

Was nun die Frage einer Braut betrifft, so war meine verkrüppelte Hand – ein Handicap in der Welt der Handicaplosen – in der Tat eine Art Phantom auf diesem heimlichen Heiratsmarkt: Es ließ die jungen Ladies hochmütig erschaudern, weil es sie an die häßlichen Seiten des Lebens erinnerte, während sie auf ihre hochwohlgeborene Art dessen Schönheit ganz auf sich zu konzentrieren suchten. Igitt! Eine wahrhaft furchteinflößende Faust! (Was aber deren Langzeitzukunft betrifft, so möchte ich nur eines sagen: daß ich, obwohl Lambajan mir bereits ein wenig von den potentiellen Fähigkeiten meines Krüppelknüppels gezeigt hatte, meine wahre Bestimmung erst entdecken sollte. Noch lag mein Schwert schlafend in meiner Hand.)

O nein, zu diesen Rassepferden gehörte ich nicht. Trotz meiner abgebrochenen Pilgerfahrten mit unserer diebischen Haushälterin Jaya Hé war ich ein Fremder in ihrer Stadt – ein Kaspar Hauser, ein Mowgli. Ich wußte sehr wenig über ihr Leben und, was schlimmer war, es war mir egal. Zwar mochte ich für immer ein Außenseiter inmitten dieser Rennbahnvollblüter sein, doch hatte ich mit meinen zwanzig Jahren in einem so hohen Tempo Erfahrungen gesammelt, daß ich das Gefühl bekam, die Zeit habe sich meiner Geschwindigkeit einfach angepaßt und vergehe ebenfalls doppelt so schnell. Ich kam mir nicht mehr vor wie ein junger Mann, der in einer alten oder vielmehr – um mich des Slangs der Textilindustrie in dieser Stadt zu bedienen – »überlebten«, ja sogar »verbrauchten« Haut steckte. Mein äußeres, scheinbares Alter war schlicht und einfach mein Alter geworden.

Jedenfalls dachte ich das; bis Uma mir die Wahrheit aufzeigte.

Jamshed Cashondeliveri, der durch den Tod seiner Exfrau völlig unerwarteterweise in tiefe Depressionen gestürzt war und kurz darauf das Jurastudium abgebrochen hatte, gesellte sich, von Aurora arrangiert, in Mahalaxmi zu uns. Nicht weit entfernt von der Pferderennbahn liegt der Great Breach, oder Breach Candy, durch den in bestimmten Jahreszeiten das Meer hereindringt und das dahinterliegende Flachland überflutet; und genau so, wie Hornby Vellard erbaut worden war, um Breach Candy (verläßlichen Quellen zufolge um 1805) zu verriegeln, wurde der Bruch zwischen Jimmy und Ina – jedenfalls hatte Aurora mit ihrem unüberwindlichen Willen es so entschieden – posthum überbrückt. »Hi, Onkel, Tantchen«, sagte Jimmy Cash, der verlegen beim Zielfosten wartete, und zwang sich schüchtern zu einem kleinen Lächeln. Dann plötzlich veränderte sich seine Miene. Seine Augen wurden groß, die Farbe wich aus seinen ohnehin so hübsch-bleichen Wangen, sein Mund stand offen. »Was ist in dich gefahren?« fragte Aurora verblüfft. »Du siehst aus, als hättest du 'n Geist gesehen.« Doch der faszinierte Jimmy antwortete nicht; sondern fuhr fort, wortlos zu glotzen.

»Ich grüße euch, Mitglieder meiner Familie!« ertönte Mynahs Stimme ironisch hinter unserem Rücken. »Hoffentlich habt ihr nichts dagegen, aber ich hab' ne Freundin mitgebracht.«

Von uns allen, die wir mit Uma Sarasvati an jenem Vormittag rund um die Mahalaxmi-Rennbahn spazierten, ging jeder mit einem anderen Eindruck von ihr nach Hause. Einige wenige Tatsachen wurden festgestellt: daß sie zwanzig Jahre alt und Starkunststudentin der M. S. University in Baroda war, wo sie bereits höchstes Lob von der sogenannten »Baroda-Künstlergruppe« eingeheimst hatte und wo die bekannte Kritikerin Geeta Kapur eine begeisterte Würdigung ihrer gigantischen Skulptur von Nandi, dem mächtigen Bullen der Hindu-Mythologie, geschrieben hatte, eines Werks, das von dem fast gleichnamigen Börsenmakler und milliardenschweren Finanzier V. V. Nandy – »Crocodile« Nandy persönlich – bei ihr in Auftrag gegeben worden war. Kapur hatte die Arbeit mit denen der anonymen Meister im größten aller Höhlentempel von Ellora, dem Kailash-Tempel verglichen, jenem monolithischen Wunder aus dem achten Jahrhundert, das die gigantischen Ausmaße des Parthenon hat. Als Abraham Zogoiby im Verlauf unseres Spaziergangs von der Statue hörte, brach er in ein erstaunlich bullenähnlich brüllendes Gelächter aus. »Dieser *muggermutch* V. V. hat noch nie einen Hauch von Scham besessen«, dröhnte er. »Ein Nandi-Bulle, ach ja? Wohl eher so eins von diesen blinden Krokos in den Flüssen oben im Norden!«

Uma hatte sich mit der Empfehlung einer Freundin aus der

– 327 –

Gujarati-Zweigstelle der »United Women's Anti Price Rise Front« in dem winzigen, überfüllten Büro in einem heruntergekommenen dreistöckigen Häuserblock nahe der Bombay Central Station vorgestellt, von dem aus Mynahs Aktivistinnengruppe gegen Korruption und für Bürger- und Frauenrechte – nach ihrem bekanntesten Slogan, »Wir werden diesen Knast zerschlagen«, WWDKZ-Komitee genannt, von ihren Gegnern aber auch als »Wildgewordene Weiber, denen keiner zuhört« verballhornt – den Kampf gegen ein halbes Dutzend Goliaths führte. Sie hatte von ihrer Hochachtung für Auroras Malerei gesprochen, aber auch von der großen Bedeutung der Arbeit solch hochmotivierter Gruppen wie der von Mynah, wenn es um die Anprangerung von Übeln wie die Witwenverbrennung ging, um die Aufstellung von Frauenpatrouillen gegen Vergewaltigung und um ein Dutzend anderer Themen. Mit ihrer Begeisterung und ihren Kenntnissen hatte sie sogar meine bekanntermaßen schwer zugängliche Schwester bezaubert, und das war der Grund für ihr Erscheinen bei unserem kleinen Familientreffen auf der Mahalaxmi-Rennbahn.

So weit war alles über jeden Zweifel erhaben. Wirklich bemerkenswert war jedoch, daß diese Neue während jener Vormittagspromenade in Mahalaxmi eine Möglichkeit fand, mit jedem von uns ein paar Minuten unter vier Augen zu plaudern, und daß sich jeder von uns, nachdem sie sich mit den bescheidenen Worten verabschiedet hatte, sie habe sich der Familie nun lange genug aufgedrängt, eine sodann hitzig verteidigte Meinung über sie gebildet hatte und die meisten dieser Meinungen einander so sehr widersprachen, daß es nicht gelang, sie miteinander zu versöhnen. Für Sister Floreas war Uma eine Frau, deren Spiritualität wie ein Fluß dahinzuströmen schien; sie sei abstinent und diszipliniert, eine große Seele, welche die letztliche Einheit aller Religionen erkenne, jedoch überzeugt sei, daß deren Unterschiede im gesegneten Glanz des göttlichen Lichts dahinschmelzen würden. Nach Mynahs Ansicht war Uma so hart wie Stahl – aus dem Munde unserer Philomela war das ein ganz großes Kompliment –, eine hingebungsvolle, säkularistische, marxistische Feministin, deren unermüdlicher Kampfgeist Mynahs Lust auf Waffengänge wiedererweckt hatte. Abraham Zogoiby tat beide Standpunkte als »absoluten Unsinn« ab und lobte Uma für ihren rasiermesserscharfen Finanzverstand und ihre perfekte Beherrschung auch der modernsten Geschäfts- und Übernahmetheorien. Und Jamshed Cashondeliveri, der Junge mit den Glupschaugen und dem offenen Mund, gestand verschämt, daß er in ihr die Reinkarnation seiner hinreißenden verstorbenen Ina sehe, der Ina aus der Zeit, bevor die Einwohner von Nashville sie zugrunde gerichtet hätten, »nur sie«, stieß er so töricht hervor, wie er schon immer gewesen war, »ist wie eine Ina, die singen kann *und* Intelligenz besitzt.« Er hatte gerade noch erklären wollen, daß Uma und er sich für einen Moment hinter die Haupttribüne verdrückt hatten und daß das junge Mädchen ihm dort mit der süßesten Country-Stimme, die er jemals vernommen habe, etwas vorgesungen hatte, doch Aurora Zogoiby war am Ende mit ihrer Geduld. »Jeder einzelne hier ist heute offenbar neben der Schüssel«, donnerte sie. »Aber du, Jimmy Boy, schießoffizierst den Vogel ab. Hau ab! Verschwinde *ek-dum* und wirf nie wieder deinen Schatten auf unsere Tür!«

Wir ließen Jimmy mit glotzäugigem Fischblick auf dem Sattelplatz zurück.

Aurora stand von Anfang an auf Kriegsfuß mit Uma; sie allein verließ die Rennbahn mit skeptisch verzogenem Mund. Gestatten Sie mir, diesen Punkt zu betonen: Sie gab der Jüngeren nie eine Chance, obwohl Uma immer nur voller Bescheidenheit von ihren eigenen künstlerischen Fähigkeiten sprach, das Genie meiner Mutter in den höchsten Tönen lobte und niemals eine Gefälligkeit erbat. Ja, als sich nach ihrem Triumph auf der documenta von Kassel im Jahre 1978 die berühmtesten Kunsthändler von London und New York ihrer bemächtigen wollten, rief sie Aurora aus Deutschland an und schrie durch das internationale Rauschen: »Ich habe Kasmin und Mary Boone das Versprechen abgenommen, auch Ihre Arbeiten auszustellen. Denn sonst, hab' ich gesagt, könnte ich es ihnen nicht gestatten, die meinen zu zeigen.«

Wie eine Dea ex machina kam sie auf uns herab und sprach uns in unserem tiefsten Innern an. Nur die gottlose Aurora hörte nicht zu. Als Uma zwei Tage später schüchtern nach *Elephanta* kam, verschloß Aurora die Tür ihres Ateliers. Und das war – gelinde gesagt – weder sehr überlegen noch sehr höflich gehandelt. Um die Taktlosigkeit meiner Mutter gutzumachen, erbot ich mich, Uma den ganzen Besitz zu zeigen, und erklärte hitzig: »Sie sind bei uns zu Hause willkommen, wann immer Sie wollen.«

Was Uma in Mahalaxmi zu mir gesagt hatte, vertraute ich niemandem an. Für den öffentlichen Gebrauch hatte sie lachend gesagt: »Also, wenn das hier eine Rennbahn ist, will ich auch rennen«, war aus ihren Chappals geschlüpft, hatte sie in die linke Hand genommen und war auf der Rennbahn davongeschossen, während das lange Haar hinter ihr herwehte wie das Tempogestrichel auf Comiczeichnungen und sie die Luft, durch die sie jagte, mit Linien zerfurchte wie die Kondensstreifen eines Jetflugzeugs. Ich war ihr natürlich nachgelaufen; sie wäre nie auf den Gedanken gekommen, daß ich es nicht tun würde. Sie war eine sehr schnelle Sprinterin, schneller als ich, und schließlich hatte ich aufgeben müssen, weil meine Brust schmerzte und ich laut ziehend um Luft zu ringen begann. Keuchend, beide Hände auf meine Lunge gepreßt, lehnte ich am weißen Geländer und versuchte meinen Anfall zu unterdrücken. Auf der Stelle kam sie zu mir zurück und legte ihre Hände über die meinen. Während sich mein Atem beruhigte, strich sie leicht über meine verkrüppelte Rechte und sagte mit einer Stimme, die kaum zu vernehmen war: »Diese Hand könnte alles zerschmettern, was sich ihr in den Weg stellt. Mit einer solchen Hand in meiner Nähe würde ich mich sehr sicher fühlen.« Dann sah sie mir in die Augen und setzte hinzu: »Da drinnen gibt es einen jungen Mann. Ich sehe, wie er zu mir herausblickt. Welch eine Kombination, *yaar!* Jugendliche Begeisterung, kombiniert mit dem Äußeren eines älteren Mannes, das mir, wie ich gestehen muß, mein Leben lang schon gefallen hat. Große Klasse, *men*, ehrlich!«

Das ist es also, dachte ich mir erstaunt. Dieses leichte Prickeln von Tränen, dieser Kloß im Hals, diese Hitze, die im Blut aufsteigt. Mein Schweiß hatte einen pfeffrigen Geruch angenommen. Ich spürte, wie ich selbst, mein wahres Ich – die geheime Identität, die ich so lange verborgen hatte, daß ich schon fürchtete, sie existiere nicht mehr – aus den tiefsten Winkeln meines Seins hervorkam und meine Mitte erfüllte. Jetzt gehörte ich niemandem mehr, aber zugleich auch ganz und gar, unabänderlich und auf ewig ihr.

Sie zog ihre Hände weg; und ließ einen Moor zurück, der bis über beide Ohren in sie verliebt war.

Am Morgen vor Umas erstem Besuch entschied meine Mutter, daß sie mich nackt malen wolle. Nacktheit war in unserem Kreis nichts Besonderes; im Laufe der Jahre hatten viele der Maler und ihre Freunde sich gegenseitig im Adamskostüm Modell gestanden, und die Gästetoilette in *Elephanta* war vor nicht langer Zeit mit einem Wandgemälde von Vasco Miranda ausgeschmückt worden, das ihn und Kekoo Mody im Bowlerhut und sonst nichts zeigte. Kekoo war so dünn und lang wie eh und je, während Vasco, der wesentlich Kleinere, durch den Erfolg und die jahrelange Völlerei und Zecherei regelrecht fett geworden war. Das Interessante an diesem Bild lag jedoch in der Tatsache, daß die beiden Männer ihre Penisse ausgetauscht zu haben schienen. Vascos Schwanz war überraschend lang und dünn, fast wie eine blasse Peperoniwurst, während der hochgewachsene Kekoo über ein dunkles Organ von eindrucksvollen Längen- und Rundmaßen verfügte. Aber beide Männer schworen, es habe keinen Tausch gegeben. »Ich hab' den Malerpinsel, und er hat die Banknotenrolle«, erklärte Vasco. »Was könnte angemessener sein?« Es war Uma Sarasvati, die gleich bei ihrem ersten Besuch dem Bild den Namen gab, unter dem es von nun an ausschließlich bekannt sein sollte. »Sieht aus wie Laurel and Hardon«, kicherte sie, und dabei blieb es.

Nach unserem Abstecher zu Laurel and Hardon ertappte ich mich dabei, daß ich Uma von der Geschichte der Moor-Bilder erzählte, und sogar von dem neuen Projekt eines nackten Moor. Sie lauschte konzentriert, während ich ihr meine künstlerische Zusammenarbeit mit meiner Mutter schilderte, dann versengte sie mich mit diesem breiten Lächeln, mit diesen Laserkanonenstrahlen, die sie aus ihren blaßgrauen Augen abschießen konnte. »Es ist nicht richtig, daß du in deinem Alter nackt vor deiner Mummyji stehst«, tadelte sie mich. »Warte nur, bis wir einander besser kennen, dann werde ich deine Schönheit in importierten Carrara-Marmor meißeln. Wie es bei David mit seiner viel zu großen Hand geschah, werde ich deinen großen, alten Knüppel zum wunderschönsten Körperteil der ganzen Welt machen. Aber bis dahin, Mister Moor, bewahre dich bitte für mich auf!«

Kurz darauf verließ sie das Haus, weil sie die große Malerin nicht bei der Arbeit stören wollte. Meine egoistische Mutter ließ jedoch trotz dieses Beweise für Umas hochentwickelte Sensibilität kein gutes Haar an unserer neuen Freundin. Als ich ihr erklärte, ich würde ihr für das neue Gemälde nicht Modell stehen können, weil ich mich verpflichtet fühlte, in den neuen Job bei der Firma Baby Softo in Worli möglichst viel Zeit zu investieren, ging sie hoch. »Komm mir bloß nicht mit Softo!« schrie sie mich an. »Dieses kleine Fischerflittchen hat seine Krallen in dich geschlagen, und du dummer Fisch glaubst, sie will nur spielen. Aber bald wirst du auf dem trockenen sitzen, und sie wird dich in geschmolzener Büffelbutter bratifizieren, gewürzt mit Ingwer-Knoblauch und Kreuzkümmelsamen. Und Kartoffelchips als Beilage.« Sie knallte die Ateliertür zu und schloß mich damit für immer aus; nie wieder würde ich von ihr gebeten, für sie Modell zu stehen.

Das Bild malte sie trotzdem. Es trug den Titel: *Mutterlos – nackter Moor beobachtet Chimènes Ankunft* und war so formell wie Velázquez' *Las Meninas*, ein Werk, dem es vor allem in seinem Spiel mit den Perspektiven einiges zu verdanken hatte. In einem Zimmer von Auroras fiktiver Malabar-Alhambra steht Moor/der Maure nackt, seine Haut ein Rautenmuster in Technicolor, vor einer mit komplizierten geometrischen Strukturen bemalten Wand. Hinter ihm auf der Fensterbank eines Bogenfensters hockt ein Aasgeier aus dem Turm des Schweigens, und an der Wand neben diesem makabren Fenster lehnt eine Sitar, durch deren lackierten Melonenkorpus sich eine Maus zu knabbern versucht. Links von Moor steht seine einschüchternde Mutter, Königin Ayxa/Aurora in einem wallenden schwarzen Gewand und hält dem Nackten einen hohen Spiegel vor. Das Spiegelbild ist wundervoll naturalistisch – kein Harlekin, keine Andeutung von Boabdil; nur ich allein. Aber der Rauten-Moor betrachtet nicht sich selbst im Spiegel, sondern eine wunderschöne junge Frau, die in der Tür zu seiner Rechten steht: Uma natürlich, Uma fiktionalisiert, hispanisiert, als seine Chimène, Uma, im Aussehen an Sophia Loren in *El Cid* erinnernd, entlehnt jener Erzählung über Rodrigo de Vivar und ohne jede Erklärung in dieses vieldeutige Universum des Moor eingeführt. Und zwischen ihren ausgebreiteten, einladenden Händen schweben auf magische Weise Wunderdinge – goldene Kugeln, juwelenbesetzte Vögel, winzige Homunkuli – in der klaren Luft.

Aurora hatte diesen schmerzlichen Aufschrei aus mütterlicher Eifersucht anläßlich der ersten wahren Liebe ihres Sohnes geschaffen, ein Bild, auf dem die Versuche der Mutter, ihrem Sohn die schlichte Wahrheit über sich selbst zu zeigen, durch eine Hexe vereitelt werden, deren Tricks ihm den Kopf verdrehen; auf dem Mäuse die Möglichkeit der Musik hinwegnagen und Aasgeier geduldig auf ihre Mahlzeit warten. Seit Isabella

Ximena da Gama auf ihrem Sterbebett die Gestalten des Cid Campeador und seiner Chimène in ihrer eigenen Person vereinigte, hatte ihre Tochter Aurora, als sie die Fackel aufhob, die Belle aus der Hand gefallen war, auch sich als Held und Heldin in einer Person vereinigt gesehen. Daß sie nunmehr diese Trennung vollführte – daß dem gemalten Moor die Rolle des Charlton Heston gegeben wurde und eine Frau mit Umas Gesicht die französisierte Version des zweiten Vornamens meiner Großmutter trug –, war fast das Eingeständnis der Niederlage, ein Hinweis auf die Sterblichkeit. Jetzt war es Aurora, die wie die alte Witwe Ayxa nicht in den Spiegel blickte; und Boabdil-Moor war es, der dort reflektiert wurde. Aber der eigentliche magische Spiegel war jener in seinen (meinen) Augen; und in diesem okkulten Glas gab es keinen Zweifel daran, daß die Hexe an der Tür die Schönste von allen war.

Das Gemälde, wie viele der späteren Moor-Bilder in der Schichtentechnik der alten europäischen Meister ausgeführt und für die Kunstgeschichte wichtig wegen der Einführung der Chimène in die Moor-Sequenz, schien mir aufzuzeigen, daß die Kunst letztlich nicht das Leben war; daß zwischen dem, was die Künstlerin für wahr hielt – zum Beispiel die Geschichte der böswilligen Usurpation durch eine hübsche Hexe, die aufgetaucht war, um eine Mutter von ihrem Sohn zu trennen –, und den Ereignissen, Gefühlen und Menschen der realen Welt nicht unbedingt eine Verbindung bestand.

Uma war ein ungebändigter Geist; sie kam und ging, wie es ihr paßte. Wenn sie in Baroda war, zerriß es mir vor Sehnsucht schier das Herz, aber sie wollte mir nie gestatten, sie dort zu besuchen. »Du darfst meine Arbeit erst sehen, wenn ich für dich bereit bin«, erklärte sie. »Ich will, daß du dich in *mich* verliebst, und nicht in das, was ich tue.« Denn wider jede Wahrscheinlichkeit und mit der majestätischen Launenhaftigkeit der Schönheit hatte sie, die unter allen Männern wählen konnte, sich ausgerechnet auf mich kapriziert, auf diesen gehandicapten, jung-alten Narren, und sie verhieß mir flüsternd den Zugang zum Garten irdischer Freuden. »Warte nur ab!« sagte sie zu mir. »Warte nur, mein geliebter Unschuldiger, denn ich bin die Göttin, die alle Geheimnisse deines Herzens kennt, und ich will dir wahrhaftig alles geben, was du willst, und mehr dazu.« *Warte nur ein Weilchen,* bat sie mich, ohne zu sagen, warum; und wischte meine Verunsicherung durch die erregende Lyrik ihrer Verheißungen davon. *Dann werde ich bis zum Tod dein Spiegel sein, das andere Ich deines Ichs, dein Ebenbild, deine Herrin und deine Sklavin.*

Ich muß gestehen, daß es mich überraschte, als ich erfuhr, daß sie mehrmals in Bombay gewesen war, ohne sich mit mir in Verbindung zu setzen. Minnie rief mich eines Tages aus dem Kloster Gratiaplena an und teilte mir mit bebender Stimme mit, Uma habe sie besucht, um sich zu erkundigen, wie eine Nichtchristin ihr Leben dem Heiland widmen könne. »Ich glaube aufrichtig, daß sie zu Jesus finden wird«, sagte Sister Floreas, »und auch zu seiner heiligen Mutter Maria.« An diesem Punkt habe ich, wie ich glaube, verächtlich geschnaubt, denn Minnies Ton schlug völlig unerwartet um. »Ja«, sagte sie, »Uma, diese von Gott gesegnete Frau, hat mir anvertraut, wie sehr sie befürchtet, daß der Teufel dich in seinen Fängen hat.«

Auch Mynah – Mynah, die sonst nie telefonierte! – rief mich an, um mir jubelnd von einer Begegnung mit meiner Geliebten in der vordersten Front einer politischen Demonstration zu berichten; Uma hatte den Abriß der unsichtbaren Hütten jener unsichtbaren Armen, die wertvolles Gelände im Umkreis der Wolkenkratzer an der Cuffe Parade besetzt hielten, fürs erste verhindert und sich offenbar dadurch verdient gemacht, daß sie die Demonstranten und Hüttenbewohner zu einem Sprechchor animierte: *Wir sind eine Bewegung, also nur keine Angst!* Unvermittelt vertraute mir Mynah an – Mynah, die sonst niemandem etwas anvertraute! –, sie sei überzeugt, daß Uma eindeutig lesbisch sei. Das Geheimnis ihrer eigenen Sexualität hatte Philomela Zogoiby nie preisgegeben, doch alle wußten, daß sie noch kein einziges Mal in ihrem Leben mit einem Mann ausgegangen war; mittlerweile auf die Dreißig zugehend, hatte sie immer gerne betont, daß sie »sitzengeblieben« sei und wohl als »alte Jungfer« enden werde. Nun aber hatte Uma Sarasvati offenbar mehr über sie erfahren. »Wir sind uns ziemlich nahegekommen, du weißt schon«, berichtete Mynah zu meiner Überraschung mit einer seltsamen Kombination von jungmädchenhafter Koketterie und Trotz. »Endlich jemand, mit dem man die Nacht hindurch bei einer Flasche Rum und ein paar Päckchen Glimmstengeln kuscheln kann. Meine blöden Schwestern waren, verdammt noch mal, nie zu irgendwas nütze.«

Welche Nächte? Wann? In Mynahs Bude war nicht mal genug Platz für einen Stuhl, geschweige denn eine zusätzliche Matratze. Wo also hatte dieses »Kuscheln« stattgefunden? »Übrigens, ich hab' gehört, daß dir die Zunge ganz schön aus dem Hals hängt«, hörte ich meine Schwester sagen, aber war das einfach die Überempfindlichkeit der Liebe oder versuchte sie mich wirklich zu warnen? *Brüderchen, ich gebe dir einen Tip: keine Chance! Gockel du nur hinter einem anderen Huhn her. Dieses hier zieht Hennen vor!*

Ich wußte nicht, was ich von diesen Anrufen halten sollte, vor allem, da Uma sich unter der Nummer in Baroda, die sie mir gegeben hatte, nie meldete. Als wir dann einige Tage später einen Fernsehwerbespot für Baby Softo drehten, war ich inmitten der Glückser von sieben gut eingepuderten Babys durch meine inneren Probleme derart abgelenkt, daß ich es versäumte, eine mehr als einfache Aufgabe zu erfüllen – das heißt, mich mit Hilfe einer Stoppuhr zu vergewissern, daß die heißen Scheinwerfer niemals länger als eine Minute auf die Babys gerichtet wurden –, und sehr schnell rissen mich der berechtigte Zorn der Kameracrew, das Protestgeschrei der Mütter und das klagende Weinen des Babys, die bei lebendigem Leib geröstet wurden, aus meinen Träumen. Schamerfüllt floh ich das Atelier und stieß auf Uma, die bei mir auf der Türschwelle saß und auf mich wartete. »Gehn wir Mittag essen, *yaar*«, sagte sie. »Ich komme um vor Hunger.«

Beim Lunch bewies sie mir natürlich, daß es für alles eine perfekte Erklärung gab. »Ich wollte es dir selber sagen.« Dabei wurden ihre Augen feucht. »Ich wollte dir beweisen, wie sehr ich mich bemüht habe, alles über dich in Erfahrung zu bringen, was es zu erfahren gibt. Außerdem möchte ich deinen Blutsverwandten nahe sein, so nahe wie Blut oder möglichst noch näher. Dabei muß ich dir sagen, daß unsere arme Minnie ein bißchen von Gott verwirrt worden ist; aus reiner Freundschaft habe ich ihr ein paar Fragen gestellt, und sie, das arme fromme Wesen, hat mich völlig falsch verstanden. Ich – eine Nonne! Das ist ein Witz! Und diese Teufelsgeschichte war nichts als ein Scherz. Ich wollte sagen, wenn Minnie Gottes Soldatin ist, dann müßten du und ich und jeder normale Mensch Soldaten des Teufels sein – oder?« Während sie das sagte, hielt sie mit beiden Händen mein Gesicht umschlossen, und dann streichelte sie meine Hände, wie sie es bei unserer ersten Begegnung getan hatte; und ihr Gesicht war so sehr von Liebe erfüllt, so voller Schmerz darüber, daß ich an ihr gezweifelt hatte ... *Und Mynah?* fragte ich weiter, obwohl ich das Gefühl hatte, es sei unvorstellbar grausam, einen so liebevollen, hingebungsvollen Menschen einem Verhör zu unterziehen. »Natürlich habe ich sie besucht. Ihr zuliebe habe ich mich der Kampagne angeschlossen. Und weil ich singen kann, hab' ich gesungen. Na und?« – *Und das Kuscheln?* – »Großer Gott! Wenn du wissen willst, wer eine Lady's Lady ist, du bedauernswerter Ignorant, wende dich an deine Schwester, diesen kessen Vater, nicht an mich! Miteinander im Bett liegen bedeutet nämlich gar nichts, im College haben wir Mädchen das ständig getan, und das Kuscheln ist der feuchte Traum deiner Philomela, entschuldige, wenn ich so offen bin. Ja, ich bin ziemlich wütend. Ich versuche mir Freunde zu machen, und du meinst, ich sei eine Frömmlerin und daß ich lüge und sogar mit deiner Schwester bumse! Was seid ihr für Menschen, daß ihr so bösartig reagiert? Warum könnt ihr nicht einsehen, daß ich das alles nur aus Liebe getan habe?« Dicke Kullertränen klatschten auf ihren leeren Teller. Die Verzweiflung hatte Umas gesunden Appetit nicht beeinträchtigt.

»Hör auf!« flehte ich sie an. »Bitte, hör auf! Ich werde nie … nie wieder …«

Ihr Lächeln drang durch ihre Tränen – so strahlend, daß ich fast einen Regenbogen erwartete.

»Vielleicht wird es Zeit«, flüsterte sie mir zu, »daß ich dir beweise, wie verdammt hetero ich bin!«

Und auch mit Abraham Zogoiby persönlich wurde Uma gesehen, wie sie am Swimmingpool des Willingdon Club saß und Clubsandwiches verschlang, bevor sie den Alten beim Golf gewinnen ließ. »Ein Wunder war sie, deine Uma«, berichtete er mir Jahre später in seinem I.-M.-Pei-Eden. »So intelligent, so ursprünglich, und wie sie mit diesem intensiven Ausdruck ihrer großen Swimmingpool-Augen in die Welt blickte! Nie wieder habe ich so etwas gesehen, seit ich deiner Mutter zum erstenmal direkt ins Gesicht schauen durfte. Keine Ahnung, was ich für einen Unsinn gebrabbelt habe! Meine eigenen Kinder hatten kein Interesse daran – du, zum Beispiel, mein eigener Sohn! –, und mit irgend jemandem muß ein alter Mann doch sprechen. Auf der Stelle hätte ich sie engagiert, aber nein. Den ersten Platz müsse sie stets ihrer Kunst einräumen, erklärte sie. Und Himmel noch mal, diese Titten! Mindestens so groß wie dein Kopf.« Er kicherte lüstern und schickte rasch eine Entschuldigung hinterher, ohne sich die Mühe zu machen, auch nur eine Spur aufrichtig zu klingen. »Was soll ich dir sagen, mein Junge, zeit meines Lebens waren sie meine große Schwäche, die Weiber.« Dann verdüsterte sich sein Gesicht. »Wir haben beide deine geliebte Mutter verloren, weil wir anderen Mädchen schöne Augen gemacht haben«, sagte er leise.

Korrupte Banking-Machenschaften, Börsenmanipulationen

auf superepischem Mogambo-Niveau, Multi-Milliarden-Dollar-Waffenschiebereien, Kerntechnologie-Verschwörungen mitsamt gestohlenen Computern und maldivischen Mata Haris, verbotener Export von Antiquitäten, darunter das Symbol der ganzen Nation, der vierköpfige Löwe von Sarnath ... Wieviel von dieser, seiner dunklen Welt, wie viele seiner grandiosen Pläne hatte Abraham Uma Sarasvati anvertraut? Wieviel, zum Beispiel, über gewisse, ganz spezielle Exportlieferungen von Baby-Softo-Puder? Als ich ihn danach fragte, schüttelte er nur den Kopf. »Nicht sehr viel, glaube ich. Keine Ahnung. Alles. Ich rede im Schlaf, hat man mir gesagt.«

Aber ich greife vor. Uma erzählte mir von der Partie, die sie mit meinem Vater gespielt hatte, lobte seinen Golfschlag – »kein bißchen zittrig – und das in seinem Alter!« – sowie sein großzügiges Verhalten einem jungen Mädchen gegenüber, das neu in der Stadt war. Wir hatten begonnen, uns in einer Reihe preislich bescheidener Hotelzimmer in Colaba oder Juhu zu treffen (die Fünf-Sterne-Herbergen der Stadt waren ein zu großes Risiko; zu viele Teleobjektiv-Augen und Ferngespräch-Zungen). Am liebsten aber waren uns die Railway Retiring Rooms im Victoria Terminus und im Bombay Central: In diesen hohen, jalousien-verhangenen, kühlen, sauberen, anonymen Räumen begann meine Reise in den Himmel und in die Hölle. »Züge«, sagte Uma Sarasvati. »All diese Schwengel-Stengel. Machen die dich nicht auch maßlos an?«

Es fällt mir schwer, von unserer körperlichen Liebe zu sprechen. Selbst jetzt noch und trotz allem läßt mich die Erinnerung daran vor Sehnsucht nach dem Verlorenen erschauern. Ich denke daran, wie leicht und zärtlich diese Liebe war, eine wundervolle Offenbarung; als öffne sich eine Tür im Fleisch, und ein unerwartetes Universum der fünften Dimension ströme herein. Mit beringten Planeten und Kometenschweifen. Mit wirbelnden Galaxien. Mit explodierenden Sonnen. Jenseits jeden Ausdrucks jedoch, jenseits aller Worte war die schlichte

Körperlichkeit dessen, was wir taten, die Bewegung der Hände, das Anspannen der Hinterbacken, das Durchbiegen des Rückens, sein Auf und Ab, die Sache an sich, ohne jede Bedeutung außerhalb ihrer selbst, die aber dennoch alles bedeutete; dieser kurze, animalische Akt, um dessentwillen alles, aber auch *alles* geschehen kann. Ich kann mir nicht vorstellen – nein, selbst jetzt reicht meine Phantasie nicht so weit –, daß eine so tiefe Leidenschaft, eine so große Essentialität gespielt werden können. Ich glaube nicht, daß Uma mich dort und auf diese Art, begleitet vom Kommen und Gehen der Züge, belogen hat. Ich glaube es nicht; ich glaube es; ich glaube es nicht; ich glaube es; ich tu's nicht; ich tu's nicht; ich tu's.

Es gibt da ein peinliches Detail: Uma, meine Uma, flüsterte mir kurz vor dem Everest unserer Ekstase, auf dem South Col des Begehrens, ins Ohr, da sei etwas, das sie sehr traurig mache. »Deine Mummyji, ich verehre sie sehr; sie aber mag mich, glaube ich, nicht.« Woraufhin ich sie, keuchend und anderweitig beschäftigt, zu trösten versuchte. *Aber ja doch, sie mag dich.* Uma dagegen – schwitzend, hechelnd, ihr Körper auf den meinen klatschend – wiederholte ihren Kummer. »Nein, mein Liebling, mein Boy. Sie mag mich nicht. *Bilkul* nicht.« Ich muß gestehen, daß ich in diesem hehren Moment solch ein Gerede nicht vertragen konnte, und so entfuhr mir eine Obszönität: *Fuck her then!* – »Was hast du gesagt?« – *Fick sie, hab' ich gesagt. Fick meine Mutter!* Oh. – Woraufhin sie das Thema fallenließ und sich auf Näherliegendes konzentrierte. Ihre Lippen an meinem Ohr sprachen von anderen Dingen. Möchtest du dies, mein Liebling, und dies, möchtest du's tun, dann tu's doch, du kannst es, wenn du willst, wenn du wirklich willst. *O Gott ja ich will es tun ja ja oh ...*

Da derartiges Geplapper ganz anders wirkt, wenn man daran beteiligt ist, als wenn man es sich anhören muß, werde ich nichts weiter davon niederschreiben. Aber ich muß gestehen – und erröte dabei –, daß sie, Uma, immer wieder auf die Feindseligkeit meiner Mutter zurückkam, bis es anscheinend zu einem

– 340 –

Teil dessen wurde, was sie in Erregung versetzte. Sie-haßt-mich-sie-haßt-mich-sag-mir-doch-was-soll-ich-tun. Und dann erwartete sie eine Antwort von mir, und ich antwortete – verzeihen Sie mir –, ich antwortete ihr in den Fängen der Lust genauso, wie sie es erwartete. *Fick sie!* sagte ich. *Fick sie blöd, diese blöde Ziege!* Und Uma: Wie, mein Liebling? Mein Liebling – wie? – *Fuck her! Fick sie rauf und runter und von allen Seiten!* – Oh, aber das kannst du doch tun, mein einziger Liebling, wenn du's willst, brauchst du's nur zu sagen. – *O Gott, ja. Ich will es. Ja. O Gott.*

So ergoß ich im Augenblick meines höchsten Glücks den Samen des Ruins: meines Ruins, und des Ruins meiner Mutter, und des Ruins unseres großen Hauses.

Wir alle, bis auf eine, waren damals in Uma verliebt, und selbst Aurora, die es nicht war, gab allmählich nach, denn der Umstand, daß Uma bei uns zu Hause war, lockte auch meine Schwestern nach Hause, und außerdem sah Aurora das Glück auf meinem Gesicht. Gleichgültig, wie sporadisch sie sich als Mutter gezeigt hatte – sie blieb immer Mutter und ließ sich daher erweichen. Außerdem nahm Aurora künstlerisches Schaffen sehr ernst, und nachdem Kekoo Mody in Baroda gewesen und voller Begeisterung für die Werke der jungen Künstlerin zurückgekehrt war, schmolz die große Aurora noch mehr dahin. Uma wurde als Ehrengast auf einer der inzwischen sehr seltenen Soireen meiner Mutter in *Elephanta* eingeführt. »Einem Genie«, verkündete Aurora, »muß man alles verzeihen.« Uma gab sich auf süße Art geschmeichelt und scheu. »Aber den Zweitrangigen«, ergänzte Aurora, »sollte man nichts geben – keine Paisa, keine Kauri, keinen Deut. He, Vasco, was meinst du dazu?« Vasco Miranda, in den Fünfzigern, verbrachte nicht mehr sehr viel Zeit in Bombay; und wenn er sich mal blicken ließ, verschwendete Aurora keinen Moment auf Nettigkeiten und überzog seine »Airport-Kunst« mit einer so giftigen Kritik, wie sie sogar für diese bissigste aller Frauen außergewöhnlich war.

Auroras eigene Arbeiten waren niemals »gereist«. Ein paar wichtige europäische Galerien – Stedelijk, Tate – hatten einige Stücke angekauft, Amerika blieb jedoch unzugänglich, das heißt, mit Ausnahme der Familie Gobler in Fort Lauderdale, Florida, ohne deren Sammeleifer so mancher indische Künstler arm wie eine Kirchenmaus geblieben wäre; jedenfalls konnte es durchaus sein, daß der Neid die Zunge meiner Mutter schärfte. »Wie geht's deinen Transit-Lounge-Specials, eh, Vasco?« fragte sie ihn. »Ist dir aufgefallen, daß die Passagiere auf den Rollbändern auch nicht den kleinsten Blick für dein Zeug übrig haben? Und der Jet-lag! Ist der der Kritikfähigkeit etwa dienlich?« Unter diesem Feuerüberfall lächelte Vasco ein wenig schwach und ließ den Kopf hängen. Er hatte ein Riesenvermögen in Auslandswährung angehäuft und erst kürzlich seine Residenzen und Ateliers in Lissabon und New York aufgegeben, um in Andalusien eine Bergfestung zu bauen, für die er, wie gemunkelt wurde, mehr als das geschätzte Einkommen aller indischen Künstler zusammen aufwendete. Diese Geschichte, die er nie widerrief, trug einiges zu seiner Unbeliebtheit in Bombay und der Heftigkeit von Aurora Zogoibys Attacken bei.

Vasco war mächtig auseinandergegangen, sein Schnurrbart war ein Dalí-ähnliches Doppelausrufezeichen, das ölige Haar hatte er unmittelbar oberhalb des linken Ohres gescheitelt und quer über seine kahle, von Poliercreme glänzende Platte geklebt. »Kein Wunder, daß du noch immer Junggeselle bist, mein Junge«, höhnte Aurora. »Einen Rettungsring können die Damen ja noch tolerieren, aber, o Mann, du scheinst die ganze Goodyear-Fabrik gekauft zu haben!« Ausnahmsweise stimmten Auroras Spötteleien hier mit der Meinung der Mehrheit überein. Die Zeit, zu Vascos Bankkonten überaus freundlich, war mit seinem Ruf in Indien ebenso hart umgegangen wie mit seinem Körper. Trotz seiner unendlich vielen Aufträge befand sich der Kurs seines Werkes, was das Niveau betraf, gegenwärtig im freien Fall, seine Arbeiten wurden als flach und kitschig bezeichnet,

und obwohl die Nationalsammlung früher einmal ein oder zwei
Stücke von ihm erworben hatte, war so etwas seit Jahren schon
nicht mehr vorgekommen. Keine einzige dieser Erwerbungen
wurde gegenwärtig ausgestellt. Bei den kritischeren Kritikern
und der jüngeren Künstlergeneration war V. Miranda eine
verglühte Sternschnuppe. Während Uma Sarasvatis Stern aufging, verschwand der seine im Orkus. Jedenfalls hielt er sich,
wenn Aurora ihn attackierte, mit Entgegnungen zurück.

Die Picasso-Braque-Zusammenarbeit zwischen Vasco und
Aurora war niemals zum Tragen gekommen; als meine Mutter
die Unzulänglichkeit von Vascos Begabung erkannte, war sie
ihren eigenen Weg gegangen; das Atelier in *Elephanta* hatte sie
ihm nur eingedenk der alten Zeiten weiterhin überlassen, vielleicht aber auch, weil es ihr Spaß machte, ihn als Zielscheibe
ihres Spottes in Reichweite zu haben. Abraham, der Vasco schon
immer verabscheut hatte, zeigte Aurora die neuesten Zeitungs-
ausschnitte aus dem Ausland, die ihr bewiesen, daß V. Miranda
mehr als einmal wegen Gewalttätigkeit vor Gericht gestellt worden und nur um Haaresbreite einer Abschiebung sowohl aus
den Vereinigten Staaten als auch aus Portugal entgangen war;
und daß man ihm auferlegt hatte, sich extensiver Behandlun-
gen in Nervensanatorien, Entziehungskliniken für Alkoholiker
und Drogenrehabilitationszentren in Europa oder Nordameri-
ka zu unterziehen. »Wirf diesen aufgeblasenen, fetten alten
Schwindler doch endlich raus!« flehte Abraham seine Frau an.

Was mich betrifft, so erinnerte ich mich daran, daß Vasco
sich mir gegenüber, als ich ein kleines und eingeschüchtertes
Kind war, oftmals sehr freundlich verhalten hatte, und dafür
liebte ich ihn noch immer, vermochte aber dennoch zu erkennen, daß die Dämonen in ihm den Kampf gegen seine lichtere
Seite gewonnen hatten. Der Vasco, der uns an Umas Abend
besuchte, dieser aufgedunsene Operettenclown, war in der Tat
ein trauriger Anblick.

Gegen Ende des Abends, als der Alkohol seine Abwehr

geschwächt hatte, brach Vasco zusammen. »Zum Teufel mit euch allen!« rief er. »Bald bin ich in meinem Benengeli, und wenn ich einen Funken Verstand besitze, werde ich nie wieder herkommen.« Dann brach er in einen tonlosen Gesang aus. »*Good*bye, Flora *Foun*tain«, begann er, »*Fare*well, Hutatma Chowk.« Er hielt inne, blinzelte und schüttelte den Kopf. »Nein. Stimmt nicht. Goodbye, Marine Dri-ive, farewell, Netaji-Subhas-Chandra-Bose-Road!« (Viele Jahre später, als auch ich nach Spanien gegangen war, sollte ich mich an Vascos unvollendeten Vers erinnern und leise, nur so vor mich hin, sogar eine ganz persönliche Version davon singen.)

Uma Sarasvati ging zu der traurigen, schmerzlichen Gestalt hinüber, legte Vasco die Hände auf die Schultern und küßte ihn auf den Mund.

Womit sie eine unerwartete Wirkung erzielte. Statt ihr dankbar zu sein – und es gab viele in unserem Salon, unter anderem mich, die überglücklich gewesen wären, hätten sie einen solchen Kuß von ihr erhalten –, ging Vasco urplötzlich auf Uma los. »Judas«, sagte er zu ihr, »ich kenne dich. Zelot unseres Herrn Judas Christus des Verräters. Ich kenne dich, Missy. Ich hab' dich in dieser Kirche gesehen.« Uma wurde dunkelrot und wich zurück. Ich versuchte sie zu verteidigen. »Du machst dich lächerlich«, warf ich Vasco vor, der mit hocherhobener Nase hinausstolzierte; und gleich darauf unter lautem Platschen in den Swimmingpool fiel.

»Gut. Das wär's dann ja wohl«, erklärte Aurora energisch. »Jetzt spielen wir *Drei Personen, sieben Sünden.*«

Das war ihr liebstes Gesellschaftsspiel. Geschlecht und Alter der drei imaginären »Personen« wurden durch Münzwurf bestimmt, während die Todsünden, deren sie jeweils »schuldig« waren, auf sieben Zetteln standen, die aus einem Hut gezogen wurden. Anschließend mußten alle Anwesenden eine Geschichte erfinden, in der die drei Sünder vorkamen. Diesmal waren die drei Personen *alte Frau*, *junge Frau* und *junger Mann;* und ihre

– 344 –

Sünden waren *Zorn, Eitelkeit* und *Wollust.* Kaum waren die Bedingungen festgelegt, da rief Aurora, bissig wie immer und möglicherweise von Vascos jüngstem, kleinen Hurrikan tiefer betroffen, als sie zugeben wollte:»Ich weiß eine!«

Uma applaudierte ihr.»Erzählen Sie, bitte!«

»Okay«, gab Aurora zurück und sah ihrem Ehrengast offen in die Augen.»Eine zornige alte Königin entdeckt, daß ihr wollüstiger Tor von einem Sohn von ihrer jungen und eitlen Todfeindin verführt worden ist.«

»Großartige Story!« sagte Uma, die gelassen lächelte.»Bravo! Da ist was dran. Respekt!«

»Jetzt sind Sie dran«, entgegnete Aurora, deren Lächeln dem von Uma in nichts nachstand.»Was passiert nun? Was wird die zornige alte Königin tun? Wird sie die beiden Liebenden möglicherweise verbannen? Wird sie die beiden kurzerhand aus ihrem Reich vertreiben?«

Uma überlegte.»Das reicht nicht«, sagte sie.»Ich glaube, hier ist eine endgültigere Lösung am Platze. Denn eine so mächtige Gegnerin – zum Beispiel diese eitle, junge Heuchlerin –, wenn die nicht fertiggemacht wird, und ich meine endgültig *funtooshed*, dann wird sie mit Sicherheit versuchen, die zornige alte Königin zu vernichten. Mit Sicherheit! Sie würde den wollüstigen jungen Prinzen ganz für sich selbst beanspruchen, und das Königreich dazu; und sie würde zu stolz sein, um den Thron mit seiner Ma zu teilen.«

»Und was schlagen Sie vor?« fragte Aurora in eisig-höflichem Ton in die plötzliche Stille des Salons hinein.

»Mord«, antwortete Uma achselzuckend.»Dies ist eindeutig eine Mordgeschichte. So oder so – irgend jemand wird sterben müssen. Weiße Königin schlägt schwarzen Bauern, denn sonst würde der schwarze Bauer, wenn er das Königinfeld erreicht, zur schwarzen Königin werden und statt dessen die weiße Königin schlagen. Soweit ich sehen kann, gibt es keine andere Lösung.«

– 345 –

Aurora schien beeindruckt zu sein. »Uma, meine Tochter, Sie sind eine Heimliche. Warum haben Sie mir nicht gesagt, daß Sie dieses Spiel schon öfter gespielt haben?«

Sie sind eine Heimliche ... Meine Mutter hielt an der Idee fest, daß Uma etwas zu verbergen hatte. »Sie kommt aus dem Nichts und macht sich an unsere Familie heran«, sagte Aurora immer wieder so beunruhigt, wie sie sich früher über Vasco Mirandas nicht minder fragwürdige Vergangenheit niemals beunruhigt hatte. »Aber wer sind ihre Verwandten? Wo sind ihre Freunde? Wie sieht ihr bisheriges Leben aus?« Ich erzählte Uma von Auroras Zweifeln, während der Schatten eines Deckenventilators in einem Retiring Room ihren nackten Körper streichelte und die leichte Brise sie allmählich trocknete. »Geheimnisse? Darüber sollte deine Familie lieber schweigen«, gab sie zurück. »Entschuldige bitte. Ich spreche nicht gern schlecht über die Menschen, die du liebst, aber ich habe keine verrückte Schwester, die schon verstorben ist, und keine andere, die in einem Kloster sprechende Ratten sieht, und keine dritte, die versucht, die Pyjamahosen ihrer Freundinnen aufzuknoten. Und bitte schön: Wessen Vater steckt bis zum Hals in schmutzigen Geschäften mit unmündigen Huren? Und wessen Mutter – entschuldige, Liebling, aber du *mußt* es wissen – hat gegenwärtig nicht nur einen, nicht nur zwei, sondern drei Geliebte zugleich?«

Ich richtete mich im Bett auf. »Von wem weißt du das eigentlich alles?« rief ich. »Wer hat dir dieses Schlangengift eingetrichtert, damit du es schluckst und wieder ausspeist?«

»Die ganze Stadt redet davon«, antwortete Uma und zog mich an sich. »Mein armer Softo! Du hältst sie für eine Art Göttin, nicht wahr? Aber es ist überall bekannt. Nummer eins dieser zurückgebliebene Parsi Kekoo Mody, Nummer zwei Vasco Miranda, der fette Betrüger, aber der schlimmste ist die Nummer drei: dieser MA-Bastard Mainduck. Raman Fielding!

Dieser *bhaenchod!* Tut mir leid, aber die Lady hat keinen Stil. Es wird sogar gemunkelt, daß sie ihren eigenen Sohn verführt hat – jawohl! Mein armer, unschuldiger Junge, du weißt ja nicht, wozu die Menschen fähig sind! –, aber ich sage ihnen, es gibt Grenzen, nicht wahr, ich kann persönlich dafür bürgen. Du siehst also, dein guter Name liegt von jetzt an in meinen Händen.«

Das war der Moment unseres ersten ernsthaften Streits, aber schon während ich Aurora verteidigte, spürte ich in meinem tiefsten Inneren, daß Umas Anschuldigungen zutrafen. Kekoos hündische Ergebenheit hatte offenbar Früchte getragen, und Auroras langwährende Duldung und gleichzeitige Mißhandlung von Vasco ergab schließlich einen Sinn, wenn man sie im Rahmen einer Liaison betrachtete, und sei diese auch noch so widerlich. Nun, da sie und Abraham schon lange nicht mehr das Bett teilten – wo sollte Aurora schließlich Trost suchen? Durch ihr künstlerisches Genie und ihre Überheblichkeit hatte sie sich selbst isoliert; kraftvolle Frauen schrecken die Männer ab, und in Bombay gab es nur sehr wenige Männer, die es gewagt hätten, ihr den Hof zu machen. Das war die Erklärung für Geliebten Nummer drei, für Mainduck. Primitiv, körperlich stark, skrupellos, war er einer der wenigen Männer der Stadt, die sich von Aurora nicht einschüchtern ließen. Ihre Konfrontation in Sachen *Der Kuß des Abbas Ali Baig* hatte ihn vermutlich nur gereizt; er hatte ihren Köder geschluckt und sie – so dachte ich es mir jedenfalls – im Gegenzug erobern wollen. In Gedanken sah ich, wie sie von dieser Gossenkreatur, diesem Wesen, das aus purer Macht bestand, fasziniert war. Wenn ihr Ehemann ihr die Käfigmädchen der Falkland Road vorzog, dann würde sie, die große Aurora, sich dafür rächen, indem sie ihren Körper dem Grapschen und Stoßen dieser Bestie Fielding preisgab; o ja, ich sah genau, wie sehr sie das erregte, wie sehr ihre eigene Wildheit dadurch entfesselt wurde. Uma hatte recht: Es war durchaus möglich, daß meine Mutter Mainducks Hure war.

Kein Wunder, daß sie allmählich ein bißchen paranoid geworden war und behauptete, sie werde beschattet; ein so kompliziertes Geheimleben, und so vernichtend, wenn es ans Licht käme! Kekoo, der Kunstfreund, der immer mehr verwestlichte V. Miranda und diese kommunalistische Kröte; zählen wir Abraham Zogoibys unsichtbare Welt des Geldes und des Schwarzmarktes hinzu, so erhalten wir ein Bild aller Dinge, die meine Mutter wahrhaftig liebte, die Windrose ihres inneren Kompasses, definiert durch die Wahl ihrer Männer. Durch diese Lupe gesehen, wirkte ihr Werk eigentlich eher wie eine Ablenkung von den harten Realitäten ihres Charakters; wie ein mitleidiges Tuch, das über den schmutzigen Schlammpfuhl ihrer Seele gebreitet wurde.

In meiner Verwirrung mußte ich feststellen, daß ich weinte und gleichzeitig eine Erektion bekam. Uma drückte mich aufs Bett zurück, setzte sich rittlings auf mich und küßte meine Tränen fort. »Weiß irgend jemand außer mir davon?« fragte ich sie. »Mynah? Minnie? Sonst jemand?«

»Vergiß deine Schwestern!« antwortete sie, während sie sich langsam, tröstlich bewegte. »Du armer Mann, du liebst sie alle und willst immer nur Liebe. Wenn sie dich nur genauso liebten, wie du sie liebst! Aber du solltest hören, was sie mir über dich sagen! Unmögliche Dinge. Du kannst dir nicht vorstellen, wie oft ich mit ihnen über dich gestritten habe!«

Ich hielt sie fest. »Was sagst du da? Was willst du mir damit sagen?«

»Mein armes Baby«, gab sie zurück, glitt von mir herab und schmiegte sich an mich wie ein Löffel. O Gott, wie ich sie anbetete! Wie dankbar ich war, in dieser unsicheren Welt ihre Reife, ihre Gelassenheit, ihre Welterfahrenheit, ihre Kraft, ihre Liebe zu besitzen!

»Armer, unglückseliger Moor. Von nun an werde ich deine Familie sein.«

Immer weniger farbig wurden die Bilder, bis Aurora nur noch in Schwarz, Weiß und gelegentlich ein paar Grautönen malte. Moor, der Maure, war jetzt eine abstrakte Figur, ein Muster aus schwarzen und weißen Rhomben, die ihn von Kopf bis Fuß bedeckten. Ayxa, die Mutter, war schwarz; Chimène, die Geliebte, strahlend weiß. Viele dieser Gemälde waren Liebesszenen. Der Moor und seine Lady liebten sich in den unterschiedlichsten Umgebungen. Sie verließen ihren Palast, um durch Großstadtstraßen zu schlendern. Sie suchten billige Hotels auf und lagen nackt in jalousienverhangenen Räumen über dem Kommen und Gehen der Züge. Irgendwo auf diesen Bildern lauerte immer Ayxa, die Mutter, hinter einem Vorhang, zu einem Schlüsselloch niedergebeugt, zum Fenster des in schwindelnden Höhen gelegenen Liebesnestes emporfliegend. Der schwarzweiße Moor wandte sich seiner weißen Geliebten zu und von seiner schwarzen Mutter ab; und dennoch waren sie beide ein Teil von ihm. Nun aber sammelten sich am fernen Horizont der Gemälde ganze Armeen. Rosse stampften, Lanzen blitzten. Immer näher kamen die Heere im Laufe der Jahre.

Doch die Alhambra ist unüberwindlich, *erklärte der Moor seiner Geliebten.* Unsere Festung wird – wie unsere Liebe – niemals fallen.

Er war schwarz und weiß. Er war der lebende Beweis für die Möglichkeit der Vereinigung von Gegnern. Aber Ayxa, die Schwarze, zog ihn in die eine Richtung, Chimène, die Weiße, in die andere. Allmählich rissen sie ihn in der Mitte entzwei. Schwarze Rhomben, weiße Rhomben fielen aus dem Riß wie Tränen. Er riß sich von seiner Mutter los und klammerte sich an Chimène. Und als die Heere den Fuß des Hügels erreichten, als diese riesige weiße Streitmacht auf dem Chowpatty Beach versammelt war, kam eine Gestalt in schwarzem Kapuzenumhang aus der Festung den Hügel herab. In der verräterischen Hand hielt sie den Schlüssel zum Tor. Der einbeinige Wächter sah sie und salutierte. Es war der Umhang seiner Herrin. Am Fuß des Hügels ließ die Verräterin jedoch

den Umhang fallen. Und stand da in strahlendem Weiß mit dem
Schlüssel von Boabdils Niederlage in der treulosen Hand.
Sie übergab ihn den Belagerungsheeren, in deren Weiß das ihre
aufging.
Der Palast fiel. Sein Bild verblaßte; bis es weiß war.

Im Alter von fünfundfünfzig Jahren erteilte Aurora Zogoiby
Kekoo Mody die Erlaubnis, eine umfassende Retrospektive ihres
Werkes im Prince of Wales Museum zu veranstalten; es war das
erste Mal, daß diese Institution eine lebende Künstlerin auf
diese Art ehrte. Jade, Porzellan, Skulpturen, Miniaturen und
antike Textilien machten ehrfürchtig Platz, während Auroras
Bilder ihre Stelle einnahmen. Es war ein aufsehenerregendes
Ereignis im Leben der Stadt. Überall wiesen Plakate auf die
Ausstellung hin. (Apollo Bunder, Colaba Causeway, Flora Foun-
tain, Churchgate, Nariman Point, Civil Lines, Malabar Hill,
Kemp's Corner, Warden Road, Mahalaxmi, Hornby Vellard,
Juhu, Sahar, Santa Cruz. O du gesegnetes Mantra meiner verlo-
renen Stadt! All diese Orte sind mir für immer entglitten; das
einzige, was mir von ihnen bleibt, ist die Erinnerung. Verzeihen
Sie bitte, wenn ich der Versuchung nachgebe, sie vor meinen
Augen dank der Macht ihrer Namen auferstehen zu lassen.
Thacker's Bookstore, Bombelli's Cakes, Eros Cinema, Pedder
Road. *Om mani padme hum ...*) Es war unmöglich, das speziell
entworfene »A.Z.«-Symbol zu übersehen; es prangte auf den
allgegenwärtigen Reklamezetteln, in sämtlichen Zeitungen und
Zeitschriften. Die Vernissage, bei der kein einziger Prominenter
der Stadt fehlte – denn ein solches Ereignis zu versäumen hätte
den gesellschaftlichen Tod bedeutet –, glich eher einer Krö-
nung als einer Kunstausstellung. Aurora wurde bekränzt, gepriesen, mit Blütenblättern, Schmeicheleien und Geschenken
überhäuft. Die Stadt verneigte sich vor ihr und legte sich ihr zu
Füßen.
Selbst Raman Fielding, der mächtige MA-Boß, tauchte auf,

blinkte mit seinen Krötenaugen und machte eine respektvolle Verbeugung. »Heute sollen alle sehen, was wir für die Minderheiten tun«, erklärte er laut. »Ist es ein Hindu, dem diese Ehrung gilt? Ist es einer unserer großen Hindu-Künstler? Spielt keine Rolle. In Indien muß jede Gemeinschaft ihren Platz, ihre Freizeitbeschäftigung – Kunst etc. – haben, alle. Christen, Parsis, Jaina, Sikhs, Buddhisten, Juden, Mughals. Das akzeptieren wir. Auch dies gehört zur Ideologie des Ram Rajya, zur Herrschaft von Lord Ram. Nur wenn andere Gemeinschaften unsere Hindu-Plätze usurpieren, wenn die Minderheit versucht, der Mehrheit ihr Diktat aufzuzwingen, gebieten wir ihr Einhalt, sagen wir den Kleinen, es sei unumgänglich, sich den Großen zu beugen. Das trifft genauso auf die Kunst zu. Ich selbst war auch einmal ein Künstler. Deswegen kann ich mit einiger Autorität sagen, daß Kunst und Schönheit ebenfalls dem nationalen Interesse dienen müssen. Madame Aurora, ich gratuliere Ihnen zu Ihrer privilegierten Ausstellung. Was nun die Frage betrifft, welche Kunst überleben wird, verfeinert-elitär-intellektuell oder von-den-Massen-geliebt, nobel oder degeneriert, überheblich oder bescheiden, hochherzig oder in-der-Gosse-geboren, geistig überhöht oder pornographisch, da werden Sie mir sicher beistimmen« (hier lachte er zum Zeichen, daß nun ein Scherz folgen werde), »daß die Zeit – und die *Times* – es uns schon noch lehren wird.«

Am nächsten Morgen sollte die *Times of India* (Ausgabe Bombay) im Verein mit allen anderen Zeitungen der Stadt groß aufgemachte Berichte über die Gala-Vernissage sowie mehr als ausführliche Kritiken der Werke bringen, und durch diese Kritiken sollte die langjährige, bemerkenswerte Karriere Aurora Da-Gama-Zogoibys nahezu völlig zerstört werden. An begeisterte Lobsprüche hatte sich meine Mutter im Laufe der Jahre genauso gewöhnt wie an ästhetische, politische und moralische Attacken – die Vorwürfe reichten von Arroganz, Schamlosigkeit und Obszönität bis zu Unglaubwürdigkeit und sogar zu unterschwelligen pro-Pakistani-Sympathien –, weshalb man sie mit Fug und Recht als abgehärtetes, altes Schlachtroß bezeichnen konnte; völlig unvorbereitet war sie dagegen auf die Behauptung gewesen, sie sei schlicht und einfach unbedeutend geworden. Tatsächlich hatten sich die Tiger der Kritikerzunft, hellodernd mit fürchterlicher Einmütigkeit in einem jener ebenso verwirrenden wie radikalen Richtungswechsel, wie sie eine im Wandel begriffene Gesellschaft vollzieht, gegen Aurora Zogoiby gewandt und sie als »Gesellschaftsmalerin«, als abgehalftert und dem Trend der Zeit sogar »abträglich« bezeichnet. Da die Schlagzeilen auf den Titelseiten der Zeitungen desselben Tages der Auflösung des Parlaments nach dem Scheitern der Post-Emergency-Anti-Indira-Koalitions-Regierung galten, widmeten sich verschiedene Leitartikel den Gegensätzen im Schicksal der beiden alten Rivalinnen. *Aurora stürzt in die Nacht,* lautete in der *Times* die Überschrift auf Seite drei, *für Indira dagegen dämmert ein neuer Morgen.*

Andernorts in der Stadt, in der Gandhys' Chemould Gallery, wurde der Arbeit der jungen Bildhauerin Uma Sarasvati eine erste Ausstellung gewidmet. Mittelpunkt der Show war eine Gruppe von sieben annähernd kugelförmigen, meterhohen Steinfiguren, jede mit einer kleinen Vertiefung auf der Oberseite, die mit leuchtend bunten Farbpulvern gefüllt war: Scharlachrot, Ultramarinblau, Safrangelb, Smaragdgrün, Purpurrot, Orange und Goldgelb. Diese Arbeit mit dem Titel *Wandlungen im/Forderungen an das Wesen der Mutterschaft in der postsäkularistischen Ära* war im Jahr zuvor *der* Hit der documenta in Deutschland gewesen und nach Ausstellungen in Mailand, Paris, London und New York jetzt erst zurückgekehrt. Hier, zu Hause, feierten dieselben Kritiker, die Aurora Zogoiby niedergemacht hatten, Uma als den neuen Star der indischen Kunst – jung, schön und beseelt von einem starken religiösen Glauben.

Das waren sensationelle Ereignisse; für mich aber hatten die beiden Ausstellungen eine weitaus persönlichere Bedeutung.

Meine erste Begegnung mit Umas Werk – denn bis zu diesem
Moment hatte sie mich von ihrem Atelier in Baroda ferngehalten – war auch der erste Hinweis für mich, daß sie, auf welche
Art auch immer, religiös zu sein schien. Daß sie sich bei Interviews auf einmal zur Anbeterin des Lord Ram erklärte, war,
gelinde gesagt, verwirrend. Noch Tage nach ihrer Vernissage
behauptete sie, »beschäftigt« zu sein, schließlich erklärte sie sich
aber doch bereit, sich mit mir in den Retiring Rooms über dem
Victoria Terminus zu treffen, und ich fragte sie, warum sie einen
so wichtigen Teil ihrer selbst vor mir verborgen hatte.

»Du hast Mainduck sogar als Bastard bezeichnet«, erinnerte
ich sie. »Und jetzt sind die Zeitungen voll von dem Unsinn, den
du von dir gibst und der Musik in seinen Ohren sein wird.«

»Ich hab' dir bisher nichts davon gesagt, weil Religion Privat-
sache ist«, gab Uma zurück. »Und wie du weißt, bin ich möglicherweise ein allzu privater Mensch. Außerdem halte ich Fielding für einen Verbrecher und einen Hurensohn und eine
Schlange, weil er versucht, meine Liebe zu Ram zu seiner Waffe
zu machen, mit der er die ›Mughals‹ treffen will, das heißt,
was-denn-sonst, die Muslime. Aber, mein lieber Junge« – sie
benutzte ständig derart kindliche Epitheta, obwohl ich im Jahre
1979 seit zweiundzwanzig Jahren lebte und mein Körper vier-
undvierzig geworden war –, »du, der du zu einer winzigen
Minderheit gehörst, mußt einsehen, daß ich ein Kind der gigantischen Hindu-Nation bin und als Künstlerin mit dieser Nation
zu rechnen habe. Ich muß meine eigenen Erfahrungen mit den
Ursprüngen, meine eigenen Arrangements mit den ewigen
Wahrheiten machen. Und das geht dich nichts an, Mister; o
nein, ganz und gar nichts. Außerdem, wenn ich eine so große
Fanatikerin bin, was habe ich dann, bitte schön, Sir, mit dir zu
schaffen?« Und das war ein recht logischer Schluß.

Aurora, tief vergraben in *Elephanta*, sah das anders. »Entschuldige bitte, aber dein Mädchen ist die ehrgeizigste Person,
der ich jemals begegnet bin«, erklärte sie mir. »Ohnegleichen.

Sie sieht, woher der Wind weht, und hängt, sobald sie sich an die Öffentlichkeit begibt, ihr Mäntelchen nach diesem Wind. Warte nur ab; in zwei Minuten wird sie auf den Podien der MA stehen und vor Haß kreischifizieren.«

Dann wurde ihre Miene bedrückt. »Glaubst du, ich weiß nicht, wie eifrig sie daran gearbeitet hat, meine Ausstellung zu kaputtifizieren?« fragte sie leise. »Glaubst du, ich habe nicht längst herausgefunden, welche Verbindungen sie zu den Leuten hat, die diese Verleumdungen geschrieben haben?«

Das war zuviel; es war unwürdig. Aurora in ihrem leeren Atelier – denn alle Moors waren unten im Prince of Wales Museum – starrte mich über eine unberührte Leinwand hinweg hohläugig an, mit Pinseln in den aufgetürmten Haaren, die wie am Ziel vorbeigeschossene Pfeile wirkten. Wutschäumend stand ich an der Tür. Ich war gekommen, um mit ihr zu streiten, weil ihre Ausstellung auch für mich einen tiefen Schock bedeutet hatte: Bis sie eröffnet wurde, hatte ich nämlich noch nie etwas von den monochromen Bildern gesehen, auf denen ihr Rauten-Moor mit seiner schneeweißen Chimène schlief, während die schwarze Mutter sie beobachtete. Auroras Spötteleien über Uma – die, wie ich innerlich zürnte, für eine heimliche Geliebte von Mainduck ganz schön happig waren – boten mir Gelegenheit, mich zu schlagen. »Tut mir leid, daß deine Ausstellung durchgefallen ist«, schrie ich. »Aber selbst wenn Uma wirklich die Kritiker beeinflussen wollte, Mummyji, wie hätte sie das machen sollen? Hast du nicht gemerkt, wie peinlich es ihr war, daß sie auf deine Kosten so hochgelobt wurde? Die arme Kleine! Sie schämt sich so sehr, daß sie nicht mal herzukommen wagt. Sie hat dich von Anfang an verehrt, und du hast ihr das vergolten, indem du sie mit Dreck beworfen hast. Dein Verfolgungswahn gerät allmählich außer Kontrolle. Und was das Aufspüren von Verbindungen angeht – was glaubst du wohl, hab' ich empfunden, als ich diese Bilder sehen mußte, auf denen du uns in unserem Zimmer belauschst? Seit wann schnüffelst du eigentlich schon hinter uns her?«

»Halte dich fern von dieser Frau«, entgegnete Aurora leise. »Sie ist wahnsinnig, und außerdem lügt sie. Sie ist eine Blutsaugerechse, die dein Blut liebt, nicht dich. Sie wird dich aussaugen wie eine Mango und den Kern dann wegwerfen.«

Ich war entsetzt. »Du bist ja krank!« schrie ich sie an. »Krank, krank, krank im Kopf!«

»Ich nicht, mein Sohn«, erwiderte sie noch leiser. »Aber eine Frau gibt es, die krank ist – krank oder böse. Krank oder böse, oder beides. Das kann ich nicht entscheiden. Und was die Schnüffeleien angeht, so bekenne ich mich schuldig. Seit einiger Zeit beschäftige ich Dom Minto, der für mich die Wahrheit über deine geheimnisvolle Freundin herausfinden soll. Darf ich dir sagen, was er bisher ausgegraben hat?«

»Dom Minto?« Der Name ließ mich aufhorchen. Genausogut hätte sie »Hercule Poirot« sagen können, oder »Maigret«, oder »Sam Spade«. Genausogut hätte sie »Inspector Ghote« sagen können, oder »Inspector Dhar«. Jedermann kannte diesen Namen, jeder hatte an einem Bahnhofskiosk schon einmal *Mintos mysteriöse Kriminalfälle* in der Hand gehabt, jene Groschenheftchen über die Karriere dieses großen Privatdetektivs von Bombay. In den Fünfzigern hatte es eine Reihe von Spielfilmen über ihn gegeben, den letzten (denn es hatte tatsächlich einmal einen »echten« Minto gegeben, der ein »echter« Privatdetektiv gewesen war) nach seinem erfolgreichen Eingreifen in den berühmten Mordfall Sabarmati, bei dem ein Commander dieses Namens, Überheld der indischen Navy, auf seine Frau und deren Liebhaber geschossen, den Mann getötet und die Lady lebensgefährlich verletzt hatte. Minto war es gewesen, der dem treulosen Paar zu seinem Liebesnest gefolgt war und dem vor Wut tobenden Commander die Adresse gegeben hatte. Zutiefst bekümmert über die Schüsse und die Tatsache, daß er in dem auf diesem Fall beruhenden Film so unsympathisch dargestellt wurde, hatte sich der alte Mann – denn schon damals war er uralt und lahm gewesen – aus dem Beruf zurückgezogen. Die Phantasten hatten das Ruder übernommen, aus den billigen Paperbacks und Hörfunkserien den heldenhaften Superdetektiv geschaffen (in jüngster Zeit gab es auch Spielfilm-Remakes der alten B-Features aus den Fünfzigern als Big-Budget-Superstar-Vehikel) und ihn aus einem alten Ehemaligen in einen Mythos verwandelt. Was hatte diese Masala-Fiktion eines Detektivs in meiner Lebensgeschichte zu suchen?

»Jawohl, der echte«, antwortete Aurora nicht unfreundlich. »Inzwischen ist er über achtzig. Kekoo hat ihn aufgetrieben.« *Ach ja, Kekoo. Auch einer von deinen Fancy-Boys. Ach ja, der liebe Kekoo hat ihn aufgetrieben, er ist einfach süß, dieser nette Alte, ich hab' ihn sofort an die Arbeit geschickt.*

»Er war in Kanada«, sagte Aurora, »im Ruhestand. Lebte bei seinen Enkeln, langweilte sich, machte den jungen Leuten das Leben zur Hölle. Dann stellt sich heraus, daß Commander Sabarmati aus dem Gefängnis entlassen wurde und sich mit seiner Frau wieder vertragifiziert hat. Und stell dir vor: Genau dort in Toronto lebten sie glücklich bis an ihr Lebensende. Von da an fühlte sich Minto, laut Kekoo, von seiner alten Schuld befreit, kehrte nach Bombay zurück und machte sich, hast du nicht gesehn, trotz seines fortgeschrittenen Alters wieder an die Arbeit. Kekoo ist ein großer Fan von ihm; ich auch. Dom Minto! In jenen Tagen, weißt du, war er wirklich der Allerbeste.«

»Na, wunderbar!« höhnte ich so ironisch, wie es mir gelingen wollte, aber mein Herz, das muß ich gestehen, mein Groschenromanherz hämmert. »Und was hat dieser Bollywood-Sherlock-Holmes über die Frau, die ich liebe, zu sagen?«

»Sie ist verheiratet«, antwortete Aurora ruhig. »Und treibt es gegenwärtig nicht mit einem, nicht mit zwei, sondern mit drei Liebhabern. Willst du Fotos? Mit dem dämlichen Jimmy Cash deiner armen Schwester Ina; mit deinem dämlichen Vater; und, mein dämlicher kleiner Pfau, mit dir.«

»Hör genau zu, denn ich werde dir dies nur einmal sagen«, hatte
Uma mir auf meine bohrenden Fragen nach ihrer Vergangenheit geantwortet. Sie komme aus einer achtbaren – obwohl
keineswegs wohlhabenden – Brahmanen-Familie aus Gujarat,
sei aber schon sehr jung zur Waise geworden. Ihre Mutter, eine
Depressive, habe sich erhängt, als Uma zwölf war, und ihr Vater,
ein Lehrer, habe sich, von der Tragödie in den Wahnsinn
getrieben, selbst verbrannt. Uma sei von einem freundlichen
»Onkel« gerettet worden – nicht einem richtigen Onkel, sondern einem Lehrerkollegen ihres Vaters –, der ihre Schulen
bezahlt habe, allerdings gegen (auch nicht so »freundliche«)
sexuelle Gefälligkeiten. »Seit damals, als ich zwölf war«, sagte
sie, »bis jetzt. Wäre ich meinem Herzen gefolgt, hätte ich ihm
ein Messer ins Auge gestoßen. Statt dessen hab' ich Gott ange-
fleht, ihn zu verdammen, und ihm einfach den Rücken gekehrt.
Deswegen müßtest du eigentlich einsehen, warum ich nicht
über meine Vergangenheit sprechen will. Bitte, erwähne das
Thema niemals wieder!«

Dom Mintos Version sah, laut meiner Mutter, ganz anders
aus. Wie er berichtete, stammte Uma nicht aus Gujarat, sondern
aus Maharashtra – der anderen Hälfte des ehemaligen, in der
Mitte durchgeteilten Staates Bombay –, und war in Poona aufgewachsen, wo ihr Vater ein hoher Polizeibeamter war. In jungen Jahren hatte sie bereits künstlerische Begabungen gezeigt
und war von ihren Eltern gefördert worden, ohne deren Unterstützung sie mit Sicherheit nicht das erforderliche Niveau für
ein Stipendium der M. S. University erreicht hätte, wo sie allgemein als junges, äußerst vielversprechendes Talent gelobt
wurde. Bald schon jedoch zeigte sie Symptome eines außerordentlich gestörten Verhaltens. Jetzt, da sie eine berühmte
Persönlichkeit geworden war, zögerten viele Menschen – oder
fürchteten sich davor –, sich negativ über sie zu äußern; gedul-
dige Nachforschungen Dom Mintos hatten jedoch ergeben, daß
sie sich mindestens dreimal einverstanden erklärt hatte, starke

Medikamente einzunehmen, die dazu dienen sollten, ihre wiederholten mentalen Aussetzer unter Kontrolle zu bringen, doch sie hatte die Behandlung jedesmal sofort nach dem Beginn wieder abgebrochen. Ihre Fähigkeit, verschiedenen Menschen gegenüber radikal verschiedene Persönlichkeiten anzunehmen – das zu werden, was der jeweilige Mann oder die jeweilige Frau, aber zumeist ein Mann, von ihr erwartete –, war ganz außergewöhnlich stark entwickelt; aber es war eine schauspielerische Begabung, die bis zum Punkt des Wahnsinns und sogar noch weiter getrieben wurde; darüber hinaus erfand sie gern äußerst lebendige und ausführliche Lebensgeschichten für sich, an denen sie hartnäckig festhielt, selbst wenn man sie mit Widersprüchen in ihren Fabuliereien oder mit der Wahrheit konfrontierte. Möglicherweise hatte sie überhaupt kein eindeutiges Gefühl für eine »authentische« Identität mehr, die unabhängig von diesen Handlungen Bestand hatte, und diese existentielle Konfusion hatte sich allmählich bis über die Grenzen ihres eigenen Ichs hinaus verbreitet und wie eine Seuche all jene infiziert, mit denen sie in Kontakt kam. In Baroda war sie dafür bekannt, daß sie bösartige und manipulierende Lügen erzählte, zum Beispiel über gewisse Angehörige des Lehrkörpers, mit denen sie auf absurde Weise heiße Liebesaffären gehabt zu haben behauptete, bis sie sogar den Ehefrauen dieser Männer schrieb und ihnen diese sexuellen Abenteuer ausführlich und bis in alle Einzelheiten schilderte, was zu Trennungen und sogar Scheidungen führte. »Der Grund, warum sie dich nicht zu ihrem College kommen lassen wollte«, sagte meine Mutter, »ist der, daß alle dort sie bis aufs Blut hassifizieren.«

Die Reaktion von Umas Eltern auf die Nachricht von ihrer Geisteskrankheit war, daß sie sie ihrem Schicksal überließen; nichts Außergewöhnliches, wie mir durchaus klar war. Sie hatten sich weder erhängt noch sich verbrannt – diese gewalttätigen Fiktionen entsprangen dem (allerdings ziemlich gerechtfertigten) Zorn ihrer verstoßenen Tochter. Und was den wollüstigen

»Onkel« betrifft: Laut Aurora und Minto hatte sich Uma nach der Zurückweisung durch ihre Familie – und nicht, wie sie behauptete, mit zwölf Jahren! – sehr schnell an einen alten Bekannten ihres Vaters in Baroda gehängt, einen älteren, pensionierten Deputy Commissioner der Polizei namens Suresh Sarasvati, einen melancholischen, alten Witwer, den die junge Schönheit zu einem Zeitpunkt, da sie sich verzweifelt nach dem ehrbaren Stand der Ehe sehnte, mühelos zu einer schnellen Eheschließung überredet hatte. Kurz nach ihrer Hochzeit wurde der alte Knabe durch einen Schlaganfall gelähmt (»Und wem hat er *den* zu verdanken?« fragte Aurora. »Muß ich dir das buchstabifizieren? Muß ich dir ein Bildchen zeichnen?«) und führte von da an ein schreckliches Halbleben, stumm und paralysiert, nur von einer freundlichen Nachbarin versorgt. Seine junge Frau war mit allem, was er besaß, auf und davon gegangen und hatte nie mehr einen Gedanken an ihn verschwendet. Und nun hatte sie in Bombay begonnen, ihre Spielchen zu treiben. Ihre starke Anziehungskraft und die Überzeugungskraft ihrer Schauspielkunst waren auf einem Höhepunkt angelangt. »Du mußt ihren Zauber brechen«, mahnte meine Mutter, »oder es ist aus mit dir. Sie ist wie eine Rakshasa aus dem Ramayana, und sie wird dir mit Sicherheit das Fell über die Ohren ziehen.«

Minto war gründlich gewesen; Aurora zeigte mir die Dokumentation – Geburtsurkunde und Trauschein, vertrauliche Arztberichte, erlangt mit Hilfe des üblichen Schmierens ohnehin schon schmieriger Hände, und so weiter –, die kaum einen Zweifel daran gestatteten, daß sein Rapport in allen wichtigen Punkten zutraf. Dennoch weigerte sich mein Herz, ihm zu glauben. »Du verstehst sie eben nicht«, warf ich meiner Mutter vor. »Okay, über ihre Eltern hat sie gelogen. Wenn ich solche Eltern hätte, würde ich auch Lügen über sie verbreiten. Und vielleicht ist dieser Ex-Cop Sarasvati gar nicht der Engel, als den ihr ihn hinstellt. Aber böse? Wahnsinnig? Ein Dämon in Menschengestalt? Ich glaube, Mummyji, da spielen bei dir ein paar persönliche Faktoren mit.«

An jenem Abend saß ich allein in meinem Zimmer und konnte nichts essen. Es war klar, daß ich meine Wahl zu treffen hatte. Wählte ich Uma, würde ich mit meiner Mutter brechen müssen, höchstwahrscheinlich sogar für immer. Akzeptierte ich jedoch Auroras Beweise – und in der Zurückgezogenheit meiner eigenen vier Wände mußte ich ihre überwältigende Glaubhaftigkeit eingestehen –, dann verurteilte ich mich selbst vermutlich zu einem Leben ohne Partner. Wie lange hatte ich denn noch? Zehn Jahre? Fünfzehn? Zwanzig? Vermochte ich mich meinem seltsamen, traurigen Schicksal allein zu stellen, ohne einen geliebten Menschen an meiner Seite? Was war wichtiger: Liebe oder Wahrheit?

Doch wenn man Aurora und Minto glauben wollte, liebte sie mich nicht, war sie nur eine großartige Schauspielerin, eine Ausbeuterin der Leidenschaften, eine Betrügerin. Plötzlich wurde mir klar, daß viele Meinungen, die ich in jüngster Zeit über meine Familie geäußert hatte, auf Dingen beruhten, die Uma gesagt hatte. Mir drehte sich der Kopf. Der Boden sackte mir unter den Füßen weg. Stimmte das von Aurora und Kekoo, von Aurora und Vasco, von Aurora und Raman Fielding? Stimmte es, daß meine Schwestern hinter meinem Rücken über mich lästerten? Wenn nicht, mußte es zutreffen, daß Uma – oh, meine Herzallerliebste! – absichtlich versucht hatte, jene Menschen herabzusetzen, die mir am nächsten standen, damit sie sich zwischen mich und die Meinen drängen konnte. Das Bild aufzugeben, das man sich selbst von der Welt gemacht hat, und sich ganz und gar von den Vorstellungen eines anderen abhängig zu machen – war das nicht eine recht gute Beschreibung des Vorgangs, den man als *den Verstand verlieren* beschreibt? Und dann – um Auroras Gegenüberstellung zu benutzen – war ich der Wahnsinnige. Und die bezaubernde Uma die Böse.

– 360 –

Angesichts der Möglichkeit, daß das Böse existierte, daß pure Boshaftigkeit sich in mein Leben geschlichen und mir vorgegaukelt hatte, es handle sich um Liebe, angesichts des drohenden Verlustes all dessen, was ich mir vom Leben wünschte, fiel ich in Ohnmacht. Und träumte finstere Träume von Blut.

Am folgenden Morgen saß ich auf der Terrasse von *Elephanta* und starrte auf die glitzernde Bucht hinaus. Mynah war mich besuchen gekommen. Auf Auroras Bitte hin hatte auch sie Dom Minto bei seinen Ermittlungen geholfen. Wie sich herausstellte, kannte niemand von der Baroda-Zweigstelle des WWDKZ eine Uma Sarasvati oder hatte jemals etwas davon gehört, daß sie an irgendeiner Aktivistenkampagne beteiligt gewesen sei. »Also war selbst das, womit sie sich bei uns einführte, gelogen«, schloß Mynah. »Ich will dir was sagen, Brüderchen, diesmal hat Mummyji mitten ins Schwarze getroffen.«

»Aber ich liebe sie«, gab ich hilflos zurück. »Ich kann nicht damit aufhören. Ich kann's einfach nicht!«

Mynah setzte sich zu mir und ergriff meine linke Hand. Sie sprach in einem Ton, so sanft, so unmynahisch, daß ich aufhorchte. »Ich habe sie auch zu sehr gemocht«, gestand sie mir. »Aber dann lief alles schief. Ich hatte es dir nicht sagen wollen. Nicht meine Sache. Außerdem hättest du mir ja doch nicht geglaubt.«

»Was geglaubt?« wollte ich wissen.

»Einmal kam sie zu mir, nachdem sie bei dir gewesen war.« Mit leicht zusammengekniffenen Augen blickte Mynah in die Ferne. »Sie hat mir alles mögliche über dich erzählt, wie es war und so. Und was du … Wie dem auch sei. Spielt keine Rolle. Es habe ihr nicht gefallen, hat sie gesagt. Sie hat noch mehr gesagt, aber zum Teufel damit. Es spielt jetzt keine Rolle mehr. Dann sagte sie mir etwas über mich. Kurz: Sie machte mir einen Antrag. Ich hab' sie rausgeschmissen. Seitdem sprechen wir nicht mehr miteinander.«

– 361 –

»Mir hat sie gesagt, du wärst es gewesen«, erzählte ich ihr benommen. »Die hinter ihr her war, meine ich.«

»Und du hast ihr geglaubt?« fuhr Mynah auf; dann drückte sie mir schnell einen Kuß auf die Stirn. »Selbstverständlich hast du ihr geglaubt. Was weißt du denn schon von mir? Wen ich mag, was ich mir wünsche? Und du warst wirklich verrückt vor Liebe. Armer Kerl. Aber jetzt solltest du dich ganz schnell eines Besseren besinnen.«

Mynah stand auf, steckte sich eine Zigarette an, hustete: ein tiefes, ungesundes, keuchendes Geräusch. Ihre harte Vorderste-Front-Stimme war wieder da, ihre Anti-Beamtenkorruptions-, ihre Anwalts-Kreuzverhör-Stimme, ihre Kampf-gegen-den-Mord-an-weiblichen-Babys-, ihre Keine-Witwenverbrennungs-, Keine-Vergewaltigungs-Lautsprecher-Stimme. Sie hatte recht. Ich wußte nicht, wie es war, sie zu sein, nichts von den Entscheidungen, die sie hatte treffen müssen, auch nichts über die Entscheidung, in wessen Armen sie Trost suchen sollte, oder warum die Arme von Männern kein Ort der Freuden, sondern der Angst sein können. Gewiß, sie war meine Schwester – na und? Ich nannte sie ja nicht mal bei ihrem richtigen Namen. »Wo liegt das Problem?« Sie zuckte die Achseln und wedelte beim Hinausgehen mit ihrer aschigen Zigarette. »Das hier aufzugeben, ist viel schwerer. Das kannst du mir glauben. Zeig dem Miststück die kalte Schulter und sei dankbar, daß du nicht auch noch rauchst.«

»Ich wußte, sie würden versuchen, uns auseinanderzubringen. Ich hab's von Anfang an gewußt!«

Uma war in ein Apartment mit Seeblick im achtzehnten Stock an der Cuffe Parade umgezogen; es lag in einem Wolkenkratzer unmittelbar neben dem President Hotel und nicht weit von der Mody Gallery. Pathetisch von Kummer geschüttelt, stand sie auf einem kleinen Balkon vor einem opernhaft passenden Hintergrund aus windgepeitschten Kokospalmen und plötzlichen, heftigen Regengüssen; und siehe da, schon kam das Beben ihrer sinnlich-vollen Unterlippe, schon kamen ihre ganz persönlichen Wasserfälle.

»Deine eigene Mutter, dir so etwas zu sagen – ich hätte mit deinem Vater!« rief sie entrüstet.

Also entschuldige, aber das widert mich an. *Chhi!* Und Jimmy Cashondeliveri! Dieser dämliche Gitarren-Wallah, bei dem 'ne Saite locker ist! Du weißt genau, daß er mich vom ersten Tag auf der Rennbahn an für einen Avatar deiner Schwester gehalten hat. Seitdem schleicht er mir mit hängender Zunge nach wie ein Hund. Mit dem soll ich *schlafen?* Großer Gott, mit wem denn sonst noch? Mit V. Miranda etwa? Mit dem einbeinigen Piraten? Als hätte ich gar kein Schamgefühl.«

»Aber was du über deine Familie gesagt hast. Und diesen ›Onkel‹.«

»Woher nimmst du das Recht, alles über mich wissen zu wollen? Du warst hartnäckig, und ich wollte dir nichts erzählen. *Bas*, genug. Das ist alles.«

»Aber es war gelogen, Uma. Deine Eltern leben noch, und der Onkel ist ein Ehemann.«

»Es war eine Metapher. Jawohl! Eine Metapher dafür, wie unglücklich mein Leben war, für mein Leid. Wenn du mich liebtest, würdest du das verstehen. Wenn du mich liebtest, würdest du mich nicht so ins Verhör nehmen. Wenn du mich liebtest, würdest du aufhören, deine armselige Faust zu schütteln und sie hierherlegen, würdest du dein liebes Gesicht entspannen und es hierherlegen, und würdest du das tun, was Liebende tun.«

»Es war keine Metapher, Uma«, widersprach ich und wich vor ihr zurück. »Es war eine Lüge. Und was mir so angst macht, ist die Tatsache, daß du den Unterschied nicht zu kennen scheinst.« Als ich rückwärts durch ihre Wohnungstür hinausging und sie ins Schloß zog, fühlte ich mich, als wäre ich soeben von ihrem Balkon in die wild bewegten Palmen hinabgesprungen. So ein Gefühl war das: wie ein Sturz. Wie Selbstmord. Wie der Tod.

Aber auch das war eine Illusion. Die Realität lag zwei Jahre in der Zukunft.

Monatelang hielt ich durch. Ich wohnte zu Hause, ging zur Arbeit, lernte das Vermarkten und Promoten von Baby Softo Talcum Powder und wurde von meinem stolzen Vater sogar zum Marketing Manager ernannt. So ging ich durch den leeren Ablauf der Tage. In *Elephanta* gab es Veränderungen. Nach dem Debakel der Retrospektive hatte Aurora es endlich geschafft, Vasco auf die Straße zu setzen. Das Ganze vollzog sich in eisiger Atmosphäre: Aurora erwähnte ihr steigendes Bedürfnis nach Ruhe, und Vasco erklärte sich mit höflich-distanzierter Verneigung bereit, sein Atelier zu räumen. Wenn dies das Ende einer Affäre ist, dachte ich, dann ist es bewundernswert würdevoll und diskret; obwohl die arktische Kälte mich, wie ich gestehen muß, erschauern ließ. Vasco kam, um sich von mir zu verabschieden, und wir gingen noch einmal gemeinsam in das seit langem unbewohnte Cartoonkinderzimmer, wo alles begonnen hatte. *»That's all, folks«*, sagte er. »Zeit für V. Miranda, gen Westen zu ziehen. Hab' ein paar Luftschlösser zu bauen.« Verloren in den Fluten seines eigenen Fleisches, wirkte er wie ein krötenhaftes Zerrspiegelbild Raman Fieldings, und sein Mund war schmerzlich verzogen. Sein Ton war beherrscht, das Aufflammen von Gefühlen in seinen Augen aber entging mir nicht.

»Ich war von ihr besessen, das hast du bestimmt gemerkt«, sagte er und strich über die Ausrufe-Wände (*»Wumm!«*, *»Ratsch!«*, *»Peng!«*). »So wie du es warst und bist und immer sein wirst. Vielleicht hast du eines Tages den Mut, dich dem zu stellen. Dann komm zu mir! Aber komm, bevor diese Nadel in meinem Herzen ankommt!« Seit Jahren hatte ich nicht mehr an Vascos verirrte Nadel gedacht, an den Eissplitter der Schneekönigin, aber das Herz dieses veränderten, aufgequollenen Vasco mußte sich mittlerweile wohl auch vor weit konventionelleren Attacken hüten als denen von Nadeln. Kurz darauf ging er nach Spanien und kehrte nie mehr nach Indien zurück.

Auch ihren Kunsthändler feuerte Aurora. Sie mache ihn persönlich verantwortlich für das »Public-Relations-Fiasko« ihrer Ausstellung, teilte sie Kekoo mit. Kekoo ging geräuschvoll, kam einen Monat lang tagtäglich ans Tor, um Lambajan um Einlaß zu bitten (der ihm verwehrt wurde), schickte Blumen und Geschenke (die retourniert wurden), schrieb endlose Briefe (die ungelesen in den Papierkorb wanderten). Aurora hatte ihm erklärt, daß sie nicht mehr die Absicht habe, ihre Arbeiten auszustellen, und daher auch keiner Galerie mehr bedürfe. Kekoo aber war leider fest davon überzeugt, daß sie zu seinen großen Rivalen am Chemould überlaufen wolle. Er bat und bettelte per Telefon (mit Anrufen, die Aurora nicht entgegennehmen wollte), mit Telegrammen (die sie verächtlich verbrannte) und sogar via Dom Minto (der sich als halbblinder alter Herr mit blauer Brille und dem Pferdegebiß des französischen Komikers Fernandel entpuppte und dem Aurora verbot, für Kekoo den Postillion zu spielen). Unwillkürlich fielen mir Umas Anschuldigungen ein. Wenn diese beiden angeblichen Liebhaber abgeschoben wurden – was war dann mit Mainduck? War Fielding ebenfalls geschaßt worden, oder war er jetzt Alleinherrscher in ihrem Herzen?

Uma, Uma! Sie fehlte mir so sehr! Es kam zu Entzugserscheinungen: Bei Nacht spürte ich, wie sich ihr Phantomkörper unter meiner verkrüppelten Hand bewegte. Wenn ich einschlief (mein Elend hinderte mich nicht daran, tief und fest zu schlafen!), sah ich die Szene aus einem alten Film mit Fernandel vor mir, in der er, weil er das englische Wort für »Frau« nicht kannte, mit beiden Händen den kurvenreichen Umriß einer weiblichen Figur in die Luft malte.

Der andere Mann in diesem Traum war ich. »Aha«, sagte ich und nickte.»Eine Coca-Cola-Flasche?«

Mit schwingenden Hüften wogte Uma an uns vorbei. Fernandel grinste lüstern und wies mit dem Daumen in die Richtung ihres sich immer weiter entfernenden Hinterteils. »*Meine* Coca-Cola-Flasche«, verkündete er mit verständlichem Stolz.

Alltagsleben. Aurora malte Tag für Tag, aber ich hatte keinen Zutritt mehr zu ihrem Atelier. Abraham arbeitete bis in die Nacht hinein, und als ich ihn fragte, warum es mir gestattet wurde, in der Welt der Babyhintern zu faulenzen – mir mit meiner knappen Zeit! –, antwortete er: »Zu vieles in deinem Leben ist zu schnell geschehen. Es wird dir guttun, für eine Weile kürzerzutreten.« Um mir seine Solidarität zu beweisen, hatte er aufgehört, mit Uma Sarasvati Golf zu spielen. Vielleicht fehlten auch ihm ihre wandlungsfähigen Reize.

Schweigen im Paradies: Schweigen und Schmerz. Als Mrs. Gandhi, mit Sanjay als rechter Hand, an die Macht zurückkehrte, zeigte sich, daß es auch in Staatsaffären keinerlei definitive, sondern nur eine relative Moral gab. Ich erinnerte mich an Vasco Mirandas »Indische Variation« der Einsteinschen Relativitätstheorie: *Alles ist relativ. Nicht nur die Lichtbeugung, sondern alles. Relativ können wir einen Punkt beugen, die Wahrheit beugen, Einstellungskriterien beugen, das Recht beugen. D ist gleich mc Quadrat, wobei D für Dynastie steht, m für die Masse der Verwandten und c natürlich für* corruption, *die einzige Konstante im Universum – denn in Indien hängt sogar die Lichtgeschwindigkeit vom Abwurf von Ballast und den Unwägbarkeiten der Energiezufuhr ab.* Vascos Abreise hatte das Ihre dazu beigetragen, daß es zu Hause ruhiger wurde. Das weitläufige alte Herrenhaus wirkte wie eine abgeräumte Bühne, über die wie raschelnde Geister eine dezimierte Schar von Schauspielern hin und her schritt, die keinen Text mehr zu sprechen hatten. Aber vielleicht agierten sie jetzt auf anderen Bühnen, und es war nur in diesem Haus dunkel.

Selbstverständlich kam mir auch der Gedanke – das heißt,

eine Zeitlang beschäftigte er mich fast den ganzen Tag –, daß alles, was geschehen war, in gewisser Weise eine Niederlage für die pluralistische Weltanschauung darstellte, in deren Geist wir alle erzogen worden waren. Denn im Fall Uma Sarasvati war es die Pluralistin Uma mit ihren vielfältigen Persönlichkeiten, ihrem höchst erfindungsreichen Glauben an die unendliche Formbarkeit der Realität, ihrem modernistisch-provisorischen Sinn für die Wahrheit gewesen, die sich als das faule Ei entpuppte; und Aurora hatte sie in die Pfanne gehauen – ausgerechnet Aurora, die ewige Befürworterin der vielen gegen den einen, hatte mit Mintos Hilfe einige grundlegende Wahrheiten entdeckt und war daher im Recht. So wurde die Geschichte meines Liebeslebens zur bitteren Parabel, deren Ironie Raman Fielding goutiert hätte, weil darin die Polarität zwischen Gut und Böse umgekehrt wurde.

In dieser Nullzeit Anfang der 1980er war mir Ezekiel, unser altersloser Koch, eine große Hilfe. Als spüre er, wie sehr das Establishment eine Aufmunterung brauchte, stürzte er sich in ein kulinarisches Programm, in dem er Nostalgie mit Erfindungsgabe kombinierte und eine großzügige Prise Hoffnung hineinstreute. So kam es, daß es mich morgens, bevor ich mich ins Baby-Softo-Land aufmachte, und abends nach meiner Rückkehr immer häufiger in die Küche zog, wo Ezekiel hockte, graugestoppelt und zahnlos grinsend, und optimistisch Brotfladen in die Luft schleuderte. »Freu dich!« kicherte er weise. »Setz dich, Baba-Sahib, und wir werden dir eine glückliche Zukunft zusammenkochen. Wir werden für sie Gewürze zerdrücken und Knoblauchzehen pellen, wir werden Kardamomen aussortieren und Ingwer fein hacken, wir werden die Büffelbutter der Zukunft erhitzen und Masala rösten, um das Aroma freizusetzen. Freu dich! Erfolg bei allen Unternehmungen für den Sahib, Schöpferkraft und gelungene Bilder für die Madam, und eine wunderschöne Braut für dich! Wir werden die Vergangenheit kochen, und auch die Gegenwart, und daraus wird das Morgen entstehen.« So lernte ich Meat Cutlass (würziges Lammfleisch-hack in einem Kartoffelpastetchen) und Chicken Country Captain zubereiten, so wurden mir die Geheimnisse von Garnelen-Padda, Ticklegummy, Dhope und Ding-ding enthüllt. Ich wurde ein Meister des Balchow und lernte ein perfektes Kaju-Klößchen formen. Ich erlernte die Herstellung von Ezekiels Cochin Special, einer köstlich pikanten roten Bananenmarmelade. Und während ich mich durch Ezekiels Notizbücher arbeitete und immer tiefer in diesen ganz privaten Kosmos von Papaya, Zimt und Gewürzen eindrang, begann sich meine Stimmung tatsächlich zu heben; nicht zuletzt deshalb, weil ich das Gefühl hatte, Ezekiel sei es gelungen, mich nach einer langen Unterbrechung wieder mit meiner Vergangenheit zu vereinen. In dieser Küche wurde ich zurückversetzt ins längst vergangene Cochin, wo der Patriarch Francisco von Gama-Strahlen träumte, wo Solomon Castile davonlief und zur See ging, um in den blauen Synago-genfliesen wieder aufzutauchen. Zwischen den Zeilen von Ezekiels smaragdgrün gebundenen Notizbüchern sah ich Belles Kampf mit den Büchern des Familienunternehmens, in den Düften seiner kulinarischen Magie roch ich einen Speicher in Ernakulam, wo sich ein junges Mädchen einst verliebt hatte. Und Ezekiels Voraussage begann sich offenbar zu bewahrhei-ten. Mit dem Gestern in meinem Magen schienen meine Chancen gleich sehr viel besser zu stehen.

»Gutes Essen.« Ezekiel grinste und leckte sich die Lippen. »Essen, das dick macht. Zeit, daß du ein bißchen Bauch kriegst. Ein Mann ohne Bauch hat keinen Appetit auf das Leben.«

Am 23. Juni 1980 versuchte sich Sanjay Gandhi an einem Looping über New Delhi und raste mit der Nase voran in den Tod. Und auch ich trieb in der darauffolgenden Zeit der Insta-bilität direkt auf eine Katastrophe zu. Wenige Tage nach Sanjays Tod hörte ich, daß Jamshed Cashondeliveri bei einem Autoun-fall auf der Straße zum Powai Lake zu Tode gekommen sei. Bei seiner Beifahrerin, die auf wunderbare Weise hinausgeschleudert worden und mit ein paar kleinen Schnittwunden und einer Gehirnerschütterung davongekommen war, handelte es sich um keine andere als die brillante junge Bildhauerin Uma Sarasvati. Der Tote, so hieß es, wollte ihr in dem bekannten Modeort einen Heiratsantrag machen. Achtundvierzig Stunden später erzählte man, daß Miss Sarasvati aus dem Krankenhaus entlassen und von Freunden in ihre Wohnung gebracht worden sei; sie leide verständlicherweise noch immer unter einem schweren Schock und sei in tiefer Trauer.

Die Nachricht von Umas Unfall setzte in mir mit einem Schlag all jene Gefühle frei, die ich so lange zu unterdrücken versucht hatte. Zwei Tage lang kämpfte ich mit mir, aber sobald ich hörte, daß sie wieder an der Cuffe Parade war, verließ ich das Haus, erklärte Lambajan, ich wolle in den Hanging Gardens spazierengehen, und nahm mir, sobald ich außer Sichtweite war, ein Taxi. Uma öffnete mir in schwarzer Strumpfhose und einer locker gebundenen japanischen Bluse im Kimonostil. Sie sah verängstigt aus, gehetzt. Es war, als habe ihre Anziehungskraft abgenommen; sie wirkte wie eine schwache Ansammlung von Partikeln, die jeden Moment auseinanderzufallen drohen.

»Bist du schwer verletzt?« fragte ich sie.

»Mach die Tür zu!« gab sie zurück. Als ich mich zu ihr umdrehte, hatte sie die Bluse aufgeknotet und ließ sie fallen. »Sieh doch selbst!« forderte sie mich auf.

Von da an ließen wir uns durch nichts mehr voneinander trennen. Das, was zwischen uns bestand, schien durch die Trennung nur noch stärker geworden zu sein. »O Boy«, stöhnte sie leise, als ich sie mit meiner verkrüppelten Rechten streichelte. »O ja, genau! O Boyoboyoboy!« Und später: »Ich wußte, daß du nicht aufhören würdest, mich zu lieben. Ich habe auch nicht aufgehört. Tod unseren Feinden, hab' ich mir gesagt. Wer uns im Weg steht, wird fallen!«

Ihr Ehemann, gestand sie mir, sei gestorben. »Wenn ich eine

so böse Frau bin«, fuhr sie fort, »dann sag mir bitte, warum er mir alles hinterlassen hat! Nach seinem Schlaganfall wußte er nicht mehr, wer wer war, hielt mich für seine Dienerin. Also hab' ich dafür gesorgt, daß er gepflegt wird, und bin gegangen. Wenn das schlecht ist, dann bin ich eben schlecht.« Es fiel mir leicht, sie von jeglicher Schuld loszusprechen. Nein, mein Liebling, mein Leben, nicht schlecht, du doch nicht!

An ihrem Körper war kein einziger Kratzer zu sehen. »Diese verdammten Zeitungen!« sagte sie. »Ich war ja nicht mal drin in diesem verdammten Auto! Ich bin mit meinem eigenen Wagen gefahren, weil ich noch was vorhatte. Also saß er in seinem dämlichen Mercedes« – einfach bezaubernd, wie falsch sie den Namen aussprach: *Mörsdies!* – »und ich in meinem neuen Suzuki. Und auf dieser miesen Landstraße glaubte dieser Playboy rasen zu müssen. Ausgerechnet dort, wo Trucks fahren und Busse mit gedopten Fahrern, und Eselskarren, und Kamelkarren, und Gott weiß was sonst noch alles.« Sie weinte; ich trocknete ihre Tränen. »Was sollte ich tun? Ich bin einfach vernünftig gefahren und hab' ihm Zeichen gegeben: Nicht doch! Fahr langsamer! Nein! Aber Jimmy hatte schon immer im Kopf nicht alle beisammen. Was soll ich dir sagen? Er paßte nicht auf, er blieb auf der falschen Straßenseite, um zu überholen, dann kam eine Kurve, dahinter lag eine Kuh, er versuchte ihr auszuweichen, konnte aber nicht auf die andere Seite rüberziehen, weil da mein Wagen war, also geriet er auf der rechten Seite von der Fahrbahn ab, und da war eben diese Pappel. *Khalaas.*«

Ich versuchte, Mitleid für Jimmy zu empfinden, doch es gelang mir nicht. »In der Zeitung steht, daß ihr beide heiraten wolltet.« Sie warf mir einen wütenden Blick zu. »Du hast mich noch nie verstanden«, warf sie mir vor. »Jimmy war gar nichts. Für mich warst immer nur du wichtig.«

Wir trafen uns, sooft es ging. Vor meiner Familie hielten wir unsere Verabredungen geheim, und Aurora hatte inzwischen wohl auf Dom Mintos Dienste verzichtet, denn offenbar erfuhr

sie nichts davon. Ein Jahr verging; mehr als ein Jahr. Die glück-
lichsten fünfzehn Monate meines Lebens. »Tod unseren Feinden!« Umas trotziger Ausruf wurde zu unserem Wiedersehens-
und Abschiedsgruß.

Dann starb Mynah.

Meine Schwester starb – wie hätte es anders sein können –
an Atemnot. Sie hatte eine chemische Fabrik im Norden der
Stadt besichtigt, um sich ein Bild von der Ausbeutung der zum
größten Teil weiblichen Arbeitskräfte – zumeist Frauen aus den
Slums von Dharavi und Parel – zu machen, als es in ihrer Nähe
zu einer kleineren Explosion kam. Die »äußere Umhüllung«
eines versiegelten Fasses mit gefährlichen Chemikalien habe, so
die geschönte Ausdrucksweise des offiziellen Berichts, »Schaden gelitten«. Die praktische Konsequenz dieses »Schadens«
war, daß eine beträchtliche Menge des Gases Methylisozyanid
in die Luft gelangte. Mynah, durch die Explosion bewußtlos,
atmete eine tödliche Menge des Gases ein. Der offizielle Bericht
nannte zwar keinen Grund für den Zeitverlust bei der Anforde-
rung medizinischer Hilfe, zählte aber vierundsiebzig einzelne
Verstöße des Unternehmens gegen die vorgeschriebenen Si-
cherheitsnormen auf. Auch dem in Erster Hilfe ausgebildeten
Personal der Fabrik wurde vorgeworfen, es habe viel zu lange
gebraucht, um Mynah und die Unglücksstelle zu erreichen.
Obwohl sie noch im Krankenwagen eine Injektion Natriumthio-
sulfat erhielt, starb Mynah, bevor sie das Krankenhaus erreichten. Es war ein qualvoller Tod: Die Augen quollen ihr aus dem
Kopf, während sie unter Schmerzen nach Luft rang und das Gift
ihr die Lungen zerfraß. Auch zwei ihrer Kolleginnen vom
WWDKZ mußten sterben; drei weitere überlebten mit schweren
Behinderungen. Ein Schadenersatz wurde nicht gezahlt. Die
Ermittlungen ergaben, der Zwischenfall sei ein sorgfältig ge-
planter Anschlag »unbekannter Täter von außen« auf Mynahs
Organisation gewesen, daher könne die Fabrik nicht haftbar
gemacht werden. Nur wenige Monate zuvor war es Mynah

endlich gelungen, Kéké Kolatkar wegen seiner Immobilien-
schwindeleien hinter Gitter zu schicken, doch für eine Verbindung zwischen dem Politiker und dem Mordanschlag wurde
auch nicht die geringste Spur eines Beweises gefunden. Und
Abraham war, wie schon gesagt, bei dieser Sache mit einer
Geldstrafe davongekommen ... Hören Sie, Mynah war seine
Tochter. Seine Tochter! Okay?

Okay.

»Tod unseren ...« Mitten im Satz hielt Uma inne, weil sie den
Ausdruck auf meinem Gesicht sah, als ich sie nach Philomela
Zogoibys Beisetzung besuchte. »Nichts mehr davon!« bat ich sie
schluchzend. »Bitte nicht noch einen Tod!«

Mit dem Kopf auf ihrem Schoß lag ich im Bett. Sie strich mir
über mein weißes Haar. »Du hast recht«, sagte sie. »Es wird Zeit,
die Lage zu entwirren. Deine Mummy und dein Daddy müssen
uns akzeptieren, sie müssen sich mit der Tatsache, daß wir uns
lieben, abfinden. Dann können wir heiraten, und – he, presto!
Für uns bedeutet es Glück bis ans Lebensende, und für die
Familie, daß es in ihr eine zweite Künstlerin gibt.«

»Aurora wird niemals ...«, begann ich, doch Uma legte mir
einen Finger auf die Lippen.

»Sie wird müssen.«

In dieser Stimmung war Uma nicht zu bremsen. Unsere
Liebe sei ganz einfach zwingend, erklärte sie mir; sie werde und
müsse zum Zuge kommen. »Wenn ich das deiner Mutter und
deinem Vater auseinandersetze, werden sie ein Einsehen haben. Glaubst du, sie zweifeln an meinen guten Absichten? Nun
gut. Um unserer Liebe willen werde ich sie aufsuchen – heute
abend noch! – und ihnen beweisen, daß sie sich irren.«

Ich protestierte, aber nur schwach. Das Herz sei ihnen noch
schwer, wegen Mynah, wandte ich ein, für uns sei im Augenblick
kein Platz darin. Aber Uma setzte sich über all meine Argumente hinweg. Für Liebeserklärungen, behauptete sie, sei in jedem
Herzen Platz; genauso, wie es keine Schande gebe, die nicht von

wahrer Liebe ausgelöscht werde – und nun, da Mr. Sarasvati nicht mehr lebe, welchen Schandfleck gebe es da auf unserer Liebe, es sei denn, daß sie schon einmal verheiratet gewesen und keine jungfräuliche Braut mehr sei. Die Proteste meiner Eltern seien unvernünftig. Wie könnten sie sich dem Glück ihres Sohnes in den Weg stellen. Eines Sohnes, der vom Tag seiner Geburt an eine so schwere Last tragen mußte. »Heute abend«, wiederholte sie grimmig. »Du wartest hier. Ich gehe hin und überzeuge sie.« Damit sprang sie auf die Füße und begann sich anzukleiden. Beim Hinausgehen klemmte sie sich einen Walkman an den Gürtel und setzte die Kopfhörer auf. »Wer schaffen will, muß fröhlich sein«, sagte sie grinsend und schob eine Kassette ein. Ich war zu Tode verängstigt. »Viel Glück!« wünschte ich laut. »Verstehe kein Wort«, entgegnete sie und verschwand. Sobald sie fort war, fragte ich mich flüchtig, warum sie sich die Mühe mit dem Walkman machte, wo sie doch eine einwandfrei funktionierende Anlage im Auto hatte. Vermutlich defekt, dachte ich. In diesem gottverdammten Land hält nichts sehr lange.

Nach Mitternacht kam Uma zurück – von Liebe erfüllt. »Ich glaube, jetzt ist alles okay«, verkündete sie flüsternd. Ich hatte die ganze Zeit hellwach im Bett gelegen; die Spannung hatte meinen Körper in verknoteten Stahl verwandelt. »Bist du sicher?« fragte ich, um Bestätigung flehend. »Es sind keine bösen Menschen«, sagte sie leise, als sie zu mir unter die Decke schlüpfte. »Sie haben sich alles angehört, und ich bin überzeugt, daß sie jetzt alles verstanden haben.«

In diesem Augenblick hatte ich das Gefühl, als füge sich mein Leben endlich zu einem Ganzen zusammen, als entfalte sich die wirre Masse meiner rechten Hand und verwandle sich in eine Handfläche, in Knöchel, gelenkige Finger und einen Daumen. Es kann sogar sein, daß ich vor freudiger Erregung getanzt habe. Verdammt noch mal, ich *habe* getanzt: und gekreischt und gesoffen und Uma aus lauter Glück wie ein Wilder geliebt.

Wahrhaftig, sie war meine Wundertäterin und hatte das Unmögliche möglich gemacht. Die Körper ineinander verschlungen, glitten wir in den Schlaf hinüber. Kurz vor dem Einschlummern fragte ich sie unbestimmt:»Wo ist der Walkman?«
»Ach, das verflixte Ding«, gab sie flüsternd zurück.»Macht andauernd Bandsalat. Ich hab' unterwegs angehalten und es in einen Abfalleimer geworfen.«

Als ich am nächsten Morgen nach Hause kam, warteten Abraham und Aurora im Garten auf mich; Schulter an Schulter standen sie da, Trauer im Gesicht.
»Was ist?« fragte ich sie.
»Von diesem Augenblick an«, sagte Aurora Zogoiby,»bist du nicht mehr unser Sohn. Sämtliche Schritte, um dich zu enterben, sind bereits eingeleitet worden. Du hast einen Tag, um deine Sachen zusammenzupacken und zu verschwinden. Dein Vater und ich möchten dich nie wiedersehen.«
»Ich bin derselben Meinung wie deine Mutter«, ergänzte Abraham Zogoiby.»Du widerst uns an. Und nun geh uns aus den Augen!«
(Es fielen noch weitere harte Worte; auch lautere, und viele davon kamen von mir. Ich werde sie hier nicht niederschreiben.)

»Jaya? Ezekiel? Lambajan? Könnte mir mal jemand erklären, was passiert ist? Was ist hier los?« Niemand antwortete. Auroras Tür war verschlossen, Abraham hatte das Grundstück verlassen, und seine Sekretärinnen hatten Anweisung, keinen Anruf von mir durchzustellen. Schließlich ließ sich Miss Jaya Hé dazu herab, drei ganze Worte zu äußern.
»Du solltest packen.«

Nichts wurde erklärt – weder der Grund, warum ich verstoßen wurde, noch die Brutalität der Form. Eine so extrem harte Strafe

– 374 –

für ein so geringes »Verbrechen« – für das »Verbrechen« nämlich, sich bis zum Wahnsinn in eine Frau zu verlieben, die von meiner Mutter mißbilligt wurde! Wie ein abgestorbener Ast vom Familienbaum entfernt zu werden – aus einem so trivialen, aber nein, einem so wundervollen Grund ... Das reichte nicht. Es war unlogisch.

Ich wußte, daß andere Menschen – die meisten Menschen – in diesem Land unter elterlichem Absolutismus lebten; und in der Welt des Masala-Films gab es derartige »Du-wirst-niemals-wieder-unsere-Schwelle-betreten«-Szene wie Sand am Meer. Wir aber waren anders; und dieser Ort finsterster Hierarchien und uralter Moralbegriffe war niemals meine Heimat gewesen, diese Art von Material hatte im Drehbuch unseres Lebens nichts zu suchen! Dennoch lag es auf der Hand, daß ich mich täuschte; denn es gab keine weitere Diskussion. Ich rief Uma an, um sie zu benachrichtigen; dann blieb mir nichts mehr weiter übrig, als meinem Schicksal ins Auge zu sehen. Das Tor des Paradieses stand offen; Lambajan wandte den Blick ab. Unsicher, schwankend, desorientiert, verloren stolperte ich durch das Portal. Ich war niemand, nichts. Nichts von dem, was ich jemals gewußt hatte, war noch von Nutzen, ja, ich konnte nicht einmal mehr sagen, *daß* ich es wußte. Ich war entleert worden, außer Kraft gesetzt; ich war, um eine uralte, urplötzlich jedoch passende Bezeichnung zu wählen, *ruiniert*. Ich war in Ungnade gefallen, und das Entsetzen darüber zerschmetterte mein Universum wie einen Spiegel. Ich hatte das Gefühl, ebenso zerschmettert worden zu sein; als falle ich auf die Erde hinab – nicht als ich selbst, sondern als tausend Splitterbilder von mir, eingefangen in Scherben aus Glas.

Nach dem Sündenfall: Mit einem Koffer in der Hand stand ich vor Uma Sarasvatis Tür. Als sie mir öffnete, waren ihre Augen rot, ihre Haare zerzaust, ihr Benehmen wirr. Ein altmodisches, indisches Melodram explodierte und zerriß die Oberfläche unserer betrügerisch-weltgewandten Lebensart, wie sich die

Wahrheit durch eine dünne Lackschicht glänzender Lügen
Bahn bricht. Uma ergoß sich in kreischenden Rechtfertigun-
gen. »O Gott – wenn ich das gewußt hätte – aber wie konnten
sie, das ist doch aus dem Steinzeitalter – aus *grauer Vorzeit* – ich
hatte sie für kultivierte Menschen gehalten – ich dachte, nur wir
religiösen Irren würden so handeln, aber doch nicht ihr modernen, weltlichen Typen – o Gott, ich werde noch einmal zu ihnen
gehen, auf der Stelle werde ich gehen, ich werde schwören, dich
niemals wiederzusehen ...«

»Nein«, sagte ich, noch immer unter Schock. »Bitte, geh
nicht! Bitte, tu jetzt gar nichts mehr!«

»Dann werde ich das einzige tun, was du mir nicht verbieten
kannst«, heulte sie. »Ich werde mich umbringen. Jetzt gleich,
heute abend. Aus Liebe zu dir werde ich es tun, damit du frei
bist. Dann *müssen* sie dich wieder aufnehmen.« Sie schien sich
seit meinem Anruf in diese Erregung hineingesteigert zu haben.
jetzt war sie hochdramatisch geworden, eine Primadonna.

»Spiel nicht verrückt, Uma«, warnte ich sie.

»Ich bin nicht verrückt!« schrie sie mich wütend an. »Sag bloß
nicht, daß ich verrückt bin! Deine ganze Familie bezeichnet
mich als verrückt. Aber ich bin nicht verrückt. Ich bin verliebt.
Für die Liebe tut eine Frau alles. Ein Mann, der mich liebt,
würde für mich dasselbe tun, aber das verlange ich nicht. Ich
erwarte keineswegs Großtaten von dir, von keinem Mann. Ich
bin nicht verrückt, es sei denn, verrückt nach dir. Wahnsinnig
vor Liebe, o ja, das kann man von mir behaupten. Und mach
um Gottes willen endlich diese verdammte Tür zu!«

Hochgradig erregt, mit blutunterlaufenen Augen begann Uma
zu beten. Vor dem kleinen Schrein des Lord Ram in einem
Winkel ihres Wohnzimmers entzündete sie eine Lampe und
bewegte sie in engen Kreisen durch die Luft. Ich stand einfach
nur da, in der zunehmenden Dunkelheit, meinen Koffer vor
den Füßen. Sie meint es ernst, dachte ich. Dies ist kein Spiel.

Dies geschieht wirklich. Es ist mein Leben, unser Leben, und es hat diese Form. Dies ist seine wahre Form, die Form hinter allen Formen, die Form, die sich erst im Augenblick der Wahrheit zu erkennen gibt. In diesem Moment überkam mich äußerste Verzweiflung, erdrückte mich mit ihrem Gewicht. Ich begriff, daß ich kein Leben mehr hatte. Weil es mir genommen worden war. Die Illusion der Zukunft, die Ezekiel, der Koch, in seiner Küche in mir erweckt hatte, erwies sich als Chimäre. Was sollte ich tun? Drohte mir jetzt endgültig die Gosse, oder gab es noch einen letzten, höchsten Moment der Würde? Hatte ich den Mut, für die Liebe zu sterben und unsere Liebe dadurch unsterblich zu machen? Vermochte ich das für Uma zu tun? Vermochte ich das für mich selbst zu tun?

»Ich werde es tun«, sagte ich laut. Sie setzte ihre Lampe ab und wandte sich zu mir um.

»Das wußte ich«, gab sie zurück. »Lord Ram hat mir gesagt, daß du es tun würdest. Daß du ein tapferer Mann bist, hat er gesagt, und daß du mich liebst und mich deswegen natürlich auf meiner Reise begleiten wirst. Du würdest niemals so feige sein, mich allein gehen zu lassen.«

Sie hatte immer schon gewußt, daß sie nicht allzu stark am Leben hing, daß wohl der Zeitpunkt kommen würde, an dem sie bereit war, es aufzugeben. Darum trug sie – wie ein Krieger, der in den Kampf zieht – seit ihrer Kindheit den Tod mit sich herum. Für den Fall, daß sie in Gefangenschaft geriet. Lieber tot als entehrt. Mit geballten Fäusten kam sie aus ihrem Boudoir. In jeder Faust hielt sie eine weiße Tablette. »Frag nicht«, verlangte sie. »In Polizistenhäusern gibt es viele Geheimnisse.« Sie bat mich, mit ihr vor dem Abbild des Gottes niederzuknien. »Ich weiß, daß du nicht gläubig bist«, sagte sie, »aber um meinetwillen wirst du dich nicht weigern.« Wir knieten nieder. »Um dir zu zeigen, wie aufrichtig ich dich immer geliebt habe«, fuhr sie fort, »und um dir zu beweisen, daß ich dich letztlich niemals belogen habe, werde ich sie zuerst schlucken. Wenn du Wort hältst, wirst du mir unverzüglich folgen – unverzüglich, denn ich werde auf dich warten. Oh, du meine einzige Liebe!«

In diesem Augenblick veränderte sich etwas in mir. Widerstand regte sich. »Nein!« rief ich und riß ihr die Tablette aus der Hand. Sie fiel zu Boden. Mit einem Aufschrei stürzte Uma sich auf sie, gleichzeitig mit mir. Unsere Köpfe stießen zusammen. »Autsch«, sagten wir wie aus einem Mund. »Auauauau, aiaiee. *Au!*«

Als mein Kopf ein wenig klarer wurde, lagen unsere beiden Tabletten auf dem Boden. Ich griff danach, doch vor lauter Kopfschmerzen gelang es mir nur, eine von ihnen zu erwischen. Uma griff sich die andere Tablette und starrte sie mit weit aufgerissenen Augen, von einem neuen, heftigen Entsetzen gepackt, so außer sich an, als habe man ihr unerwartet eine schreckliche Frage gestellt und sie wisse nicht darauf zu antworten.

»Nicht, Uma!« flehte ich. »Bitte nicht! Es ist falsch. Es ist Wahnsinn!«

Dieses Wort traf sie. »Sag nicht, daß ich wahnsinnig bin!« kreischte sie. »Wenn du weiterleben willst, dann tu's. Aber das ist dann der Beweis dafür, daß du mich niemals wirklich geliebt hast. Es ist der Beweis dafür, daß du der Lügner bist, der Scharlatan, der Taschenspieler, der Trickbetrüger, der Manipulator, der Verschwörer, der Schwindler. Nicht ich: du! Du bist das faule Ei, der Böse, der Teufel. Siehst du? Mein Ei ist gut!«

Damit schluckte sie die Pille.

Ganz kurz huschte ein Ausdruck grenzenloser und aufrichtiger Überraschung über ihr Gesicht, gefolgt von tiefer Resignation. Dann fiel sie zu Boden. Als ich entsetzt neben ihr auf die Knie sank, stieg mir Bittermandelgeruch in die Nase. Im Sterben schien ihr Gesicht tausend Veränderungen durchzumachen, als blättere man durch die Seiten eines Buchs, als gebe sie, eins nach dem anderen, all ihre zahllosen Ichs auf. Dann kam eine leere Seite, und sie war überhaupt niemand mehr.

O nein, ich wollte nicht sterben, das hatte ich inzwischen beschlossen. Ich steckte die übriggebliebene Tablette in meine Hosentasche. Wer und was Uma immer gewesen sein mochte, gut oder böse, oder keines, oder beides – eines steht fest: daß ich sie geliebt habe. Mein Tod hätte diese Liebe nicht unsterblich gemacht, sondern sie entwertet. Deswegen wollte ich weiterleben und der Bannerträger unserer großen Leidenschaft sein; wollte ich durch mein Leben beweisen, daß Liebe mehr wert ist als Blut, als Schande, ja mehr sogar als der Tod. *Nicht sterben werde ich für dich, meine Uma, sondern leben. So schwer das Leben für mich auch werden mag.*

Es klingelte. Ich saß mit Umas Leichnam im Dunkeln. Dann wurde an die Tür gehämmert. Noch immer reagierte ich nicht. Eine laute Stimme rief: »Öffnen Sie! Polizei!«

Ich erhob mich und öffnete. Der Hausflur wimmelte von kurzhosigen blauen Uniformen, dunkelhäutigen, mageren Beinen mit knochigen Knien und von Händen, die mit Lathis drohten. Ein Inspector mit flacher Mütze schob mir seine Pistole vor die Nase.

»Sind Sie Zogoiby?« fragte er mit voller, dröhnender Lautstärke.

Der sei ich, antwortete ich ihm.

»So. Shri Moraes Zogoiby, Marketing Manager der Baby Softo Talcum Powder Private Limited?«

Genau der.

»Dann verhafte ich Sie auf Grund des mir vorliegenden Materials wegen Rauschgiftschmuggels und befehle Ihnen im Namen des Gesetzes, mich ohne Widerstand zu dem unten stehenden Fahrzeug zu begleiten.«

»Rauschgift?« wiederholte ich verständnislos.

»Keine Widerrede!« blaffte der Inspector und hielt mir die Pistole noch dichter vors Gesicht. »Der Verhaftete hat die Anweisungen des Diensthabenden widerspruchslos zu befolgen. Vorwärts marsch!«

Kleinlaut trat ich in das knieknochige Gewimmel hinaus. In diesem Moment fiel der Blick des Inspectors auf den Leichnam, der auf dem Fußboden des Zimmers lag.

III
Bombay Central

1

Auf einer Straße, von der ich noch nie gehört hatte, stand ich in Handschellen vor einem Gebäude, das ich noch nie gesehen hatte, einem so immensen Bau, daß mein gesamtes Blickfeld von einer einzigen, eintönigen Mauer eingenommen wurde, in der ich gleich rechts von mir eine winzige Eisentür entdeckte – oder vielmehr, eine Tür, die so klein wirkte wie ein Mäuseloch aus Metall, weil sie in diese grausige, graue Endlosigkeit aus Stein eingelassen war. Der Polizist, der mich verhaftet hatte, stieß mich mit seinem Stock vorwärts, und gehorsam entfernte ich mich von dem fensterlosen Fahrzeug, das mich von der makabren Szene des Heimgangs meiner Geliebten hierherbefördert hatte. Staunend überquerte ich die menschenleere und stille Straße, denn in Bombay sind die Straßen niemals still und nie, niemals menschenleer – es gibt hier keine »Stille der Nacht«, jedenfalls hatte ich das bisher angenommen. Als ich mich der Tür näherte, erkannte ich, daß es sich in Wirklichkeit um ein extrem großes Tor handelte, das über mir emporragte wie das Portal einer Kathedrale. Wie gigantisch mußte dann erst die Mauer sein! Als wir dicht davorstanden, breitete sie sich immer mehr über und um uns aus, bis sie sogar den schmutzigen Mond verdeckte. Ich spürte, wie mir das Herz schwer wurde. Nur sehr wenige Einzelheiten der Fahrt waren mir in Erinnerung geblieben. Im Dunkeln gefesselt am Boden liegend, hatte ich sowohl den Orientierungssinn als auch das Zeitgefühl verloren. Was war das für ein Gebäude? Wer waren diese Leute? Waren sie wirklich Polizeibeamte, und wurde ich tatsächlich des Drogenhandels beschuldigt und nun auch noch des Mordes verdächtigt? Oder war ich zufällig von einer Seite, von einem Buch des Lebens in ein anderes geraten – war ich in meinem elenden, desolaten Zustand mit dem Lesefinger aus einem Satz meiner eigenen Geschichte in diesen anderen, fremden, unverständlichen Text gerutscht, der rein zufällig direkt darunter stand? Ja: So mußte es gewesen sein. »Ich bin kein Verbrecher!« schrie ich auf. »Und ich gehöre nicht hierher, in diese Unter-Welt. Das alles ist ein großer Irrtum!«

»Diese Hirngespinste kannst du dir sparen, du dreckiges Schwein«, gab der Inspector zurück. »Hier verwandeln sich viele Dämonen der Unter-Welt, viele furchteinflößende Quälgeister in verlorene Schatten. Von wegen Irrtum, du verdammter Idiot! Rein mit dir! Ist man erst mal drinnen, macht das Verrotten richtig Spaß.«

Ächzend und knarrend öffnete sich das große Tor. Und sofort war die Luft von höllischem Jammern und Klagen erfüllt. »Oooh! Ai-ai! Gruuu! Ai-joi-joi! *Yarooh!*« Der Inspector versetzte mir einen unhöflichen Stoß. »Links-rechts links-rechts eins-zwei eins-zwei!« brüllte er. »Schwing die Stelzen, Beelzebubi! Dein zukünftiges Leben erwartet dich!«

Von peitschenknallenden Männern mit, wie es mir schien, Tierköpfen und Schlangenzungen wurde ich durch düstere Korridore geleitet, in denen es nach Exkrementen und Folter, nach Trostlosigkeit und Mißhandlung stank. Der Inspector war plötzlich entweder verschwunden, oder er hatte sich in eines dieser hybriden Ungeheuer verwandelt. Ich versuchte den Monstern Fragen zu stellen, doch ihre Kommunikationsfreudigkeit ging über rein körperliche Mitteilungen nicht hinaus. Schläge, Stöße, ja sogar ein Peitschenhieb, der mir den Fußknöchel versengte: Mehr hatten sie mir nicht zu sagen. Also hörte ich auf zu reden und schleppte mich tiefer in den Kerker hinein.

Nach längerer Zeit wurde mir der Weg von einem Mann mit – ich kniff die Augen zusammen und spähte genau hin – dem Kopf eines bärtigen Elefanten verstellt. Er hielt einen Eisenring in der Hand, an dem zahllose Schlüssel baumelten. Ratten huschten in respektvollem Abstand um seine Füße. »Dies ist der Ort, der für gottlose Menschen wie dich bestimmt ist«, sagte der Elefantenmann. »Hier wirst du für deine Sünden büßen. Wir werden dich so demütigen, wie du es dir nicht mal in deinen schlimmsten Träumen vorgestellt hast.« Man befahl mir, die Kleider abzulegen. Nackt und trotz der heißen Nacht zitternd, wurde ich mit Schlägen in eine Zelle getrieben. Hinter mir schloß sich eine Tür – ein ganzes Leben, eine ganze Lebensauffassung. Verloren stand ich in der Finsternis.

Einzelhaft. Die Hitze verstärkte den Kotgestank. Moskitos, Stroh, Pfützen irgendeiner Flüssigkeit und – überall im Dunkeln – Kakerlaken. Bei jedem Schritt zertrat ich sie knirschend mit den nackten Füßen. Wenn ich stehenblieb, krabbelten sie an meinen Beinen empor. Als ich mich entsetzt bückte, um sie abzuwischen, spürte ich, wie meine Haare die Wände meines schwarzen Käfigs streiften. Wollte ich mich hinlegen, schwärmten mir die Schaben über Kopf und Rücken, huschten über meinen Bauch oder nisteten sich in meinen Schamhaaren ein. Ich begann zu zucken wie ein Hampelmann, schlug wild um mich und schrie. Irgend etwas – etwas wie eine Schändung – hatte begonnen.

Am Morgen fand ein wenig Licht den Weg in meine Zelle, worauf sich die Kakerlaken verkrochen und auf die Rückkehr der Dunkelheit warteten. Geschlafen hatte ich keine Minute; der Kampf gegen diese widerlichen Viecher hatte mich meine ganze Kraft gekostet. Als ich auf die Strohschütte niedersank, die mein einziges Lager darstellte, schlüpften Ratten in ihre Wandlöcher. Ein kleines Fenster in der Zellentür öffnete sich. »Bald wirst du dir diese knackigen Käferchen zum Essen fangen«, sagte der Wärter lachend. »Selbst die Vegetarier unter den Sträflingen greifen letztlich nach ihnen; und du bist, glaube ich, bisher bestimmt keiner gewesen.«

Der Eindruck eines Elefantenkopfes war, wie ich jetzt sah, durch die Kapuze des Mannes – die vermeintlichen flappenden Ohren – und seine gigantische, wie ein Rüssel geformte Nase entstanden. Der Kerl war nicht etwa ein mythologischer Ganesha, sondern ein grober, sadistischer Rohling. »Was ist das hier für ein Gebäude?« fragte ich ihn. »Ich hab' es noch nie im Leben gesehen.«

»Ach, ihr stinkfeinen Sahibs«, antwortete er und spie mir verächtlich einen langen Strahl zinnoberroten Auswurfs vor die nackten Füße. »Ihr lebt in der Stadt, aber ihr wißt nichts von ihren Geheimnissen, von ihrem Herzen. Für euch ist es unsichtbar, aber du wirst es jetzt kennenlernen müssen. Du bist im Bombay-Central-Gefängnis. Dies ist der Bauch, das Gedärm der City. Darum gibt's hier natürlich auch so viel Scheiße.«

»Ich kenne den Stadtteil Bombay Central«, protestierte ich. »Bahnhöfe, Dhabas, Basare. Ein Gebäude wie das hier hab' ich da nirgends gesehen.«

»Eine Stadt zeigt sich nicht jedem Schwein, Schwesterficker, Mutterficker«, rief der Elefantenmann, bevor er das Fenster zuschlug. »Du warst blind, aber warte nur ab, jetzt wirst du sehen lernen!«

Scheißeimer, Mehlsuppeneimer, der schnelle Abstieg zur absoluten Erniedrigung: Die Einzelheiten werde ich Ihnen ersparen. Meine Vorfahren Aires und Camoens da Gama und auch meine Mutter hatten in britisch-indischen Gefängnissen gesessen; doch diese Post-Independence-, Made-in-India-Anstalt übertraf zweifellos ihre schlimmsten Erfahrungen. Dies war nicht einfach ein Gefängnis: Es war eine Lehre. Hunger, Erschöpfung, Schmerz und Verzweiflung sind gute Lehrmeister. Ich lernte ihre Lektionen schnell – meine Schuld, meine Wertlosigkeit, die Tatsache, daß ich von allen, die ich mein hätte nennen können, verlassen worden war. Ich verdiente genau das, was ich bekommen hatte. Wir alle bekommen das, was wir verdienen. Den Kopf auf die angezogenen Knie gelegt und die Arme um die Unterschenkel geschlungen, kauerte ich an der Wand und ließ die Schaben kommen und gehen. »Das ist noch gar nichts«, tröstete mich der Wärter höhnisch. »Warte nur, bis die Krankheiten kommen.«

Wie wahr, dachte ich. Bald schon würde ich an Trachomen,

– 386 –

Mittelohrentzündung, Rachitis, Ruhr, Infektion der Harnwege leiden. An Malaria, Cholera, Tbc, Typhus. Und dann hatte ich von einem neuen Killer gehört, einer Krankheit ohne Namen. Huren starben daran – es hieß, sie verwandelten sich in lebende Skelette und gaben dann den Geist auf, und die Luden von Kamathipura versuchten das mit allen Mitteln zu vertuschen. Für mich hier bestand wohl freilich kaum eine Chance, mit einer Hure Kontakt aufzunehmen.

Während die Kakerlaken krabbelten und die Moskitos stachen, hatte ich das Gefühl, als löse sich meine Haut vom Körper. Vor langer Zeit hatte ich das schon einmal geträumt, aber in dieser Version des Traumes nahm meine sich ablösende Haut alle Elemente meiner Persönlichkeit mit. Ich wurde zum Niemand, zum Nichts; oder vielmehr, ich wurde zu dem, was man aus mir gemacht hatte. Ich war, was die Wärter sahen, was meine Nase an meinem Körper roch, was die Ratten mit zunehmendem Interesse beschnupperten. Ich war Abschaum.

Ich versuchte mich an die Vergangenheit zu klammern, versuchte in meiner Verbitterung, in meinem inneren Aufruhr Schuld zuzuweisen; und gab den größten Teil der Schuld meiner Mutter, der gegenüber mein Vater niemals nein sagen konnte. Denn was für eine Mutter war das, die sich durch eine so unbedeutende Provokation dazu bringen ließ, ihr Kind zu vernichten, ihren einzigen Sohn? Na ja, ein Ungeheuer eben! O ja, ein Zeitalter der Ungeheuer ist über uns gekommen – die Zeit Kalyug, wenn die schielende, rotzüngige Kali, unsere wahnsinnige Göttin, unter uns wandelt und Vernichtung verbreitet. Und vergiß nicht, o Beowulf, daß Grendels Mutter nicht weniger furchterregend war als Grendel selbst … Ach, Aurora, wie schnell du zum Kindesmord bereit warst – mit welch eiskalter Entschlossenheit du dich entschieden hast, aus deinem eigen Fleisch und Blut den letzten Hauch Odem herauszupressen, den Sohn aus der Sphäre deiner Liebe in die luftleeren Tiefen des Raums zu stoßen, damit er dort, um Atem ringend, mit vorquellenden Augen und geschwollener Zunge schrecklich sterbe und verderbe! Ich wünschte, du hättest mich als Baby vernichtet, Mutter, bevor ich mit meinem Prügel so alt-jung wurde. Die Courage hättest du dazu gehabt, zu dem Schlagen und Treten, zu dem Zwicken und Ohrfeigen. Siehst du? Unter deinen Schlägen nimmt die dunkle Haut deines Sohnes die irisierende Färbung an, die für Prellungen so typisch ist wie für Öllachen. Oh, wie er heult! Der Mond verdunkelt sich bei seinen Schreien. Aber du bist unnachgiebig, unermüdlich. Und wenn er gegeißelt wird, wenn er eine Form ohne Begrenzung ist, ein Ich ohne Wände, dann schließen sich deine Hände um seinen Hals und *squish* und *squash* entweicht die Luft aus allen erreichbaren Öffnungen seines Körpers, furzt er sein Leben genauso hinaus wie du, Mutter, ihn damals in dieses Leben hineingefurzt hast ... und nun ist ihm nur noch ein einziger Atemzug geblieben, ein letztes Luftbläschen der Hoffnung ...

»Ja, ja!« rief der Wärter verächtlich und riß mich damit aus meinen selbstmitleidsvollen Träumen. Mir wurde klar, daß ich laut geredet hatte. »Leg du erst mal deine großen Ohren an, Elefantenmann!« schrie ich ihn an. »Du kannst mich nennen, wie du willst«, gab er gelassen zurück. »Dein Schicksal ist bereits besiegelt.« Ich gab auf, hockte mich nieder und barg den Kopf in meinen Händen.

»Das ist ein Fall für die Staatsanwaltschaft«, fuhr der Wärter fort. »Ein sehr starker Fall, Mann! Verdammt stark. Aber was ist mit der Verteidigung? Eine Mutter muß verteidigt werden, nicht wahr? Also wer wird nun für sie sprechen?«

»Das hier ist doch kein Gericht!« protestierte ich angesichts der geballten Leere, die zurückbleibt, wenn der Zorn abebbt. »Wenn sie eine andere Version hat, soll sie die vortragen, wo sie will.«

»Okay, okay«, beschwichtigte der Wärter spöttisch. »Mach nur immer schön weiter so. Für mich ist dein Unterhaltungswert im Augenblick ziemlich hoch. Einfach Spitze. Bravo, Mister. Herzlichen Glückwunsch!«

Ich dachte an die rasende Liebe, an all die *amours fous* der Da-Gama-Zogoiby-Generationen. Ich dachte an Camoens und Belle, an Aurora und Abraham, an die arme Ina, die mit ihrem Country-and-Eastern-Cashondeliveri-Beau durchgebrannt war. Ich schloß sogar Minnie-Inamorata-Floreas ein, die ihre Ekstase bei Jesus Christus gefunden hatte. Und natürlich dachte ich – unaufhörlich, wie ein Kind, das sich eine Wunde kratzt – an Uma und mich.

Ich versuchte mich an unsere Liebe zu klammern, obwohl es auch Stimmen in mir gab, die mich wegen der Ungeheuerlichkeit des Fehlers, den ich mit ihr begangen hatte, verhöhnten. *Laß sie gehen!* rieten mir die Stimmen. *Begrenze deinen Schaden wenigstens jetzt, nach alldem hier!* Aber ich wollte immer noch glauben, was Liebende glauben: daß die Liebe in jedem Fall besser ist als alles andere, und sei sie auch unerwidert, oder besiegt, oder wahnsinnig. Ich wollte mich an das Bild der Liebe als Verschmelzung zweier Geister klammern, Liebe als Melange, als Triumph des unreinen, bastardisierten, verbindenden Besten in uns über das, was an Einsamkeit, Isolation, Strenge, Dogmatik, Reinheit in uns ist; das Bild der Liebe als Demokratie, als Sieg der Verfechter von Niemand-ist-eine-Insel, Zwei-sind-sich-genug, der Vielen also, über die sauberen, gemeinen, der Absonderung zuneigenden Einen. Ich versuchte Lieblosigkeit als Arroganz zu sehen, denn wer anders als die Liebelosen könnte sich für vollkommen, allsehend, allwissend halten? Liebe bedeutet, Allmacht und Allwissen zu verlieren. Wenn wir uns verlieben, so ist das Ignoranz, ist das eine Art Absturz. Wir schließen die Augen und springen in der Hoffnung auf eine sanfte Landung von einer Klippe. Aber sie ist nicht immer sanft; und dennoch, sagte ich mir, dennoch erlangt ohne diesen Sprung kein Mensch das Leben. Der Sprung selbst ist die Geburt, selbst wenn er mit dem Tod endet, mit einem Ringkampf um weiße Tabletten und dem Bittermandelgeruch auf den erstorbenen Lippen der Geliebten.

Nein, sagten meine Stimmen. *Die Liebe hat dich genauso ins Unglück gestürzt wie deine Mutter.*

Mein Atem ging nur mühsam; das Asthma würgte und rasselte. Wenn es mir gelang einzuschlafen, träumte ich seltsame Dinge vom Meer. Bisher hatte ich noch nie außer Hörweite der Wellen, des Zusammenpralls von Luft und Wasser, geschlafen, und so sehnte ich mich in meinen Träumen nach diesem klatschenden Geräusch. Manchmal war das Meer in meinen Träumen trocken oder aus Gold. Manchmal war es ein Segeltuchmeer, entlang des Strandes durch Nähte fest mit dem Land verknüpft. Manchmal glich das Land einer zerrissenen Buchseite und das Meer einem flüchtigen Blick auf die verborgene Seite darunter. Diese Träume zeigten mir, was ich nicht gern sehen wollte: daß ich der Sohn meiner Mutter war. Und eines Tages floh ich in einem solchen Meerestraum vor unbekannten Verfolgern, stieß auf einen lichtlosen, unterirdischen Strom, wo eine verhüllte Frau mir befahl, *über die Grenze meines Atems hinaus zu schwimmen*, denn nur dann würde ich das eine und einzige Gestade erreichen, an dem ich endgültig Rettung fand, *das Gestade der Phantasie*, und ich gehorchte ihr unter großer Anstrengung, mit aller Kraft schwamm ich dem Kollaps meiner Lunge entgegen; und als sie endlich zusammenbrach und der Ozean in mich hineinwogte, erwachte ich mit einem Aufkeuchen, um vor mir – eigentlich unmöglich – die Gestalt eines einbeinigen Mannes mit einem Papagei auf der Schulter und einer Schatzsucherkarte in der Hand zu sehen.»Komm, Baba!« sagte Lambajan Chandiwala.»Es wird Zeit, dein Glück zu suchen, wo immer das auch sein mag.«

Es war keine Schatzsucherkarte, sondern der Goldschatz selbst: das heißt, ein Dokument, das meine augenblickliche Entlassung ermöglichte. Kein Glückssucherpaß, sondern ein unerwarteter

Glückstreffer. Der mir sauberes Wasser und saubere Kleidung verschaffte. Das Drehen von Schlüsseln in Schlössern war zu hören, und das neidische Gebrüll meiner Mitgefangenen. Der Wärter, elefantengleicher Herr und Meister dieses Rattenlochs, dieses überfüllten Kakerlakenmotels, war nirgendwo zu sehen; kriechend kümmerten sich demütige Kreaturen um meine Bedürfnisse. Auf dem Weg hinaus jagten mich keine tierköpfigen Dämonen mit ihren Mistgabeln, niemand höhnte mit schlangengleichen Zungen. Das Tor stand offen und war von konventionellem Format; die Mauer, in die es eingelassen war, war nichts als eine Mauer. Kein Zauberwagen erwartete uns draußen – o nein, nicht mal unser alter Chauffeur Hanuman mit seinem flossengeflügelten Buick! –, sondern ein ganz normales gelbschwarzes Taxi, auf dessen schwarzes Armaturenbrett mit kleinen weißen Buchstaben der Satz gedruckt war: *Verpfändet an die Khazana Bank International Limited.* Wir kamen durch vertraute Straßen, an denen vertraute Werbebotschaften von Metro-Schuhen und Stayfree-Monatshöschen aufragten; an Bretterzäunen und in Neon hießen mich Rothmans- und Charminar-Zigaretten, Breeze- und Rexona-Seife, Time-Politur, Hope-Toilettenpapier, Life-Tonikum und Love-Henna zu Hause willkommen. Denn in Gedanken hegte ich keinen Zweifel daran, daß wir zum Malabar Hill fuhren, und wenn es einen Schatten an meinem ansonsten sonnigen Horizont gab, so den, daß ich mich verpflichtet fühlen würde, die alten Argumente über Reue und Vergebung zu repetieren. Die Vergebung meiner Eltern war mir ganz offensichtlich sicher; sollte meine Reue dann mein Heimkehrergeschenk an sie sein? Andererseits: Hatte der verlorene Sohn nicht auch das gemästete Kalb bekommen – sprich: war geliebt worden –, ohne jemals bekennen zu müssen, daß es ihm leid tue? Und die bittere Pille der Reue blieb mir sowieso im Hals stecken; denn wie bei allen Mitgliedern meiner Familie floß mir eine allzu große Portion Eigensinn im Blut. Verdammt noch mal, dachte ich stirnrunzelnd, was soll ich eigentlich bereuen?

– 391 –

Ungefähr an diesem Punkt meiner Überlegungen fiel mir auf, daß wir nach Norden fuhren – nicht in Richtung des elterlichen Busens, sondern entgegengesetzt; daß dies also offenbar keineswegs eine Heimkehr ins Paradies war, sondern eine weitere Stufe meines Absturzes.

In panischer Angst begann ich zu schnattern. *Lamba, Lamba, sag diesem Kerl* ... Lambajan versuchte mich zu beruhigen. Ruh dich erst mal ein bißchen aus, Baba! Nach allem, was du erlebt hast, ist es normal, daß dir die Nerven durchgehen. Lambajans Fürsorge wurde jedoch durch den Hohn des Papageis ausgeglichen. Totah, auf der Ablage vor dem Heckfenster, kreischte ohrenbetäubend und voller Verachtung. Ganz tief rutschte ich in meinen Sitz hinein, schloß die Augen und überließ mich der Erinnerung. Der Inspector hatte Umas Leiche examiniert, aber auch ich wurde durchsucht. Aus meiner Tasche zog man ein weißes Rechteck. »Was ist das?« fragte der Inspector, trat dicht vor mich hin – er war mindestens einen Kopf kleiner als ich – und schob mir seinen Schnurrbart fast bis ans Kinn. »Atemfrisches Pfefferminz?« Und schon plärrte ich ihm haltlos etwas von einem Selbstmordpakt vor. »Halt die Klappe!« fuhr mich der Inspector an und brach die Tablette mitten durch. »Steck dir das hier in den Mund; dann werden wir ja sehen.«

Das ernüchterte mich. Ich wagte kaum die Lippen zu öffnen; der Inspector wollte mir die halbe Tablette in den Mund zwängen. *Aber sie wird mich umbringen, mein lieber Sir, und ich werde kalt und tot neben meiner dahingegangenen Liebsten liegen.* »Womit wir dann zwei Tote gefunden hätten«, sagte der Inspector, als stelle er bereits Tatsachen fest. »Eine tragische Geschichte von unglücklicher Liebe.«

Lieber Leser: Ich widerstand seiner Aufforderung. Hände packten mich bei den-Armen-den-Beinen-den-Haaren. Im nächsten Moment lag ich auf dem Boden, unweit der toten Uma, deren Leichnam von dem übereifrigen kurzhosigen Gewimmel herumgeschubst wurde. Ich hatte schon gehört, daß

Leute bei dem, was euphemistisch als »Begegnung mit der Polizei« bezeichnet wird, gestorben waren. Der Inspector packte meine Nase und kniff sie zu ... Dieser Luftmangel erforderte meine volle Aufmerksamkeit. Und als ich mich in das Unvermeidliche fügte – plop! unten war die tödliche Pille.

Aber – Sie haben es bestimmt erraten – ich starb nicht. Die halbe Tablette schmeckte nicht wie bittere Mandeln, sondern süß wie Zucker. Ich hörte, wie der Inspector sagte: »Dieser Mistkerl hat der Frau die tödliche Dosis verabreicht, für sich selbst aber was Süßes in petto gehabt. Also Mord! Der Fall ist klar.« Genau, wie sich der Inspector in Hurree Jamset Ram Singh verwandelte, den dunklen Nabob von Bhanipur, so verwandelten sich die Männer in den Shorts in ein Gewimmel von Schuljungen, die mich mit Gewalt in den Lift verfrachteten. Und während die Wirkung der starken Tablette einsetzte (aufgrund meines beschleunigten Kreislaufs besonders schnell), begann sich alles zu verändern. »*Yarooh*, ihr Leute«, rief ich, während ich im immer festeren Griff des Halluzinogens zuckte und zappelte. »Hallo, verdammt noch mal – *laßt mich los!*«

Einem weißen Hasen ins Wunderland nachjagend, vorbei an von Bremsen umsurrten Schaukelpferden, hatte ein junges Mädchen die Wahl zwischen Iß-mich und Trink-mich; fragt nur Alice, wie es in der alten Mär heißt. Aber meine Alice, meine Uma, hatte ihre Wahl getroffen, und das war nicht einfach eine Frage der Körpergröße gewesen; Uma war tot und konnte nicht antworten. *Stellt mir keine Fragen, dann erzähl' ich euch keine Lügengeschichten.* Schreibt das auf ihren Grabstein! Was sollte ich von diesen beiden Tabletten halten, die eine tödlich, die andere traumerzeugend? Hatte mein Liebling sterben und es mir ermöglichen wollen, nach einer Weile der Visionen zu überleben? Oder wollte sie meinen Tod mit den transzendierenden Blicken der Droge beobachten? War sie eine tragische Heldin? Oder einer Mörderin? Oder auf eine bisher unerforschliche Art beides zugleich? Uma Sarasvati hatte ein Geheimnis gehütet, das sie mit ins Grab nahm. In diesem verpfändeten Taxi sitzend, dachte ich mir, daß ich sie nie richtig gekannt hatte und auch nie richtig kennenlernen würde. Aber sie war tot – tot mit vor Entsetzen entstelltem Gesicht –, während ich mich allmählich erholte, in ein neues Leben wiedergeboren wurde. Sie hatte meine liebevolle Erinnerung, meine Zweifel und alle guten Gefühle, die ich in mir zu finden vermochte, verdient. Ich öffnete die Augen. Bandra. Wir waren in Bandra. »Wer hat das getan?« fragte ich Lambajan. »Wer hat diesen Zaubertrick voll bracht?«

»Psst, Baba!« versuchte er mich zu beruhigen. »Warte nur noch ein Weilchen, dann wirst du alles verstehen.«

Raman Fielding saß, in Cricketweiß gekleidet, mit Strohhut und Sonnenbrille in dem von Gulmohr-Bäumen beschatteten Garten seiner Villa in Lalgaum. Er schwitzte stark und hielt einen schweren Schläger in der Hand. »Erstklassig«, sagte er mit seiner gutturalen Quakstimme. »Gute Arbeit, Borkar.« Wer war Borkar? fragte ich mich; dann sah ich, daß Lambajan salutierte, und mir wurde klar, daß ich den richtigen Namen des versehrten Matrosen längst vergessen hatte. Lamba war also ein bekehrter MA-Kader. Daß er gläubig sei, hatte er mir erzählt, und außerdem erinnerte ich mich vage daran, daß er aus einem Dorf irgendwo in Maharashtra stammte, aber auf einmal wurde mir schmerzlich klar, daß ich nichts wirklich Wichtiges von ihm gewußt noch mir die Mühe gemacht hatte, etwas in Erfahrung zu bringen. Mainduck kam zu uns herüber und tätschelte Lambajan die Schulter. »Ein echter Mahratta-Krieger«, lobte er ihn und hauchte mir Betelduft ins Gesicht. »Schöne Mumbai, *Marathi Mumbai*, nicht wahr, Borkar?« Er grinste, während Lambajan strammstand, soweit es ihm mit seiner Krücke möglich war, und ihm zustimmte. »Sir Skipper Sir.« Meine ungläubige Miene amüsierte Fielding. »Was meinst du wohl, wem diese Stadt gehört?« fragte er mich. »Ihr auf dem Malabar Hill trinkt Whisky-Soda und redet von Demokratie. Unsere Leute aber bewachen eure Tore. Ihr glaubt sie zu kennen, aber sie haben ihr eigenes Leben und erzählen euch nichts. Wer macht sich schon was aus euch gottlosen Hill-Typen? *Sukha lakad ola zelata.* Ach ja, du sprichst ja nicht Marathi: Wenn der trockene Stock brennt, geht alles in Flammen auf. Eines Tages werden unsere Ideen die ganze Stadt – meine wunderschöne, als Göttin verehrte Mumbai, nicht dieser dreckige England-Abklatsch Bombay – in Brand setzen. Dann wird Malabar Hill verbrennen, und Ram Rajya wird kommen.«

Er wandte sich an Lambajan.»Auf deine Empfehlung hin habe ich einiges in die Wege geleitet. Die Mordanklage wird fallengelassen, und der Spruch lautet auf Selbstmord. Was das Drogenproblem betrifft, so haben die Behörden Anweisung, sich an die großen Verbrecher zu halten und nicht an dieses kleine Licht. Nun aber ist es an dir, Borkar, mir zu zeigen, wozu ich das alles getan habe.«

»Sir Skipper Sir.« Damit wandte sich der alte Pirat an mich. »Schlag mich, Baba!« forderte er mich auf.

Ich war sprachlos.»Wie bitte?«Fielding klatschte ungeduldig in die Hände.»Taub oder was?«

Lambajans Miene wirkte fast flehend. Da begriff ich, daß er sich für mich stark gemacht, daß er sich für mich verletzlich gemacht hatte, um mich aus dem Gefängnis zu holen; daß er alles aufs Spiel gesetzt und Mainduck davon überzeugt hatte, um meinetwillen Berge versetzen zu müssen. Und nun sollte ich, wie es schien, seine Dienste erwidern und ihn retten, indem ich mich seines Lobes würdig erwies.»Genau wie in den alten Zeiten, Baba«, redete er mir zu.»Hierher, genau hierher.« Das hieß, auf die Kinnspitze. Ich atmete tief durch und nickte. »Okay.«

»Sir bitte um Erlaubnis Papagei absetzen zu dürfen, Sir.« Fielding stimmte mit einer ungeduldigen Handbewegung zu und ließ sich wie ein Klumpen Teig in einen überdimensionalen – und dennoch ächzenden – orangefarbenen Korbsessel nieder, um der Demonstration zuzusehen. »Paß auf deine Zunge auf, Lamba!« sagte ich, dann hieb ich zu. Er stürzte schwer und blieb bewußtlos zu meinen Füßen liegen.

»Nicht schlecht«, quakte Mainduck beeindruckt. »Er hat mir erzählt, diese verkrüppelte Hand, die du da hast, sei ein Hammer, den man unbedingt nutzen sollte. Und weißt du was? Er hat offenbar recht.« Allmählich kam Lambajan wieder zu sich und rieb sich das schmerzende Kinn. »Keine Sorge, Baba!« waren seine ersten Worte. Doch plötzlich bekam Mainduck einen seiner berühmten Wutausbrüche. »Und weißt du, warum es okay ist, daß du ihn geschlagen hast?« brüllte er. »Weil *ich* es gesagt habe. Und warum ist es okay? Weil er mir mit Leib und Seele gehört. Und wie habe ich ihn gekauft? Weil ich mich um seine Leute gekümmert habe. Ihr aber, ihr wißt nicht mal, wie viele Familienmitglieder er in seinem Dorf hat. Ich sorge seit vielen Jahren dafür, daß die Kiddies eine Schulbildung erhalten und daß die Gesundheits- und Hygieneprobleme gelöst werden. Abraham Zogoiby, der alte Tata, C. J. Bhabha, Crocodile Nandy, Kéké Kolatkar, die Birlas, die Sassoons, ja sogar Mutter Indira persönlich glauben, sie seien es, die an der Macht sind, aber sie tun nichts für den Mann auf der Straße. Bald jedoch wird dieser kleine Bursche ihnen beweisen, daß sie sich irren.« Ich verlor sehr rasch das Interesse an Mainducks Tirade, doch plötzlich schaltete er auf eine intimere Tonart um. »Und dich, mein Freund Hammer«, sagte er, »habe ich von den Toten auferstehen lassen. Von heute an bist du mein Zombie.«

»Was wollen Sie von mir?« fragte ich ihn, aber noch während ich sprach, wußte ich schon die Antwort. Als ich Lambajan k.o. geschlagen hatte, war irgend etwas in mir freigesetzt worden, das mein Leben lang gefangen gewesen war, und im Lichte dieser Gefangenschaft erschien meine gesamte Existenz bis zu diesem Zeitpunkt urplötzlich als unerfüllt, reaktiv, von verschiedenen Formen des Treibenlassens gekennzeichnet, während die Befreiung dieses Etwas nun wie meine eigene Freiheit über mich hereinbrach. In diesem Moment erkannte ich, daß ich kein provisorisches Leben mehr zu führen brauchte, kein Leben im Wartestand; ich brauchte nicht mehr das zu sein, was Vorfahren, Erziehung und Unglück mir vorschrieben, sondern konnte endlich in mein eigenes Ich schlüpfen – mein eigenes Ich, dessen Geheimnis in dieser entstellten Hand verborgen lag, die ich viel zu lange in den Tiefen meiner Kleidung versteckt hatte. Niemals wieder! Jetzt würde ich sie voller Stolz schwingen. Von nun an würde ich mit meiner Faust identisch sein; würde ich ein Hammer sein, kein Moor.

Fielding redete; seine Worte kamen schnell und hart. *Weißt du, wer dein Daddyji eigentlich ist, hoch oben in seinem Siodi Tower? Dieser Mann, der seinen einzigen Sohn aus seinem Herzen verstoßen hat – kannst du dir die Tiefe seiner Missetaten vorstellen, die Breite seiner Herzlosigkeit? Und was weißt du über diesen muselmanischen Gangboß, der unter dem Namen Scar bekannt ist?*

Ich gestand mein Nichtwissen ein. Mainduck winkte ab. »Du wirst es erfahren. Drogen, Terrorismus, Muslime-Mughals, Computer für die Lieferung von Waffensystemen, Khazana-Bank-Skandale, Atombomben. *Hai Ram,* wie ihr Minderheiten zusammenhaltet! Wie ihr euch gegen die Hindus zusammenrottet, wie gutmütig wir sind, daß wir nicht sehen, wie gefährlich die Bedrohung durch euch ist. Aber nun hat dein Vater dich zu mir geschickt, und du wirst alles erfahren. Selbst von den Robotern werde ich dir erzählen, von der Herstellung hochtechnologischer Minderheitsrechts-Cyber-Men, die Hindus angreifen und ermorden. Und von den Babys, dem Marsch der Minoritäten-Babys, die unsere gesegneten Säuglinge aus der Wiege reißen und ihre geheiligte Nahrung verschlingen. So sehen ihre Pläne aus. Aber sie werden niemals siegen. *Hindustan:* Land der Hindus! Wir werden die Scar-Zogoiby-Achse zerschlagen, koste es, was es wolle. Wir werden sie in ihre mächtigen Knie zwingen. Mein Zombie, mein Hammer: Bist du für uns oder gegen uns, wirst du ge-recht sein, oder willst du lieber ge-linkt werden? Sage mir: Gehst du mit uns oder ohne uns?«

Ohne zu zögern, akzeptierte ich mein Schicksal. Ohne zu fragen, welche Verbindung wohl bestehen mochte zwischen Fieldings anti-abrahamischer Tirade und seiner angeblichen Intimität mit Mrs. Zogoiby, und ohne in irgendeiner Weise bedrängt zu werden, schlug ich ein, bereitwillig, ja, sogar freudig.

Wohin auch immer du mich geschickt hast, Mutter – in die Finsternis, aus deinen Augen –, dahin gehe ich gern. Die Namen, die du mir gegeben hast – Ausgestoßener, Gesetzloser, Unberührbarer, ekelhaft, widerlich –, drücke ich an meinen Busen und mache sie mir zu eigen. Der Fluch, mit dem du mich belegt hast, wird mir ein Segen sein, und den Haß, den du mir ins Gesicht geschleudert hast, werde ich schlucken wie einen Liebestrank. Ehrlos werde ich meine Schande tragen und sie Stolz nennen – werde sie tragen, große Aurora, wie einen scharlachroten Buchstaben, der mir auf die Brust gebrannt ist. Jetzt stürze ich von deinem Hügel herab, aber ich bin kein Engel, ich nicht. Mein Sturz ist nicht der Luzifers, sondern der Adams. Ich falle in meine Männlichkeit. Ich bin glücklich, dort hineinzufallen.

»Sir ganz recht Skipper Sir.«

Mainduck ließ ein mächtiges Triumphgeräusch hören und versuchte sich mühsam aus dem Sessel hochzustemmen. Lambajan – Borkar – eilte hinzu, um ihm zu helfen. »Ja, ja«, sagte Fielding. »Es gibt also eine Menge zu tun für deinen Hammer. Ach, übrigens – noch andere Fähigkeiten?«

»Sir kochen Sir«, antwortete ich und dachte an die fröhlichen Zeiten mit Ezekiel und seinen Notizbüchern in der Küche. »Anglo-indische Mulligatawany Soup, Fleisch südindisch mit Kokosmilch, Mughlai-*korma*, Kashmiri-*shirmal*, *reshmi kabab*, Fisch auf goanische Art, Brinjal à la Hyderabad, *Dum*-Reis Bombay Club und so weiter. Falls Sie es mögen, sogar gesalzene *numkeen chai*.« Fieldings Entzücken kannte keine Grenzen. Er war ganz eindeutig ein Mann, der sich das Essen wirklich schmecken ließ. »Dann bist du ja ein echter Allroundman.« Er klopfte mir auf die Schulter. »Mal sehen, ob du den Test bestehst, ob du diese äußerst wichtige Position Nummer sechs erringen und behalten kannst. R. J. Hadlee, K. D. Walters, Ravi Shastri, Kapil Dev.« (Indiens Cricketspieler waren gerade auf Tournee durch Australien und Neuseeland.) »Für einen solchen Burschen ist immer noch Platz in meinem Team.«

Meine Zeit in Raman Fieldings Diensten begann mit dem, was er als »Schnupper-Gastspiel« in der Küche seines Hauses bezeichnete – sehr zum Mißvergnügen seines regulären Kochs Chhaggan Five-in-a-Bite, einem schiefzahnigen Giganten, der aussah, als trage er einen überbelegten Friedhof in seinem riesigen Mund. »Chhagga-Baba ist ein ganz Wilder«, sagte Fielding voller Bewunderung und erklärte mir, als er uns einander vorstellte, den Spitznamen seines Kochs. »Bei einem Ringkampf hat er einmal seinem Gegner die Zehen abgebissen, alle fünf auf einmal.« Chhaggan – eine seltsam verlotterte, messerblitzende Vogelscheuche in einer sonst makellos sauberen Küche – funkelte mich zornig an, begann seine großen Messer zu wetzen und brummte dabei vor sich hin. »Ja, aber er ist ein wirklich Süßer«, blökte Fielding. »Nicht wahr, Chhaggo? Hör auf zu schmollen. Einen Gastkoch sollte man wie einen Bruder begrüßen. Aber vielleicht auch nicht«, berichtigte er sich sofort und blickte mich unter schweren Lidern an. »Der Mann, der diesen Ringkampf verloren hat, war sein Bruder. Diese Zehen, ich schwör's dir, wie kleine Fleischklößchen sahen die aus – bis auf die schmutzigen Nägel.« Ich mußte an Lambas altes Märchen von dem sagenhaften Elefanten denken, der ihm angeblich das Bein abgebissen hatte, und fragte mich, wie viele von diesen Spinnereien über irgendwelche verlorenen Gliedmaßen wohl in der Stadt umgingen und an Amputator oder Amputierten hängenblieben. Ich beglückwünschte Chhaggan zu seiner blitzblanken Küche und versicherte den Mitarbeitern, daß ich kein

Absinken des Niveaus dulden werde. Die Liebe zur Sauberkeit sei etwas, das ich mit Old Schiefzahn gemeinsam habe, versicherte ich, ohne auf Five-in-a-Bites nachlässigen persönlichen Stil einzugehen; ebenfalls, wie ich im stillen hinzufügte, eine wirksame Kampfwaffe. Seine Hauer und mein Hammer: einander ebenbürtig, nahm ich mal an und schenkte ihm mein liebenswürdigstes Lächeln.»Sir kein Problem Sir«, wandte ich mich zuvorkommend an meinen neuen Boß.»Wir beide werden großartig miteinander auskommen.«

In jenen Tagen, da ich für Mainduck kochte, lernte ich einige Charakterfeinheiten des Mannes kennen. Jawohl, mir ist bekannt, daß diese Hitlers-Kammerdiener-Memoiren heutzutage im Trend liegen, und viele Menschen sind dagegen; wir sollten das Unmenschliche nicht vermenschlichen, sagen sie. Die Sache aber ist die, daß sie gar nicht unmenschlich sind, diese kleinen Hitlers im Stil Maainducks, und daß wir in ihrer Menschlichkeit unsere Kollektivschuld suchen müssen, die Schuld der Menschheit für die Untaten menschlicher Wesen; denn wenn sie einfach Monstren wären – wenn es sich nur um King Kong und Godzilla handelte, die alles verwüsten, bis die Flieger sie niedermachen –, dann wären alle anderen von uns entschuldigt.

Ich persönlich will nicht von Schuld freigesprochen werden. Ich habe meine Wahl getroffen und mein Leben gelebt. Sonst nichts! Ende, aus! Weiter mit meiner Geschichte.

Fieldings Geschmack war in vieler Hinsicht unhinduistisch, zum Beispiel liebte er Fleisch. Lamm (das war Hammel), Hammel (das war Ziege), Huhn, Kebabs: Er konnte nicht genug davon kriegen. Bombays fleischessende Parsen, Christen und Muslime – für die er ansonsten nur Verachtung übrig hatte – wurden von ihm immer wieder ob ihrer nichtvegetarischen Küche gepriesen. Aber das war nicht der einzige Widerspruch im Charakter dieses bösartigen, unlogischen Mannes. Er hielt eine gewisse Fassade des Spießbürgertums aufrecht und gab sich die größte Mühe, sie zu kultivieren, doch überall in seinem Haus fanden sich antike Ganeshas, Shiva Natarajas, Chandela-Bronzen, Rajput- und Kashmiri-Miniaturen, die ein aufrichtiges Interesse an Indiens Hochkultur verrieten. Der Ex-Cartoonist hatte früher einmal die Kunstschule besucht, und obwohl er das öffentlich nie zugegeben hätte, stand er immer noch unter deren Einfluß. (Ich habe Mainduck nie nach meiner Mutter gefragt, aber wenn sie sich jemals zu ihm hingezogen gefühlt haben sollte, entdeckte ich in den Bildern an seinen Wänden einen ganz neuen Grund dafür. Nur waren diese Bilder zugleich auch ein ganz anderer Beweis: der Gegenbeweis für die angeblich zunehmende Macht der Kunst. Mainduck hatte zwar die Statuen und die Bilder, seine moralische Substanz aber war und blieb von minderer Qualität – eine Tatsache, die ihm, wie ich argwöhne, Anlaß zu großem Stolz gewesen wäre, hätte man ihn darauf aufmerksam gemacht.)

Was nun die feinen Pinkel von Malabar Hill betraf, so waren auch sie ihm nicht gleichgültig; weit weniger, als er zugeben wollte. Die Vergangenheit meiner Familie schmeichelte ihm sogar: Moraes Zogoiby, Abrahams einzigen Sohn, zu seinem ganz persönlichen Hammermann zu machen, war ein ganz wunderbarer Nervenkitzel, ob der Mann nun verstoßen war oder nicht. Er wies mir ein Quartier in seinem Haus in Bandra zu und behandelte mich stets mit einer winzigen Andeutung von hätschelnder Fürsorge, die er keinem anderen Angestellten zuteil werden ließ; gelegentlich rutschte ihm anstelle des befehlenden »du« sogar das formelle Hindi-»Sie«, das *aap* des Respekts, heraus. Meinen Kollegen muß ich es hoch anrechnen, daß sie sich nicht anmerken ließen, ob sie diese Sonderbehandlung mißbilligten, und mir selbst gereicht es bestimmt nicht zur Ehre, daß ich alles, was mir geboten wurde – regelmäßige Benutzung des Badezimmers mit heißem und kaltem Wasser, Geschenke in Form von Lungis und Kurta-Pyjamas sowie immer wieder Bier –, als selbstverständlich hinnahm. Eine verwöhnte

Kindheit hinterläßt eine gewisse Spur von Verweichlichung im Blut.

Interessant war, wie viele Blaublütige der Stadt sich für Fielding interessierten. Es gab einen ständigen Strom von Besuchern aus Everest Vilas und Kanchenjunga Bhavan, aus Dhaulagiri Nivas, vom Nanga Parbat House und Manaslu Mansion und all den anderen superbegehrenswerten Wolkenkratzer-Himalayas des Hill. Die jüngsten, geschniegeltsten, hip-sten jungen Raubkatzen des urbanen Dschungels kamen zur Pirsch auf Fieldings Lalgaum-Besitz, und sie alle waren gierig, wenn auch nicht auf meine Tafelfreuden; sie hingen an Mainducks Lippen und schlabberten jedes seiner Worte auf. Er war gegen Gewerkschaften, für Streikbrecher, gegen berufstätige Frauen, für die Witwenverbrennung, gegen Armut und für Reichtum. Er war gegen »Zuwanderer« in die Stadt, womit er alle meinte, die nicht Marathi sprachen, inklusive jene, die hier geboren waren, und für die »natürlichen Bewohner«, zu denen er auch Marathi sprechende Typen zählte, die soeben erst mit dem Bus eingetroffen waren. Er war gegen die Korruption des Kongresses und für die »direkte Aktion«, womit er die paramilitärische Unterstützung seiner politischen Ziele und die Installierung eines eigenen Schmiergeldsystems meinte. Er verhöhnte die marxistische Analyse der Gesellschaft als Klassenkampf und begrüßte die Vorliebe der Hindus für die endgültige Fixierung der Kastenunterschiede. Was die Nationalflagge betraf, so war er für das Safrangelb und gegen das Grün. Er pflegte vom Goldenen Zeitalter »vor der Invasion« zu reden, als anständige Hindu-Männer und -Frauen noch frei leben konnten. »Jetzt ist unsere Freiheit, unsere geliebte Nation tief unter all dem begraben, was die Invasoren aufgebaut haben. Diese wahre Nation ist es, die wir unter all den Schichten fremder Imperien wieder hervorholen und für uns selbst beanspruchen müssen.«

Während ich die Resultate meiner Kochkunst an Mainducks Tafel servierte, hörte ich zum erstenmal von der Existenz einer

Liste heiliger Stätten, wo die muslimischen Eroberer des Landes an den Geburtsorten verschiedener Hindu-Gottheiten absichtlich Moscheen errichtet hatten – und nicht nur an den Geburtsorten, sondern auch an ihren Landsitzen und Liebesnestern, ganz zu schweigen von ihren bevorzugten Geschäften und Restaurants. Wohin sollte eine Gottheit gehen, wenn sie einen netten Abend verbringen wollte? Sämtliche bevorzugten Stätten waren von Minaretten und Zwiebelkuppeln usurpiert worden. Das ging einfach nicht! Die Götter hatten schließlich auch ihre Rechte, man mußte ihnen die alte Lebensweise wieder ermöglichen. Die Invasoren mußten zurückgeschlagen werden!

Die eifrigen jungen Leute von Malabar Hill stimmten ihm begeistert zu. Jawohl, eine Kampagne für die göttlichen Rechte! Was könnte smarter, was könnte *geiler* sein? Doch wenn sie höhnisch lachend die Kultur des indischen Islam herabsetzten, die nach Palimpsest-Art über dem Gesicht von Mutter Indien lag, erhob sich Mainduck und donnerte sie an, bis sie sich auf ihren Stühlen wanden. Anschließend sang er Ghaselen, rezitierte auswendig Urdu-Lyrik – Faiz, Josh, Iqbal – und sprach von der Pracht des Fatehpur Sikri und dem mondbeschienenen Glanz des Tadsch. Ein undurchsichtiger Bursche, in der Tat.

Es gab auch Frauen, aber die waren peripher. Sie wurden abends hergeholt, er machte sich sabbernd über sie her, schien aber niemals wirklich interessiert zu sein. Er strebte nach Macht weit mehr als nach Sex, und Frauen langweilten ihn, so eifrig sie sich auch bemühten, sein Interesse zu wecken. Hier muß ich festhalten, daß ich niemals eine Spur von meiner Mutter sah und daß das, was ich sah, mich eher vermuten ließ, daß eine eventuelle Liaison zwischen ihr und meinem neuen Brotherrn auf alle Fälle sehr kurzlebig gewesen sein mußte.

Er bevorzugte männliche Gesellschaft. Es gab Abende, an denen er mit einer Gruppe MA Youth Wingers, die safrangelbe Stirnbänder trugen, eine Art improvisierte Macho-Olympiade veranstaltete. Dann gab es Armdrücken und Ringen, Liegestützkonkurrenzen und Boxkämpfe im Wohnzimmer. Angespornt von Bier und Rum geriet die versammelte Gesellschaft schon bald in den Zustand schwitzender, lärmender, tobender und schließlich erschöpfter Nacktheit. Bei diesen Vergnügungen schien Fielding wahrhaft glücklich zu sein. Er warf sein blumenbedrucktes Lungi ab und mischte sich unter seine Kader: kitzelnd, kratzend, rülpsend, furzend, Hintern klopfend und Schenkel tätschelnd. »Jetzt kann uns keiner mehr aufhalten!« brüllte er, wenn er schließlich im Zustand dionysischer Seligkeit umkippte. »Zur Hölle mit ihnen! Gemeinsam sind wir stark.«

Auf Wunsch meines Bosses nahm auch ich an diesen nächtlichen Box-Orgien teil, und mein Ruf als Hammermann wuchs und wuchs. Die nackten Youth Wingers mit ihren eingeölten, schwitzenden Körpern legten sich während des Kampfes an den Rand des improvisierten Ringes und zählten lauthals mit: »Neun! ... Zehn! ... *Ka-o!*« Meist blieb ich Sieger beim Boxen, und Five-in-a-Bite war Champion der Ringer.

Hören Sie: Ich leugne nicht, daß Mainduck vieles an sich hatte, das in mir Übelkeit und abgrundtiefen Abscheu erregte, aber ich zwang mich, das hinunterzuschlucken. Ich hatte mein Schicksal mit Mainducks Glücksstern verknüpft. Ich hatte das Alte zurückgestoßen, denn es hatte mich zurückgestoßen, und es hatte keinen Sinn, die Einstellungen von damals in mein neues Leben mitzunehmen. Auch ich wollte so sein wie er, beschloß ich; genau wie dieser Mann wollte ich werden. Ich beobachtete Fielding aufmerksam. Ich mußte sagen, was er sagte, tun, was er tat. Das war der neue Weg für mich, die Zukunft. Ich würde ihn mir einprägen wie eine Straße.

Wochen vergingen, Monate. Schließlich näherte sich meine Probezeit dem Ende; ich hatte irgendeinen unsichtbaren Test hinter mir. Mainduck zitierte mich in sein Büro, das Zimmer mit dem grünen Froschtelefon. Als ich eintrat, stand ich vor einer Gestalt, so schreckenerregend und so bizarr, daß mich plötzlich die gräßliche Erkenntnis überfiel, jene phantasmagorische

Stadt in Wirklichkeit gar nicht verlassen zu haben, jenes andere Bombay Central oder Central Bombay, in das man mich nach meiner Verhaftung an der Cuffe Parade geworfen hatte und aus dem mich Lambajan, wie ich in meiner Naivität glaubte, mit jenem verpfändeten Taxi gerettet hatte, um mich in die Freiheit zu bringen.

Es war die Gestalt eines Mannes, doch eines Mannes, der teilweise aus Metall bestand. Irgendwie war eine relativ große Stahlplatte auf die linke Seite seines Gesichts geschraubt worden, und eine Hand war glatt und glänzend. Bei der eisernen Brustplatte handelte es sich, wie ich nach und nach erkannte, nicht um einen Teil seines Körpers, sondern um eine Marotte, eine trotzige Verschönerung des unheimlichen, von der Metallwange und der Metallhand hervorgerufenen Cyborg-Eindrucks. Es war *modisch.* »Sag *namaskar* zu Sammy Hazaré, unserem berühmten Tinman«, forderte mich Mainduck auf, der im Sessel an seinem Schreibtisch saß. »Er ist der Captain der dir zugeteilten XI. Es wird Zeit, daß du die Kochmütze ablegst, deinen weißen Dreß anlegst und aufs Spielfeld hinausgehst.«

Der »Moor-im-Exil«-Zyklus – die umstrittenen »Dunklen Moors«, entstanden aus leidenschaftlicher Ironie, vom Schmerz zerfressen, und später ungerechtfertigt der »Negativität«, des »Zynismus«, ja sogar des »Nihilismus« geziehen – umfaßte die wichtigsten Werke aus Aurora Zogoibys späteren Jahren. Mit ihnen verließ sie nicht nur die Hügelpalast- und Küstenmotive der früheren Bilder, sondern auch die Idee des »reinen« Malens an sich. Fast jedes Werk enthielt nun Collage-Elemente, und mit der Zeit wurden diese Elemente sogar zu den dominantesten Charakteristika der Serie. Die verbindende Figur des Moor als Schilderndem/Geschilderter war gewöhnlich zwar noch anwesend, wurde in zunehmendem Maße jedoch als Treibgut dargestellt und in der Umgebung zerbrochener und weggeworfener Objekte angesiedelt, von denen viele »Fundstücke« waren,

– 405 –

Trümmer von Kisten oder Konservendosen, die auf der Oberfläche des Bildes befestigt und übermalt wurden. Ungewöhnlich war jedoch, daß der von Aurora nachempfundene Sultan Boabdil ausgerechnet auf dem Bild fehlte, das später als das »weiterführende« Werk der umfangreichen Moor-Serie bekannt werden sollte, einem Diptychon mit dem Titel *Chimènes Tod*, dessen zentrale Gestalt – ein weiblicher, an einen Holzbesen gebundener Leichnam – auf dem linken Gemälde von einer riesigen, glücklichen Menge getragen wurde, so wie man die Statue des rattenreitenden Ganesha am Tag des Ganpati-Festes zum Wasser bringt. Auf dem zweiten, dem rechten Bild dagegen hatte sich die Menge zerstreut, und die Komposition konzentrierte sich auf einen Abschnitt mit Strand und Wasser, wo die Tote, blau und aufgedunsen, ihrer Schönheit und Würde beraubt und noch immer an ihren Besenstiel gebunden, zwischen zerbrochenen Puppen, leeren Flaschen und durchweichtem Zeitungspapier lag – auf den Status von Müll reduziert.

Als die Moor-Gestalt wieder erschien, geschah das in einer stark phantastischen Umgebung, einer Art menschlicher Müllkippe, die von den Jopadpatti-Hütten und zeltartigen Unterständen der Gehsteigbewohner sowie den zusammengeflickten Bauwerken der großen Slums und Mietskasernen von Bombay inspiriert schien. Hier war alles eine Collage; in den Hütten erkannte man den unerwünschten Schutt der City, rostendes Wellblech, Fetzen von Pappkartons, knorrige Treibholzstücke, die Türen verunfallter Automobile, die Windschutzscheibe einer längst vergessenen Raserei; und die Mietskasernen bestanden aus giftigem Qualm, aus Wasserhähnen, die tödliche Auseinandersetzungen zwischen den Schlange stehenden Frauen hervorriefen (zum Beispiel Hindus gegen »Bene-Issack-Juden«), aus Kerosin-Selbstmorden und den unbezahlbaren Mieten, eingetrieben unter Anwendung extremer Gewalt durch Gangland-Bhaiyyas und -Pathans; und auch das Leben der Menschen war unter dem Druck, den man nur ganz unten in einem

Haufen spürt, zum Kompositum geworden, so zusammenge-
flickt wie ihre Unterkünfte, errichtet mit Beutestücken aus kleinen Diebstählen, Scherben von Prostitution und Fragmenten
von Bettelei oder, bei den Individuen mit etwas mehr Selbst-
wertgefühl, aus Stiefelwichse, Papiergirlanden, Ohrringen,
Körben, Eine-Paisa-pro-Saum-Hemden, Kokosmilch, Autopfle-
ge und Karbolseife. Aber Aurora, der es niemals genügt hatte,
eine Reportage zu liefern, hatte ihre Vision noch um mehrere
Stationen weitergetrieben; auf ihren Bildern waren es die Menschen selbst, die aus Abfall bestanden, die Collagen aus all dem
waren, was die Metropole für wertlos hielt; verlorene Knöpfe,
zerbrochene Scheibenwischer, zerrissene Lumpen, verbrannte
Bücher, belichtete Kamerafilme. Sie gingen sogar auf die Suche
nach ihren eigenen Gliedmaßen – fanden riesige Haufen am-
putierter Körperteile, stürzten sich auf das, was ihnen fehlte,
und waren dabei nicht allzu wählerisch, konnten es sich nicht
leisten, wählerisch zu sein, so daß viele von ihnen schließlich
zwei linke Füße hatten oder die Suche nach Hinterbacken
aufgaben und sich zwei dicke, abgeschnittene Brüste dort befestigten, wo ihr fehlender Hintern hätte sein müssen. Moor hatte
diese unsichtbare Welt betreten, die Welt der Geister, der Menschen, die nicht existierten, und Aurora folgte ihm dorthin,
zwang diese Welt durch die Kraft ihres künstlerischen Willens
in die Sichtbarkeit.

Und die Moor-Figur: Allein jetzt, mutterlos, sank er in die
Unsterblichkeit und wurde als Schattenwesen dargestellt, er-
niedrigt in Tableaus von Prasserei und Verbrechen. Auf diesen
letzten Bildern schien er seine frühere metaphorische Rolle als
Überbrücker von Gegensätzen, als Bannerträger des Pluralis-
mus zu verlieren, schien er nicht mehr ein – und sei es auch nur
annäherndes – Symbol der neuen Nation zu sein, sondern statt
dessen in eine halballegorische Gestalt des Verfalls verwandelt.
Aurora hatte offenbar beschlossen, daß die Ideen von Unrein-
heit, kultureller Mischung und Melange, die während des größ-

ten Teils ihres kreativen Lebens ihrer Vorstellung des Guten am nächsten gekommen waren, sich tatsächlich verzerren konnten und ein Potential nicht nur für das Licht, sondern auch für die Dunkelheit enthielten. Dieser »schwarze Moor« war eine neue Vorstellung von der Idee des Hybriden, eine Baudelairesche Blume – diese Andeutung liegt wohl nahe – des Bösen:

Wir finden Lust an widerlichen Dingen,
Die täglich uns der Hölle näher bringen.

Und ein Bild der Schwäche: Denn er wurde zur gehetzten Gestalt, umflattert von Phantomen seiner Vergangenheit, die ihn quälten, obwohl er sich verkroch und sie anflehte, zu verschwinden. Dann wurde er selber allmählich zum Phantom, zu einem wandelnden Gespenst; er sank in die Abstraktion, wurde seiner Rauten und Juwelen und der letzten Reste seines Glanzes beraubt; gezwungen, Soldat im Heer eines kleinen Kriegsherrn zu werden (hier hielt sich Aurora – was interessant ist – ausnahmsweise einmal streng an die historisch belegten Fakten über Sultan Boabdil), auf den Status eines Söldners reduziert, obwohl er früher König gewesen war, schrumpfte er sehr schnell zu einem ebenso jämmerlichen und anonymen Kompositumwesen wie jene, in deren Mitte er sich bewegte. Müll häufte sich auf und begrub ihn unter sich.

Immer wieder wurde die Form des Diptychon verwendet, auf dessen jeweils zweiter Tafel Aurora uns die angstvolle, gebieterische, erschreckend ungeschützte Serie von Selbstporträts vorstellte, in denen einiges von Goya zu finden ist und einiges von Rembrandt, aber weit mehr von einer wilden, erotischen Verzweiflung, für die es in der gesamten Kunstgeschichte nur sehr wenige Beispiele gibt. Auf diesen Tafeln saß Aurora/Axya allein neben der infernalischen Chronik der Erniedrigung ihres Sohnes und vergoß keine einzige Träne. Ihr Gesicht wurde hart, ja steinern, in ihren Augen jedoch brannte ein Entsetzen, das niemals benannt wurde – als starre sie auf etwas, das sie in der tiefsten Tiefe ihrer Seele berührte, etwas, das dort vor ihr stand, wo normalerweise jeder stehen mußte, der sich die Bilder betrachtete, als hätten die Menschen selber Aurora ihr zutiefst geheimes und erschreckendes Antlitz gezeigt und sie dadurch erstarren lassen, ihr altes Fleisch in Stein verwandelt. Diese »Porträts der Ayxa« sind unheilverkündende, düstere Arbeiten.

Auch auf den Ayxa-Tafeln tauchten immer wieder die Zwillingsthemen von Doppelbildern und Geistern auf. Eine Phantom-Ayxa verfolgte den vermüllten Moor; und hinter Ayxa/Aurora drohten zuweilen die schwachen, durchscheinenden Abbildungen einer Frau und eines Mannes. Ihre Gesichter wurden leer gelassen. War die Frau Uma (Chimène), oder war sie Aurora selbst? Und war ich – oder vielmehr Moor – jener Phantommann? Und wenn nicht ich, wer dann? In diesen Geister- oder Doppel-Porträts wirkt die Ayxa/Aurora-Figur – oder bilde ich mir das ein? – so gehetzt, wie Uma ausgesehen hatte, als ich sie nach Jimmy Cashs Unfall aufsuchte. Nein, das bilde ich mir nicht ein. Ich kenne diesen Ausdruck. Sie sieht aus, als werde sie gleich in Stücke zerfallen. Sie wirkt, als fühle sie sich verfolgt.

Verfolgt, so wie sie mich auf diesen Bildern verfolgt. Als sei sie eine Hexe, die, einen geflügelten Affen neben sich, auf einer Felsklippe sitzt und mich in ihrer Kristallkugel beobachtet. Denn es traf zu: Ich bewegte mich durch diese finsteren Gefilde, quer über den Mond, hinter der Sonne vorbei, die sie in ihren Arbeiten schuf. Ich weilte in ihren Fiktionen, und das Auge ihrer Phantasie sah mich deutlich. Oder fast: Denn es gab Dinge, die sie sich nicht vorstellen konnte, Dinge, die selbst ihr alles durchdringender Blick nicht zu erfassen vermochte.

Was sie an sich selber übersah, war der Snobismus, der sich in ihrer Verachtung und ihrem Zorn offenbarte, ihre Angst vor der unsichtbaren Stadt, ihr Malabar-tum. Wie die radikale Aurora von früher, jenes Idol der Nationalisten, das gehaßt hätte! Sich sagen lassen zu müssen, daß sie in ihren späteren Jahren nichts weiter war als auch nur eine Grande Dame auf dem Hill, die Tee trank und den armen Mann vor ihrem Tor mit gerümpfter Nase betrachtete ... Und was sie an mir übersah, war die Tatsache, daß ich in dieser surrealen Umgebung, mit einem Tinman, einer zahnigen Vogelscheuche und einem feigen Frosch als Gesellschaft (denn Mainduck war eindeutig ein Feigling – er selbst beteiligte sich niemals an den Gewalttaten, er gab sie nur in Auftrag), zum erstenmal in meinem kurz-langen Leben das Gefühl hatte, normal zu sein, *nichts Besonderes* zu sein, das Gefühl, unter Gleichgesinnten zu sein, unter Menschen wie du und ich; und das ist die eigentliche Definition von Zuhause.

Es gab da etwas, das Raman Fielding wußte und das die geheime Quelle seiner Macht war: daß es nicht die bürgerlich-soziale Norm ist, nach der sich die Menschen sehnen, sondern das Empörende, das Monströse, das Außergesetzliche – alles, wodurch unsere Wildheit entfesselt werden kann. Wir sehnen uns nach der Erlaubnis, unser geheimes Ich ausleben zu dürfen.

Deswegen, Mutter, hatte ich inmitten dieser schrecklichen Gesellschaft, während ich all die schrecklichen Taten beging, das Gefühl, heimgefunden zu haben, und das auch ohne rote Zauberschuhe.

Ich muß es zugeben: Ich habe zahlreiche Menschen zusammengeschlagen. In viele Häuser habe ich Gewalt getragen, wie ein Postbote Briefe bringt. Ich habe die schmutzige Arbeit erledigt, wie und wann es erforderlich war – erledigt und dabei Vergnügen empfunden. Habe ich Ihnen nicht erzählt, wie schwer es mir fiel, die Linkshändigkeit zu erlernen, und wie unnatürlich sie für mich war? Also gut: Jetzt konnte ich endlich Rechtshänder sein, in meinem neuen Leben voller Action konnte ich meinen tapferen Hammer aus der Tasche ziehen und mit ihm die Geschichte meines Lebens schreiben. Er leistete mir gute

Dienste, mein Krüppelknüppel. In kürzester Zeit wurde ich zu einem der besten Eintreiber der MA, zusammen mit Tinman Hazaré und Chhaggan Five-in-a-Bite (der, und das wird Sie sicher nicht überraschen, so etwas wie ein Allrounder war, begabt mit Talenten, die die Grenzen einer Küche sprengten). Hazarés XI – deren acht übrige Gangster in jeder Hinsicht ebenso tödlich waren wie wir drei – regierten zehn Jahre lang unumstritten als die Elite aller Teams der MA. Folglich genossen wir außer der Herrlichkeit unserer entfesselten Gewalt den Lohn der Tüchtigen ebenso wie die männlichen Freuden der Kameradschaft und des Alle-für-einen.

Können Sie verstehen, mit welcher Wonne ich mich in die Unkompliziertheit meines neuen Lebens fallen ließ? Denn das tat ich; ich suhlte mich darin. Endlich, sagte ich mir, ein bißchen Geradlinigkeit; endlich bist du das, wozu du geboren bist. Mit welcher Erleichterung ließ ich von meiner lebenslangen Suche nach einer unerreichbaren Normalität ab, mit welch großer Freude entdeckte ich der Welt meine dieser Normalität weit überlegene Natur! Können Sie sich vorstellen, wieviel Zorn sich durch die Beschränkungen und emotionalen Komplikationen meiner früheren Existenz in mir aufgestaut hatte, wieviel Groll über das Zurückgestoßenwerden seitens der Welt, über das zufällig vernommene Gekicher der Frauen, den Hohn der Lehrer, wieviel unausgelebte Wut über die Erfordernisse meines abgeschirmten, notgedrungenen zurückgezogenen, einsamen und schließlich auch noch muttermordenden Lebens? Es war ein ganzes Leben voll Wut, das sich nun mittels meiner Faust zu entladen begann. *Dhhaamm! Dhhoomm!* O ja, natürlich, Misters 'n' Begums: Ich wußte genau, wie man austeilt, und ich hatte auch eine recht gute Vorstellung, warum. Halten Sie sich zurück mit Ihrer Mißbilligung! Schicken Sie sie dahin, wo die Sonne nicht scheint! Setzen Sie sich in ein Kino und entdecken Sie, daß der Kerl, der den größten Beifall erhält, keineswegs mehr der Liebhaber oder der große Held ist, sondern der Kerl mit der schwarzen Mütze, der sich stechend, schießend, kickboxend und ganz im allgemeinen vernichtend den Weg durch den Film bahnt! *O Baby!* Gewalttätigkeit ist heutzutage *hot*. Sie ist genau das, was die Leute wollen!

Meine ersten Jahre verbrachte ich damit, den großen Textilarbeiterstreik zu brechen. Man hatte mir die Aufgabe zugeteilt, einen Teil von Sammy Hazarés inoffiziellem Stoßtrupp maskierter Rächer anzuführen. Nachdem die Staatsgewalt aufmarschiert war, um eine Demonstration mit Schlagstöcken und Tränengas zu sprengen (in jenen Jahren gab es in der ganzen Stadt Unruhen, organisiert von Dr. Datta Samant, seiner Kamgar-Aghadi-Partei und seiner Maharashtra-Girni-Kamgar-Gewerkschaft der Textilarbeiter), nahmen wir, die MA-Rollkommandos, uns einzelne, willkürlich herausgesuchte Demonstranten vor und gaben nicht auf, bis wir sie in die Enge getrieben und ihnen die schlimmsten Prügel ihres Lebens verabreicht hatten. Über unsere Masken hatten wir lange und intensiv nachgedacht. Die Idee, Gesichter der gegenwärtigen Bollywoodstars zu benutzen, gaben wir letztlich zugunsten der historischeren indischen Volkstradition der Bahurupi-Wanderschauspieler auf, um uns wie sie mit Löwen-, Tiger- und Bärenköpfen zu tarnen. Das erwies sich als die richtige Entscheidung, denn dadurch vermochten wir uns als mythologische Rächer ins Bewußtsein der Streikenden einzuschleichen. Wir brauchten nur auf der Szene zu erscheinen, und schon flohen die Arbeiter schreiend in die dunklen Gassen, wo wir sie stellten und mit den Konsequenzen ihres Tuns konfrontierten. Als interessante Nebenwirkung dieser Arbeit erschlossen sich mir in großem Umfang neue Bereiche der Innenstadt: In den Jahren 82 und 83 muß ich so ungefähr jedes Hintergäßchen von Worli, Parel und Bhiwandi kennengelernt haben, um den ganzen Gewerkschafts-Wallah-Müll, Aktivisten-Mist und Kommunisten-Abschaum zu verfolgen. Ich benutze diese Ausdrücke nicht abwertend, sondern, wenn ich so sagen darf, technisch. Denn alle industriellen

Prozesse produzieren Abfall, der wegpoliert, entsorgt, entfernt werden muß, damit Erstklassiges dabei herauskommt. Die Streikenden waren ein Beispiel für derartigen Ausschuß. Wir haben sie entsorgt. Nach Beendigung des Streiks gab es in den Fabriken sechzigtausend Jobs weniger als zuvor, und die Industriellen konnten ihre Werke endlich modernisieren. Wir haben den Abschaum abgeschöpft und eine sauber glänzende, moderne Hochleistungsindustrie hinterlassen. So hat es mir Mainduck höchstpersönlich erklärt.

Ich prügelte, während andere lieber traten. Mit der bloßen Hand schlug ich wie ein Metronom, äußerst brutal auf meine Opfer ein – als seien sie Teppiche oder Maultiere. Dabei sprach ich kein Wort – das Prügeln war eine eigene Sprache und würde allen klarmachen, was es bedeutete. Bei Tag und bei Nacht schlug ich die Menschen, manchmal kurz und bündig, indem ich sie mit einem einzigen Hammerschlag ins Reich der Träume schickte, dann wieder bedächtiger, indem ich mit der Rechten auf ihre weicheren Körperteile zielte und nur innerlich bei ihren Schreien das Gesicht verzog. Es war eine Frage des Stolzes, einen neutralen, gleichgültigen, leeren Gesichtsausdruck zu bewahren. Jene, die wir schlugen, sahen uns nicht in die Augen. Wenn wir sie eine Weile bearbeitet hatten, gaben sie keinen Mucks mehr von sich, schienen mit unseren Fäusten Stiefeln Knüppeln ihren Frieden gemacht zu haben, und dann wurden auch sie gleichgültig, leergesichtig.

Ein Mensch, der professionell verprügelt wird, verändert sich (wie der träumende Oliver d'Aeth vor langer Zeit hatte erkennen müssen) unwiderruflich. Das Verhältnis zum eigenen Körper, zum eigenen Verstand, zu der Welt außerhalb erfährt eine sowohl subtile als auch offenkundige Wandlung. Ein gewisses Selbstvertrauen, eine gewisse Idee der Freiheit wird endgültig aus ihm herausgeprügelt, immer vorausgesetzt, der Schläger versteht sich auf sein Handwerk; dafür wird dem Opfer häufig eine Art Distanz eingeprügelt. Es entfernt sich – wie oft habe ich

– 413 –

das mit angesehen! – vom Geschehen und läßt sein Bewußtsein über sich in der Luft schweben; von dort scheint es auf sich selbst herabzublicken, auf seinen Körper, der unter ihm zuckt und womöglich zerbricht. Hinterher wird ein solcher Mensch nie wieder ganz in sich selbst zurückkehren, und alle Aufforderungen, sich einer größeren, kollektiven Einheit anzuschließen – einer Gewerkschaft, zum Beispiel – werden auf der Stelle zurückgewiesen.

Schläge auf unterschiedliche Teile des Körpers haben ihre Auswirkung auf unterschiedliche Teile der Seele. Wird man zum Beispiel lange auf die Fußsohlen geschlagen, wirkt sich das auf gewisse Weise auf das Lachen aus. Menschen, die solchermaßen geschlagen werden, können niemals wieder lachen.

Nur jene, die sich in ihr Schicksal ergeben, die ihre Schläge akzeptieren, sie tapfer hinnehmen – nur jene, die die Hände heben, ihre Schuld eingestehen, *mea culpa* sagen –, vermögen in dieser Erfahrung etwas Wertvolles, etwas Positives zu finden. Nur sie können sagen: »Wenigstens haben wir unsere Lektion gelernt.«

Und was den Schläger betrifft: Auch der wird verändert. Einen Menschen zu schlagen bewirkt eine Art Verzückung, ist eine Offenbarung, öffnet unbekannte Türen im Universum. Zeit und Raum lösen sich aus ihren Vertäuungen, aus ihren Angeln. Abgründe öffnen sich. Man erhascht Blicke auf erstaunliche Dinge. Zuweilen sah ich die Vergangenheit wie auch die Zukunft. Es fiel schwer, diese Erinnerungen zu bewahren, denn nach Beendigung der Arbeit verblaßten sie. Doch ich entsann mich, daß etwas geschehen war. Daß ich Visionen gehabt hatte. Das empfand ich als Bereicherung.

Letztlich brachen wir den Streik. Ich muß zugeben, daß ich erstaunt war über seine lange Dauer, über die Loyalität der Arbeiter gegenüber dem Abschaum, dem Unrat und dem Dreck. Aber – so erklärte uns Raman Fielding – der Fabrikstreik war das Testgelände der MA, gab uns den letzten Schliff, machte uns einsatzbereit. Bei den nächsten Gemeindewahlen erlangte Dr. Samants Partei nur eine Handvoll Sitze, während die MA über siebzig erhielt. Die Bewegung geriet in Bewegung.

Soll ich Ihnen auch noch erzählen, wie wir auf Verlangen der einheimischen feudalen Großgrundbesitzer in ein Dorf nahe der Gujarat-Grenze einfielen, wo die frisch gepflückten roten Chilis die Häuser wie kleine Hügel aus Farbe und Würze umgaben, und einen Arbeiterinnenaufstand niederschlugen? Ach nein, lieber nicht; das wäre zu scharf für Ihren empfindlichen Magen. Soll ich von unserer Kampagne gegen jene kastenlosen Unglücklichen, gegen Unberührbare oder Harijans oder Dalits – nennen Sie sie, wie Sie wollen – berichten, die in ihrer Eitelkeit glaubten, dem Kastensystem zu entgehen, indem sie zum Islam übertraten? Soll ich Ihnen die Schritte schildern, durch die wir sie auf ihre Plätze außerhalb der gesellschaftlichen Schranken zurückverwiesen? Oder soll ich Ihnen davon erzählen, wie Hazarés XI aufgefordert wurden, den uralten Brauch des Sati, der Witwenverbrennung, wieder durchzusetzen, und detailliert beschreiben, wie wir in einem bestimmten Dorf eine junge Witwe zwangen, zu ihrem verstorbenen Ehemann auf den Scheiterhaufen zu steigen?

Nein, nein. Sie haben genug gehört. Nach sechsjähriger harter Feldarbeit hatten wir reiche Ernte eingefahren. Die MA erlangte die politische Macht über die Stadt; und Mainduck wurde Bürgermeister. Selbst in den entlegensten ländlichen Gebieten, wo Ideen wie die von Fielding bisher noch nie hatten Wurzeln schlagen können, begannen die Menschen vom kommenden Reich Lord Rams zu sprechen, und sie erklärten, auch den »Mughals« des Landes müsse jene Lektion erteilt werden, welche die Fabrikarbeiter so schmerzlich hatten lernen müssen. Aber auch Ereignisse auf höherer Ebene spielten eine Rolle in dem blutigen Spiel von Ursache und Wirkung, zu dem unsere Geschichte immer wieder zu neigen scheint. Ein goldener Tempel bot bewaffneten Männern Unterschlupf, wurde überfallen, und die bewaffneten Männer wurden ermordet; die Folge war, daß bewaffnete Männer die Premierministerin ermordeten; und die Folge davon war, daß bewaffnete und unbewaffnete Horden durch die Hauptstadt zogen und unschuldige Menschen mordeten, die nichts mit den bewaffneten Männern gemein hatten außer dem Turban; und wiederum die Folge davon war, daß Männer wie Fielding, die von der Notwendigkeit sprachen, die Minderheiten des Landes zu zähmen und endlich alle unter der harten, aber liebevollen Hand Lord Rams zu vereinigen, spürbar an Boden gewannen, und an Macht.

Und wie man mir sagte, brach meine Mutter Aurora Zogoiby am Tag der Ermordung von Mrs. Gandhi – derselben Mrs. Gandhi, die sie so verabscheut und die diese Ehrenbezeugung so leidenschaftlich erwidert hatte – in heiße Tränen aus ...

Sieg ist Sieg: Bei der Wahl, die Fielding an die Macht brachte, unterstützte die Textilarbeitergewerkschaft die Kandidaten der MA. Nichts wirkt besser, als den Leuten zu zeigen, wer der Boß ist ...

Und wenn ich mich zuweilen ohne besonderen Grund erbrechen mußte, wenn all meine Träume infernalisch waren – na und? Auch als ich immer wieder und immer stärker das Gefühl hatte, verfolgt zu werden, jawohl, vielleicht aus Rache, schob ich derartige Gedanken beiseite. Die gehörten zu meinem alten Leben, jenem amputierten Glied; mit solchen Gewissensbissen, solchen Schwächen wollte ich jetzt nichts mehr zu tun haben. Schwitzend vor Entsetzen erwachte ich aus den Alpträumen, trocknete mir die Stirn und legte mich wieder schlafen.

Es war Uma, die mich in meinen Träumen verfolgte, die tote Uma, im Tod zum Schreckensbild geworden, Uma mit wild zerzausten Haaren, aufgerissenen Augen, gespaltener Zunge, Uma, in einen Racheengel verwandelt, eine höllische Des-dämona für meinen Moor-Mohren. Auf der Flucht vor ihr rannte ich in eine mächtige Festung, schlug das Tor zu, wandte mich

– 416 –

um – und fand mich wieder draußen, während sie in der Luft schwebte, über und hinter mir, Uma mit Vampirfängen, so groß wie Elefantenstoßzähne. Und wiederum lag vor mir eine Festung, deren Tor offenstand, um mir Zuflucht zu bieten; und wieder rannte ich los, schlug das Tor zu und fand mich abermals im Freien, wehrlos, auf Gnade und Ungnade ihr ausgeliefert. »Du weißt doch, wie die Mauren gebaut haben«, flüsterte sie mir zu. »Es war eine Mosaikarchitektur ineinandergreifender Innen- und Außenräume – Gärten, umrahmt von Palästen, diese umrahmt von Gärten und so weiter. Aber du – dich verbanne ich von heute an in die Außenräume. Denn es gibt keine sicheren Paläste mehr; in diesen Gärten werde ich dich erwarten. Durch diese endlosen Außenräume werde ich dich jagen.« Dann stürzte sie sich auf mich herab und riß ihren gräßlichen Rachen auf.

Zum Teufel mit solch kindischer Angst-vor-der-Dunkelheit! So schalt ich mich selbst, wenn ich diesem Horror entronnen war. Ich war ein Mann, würde handeln wie ein Mann, meinen Weg gehen und alle daraus entstehenden Konsequenzen tragen. Und wenn in jenen Jahren sowohl Aurora Zogoiby als auch ich selbst gelegentlich das Gefühl hatten, verfolgt zu werden, dann nur – o Gott, die prosaischste Erklärung überhaupt! –, weil es zutraf. Wie ich nach dem Tod meiner Mutter erfahren sollte, hatte Abraham Zogoiby uns beide seit Jahren beschatten lassen. Er war ein Mann, der stets über Informationen verfügen wollte. Und während er so weit ging, Aurora den größten Teil dessen mitzuteilen, was er über meine Aktivitäten in Erfahrung bringen konnte – und somit zu der Quelle wurde, aus der sie schöpfte, um die »Exil«-Bilder zu malen; soviel zum Thema Kristallkugeln! –, hielt er es nicht für notwendig, zu erwähnen, daß er auch sie kontrollieren ließ. Im hohen Alter hatten sie sich so weit voneinander entfernt, daß sie fast außer Hörweite waren und nur noch wenige belanglose Worte wechselten. Wie dem auch sei, Dom Minto, inzwischen fast neunzig Jahre alt, aber wieder einmal Chef der führenden Privatdetektei der Stadt, ließ uns auf Abrahams Geheiß ständig beobachten. Doch Minto muß sich vorerst mit einem Platz in den hinteren Reihen begnügen. Denn in den Kulissen wartet bereits Miss Nadia Wadia.

Ja, es gab Frauen, das will ich nicht abstreiten. Brosamen von Fieldings Tisch. Ich erinnere mich an eine Smita, eine Shobha, eine Rekha, eine Urvashi, eine Anju und eine Manju – unter anderem. Darüber hinaus an eine überraschend hohe Anzahl von Nicht-Hindu-Ladies: leicht angeschmutzte Dollys, Marias und Gurinders, von denen sich keine sehr lange hielt. Manchmal übernahm ich auf Befehl des Skippers auch »Aufträge«: das heißt, ich wurde wie ein Partygirl losgeschickt, um reichen, gelangweilten Matronen als Dank für Spenden in die Parteikasse ganz persönliche Dienste zu leisten. Falls es mir angeboten wurde, nahm ich auch Geld dafür. Es war mir gleichgültig. Fielding beglückwünschte mich zu meiner »echten Begabung« auch für diese Arbeit.

Doch Nadia Wadia rührte ich niemals an. Nadia Wadia war anders. Sie war eine Schönheitskönigin: Miß Bombay und Miß India 1987 und, später im selben Jahr, Miß World. In mehr als einer Zeitschrift wurden Vergleiche gezogen zwischen dieser gerade-erst-siebzehnjährigen Debütantin und der längst verlorenen und beklagten Ina Zogoiby, meiner Schwester, mit der sie angeblich starke Ähnlichkeit hatte. (Ich selbst vermochte das allerdings nicht zu erkennen, aber im Hinblick auf Ähnlichkeiten war ich schon immer ein wenig langsam. Als Abraham Zogoiby meinte, Uma Sarasvati habe etwas von der jungen Aurora, jener beeindruckenden Fünfzehnjährigen, in die er sich so folgenträchtig verliebt hatte, kam das völlig überraschend für mich.) Fielding begehrte Nadia – die hochgewachsene, walkürenhafte Nadia, deren Gang an einen Krieger und deren Stimme an obszöne Telefonanrufe erinnerte, die nachdenkliche Nadia, die einen Teil ihres Preisgeldes für Kinderkrankenhäuser stiftete und die Medizin studieren wollte, wenn sie es satt hatte, die Männer dieses Planeten krank vor Verlangen nach ihr zu machen. Er begehrte sie mehr als alles andere auf der Welt. Sie hatte, was ihm fehlte und was man, wie er wußte, in Bombay haben mußte, damit der Erfolg komplett war. Sie hatte Glamour. Und nannte Fielding auf einem städtischen Empfang ins Gesicht hinein eine Kröte; also war sie couragiert und mußte gezähmt werden.

Mainduck wollte Nadia besitzen, sie sich wie eine Trophäe über den Arm hängen; aber Sammy Hazaré, sein loyalster Lieutenant – der furchteinflößende Sammy, halb Mann, halb Blechdose –, beging einen schrecklichen Fehler und verliebte sich in sie.

Ich selbst war an der Liebe der Frauen nicht mehr interessiert. Ehrlich. Nach Uma hatte sich etwas in mir abgeschaltet, war irgendwo eine Sicherung durchgebrannt. Die diktatorischen Brosamen meines Brotherrn und die »Aufträge« reichten aus, mich zu befriedigen, so kurzlebig sie auch sein mochten. Außerdem gab es Probleme mit meinem Alter. Als ich dreißig wurde, war mein Körper sechzig, und zwar keineswegs jugendliche sechzig. Das Alter überflutete meine bröckelnden Deiche und ergriff Besitz vom Flachland meines Seins. Meine Atemprobleme verschlimmerten sich so sehr, daß ich an Stoßtrupp-Unternehmen nicht mehr teilnehmen konnte. Keine Hetzjagden mehr durch Slumgassen und die verdreckten Treppen von Mietskasernen hinauf. Auch lange Nächte der Sinnenlust kamen nicht mehr in Frage; in jenen Tagen kam ich im günstigsten Fall auf eine Nummer pro Nacht, wenn nicht gar nur auf eine halbe. Fielding bot mir freundlicherweise Arbeit in seinem persönlichen Sekretariat sowie die am wenigsten zu Athletik neigenden unter seinen Kurtisanen an ... Sammy aber, an Jahren ein Jahrzehnt älter als ich, körperlich dagegen zwanzig Jahre jünger, Sammy der Tinman, träumte noch immer. Der hatte keine Atmungsprobleme; bei Mainducks nächtlichen

Olympischen Spielen gewann unweigerlich entweder er oder Chhaggan Five-in-a-Bite die spontanen Lungenkapazitätswettbewerbe (Luft anhalten, mit einem langen Blasrohr aus Metall winzige Pfeile abschießen, Kerzen auspusten).

Hazaré war ein Christ aus Maharashtri und hatte sich Fieldings Truppe eher aus regionalistischen denn aus religiösen Gründen angeschlossen. Oh, wir hatten alle unsere Gründe, persönliche oder ideologische. Gründe gab es immer. Auf jedem Basar findet man Gründe, auf jedem Diebesmarkt – bündelweise, im Dutzend billiger. Gründe sind immer billig, so billig wie die Antworten der Politiker, sie triefen einem nur so von der Zunge: *Ich hab's getan – wegen des Geldes, der Uniform, der Kameradschaft, der Familie, der Rasse, der Nation, dem Gott.* Aber was uns wirklich treibt – was uns zuschlagen läßt, und töten, was uns veranlaßt, unsere Feinde und unsere Ängste zu besiegen –, das findet man nicht in solchen wohlfeilen Basarworten. Unser Motor ist anders geartet, wir benutzen finstereren Treibstoff. Sammy Hazaré zum Beispiel wurde von Bomben angetrieben. Sprengkörper, die ihn schon eine Hand und sein halbes Gesicht gekostet hatten, waren seine erste Liebe, und die Tiraden, mit denen er – bisher erfolglos – versuchte, Fielding vom politischen Wert einer Bombenkampagne nordirischen Stils zu überzeugen, wurden mit einer Leidenschaft vorgetragen, die an Cyranos Werbung um seine Roxane erinnerte. Wenn also Bomben die erste Liebe des Tinman waren, war Nadia Wadia seine zweite.

Fieldings Bombay Municipal Corporation hatte dafür gesorgt, daß das junge Mädchen mit einem grandiosen Empfang zu den Finalausscheidungen in Granada verabschiedet wurde. Auf der Party wies Nadia, die freigeistige Parsi-Schönheit, vor allen Kameras den reaktionären Hardliner Mainduck verächtlich zurück (»Shri Raman, meiner Meinung nach sind Sie weniger ein Frosch als eine Kröte, und ich glaube kaum, daß Sie sich, wenn ich Sie küsse, in einen Prinzen verwandeln würden«, erwiderte sie laut auf seine ungeschickt und leise vorgetragene

Einladung zu einem Tête-à-tête) und konzentrierte ihren Charme – um ihrer Äußerung Nachdruck zu verleihen – eindeutig auf den einen weitgehend metallenen seiner Leibwächter. (Ich war der andere; aber ich wurde verschont.)»Sagen Sie«, fragte sie den plötzlich wie gelähmten, schwitzenden Sammy einschmeichelnd,»glauben Sie, daß ich gewinnen kann?«

Sammy brachte kein Wort heraus. Er wurde puterrot und produzierte ein unbestimmtes, gurgelndes Geräusch. Nadia Wadia nickte todernst, als sei sie von ihm mit einer tiefen Weisheit bedacht worden.

»Als ich mich für den Miß-Bombay-Wettbewerb meldete«, fuhr sie schmollend fort, während Sammy zitterte,»hat mein Boyfriend zu mir gesagt, o Nadia Wadia, sieh dir doch all diese wunderschönen Ladies an, ich glaube nicht, daß du gewinnen wirst. Und dennoch habe ich, wie Sie ja wissen, gewonnen!« Sammy schwankte unter dem Ansturm ihres Lächelns.

»Als ich mich dann für den Miß-India-Wettbewerb meldete«, hauchte Nadia,»hat mein Boyfriend zu mir gesagt, o Nadia Wadia, sieh dir doch all diese wunderschönen Ladies an, ich glaube nicht, daß du gewinnen wirst. Und wiederum habe ich, wie Sie wissen, dennoch gewonnen.« Die meisten von uns im Saal staunten über diese Majestätsbeleidigung aus dem Munde des unbekannten Boyfriends und fanden es wenig verwunderlich, daß er nicht eingeladen worden war, Nadia Wadia zu diesem Empfang zu begleiten. Mainduck gab sich die größte Mühe, die Tatsache, daß er soeben als Kröte bezeichnet worden war, mit Anstand zu verwinden; während Sammy … Nun ja, Sammy gab sich die größte Mühe, nicht in Ohnmacht zu fallen.

»Aber nun steht der Miß-World-Wettbewerb bevor«, fuhr Nadia mit süßem Schmollmund fort,»und ich betrachte in den Zeitschriften die Farbfotos all dieser wunderschönen Ladies und sage mir, Nadia Wadia, ich glaube nicht, daß du gewinnen kannst.« Dabei sah sie Sammy so flehend an, als sehne sie sich

– 421 –

danach, vom Tinman beruhigt zu werden, während Raman Fielding völlig unbeachtet und verzweifelt danebenstand.

Sammy brach in einen Wortstrom aus. »Aber Madam, das wäre nicht schlimm!« stieß er hervor. »Sie werden erster Klasse nach Europa fliegen und phantastische Dinge sehen und die Großen dieser Welt kennenlernen. Sie werden bestimmt hervorragend abschneiden und unseren Nationalfarben alle Ehre machen. O ja! Davon bin ich überzeugt. Also, Madam, vergessen Sie das Gewinnen. Wer sind die denn schon, diese Juroren-Schmuroren? Für uns – für die Menschen in Indien – sind Sie schon jetzt und für immer die Siegerin!« Es war die wortgewaltigste Rede seines Lebens.

Nadia Wadia spielte die Untröstliche. »Oh, oh, oh«, stöhnte sie und brach sein unerfahrenes Herz, während sie sich von ihm entfernte. »Dann meinen Sie also auch, daß ich nicht gewinnen werde.«

Nachdem Nadia Wadia dann tatsächlich die Welt erobert hatte, gab es einen Song über sie:

Nadia Wadia you've gone fardia
Whole of India has admiredia

Whole of world you put in whirlia
Beat their girls for you were girlia

I will buy you a brand new cardia
Let me be your bodyguardia

I love Nadia Wadia hardia
Hardia, Nadia Wadia, hardia.

Alle sangen unaufhörlich diese Verse, vor allem der Tinman. *Let me be your bodyguardia* ... diese Zeile erschien ihm wie eine Botschaft der Götter, ein Fingerzeig des Schicksals. Aber auch hinter Mainducks Bürotür vernahm ich eine fast tonlose Version des Songs; denn nach ihrem Sieg wurde Nadia Wadia zum Symbol für die Nation, ein Symbol wie Lady Liberty oder Marianne, wurde sie zum Inbegriff unseres Stolzes und Selbstbewußtseins. Ich sah deutlich, wie dies auf Fielding wirkte, dessen Ambitionen die Grenzen der Stadt Bombay und des Staates Maharasthra zu sprengen begannen; er gab seinen Bürgermeisterposten an einen anderen MA-Politiker weiter und träumte davon, die nationale Bühne zu betreten, am liebsten mit Nadia Wadia an seiner Seite. *Hardia, Nadia Wadia …* Raman Fielding, dieser grauenhaft getriebene Mann, hatte sich ein neues Ziel gesetzt.

Das Ganpati-Fest kam näher. Es war der vierzigste Jahrestag der Unabhängigkeit, und die von der MA kontrollierte Municipal Corporation wollte die eindrucksvollste Ganesha Chaturthi aller Zeiten auf die Beine stellen. Zu Tausenden wurden die Gläubigen mitsamt ihren Pappfiguren per Lastwagen aus entlegenen Gegenden herangekarrt. Überall in der Stadt begegnete man den safrangelben Transparenten mit den MA-Slogans. Unmittelbar an der Chowpatty, neben der Fußgängerbrücke, wurde eine besondere VIP-Loge eingerichtet; Raman Fielding lud die neue Miß World als Ehrengast ein, die seiner Einladung aus Achtung vor dem hohen Festtag folgte. So war der erste Teil seines Traums Wirklichkeit geworden, und er stand neben ihr, als die Hooligan-Kader auf ihren MA-Lastern vorbeifuhren, die Fäuste erhoben, um Farbpulver sowie Blütenblätter in die Luft zu werfen. Fielding reagierte mit ausgestrecktem Arm und flacher Hand; während Nadia Wadia, als sie den Nazigruß sah, das Gesicht abwandte. Aber Fielding hatte sich an jenem Tag in eine Art Ekstase gesteigert; und als der Lärm des Ganpati sich zu nahezu unerträglicher Lautstärke steigerte, wandte er sich zu mir um – ich stand mit Sammy dem Tinman unmittelbar hinter ihm, fast ganz an die Rückseite der engen, kleinen Loge gedrängt – und brüllte mit aller Kraft: »Jetzt ist es Zeit, uns deinen

Vater vorzunehmen. Jetzt sind wir stark genug für Zogoiby, für Scar, für alle. *Ganpati Bappa morya!* Wer soll sich uns jetzt noch in den Weg stellen?« Dann packte er in seiner unbändigen Freude die lange, schmale Hand der entsetzten Nadia Wadia und drückte ihr einen Kuß auf die Handfläche. »Seht nur, ich küsse Mumbai, ich küsse Indien!« kreischte er. »Sehet, ich küsse die Welt!«

Nadia Wadias Antwort war nicht zu vernehmen; sie wurde vom Jubel der Menge verschluckt.

An jenem Abend hörte ich in den Nachrichten, daß meine Mutter während ihres alljährlichen gegen die Götter gerichteten Tanzes in den Tod gestürzt war. Die Meldung schien eine Bestätigung von Fieldings Selbstsicherheit zu sein, denn ihr Tod machte Abraham schwächer, während Mainduck erstarkt war. In Rundfunk- und Fernsehberichten glaubte ich einen wehmütig-apologetischen Unterton zu vernehmen, als seien sich Reporter, Nachrufschreiber und Kritiker bewußt, ein wie schweres Unrecht dieser großen, stolzen Frau widerfahren war, als wüßten sie um ihre Verantwortung dafür, daß Aurora sich während der letzten Jahre grollend zurückgezogen hatte. Tatsächlich stieg in den Tagen und Monaten nach ihrem Tod ihr Stern höher, als er jemals gestanden hatte, und die Menschen beeilten sich mit einem Notarztwagentempo, das mich unglaublich zornig machte, ihr Werk neu zu bewerten und zu loben. Wenn sie jetzt diese Worte verdient hatte, dann hatte sie sie schon immer verdient. Nie habe ich eine stärkere Frau gekannt, und keine mit einem unfehlbareren Gefühl dafür, wer und was sie war; aber man hatte sie verletzt, und diese Worte – die sie vielleicht geheilt hätten, wären sie gesprochen worden, als sie sie noch hören konnte – kamen zu spät. Aurora da Gama Zogoiby, 1924–87. Die Zahlen hatten sich über ihr geschlossen wie die Wogen des Meeres.

Und das Bild, das auf ihrer Staffelei gefunden wurde, hatte

mich zum Gegenstand. Mit diesem Werk *Des Mauren letzter Seufzer* gab sie dem Moor/Mauren seine Menschlichkeit zurück. Diesmal war er kein abstrakter Harlekin, keine Müllkippencollage. Diesmal war es ein Porträt ihres Sohnes, verloren im Zwischenreich wie ein wandelnder Schatten: das Porträt einer Seele in der Hölle. Und hinter ihm seine Mutter, nicht mehr auf einer eigenen Tafel, sondern mit dem gequälten Sultan wiedervereint. Und sie machte ihm keine Vorwürfe mehr – *wohl steht es dir an, wie ein Weib zu beweinen ...* –, sondern wirkte verängstigt und streckte die Hand nach ihm aus. Auch das war eine Entschuldigung, die zu spät kam, ein Akt des Verzeihens, von dem ich nicht mehr profitieren konnte. Ich hatte sie verloren, und dieses Bild verstärkte nur den Schmerz des Verlustes.

O Mutter, Mutter! Jetzt weiß ich, warum du mich verstoßen hast. Oh, du meine großartige tote Mutter, meine düpierte Erzeugerin, meine Törin.

2

Störrisch, unverbesserlich, überragend: Als kichernder Oberherr der Oberwelt seiner hängenden Gärten in den Wolken, so reich, wie selbst reiche Männer es sich nie träumen ließen, griff Abraham Zogoiby mit vierundachtzig Jahren, langfingrig wie die Morgenröte, nach der Unsterblichkeit. Obwohl er immer einen frühen Tod gefürchtet hatte, war ihm ein hohes Alter beschieden; statt seiner war Aurora gestorben. Sein Gesundheitszustand hatte sich im Alter gebessert. Er hinkte zwar immer noch, er hatte immer noch Atemprobleme, aber sein Herz war kräftiger denn je seit Lonaula, seine Sehfähigkeit besser, sein Gehör schärfer. Er aß, als esse er zum erstenmal, und bei seinen Geschäftsabschlüssen roch er sofort Lunte, wenn etwas faul war. Fit, geistig beweglich, sexuell aktiv, waren in ihm schon jetzt Elemente des Göttlichen vorhanden, hatte er sich schon weit über die Masse und erst recht natürlich über das Gesetz erhoben. Juristische Verklausulierungen, vorgeschriebene Verfahrenswege, all diese Papierzwänge galten nicht für ihn. Jetzt, nach Auroras Absturz, beschloß er, sich dem Tod ein für allemal zu entziehen. Manchmal, wenn er in der höchsten Nadel dieses gigantischen, strahlenden Nadelkissens an der Südspitze der Stadt saß, stiegen Gefühle in ihm auf, und er dachte voll Staunen über seine Bestimmung nach, blickte auf das mondglitzernde nächtliche Wasser hinab, und ihm war, als könne er, wie durch eine Scheibe, seine Frau sehen, wie sie mit zerbrochenen Gliedern auf dem Grund des Meeres lag, inmitten von kneifenden Krebsen, klammernden Muscheln und den blitzenden Messern der Fische, ganzen wohlgeordneten Kolonnen von ihnen, die das Meer, Schauplatz von Auroras Tod, filetierten. Nichts für mich, *protestierte er.* Ich habe gerade erst begonnen zu leben.

Einmal, an einem südlichen Gestade, hatte er sich als Teil der Schönheit gesehen, als Hälfte eines Zauberrings, dessen andere Hälfte ein eigenwilliges, brillantes Mädchen war. Und er hatte um die Schönheit gezittert, hatte befürchtet, sie könne durch all das untergehen, was auf Erden, im Meer und in uns selbst häßlich ist. Wie lange war das jetzt

– 426 –

her! Zwei Töchter und eine Ehefrau tot, eine dritte Tochter an Jesus und den jung-alten Sohn an die Hölle verloren. Wie lange war es her, daß er selbst schön gewesen war, daß die Schönheit ihn zum Verschwörer der Liebe gemacht hatte! Wie lange, daß ungesegnete Schwüre allein dadurch gültig wurden, daß man einander begehrte, so wie Kohle durch das Gewicht von Äonen zu einem facettierten Edelstein wird. Aber sie hatte sich von ihm abgewandt, seine geliebte Frau, hatte ihren Teil der Abmachung nicht eingehalten, und so verlor er sich in dem seinen. Trost für den Verlust an Transzendenz, Transformation, Immensität, die er durch ihre Liebe kennengelernt hatte, fand er in dem, was weltlich war, in allem Irdischen und in der Natur der Dinge. Nun, da Aurora gegangen war und ihn mit der Welt in seiner Hand zurückgelassen hatte, wollte er sich in seine Macht hüllen wie in ein goldenes Vlies. Kriege kündigten sich an; er würde sie gewinnen. Neue Ufer gerieten in Sicht; er würde sie im Sturm erobern. Er würde es nicht so machen wie sie und abstürzen.

Sie bekam ein Staatsbegräbnis. In der Kathedrale stand er an ihrem offenen Sarg und ließ seine Gedanken zu neuen Profitstrategien wandern. Von den drei Stützpfeilern des Lebens, Gott, Familie und Geld, war ihm nur noch einer geblieben, aber er brauchte mindestens zwei. Minnie kam, ihrer Mutter Lebwohl zu sagen, schien aber fast zu froh zu sein. Die Frommen freuen sich des Todes, dachte Abraham, weil sie glauben, daß er die Tür zum Gemach von Gottes Herrlichkeit ist. Aber dieses Gemach ist leer. Die Ewigkeit ist hier auf Erden, nur kann man sie mit Geld nicht kaufen. Unsterblichkeit ist Dynastie. Ich brauche meinen verstoßenen Sohn!

Als ich in meinem Bett in Raman Fieldings Haus, tief unter das Kopfkissen geschoben, die Nachricht von Abraham Zogoiby fand, wurde mir zum erstenmal klar, wie groß seine Macht geworden war. »Weißt du überhaupt, wer dein Daddyji ist, hoch oben in seinem Wolkenkratzer?« hatte Mainduck mich gefragt, bevor er eine wilde Tirade über Anti-Hindu-Roboter und was-weiß-ich vom Stapel ließ. Angesichts der Nachricht unter meinem Kopfkissen fragte ich mich, was sonst noch wahr oder unwahr sein mochte, denn dort, in den Intimsphären der Unterwelt, wurde mir durch diese lässige Demonstration der Tatsache, wie weit der Arm meines Vaters reichte, klargemacht, daß Abraham in dem bevorstehenden Krieg der Welten ein formidabler Gegner sein würde. Unter- gegen Ober-, heilig gegen profan, Gott gegen Mammon, Vergangenheit gegen Zukunft, Gosse gegen Himmel: in diesem Kampf zwischen zwei Sphären der Macht, in dem ich, Nadia Wadia, Bombay und sogar Indien selbst gefangen sein würden wie Staub zwischen zwei Farbschichten.

Rennbahn, lautete die Nachricht, mit der Hand geschrieben von ihm selbst. *Sattelplatz. Vor dem dritten Rennen.* Vierzig Tage waren vergangen, seit meine Mutter in meiner Abwesenheit zur letzten Ruhe gebettet worden war, mit Böllerschüssen zum letzten Geleit. Vierzig Tage war es her, und nun plötzlich diese durch Zauberhand überbrachte, doch absolut banale Mitteilung, dieser längst verdorrte, alte Ölzweig. Selbstverständlich werde ich nicht hingehen, dachte ich anfangs in meinem voraussehbar verletzten Stolz. Aber ebenso voraussehbar, und ohne Mainduck zu informieren, ging ich doch.

In Mahalaxmi spielten die Kinder im dichten Wald der Erwachsenenbeine Verstecken. Genauso stehen wir zueinander, dachte ich, durch Generationen getrennt. Begreifen Dschungeltiere das wahre Wesen der Bäume, in deren Schatten sie ihr tägliches Leben verbringen? In diesem Eltern-Wald, inmitten dieser mächtigen Stämme, suchen wir Zuflucht und spielen; doch ob diese Bäume gesund oder innerlich zerfressen sind, ob sie Dämonen oder gute Geister beherbergen, vermögen wir nicht zu erkennen. Und auch das größte Geheimnis von allen bleibt uns verborgen: daß auch wir eines Tages zu einem solchen Baum heranwachsen werden. Während die Bäume, deren Blätter wir essen, deren Rinde wir kauen, sich voll Trauer daran erinnern, daß sie früher einmal Tiere waren, daß sie wie

Eichhörnchen geklettert und wie Hirsche gesprungen sind, bis sie eines Tages innehielten, bis ihre Beine in den Boden wuchsen und dort steckenblieben, Wurzeln schlugen, und aus ihren wogenden Häuptern Grünes sproß. Daran erinnern sie sich als Faktum; doch die erlebte Realität ihrer Fauna-Jahre, das Gefühl dieser chaotischen Freiheit, ist für sie nicht mehr zu fassen. In ihrer Erinnerung ist es nicht mehr als ein Rascheln in ihrem Laub. *Ich kenne meinen Vater nicht*, dachte ich auf dem Sattelplatz vor dem dritten Rennen. *Wir sind uns fremd. Er wird mich nicht erkennen, wenn er mich sieht, und wird blind an mir vorübergehen.*

Irgend etwas – ein kleines Päckchen – wurde mir in die Hand geschoben. Irgend jemand flüsterte hastig: »Ich brauche eine Antwort, bevor wir weitermachen können.« Ein Mann im weißen Anzug und mit weißem Panama drängte sich durch den menschlichen Wald und verschwand. Kinder kreischten und balgten sich zu meinen Füßen. *Also los, ob ich nun bereit bin oder nicht.*

Ich riß das Päckchen in meiner Hand auf. Das Ding, das zum Vorschein kam, hatte ich schon einmal gesehen, an Umas Gürtel befestigt. Diese Kopfhörer hatten ihren bezaubernden Kopf geziert. *Macht andauernd Bandsalat. Ich hab' es weggeworfen.* Wieder eine Lüge; wieder dieses Versteckspiel. Ich sah sie vor mir, wie sie vor mir davonlief, mit einem entnervenden, karnickelhaften Schrei in dieses menschliche Dickicht tauchte. Was würde ich entdecken, wenn ich sie fand? Ich setzte den Kopfhörer auf und verstellte ihn, bis die Ohrteile paßten. Dort war die *Play*-Taste. Ich will aber nicht spielen, dachte ich. Ich mag dieses Spiel nicht.

Ich drückte die Taste. Meine eigene Stimme drang mir wie träufelndes Gift in die Ohren.

Kennen Sie diese Leute, die behaupten, von Außerirdischen entführt und unaussprechlichen Experimenten und Foltern unterworfen worden zu sein – Schlafentzug, Vivisektion ohne Narkose, endloses Kitzeln unter den Achseln, scharfe Chilis, ins

Rektum geschoben, erzwungenes Anhören von Marathonauf-
führungen chinesischer Opern? In den Fängen dieser außerirdischen Bestien gewesen zu sein – genau dieses Gefühl überkam
mich, nachdem ich mir das Band in Umas Walkman angehört
hatte. Ich stellte mir eine chamäleonartige Kreatur vor, eine
kaltblütige Echse aus dem Weltraum, die menschliche Gestalt
annehmen konnte, männlich oder weiblich, je nach Bedarf, nur
für den ausdrücklichen Zweck geschaffen, soviel Ärger wie möglich zu säen, denn Ärger war ihre Hauptnahrung – ihr Reis, ihre
Linsen, ihr Brot. Unruhe, Zwietracht, Elend, Katastrophen,
Kummer und Leid: Das alles stand auf der Liste ihrer Lieblings-
speisen. Sie kam zu uns – sie (in diesem Fall) – als Erzeugerin
von Unzufriedenheit, als Anstifterin zum Krieg, und sah in mir
(Oh, du Tor! Oh, du dreigestrichener Idiot!) den fruchtbaren
Boden für ihre teuflische Saat. Frieden, Heiterkeit, Freude
waren Wüsteneien für sie – denn wenn ihre schädliche Saat
nicht aufging, mußte sie verhungern. Sie fraß unsere Uneinig-
keiten, sie erstarkte durch unseren Zwist.

Selbst Aurora – Aurora, die sie von Anfang an durchschaut
hatte – war ihr zuletzt erlegen. Ganz zweifellos war dies eine
Frage des Stolzes für Uma gewesen; als das große Raubtier, das
sie war, war sie eifrig darauf bedacht gewesen, möglichst die am
schwierigsten zu erjagende Beute zu reißen. Auf nichts von all
dem, was sie hätte sagen können, wäre meine Mutter hereingefallen, und da sie das wußte, benutzte sie statt dessen meine
eigenen Worte – meine zornigen, gräßlichen, von der Lust
provozierten Obszönitäten. Jawohl, sie hatte alles aufgezeichnet, so weit war sie gegangen; und mit welcher Verführungs-
kunst hatte sie mich auf diesem Wege geleitet, mir die fatalen
Äußerungen entlockt, indem sie mich glauben ließ, das sei es,
was sie zu hören begehrt! Ich will mich nicht verteidigen. Es
waren meine Worte gewesen, aus meinem Mund waren sie
gekommen. Wäre ich weniger töricht gewesen, hätte ich weniger gesagt. Aber da ich Uma liebte und wußte, wie sehr meine

Mutter dagegen war, sprach ich anfangs im Zorn, dann in der Überzeugung vom Vorrang romantischer Liebe vor der Mutter-Sohn-Spielart; außerdem kam ich aus einem Hause, in dem die Konversation stets mit kleinen Obszönitäten gepfeffert und gespickt wurde und zuckte vor »Ficken«, »Fotze« und »Vögeln« folglich nicht zurück. Und dann wieder dieses dunkle Gemurmel, weil sie, meine Liebste, mich bat – wie oft hat sie mich darum gebeten! –, ihr derartige Dinge zu sagen, um – oh, diese Falschheit! oh, diese gemeine Falschheit, diese falsche Gemeinheit! – ihr verletztes Selbstbewußtsein, ihren verletzten Stolz wiederherzustellen. Diejenige, die ich liebe, bittet mich mitten im Akt der Liebe um Befriedigung ihrer Bedürfnisse; und sie brauche es, behauptet sie, daß ich es ebenfalls brauche: Kann ich mich da weigern? Nun gut, wenn ja, von mir aus. Ich kenne Ihre Geheimnisse nicht und lege auch keinen Wert darauf, sie zu erfahren. Aber möglicherweise würden auch Sie sich nicht weigern. Ja, gern, sagen Sie dann, du meine Liebste, ja, ich brauche es auch, ich brauche es.

Ich hatte in der Intimität und Verschwiegenheit des Liebesaktes gesprochen. Der selbst ein Teil von Umas Täuschungsmanöver war, ein notwendiges Mittel zu ihrem Zweck.

Fünfundvierzig Minuten der zusammengeschnittenen Highlights unserer Liebe enthielt diese traurige Kassette pro Seite, und immer wieder während des ständigen Auf und Nieder das widerliche Leitmotiv. *Fick sie. Ja, ich will es. O Gott ja. Fick meine Mutter. Fick sie. Fick sie blöd, diese blöde Ziege.* Und jede brutale Silbe trieb den Dolch tiefer ins zerrissene Herz meiner Mutter.

Genau in dem Moment, als Aurora ohnehin unter einem schweren Schock stand, weil Mynah erst kurz zuvor gestorben war, hatte diese Kreatur die Gunst der Stunde genutzt und ihre haßerfüllte Tat mit dem Mäntelchen der Liebe getarnt. An jenem Abend übergab sie meinen Eltern das Band – nur zu diesem einzigen Zweck war sie dorthingefahren –, und ich kann deren Entsetzen und Schmerz nur erraten, kann mir nur ein eigenes Bild von dieser Szene machen: Aurora, die ganze Nacht zusammengesunken auf dem Klavierhocker in ihrem rot-goldenen Salon, der alte Abraham, hilflos die Hände ringend, an einer Wand, und durch eine verschattete Türöffnung ein flüchtiger Blick auf verängstigte Dienstboten, bebend wie zitternde Hände am Rand des Bildes.

Als ich am folgenden Morgen ihr Bett verließ, muß Uma gewußt haben, was mich zu Hause erwartete – die grimmig-aschfahlen Gesichter im Garten, die Hand, die mich zum Tor hinauswies: *Geh uns aus den Augen! Wir wünschen dich nie wiederzusehen.* Und als ich in meiner Bestürzung zu ihr in die Wohnung zurückkehrte, übertraf sie sich selbst. Welch eine Vorstellung gab sie an jenem Tag! Jetzt aber wußte ich alles. Kein Raum für Zweifel mehr. Uma, meine geliebte Verräterin, du warst bereit, das Spiel bis zum Ende zu treiben; mich zu ermorden und mich sterben zu sehen, während dein Verstand vor Halluzinogenen explodierte. Später hättest du zweifellos meinen tragischen Selbstmord gemeldet: »Ein bedauerlicher Familienstreit, der arme, gutherzige Kerl, er konnte es nicht ertragen. Und dazu noch der Tod seiner Schwester.« Aber dann war das Ganze zur Farce geworden, ein impulsiver Schritt, ein Zusammenstoßen der Köpfe wie in einem Slapstick, und plötzlich spieltest du, die große Schau- und Glücksspielerin, die Szene bis zum bitteren Ende; und erwischtest die falsche Hälfte der Fifty-Fifty-Wette. Selbst das absolut Böse hat eine eindrucksvolle Seite. Hut ab, Lady; und gute Nacht!

Wieder der karnickelähnliche Schrei; er hängt in der Luft, erstirbt. Als löse sich etwas Uralt-Böses, unfähig, das Licht der Wahrheit zu ertragen, in Staub auf … Aber nein, ich werde mir derartige Phantastereien nicht gestatten. Sie war eine Frau, geboren von einer Frau. Und so soll sie auch gesehen werden … *Wahnsinnig oder böse?* Diese Frage stellt kein Problem mehr für mich dar. Genau wie ich sämtliche übernatürlichen Theorien verworfen habe (außerirdische Eindringlinge, karnickelhaft kreischende Vampire), werde ich auch niemals zulassen, daß sie als wahnsinnig gilt. Weltraumechsen, untote Blutsauger und wahnsinnige Menschen entziehen sich dem Schuldspruch der Moral, und Uma verdient es, schuldig gesprochen zu werden. Schließlich war sie ein menschliches Wesen. Und ich bestehe auf Umas Mensch-Sein.

Auch so sind wir. Auch wir säen den Wind und ernten Sturm. Es gibt jene unter uns – eben keine Außerirdischen, sondern Menschen –, die von Verheerung leben; die ohne einen Vorrat an Verwüstung nicht gedeihen können. Zu ihnen gehörte meine Uma.

Sechs Jahre! Sechs Jahre Aurora, zwölf Jahre Moor – verloren. Als sie starb, war meine Mutter dreiundsechzig; und ich selber wirkte wie sechzig. Wir hätten Bruder und Schwester sein können. Wir hätten Freunde sein können. »Ich brauche eine Antwort«, hatte mein Vater auf der Rennbahn gesagt. O ja, die brauchte er. Und es mußte die reine Wahrheit sein; alles über Uma und Aurora, Aurora und mich, mich und Uma Sarasvati, meine Hexe. Ich würde alles niederschreiben und mich seinem Urteil ausliefern. Wie Yul Brynner im Pharaonengewand (das heißt, in einem höchst attraktiven kurzen Rock) in *Die Zehn Gebote* so gern zu sagen pflegte: »So sei es geschrieben. So sei es getan.«

Es hatte eine zweite Nachricht gegeben, wieder von unsichtbarer Hand unter mein Kopfkissen geschoben. Es hatte Anweisungen gegeben, einen Hauptschlüssel, der mir eine bestimmte, unbewachte Lieferantentür auf der Rückseite des Cashondeliveri Tower und ebenso die Tür zu einem Privatlift öffnen würde, und dieser Lift fuhr direkt zum Penthouse im einunddreißigsten Stock. Es hatte eine Versöhnung gegeben, eine Erklärung war akzeptiert, ein Sohn an den Busen des Vaters gedrückt, ein zerrissenes Band erneuert worden.

»Ach, mein Junge, dein Alter, dein Alter!«

»Ach, mein Vater, und das deine!«

Es war eine klare Nacht, wir standen in einem hochgelegenen Garten und führten ein Gespräch, wie wir es noch nie zuvor geführt hatten.

»Du solltest mir nichts vorenthalten, mein Junge. Ich weiß bereits alles. Ich habe Augen, die sehen, und Ohren, die hören, ich weiß alles über deine Taten und Untaten.«

Aber bevor ich zu einer Rechtfertigung ansetzen konnte, kam eine erhobene Hand, ein Grinsen, ein Kichern. »Ich bin erfreut«, verkündete er. »Du hast mich als Junge verlassen und bist als Mann zurückgekehrt. Nun können wir wie Männer über Männersachen reden. Früher hast du deine Mutter mehr geliebt als mich. Deswegen mache ich dir keine Vorwürfe. Mir ging es genauso. Nun aber ist dein Vater an der Reihe; aber ich sollte wohl eher sagen, *wir* sind an der Reihe. Nun kann ich dich fragen, ob du dich mit mir zusammentun willst, und ich hoffe, offen von vielen verborgenen Dingen sprechen zu können. Gewiß, in meinem Alter besteht da ein gewisses Problem des Vertrauens. Ich muß aus dem Herzen sprechen, meine Schlösser aufschließen, meine Geheimnisse aufdecken können. Große Dinge stehen bevor. Dieser Fielding – wer ist das schon? Ein Insekt. Im günstigsten Fall ein Pluto der Unterwelt, und aus Mirandas Kinderzimmer wissen wir, wer Pluto ist. Ein dämlicher Hund mit Hundehalsband. Oder man könnte jetzt vielleicht sagen, ein Frosch.«

Auch bei Abraham gab es einen Hund. In einer Ecke des hochgewölbten Atriums stand ein ausgestopfter Bullterrier auf Rädern. »Du hast ihn behalten!« sagte ich staunend. »Aires' alten Jawaharlal.«

»Zur Erinnerung. Manchmal gehe ich mit Jawarwauwau an der Leine in diesem kleinen Garten spazieren.«

Jetzt wurde es gefährlich.

Ich versprach meinem Vater, sein Mann zu sein, zu wissen, was er wußte, und ihn bei seinen Unternehmungen zu unterstützen, willigte aber außerdem ein, noch eine Weile in Fieldings Diensten zu bleiben. Und so kehrte ich denn, um meinen Brotherrn an meinen Vater zu verraten, ins Haus meines Brotherrn zurück. Und erzählte Mainduck – denn er war ja nicht dumm – wenigstens einen Teil der Wahrheit. »Es tut gut, einen Familienstreit beizulegen, aber es hat keinen Einfluß auf meine Entscheidung.« Was Fielding, nach meinem sechsjährigen Dienst mir freundlich zugeneigt, sofort akzeptierte; sein Mißtrauen war dennoch geweckt.

Von nun an würde er mich beobachten. Mein erster Fehler würde mein letzter sein. Ich bin ein Teil des Schlachtfeldes, sagte ich mir, und die beiden sind der verdammte Krieg.

Als meine Teamgenossen – meine alten Kampfkameraden – von meiner guten Nachricht hörten, reagierten sie wie folgt:

Chhaggan zuckte die Achseln. Als wolle er sagen: Du warst niemals einer von uns, reicher Boy. Weder Hindu noch Mahratta. Nur ein Koch mit Oberschichtstammbaum und einer Faust. Um diesen Hammer da auszuleben, bist du hergekommen. Pervers! Nichts anderes als ein Psychopath auf der Suche nach Kampf – unsere Sache war dir völlig egal. Und nun ist deine Klasse, dein Erbe, gekommen, um dich zurückzuholen. Du wirst nicht mehr lange hiersein. Warum solltest du auch bleiben? Du bist zu alt, um kämpfen zu können.

Sammy Hazaré der Tinman dagegen schaute mich vielsagend an. So vielsagend, daß ich sofort ahnte, wessen Hand es gewesen war, die jene Nachricht unter mein Kopfkissen geschoben hatte, wer der Verbindungsmann meines Vaters war. Sammy, der Christ, verführt von Abraham, dem Juden.

Ach Moor, gib acht! murmelte ich vor mich hin. Der Konflikt kommt näher, und der Preis ist die Zukunft selbst. Gib acht, damit du in dieser Schlacht nicht deinen törichten Kopf verlierst!

Später, in seinem Wolkenkratzergarten, erzählte mir Abraham, wie oft sich Aurora in jenen langen Jahren danach gesehnt hatte, verzeihend die Hand auszustrecken und – ihre Geste der Verstoßung umkehrend – mich ins Haus zurückzuwinken. Doch dann dachte sie an meine Stimme, meine unaussprechlichen Worte, die nicht mehr ungesprochen zu machen waren, und ließ es zu, daß sich ihr Mutterherz noch mehr verhärtete. Als ich das hörte, begannen die verlorenen Jahre an mir zu nagen, mich Tag und Nacht zu verfolgen. Im Schlaf erfand ich Zeitmaschinen, die es mir ermöglichten, in die Zeit vor ihrem Tod zurückzukehren; und wurde wütend, wenn ich beim Erwachen feststellen mußte, daß die Zeitreise nur ein Traum gewesen war.

Nach einigen Monaten derartiger Frustrationen dachte ich plötzlich wieder an Vasco Mirandas Porträt meiner Mutter, und mir wurde klar, daß ich sie mir auf diese reduzierte Art und Weise möglicherweise zurückholen konnte: wenn nicht im kurzwährenden Leben, dann wenigstens in der langwährenden Kunst. Natürlich bestand auch ihr eigenes Werk aus zahllosen Porträts, aber das verlorene Miranda-Bild, übermalt und verkauft, schien mir irgendwie meine verlorene Mutter zu repräsentieren, Abrahams verlorene Ehefrau. Wenn wir es nur wiederfinden könnten! Das würde sein, als sei ihr jüngeres Ich wiedergeboren; ein Sieg über den Tod würde es sein. Freudig erregt erzählte ich meinem Vater von der Idee. Er krauste die Stirn. »Dieses Bild ...« Im Laufe der Jahre hatten sich seine Einwände gegen das Gemälde abgeschwächt. Ich sah, wie Begehren in seinem Gesicht aufflackerte. »Aber das ist doch vor langem zerstört worden.«

»Nicht zerstört«, korrigierte ich ihn. »Übermalt. *Der Künstler als Boabdil, der Glücklose (el-Zogoybi), letzter Sultan von Granada, wie er endgültig die Alhambra verläßt.* Jenes tränenreiche Pralinenschachtelreiterbild, von dem Mummyji gesagt hat, es sei sogar noch schlimmer als das Gekleckse eines Basarmalers. Das abzutragen wäre kein Verlust. Und dann hätten wir sie endlich wieder.«

»Abtragen, sagst du?« Ich merkte, daß die Vorstellung, einen Miranda zu zerstören – vor allem den Miranda, auf dem Vasco unsere eigenen Familienlegenden gestohlen hatte –, dem alten Abraham behagte. »Wäre das möglich?«

»Bestimmt«, antwortete ich. »Es gibt mit Sicherheit Experten. Wenn du möchtest, kann ich mich erkundigen.«

»Aber das Bild gehört Bhabha«, wandte er ein. »Wird dieser alte Bastard es verkaufen?«

»Wenn der Preis stimmt«, erwiderte ich. Und setzte, um ganz sicherzugehen, hinzu: »Egal, ein welch großer Bastard er ist, so groß wie du ist er noch lange nicht.«

Abraham kicherte und griff zum Telefon. »Zogoiby«, meldete er sich bei dem Lakaien am anderen Ende. »C. J. da?« Und einen Moment später: »Arré, C. J. Warum versteckst du dich vor deinen Freunden?« Nun folgten ein paar – beinah gebellte – Sätze des Verhandelns, bei denen die Stakkatohärte seines Tons in seltsamem Kontrast zu den Worten stand, die er verwendete, blumige Wendungen voll Schmeicheleien und Höflichkeiten. Dann ein unvermittelter Abbruch, so plötzlich wie bei einem Automotor, der unerwartet absäuft; dann legte Abraham mit verwundert gekrauster Stirn den Hörer auf. »Gestohlen«, berichtete er mir. »In den letzten Wochen. Aus seiner Privatvilla gestohlen.«

Aus Spanien kam die Nachricht, daß der namhafte (und zunehmend exzentrische) indische Maler V. Miranda, gegenwärtig Einwohner des andalusischen Dorfes Benengeli, bei dem kryptischen Versuch, einen ausgewachsenen Elefanten von unten zu malen, verletzt worden sei. Der Elefant, ein mageres Zirkustier, unter großen Unkosten für einen Tag gemietet, hatte eine Betonrampe, die von dem gefeierten (doch äußerst launischen) Señor Miranda persönlich zu diesem Zweck konstruiert worden war, emporsteigen und auf einer extrem verstärkten Glasplatte stehenbleiben sollen, unter der der alte Vasco seine Staffelei aufgebaut hatte. Journalisten und Fernsehteams strömten in Massen nach Benengeli, um diesen außergewöhnlichen Stunt zu dokumentieren. Isabella, die Elefantenkuh, war jedoch, obwohl an Zirkus-Sperenzchen aller Art gewöhnt, so vernünftig, die Mitarbeit bei dem zu verweigern, was einige einheimische Kommentatoren bereits als einen »entwürdigenden Akt von Unterbauch-Voyeurismus« bezeichnet hatten, in dem sich verschwenderische Willkür, zügellose Amoral und die absolute Sinnlosigkeit der Kunst offenbarten. Mit hochgezwirbelten Schnurrbartspitzen war der Künstler aus seinem Palazzo gekommen, so absurd gekleidet, daß es möglicherweise eine bewußte Darstellung von Inkongruenz – oder ganz einfach Wahnsinn – war, nämlich mit Tiroler Lederhosen, besticktem Hemd und einem Hut, an dem ein Selleriestengel steckte. Isabella hatte auf halber Höhe der Rampe haltgemacht, und alle Anstrengungen ihrer Pfleger vermochten sie nicht von der Stelle zu bewegen. Der Künstler klatschte in die Hände und rief: »Elefant – gehorche!«, worauf Isabella voller Verachtung rückwärts von der Rampe stieg und Vasco Miranda auf den linken Fuß trat. Die konservativeren Einheimischen im Gewimmel der Menge, die sich versammelt hatte, um diesem Schauspiel beizuwohnen, waren so unhöflich, zu applaudieren.

Von da an hinkte Vasco ganz ähnlich wie Abraham, in jeder anderen Hinsicht gingen ihre Wege jedoch extrem auseinander; wenigstens mußten Außenseiter diesen Eindruck gewinnen. Das Mißlingen seines Elefantenabenteuers vermochte die überschäumende Begeisterungsfähigkeit seines hohen Alters nicht im mindesten zu dämpfen, und bald schon erhielt er, dank der Zahlung einer beträchtlichen Spende für die Schulen des Ortes, die Erlaubnis, zu Isabellas Ehren einen überdimensionalen, scheußlichen Springbrunnen zu bauen, in dessen Zentrum kubistische Elefanten aus ihren Rüsseln Wasser spien, während sie wie Ballerinas auf dem linken Hinterbein balancierten. Der Brunnen fand seinen Standort in der Mitte des Platzes vor

Vascos sogenannter »Little Alhambra«, und der Platz wurde zur Empörung der älteren Einwohner in »Platz der Elefanten« umgetauft. Die Oldtimer, die sich in einer nahe gelegenen Bar versammelten, welche zu Ehren der Tochter des verstorbenen Diktators *La Carmencita* genannt wurde, schwelgten in feucht-larmoyanten, nostalgischen Ausbrüchen der Empörung darüber, daß der zerstörte Platz bis dahin nach der Ehefrau des Caudillo persönlich »Plaza de Carmen Polo« geheißen hatte – ihr zu Ehren so genannt und durch ihren Namen geehrt, welcher nunmehr durch die Verbindung mit den Dickhäutern beschmutzt worden war; jedenfalls behaupteten das diese miß-billigenden, schwachsinnigen Greise einstimmig. Früher, erinnerten sie einander, war Benengeli das Lieblingsdorf des Generalísimo in Andalusien gewesen, aber die alten Zeiten waren von dieser amnesischen, demokratischen Gegenwart hinweggefegt worden, und das Gestern wurde nur noch als Müll betrachtet, der so bald wie möglich entsorgt werden müsse. Und daß ihnen eine derartige Monstrosität wie dieser Elefantenbrunnen von einem Nichtspanier oktroyiert wurde, einem Inder, der seine Possen wegen der traditionellen Lusiphilie aller Menschen aus Goa eigentlich in Portugal und nicht in Spanien treiben sollte – also, das war rundheraus unerträglich! Aber was sollte man gegen diese Künstler tun, die den guten Namen Benengeli in den Schmutz zogen, indem sie ihre Weiber, ihre unsittliche Lebensweise und ihre fremden Götter mitbrachten, denn obwohl dieser Miranda behauptete, katholisch zu sein – war es nicht allgemein bekannt, daß diese Orientalen eigentlich allesamt verkappte Heiden waren?

Für die meisten Veränderungen machte die alte Garde Vasco Miranda verantwortlich, und wenn man jene Einheimischen gebeten hätte, den Zeitpunkt ihres Ruins festzulegen, so hätten sie sich für den absurden Tag des Elefanten auf der Rampe entschieden, denn diese unelegante, doch überall herumerzählte Burleske machte Benengeli beim menschlichen Abschaum der ganzen Welt bekannt, so daß dieses einstmals so stille Dörfchen, das anfangs nur die südliche Sommerfrische des gestürzten Caudillo gewesen war, zum Nistplatz für umhervagabundierende Tagediebe, exiliertes Gesindel und alles Strandgut der Erde wurde. Sargento Salvador Medina, Chef der Guardia Civil von Benengeli und lautstarker Gegner der neuen Bewohner, sagte jedem seine Meinung, der sie hören wollte, und vielen, die das nicht wollten. »Das Mittelmeer, das Mare Nostrum der Alten, erstickt im Dreck«, erklärte er. »Und nun siecht das Land – Terra Nostra – ebenfalls dahin.«

Um den Guardia-Chef für sich einzunehmen, schickte ihm Vasco Miranda zweimal das übliche Weihnachtsgeschenk, das aus Geld und Alkohol bestand, aber Medina ließ sich nicht beschwichtigen. Er brachte die reichlichen Mengen Fusel und Peseten persönlich zurück und sagte Vasco ins Gesicht: »Männer und Frauen, die ihren natürlichen Lebensraum verlassen, sind keine Menschen mehr. Entweder fehlt ihrer Seele etwas, oder es hat sich etwas hineingeschlichen – irgendeine Teufelssaat.« Nach dieser Beleidigung zog sich Vasco Miranda hinter die hohen Mauern seines befestigten Lustschlößchens zurück und führte von nun an ein Einsiedlerleben. Nie wieder sah man ihn auf den Straßen von Benengeli. Die Dienstboten, die er einstellte (in jenen Tagen kamen zahlreiche junge Männer und Frauen aus den von Arbeitslosigkeit schwer geplagten Gegenden La Mancha und Extremadura nach Südspanien – wo es ohnehin wenig Arbeit gab –, um in den Restaurants, Hotels oder Privathaushalten nach einer Stelle zu suchen; daher waren Hausangestellte in Benengeli ebenso leicht zu haben wie in Bombay), berichteten von seinem beängstigenden Verhalten, das darin bestand, daß Perioden absoluter, zurückgezogener Stille regelmäßig von dahingeplapperten Tiraden über abstruse, ja sogar unverständliche Themen und peinliche Enthüllungen intimster Einzelheiten aus seiner wechselvollen Vergangenheit abgelöst wurden. Es gab gigantische Saufgelage und

– 440 –

Abstürze in wilde Depressionen, in denen er manisch auf die brutalen Mißhelligkeiten seines Lebens fluchte, vor allem auf seine Liebe zu einer gewissen Aurora Zogoiby und auf seine Angst vor einer »vergessenen Nadel«, die sich, wie er glaubte, unerbittlich seinem Herzen näherte. Da er jedoch gut und pünktlich bezahlte, blieben seine Dienstboten bei ihm.

Vielleicht unterschied sich Vascos und Abrahams Leben letztlich doch gar nicht so sehr. Nach Aurora Zogoibys Tod wurden sie beide Einsiedler, Abraham in seinem hohen Turm, Vasco in dem seinen; beide versuchten sie den Schmerz über ihren Verlust unter neuen Aktivitäten, neuen Unternehmungen zu begraben, so bösartig diese auch konzipiert sein mochten. Und beide behaupteten, wie ich erfahren sollte, ihren Geist gesehen zu haben.

»Sie geht hier um. Ich habe sie mit eigenen Augen gesehen.« Abraham im Himmelsgarten mit ausgestopftem Hund bekannte sich zu einer Vision – zum erstenmal in seinem Leben und nach einer lebenslangen Skepsis gegenüber diesem Thema sah er sich plötzlich gezwungen, die Möglichkeit eines Lebens nach dem Tode in Betracht zu ziehen, was ihm nur schwer über die ungläubigen Lippen kam. »Sie will aber nicht auf mich warten; verschwindet jedesmal zwischen den Bäumen.« Geister wie Kinder spielen gern Verstecken. »Sie kommt nicht zur Ruhe. Ich weiß, daß sie keine Ruhe hat. Was kann ich nur tun, damit sie Ruhe findet?« In meinen Augen war es eher Abraham, der unruhig zu sein schien, der sich nicht mit ihrem Verlust abfinden konnte. »Vielleicht, wenn ihr Werk einen Ruheplatz findet«, sinnierte er, und so kam es zu dem immensen Zogoiby Bequest, jener Nachlaßstiftung, die vorsah, daß Auroras Sammlung ihrer eigenen Werke – viele Hunderte von Bildern! – in vollem Umfang der Nation geschenkt wurde, unter der Bedingung, daß man in Bombay eine Galerie erbaute, wo sie entsprechend aufbewahrt und ausgestellt werden konnten. Infolge der

Meerut-Massaker, der Hindu-Muslim-Aufstände in Old Delhi und anderswo, galten die Prioritäten der Regierung jedoch momentan nicht gerade der Kunst, und so blieb die Sammlung bis auf ein paar Meisterwerke, die in der National Gallery von Delhi ausgestellt wurden, einfach liegen. Bombays Stadtbehörden, von Mainduck kontrolliert, waren nicht bereit, das Kapital aufzubringen, das die Kasse der Zentralregierung verweigert hatte. »Dann eben zum Teufel mit allen Politikern!« rief Abraham erbost. »Selbsthilfe ist immer die beste Politik.« Er suchte und fand andere Geldgeber, die ihn bei dem Projekt unterstützten; Zuschüsse kamen von der schnell expandierenden Khazana Bank wie von dem Super-Börsenmakler V. V. Nandy, dessen George-Soros-ähnliche Attacken auf die Währungsmärkte der Welt legendären Ruf genossen, um so mehr, da sie aus einer Quelle der dritten Welt kamen. »Dieses alte Krokodil Nandy wird noch zum postkolonialen Helden unserer Jugend«, erklärte mir Abraham, über die Launen des Schicksals grinsend. »Er paßt genau in ihre Doppelpläne nach dem Motto das-Imperium-schlägt-zurück-plus-wie-werde-ich-schnell-reich.« Ein erstklassiges Grundstück wurde gefunden – einer der wenigen übriggebliebenen Parsi-Paläste aus alter Zeit auf dem Cumballa Hill (»Wie alt?« – »Alt. Aus *sehr alter* Zeit.«) –, und eine brillante junge Kunsttheoretikerin und Verehrerin von Auroras Œuvre namens Zeenat Vakil, schon jetzt Autorin einer wegweisenden Studie über die Mughal-*Hamza-nama*-Tücher, wurde zur Kuratorin ernannt. Dr. Vakil machte sich sofort daran, einen ausführlichen Katalog zusammenzustellen, und begann außerdem an einer begleitenden kritischen Würdigung zu arbeiten, *Die personifizierte Idee: Streitgespräche über den Eklektizismus und die Fraglichkeit von Authentizität im Werk Aurora Zogoibys*, die der Moor-Serie – inklusive der bisher nicht gezeigten Spätwerke – den ihr zukommenden zentralen Platz innerhalb des Gesamtwerkes verschaffen und dafür sorgen sollte, Aurora selbst einen Platz in den Reihen der Unsterblichen zu sichern. Der Zogoiby Bequest wurde bereits drei Jahre nach Auroras tragischem Tod der Öffentlichkeit zugänglich gemacht; daraufhin kam es zu ein paar unvermeidlichen, doch kurzlebigen Kontroversen, zum Beispiel über die frühen und in den Augen einiger Kritiker inzestuösen Moor-Bilder, jene »Pantomime-Bilder«, die sie vor langer Zeit so leichthändig gemalt hatte. Hoch oben im Cashondeliveri Tower aber ging ihr Geist noch immer um.

Nun ließ Abraham seine Überzeugung durchblicken, ihr Tod sei nicht, wie jedermann angenommen hatte, ein echter Unfall gewesen. Während er sich ein wässerndes Auge betupfte, erklärte er mit unsicherer Stimme, daß jene, die durch eine Untat umkommen, Vergeltung verlangen, damit sie Ruhe finden können. Anscheinend unfähig, die Tatsache zu akzeptieren, daß Aurora tot war, schien er sich immer tiefer in den Fallstricken des Aberglaubens zu verfangen. Unter normalen Umständen hätte mich dieses Abgleiten in das, was er immer als Hokuspokus bezeichnet hatte, zutiefst erschreckt; aber auch ich war in den immer fester werdenden Griff der Obsession geraten. Meine Mutter war tot, und dennoch mußte ich einen Riß kitten. War ihr Tod tatsächlich unwiderruflich, konnte es nie zu einer Versöhnung kommen, und es würde mich ewig quälen, dieses nagende, zwingende Verlangen nach ihr, diese Wunde-die-nicht-heilen-will. Also versuchte ich nicht, Abraham zu widersprechen, wenn er von Phantomen in seinen hängenden Gärten redete. Vielleicht habe ich sogar – jawohl! – auf ein plötzliches Klirren von Jhunjhunna-Knöchelreifen gehofft, auf das Wehen eines Schleiers hinter einem Busch. Oder, noch besser, auf die Rückkehr der Mutter aus meiner schönsten Zeit, farbenbekleckst, mit Pinseln in ihrem hoch aufgetürmten, chaotischen Haar.

Selbst als Abraham verkündete, er habe Dom Minto gebeten, die Untersuchung ihres Falles auf privater Basis neu zu beginnen – ausgerechnet Minto, blind, zahnlos, an den Rollstuhl gefesselt, taub und, während er sich seinem hundertsten

Geburtstag näherte, von Dialysemaschinen, regelmäßigen Bluttransfusionen und jener unersättlichen, unverminderten Neugier am Leben gehalten, die ihn bis an die Spitze seiner Berufsleiter gebracht hatte! –, erhob ich keine Einwände. Soll der Alte doch bekommen, was er braucht, um seine unruhige Seele zu beruhigen, dachte ich. Außerdem war es, wie ich gestehen muß, nicht leicht, Abraham Zogoiby, diesem skrupellosen alten Skelett, zu widersprechen. Je mehr er mich in sein Vertrauen zog, mir seine Bankunterlagen, seine geheimen Kontobücher und sein Herz öffnete, desto tiefer grub sich die Angst in mich ein.

»Fielding, vermutlich«, schrie er Minto im Pei-Garten seinen Verdacht ins Ohr. *»Mody hätte nicht das Zeug dazu. Nehmen Sie Fielding unter die Lupe! Moor hier wird Ihnen jede Hilfe geben, die Sie brauchen.«*

Meine Angst wuchs. Wenn Raman Fielding – schuldig oder nicht – jemals argwöhnte, daß ich ihn ausspionierte, um ihn in einem Mordfall zu belasten, würde mir das nicht sehr gut bekommen. Dennoch konnte ich mich Abraham, meinem erst kürzlich wiedergefundenen Vater, nicht verweigern. Trotz meiner Nervosität brachte ich es aber schließlich doch noch fertig, taktlose Fragen zu stellen: Warum sollte Mainduck …? Welches Motiv hätte er gehabt? Was hätte ihn provozieren sollen?

»Der Junge will wissen warum ich diesen Frosch verdächtige«, schrie Abraham Zogoiby, von schrecklichen Kicheranfällen unterbrochen, dem alten Minto ins Ohr, der sich, ebenfalls hechelnd, auf die Schenkel schlug. *»Glaubt vielleicht, seine Mummy war eine Heilige, und sein böser Daddy habe Seitensprünge gemacht. Aber sie hat so ziemlich alles ausprobiert, was Hosen trug, nicht wahr? Ohne ausdauernde Konzentrationsfähigkeit. Die Hölle kann nicht schlimmer sein als ein abgeblitzter Frosch! Quod erat verdammt noch mal demonstrandum.«*

Zwei makaber kichernde alte Männer, Vorwürfe ehelicher Untreue und Mord, ein umgehender Geist und ich. Ich wußte nicht mehr weiter. Aber es gab nichts, wohin ich fliehen, wo ich mich verstecken konnte. Es gab nur das, was getan werden mußte.

»Keine Sorge, Big Daddy«, flüsterte Minto, durch blaues Glas spähend, mit einer Stimme, so leise, wie die von Abraham laut getönt hatte. »Dieser Fielding, betrachten Sie ihn bereits als gerädert, gevierteilt und aufgehängt.«

Kinder machen sich Phantasievorstellungen von ihren Vätern, formen sie sich nach ihren kindlichen Bedürfnissen. Die Realität eines Vaters ist eine Last, die nur wenige Söhne zu tragen vermögen.

Zu jener Zeit war man allgemein davon überzeugt, daß die (zum größten Teil muslimischen) Gangs, die das organisierte Verbrechen der Stadt kontrollierten, jede mit ihrem eigenen Boß oder *dada*, durch ihre traditionellen Schwierigkeiten bei der Bildung eines beständigen Syndikats, einer vereinigten Front geschwächt worden waren. Meine eigenen Erfahrungen bei der MA, für die ich in den Armenvierteln der Stadt gearbeitet hatte, um Freunde zu werben und Unterstützung zu gewinnen, ließ mich jedoch etwas anderes vermuten. Mir waren ganz allmählich kleine Veränderungen aufgefallen, Hinweise auf etwas Schattenhaftes, so furchterregend, daß niemand darüber reden wollte – eine verborgene Schicht unter der Oberfläche des äußeren Scheins. Ich hatte Mainduck gegenüber erwähnt, daß die Gangs sich möglicherweise endlich vereinigt hätten, daß es, ganz im Mafia-Stil, vielleicht sogar einen einzigen *capo di tutti capi* geben könne, der sämtliche Banden in der Stadt leitete, aber er hatte mich voller Verachtung ausgelacht. »Bleib du beim Köpfeknüppeln, Hammer!« höhnte er. »Die wichtigeren Überlegungen überlaß lieber den größeren Hirnen! Einheit verlangt Disziplin, und darauf besitzen wir das Monopol. Diese Schwesternficker werden sich in den Haaren liegen, bis der Himmel einstürzt.«

Nun aber hatte ich mit eigenen Ohren gehört, wie Dom

Minto *meinen* Vater als den größten *dada* von allen bezeichnete. Mogambo! Im selben Moment, da ich es hörte, wußte ich, daß es die Wahrheit war. Abraham war der geborene Befehlshaber, ein begnadeter Vermittler, der Unterhändler aller Unterhändler. Er spielte um hohe Einsätze; er war sogar als junger Mann schon bereit gewesen, seinen ungeborenen Sohn aufs Spiel zu setzen. Jawohl, das Oberkommando existierte, und die Muslim-Gangs waren von einem Cochin-Juden geeint worden. Die Wahrheit ist fast immer exzeptionell, kapriziös, unwahrscheinlich und so gut wie niemals normativ, so gut wie niemals das, was kühle Kalkulation erwarten läßt. Am Ende schließen die Menschen jene Bündnisse, die sie brauchen, und sie folgen den Männern, die in der Lage sind, sie in die gewünschte Richtung zu führen. Mir kam der Gedanke, daß die Überlegenheit meines Vaters über Scar und seine Kollegen ein dunkler, ironischer Sieg für Indiens tiefverwurzelten Säkularismus war. Das Wesen dieser interkommunalen Liga zynischen Selbstinteresses strafte Mainducks Version einer Theokratie Lügen, in der eine bestimmte Variante des Hinduismus regierte, während alle anderen indischen Völker sich ihr gesenkten Hauptes unterwarfen.

Vasco hatte es schon vor Jahren gesagt: Die Korruption war das einzige Mittel, das wir hatten, um den Fanatismus niederzuringen. Was aus seinem Mund nur wie die Stichelei eines Betrunkenen geklungen hatte, war von Abraham Zogoiby in lebendige Realität verwandelt worden, in eine Koalition von Hütte und Hochhaus, in eine gottlose Armee von Gaunern, die alles, was das Gottesheer ihr in den Weg stellte, zu attackieren und zu vernichten vermochte.

Vielleicht.

Raman Fielding hatte den schweren Fehler begangen, seinen Gegner zu unterschätzen. Würde Abraham Zogoiby klüger sein? Die ersten Zeichen standen nicht gut. »Ein Insekt«, hatte er Mainduck genannt, »einen dummen Hund mit Hundehalsband«.

Und wenn beide Seiten ins Feld zogen, weil sie überzeugt waren, der Gegner sei leicht zu besiegen? Und wenn sich beide Seiten täuschten? Was dann?

Armageddon?

Was nun den Baby-Softo-Rauschgiftskandal betraf, so war Abraham Zogoiby – wie er mir während unserer »Lagebesprechungen« mit breitem, unverschämtem Grinsen bestätigte – von der Untersuchungsbehörde hundertprozentig freigesprochen worden. »Einwandfreies Gesundheitszeugnis«, krähte er. »Beide Hände ebenso peinlich sauber. Wenn meine Feinde versuchen, mich in den Dreck zu ziehen, müssen sie sich mehr Mühe geben.« An der Tatsache, daß die Talkumpuder-Exporte der Softo Company als Tarnung für den Überseetransport von weitaus lukrativerem weißem Pulver benutzt worden waren, bestand kein Zweifel; trotz übermenschlicher Anstrengungen der Rauschgiftfahnder war es jedoch nicht gelungen, Abraham nachzuweisen, daß er von irgendwelchen illegalen Aktivitäten gewußt habe. Gewisse kleine Funktionäre der Gesellschaft – auf dem Versand- und Verpackungssektor – hatten, wie sich herausstellte, tatsächlich im Sold eines Drogensyndikats gestanden, darüber hinaus stießen sämtliche Ermittlungen jedoch sehr schnell gegen eine Mauer. Abraham war sehr großzügig, was die Versorgung der Familien verhafteter Mitglieder betraf – »Warum sollen Frauen und Kinder für die Taten ihrer Männer und Väter leiden?« fragte er gern –, und letzten Endes wurde der Fall ad acta gelegt, ohne daß Anklage gegen hochgestellte Persönlichkeiten erhoben wurde, wie es ursprünglich geheißen hatte, nicht zuletzt seitens Raman Fieldings MA-kontrollierter City Corporation. Peinlich war nur, daß der Drogenoberherr namens Scar in Freiheit blieb. Dem Vernehmen nach hatte er irgendwo im Persischen Golf Zuflucht gesucht und gefunden, doch Abraham Zogoiby teilte mir etwas völlig anderes mit. »Wie dumm müßten wir sein, wenn wir nicht in der Lage wären, auch

Einwanderungs-Auswanderungs-Probleme zu lösen!« rief er aus. »Selbstverständlich können unsere Leute ein- und ausreisen, wann immer sie wollen. Und auch die Drogenfahnder sind nur Menschen. Mit ihren kleinen Gehältern können sie kaum auskommen. Was soll ich dir sagen? Die Pflicht der Wohlhabenden ist es, großzügig zu sein. Unsere wichtigste Rolle ist die Philanthropie. *Noblesse oblige.*«

Abrahams Sieg in der Baby-Softo-Affäre war ein Schlag für Fielding gewesen, der mich immer wieder gedrängt hatte, meinen Vater nach Informationen über den Drogenhandel auszuhorchen. Dabei brauchte ich ihn gar nicht auszuhorchen. Abraham war geradezu versessen darauf, mir sein Herz auszuschütten, und erzählte mir offen, daß der Softo-Sieg nicht zuletzt deshalb errungen worden war, weil man gewisse Folgekosten einkalkuliert hatte. Nachdem der Talkumpuderkanal blockiert war, mußte angesichts intensiver Polizeiermittlungen schnellstens ein weiteres Unternehmen geplant werden, und ein weitaus gefährlicheres dazu. »Die Anfangskosten waren lächerlich hoch«, vertraute er mir an. »Aber was sollten wir tun? Im Geschäftsleben ist das Wort eines Mannes bindend, und es gab mehrere Kontrakte, die zu erfüllen waren.« Scar und seine Männer hatten Überstunden gemacht, um die neue Route zu installieren, die in die staubigen Wüsten des Ran von Katsch mündete (was die Bestechung sowohl der Gujarat- als auch der Maharashtra-Zöllner erforderte). Der »Talkumpuder« sollte dann von ein paar Booten zu den wartenden Frachtschiffen gebracht werden. Insgesamt sei diese neue Route langsamer und riskanter, sagte Abraham. »Ein Notbehelf. Früher oder später werden wir aber bei der Luftfracht neue Freunde finden.«

Abends besuchte ich ihn oft in seinem Wolkenkratzer-Eden aus Glas, und dann erzählte er mir seine komplizierten Geschichten. Irgendwie klangen sie wie Märchen: Kobold-Sagen der heutigen Zeit, Geschichten über ganz und gar Anomales, erzählt in einem sachlichen, banalen Exportbuchhalterton, der

selbst den abstrusesten Begebenheiten einen normalen An-
strich gab. (Dies meinte mein barbarischer Vater also, wenn er
sagte, er vergrabe sich in seiner Welt, um den Verlust besser
ertragen zu können! Dies war es, was er tat, um seinen Schmerz
zu lindern!) Waffen spielten bei dem Ganzen eine große Rolle,
obwohl der Handel mit ihnen auf der offiziellen Liste der
Aktivitäten dieses großen Konzerns nicht auftauchte. Vielmehr
lief es so ab wie im Fall einer berühmten skandinavischen
Waffenfirma, die mit der Regierung um die Lieferung einer
Reihe von im wesentlichen einwandfreien, elegant konzipierten
und selbstverständlich tödlichen Produkten an Indien verhan-
delte. Die Geldbeträge, um die es ging, bewegten sich in Dimensionen, die kaum noch zu fassen waren, und wie es bei derartigen Gebirgsmassen von Kapital vorkommen kann, lösten sich
gewisse periphere Geldbrocken vom Hauptkorpus und begann-
nen den Berg hinabzurollen. Nun brauchte man eine diskrete
Möglichkeit, die abstürzenden Felstrümmer auf eine Art und
Weise aus dem Weg zu räumen, die für alle Beteiligten von
Vorteil war. Die Verhandlungspartner waren nämlich so kulti-
viert und auf Korrektheit bedacht, daß keiner von ihnen sich in
der Lage sah, den Schotter des Profits zu beseitigen, auch nicht
auf die eigenen Bankkonten. Nicht einmal der Hauch einer
Ahnung von Unregelmäßigkeiten durfte je mit ihren unantast-
baren Namen in Verbindung gebracht werden! »Also«, sagte
Abraham mit fröhlichem Achselzucken, »machen wir die Dreck-
arbeit, und dabei landen eine Menge Steinchen in unseren
eigenen Taschen.«

Es stellte sich heraus, daß Abrahams Siodicorp – wie sie
inzwischen allgemein genannt wurde – einer der Hauptfaden-
zieher der Khazana Bank International war, die gegen Ende der
1980er Jahre das erste Finanzinstitut der dritten Welt wurde und
es, was Aktiva und Transaktionen betraf, mit den großen West-
banken aufnehmen konnte. Jenes mehr oder weniger moribun-
de Bankgeschäft, das Abraham von den Gebrüdern Cashonde-

liveri übernommen hatte, war auf brillante Art und Weise aufgemöbelt worden, und seine Verbindungen mit dem KBI-Unternehmen hatten es zum Wunder der ganzen City gemacht. »Die alten Zeiten, in denen man einer vollamputierten Wirtschaft einen Dollar-Bypass verpaßte, sind vorüber«, erklärte mein Vater. »Ich kann diesen ganzen sentimentalen Brüder-der-dritten-Welt-haltet-zusammen-Quatsch nicht mehr hören. Bringt mir die Big Boys! Dollar, DM, Schweizer Franken, Yen – lasset sie zu mir kommen! Jetzt schlagen wir sie mit ihren eigenen Waffen.« Trotz seiner neuen Offenheit mir gegenüber dauerte es jedoch mehrere Jahre, bis Abraham Zogoiby mir gestand, daß unter dieser glitzernden monetären Vision eine verborgene Schicht von Aktivitäten existierte: jene unvermeidliche geheime Welt, die unter allem lauerte, was ich jemals gekannt habe, und die auf Enthüllung wartete. Und wenn die Realität unseres Seins darin besteht, daß so und so viele verborgene Wahrheiten hinter den Maja-Schleiern des Nichtwissens und der Illusion liegen, warum denn nicht auch Himmel und Hölle? Warum nicht Gott und der Teufel und dieser ganze verdammte Mist? Wenn so viel Enthüllung, warum dann nicht Offenbarung? – *Okay, okay.* Dies ist nicht die richtige Zeit für eine theologische Diskussion. Das Thema auf der Tagesordnung heißt Terrorismus – und eine geheime Kernwaffe.

Zu den größten Kunden der KBI gehörte eine Anzahl von Gentlemen und Organisationen, deren Namen in jedem Land der freien Welt auf der Liste der Meistgesuchten und Höchstgefährlichen standen, die aber auf geheimnisvolle Weise in jedem Land ihrer Wahl persönlich ungehindert Linienmaschinen nehmen, Bankfilialen betreten oder sich in ärztliche Behandlung begeben konnten, ohne behelligt oder gar verhaftet zu werden. Diese Schattenkonten wurden in speziellen Dateien gespeichert, geschützt von einer eindrucksvollen Reihe von Passwords, Software-»Bomben« und anderen Abwehrmechanismen, und waren, wenigstens theoretisch, nicht über den Haupt-

computer zu erreichen. Derartige Vorsichtsmaßnahmen waren
jedoch gar nichts – und diese unangenehmen Kunden wirkten
absolut engelsgleich –, wenn man sie mit den Vorsichtsmaßnahmen und dem Personenkreis verglich, die für KBIs größtes
Geschäft eingesetzt wurden: die Finanzierung und verdeckte
Produktion geheimer Kernwaffen in großem Umfang »für gewisse ölreiche Länder und ihre ideologischen Verbündeten«.
Abrahams Arm war in der Tat sehr lang geworden. Überall, wo
es einen Vorrat an entsprechend angereichertem Uran oder
Plutonium gab, hatte die Khazana Bank einen Finger im heißen
Brei; kam in den Randstaaten der jüngst zusammengebrochenen Sowjetunion durch Zufall und völlig unerwartet ein Fern-
lenksystem auf den Markt, schlängelte sich KBI-Geld geschickt
und unsichtbar unterm Teppich und durch Mauern hindurch
auf den Marktstand des Verkäufers zu. So näherte sich schließlich Abrahams unsichtbare Stadt, von unsichtbaren Menschen
erbaut, um unsichtbare Geschäfte zu tätigen, ihrer Apotheose.
Sie baute eine unsichtbare Bombe.

Im Mai 1991 katapultierte eine allzu sichtbare Explosion in
Tamil Nadu Mr. Rajiv Gandhi auf die Liste der ermordeten
Toten seiner Familie, und Abraham Zogoiby – dessen Entscheidungen zuweilen so unverständlich und dunkel waren, daß man
glauben mußte, er halte sich selbst für etwas merkwürdig –
wählte diesen schrecklichen Tag, um mich in die Existenz des
geheimen H-Bomben-Projekts »einzuweihen«. In diesem Augenblick veränderte sich etwas in mir. Es war eine unwillkürliche
Veränderung, geboren nicht aus freiem Willen oder freier
Wahl, sondern aus einer tieferen, unbewußten Funktion meines
Seins. Ich lauschte aufmerksam, während er sich in Einzelheiten
erging (das alles überspannende Problem, vor dem das Projekt
im Augenblick stehe, erklärte er, sei die Notwendigkeit eines
ultraschnellen Supercomputers, der in der Lage wäre, die komplizierten Waffenlenkprogramme zu bewältigen, ohne die die
Raketen kein Ziel treffen würden, das sie treffen sollten; auf der

ganzen Welt existierten weniger als zwei Dutzend solcher FPS-
oder Floating-Point-System-Computer mit VAX-Auswertungs-
einrichtung, die es ihnen erlaubte, pro Sekunde sechsund-
siebzig Millionen Berechnungen anzustellen, und zwanzig davon befänden sich in den Vereinigten Staaten, was somit
bedeute, daß einer von den restlichen drei oder vieren – einer
von ihnen sei in Japan entdeckt worden – entweder durch eine
Strohmannorganisation erworben werden müsse, so gut getarnt, daß auch die hochentwickelten Sicherheitssysteme, die
bei einem derartigen Verkauf zur Anwendung kommen, getäuscht würden, oder der Computer müsse gestohlen und anschließend sofort *unsichtbar gemacht,* das heißt, mit Hilfe einer
unwahrscheinlich komplizierten Kette korrupter Zollbeamter,
gefälschter Frachtbriefe und düpierter Aufsichtsbehörden zum
Endverbraucher geschmuggelt werden), doch während ich
lauschte, hörte ich eine innere Stimme, die sich eindeutig und
kategorisch weigerte. Genauso, wie ich mich dem Tod verweigert hatte, den Uma Sarasvati mir zugedacht hatte, war ich jetzt
überzeugt, die Grenze dessen überschritten zu haben, was mir
an Familienloyalität abgefordert werden konnte. Eine ganz andere Loyalität hatte zu meiner Überraschung den Vorrang
übernommen. Zu meiner Überraschung, weil ich ja schließlich
in *Elephanta* aufgewachsen war, wo alle kommunalen Verbindungen bewußt gekappt worden waren; in einem Land, in dem
sämtliche Bürger instinktiv ihrem Heimatort und ihrem Glauben eine doppelte Treue schulden, war ich zu einem Nirgends-
und-keine-Gemeinschaft-Menschen erzogen worden – und, wie
ich wohl sagen darf, stolz darauf. Also leistete ich mit geschärf-
tem Sinn für das Unerwartete meinem einschüchternden, tödlich gefährlichen Vater Widerstand.

»... Und wenn man uns beim Schmuggeln erwischt«, erklärte er, »würden sämtliche Hilfsvereinbarungen, Privilegien für
bevorzugte Nationen und andere Wirtschaftsverträge mit allen
möglichen Regierungen auf der Stelle wirkungslos.«

Ich holte tief Luft. »Ich nehme an, du weißt, wen diese Bombe in noch kleinere Stücke zerreißen soll als den armen Rajiv«, stieß ich hervor, »und wo.«

Abraham versteinerte. Er wurde zu Eis, und zu Feuer. Er war Gott im Paradies, und ich, seine großartigste Schöpfung, hatte soeben das verbotene Feigenblatt der Scham angelegt. »Ich bin Geschäftsmann«, sagte er. »Was getan werden muß, das tue ich.« JHWH. *Ich bin da.*

»Entschuldige«, erklärte ich diesem Schatten-Jahwe, diesem Anti-Allmächtigen, diesem schwarzen Loch im Universum, meinem Daddyji, »aber soeben wird mir klar, daß ich Jude bin.«

Inzwischen arbeitete ich nicht mehr für Mainduck; Chhaggan hatte vermutlich recht gehabt – das Blut in meinen Adern hatte sich als dicker erwiesen als das Blut, das wir gemeinsam vergossen hatten. Es war nicht ich, sondern Fielding gewesen, der – nicht ohne ein Körnchen Anstand – erklärt hatte, wir seien an einem Punkt angelangt, an dem sich unsere Wege trennen müßten. Er merkte vermutlich, daß ich nicht bereit war, meinen Vater für ihn auszuspionieren, und möglicherweise ahnte er, daß Informationen über seine Aktivitäten in die entgegengesetzte Richtung geflossen waren. Hinzusetzen muß ich, daß ich keine große Lust auf Büroarbeit hatte; denn während mein jugendlicher Drang zu Ordnung und Sauberkeit und mein Hang zur Unauffälligkeit gut zu den bescheidenen, mechanischen Aufgaben paßten, die man mir antrug, rebellierte meine »geheime Identität« – das heißt, mein wahres, ungezähmtes, amoralisches Ich – heftigst gegen die Monotonie der Tage. Ein ehemaliger Schläger, ein überalterter Goonda – was sollte man anderes mit ihm anfangen, als ihn in den Ruhestand versetzen?«

»Geh, ruh dich ein bißchen aus!« sagte Fielding zu mir und legte mir die Hand auf den Kopf. »Du hast es verdient.« Ich fragte mich, ob das bedeutete, daß er beschlossen hatte, mich nicht umbringen zu lassen. Oder aber das Gegenteil: daß in allernächster Zeit das Messer des Tinman oder die Zähne von Five-in-a-Bite möglicherweise meine Kehle streicheln würden. Jedenfalls nahm ich Abschied und verschwand. Keine Mörder verfolgten mich. Damals nicht. Aber das Gefühl, verfolgt zu werden – das ließ nicht nach.

Die Wahrheit sah so aus, daß Mainduck sich mit seinen Tricks im Jahre 1991 weit mehr auf religiös-nationalistischem Gebiet betätigte als auf der ursprünglichen, eng lokalisierten Bombay-den-Mahrattas-Plattform, die ihn an die Macht gebracht hatte. Außerdem suchte Fielding Bündnisse mit gleichgesinnten nationalen Parteien und paramilitärischen Organisationen, jener Buchstabensuppe von Autoritäten, die sich BJP, RSS, VHP nannten. In dieser neuen Phase der MA-Aktivitäten gab es für mich keinen Platz mehr. Zeenat Vakil vom Zogoiby Bequest – wo ich mittlerweile einen großen Teil meiner Zeit verbrachte, um mich in die Traumwelten meiner Mutter zu versetzen und Auroras traumhafter Neu-Erfindung meiner selbst durch die Abenteuer zu folgen, die sie für mich erdacht hatte –, die clevere, nach links tendierende Zeeny, der ich von meiner Mainduck-Verbindung nichts erzählte, hatte für die Ram-Rajya-Rhetorik nichts als Verachtung übrig. »Dummes Geschwätz, ehrlich«, protestierte sie. »Punkt eins: In einer Religion mit tausend Göttern beschließen sie plötzlich, daß nur einer von Bedeutung ist. Was ist aber dann zum Beispiel mit Calcutta, wo sie von Ram gar nichts halten? Und die Shiva-Tempel – sind die überhaupt keine adäquaten Anbetungsorte mehr? Wie absolut dumm! Punkt zwei: Der Hinduismus hat viele heilige Bücher, nicht nur eins, aber plötzlich heißt es nur noch Ramayana, Ramayana. Wo bleibt da die Gita? Wo bleiben all die Puranas? Wie können die sich erdreisten, alles einfach so zu verdrehen? Das soll wohl ein Witz sein! Und Punkt drei: Da es für Hindus kein Gebot für gemeinsame Anbetung gibt – wie wollen diese Typen dann ihren heißgeliebten Mob zusammentrommeln? Also wird auf einmal diese Massen-Puja erfunden, die plötzlich die einzige Möglichkeit sein soll, wirkliche, echte, 1a-Frömmigkeit zu beweisen. Eine einzige martialische Gottheit, ein einziges Buch, und der Mob an die Regierung: Das ist es, was sie aus der Hindu-Kultur gemacht haben, aus ihrer vielköpfigen Schönheit, aus ihrer Friedfertigkeit.«

»Zeenat, Sie sind eine Marxistin«, erwiderte ich. »Diese Rede über einen wahren Glauben, der von real existierenden Bastardisierungen zerstört wird, war schon früher das Standardargument von euresgleichen. Glaubt ihr vielleicht, daß Hindus Sikhs Muslime sich noch niemals zuvor gegenseitig umgebracht haben?«

»*Post*-Marxistin«, korrigierte sie mich. »Und was immer im Hinblick auf den Sozialismus wahr oder nicht wahr war – dieses Fundo-Zeug ist wirklich was Neues.«

Ramon Fielding fand viele unerwartete Verbündete. Außer den Buchstaben-Suppisten gab es die Malabar-Hill-Schnellsträßler, die auf ihren Dinnerpartys davon schwafelten, den »Minderheitsgruppen eine Lektion zu erteilen« und »den Leuten zu zeigen, wo ihr Platz ist«. Aber das waren schließlich genau die Menschen, die er umworben hatte; was ihm als eine Art Bonus vorgekommen sein mußte, war die Tatsache, daß es ihm wenigstens in einem einzigen Punkt, nämlich der Schwangerschaftsverhütung, gelungen war, sich die Unterstützung der Muslime und, noch viel erstaunlicher, der Maria-Gratiaplena-Nonnen zu sichern. Hindus, Muslime und Katholiken, am Rande eines explosiven kommunalen Konflikts, waren sich vorübergehend einig in ihrem gemeinsamen Haß auf Kondom, Diaphragma und Pille. Unnötig zu betonen, daß meine Schwester Minnie – Sister Floreas – zu den fanatischsten Gegnerinnen gehörte.

Seit dem mißlungenen Versuch, Mitte der 1970er zwangsweise eine Kampagne zur Geburtenkontrolle durchzuführen, war die Familienplanung in Indien ein problematisches Thema gewesen. In letzter Zeit jedoch war unter dem Motto *Hum do hamaré do* (»Wir beiden und unsere beiden«) eine neue Initiative für kleinere Familien eingeleitet worden. Diese benutzte Fielding, um eine eigene Einschüchterungskampagne zu starten. MA-Mitarbeiter schwärmten überall in die Mietskasernen und Slums aus, um den Hindus mitzuteilen, die Muslime weigerten sich, die neue Politik mitzutragen. »Wenn wir zwei sind und zwei haben, während sie zwei sind und zweiundzwanzig haben, dann werden sie uns zahlenmäßig bald überlegen sein und uns kurzerhand ins Meer treiben!« Ihre Legitimation erfuhr die Vorstellung, daß eine Dreiviertelmilliarde Hindus durch die Kinder von einhundert Millionen Muslimen hinweggefegt werden könnte, ausgerechnet von den zahlreichen Imams und politischen Muslim-Führern, welche die Zahlen der indischen Muslime absichtlich übertrieben, um ihre eigene Bedeutung sowie das gemeinschaftliche Selbstbewußtsein zu steigern; und die immer wieder gern darauf hinwiesen, daß die Muslime weitaus bessere Kämpfer seien als die Hindus. »Gebt uns sechs Hindus gegen einen von uns!« schrien sie bei ihren Demonstrationen. »Dann gibt es wenigstens ein Gleichgewicht der Kräfte. Dann kommt es möglicherweise zu einem kurzen fairen Kampf, bevor diese Feiglinge Fersengeld geben.« Nun erhielt dieses surrealistische Zahlenspiel eine neue Wendung. Katholische Nonnen begannen durch die Mietskasernen von Bombay Central und die verdreckten Gassen des Dharavi-Slums zu ziehen und lautstark gegen die Geburtenkontrolle zu protestieren. Und keine arbeitete länger, keine debattierte leidenschaftlicher als die gute alte Sister Floreas; nach einiger Zeit wurde sie jedoch aus der vordersten Linie zurückgezogen, weil eine andere Nonne gehört hatte, wie sie den verängstigten Slumbewohnern erklärte, Gott habe seine eigene Art, die Zahl seiner Anhänger zu beschränken, und ihre Visionen hätten ihr bestätigt, daß viele von ihnen durch die bevorstehenden Gewalttätigkeiten und Seuchen in allernächster Zukunft ohnehin sterben würden. »Auch ich selbst werde in den Himmel geholt werden«, erklärte sie freundlich. »Oh, wie freue ich mich auf diesen Tag!«

Am Neujahrstag 1992 wurde ich im Alter von fünfunddreißig Jahren siebzig. Dieses Überschreiten der biblischen Altersgrenze war schon immer ein unheilschwangerer Einschnitt gewesen, um so mehr in einem Land, in dem die Lebenserwartung deutlich niedriger liegt, als im Alten Testament vermerkt; und im Fall Ihres Berichterstatters, für den sechs Monate unweigerlich den Schaden eines ganzen Jahres anrichten, besaß dieser Moment noch eine ganz besondere Pikanterie. Wie leicht doch der menschliche Verstand das Anormale normalisiert, wie schnell das Unvorstellbare nicht nur vorstellbar, sondern alltäglich wird, der Mühe nicht wert, darüber nachzudenken! So war mein »Zustand«, sobald er als »unheilbar«, »unvermeidlich« und viele andere »un-s« diagnostiziert worden war, an die ich mich nicht erinnern kann, sehr schnell so langweilig geworden, daß nicht einmal ich es fertigbrachte, besonders viele Gedanken auf ihn zu verschwenden. Der Alptraum meines halbierten Lebens war schlicht und einfach ein Faktum, und von einem Faktum vermag man nichts weiter zu sagen, als daß es ein Faktum ist. Denn kann man mit einem Faktum verhandeln, Sir? – Unmöglich! – Kann man es dehnen, schrumpfen lassen, verdammen, um Verzeihung bitten? – Nein; oder vielmehr, es wäre närrisch, so etwas tun zu wollen. – Wie also soll man sich einer so unzugänglichen, so absoluten Entität nähern? – Es ist ihr egal, Sir, ob man sich ihr nähert oder sie in Ruhe läßt; am besten akzeptiert man sie und geht seiner Wege. – Aber verändern sich Fakten denn niemals? Werden alte Fakten niemals durch neue ersetzt, wie Glühbirnen, wie Schuhe, Schiffe und alle möglichen anderen Sachen? – Nun, wenn sie das werden, dann zeigt uns das nur, daß sie von vornherein nie Fakten waren, sondern lediglich Posen, Attitüden, fauler Zauber. Das echte Faktum ist keine brennende Kerze, die schlaff zu einem erstarrenden Wachsteich zusammensinkt; und auch keine elektrische Glühbirne, mit ihren zarten Glühfäden so kurzlebig wie die Motte, die sie umschwirrt. Auch ist es weder aus gemeinem Schuhleder gemacht, noch kann es leckschlagen. Es leuchtet! Es geht! Es schwimmt! – Jawohl! – *Für ewig und einen Tag.*

Nach meinem fünfunddreißigsten oder siebzigsten Geburtstag jedoch wurde es mir unmöglich, das große Faktum meines Lebens achselzuckend mit einer Handvoll Patentrezepte über Kismet, Karma oder Schicksal abzuschütteln. Es wurde mir durch eine Reihe von Indispositionen und Krankenhausaufenthalten vor Augen geführt, die zu schildern ich dem empfindsamen, ungeduldigen Leser nicht zumuten will; ich möchte nur sagen, daß sie mir die Realität klargemacht haben, vor der ich so lange die Augen geschlossen hatte. *Ich hatte nicht mehr lange zu leben.* Diese schlichte, einfache Wahrheit stand mit flammenden Buchstaben auf die Innenseite meiner Lider geschrieben, sobald ich sie schloß, um zu schlafen; sie war das erste, woran ich denken mußte, wenn ich erwachte. *Bis heute hast du es also geschafft. Wirst du morgen auch noch dasein?* Es ist wahr, mein empfindsamer, ungeduldiger Freund: So schimpflich und unheldenhaft es auch sein mag, das einzugestehen, aber ich hatte begonnen, mit der Angst davor zu leben, von einer Minute zur anderen sterben zu müssen. Es war ein Zahnschmerz, für den es kein linderndes Nelkenöl gab.

Eine der Auswirkungen meiner Abenteuer in der Welt der Medizin bestand darin, daß ich physisch unfähig wurde, etwas zu tun, was tun zu können ich die Hoffnung schon lange aufgegeben hatte; das heißt, selbst Vater zu werden und dadurch die Last, Sohn zu sein, wenn nicht ganz abwerfen, so doch wenigstens erleichtern zu können. Dieses letztere Versagen erzürnte Abraham Zogoiby, der im neunzigsten Lebensjahr stand und gesünder war denn je, so sehr, daß er seine Verärgerung nicht mal unter dem kleinsten Versuch verbergen konnte, Mitgefühl oder Fürsorge zu zeigen. »Das einzige, was ich mir

von dir gewünscht habe«, stieß er an meinem Bett im Breach
Candy Hospital hervor, »selbst das kannst du mir jetzt nicht
mehr schenken.« Seit meiner Weigerung, an den verdeckten
Operationen der Khazana Bank teilzunehmen, vor allem an der
Herstellung der sogenannten »Islamischen« Bombe, hatte sich
eine gewisse kühle Distanz in unser Verhältnis geschlichen.
»Jetzt fehlt noch, daß du eine Jarmulka trägst«, höhnte mein
Vater. »Und einen Gebetsriemen. Was willst du noch? Hebrä-
ischunterricht, eine Einwegfahrkarte nach Jerusalem? Brauchst
du mir nur zu sagen! Übrigens beschweren sich viele von unseren Cochin-Juden über den Rassismus, mit dem sie in deiner
kostbaren Heimat überm Meer behandelt werden.« Abraham,
der Rassenverräter, der in erschreckenden, gigantischen Dimensionen das Verbrechen von damals wiederholte, als er Mutter und Stamm den Rücken kehrte und aus der Jewtown in
Auroras römisch-katholische Arme floh. Abraham, das schwarze
Loch von Bombay. Ich sah ihn, tief in Dunkelheit gehüllt, ein
implodierender Stern, der die Finsternis um sich sammelte,
während seine Masse zunahm. Kein Licht fiel über den Aktions-
radius seiner Präsenz hinaus. Er hatte mir schon lange Angst
eingejagt; jetzt löste er in mir einen Horror und gleichzeitig ein
Mitleid aus, die zu schildern meine Worte zu armselig sind.

Und wiederum sage ich: Ich bin kein Engel. Aus dem KBI-
Geschäft hielt ich mich heraus, doch Abrahams Imperium war
riesengroß, und neun Zehntel davon lag unter der Oberfläche
der Dinge. Es gab viel für mich zu tun. Auch ich zählte nun zu
den Bewohnern der oberen Sphären des Cashondeliveri Tower,
und die piratengleiche Freude, Sohn meines Vaters zu sein,
bereitete mir eine nicht geringe Genugtuung. Nach meinen
medizinischen Rückschlägen wurde mir jedoch klar, daß Abraham begonnen hatte, sich anderswo nach Unterstützung umzu-
sehen; und zwar vor allem bei Adam Braganza, einem vorlauten
Neunzehnjährigen mit Ohren, so groß wie die von Dumbo dem
Elefanten oder wie die Satellitenschüsseln von Star TV, der auf

der Leiter von Siodicorp so schnell aufstieg, daß es kein Wunder gewesen wäre, wenn er vom vielen Katzbuckeln eine Querschnittslähmung davongetragen hätte.

Mr. Adam, so erfuhr ich nach und nach im Verlauf meiner mitternächtlichen Plaudereien mit meinem Vater – der mich weiterhin als eine Art Beichtvater für die vielen Sünden seines langen Lebens benutzte –, war ein junger Mann mit einer spektakulären, wechselvollen Vergangenheit. Wie es scheint, war er ursprünglich das uneheliche Kind eines Bombay-Rowdys und einer Wanderzauberin aus Shadipur, Uttar Pradesh, und eine Zeitlang inoffiziell von einem Mann aus Bombay adoptiert worden, der vermißt und für tot erklärt wurde, nachdem er, nicht lange nach angeblichen, brutalen Mißhandlungen durch Regierungsagenten vierzehn Jahre zuvor, während der Emergency 1974 bis 1977, auf geheimnisvolle Art und Weise verschwunden war. Seitdem war der Junge in einem pinkfarbenen Wolkenkratzer am Breach Candy von zwei älteren christlichen Goanerinnen aufgezogen worden, die durch den Erfolg ihres beliebten Sortiments von Würzsoßen, den Braganza Pickles, zu Reichtum gelangt waren. Zu Ehren dieser alten Ladies hatte er den Namen Braganza angenommen und leitete seit ihrem Tod auch die Fabrik. Bald darauf war er, mit siebzehn Jahren nicht weniger elegant aufgeputzt als viele Manager, die doppelt so alt waren, auf der Suche nach Expansionskapital bei der Siodicorp aufgetaucht, denn er plante, die legendären Pickles und Chutneys der alten Ladies unter dem flotteren Markennamen Brag's auf den Weltmarkt zu bringen. Auf der modernisierten Pakkung, die er mitgebracht hatte, um sie Abrahams Leuten zu zeigen, stand der Slogan: *Plenty to Brag about,* Grund genug zum Prahlen.

Was man, wie es schien, von dem Wunderknaben selbst ebenfalls sagen konnte. Im Handumdrehen hatte er seine Firma an Abraham verkauft, der sofort das riesige Exportpotential dieses Markenartikels erkannt hatte, vor allem in Ländern mit einer beträchtlichen indischstämmigen Bevölkerung. Nun war der junge Wirbelwind von sich aus reich; im Verlauf seiner ersten Begegnung mit dem großen alten Mr. Zogoiby persönlich hatte er mit seinem Wissen sowohl über die neuesten Geschäfts- und Managementtheorien als auch über die neuen Kommunikations- und Informationstechnologien, die gerade auf dem indischen Sektor triumphalen Einzug hielten, einen so großen Eindruck auf meinen Vater gemacht, daß Abraham ihm anbot, »sich der Siodi-Familie anzuschließen«, und zwar auf der Vizepräsidentenebene, mit besonderer Verantwortung für technische Innovation und Corporate Behaviour. Der ganze Cashondeliveri Tower begann vor Geschäftigkeit zu summen und zu brummen angesichts der neuen Ideen des jungen Mannes, die dieser offenbar aufgrund seines Studiums der Geschäftspraktiken in Japan, Singapur und um den Pacific Rim herum entwickelt hatte, die »Welthauptstadt des dritten Jahrtausends«, wie er letzteren nannte. Seine Memos wurden sehr schnell legendär. »Die Entwicklung eines Wir-Gefühls ist die Grundlage für die Optimierung des Einsatzes von Arbeitskraft«, hieß es da etwa. Manager wurden daher »ermuntert«, das heißt angewiesen, pro Woche mindestens zwanzig Minuten in kleinen Gruppen von zehn bis zwölf Personen zu verbringen, die alle einander umarmten. Weitere Ermunterungen galten der Idee, daß jeder Angestellte allmonatlich »Einschätzungen« der Stärken und Schwächen seiner Kollegen abliefern solle – womit das ganze Haus in einen Turm voll heuchlerischer (nach außen eideidei, hintenrum bäbä) Kriecher verwandelt wurde. »Wir werden ein Lauschkonzern sein«, teilte Adam uns mit. »Alles, was ihr sagt, werden wir uns sorgfältig merken.« O ja, die Ohren begannen tatsächlich zu lauschen. Auf jede Giftmischung, jede Gehässigkeit, die in ihre geräumigen Tiefen geträufelt wurde. »Alle großen Organisationen sind eine heterogene Mischung von Störern, Störungsbeseitigern und gesunden Menschen«, hieß es in einem Adam-Memo. »Unser Management erwartet, daß die Störer mit Ihrer Hilfe *kenntlich* gemacht werden.« (Mit Betonung des Wortes.) Der alte Abraham liebte dieses idiotische Zeug. »Moderne Zeiten«, erklärte er mir. »Also auch eine moderne Sprache. Wundervoll! Dieser Anfänger, der noch nicht trocken hinter den Ohren ist, mit seinem Hart-im-Nehmen-Gehabe. Er macht dem ganzen Laden Beine!«

Mein eigenes Hart-im-Nehmen-Gehabe hatte anders ausgesehen; in Adams Sichtweise möglicherweise altmodisch – und außerdem war das alles längst für mich vorbei. Ich hatte keine Zeit, auf den jungen Adam Braganza loszugehen. Ich verhielt mich stumm; und lächelte. Es gab einen neuen Adam in Eden. Mein Vater lud den Knaben in sein Dachgarten-Atrium ein, und innerhalb weniger Monate – Wochen! Tage! – stieg die Siodicorp ins Computergeschäft ein; ganz zu schweigen von Kabeln, Glasfaseroptik, Schüsseln, Satelliten, Telekommunikation aller Art; und raten Sie mal, wer den neuen Laden leitete? »Wir werden der Welt unseren *Fußabdruck* aufprägen«, behauptete Abraham, strahlend vor Stolz darauf, daß er die neue Bedeutung dieses Wortes kannte. »Diese Einheimischen mit ihrem Gerede von der Herrschaft Rams – Hinterwäldler! Nicht Ram Rajya, sondern RAM Rajya – das ist unser As im Ärmel.«

Nicht Ram, sondern RAM: Ich erkannte die sloganisierende Hand des Knaben. Abraham hatte recht. Die Zukunft stand bereits vor der Tür. Eine ganze Generation wartete darauf, die Erbschaft der Erde anzutreten, und kümmerte sich einen Dreck um die Besorgnisse der Alten: versessen auf das Neue, die seltsame, binäre, emotionslose Sprache der Zukunft im Mund führend – was für eine beträchtliche Veränderung nach unseren melodramatischen *Garam-masala*-Äußerungen! Kein Wunder, daß sich Abraham, der unermüdliche Abraham, dem jungen Adam zuwandte. Es war die Geburt eines neuen Zeitalters in Indien, in dem das Geld – wie auch die Religion – sämtliche Fesseln der Begehrlichkeit sprengte; eine Zeit für die Tatkräftigen, die Hungrigen, die Lebensgierigen, nicht für die ausgelaugten, leeren Verlorenen. Ich kam mir vor wie ein rückständiger Mensch, der, zu schnell geboren, falsch geboren, beschädigt und zu schnell alt geworden, unterwegs brutal geworden war. Nun wandte sich mein Gesicht der Vergangenheit zu, dem Verlust der Liebe. Wenn ich vorwärts blickte, sah ich dort den Tod warten. Der Tod, den Abraham weiterhin mühelos hinters Licht führte, würde möglicherweise den Sohn anstelle des unsterblichen Vaters holen.

»Mach nicht so ein verdammt miesepetriges Gesicht!« schalt Abraham Zogoiby. »Weißt du, was du brauchst? Eine Frau. Eine gute Frau, die dir die Sorgenfalten von der Stirn vertreibt. Sagen wir: Miss Nadia Wadia. Na, was meinst du?«

Nadia Wadia! Während ihres ganzen Pflichtjahrs als Miß World hatte Raman Fielding sie verfolgt. Er überschüttete sie mit Blumen, Handys, Videokameras und Mikrowellenherden. Sie schickte alles prompt zurück. Er lud sie zu jedem offiziellen Empfang ein, doch nach seinem Auftritt am Ganpati-Tag gab sie ihm jedesmal einen Korb. Fieldings Verlangen nach Nadia Wadia wurde im ganzen Land durch Waspyjee bekannt, den gefeierten Klatschkolumnisten des *Mid-day*, Abkömmling jenes früheren Schreiberlings, der unter demselben Pseudonym im *Bombay Chronicle* über die Gama-Strahlung geschrieben und damit die brillante Laufbahn meines Urgroßvaters Francisco da Gama beendet hatte. Anschließend wurde Nadia Wadias Weigerung, sich von Mainduck einvernehmen zu lassen, für gewisse Kreise Bombays zum Symbol für eine weitreichendere Résistance – wurde heldenhaft, sogar politisch. Cartoons tauchten auf. In dieser Stadt, von der Fielding behauptete, er »lenke sie wie sein Privatauto«, galt Nadia Wadias Widerstand als Beweis für das Überleben eines anderen, freieren Bombay. Sogar Interviews gab sie. *Und wäre er der letzte Frosch der ganzen Stadt – ich würde ihn nicht küssen, schwört Nadia ... Duck dich, Mainduck! Nadia nimmt Boxunterricht!* ... Nadia war immer gut für eine Schlagzeile. Dann geschah zweierlei.

Erstens: Fielding, dem der Geduldsfaden riß, erwog, die widerspenstige Schönheitskönigin einschüchtern zu lassen – und stand zum erstenmal in seiner lange unumstrittenen Position als Führer der MA vor einer Palastrevolution, angezettelt von Sammy Hazaré und einstimmig unterstützt von allen Team Captains der »Special Operations« der MA. Der Tinman fungierte als Anführer einer Gruppe, die Fielding in seinem Froschtelefonbüro aufsuchte. »Sir nicht fair Sir«, lautete ihre knappe Kritik. Mainduck machte einen Rückzieher, begann Sammy von da an jedoch mit demselben Blick in den Augen zu beobachten, den ich an ihm gesehen hatte, als ich ihm von meiner Aussöhnung mit der Familie erzählte. Dazu hatte er auch allen Grund, denn Sammy hatte sich verändert. Und sollte in nicht-allzu-ferner Zeit aus seiner lebenslangen Nische als Darsteller von Nebenrollen herauskatapultiert werden, weil die Ereignisse und seine Herzensqualen ihn zwangen, in dem ganz großen Drama, das vorerst noch geprobt wurde, eine unvergeßliche Hauptrolle zu spielen.

Zweitens: Nadia Wadia beendete ihre Rolle als regierende Miß World. Es gab eine neue Miß India, eine neue Miß Bombay. Nadia Wadia wurde zur Story von gestern. Ihr Lied wurde jetzt weder im Radio noch in der neuen indischen Version von MTV gespielt: Masala Television ignorierte die gestürzte Königin. Nadia Wadia schaffte es nie, Medizin zu studieren, der Boyfriend, von dem sie früher immer gesprochen hatte, löste sich in Luft auf, eine Schauspielkarriere entpuppte sich als totgeborenes Kind. Und Erspartes ist schnell ausgegeben in Bombay. Mit achtzehn war Nadia Wadia passé, pleite, ziellos aus der Bahn geworfen. In diesem Moment griff Abraham Zogoiby ein. Er bot ihr und ihrer verwitweten Mutter eine Luxuswohnung am Südende des Colaba Causeway sowie eine großzügige Apanage an. Nadia Wadias Verhandlungsposition war nicht sehr günstig, aber sie hatte immer noch ihren Stolz. Als sie Abraham in *Elephanta* aufsuchte, um mit ihm über sein Angebot zu diskutieren – und wie schnell gelangte diese Nachricht an Mainducks Ohren, und zwar via Lambajan Chandiwala, dem Doppelagenten an unserem Tor, und wie tobte da der böse Boß! –, sprach sie mit großer Würde. »Ich frage mich, Nadia Wadia, was wird dieser großzügige Sir für eine solche Gefälligkeit verlangen? Vielleicht ist es etwas, das Nadia Wadia gar nicht zu geben vermag, nicht einmal dem großen Abraham Zogoiby persönlich.«

Abraham war beeindruckt. Er erklärte ihr, daß ein Unternehmen wie die Siodicorp ein freundliches Gesicht für die Öffentlichkeit brauche, sozusagen als Aushängeschild. »Sehen Sie mich an!« sagte er kichernd. »Bin ich nicht ein gräßlicher alter Mann? Und wenn die Leute an unsere Firma denken, sehen sie im Moment nur diesen verrückten, alten Toren vor sich. Wenn Sie aber einverstanden sind, werden die Leute von nun an Sie vor sich sehen.« So kam es, daß Nadia Wadia zum Gesicht der Siodicorp wurde: in Werbespots, auf Postern und persönlich als Gastgeberin bei den zahlreichen, vom Konzern gesponserten Prestigeveranstaltungen – Modegalas, Vierundzwanzig-Stunden-Cricket-Internationals, Guinness-Buch-der-Rekorde-Gewinnertagungen, die Millennium Three Expo, die Weltmeisterschaften im Wrestling. So kam es, daß Nadia vor der Gosse gerettet wurde und den Status einer Prominenten zurückerhielt, der ihr aufgrund ihrer Schönheit gebührte. So kam es, daß Abraham Zogoiby einen weiteren Sieg über Raman Fielding errang und der Nadia-Wadia-Song, als hämmernder Tanz-Remix neu aufgenommen, auf die Top Ten des Senders Masala Television zurückkehrte, ja sogar an die Spitze der Hitparade vorrückte.

Nadia Wadia und ihre Mutter Fadia Wadia bezogen die

Wohnung am Colaba Causeway, und an ihre Wohnzimmerwand hängte Abraham das einzige Bild von Aurora Zogoiby, das Zeenat Vakil noch nicht in der Galerie auf dem Cumballa Hill ausstellen konnte, das Bild, auf dem ein schönes junges Mädchen einen hübschen jungen Cricketspieler mit jener (künstlerisch freien) Leidenschaft küßte, die einstmals so großen Ärger verursacht hatte. »O wie wundervoll!« sagte Nadia Wadia und klatschte in die Hände, als Abraham *Der Kuß des Abbas Ali Baig* eigenhändig enthüllte. »Nadia Wadia und Fadia Wadia *lieben* Cricket, nicht wahr, Fadia Wadia?«

»Das ist wahr, Nadia Wadia«, antwortete Fadia Wadia. »Cricket ist Sport von Königen.«

»Ach was, du *dumme* Fadia Wadia«, wies Nadia Wadia sie zurecht. »Der Sport von Königen ist *Pferderennen*. Das sollte Fadia Wadia wissen. Nadia Wadia weiß es jedenfalls.«

»Genieße es, meine Tochter«, sagte Abraham Zogoiby und küßte Nadia beim Hinausgehen auf den Scheitel. »Aber bitte: ein bißchen mehr Respekt vor deiner Mutter.«

Er berührte Nadia nie wieder, war nie etwas anderes als der perfekte Gentleman. Doch dann, aus heiterem Himmel, bot er sie mir an, als habe er das Recht, sie zu verschenken, sie weiterzugeben wie ein lebendes Schmuckstück.

Ich wolle die Wadias aufsuchen und seinen Vorschlag mit ihnen besprechen, antwortete ich Abraham. Die beiden Damen erwarteten mich voll Angst in ihrem Colaba-Wolkenkratzer. Nadia Wadia hatte sich für diese Gelegenheit aufgeputzt wie einen Weihnachtsbaum, mit Nasenschmuck und allen Schikanen.

»Ihr Vater war so gut zu uns«, stieß Fadia Wadia hervor, deren mütterliche Gefühle sie offenbar ihre Zwangslage vergessen ließen. »Aber, hochverehrter lieber Herr, meine Nadia Wadia verdient doch wirklich Kinder ... einen jüngeren Mann ...«

Nadia Wadia musterte mich mit eigenartigem Blick. »Ist

Nadia Wadia Ihnen vielleicht schon einmal irgendwo begegnet?« erkundigte sie sich, vermutlich aus einer vagen Erinnerung an Ganpati heraus. Ich ignorierte die Frage und kam auf den Zweck meines Besuches zu sprechen. Das Problem, erklärte ich den beiden, sei die Tatsache, daß sie unter der Protektion eines der mächtigsten Männer von Indien lebten. Sollten sie das Angebot einer Ehe mit seinem Sohn ausschlagen, sei es mehr als wahrscheinlich, daß der alte Herr seine schützende Hand von ihnen abziehen werde. Und von da an würden sich ihnen aus Angst, den großen Zogoiby zu verärgern, nur noch sehr wenige Hände entgegenstrecken. Der einzige Interessent würde vermutlich ein gewisser Gentleman sein, der seine Werke früher, als Cartoonist, mit der Zeichnung eines Frosches zu signieren pflegte ...

»Niemals!« rief Nadia Wadia. »Mrs. Mainduck? Das wird Nadia Wadia niemals sein. Lieber bitte ich Fadia Wadia, mich bei der Hand zu nehmen und mit mir von dieser Veranda zu springen, genau hier – sehen Sie?«

»Schon gut, schon gut«, suchte ich sie zu beruhigen. »Ich glaube, ich habe eine bessere Idee.« Was ich ihnen vorschlug, war eine reine Scheinverlobung. Die würde Abraham bei Laune halten, würde ausgezeichnete Public Relations schaffen, und die Verlobungszeit konnte endlos verlängert werden. Ich erklärte ihnen das Geheimnis meines beschleunigten Lebens. Es liege auf der Hand, sagte ich, daß ich nicht mehr lange zu leben habe. Sobald ich tot sei, könnten sie die beträchtlichen Vorteile einer Verbindung mit der Familie Zogoiby genießen, deren Riesenvermögen mir als einzigem Erben zufallen werde. Und selbst wenn ich so lange leben sollte, daß eine Eheschließung nicht zu vermeiden war, würde unser platonisches Arrangement bestehenbleiben, das schwor ich ihnen. Ich bat nur um Nadia Wadias Mithilfe bei dem Bemühen, den Schein einer echten Verbindung aufrechtzuerhalten. »Alles weitere wird unser Geheimnis bleiben.«

– 467 –

»Ach, Nadia Wadia«, klagte Fadia Wadia, »nun sieh doch, wie unhöflich wir sind! Dein gutaussehender Verlobter macht uns einen Besuch, und wir haben ihm nicht mal ein Stückchen Kuchen angeboten.«

Warum ich das tat? Weil ich wußte, daß es zutraf, was ich gesagt hatte: Abraham würde eine Ablehnung als persönliche Beleidigung empfinden und die beiden auf die Straße setzen. Weil ich Nadia Wadias Widerstand gegen Fielding und auch die Art bewunderte, wie sie mit meinem notorisch wollüstigen Vater umgegangen war. Weil sie so wunderschön und jung und ich eine solche Ruine war, auch das, ja. Und vielleicht auch, weil ich mich nach den langen Jahren der Gewalttätigkeit und Korruption nach Erlösung sehnte, weil ich von meinen Sünden losgesprochen werden wollte.

Erlösung – wovon? Losgesprochen – durch wen? Stellen Sie mir keine schwierigen Fragen. Ich hab's getan, das ist alles. Die Verlobung von Moraes Zogoiby, dem einzigen Sohn von Mr. Abraham Zogoiby und der verstorbenen Aurora Zogoiby (geb. da Gama), mit Miss Nadia Wadia, der einzigen Tochter von Mr. Kapadia Wadia, verstorben, und Mrs. Fadia Wadia, alle aus Bombay, wurde verkündet. Und irgendwo in der Stadt hörte ein Tinman davon, und Böses schwelte in seinem gebrochenen, herzlosen Herzen.

Die Verlobungsfeier fand natürlich im Taj Hotel statt und war ein äußerst verschwenderisches Fest, wie es sich für Bombay geziemt. In der nur bedingt wohlwollenden Anwesenheit von über tausend schönen, mit rasiermesserscharf geschliffenen Zungen begabten und skeptisch-belustigten Fremden, darunter meine letzte Schwester, Sister Floreas, die mir von Tag zu Tag fremder wurde, streifte ich, wie die Zeitungen es beschrieben, einen »fabelhaften Brillanten« auf den lieblichen Finger dieses lieblichen jungen Mädchens und vollzog somit das, was Waspyjee als ein »erstaunliches, fast opferhaftes Verlöbnis der Abend-

mit der Morgenröte« bezeichnen sollte. Doch Abraham Zogoiby, dieser boshafteste aller boshaften und kaltherzigste aller
kaltherzigen alten Männer, hatte mit seinem gewohnten schwarzen Humor einen kleinen Stachel für den Rest des Abends
vorbereitet. Nachdem das Zeremoniell der öffentlichen Verlobung beendet war und die Fotografen sich an Nadias Nie-war-
sie-so-strahlend-wie-heute-Schönheit delektiert hatten und endlich satt waren, trat Abraham auf das Podium und bat um Ruhe,
er habe noch etwas mitzuteilen.

»Moraes, einziger Sohn meines Leibes, und Nadia, lieblich-
ste aller zukünftigen Schwiegertöchter«, krächzte er, »gestattet
mir, der Hoffnung Ausdruck zu verleihen, daß ihr dieser so
traurig dezimierten Familie schon bald neue Mitglieder schenken werdet« – oh, du hohlherziger Vater! –, »an denen ein alter
Mann sich erfreuen kann. Vorerst aber habe ich selbst für ein
neues Familienmitglied gesorgt, das ich euch jetzt vorstellen
möchte.«

Große Verwirrung, neugierige Erwartung.

Abraham kicherte und nickte. »Jawohl, mein Moor. Nun
endlich, mein Sohn, wirst du einen jüngeren Bruder bekommen.«

Wie auf ein Stichwort teilte sich theatralisch ein roter Vorhang hinter dem kleinen Podium. Und heraus trat – Adam
Braganza, Dumbo höchstpersönlich! Zu denen, die erschrok-
ken aufkeuchten, gehörten Fadia Wadia, Nadia Wadia und ich.

Abraham küßte ihn auf beide Wangen und auf den Mund.
»Von nun an«, erklärte er dem jungen Mann vor der versam-
melten Elite der Stadt, »bist zu Adam Zogoiby, mein geliebter
Sohn.«

– 469 –

3

Bombay war zentral, war es vom ersten Moment seiner Entstehung an gewesen: das Mischlingskind einer portugiesisch-englischen Ehe und dennoch die indischste aller indischen Städte. In Bombay trafen sich sämtliche Indien und vermischten sich miteinander. Und in Bombay traf sich ganz Indien mit Dem-was-nicht-Indien-war, mit dem, was über das schwarze Wasser kam, um in unsere Adern zu fließen. Alles nördlich von Bombay war Nordindien, alles südlich davon war der Süden. Im Osten lag Indiens Osten und im Westen der Westen der Welt. Bombay war zentral; alle Ströme mündeten in sein menschliches Meer. Es war ein Meer der Geschichten; wir alle waren die Erzähler, und alle redeten auf einmal.

Und welch eine Magie wurde in diese Menschensuppe gerührt, welch eine Harmonie ergab sich aus dieser Kakophonie! Im Punjab, in Assam, Kashmir, Meerut – in Delhi, in Calcutta – schlitzten die Leute von Zeit zu Zeit ihren Nachbarn die Kehle auf und nahmen warme Duschen oder rote Schaumbäder in den Strömen von sprudelndem Blut. Man konnte ermordet werden, weil man beschnitten war, aber genauso, weil man noch eine Vorhaut hatte. Mord drohte allen Männern mit langen Haaren ebenso wie jenen mit kurzgeschnittenen; Hellhäutige schändeten Dunkelhäutige, und wenn man die falsche Sprache sprach, konnte man seine verdrehte Zunge verlieren. In Bombay kamen derartige Dinge niemals vor. – Niemals, sagst du? – Okay, niemals ist zuviel gesagt. Bombay war nicht gegen den Rest des Landes immunisiert, und was anderswo geschah, zum Beispiel dieses Sprachenproblem, verbreitete sich auch in seinen Straßen. Doch auf dem Weg nach Bombay wurden die Blutströme gewöhnlich ausgedünnt, andere Flüsse ergossen sich in sie, so daß sie, wenn sie die Straßen der Stadt erreichten, nur relativ leichte Verunstaltungen verursachten. – Sehe ich das zu sentimental? Habe ich jetzt, da ich alles hinter mir gelassen habe, neben all den anderen Verlusten, die ich erlitt, auch noch die klare Sicht verloren? – Man könnte es meinen; aber ich stehe zu meinen Worten. Oh, ihr vielen Stadtverschönerer, habt ihr denn nicht erkannt, daß das Schöne an Bombay gerade die Tatsache war, daß es niemandem und allen gehörte? Habt ihr die alltäglichen Leben-und-leben-lassen-Wunder nicht gesehen, die sich auf seinen überfüllten Straßen drängten?

Bombay war zentral. In Bombay wurde, als der alte Gründungsmythos der Nation verblaßte, das neue Gott-und-Mammon-Indien geboren. Der Reichtum des Landes floß durch seine Börsen und Häfen. Alle, die Indien haßten, alle, die es ruinieren wollten, mußten zuerst Bombay ruinieren: Das war *eine* Erklärung für das, was geschah. Nun ja, so mag es gewesen sein. Aber es mag auch so gewesen sein, daß das, was im Norden entfesselt wurde (in, um es auszusprechen, denn ich muß es aussprechen, Ayodhya) – diese ätzende Säure des Geistes, diese feindliche Intensität, die in den Blutkreislauf der Nation gelangte, als Babri Masjid fiel und Pläne für einen mächtigen Ram-Tempel über dem angeblichen Geburtsplatz des Gottes, wie es in den Kinos von Bombay hieß, *viel Zuspruch erfuhren* –, daß die Säure in diesem Fall *zu* konzentriert war, so daß selbst die ungeheuren Verdünnungsmächte der Stadt sie nicht ausreichend zu neutralisieren vermochten. Also; auch jenen, die dieses Argument vorbringen, muß ich recht geben, das gestehe ich ein. Zeenat Vakil vom Zogoiby Bequest erläuterte mir ihre, wie immer, ironische Beurteilung der Probleme. »Ich gebe den Legenden die Schuld«, sagte sie. »Die Anhänger der einen Legende reißen ein anderes populäres Stück Scheinwelt ein, und – Bingo! – schon gibt es Krieg. Demnächst werden sie unter Iqbals Haus Vyasas Wiege finden, und Valmikis Babyrassel unter Mirza Ghalibs Domizil. Nach schön, okay. Ich würde lieber im Kampf um große Dichter sterben als in einem Krieg um Götter.«

Ich hatte von Uma geträumt – o illoyales Unterbewußtsein! –, von Uma bei der Arbeit an ihrem Frühwerk, dem riesigen Nandi-Bullen. Genau wie dieser Stier, dachte ich, als ich erwachte, und wie der blaue Flöten-und-Milchmädchen-Krishna war auch Lord Ram ein Avatar von Vishnu; von Vishnu, dem metamorphischsten aller Götter. Die wahre »Herrschaft Rams« sollte man daher in der mutierenden, inkonstanten, formwandlerischen Realität der menschlichen Natur suchen – und nicht nur der menschlichen, sondern auch der göttlichen. Dieses Ding, im Namen des großen Gottes befürwortet, war ein Schlag ins Gesicht seines essentiellen Wesens wie auch des unseren. Doch wenn der Felsbrocken der Geschichte zu rollen beginnt, ist niemand mehr daran interessiert, derart subtile Fragen zu diskutieren. Dann ist der Moloch entfesselt.

… Und wenn Bombay zentral war, ist es möglicherweise so gewesen, daß das, was folgte, seine Wurzeln in den Fehden von Bombay hatte. Mogambo gegen Mainduck: das längst erwartete Duell, der Kampf der Giganten, um ein für allemal zu entscheiden, welche Gang (kriminell-unternehmerisch oder politisch-kriminell) die Stadt beherrschen würde. Ich hatte so etwas kommen sehen und kann nur niederschreiben, was ich sah. Verborgene Umstände? Einmischung geheimer ausländischer Elemente? Das zu erforschen überlasse ich klügeren Analytikern.

Ich werde Ihnen sagen, was ich denke, was zu glauben ich trotz meiner lebenslangen Konditionierung gegen das Übernatürliche nicht vermeiden kann: daß irgend etwas begann, als Aurora Zogoiby abstürzte – nicht nur eine Fehde, sondern ein sich in die Länge und in die Breite vergrößernder Riß im Gewebe all unserer Lebenswege. Sie konnte nicht zur Ruhe kommen, sie verfolgte uns unermüdlich. Immer öfter sah Abraham Zogoiby sie, wie sie in seinem Pei-Garten umhergeisterte und nach Rache verlangte. Das ist es, was ich wirklich glaube: daß das, was folgte, ihre persönliche Rache war. Körperlos schwebte sie über uns im Himmel, Aurora bombayalis in all ihrer Pracht, und was auf uns herabregnete, war ihr Zorn. *Cherchez la femme*, sagte ich. Sehen Sie nur, wie Auroras Phantom durch die glühende Luft dahinjagt! Und dann sehen Sie, daß auch Nadia – Nadia Wadia, wie die Stadt, deren echte Kreatur sie war –, Nadia Wadia, meine Verlobte, eine zentrale Figur meiner Erzählung war.

So war dies also ein Konflikt im Mahabharata-Stil, ein Trojanischer Krieg, in dem die Götter Partei ergreifen und ihre jeweilige Rolle spielen? Nein, Sir. Nein, Siree. Keine altzeitlichen Götter waren das, sondern Spätankömmlinge, wir alle, Abraham-Mogambo und seine Scars, Mainduck und seine Fivein-a-Bites; wir alle. Aurora, Minto, Sammy, Nadia, ich selbst. Wir hatten keinen irgendwie gearteten tragischen Status, verdienten es nicht, als von tragischem Format betrachtet zu werden. Wenn Carmen Lobo da Gama, meine unglückselige Großtante Sahara, früher einmal mit Prinz Henry dem Navigator um ihr Vermögen gespielt hatte, besteht kein Grund, Echos von Yudhisthiras Verlust seines Königreichs durch einen einzigen, schicksalsschweren Würfelwurf zu hören. Und obwohl Männer um Nadia Wadia kämpften, war sie weder Helena noch Sita. Sondern einfach ein hübsches Mädchen in einer kritischen Lage. Tragödie lag nicht in unserer Natur. Natürlich gab es eine Tragödie, eine nationale Tragödie großen Umfanges, doch wir alle, die wir unsere Rolle spielten, waren – ich will es offen sagen – Clowns. Clowns! Lächerliche Hanswurste, aus Mangel an größeren Mimen auf die Szene des Welttheaters gestoßen. Früher einmal gab es tatsächlich Giganten auf unserer Bühne; gegen Ende eines Zeitalters muß Prinzipalin Geschichte jedoch mit dem auskommen, was sie kriegen kann. In jenen Tagen war Jawaharlal nichts als der Name eines Hundes.

Aus purer Gutmütigkeit ging ich auf meinen neuen »Bruder« zu und schlug ihm einen Kennenlern-Lunch vor. Nun, meine

Lieben, Sie hätten dieses Getue hören sollen!«Adam Zogoiby«
– ich konnte mir diesen Namen nie anders als in Anführungs-
strichen vorstellen – geriet sofort in jene für gesellschaftliche
Emporkömmlinge so typische Panik, wenn sie versuchen, ihre
Gewandtheit auf dem sozialen Parkett unter Beweis zu stellen.
Sollten wir im *Oberoi Outrigger* polynesisch essen? Aber nein, da
gab es nur eine Selfservicetheke, und man ließ sich doch so gern
ein wenig bedienen. Vielleicht ein Häppchen in der *Sea Lounge*
des Taj? Allerdings traf man da, wenn man es recht überlegte,
viel zu viele alte Kauze, die in Erinnerungen an vergangenen
Ruhm schwelgten. Wie wär's mit dem *Sorryno*? Nicht weit von zu
Hause, und ein sehr hübscher Blick, aber, meine Güte, wie soll
man nur diesen alten Groucho von Besitzer ertragen? Einen
schnellen Geschäftslunch in einem iranischen Lokal – *Bombay
A1* oder *Pyrke's* an der Flora Fountain? Nein, nein, wir brauchten
etwas mehr Ruhe, und wenn man sich richtig unterhalten will,
muß man auch länger verweilen können. Also chinesisch? – Ja,
schon ... aber unmöglich, die Wahl zwischen *Nanking* und
Kamling. Das *Village*? Ach Gott, dieses ganze imitierte rustikale
Interieur, Baby: *so* passé! Nach einem endlosen, aufgeregten
Monolog (ich habe hier nur die Highlights wiedergegeben)
entschied Adam sich für die berühmte kontinentale Küche im
Society, oder vielmehr, er »begnügte sich« damit. Und spielte,
dort angekommen, äußerst *trendy* mit einem Blatt-Fächer.

»Dimple! Simple! Pimple! Phantastisch, euch wiederzusehen, Mädchen! Ach, bon-schu, Kalidasa, meinen üblichen Roten, den Spezialjahrgang. Nun also, Moor, mein Lieber – ist es
dir recht, okay, wenn ich dich Moor nenne? Okay, gut. *Zauber-
haft!* Harish, wie geht's? Stürzt dich auf OTCEI, hab' ich zwit-
schern hören. Gut gemacht! Verdammt gutes Wertpapier, wenn
auch ein winziges bißchen unterentwickelt. Tut mir leid, Moor,
entschuldige! Du hast jetzt meine absolut *ungeteilte*, das schwör'
ich dir. Mon-soar Frah-soah! Kissy-kissy! Ach, bringen Sie uns
doch, was Sie für richtig halten, wir vertrauen uns Ihnen rück-

haltlos an. Aber bitte keine Butter, nichts Gebratenes, kein fettes
Fleisch, keine Kohlenhydrate, und Vorsicht mit den Auberginen! Man muß doch schließlich auf die Linie achten, nicht
wahr? *Endlich.* Bruder! Was für wunderbare Zeiten werden wir
erleben! Spaß – Spaß – Spaß! P-H-U-N Fun! Hast du was übrig
für Nightspots? Vergiß *Midnite-Confidential, Nineteen Hundred,
Studio 29, Cavern.* Alle längst passé, Baby. Ganz zufällig bin ich
Gründer und Teilhaber eines ganz neuen Happening-Joints.
W-3 haben wir's genannt, das steht für World Wide Web. Oder
auch ganz einfach *The Web.* Virtual-Reality-trifft-DJs-in-nassen-
Saris! Cyberpunk trifft *Bhangra-muffin*-Dekor! Und dazu Ta-
lente, *yaar,* on-line, verstehst du? Das Motto ist *state-of-the-art!*
P-H-A-T *Fat.*«

Und wenn ich dabei eine steinerne Miene zog, eine mürri-
sche – was soll's? Ich fühlte mich dazu berechtigt. Ich beobachtete dieses Non-Stop-Cabaret, diese Sieben-Schleier-Show, die
sich »Adam Zogoiby« nannte, und beobachtete ihn, wie er mich
beobachtete. Er begriff ziemlich schnell, daß seine Mr.-Cool-Far-
ce nicht zog, und schaltete auf einen gedämpfteren, verschwö-
rerischen Ton. »He, Bruder, wie ich hörte, warst du mal ein ganz
heißer Schläger. Verdammt selten bei euch Judenbengels! Ich
dachte immer, ihr wärt nichts weiter als kurzsichtige Bücherwür-
mer und Mitglieder der internationalen Weltbeherrschungsver-
schwörung.«

Aber auch das kam nicht besonders gut bei mir an. Als ich
irgend etwas über die Söldnerjuden murmelte, die einen gro-
ßen Anteil an der Etablierung der Gemeinde an der Küste von
Malabar gehabt hatten, erkannte er den eisigen Ton meiner
Stimme. »He, nun komm schon, Brüderchen! Merkst du nicht,
wenn jemand einen Witz macht? He, du – ich bin's! Madhu,
Mehr, Ruchi, *hi!* Mann, wahnsinnig, euch wieder mal zu sehen,
Mädchen! Darf ich euch meinen großen Bruder vorstellen?
Hört mal, das ist 'n wirklich abgefahrener Kerl, irgend jemand
von euch sollte ihn sich antun. Mensch, Moor, was meinst du?

Einfach die absoluten Top-Cover-Girls im Moment, noch imposanter als unsere leider dahingegangene Schwester Ina. Weißt du was? Ich glaube, die stehen auf dich. Klasse, wirklich Klasse, diese Frauen.«

Das Thema »Adam Zogoiby« war für mich schnell abgeschlossen. Jetzt veränderte er sich schon wieder, wurde sachlich, professionell. »Du solltest dir eine eigene finanzielle Position sichern, weißt du? Unser Vater ist, leider Gottes, kein junger Mann mehr. Ich selbst bin augenblicklich im Begriff, seinen Leuten in gründlichen Diskussionen meine persönlichen Bedürfnisse darzulegen.«

Da ging mir ein Licht auf. Irgend etwas an Adam war mir schon die ganze Zeit wie ein Déjà-vu vorgekommen, und nun erkannte ich auch, was. Seine Weigerung, über die eigene Vergangenheit zu sprechen, der fließende Wechsel in seinem Verhalten, wenn er versuchte, Menschen zu ködern und zu umschmeicheln, die kalte Berechnung bei seinem Vorgehen: Schon einmal war ich auf ein solches Theater hereingefallen, obwohl jene Dame eine weit größere Künstlerin auf dem Gebiet der Chamäleon-Tarnung gewesen war als er und auch weit weniger Fehler gemacht hatte. Erschauernd erinnerte ich mich an meine alte Phantasievorstellung des sich von Problemen ernährenden Außerirdischen, der in eine menschliche Form schlüpfen konnte. Das letzte Mal war es eine Lady gewesen, dieses Mal war es ein Mann. Das DING war zurückgekehrt.

»Ich hab' mal eine Frau gekannt, die genauso war wie du«, erzählte ich Adam. »Und, o Mann, Bruder, du mußt wirklich noch sehr viel lernen!«

»Nun, äh.« Adam preßte die Lippen zusammen. »Wenn *einer* von uns sich so *sehr* bemüht, sehe ich nicht ein, warum der andere so verdammt *beleidigend* sein muß. Du hast da wirklich ein Problem mit deinem Verhalten, Brüderchen. Törichtes Verhalten. Und außerdem ein törichter Karriereschachzug. Wie ich höre, hast du dich außerdem ganz schön mit Daddyji angelegt. In seinem Alter! Zu seinem Glück ist wenigstens einer von seinen Söhnen bereit, alles zu tun, was notwendig ist, ohne Widerworte zu geben oder unverschämt zu werden.«

Sammy Hazaré wohnte im Vorort Andheri, inmitten einer bunt durcheinandergewürfelten Mischung von Leichtindustrie: Nazareth Leathercloths, Vajjo's Ayurvedic Laboratory (spezialisiert auf Vajradanti-Gel für Zahnprothesen), Thums Up Cola Bottle Caps, Clenola Brand Cooking Oil und sogar ein kleines Filmstudio, das hauptsächlich Werbespots produzierte und sich – auf einer Holztafel neben dem Eingangstor – mit »On-Site Stunter and Stuntess« sowie einer »Manual Function (6-Man-Team) Crane Faslity« brüstete. Sein Haus, ein flacher Holzbungalow, seit langem schon vom Abriß bedroht, aufgrund der für Bombay typischen unberechenbaren Arbeitsweise aber immer noch vorhanden, versteckte sich zwischen den stinkenden Rückseiten von Fabrikanlagen und einer Gruppe gelber, niedriger Wohnhäuser für Wenigverdienende, als gebe es sich die größte Mühe, der Aufmerksamkeit der Abrißkolonnen zu entgehen. Über der Fliegendrahttür baumelten, um böse Geister abzuwehren, Limetten und grüne Chilis. Längst überholte Kalender mit grellbunten Darstellungen von Lord Ram und dem elefantenköpfigen Ganesha waren viele Jahre lang die einzige weitere Dekoration gewesen; nun aber hingen überall Bilder von Nadia Wadia, aus Zeitschriften gerissen und mit Tesafilm an die blaugrünen Wände geklebt. Außerdem gab es Fotos von der Verlobung Miss Wadias mit Mr. M. Zogoiby im Taj Hotel, die aus den Gesellschaftsrubriken stammten, und auf all diesen Fotos war mein Gesicht entweder mit einem Filzschreiber brutal durchgestrichen oder mit einer Messerspitze abgekratzt worden. Auf ein oder zwei Abbildungen war ich vollständig enthauptet, und quer über meine Brust waren obszöne Worte gemalt.

Sammy hatte nie geheiratet. Er teilte sich dieses Haus mit einem kahlköpfigen, hakennasigen Zwerg namens Dhirendra, einem Filmkomparsen, der behauptete, in über dreihundert Streifen mitgespielt zu haben, und dessen größter Ehrgeiz es war, Guinness-Rekordhalter für die meisten Filmauftritte zu werden. Dhirendra, der Zwerg, kochte und putzte für den grimmigen Sammy und ölte sogar, falls nötig, dessen Blechhand. Und er half dem Tinman bei Nacht im Licht einer Paraffinlaterne bei dessen kleinem Hobby. Brandbomben, Zeitbomben, Raketenzünder: Das ganze Haus – Schränke, Ecken und Winkel und sogar spezielle Löcher, von den beiden Männern unter dem Fußboden des einziges Raum ihrer Bleibe gegraben und dann mit Brettern abgedeckt – war zum privaten Arsenal geworden. »Wenn sie kommen und uns plattwalzen wollen«, erklärte Sammy seinem kurzgewachsenen Partner mit verbissener, fatalistischer Genugtuung, »werden wir gehen. Aber mit einem Riesenknall, sag' ich dir!«

Früher einmal waren Sammy und ich Freunde gewesen; mit unserer jeweils einen Hand hatten wir uns als Blutsbrüder betrachtet, und ein paar Jahre lang die Stadt in Angst und Schrecken gehalten, während der Winzling Dhirendra zu Hause blieb wie ein eifersüchtiges Eheweib und Mahlzeiten kochte, die Sammy, wenn er zutiefst erschöpft von unserer Arbeit heimkehrte, ohne ein Wort des Dankes herunterschlang, um dann einzuschlafen und den Raum mit mächtigen Rülpsern und Furzen zu füllen. Nun aber gab es Nadia Wadia, und der einfältige Sammy, in den Klauen seiner armseligen Leidenschaft für jene unerreichbare Lady, meine Verlobte, war drauf und dran – jedenfalls ließ der Wandschmuck darauf schließen –, mir den ihm verhaßten Kopf von den Schultern zu blasen.

Früher einmal war der Tinman Raman Fieldings Kader Numero eins gewesen, sein Superskipper, sein Mann aller Männer. Dann aber hatte Mainduck, selbst besessen von Nadia Wadia, Sammy befohlen, das Mädchen ein bißchen zu terrorisieren, und Hazaré hatte einen Aufstand inszeniert. Ein paar Monate lang hatte Mainduck Sammy dort behalten, wo er ihn mit seinen kalten, toten Augen beobachten konnte, wie Frösche ihre summende Beute fixieren. Dann ließ er den Tinman in sein Froschtelefon-Allerheiligstes kommen und warf ihn raus.

»Muß dich leider gehen lassen, Kumpel«, erklärte er ihm. »Kein Mann ist größer als das Spiel, nicht wahr, und du hast angefangen, eigene Regeln aufzustellen.«

»Sir nein Skipper Sir. Sir Ladies und Kinder sind keine Spielpartner Sir.«

»Cricket hat sich verändert, Tinman«, sagte Mainduck leise. »Wie ich sehe, gehörst du noch zur Gentleman-Ära. Aber inzwischen, Sammy-Boy, herrscht totaler Krieg.«

Andhera heißt Finsternis, und in Andheri saß Sammy Tinman Hazaré stundenlang in tiefem, finsterem Trübsinn. In den Anfangstagen seines Nadia-Wadia-Rausches tanzte er zuweilen im Haus herum und hielt sich, einer Maske gleich, ein ganzseitiges Farbfoto von Nadia Wadia vors Gesicht, ein Bild, in das er Löcher geschnitten hatte, damit er die Welt durch ihre Augen sehen konnte; und sang dazu in mädchenhaftem Falsett die allerneuesten Filmhits. »*What is under my choli?*« sang er und wand sich dazu verführerisch. »*What ist under my blouse?*« Eines Tages hatte Dhirendra, von der unaufhörlichen Faszination seines Freundes ebenso zum Wahnsinn getrieben wie von der gräßlich hohen Stimme, zurückgeschrien: »Titten! Titten hat sie unter ihrer beschissenen Bluse! Was denn wohl sonst? Verdammte Partyballons etwa?« Doch Sammy hatte unerschütterlich weitergesungen. »*Love*«, hatte er getrillert, »*love is what's under my blouse.*«

Nun jedoch schienen seine Singtage vorüber zu sein. Der kleine Dhirendra schoß im Zimmer herum, kochte und scherzte, führte alle seine Partytricks vor – Handstand, Salto rückwärts, Körperverdrehungen –, um Sammy ein wenig aufzuheitern, und ging sogar so weit, einen Moment lang seine Aversion gegen Nadia Wadia aufzugeben – diese Pin-up-Fiktion, die aus dem Nichts plötzlich aufgetaucht war und ihr gemeinsames Leben ruiniert hatte – und den kessen Blusensong zu singen. Was nichts an seinen wahren Gefühlen änderte: Er hütete sich zwar, diesen Gedanken Sammy gegenüber auszusprechen, aber Nadia Wadia war eine Frau, der Schaden zuzufügen er persönlich jederzeit bereit gewesen wäre.

Schließlich entdeckte Dhirendra das Zauberwort, das Sesamöffne-dich, das den griesgrämigen Sammy Hazaré wiederbelebte. Er sprang auf einen Tisch, posierte wie ein Gartenzwerg und sprach die geheimnisumwitterten Buchstaben aus. »RDX«, verkündete er.

Geteilte Loyalitäten waren für Sammy nie ein Problem gewesen; hatte er nicht jahrelang das Geld meines Vaters genommen und Mainduck für ihn ausspioniert? Ein armer Mann muß sich seinen Weg suchen, und sich nach beiden Seiten absichern ist niemals eine schlechte Idee. O nein, geteilte Loyalitäten waren okay: aber überhaupt keine Loyalitäten? Das war verwirrend. Und diese Nadia-Wadia-Geschichte hatte irgendwie sämtliche Bindungen des Tinman zerstört – zu Fielding, zu Hazarés XI und der MA insgesamt, zu Abraham und zu mir. Jetzt spielte er ganz allein für sich selbst. Und wenn er Nadia nicht haben konnte, warum sollte ein anderer sie bekommen? Und wenn sein Haus nicht stehenbleiben durfte, warum sollten die Villen und Hochhäuser anderer Leute nicht ebenfalls einstürzen? Jawohl, das war's! Er konnte geheime Dinge, und er verstand sich darauf, Bomben zu basteln. Das waren seine Fähigkeiten, seine letzten Möglichkeiten. »Ich werde es tun!« sagte er laut. Alle, die ihn verletzt hatten, sollten die Hand des Tinman zu spüren bekommen.

»Stunter-Stuntess können's besorgen«, sagte Dhirendra. »Erstklassig, und für alte Kunden zum Discountpreis.« Die Action-Spezialisten des benachbarten Filmstudios – ein Ehepaar, das ansonsten hauptsächlich harmlose Blitze und Explosionen fabrizierte – waren nämlich insgeheim an größeren Dingen beteiligt. Zwar eigentlich kleine Fische, waren sie immerhin seit vielen Jahren des Tinmans zuverlässigste Lieferanten für Nitroglyzerin, TNT, Zeitzünder, Sprengkapseln und Zündschnüre. Aber RDX-Sprengstoff? Stunter-Stuntess schienen sich ganz schön gemacht zu haben. Für RDX muß der Interessent nämlich sehr tief in die Tasche greifen, und seine persönlichen Kontakte müssen sehr hoch hinaufreichen. Zweifellos war das Action-Ehepaar von einer Gruppe hochkarätiger Mörder engagiert worden; wenn RDX in so großen Mengen nach Bombay hereingeschmuggelt wurde, daß die Stuntisten einiges davon abzweigen und auf eigene Rechnung verkaufen konnten, mußte irgendwo ein großes Ding geplant sein.

»Wieviel?« fragte Sammy.

»Keine Ahnung«, rief Dhirendra, der seine Kapriolen schlug. »Auf jeden Fall genügend Stecken für unsere Pferde, soviel steht fest.«

»Ich habe Gold gespart«, sinnierte Sammy Hazaré. »Und 'ne schöne Stange Bargeld auch. Und du hast auch was auf der hohen Kante.«

»Ein Schauspielerleben ist kurz«, protestierte der Liliputaner. »Willst du, daß ich im Alter hungere?«

»Für uns gibt es kein Alter«, gab der Tinman zurück. »Bald werden wir nur noch Feuer sein, wie die Sonne.«

Mein »Bruder« und ich nahmen nie wieder den Lunch zusammen ein. Und auch für «unseren« Vater waren die Jahre, in denen er sich vom Lebensblut des Landes ernährte, so gut wie vorüber. Meine Mutter war bereits in den Abgrund gefallen. Nun wurde es Zeit für den väterlichen Sturz.

Die Geschichte des plötzlichen Absturzes Abraham Zogoibys vom allerhöchsten Punkt des Bombay-Lebens ist nur allzu wohlbekannt; Tempo und Ausmaß des Zusammenbruchs sorgten dafür, daß er notorisch wurde. Ein Name fehlt jedoch ganz und gar in dieser traurigen Erzählung, während ein anderer immer wieder in allen Kapiteln auftaucht.

Fehlend: mein Name. Der Name des einzigen leiblichen Sohnes meines Vaters.

Immer wieder auftauchend: »Adam Zogoiby«. Zuvor bekannt als »Adam Braganza«. Und davor als: »Aadam Sinai«. Und davor? Wenn das, was die bewundernswerten Spürnasen der Presse aufgedeckt und uns später mitgeteilt haben, zutrifft und seine biologischen Eltern Shiva und Parvati hießen, und in Anbetracht seiner – verzeihen Sie mir, wenn ich dauernd darauf herumreite – wirklich sehr großen Ohren – dürfte ich da »Ganesha« vorschlagen? Obwohl »Dumbo« oder »Goofo«, »Mutto«, »Crooko« – oder meinetwegen auch »Sabu« – im Fall dieses verabscheuenswerten Elefantenboys angebrachter wären.

So entpuppte sich dieser Knabe aus dem einundzwanzigsten Jahrhundert, dieser Schnellspur-Infobahni, dieser *I-did-it-my-way*-schmalzende Emporkömmling nicht nur als ränkeschmiedender Usurpator, sondern auch als ein Trottel, der glaubte, niemand könne ihn erwischen, und der daher mit lächerlicher Leichtigkeit erwischt wurde. Und auch als ein Jonas; er riß den ganzen Laden mit sich hinab. Jawohl, Adams Auftauchen in unserer Familie löste eine Kettenreaktion aus, die den großen Magnaten von Siodicorp aus seinem Adlerhorst herunterholte. Gestatten Sie mir bitte, während ich alle Spuren von Schadenfreude aus meinem Ton fernhalte, Ihnen die größten Highlights des gigantischen Debakels unserer Familienfirma aufzuzählen!

Als der Superfinanzier V. V. »Crocodile« Nandy verhaftet und unter der außergewöhnlichen Anklage vor Gericht gestellt wurde, Minister der Zentralregierung bestochen zu haben, damit sie ihm eine Million nach der anderen aus der Staatskasse zukommen ließen, mit denen er tatsächlich die Börse von Bombay selbst »fixen« wollte, war einer der gleichzeitig mit ihm Verhafteten der oben erwähnte – der sogenannte – »Shri Adam Zogoiby«, angeblich der »Bagman« bei der ganzen Sache, der Koffer mit Unmengen gebrauchter, nicht fortlaufend numerierter Banknoten in die Villen verschiedener großer Prominenter des Landes getragen hatte, um sie dort, wie er es in seiner Aussage für die Verteidigung so vorsichtig formulierte, »zufällig« zu vergessen.

Ermittlungen hinsichtlich der weiteren Aktivitäten von »Shri Adam Zogoiby« – mit großen Eifer durchgeführt von Polizei, Betrugsdezernat und anderen entsprechenden Einheiten, freilich unter intensivem Druck von, unter anderem, der äußerst verlegenen Zentralregierung sowie der MA-kontrollierten Bombay Municipal Corporation, die, mit den Worten des MA-Präsidenten Mr. Raman Fielding, verlangte, daß »dieses Vipernnest mit Ajax und Vim gesäubert werde« – deckten schon bald seine Beteiligung an einem sogar noch gigantischeren Skandal auf. Die Nachricht von dem weltweiten Betrug durch die Chefs der Khazana Bank International, vom Verschwinden ihrer Aktiva in sogenannten »schwarzen Löchern«, von ihrer angeblichen Zusammenarbeit mit terroristischen Organisationen sowie der Unterschlagung von spaltbarem Material, Abwurfmechanismen und High-Tech-Hard- und Software begann gerade an die ungläubigen Ohren der Öffentlichkeit zu dringen; und schon tauchte der Name von Abraham Zogoibys Adoptivsohn auf einer Reihe gefälschter Frachtbriefe auf, die in Zusammenhang mit dem Schmuggel eines gestohlenen Supercomputers aus Japan an einen ungenannten Ort im Mittleren Osten eine wichtige Rolle spielten. Als die Khazana Bank zusammenbrach und Zehntausende ganz normaler Bürger, von den Eignern verpfändeter Taxis bis zu den Besitzern von Zeitungsgeschäften und Kramläden, über Nacht bankrott gingen, kamen immer mehr Einzelheiten über die enge Verbindung des Banking-Zweigs der Siodicorp, des Hauses Cashondeliveri, mit den korrupten Leitern der verkrachten Bank ans Licht, von denen viele in britischen oder amerikanischen Gefängnissen schmachteten. Die Aktien der Siodicorp stürzten ab. Abraham – sogar Abraham – war so gut wie ruiniert. Als dann auch noch der Cash-gegen-

Waffen-Skandal bekannt wurde und ihn die recht fundierten Behauptungen hinsichtlich seiner persönlichen Verbindungen zum organisierten Verbrechen vor Gericht brachten, wo er unter anderem wegen Gangstertum, Drogenschmuggel sowie Handels mit und Beschaffung von »schwarzem« Geld in gigantischem Ausmaß angeklagt wurde, war das Imperium, das er mit dem Reichtum der Familie da Gama aufgebaut hatte, in Scherben gefallen. Die Bombayaner zeigten mit einer Art angewiderter Ehrfurcht auf den Cashondeliveri Tower und fragten sich, wann er wohl, wie das House of Usher, bersten und zusammenbrechen werde.

In einem holzgetäfelten Gerichtssaal stritt mein neunzigjähriger Vater sämtliche Anklagepunkte ab. »Ich bin nicht hier, um wie ein paar Bollywood-Mogambos *made in India* eine Rolle in einem Masala-Film-Remake des *Paten* zu spielen«, sagte er, trotzig aufgerichtet und mit entwaffnendem Lächeln – jenem Lächeln, das seine Mutter vor Jahren als Rictus eines Verzweifelten diagnostiziert hatte. »Fragen Sie irgend jemanden von Cochin bis Bombay, wer Abraham Zogoiby ist. Man wird Ihnen sagen, daß er ein ehrbarer Gentleman im Pfeffer-und-Gewürzhandel ist. Und hiermit erkläre ich aus tiefster Seele: Das ist alles, was ich im Grunde meines Herzens bin, alles, was ich jemals gewesen bin. Mein ganzes Leben hat sich um den Gewürzhandel gedreht.«

Die Kaution wurde trotz heftigen Protestes der Anklage auf zehn Millionen Rupien festgesetzt. »Man schickt nicht einen der wichtigsten Prominenten unserer Stadt in ein primitives Gefängnis, bevor seine Schuld endgültig bewiesen ist«, erklärte Mr. Justice Kachrawala, und Abraham verneigte sich vor dem Richter. Es gab doch noch ein paar Stellen, die er mit seinem langen Arm erreichen konnte. Um die Kaution aufzubringen, mußten die Besitzurkunden der ursprünglichen Gewürzfelder der Familie da Gama als Sicherheit hinterlegt werden. Doch Abraham kehrte als freier Mann nach *Elephanta*, in sein sterbendes Shangri-La zurück. Und wenn er allein in einem verdunkelten Büro vor seinem Himmelsgarten saß, gelangte er zu demselben Entschluß wie Sammy Hazaré in seinem abbruchreifen Bungalow in Andheri: Sollte er tatsächlich untergehen, dann mit Feuer aus allen Rohren. In Rundfunk und Fernsehen jubelte Raman Fielding über den Sturz des alten Mannes. »Auch das hübsche Lärvchen eines jungen Mädchens im Fernsehen wird Zogoiby jetzt nichts mehr helfen«, behauptete er und stimmte dann zu aller Erstaunen ein Liedchen an. *»When they come big, then they fall hardia«*, quakte er. *»Hardia, Nadia Wadia, hardia.«* Woraufhin Abraham ein häßliches Geräusch von sich gab und zum Telefon griff.

An jenem Abend tätigte Abraham zwei Anrufe und erhielt einen einzigen. Die Unterlagen der Telefongesellschaft bewiesen später, daß der erste Anruf an die Nummer eines von dem als Scar bekannten Gangsterboß kontrollierten Freudenhauses ging. Es gibt aber keinerlei Hinweise darauf, daß Frauen zu Abraham ins Büro oder in seine Villa auf dem Malabar Hill geschickt wurden. Wie es scheint, hatte das Telefongespräch einen anderen Grund.

Einige Zeit später – weit nach Mitternacht – rief Dom Minto an, inzwischen über hundert Jahre alt und an diesem Abend Abrahams einziger Anrufer. Es existiert keine schriftliche Aufzeichnung ihres Gesprächs, aber mein Vater hat mir davon berichtet. Minto sei nicht, wie sonst immer, streitsüchtig und reizbar gewesen, sondern deprimiert und niedergeschlagen, und er habe offen vom Tod gesprochen. »Soll er kommen! Für mich ist mein ganzes Leben ein *blue movie* gewesen«, habe Minto erklärt. »Ich habe genug von allem gesehen, was im menschlichen Leben am schmutzigsten und obszönsten ist.« Am folgenden Morgen fand man den alten Detektiv tot an seinem Schreibtisch. »Auf eine Straftat«, sagte Inspector Singh, der Ermittlungsbeamte, »deutet nichts hin.«

Abrahams zweiter Anruf galt mir. Auf sein Ersuchen kam ich

tief in der Nacht in den verlassenen Cashondeliveri Tower und benutzte meinen Hauptschlüssel, um aufzusperren und mit dem Privatlift meines Vaters nach oben zu fahren. Was er mir in seinem dunklen Büro mitteilte, ließ mich allerdings später hinsichtlich der Art von Dom Mintos Hinscheiden weniger sicher sein als der Inspector. Wie Abraham mir anvertraute, hatte Sammy Hazaré – der sich anscheinend nicht in der Nähe von Abrahams Wohn- und Arbeitsstätten sehen lassen wollte – Minto besucht und auf den Kopf seiner Mutter geschworen, daß Aurora Zogoibys Tod ein Mordauftrag gewesen sei, ausgeführt von einem gewissen Chhaggan Five-in-a-Bite auf Befehl Raman Fieldings.

»Aber warum?« rief ich entsetzt. Abrahams Augen glitzerten. »Ich hab' dir von deiner Mummyji erzählt, mein Junge. Immer nur ein Häppchen probieren, auf den Rest aber lieber verzichten, war ihre Einstellung sowohl den Männern als auch den Speisen gegenüber. Bei Mainduck dagegen hat sie von der falschen Frucht genascht. Das Motiv war Sex. Sex. Sex ... und Rache.« Noch nie hatte ich ihn so grausam erlebt. Offensichtlich nagte der Schmerz über Auroras Treulosigkeit noch immer an seinem Herzen. Und der Schmerz, mit ihrem gemeinsamen Sohn darüber sprechen zu müssen, ein Schmerz, der ihn zum Barbaren werden ließ.

»Aber wie denn?« wollte ich wissen. Die Antwort auf diese Frage, gab er zurück, sei ein kleiner, hypodermischer Pfeil im Hals, von der Größe, wie man sie benutzt, um kleinere Tiere zu betäuben – nicht Elefanten, aber vielleicht Wildkatzen. Während der wilden Ganpati-Feier am Chowpatty Beach abgeschossen, hatte er bewirkt, daß Aurora von Schwindel befallen wurde und abstürzte. Auf die flutumspülten Felsen. Die Wellen mußten den Pfeil davongetragen haben, und bei all den anderen Verletzungen fiel niemandem ein winziges Loch an einer Halsseite auf, weil niemand danach suchte.

Ich selbst war an jenem Tag mit Sammy und Fielding in der

VIP-Loge gewesen; aber Chhaggan konnte überall und nirgends gewesen sein. Chhaggan, der mit Sammy zusammen bei Mainducks Hausolympiaden Sieger mit dem Blasrohr gewesen war. »Aber das kann kein Blasrohr gewesen sein«, sinnierte ich laut. »Viel zu weit entfernt. Und dann noch auf ein hochliegendes Ziel.«

Abraham zuckte die Achseln. »Dann eben eine Art Armbrust«, sagte er. »Die Einzelheiten stehen alle in Sammys beeideter Aussage. Minto will sie mir morgen vormittag bringen. Du weißt ja wohl«, ergänzte er, »daß sie einer gerichtlichen Untersuchung nicht standhalten wird.«

»Das muß sie auch nicht«, antwortete ich. »Diese Angelegenheit wird weder von einem Richter noch einer Jury abgeurteilt werden.«

Minto starb, bevor er Sammys Aussage zu Abraham bringen konnte. Das Dokument wurde nicht bei seinen Papieren gefunden. Inspector Singh vermutete keine Straftat; aber das war seine Sache. Ich dagegen hatte einiges zu tun. Uralte kategorische Imperative zwangen mich dazu. Wider alle Erwartungen hockte der aufgestörte Schatten meiner Mutter auf meiner Schulter und schrie nach Vergeltung. *Blut verlangt nach Blut. Bade meinen Körper im roten Springbrunnen meiner Mörder, erst dann werde ich in Frieden ruhen.* Das werde ich, Mutter.

Die Moschee in Ayodhya wurde zerstört. Buchstaben-Suppisten, »Fanatiker« oder – anders gesehen – »fromme Befreier des heiligen Ortes« (man streiche je nach Gusto) fielen in Schwärmen über die Babri-Masjid-Moschee aus dem siebzehnten Jahrhundert her und demolierten sie mit den bloßen Händen, mit den Zähnen, mit der elementaren Kraft dessen, was Sir V. Naipaul anerkennend als »Erwachen zur Geschichte« bezeichnet hat. Die Polizei stand, wie die Pressefotos bewiesen, untätig dabei und beobachtete die Kräfte der Geschichte, wie sie ihre geschichtszerstörende Arbeit verrichteten. Safrangelbe Fahnen wurden aufgezogen. Überall wurden Dhuns gesungen, »Raghu-pati Raghava Raja Ram« und ähnliches. Es war einer jener Augenblicke, die man am besten als unvereinbar beschreibt: sowohl freudig als auch tragisch, sowohl authentisch als auch unecht, sowohl natürlich als auch manipuliert. Er öffnete Türen, und er schloß sie. Er war ein Ende und ein Anfang. Er war das, was Camoens da Gama vor langer Zeit vorausgesagt hatte: das Kommen des Battering Ram, des Ram(m)bocks.

Niemand könne sicher sein, wagten einige Kommentatoren anzumerken, daß die heutige Ortschaft Ayodhya in Uttar Pradesh auf demselben Platz stehe wie das mythische Ayodhya, das Haus von Lord Ram im Ramayana. Zudem war die Auffassung dieses Ortes als Rams Geburtsort, als Ramjanmabhoomi, keine uralte Tradition – nicht mal einhundert Jahre war sie alt. Und es waren ausgerechnet gläubige Muslime in der alten Babri-Moschee gewesen, die als erste behaupteten, Lord Ram sei ihnen dort erschienen, und damit den Ball ins Rollen brachten; gibt es ein schöneres Beispiel religiöser Toleranz und Vielfalt als das? Nach der Vision hatten sich Muslime und Hindus eine Zeitlang ohne Probleme in den umstrittenen Ort geteilt ... aber zum Teufel mit diesen Nachrichten von gestern! Wen kümmerte schon diese ungesunde Haarspalterei? Die Moschee war zerstört. Jetzt war es Zeit für die Folgen, nicht fürs Zurückblicken: für das-was-nun-geschah, nicht für das-was-zuvor-geschehen-war oder geschehen-sein-mochte.

Was nun geschah: In Bombay gab es einen nächtlichen Einbruch in den Zogoiby Bequest. Die Diebe arbeiteten flink und professionell; das Alarmsystem der Galerie entpuppte sich als hoffnungslos unzureichend und an mehr als einer Stelle absolut funktionsuntüchtig. Vier Gemälde wurden gestohlen, alle aus dem Moor-Zyklus, und zwar eindeutig zuvor ausgewählt – jeweils eines aus den drei Hauptperioden, und außerdem das letzte, unbeendete und dennoch überragende Werk *Des Mauren letzter Seufzer*. Dr. Zeenat Vakil, die Kuratorin, versuchte vergeblich, Rundfunk- und Fernsehsender zur Ausstrahlung der Meldung zu bewegen; die Ereignisse in Ayodhya mit ihren blutigen Folgen überschwemmten sämtliche Ätherwellen. Ohne Raman Fielding wäre der Verlust dieser Nationalschätze schließlich überhaupt nicht in die Nachrichten gelangt. In seinem Kommentar zu Doordarshan brachte der MA-Boß den Sturm auf die Moschee mit dem Verschwinden der Bilder in Verbindung. »Wenn solch fremde Kunstwerke von Indiens heiligem Boden verschwinden, sollte niemand darum trauern«, sagte er. »Wenn die neue Nation geboren werden soll, wird so manche Eroberergeschichte ausradiert werden müssen.«

Also waren wir jetzt Eroberer – wie? Nach zweitausend Jahren gehörten wir noch immer nicht dazu und sollten bald sogar »ausradiert« werden, welchselbe »Annullierung« nicht unbedingt von Äußerungen des Bedauerns oder der Trauer begleitet werden müßte. Diese Beleidigung, die Mainduck dem Andenken Auroras zufügte, machte es leicht für mich, die Tat auszuführen, zu der ich mittlerweile fest entschlossen war.

Meine mörderische Stimmung kann im Grunde keinem Atavismus zugeschrieben werden; obwohl vom Tod meiner Mutter inspiriert, war dies kaum ein Wiederauftauchen charakteristischer Eigenschaften, die ein paar Generationen übersprungen hatten. Weit eher könnte man sie einer Art Sippen-Erbe zuschreiben; denn hatte nicht eine Ehe nach der anderen Gewalttätigkeit ins Haus der da Gamas getragen? Epifania brachte ihren mörderischen Menezes-Clan mit, Carmen ihre tödlichen Lobos. Und Abraham hatte von Anfang an den Killerinstinkt besessen, obwohl er es vorzog, andere mit der Ausführung seiner Befehle zu beauftragen. Nur meinen geliebten Großeltern mütterlicherseits, Camoens und Belle, konnte man keinen solchen Vorwurf machen.

Meine eigenen amourösen Liaisons waren kaum ein Fortschritt gewesen. Auf Dilly werde ich nichts kommen lassen; aber was ist mit Uma, die mich der Liebe meiner Mutter beraubte, indem sie ihr einredete, ich würde unschickliche Leidenschaften für sie hegen? Was ist mit Uma, der Beinah-Mörderin, der es nur deswegen nicht gelang, mich umzubringen, weil es zu einer Kopf-gegen-Kopf-Slapstick-Einlage wie in einer Szene des Grand Guignol kam?

Letztlich aber ist es nicht notwendig, die Schuld auf Ahnen oder LiebhaberInnen zu schieben. Meine Laufbahn als Schläger – meine alles zermalmende Hammerperiode – hatte ihren Ursprung in einer Laune der Natur, die in meine ansonsten hilflose rechte Hand eine so ungeheure Schlagkraft gelegt hatte. Gewiß, ich hatte bis dahin noch niemals einen Menschen getötet; in Anbetracht der Wucht und Ausdauer, mit der ich Prügel ausgeteilt hatte, kann man das jedoch nur einer glücklichen Fügung zuschreiben. Wenn ich mich nun im Fall Raman Fieldings selbst als Richter, Jury und Henker einsetzte, geschah es, weil es meiner Natur entsprach.

Zivilisation ist der Zaubertrick, der uns unsere wahre Natur verbirgt. Meiner Hand, lieber Leser, mangelte es an Tricks; aber sie wußte, was sie war.

Also lag Blutdurst nicht nur in meiner Geschichte, sondern steckte mir auch in den Knochen. Nicht eine Sekunde schwankte ich in meinem Entschluß; ich würde Rache nehmen oder bei dem Versuch dazu sterben. In letzter Zeit kreisten meine Gedanken ständig ums Sterben. Hier gab es endlich eine Möglichkeit, meiner sonst so schwachen Hand einen Sinn zu geben. Mit einer Art abstrakter Überraschung wurde mir klar, daß ich zu sterben bereit war, solange Raman Fieldings Leichnam unmittelbar in Reichweite lag. Also war auch ich zum mörderischen Fanatiker geworden. (Oder zum gerechten Rächer; wählen Sie!)

Gewalt ist Gewalt, Mord ist Mord, zweimal Unrecht ergibt nicht Recht: Das sind Wahrheiten, die mir durchaus klar waren. Aber auch folgendes: Wenn du dich auf das Niveau deines Gegners hinabbegibst, verlierst du die höhere Position. In den

Tagen nach der Zerstörung der Babri-Masjid-Moschee zerschlugen »in gerechtem Zorn handelnde Muslime« / »fanatische Killer« (bitte, benutzten Sie Ihren Blaustift abermals so, wie es Ihnen das Herz diktiert) in ganz Indien und sogar in Pakistan Hindu-Tempel und mordeten Hindus. Irgendwann kommt bei der Entfaltung allgemeiner Gewalttätigkeit ein Punkt, an dem es irrelevant ist zu fragen: »Wer hat angefangen?« Die letalen Begleit- und Folgeerscheinungen entziehen sich jeder eventuellen Rechtfertigung, geschweige denn der Gerechtigkeit. Sie wallen rings um uns empor, links und rechts, Hindu und Muslim, Messer und Pistole, sie töten, brennen, plündern und heben ihre geballten, blutbesudelten Fäuste in die rauchgeschwängerte Luft. Die Gotteshäuser beider Seiten werden durch ihre Taten vernichtet; beide Seiten opfern das Recht auf auch nur einen Hauch von Rechtlichkeit; sie sind einer des anderen Pest.

Davon nehme ich mich nicht aus. Zu lange war ich ein gewalttätiger Mensch, also setzte ich in der Nacht, nachdem Raman Fielding meine Mutter öffentlich im Fernsehen beleidigt hatte, seinem verfluchten Leben ein Ende. Und rief dadurch einen Fluch auf mein eigenes herab.

Bei Nacht patrouillierten entlang der Mauern rings um Fieldings Grundstück acht Teams zu je zwei Kadern in Dreistundenschichten; die meisten von ihren Spitznamen im inneren Kreis waren mir bekannt. Die Gärten wurden von vier auf den Mann dressierten deutschen Schäferhunden (Gavaskar, Vengsarkar, Mankad und – zum Beweis für die Vorurteilsfreiheit ihres Herrn – Azharuddin) bewacht; diese metamorphosierten Cricket-Stars kamen fröhlich schweifwedelnd auf mich zugelaufen. An der Haustür standen weitere Wachen. Auch diese Gorillas – zwei junge Riesen, Badmood und Sneezo genannt – kannte ich; dennoch durchsuchten sie mich von Kopf bis Fuß. Ich trug keine Waffe bei mir; oder vielmehr keine Waffe, die sie mir

nehmen konnten. »Ist ja heute bie id alted Zeited«, sagte
Sneezo, der jüngere, ständig mit Stockschnupfen behaftete und
– wenigstens vergleichsweise – weniger wortkarge der beiden
Männer. »Der Tidbad ist heute auch gekobben ud had eided
Besuch midgebacht. Ich glaube, er hoffte, zurückgedobben zu
werden, aber der Skibber ist ein sturer Bock.« Ich erwiderte, daß
ich es bedaure, Sammy verpaßt zu haben; und wie es dem alten
Five-in-a-Bite gehe. »Deb hat Hazaré leid getan«, antwortete der
junge Wachmann. »Sie sid zusabben weggegangen, ub sich zu
bedringen.« Als sein Kollege ihm einen Klaps auf den Hinter-
kopf versetzte, verstummte er. »Is' doch dur Habber«, protestierte er, kniff sich mit Daumen und Zeigefinger die Nase
zusammen und blies, daß der Schleim nach allen Seiten spritzte.
Hastig wich ich ein Stück zurück.

Es war ein glücklicher Zufall, daß Chhaggan nicht auf dem
Grundstück war, das wußte ich. Er hatte einen sechsten, ja sogar
einen siebten Sinn für Unannehmlichkeiten, und meine Chancen, neben Fielding auch ihn zu überwältigen und dann zu
entfliehen, ohne Alarm auszulösen, wären gleich Null gewesen.
Ich hätte das in Kauf genommen; doch seine Abwesenheit kam
mir sehr gelegen, denn so hatte ich wenigstens die Chance, das
Grundstück lebend zu verlassen.

Badmood, der Wortkarge und Klapsverteiler, fragte mich,
was ich hier wolle. Ich wiederholte, was ich schon am Tor gesagt
hatte: »Nur für Skippers Ohren.« Badmood wirkte ungehalten:
»Kommt nicht in Frage.« Ich zog ein Gesicht. »Dann mußt du's
ausbaden, wenn er's erfährt.« Da gab er nach. »Kannst von
Glück sagen, daß Skipper heute wegen der nationalen Ereignisse länger arbeitet«, erklärte er wütend. »Warte, ich geh' mich
erkundigen.« Kurz darauf kam er zurück und wies zornig mit
dem Daumen ins Hausinnere.

Mainduck arbeitete beim gelben Licht einer einzigen Angle-
poise-Lampe. Sein mächtiger, bebrillter Kopf war halb beleuchtet, halb im Dunkel; die riesige Masse seines Körpers verschmolz

mit der Nacht. War er allein? Ich mußte sichergehen.»Hammer, Hammer«, quakte er, »als was kommst du heute? Als Abgesandter deines Vaters oder als Verräter an seinem verkrachten Unternehmen?«

»Als Abgesandter«, antwortete ich. Er nickte.»Dann schieß los!«

»Nur für deine Ohren«, gab ich zurück.»Nicht für Mikrofone.« Vor vielen Jahren hatte Fielding bewundernd von dem Beschluß des amerikanischen Präsidenten Nixon gesprochen, sein eigenes Büro verwanzen zu lassen.»Der Kerl hatte ein Gespür für Geschichte«, sagte er.»Und Courage. Alles aufgezeichnet.« Ich hatte ihn darauf hingewiesen, daß diese Bänder zum Ende von Nixons Präsidentschaft beigetragen hatten, doch Fielding tat den Einwand hochmütig ab.»Was ich sage, kann mir nicht schaden«, verkündete er.»Meine Ideologie bringt mir Glück! Und eines Tages werden die Kinder meine Worte in der Schule lernen.«

Darum: *nicht für Mikrofone.* Er, der Frosch, grinste wie ein Honigkuchenpferd.»Na, dann komm nur, komm, mein Liebling! Flüstere mir süße Nichtigkeiten ins Ohr!«

Ich bin alt geworden, dachte ich besorgt, während ich auf ihn zuging. Vielleicht ist der alte K.-o.-Schlag nicht mehr präsent. *Verleih mir Kraft,* betete ich – zu niemandem im besonderen, höchstens vielleicht zu Auroras Geist. *Nur noch ein einziges Mal. Gib, daß ich meinen Hammer-Schlag noch habe!* Vom Schreibtisch her starrte mich das grüne Froschtelefon an. Gott, wie ich dieses Telefon haßte! Ich beugte mich zu Mainduck hinab; dessen linke Hand pfeilschnell hervorschoß, mich bei den Nackenhaaren packte und meinen Mund an seine linke Gesichtshälfte rammte. Als ich sekundenlang das Gleichgewicht verlor, merkte ich entsetzt, daß meine Rechte, meine einzige Waffe, ihr Ziel nicht mehr erreichen konnte. Doch als ich gegen den Schreibtischrand fiel, stieß meine Linke – dieselbe linke Hand, die zu gebrauchen ich mich mein Leben lang und entgegen meiner

Veranlagung hatte zwingen müssen – zufällig gegen das Telefon.

»Die Nachricht ist von meiner Mutter«, flüsterte ich und schmetterte ihm den grünen Frosch ins Gesicht. Fielding gab keinen Laut von sich. Seine Finger ließen meine Haare los, aber das Froschtelefon wollte ihn immer wieder küssen, also küßte ich ihn damit, so heftig ich konnte, dann heftiger und noch heftiger, bis das Plastikmaterial splitterte und der Apparat in meiner Hand zerbarst. Beschissenes, billiges Spielzeugding! dachte ich und setzte es ab.

Wie Lord Ram den Entführer der schönen Sita, Ravan, König von Lanka, schlug:

Lang war der Ausgang der Schlacht ungewiß,
bis Rama in seinem Zorn
Zu Brahmas todbringender Waffe griff,
die in himmlischem Feuer entflammt!
Jene Waffe, die einst der weise Agastya dem Helden gab.
Geflügelt wie der blitzende Pfeil des Indra,
tödlich wie ein himmlischer Bolzen.
In Rauch gehüllt und von Flammen umzüngelt,
löste das Geschoß sich zischend vom gespannten Bogen
Durchbohrte Ravans ehernes Herz und streckte
den heldenhaften Schützen leblos zu Boden ...
Und eine Götterstimme aus gleißendem Himmel sprach
zu Raghus kühnem Sohn
»O Kämpfer für Wahrheit und Recht!
Nun ist deine noble Tat vollbracht!«

Wie Achilles Hektor schlug, den Mörder des Patroklos:

Schwach aufatmend erwiderte ihm Hektor:
»Ich beschwöre bei deiner Seele, bei deinen Knien,

Ich beschwöre dich bei deinen Eltern, Achilleus:
Gib mich nicht bei den Schiffen den Hunden
der Griechen zur Speise.«
(...) Zürnend schaut' auf ihn und sprach der schnelle Achilleus:
»Hund, beschwöre mich nicht bei meinen Knien und Eltern!
Oh, daß mich der Zorn in meinem Herzen bewegte,
Dein zerhacktes Fleisch für deine Frevel zu essen!
Keiner soll mir die Hunde von deinem Körper vertreiben ...
Hunde sollen dich, dich sollen Geier zerreißen!«

Erkennen Sie den Unterschied? Während Ram über eine himmlische Weltgerichtsmaschine verfügte, hatte ich mich mit einem telekommunikativen Frosch begnügen müssen. Und erhielt hinterher keinerlei himmlische Gratulation für meine Tat. Und was Achilles betrifft: Weder war ich von seiner innereienfressenden Wildheit besessen (die mich, wenn ich so sagen darf, an Hind von Mekka erinnerte, die das Herz des toten Helden Hamza verschlang), noch besaß ich seine poetische Formulierungskunst. Die Hunde der Achäer jedoch, die hatten einheimische Gegenstücke ...

... Nachdem Ram Ravan umgebracht hatte, richtete er voll Ritterlichkeit ein großzügiges Begräbnis für seinen gefallenen Feind aus. Achilles, der weit weniger ritterliche dieser beiden großen Helden, band Hektors Leichnam an seinen Streitwagen und schleppte ihn dreimal rund um das Grab des toten Patroklos. Dagegen ich: Da ich nicht in heroischen Zeiten lebte, ehrte ich den Leichnam meines Opfers nicht, noch entehrte ich ihn; ich dachte ausschließlich an mich selbst, an meine Chancen, zu fliehen und zu überleben. Nachdem ich Fielding ermordet hatte, drehte ich ihn mit seinem Stuhl so herum, daß sein Gesicht von der Tür abgewandt war (obwohl er kein Gesicht mehr hatte). Ich legte seine Füße auf ein Bücherregal und verschränkte seine Arme über den offenen Wunden, damit es so aussah, als sei er, von der Arbeit erschöpft, fest eingeschlafen.

– 495 –

Dann suchte ich leise, ganz leise nach den Tonbandgeräten – denn aus Sicherheitsgründen mußten es zwei sein, das wußte ich.

Es kostete keine große Mühe, sie zu finden. Fielding hatte nie ein Geheimnis aus seiner Aufzeichnungsmanie gemacht, und seine unverschlossenen Aktenschränke gaben mir schnell die Spulen preis, die sich im Dunkeln langsam drehten wie Derwische. Ich riß mehrere Längen von Bändern heraus und stopfte sie mir in die Tasche.

Es war höchste Zeit zu gehen. Ich verließ das Zimmer und zog die Tür mit übertriebener Behutsamkeit ins Schloß. »Nicht stören«, ermahnte ich Badmood und Sneezo flüsternd. »Skipper macht ein Nickerchen.« Damit waren sie vorerst gestoppt, aber würde mir genügend Zeit bleiben, das Grundstück zu verlassen? Fast glaubte ich schon Rufe, Pfiffe, Schüsse zu hören, sowie vier verwandelte Cricketspieler, die mir knurrend und zähnefletschend an die Kehle sprangen. Meine Füße begannen sich automatisch schneller zu bewegen; ich zwang sie zu einem gemächlicheren Tempo und blieb plötzlich stehen. Gavaskar, Vengsarkar, Mankad und Azharuddin kamen angelaufen und leckten meine gesunde Hand. Ich ging in die Knie und streichelte sie. Dann richtete ich mich auf, ließ Hunde und Mumbadevi-Statuen hinter mir, passierte das Tor und stieg in den Mercedes-Benz, den ich mir aus der Dienstwagengarage des Cashondeliveri Tower geliehen hatte. Als ich davonfuhr, fragte ich mich, wer mich wohl zuerst schnappen würde: die Polizei oder Chhaggan Five-in-a-Bite. Alles in allem hätte ich die Polizei vorgezogen. *Noch ein Toter, Mr. Zogoiby? Wie unvorsichtig! Diese Nachlässigkeit ist zu groß.*

Hinter mir gab es irgendein animalisches Geräusch, nur daß kein Tier jemals so laut brüllen konnte, und die Hand eines Riesen schleuderte meinen Wagen herum, zweimal, und sprengte mein Rückfenster heraus. Mit dem Kühler in die falsche Richtung weisend, kam der Mörs'dies zum Stehen.

Die Sonne war aufgegangen. Mein erster Gedanke war »Das Walroß und der Zimmermann«: *»Der Mond erblaßt' vor Ärger schier, / er dachte, das ist neu! / Was sucht der Sonnenschein jetzt hier, / der Tag ist längst vorbei! / Den ganzen Spaß verdirbt sie mir, / als ob das höflich sei!«* Mein zweiter Gedanke war, daß ein Flugzeug über der Stadt abgestürzt war. Flammen schlugen hoch, Leute schrien, und zum erstenmal wurde mir klar, daß auf dem Fielding-Grundstück etwas passiert sein mußte. Ich erinnerte mich, wie Sneezo gesagt hatte: »Der Tidbad ist heute auch gekobben ud had eided Besuch midgebacht.«

Sein letzter Besuch. Der Besuch eines gefeuerten alten Kriegers. Wie hatte es Sammy, der Bomber, wohl geschafft, seinen Sprengkörper an den Wachen vorbeizuschmuggeln, die jeden Besucher filzten? Mir fiel nur eine Antwort ein. *In seiner Metallhand.* Und das bedeutete, die Bombe mußte ziemlich klein gewesen sein. Kein Platz für Dynamitstangen. Was also dann? Plastik, RDX, Semtex? »Bravo, Sammy«, dachte ich. »Minimalistik, he? Wahnsinn! Für Mainduck immer nur das Beste, das Neueste.« Der so schnell keinen mehr feuern würde. Mir wurde klar, daß ich einen Todeskandidaten ermordet hatte. Obwohl Mainduck noch am Leben gewesen war, als ich bei ihm war, hatte Sammy mich mit seinem K.o. übertroffen.

Es dauerte ein wenig, bis ich mir klarmachte, daß von Mainduck nicht sehr viel übriggeblieben sein konnte. Gut möglich, daß ich dadurch gar nicht erst in den Verdacht geraten würde, ein Verbrechen begangen zu haben. Obwohl ich als der letzte, der Raman Fielding lebend gesehen hatte, zweifellos einige Fragen zu beantworten haben würde. Auf den Wagen war Verlaß, er sprang beim ersten Versuch wieder an. Die Luft stank nach Rauch und anderen allzu deutlich identifizierbaren Gerüchen. Zahllose Leute rannten wild durcheinander. Es wurde Zeit, die Szene zu verlassen. Als ich auf der Straße wendete, bildete ich mir ein, das Bellen hungriger Hunde zu hören, auf die überraschend dicke Fleischbrocken herabgeregnet waren,

zumeist sogar noch direkt am Knochen. Das und der Flügel-
schlag der Aasgeier.

»Verschwinde!« sagte Abraham Zogoiby. »Und zwar pronto.
Und komm nie wieder!«

Es war mein letzter Spaziergang mit ihm in seinem luftigen
Garten. Ich hatte ihm über die tödlichen Ereignisse in Bandra
Bericht erstattet. »Hazaré ist also eine entfesselte Kanone«, sagte
mein Vater. »Macht nichts. Belanglos. Irgendein Lieferant, der
Nebenverkäufe abschließt, wird zur Rechenschaft gezogen werden. Aber das soll dich nicht kümmern. Im Augenblick bist du
noch nicht verhaftet. Deswegen also, Lebwohl! Verabschiede
dich, solange du kannst! Verschwinde!«

»Und wie geht's hier weiter?«

»Dein Bruder wird im Gefängnis verfaulen. Alles wird zu
Ende gehen. Auch ich bin am Ende. Aber meine letzte Runde
ist noch nicht eingeläutet.«

Ich nahm mir einen reifen Apfel aus einem Korb und stellte
ihm meine letzte Frage. »Einmal«, begann ich, »hat Vasco
Miranda zu dir gesagt, daß dies nicht das richtige Land für uns
sei. Damals hat er zu dir dasselbe gesagt, was du jetzt zu mir sagst.
›Ihr Söldner dieses verdammten Macaulay, verschwindet!‹ Hatte
er also recht? Leinen los, nach Westen ziehen? Ist es das?«

»Sind deine Papiere in Ordnung?« Seiner Macht endgültig
beraubt, schien Abraham vor meinen Augen zu altern wie ein
Unsterblicher, der schließlich gezwungen wird, das Shangri-La
durch das Zaubertor zu verlassen. Aber ja, nickte ich, meine
Dokumente seien in Ordnung. Jene so oft erneuerte Passage
nach Spanien, ein Vermächtnis, das mir meine Mutter hinterlassen hatte. Jenes Fenster in eine andere Welt.

»Dann geh und frag ihn selbst!« sagte Abraham mit seinem
verzweifelten Lächeln, während er langsam durch die Bäume
davonging. Ich ließ den Apfel fallen und wandte mich zum
Gehen.

– 498 –

»Ohe, Moraes«, rief er mir nach. Unverschämt, grinsend, besiegt. »Verdammter Idiot! Was glaubst so wohl, wer diese Bilder gestohlen hat, wenn nicht dein verrückter Miranda? Zieh los und such sie, mein Junge! Such dir dein kostbares Palimpstina! Such dir dein Mooristan!« Und sein allerletzter Befehl, der fast einer Liebeserklärung gleichkam, lautete: »Nimm den verdammten Köter mit!« So verließ ich diesen himmlischen Garten mit Jawaharlal unter dem Arm. Der Morgen dämmerte schon. Ein rötlicher Streifen zeigte sich am Horizont und trennte unseren Planeten vom Himmel. Es sah aus, als hätte irgend jemand oder irgend etwas geweint.

Bombay explodierte. Lesen Sie, was man mir erzählt hat: Dreihundert Kilo RDX-Sprengstoff flogen in die Luft. Zweieinhalbtausend weitere Kilo wurden später entdeckt, ein Teil in Bombay, ein anderer auf einem Lastwagen in der Nähe von Bhopal. Außerdem Zeitzünder, Sprengkapseln und was sonst noch dazugehört. So etwas hatte es in der Geschichte der Stadt noch nie gegeben. Noch niemals etwas so Kaltblütiges, so genau Berechnetes, so Grausames. *Dhhaaiiiyn!* Ein Bus voller Schulkinder. *Dhhaaiiiyn!* Das Air-India-Gebäude. *Dhhaaiiiyn!* Züge, Villen, Mietskasernen, Hafenanlagen, Filmstudios, Fabriken, Restaurants. *Dhhaaiiiyn! Dhhaaiiiyn! Dhhaaiiiyn!* Börsen, Bürogebäude, Krankenhäuser, die belebtesten Einkaufsstraßen im Herzen der Stadt. Überall lagen Leichenteile herum; menschliches und tierisches Blut, Gedärme und Knochen. Die Aasgeier waren so berauscht vom Fleischfressen, daß sie wie gelähmt auf den Hausdächern hockten und darauf warteten, daß der Appetit zurückkehrte.

Wer es getan hat? Viele von Abrahams Feinden ereilte der Tod: Polizisten, MA-Kader, kriminelle Rivalen. *Dhhaaiiiyn!* In der Stunde der Vernichtung tätigte mein Vater gerade einen Anruf, und die Metropole ging in die Luft. Aber hätte selbst Abraham mit seinen immensen Ressourcen ein derartiges Arsenal anhäufen können? Wie konnte ein Bandenkrieg eine solche Legion unschuldiger Toter rechtfertigen? Hindu- und Muslim-Gebiete wurden gleichermaßen angegriffen; Männer, Frauen, Kinder starben, und niemand konnte ihrem Tod einen Sinn und damit Würde verleihen. Welcher Rachedämon schritt über den Horizont und ließ Feuer auf unsere Köpfe regnen? Oder brachte die Stadt sich ganz einfach selber um?

Abraham zog in den Krieg und ließ seinen Fluch überall dort hintreffen, wo er nur konnte. Und das war einiges. Aber es war nicht genug; es war nicht alles. Ich weiß nicht alles. Ich berichte Ihnen nur, was ich weiß.

Und hier ist, was *ich* gern wissen möchte: Wer zerstörte *Elephanta*, wer zerstörte mein Heim? Wer sprengte es in die Luft, und mit den Ziegelsteinen und dem Mörtel Lambajan Chandiwala Borkar, Miss Jaya Hé und Ezekiel samt den magischen Notizheften? War es die Rache des toten Fielding oder des freischaffenden Hazaré, oder gab es da irgendeine unterschwellige Bewegung in der Geschichte, ganz tief unten, wo nicht mal jene von uns, die so lange Zeit in der Unterwelt zugebracht hatten, es sehen konnten?

Bombay war zentral; war es immer gewesen. Genau wie die fanatischen katholischen Könige Granada besiegt und den Fall der Alhambra abgewartet hatten, stand jetzt das Barbarentum vor unseren Toren. Ach, Bombay! *Prima in Indis! Du Tor nach Indien! Stern des Ostens mit Blick nach Westen!* Genau wie Granada – das al-Gharnatah der Araber – warst du der Glanz unserer Zeit. Doch eine dunklere Zeit kam über dich, und so wie Boabdil, der letzte Nasridensultan, zu schwach war, seinen großen Schatz zu verteidigen, erwiesen auch wir uns als unzulänglich. Denn die Barbaren standen nicht nur vor unseren Toren, sondern steckten in unserer Haut. Wir waren unsere eigenen Trojanischen Pferde, jeder einzelne von uns barg unser Verhängnis in sich. Möglich, daß Abraham Zogoiby die Zündschnur in Brand gesetzt hatte, oder auch Scar: diese Fanatiker oder jene, unsere

– 500 –

Verrückten oder die euren; die Explosionen brachen jedoch aus unseren eigenen Körpern hervor. Wir waren sowohl die Bomber als auch die Bomben. Die Explosionen waren das Böse, das bereits in uns steckte – unnötig, nach fremden Erklärungen zu suchen, obwohl es außerhalb unserer Grenzen genauso Böses gibt wie in ihnen. Wir haben uns die eigenen Beine abgehackt, unseren eigenen Sturz ausgelöst. Und können nun nur noch um das weinen, was zu verteidigen wir zu geschwächt, zu korrumpiert, zu klein, zu verachtenswert waren.

Entschuldigen Sie bitte diesen Ausbruch! Es ist mit mir durchgegangen. Genug, genug; der alte Moor wird nicht mehr seufzen.

Dr. Zeenat Vakil starb in dem Feuerball, der durch die Zogoiby-Bequest-Galerie auf dem Cumballa Hill raste. Nicht ein einziges Bild wurde verschont; und so wurde meine Mutter Aurora in eine Region verbannt, die dicht an das Reich der für immer versunkenen Antike grenzte – in die Ausläufer jenes höllischen Gartens, bewohnt von den hilflosen Schatten (nunmehr so kopf- und armlos wie ihre Statuen) all der Menschen, deren Lebenswerk untergegangen ist. (Ich denke an Cimabue, der uns nur durch eine Handvoll von Werken bekannt ist.) *Der Skandal* wurde verschont. Das Bild war eine ständige Leihgabe des Nachlasses ans National Museum in Delhi gewesen, und dort befindet es sich immer noch, Amrita Sher-Gil voll Zuversicht in die Augen blickend. Und noch einige andere Bilder wurden gerettet: Vier frühe Chipkali-Zeichnungen, *Uper the gur gur* und das bittere, schmerzliche *Mutterlos -Nackter Moor* – sie alle waren zufällig innerhalb Indiens oder ins Ausland ausgeliehen worden –, ironischerweise aber auch die ärgerniserregende Cricketphantasie, die im Wohnzimmer der Damen Wadia an der Wand hing, *Der Kuß des Abbas Ali Baig.* Acht. Und das Stedelijk-Bild, das Tate-Bild, die Gobler-Sammlung. Ein paar Bilder der »roten Periode« in Privatbesitz. (Welche Ironie, daß

Aurora die meisten dieser Periode eigenhändig vernichtet hatte!)

Mehr überkommene Arbeiten als von Cimabue also; aber nur ein winziger Teil des Schaffens dieser so überaus produktiven Frau. Deswegen stellten die vier gestohlenen Auroras jetzt einen wichtigen Teil ihres verbliebenen Gesamtwerks dar.

Am Vormittag der Explosionen öffnete Miss Nadia Wadia höchstpersönlich die Tür, weil das Dienstmädchen bereits bei Morgengrauen das Haus verlassen hatte, um einzukaufen, und nicht mehr zurückgekommen war. Vor ihr standen zwei Karikaturen: ein Zwerg in Khaki und ein Mann mit einem Gesicht und einer Hand aus Metall. Ein Schrei und ein Kichern kollidierten in ihrer Kehle; doch ehe sie einen Laut ausstoßen konnte, hatte Sammy Hazaré schon ein Buschmesser geschwungen und ihr damit zwei Schnitte quer übers Gesicht versetzt, Parallelschnitte von oben rechts nach unten links, wobei er geschickt die Augen verschonte. Nadia Wadia brach auf der Türmatte zusammen, und als sie das Bewußtsein wiedererlangte, lag ihr Kopf im Schoß ihrer verzweifelten Mutter, während ihr das eigene Blut die Lippen netzte. Die unbekannten Attentäter waren auf Nimmerwiedersehen verschwunden.

Der Mahaguru Kushro wurde durch die Bomben vernichtet; und auch der rosa Wolkenkratzer am Breach Candy, in dem »Adam Zogoiby« herangezogen worden war, bot ein Bild der Zerstörung. Der Leichnam von Chhaggan Five-in-a-Bite wurde in einer Gosse von Bandra gefunden; mit tiefen Buschmesserhieben war ihm der Kopf vom Hals getrennt worden. Dhabas in Dhobi Talao, Kinos, die das Breitwand-Remake des alten Klassikers *Gai-Wallah* zeigten, die Cafés *Sorryno* und *Pioneer:* Sie alle hatten aufgehört zu existieren. Und wie sich herausstellte, hatte sich Sister Floreas, meine einzig übriggebliebene Schwester, im

Hinblick auf die Zukunft geirrt: Bomben hatten das Pflegeheim und Kloster Gratiaplena in Schutt und Asche gelegt, und Minnie zählte zu den Opfern.

Dhhaaiiiyn! Dhhaaiiiyn! Nicht nur Schwester, Freunde, Gemälde und Lieblingslokale, sondern auch alle Gefühle wurden pulverisiert. Wenn das Leben so billig wurde, wenn Köpfe über die Maidans rollten und kopflose Körper in den Straßen tanzten – wen interessierte da ein einzelner vorzeitiger Tod? Wie sollte man sich noch um die unmittelbare Wahrscheinlichkeit des eigenen sorgen? Nach jeder Monstrosität kam eine größere; genau wie echte Drogenabhängige schienen wir ständig die Dosis zu erhöhen. Die Katastrophe war zur Sucht der Stadt geworden, und wir alle waren ihre Süchtigen, ihre Zombies, ihre Untoten. Unzufrieden und – um dieses überstrapazierte Wort ausnahmsweise einmal passend zu verwenden – schockiert, geriet ich in einen distanzierten, gottähnlichen Zustand. Die Stadt, das wußte ich, lag im Sterben. Der Körper, in dem ich wohnte, dito. Na und? *Que sera sera …*

Und siehe da, was kommen sollte, kam. Sammy der Tinman Hazaré marschierte mit dem energisch stapfenden Winzling Dhirendra an seiner Seite in die Halle des Cashondeliveri Tower. Sie hatten sich Sprengstoff an Körper, Beine und Rücken gebunden. Dhirendra trug zwei Sprengkapseln; Sammy schwang drohend seine Machete. Die Wachmänner des Gebäudes, die erkannten, daß das Heroin, das die Bombenleger genommen hatten, um sich Mut zu machen, schwer auf ihren Augenlidern lastete und ihren Körper mit Juckreiz plagte, wichen voller Schrecken zurück. Sammy und Dhirendra nahmen den Schnellaufzug in den einunddreißigsten Stock. Der Sicherheitchef rief Abraham Zogoiby an, um ihn mit vor Angst überschlagender Stimme zu warnen und mit Selbstvorwürfen zu überschütten. Abraham unterbrach ihn ungnädig. »Räumen Sie das Gebäude!« Das sind seine letzten bekannten Worte.

In Panik verließen die im Tower arbeitenden Menschen das

Bauwerk. Schon sechzig Sekunden später jedoch explodierte das große Atrium an der Spitze des Cashondeliveri Tower wie ein Feuerwerk in den Himmel, und ein Schauer von Glasmessern regnete herab, der die Fliehenden am Hals, am Rücken, am Schenkel traf und ihre Träume, ihre Lieben, ihre Hoffnungen aufspießte. Nach den Glasmessern kamen noch ganz andere Monsunregen. Viele Arbeiter und Angestellte waren durch die Explosion im Gebäude gefangen. Lifts funktionierten nicht mehr, Treppenhäuser waren eingestürzt, es gab Brände und Wolken aus dickem schwarzem Rauch. Es gab jene, die verzweifelten, die sich aus den Fenstern in den Tod stürzten.

Zuletzt regnete Abrahams Garten wie ein himmlischer Segen auf das alles herab. Importierte Gartenerde, englisches Rasengras und ausländische Blumen – Krokusse, Narzissen, Rosen, Stockrosen, Vergißmeinnicht – fielen auf die Backbay Reclamation; und ausländische Früchte. Ganze Bäume stiegen graziös in die Lüfte, bevor sie wie gigantische Sporen auf die Erde niedersanken. Noch tagelang segelten die Federn unindischer Vögel durch die Luft.

Pfefferkörner, Kümmel, Zimtstangen, Kardamom, untermischt mit importierter Flora und Vogelwelt tanzten wie parfümierter Hagel *rat-a-tat* auf Straßen und Bürgersteigen. Abraham hatte immer ein paar Säcke Cochin-Gewürze um sich gehabt. Manchmal, wenn er allein war, öffnete er diese Säcke und tauchte sehnsüchtig die Arme in ihre duftenden Tiefen. Griechisch Heu und Schwarzkümmel, Koriandersamen und Stinkasant regneten auf Bombay herab; aber vor allem schwarzer Pfeffer, das Schwarze Gold von Malabar, auf dem sich vor langer Zeit ein junger Exportbuchhalter von einem fünfzehnjährigen Mädchen zu pfeffriger Liebe hatte verführen lassen.

Um eine Klasse zu bilden, schrieb Macaulay in *Minute of Education* von 1835, *aus Menschen, die nach Blut und Hautfarbe Inder, nach Einstellung, Moralbegriffen und Intellekt jedoch Engländer sind.* Und warum, bitte? Oho, um *Dolmetscher zwischen uns und den Millionen zu sein, die wir regieren.* Wie dankbar eine solche Klasse von Menschen sein sollte und müßte! Denn in Indien waren die Dialekte *armselig und grob,* und *ein einziges Bücherbrett einer guten europäischen Bibliothek wiegt die ganze Eingeborenenliteratur auf.* Auch Geschichte, Naturwissenschaft, Medizin, Astronomie, Geographie, Religion wurden gleichermaßen verhöhnt. ... *würde einem englischen Roßarzt zur Unehre gereichen ... würde von Schulmädchen einer englischen Boarding School verlacht werden.*

Demnach hätte eine Klasse von »Macaulays Söldnern«, wie Vasco sie nannte, das Beste gehaßt, was Indien ausmachte. Doch er hatte sich getäuscht. Diese Klasse waren wir nicht und sind wir auch niemals gewesen. Das Beste und das Schlechteste waren in uns und kämpften in uns, so wie sie sich in unserem ganzen Land bekämpften. In einigen von uns siegte das Schlechteste; aber noch immer können wir – und zwar wahrheitsgemäß – behaupten, daß wir das Beste geliebt haben.

Als meine Maschine über der City kurvte, sah ich immer noch Rauchsäulen aufsteigen. Es gab nichts mehr, was mich in Bombay gehalten hätte. Es war nicht mehr mein Bombay, nichts Besonderes mehr, nicht mehr die Stadt der durcheinandergemischten, der Mischlingsfreude. Irgend etwas war untergegangen (die Welt?), und was geblieben war, wußte ich nicht. Ich stellte fest, daß ich mich auf Spanien freute – auf ein Anderswo. Ich reiste in das Land, aus dem wir einstmals, vor Jahrhunderten, vertrieben worden waren. Könnte es nicht sein, daß es sich als meine verlorene Heimat erweisen würde, als mein Ruheplatz, mein Gelobtes Land? Könnte es nicht mein Jerusalem sein?

»Na, Jawaharlal?« Doch der ausgestopfte Hund auf meinem Schoß hatte nichts dazu zu sagen.

In einer Hinsicht täuschte ich mich jedoch: Das Ende einer Welt ist nicht das Ende der Welt. Nadia Wadia, meine Exverlobte, erschien nur wenige Tage nach den Bombenexplosionen im

– 505 –

Fernsehen, als die Wunden auf ihrem Gesicht noch blutrot pulsierten und schon feststand, daß sie endgültig entstellt bleiben würde. Und doch war ihre Schönheit so rührend, ihr Mut so deutlich spürbar, daß sie irgendwie noch schöner wirkte als zuvor. Ein Reporter versuchte sie über das furchtbare Ereignis auszufragen; als eine ganze außergewöhnliche Geste wandte sie sich jedoch von ihm ab, um direkt in die Kamera und ins Herz jedes einzelnen Zuschauers zu sprechen. »Also habe ich mich gefragt, Nadia Wadia, ist dies das Ende für dich? Fällt jetzt der Vorhang? Und eine Weile dachte ich, ach ja, alles vorbei, *khalaas*. Aber dann fragte ich mich, Nadia Wadia, was redest du da, *men*? Willst du mit dreiundzwanzig Jahren sagen, ein ganzes Leben ist *funtoosh*? Was für ein Unsinn, Nadia Wadia! Reiß dich zusammen, Mädchen! Okay? Die Stadt wird überleben. Neue Wolkenkratzer werden entstehen. Es werden bessere Zeiten kommen. Und nun sage ich mir jeden Tag, Nadia Wadia, sage ich, die Zukunft winkt. Höre auf ihren Ruf!«

IV

DES MAUREN LETZTER SEUFZER

1

Ich wollte nach Benengeli, weil mein Vater mir gesagt hatte, daß Vasco Miranda, ein Mann, den ich seit vierzehn – oder, nach meinem ganz persönlichen Schnellzeitkalender, achtundzwanzig – Jahren nicht mehr gesehen hatte, meine tote Mutter dort gefangenhielt; und wenn nicht meine Mutter, dann jedenfalls den besten Teil dessen, was von ihr geblieben war. Ich denke, daß ich hoffte, das Diebesgut zurückholen und dadurch etwas in mir selbst heilen zu können, bevor ich am Ende meines eigenen Lebens ankam.

Bis dahin hatte ich noch niemals ein Flugzeug bestiegen, und das Erlebnis, durch die Wolken zu fliegen – ich hatte Bombay an einem der seltenen bedeckten Tage verlassen –, war den Bildern vom Leben nach dem Tode in Filmen, auf Gemälden und in Märchenbüchern so unheimlich ähnlich, daß mich kalte Schauer überliefen. War ich auf dem Weg ins Land der Toten? Fast erwartete ich, auf den daunenweichen Kumulusfeldern draußen vor meinem Fenster würde sich ein perlweißes Tor erheben mit einem Mann davor, der ein dickes Kontobuch mit guten und schlechten Taten in der Hand hielt. Schlaf überkam mich, und in meinen allerersten Höhenflugträumen erfuhr ich, daß ich das Land der Lebenden tatsächlich bereits verlassen hatte. Vielleicht war ich, wie so viele der Menschen und Orte, die ich liebte, bei den Bombenexplosionen umgekommen. Auch als ich erwachte, hielt dieses Gefühl, durch einen Schleier zu fliegen, noch an. Eine freundliche junge Frau offerierte mir Speisen und Getränke. Ich akzeptierte beides. Das Fläschchen roten Rioja-Weins war köstlich, aber zu klein. Ich bat um mehr.

»Ich komme mir vor wie auf einer Zeitreise«, erzählte ich der freundlichen Stewardeß ein wenig später. »Doch ob in die Zukunft oder in die Vergangenheit, das weiß ich nicht.«

»Viele Passagiere haben dieses Gefühl«, versicherte sie mir. »Ich erkläre ihnen immer, daß keins von beiden der Fall ist. Vergangenheit und Zukunft sind die Zeiten, in denen wir den größten Teil unseres Lebens verbringen. Was Sie hier in unserem kleinen Mikrokosmos erleben, ist dagegen das verwirrende Gefühl, ein paar Stunden lang in der Gegenwart gelandet zu sein.« Die Stewardeß hieß Eduvigis Refugio und hatte an der Complutense-Universität von Madrid Psychologie studiert. Eine gewisse Ruhelosigkeit der Seele habe sie veranlaßt, ihr Studium abzubrechen und dieses unstete Leben aufzunehmen, vertraute sie mir offen an; dann setzte sie sich für ein paar Minuten auf den leeren Platz neben mir und nahm Jawaharlal auf ihren Schoß. »Shanghai! Montevideo! Alice Springs! Wußten Sie, daß Orte ihr Geheimnis, ihre tiefsten Mysterien nur jenen offenbaren, die auf der Durchreise sind? Genau wie man einem völlig Fremden, dem man auf einem Busbahnhof – oder in einem Flugzeug – begegnet, Intimitäten anvertrauen kann, bei denen man erröten müßte, würde man sie gegenüber den Menschen, mit denen man zusammenlebt, auch nur andeuten. Übrigens, was für ein entzückender ausgestopfter Hund! Ich habe zu Hause eine Sammlung kleiner ausgestopfter Vögel; und aus der Südsee einen echten Schrumpfkopf. Aber der eigentliche Grund, warum ich gern reise« – hier beugte sie sich noch näher zu mir –, »ist das Vergnügen, das ich bei der Promiskuität empfinde, und in einem katholischen Land wie Spanien ist es nicht leicht, diesem Vergnügen in ausreichendem Maße nachzugehen.« Selbst da begriff ich noch immer nicht, daß sie mir ihren Körper anbot, so groß war mein innerer, flugbedingter Aufruhr. Sie mußte es deutlich aussprechen. »Auf diesem Flug helfen wir einander«, erklärte sie. »Meine Kolleginnen passen auf und sorgen dafür, daß wir nicht gestört werden.« Sie führte mich zu einem engen Toilettenraum, wo wir uns sehr flüchtigem Sex hingaben: Nach ein paar flinken Bewegungen kam sie zum Orgasmus, während mir dies nicht gelingen wollte, vor

allem, weil sie im selben Moment, da ihre eigenen Bedürfnisse
befriedigt waren, jegliches Interesse an mir zu verlieren schien.
Ich ließ das alles passiv über mich ergehen – denn die Passivität
hatte mich fest im Griff –, dann ordneten wir beide unsere
Kleider und gingen eilig unserer Wege. Einige Zeit später verspürte ich das dringende Bedürfnis, noch ein wenig mit ihr zu
plaudern, und sei es nur, um mir ihr Gesicht und ihre Stimme
ins Gedächtnis zu prägen, aus dem sie bereits zu schwinden
begannen; auf das Aufleuchten des kleinen Lämpchens hin, das
ich durch Drücken auf einen Knopf mit der schematischen
Darstellung eines Menschen auslöste, erschien jedoch eine ganz
andere Person.»Ich wollte eigentlich Eduvigis«, sagte ich, und
die neue junge Frau krauste die Stirn.»Wie bitte? Sagten Sie
›Rioja‹?« In einem Flugzeug hört sich alles ganz anders an, und
vielleicht hatte ich ja auch undeutlich gesprochen, deswegen
wiederholte ich besonders prononciert:»Eduvigis Refugio, die
Psychologin.«

»Sie müssen geträumt haben, Sir«, antwortete die junge Frau
mit sonderbarem Lächeln.»An Bord dieses Fluges gibt es keine
Stewardeß mit diesem Namen.« Als ich darauf beharrte, daß es
doch eine geben müsse, wobei ich möglicherweise die Stimme
hob, kam sofort ein Mann mit Goldstreifen an den Ärmeln
seines Blazers herbeigeeilt.»Seien Sie ruhig und sitzen Sie still!«
befahl er mir barsch und versetzte mir einen Stoß gegen die
Schulter.»In Ihrem Alter, Opa, und mit Ihrer Verunstaltung
sollten Sie sich schämen, anständigen Mädchen derartige Angebote zu machen. Ihr indischen Männer glaubt doch immer, daß
unsere europäischen Frauen Huren sind.« Ich war entsetzt; als
ich die zweite junge Frau jedoch betrachtete, sah ich, daß sie
sich mit dem Taschentuch die Augenwinkel abtupfte.»Tut mir
leid, wenn ich Ihnen Ungelegenheiten bereitet habe«, entschuldigte ich mich.»Hiermit möchte ich ausdrücklich feststellen,
daß ich mein Ersuchen zurücknehme.«

»So ist es schon besser.« Der Mann im goldbetreßten Blazer

nickte. »Nachdem Sie nun Ihren Irrtum eingesehen haben, wollen wir kein Wort mehr darüber verlieren.« Er ging davon, zusammen mit der zweiten Frau, die inzwischen ausgesprochen fröhlich wirkte; ja, als sie gemeinsam den Mittelgang hinunter verschwanden, hatte ich den Eindruck, daß sie sich auf meine Kosten amüsierten. Da ich für das, was geschehen war, keine Erklärung fand, sank ich abermals in Schlaf, diesmal in einen traumlosen. Eduvigis Refugio sah ich nie wieder. Ich gestattete mir, sie mir als eine Art Phantom der Lüfte vorzustellen, herbeigerufen durch mein eigenes Verlangen. Hier oben, über den Wolken, mußten doch zweifellos derartige Huris herumschweben, und sicher konnten sie auch, wann immer sie wollten, durch die Wände in die Maschine eindringen.

Sie werden verstehen, daß ich mich in einem ganz neuen, mir fremden Gemütszustand befand. Einfach durch das Betreten dieses Flugzeugs waren mir Ort, Sprache, Menschen und Sitten, die mir vertraut waren, abhanden gekommen; und diese vier sind für die meisten von uns die Anker der Seele. Nimmt man dazu noch die teilweise verzögerten Nachwirkungen aller Schrecken der vergangenen Tage, wird es vielleicht verständlich, warum mir zumute war, als seien all meine Wurzeln so brutal herausgerissen worden wie jene der fliegenden Bäume aus Abrahams Atrium. Die neue Welt, die ich betrat, hatte mir eine rätselhafte Warnung zuteil werden lassen, so etwas wie einen Schuß vor den Bug. Ich durfte nicht vergessen, daß ich nichts wußte, nichts verstand. Ich war allein in einem Mysterium. Aber wenigstens hatte ich ein Ziel; daran mußte ich mich halten. Es gab mir die Richtung vor, und indem ich es so hartnäckig verfolgte, wie ich nur konnte, würde es mir mit der Zeit vielleicht gelingen, diese surreale Fremdheit zu begreifen, deren Bedeutung ich jetzt noch nicht einmal annähernd zu enträtseln vermochte.

In Madrid wechselte ich die Maschine und war erleichtert, diese seltsame Crew zurücklassen zu können. In der weitaus kleineren Maschine nach Süden verhielt ich mich distanziert, hielt Jawaharlal im Arm und reagierte auf alle Angebote von Speisen und Wein mit einem kurzen, ablehnenden Kopfschütteln. Als wir in Andalusien landeten, begann die Erinnerung an meinen transkontinentalen Flug zu verblassen. Ich konnte mir die Gesichter und Stimmen der drei Flugbegleiter nicht mehr in Erinnerung rufen, die mir, davon war ich inzwischen überzeugt, einen üblen Streich gespielt und mich nur deswegen ausgewählt hatten, weil es mein Jungfernflug war, eine Tatsache, von der ich Eduvigis Refugio möglicherweise Mitteilung gemacht hatte – ja, ja, wenn ich es recht bedachte, war ich sicher, daß dem so war. Flugreisen waren offenbar bei weitem nicht so vergnüglich, wie Eduvigis es mir hatte weismachen wollen; so daß jene, die dazu verurteilt waren, endlose Stunden oben am Himmel und in verschiedenen Zeitzonen zu verbringen, versucht waren, in ihr Leben ein bißchen Abwechslung, einen kleinen, erotischen Kick zu bringen, indem sie mit Erstfliegern wie mir ihre Spielchen trieben. Na ja, sollten sie! Sie hatte mir eine Lektion darüber erteilt, daß man mit den Füßen schön auf dem Boden bleiben sollte, und in Anbetracht meines hinfälligen Zustands mußte man schließlich jedes Sexangebot als eindeutig barmherzige Tat interpretieren.

Aus der zweiten Maschine trat ich in grelles Sonnenlicht und intensive Hitze hinaus – nicht die feuchte, drückende Hitze meiner Heimatstadt, sondern eine erfrischende, trockene Hitze, die für meine anfällige Lunge weitaus leichter zu ertragen war. Ich sah blühende Mimosen und mit Olivenhainen betupfte Hügel. Das Gefühl der Fremdheit hatte mich jedoch nicht verlassen. Es war, als sei ich noch nicht ganz angekommen, oder noch nicht alles von mir, vielleicht aber war auch der Ort, an dem ich gelandet war, nicht ganz der richtige – fast richtig, jedoch nicht ganz. Mir war schwindlig, ich fühlte mich taub und alt. In der Ferne bellten Hunde. Ich hatte Kopfschmerzen. Da ich einen schweren Ledermantel trug, schwitzte ich stark. Ich hätte während des Flugs mehr Wasser trinken sollen.

»Urlaub?« fragte mich ein Uniformierter, als ich an der Reihe war.

»Ja.«

»Was werden Sie sich ansehen? Sie dürfen sich auf keinen Fall unsere Sehenswürdigkeiten entgehen lassen, solange Sie hier sind.«

»Ich hoffe, ein paar Bilder von meiner Mutter zu sehen.«

»Das erstaunt mich. Haben Sie nicht genug Bilder Ihrer Mutter in Ihrer Heimat?«

»Nicht ›meiner Mutter‹, sondern ›von meiner Mutter‹.«

»Das verstehe ich nicht. Wo ist Ihre Mutter? Ist sie hier in diesem Ort oder anderswo? Wollen Sie hier Verwandte besuchen?«

»Sie ist tot. Wir hatten uns entzweit, und nun ist sie tot.«

»Der Tod einer Mutter ist etwas Furchtbares. Furchtbar. Und nun hoffen Sie, sie in einem fremden Land wiederzufinden. Äußerst ungewöhnlich. Möglicherweise werden Sie nicht viel Zeit für Touristisches haben.«

»Nein, vermutlich nicht.«

»Sie sollten sie sich aber nehmen. Sie müssen unsere großartigen Sehenswürdigkeiten bewundern. Unbedingt! Das ist unumgänglich. Verstehen Sie?«

»Ja. Ich verstehe.«

»Was soll dieser Hund? Wieso dieser Hund?«

»Das ist der ehemalige Premierminister von Indien in Hundegestalt.«

»Na, macht nichts.«

Da ich kein Spanisch sprach, konnte ich nicht mit den Taxifahrern feilschen. »Benengeli«, sagte ich, aber der erste Fahrer schüttelte den Kopf und ging, kräftig ausspuckend, davon. Der zweite nannte eine Zahl, unter der ich mir nichts vorstellen konnte. Ich war an einen Ort gelangt, an dem ich

– 514 –

weder die Bezeichnungen der Dinge noch die Gründe für das Verhalten der Menschen kannte. Das Universum war absurd. Ich konnte weder »Hund« sagen, noch »Wo?« oder »Ich bin ein Mensch«. Außerdem war mein Kopf dick wie Suppe.

»Benengeli«, wiederholte ich beim dritten Taxi, warf meinen Koffer in den Fond des Wagens und folgte dem Fahrer mit Jawaharlal unter dem Arm. Der Mann grinste breit, Gold blitzte in seinem Mund. Diejenigen Zähne, die nicht überkront waren, hatte er sich zu drohend-spitzen Dreiecken zufeilen lassen. Aber er schien ein recht freundlicher Bursche zu sein. Er zeigte auf sich selbst: »Vivar.« Er zeigte auf die Berge: »Benengeli.« Er zeigte auf seinen Wagen. »*Okay, pardner. Less mak' track.*« Wie ich feststellte, waren wir beide Weltbürger. Unsere gemeinsame Sprache war der gebrochene Slang billiger amerikanischer Filme.

Das Dorf Benengeli liegt in den Alpujarras, einem Ausläufer der Sierra Morena, die Andalusien von der Mancha trennt. Auf der Fahrt in diese Berge sah ich viele Hunde kreuz und quer über die Straße laufen. Später erfuhr ich, daß oft Fremde hierherkamen, sich für eine Weile mit ihrer Familie und ihren Haustieren niederließen, aber bald darauf, entwurzelt und unstet, wie sie waren, wieder abzogen und die Hunde ihrem Schicksal überließen. Die ganze Region wimmelte von halb verhungerten, tief enttäuschten andalusischen Hunden. Als ich das hörte, zeigte ich Jawaharlal einige von ihnen. »Du kannst von Glück sagen«, versicherte ich ihm. »Die da leben nur von der Barmherzigkeit.«

Wir erreichten den kleinen Ort Avellaneda, berühmt für seine dreihundert Jahre alte Stierkampfarena, doch Vivar, der Taxifahrer, beschleunigte. »Ein Diebesnest«, erklärte er. »*Bad medicine.*« Die nächste Ansiedlung war Erasmo, ein noch kleineres Dorf als Avellaneda, aber groß genug, um mit einem ansehnlichen Schulhaus zu prunken, über dessen Tür die Worte *Lectura – locura* standen. Ich bat den Taxifahrer, sie mir zu übersetzen, und nach kurzem Zögern fand er die richtigen Wörter. »Lesen, *lectura. Lectura,* lesen«, verkündete er stolz.

»Und *locura?*«

»Wahnsinn, *pardner.*«

Eine Frau in Schwarz, eingehüllt in einen Rebozo, beäugte uns mißtrauisch, als wir über Erasmos Kopfsteinpflaster dahinholperten. Auf einem Platz fand unter einer breiten Baumkrone eine hitzige Versammlung statt. Überall Parolen und Spruchbänder. Einige davon schrieb ich mir auf und ließ sie mir später übersetzen. Ich hatte angenommen, daß es sich um politische Äußerungen handelte, doch sie entpuppten sich als weitaus ungewöhnlicher. »Die Menschen sind so unvermeidlich wahnsinnig, daß es verrückt wäre, durch eine weitere Verdrehung des Wahnsinns nicht selber auch wahnsinnig zu werden«, stand auf einem Spruchband. Eine anderes verkündete: »Alles im Leben ist so vielgestaltig, so gegensätzlich, so obskur, daß wir keiner einzigen Wahrheit sicher sein können.« Und ein drittes sagte kurz und bündig: »Alles ist möglich.« Wir mir schien, hatte sich das Philosophieseminar einer nahen Universität das Treffen in diesem Dorf wegen seines Namens einfallen lassen, um unter anderem die radikalen, skeptischen Gedanken Blaise Pascals, die des alten die Torheit preisenden Erasmus selbst und die von Marsilio Ficino zu diskutieren. Die Begeisterung und der Eifer der Philosophen waren so groß, daß sich immer mehr Menschen um sie versammelten, und die Dorfbewohner von Erasmo ergriffen mit Freuden Partei bei den großen Debatten. – Jawohl, die Welt war es, um die es ging! – Nein, war sie nicht! – Doch, die Kuh *stand* auf der Wiese, auch wenn man sie nicht betrachtete! – Nein, vielleicht hatte jemand das Weidetor offengelassen! – Item war die Persönlichkeit homogen, und die Menschen waren verantwortlich für ihre Taten! – Ganz im Gegenteil: Wir waren so widersprüchliche Entitäten, daß das Konzept der Persönlichkeit selbst bei gründlicher Untersuchung keine Bedeutung mehr hatte! – Gott existierte! – Gott war tot! – Man könnte,

– 516 –

o nein, man war verpflichtet, äußerst bestimmt von der Ewigkeit
ewiger Wahrheiten zu sprechen: von der Absolutheit des Absoluten! – Großer Gott, aber das ist doch Gewäsch in Reinkultur;
relativ gesehen, natürlich! – Und was die Frage betraf, wie ein
Gentleman seine Unterkleidung arrangieren solle, so haben
alle führenden Autoritäten entschieden, daß er links tragen
müsse. – Lächerlich! Wie allen wahren Philosophen bekannt
war, sollte er nur rechts tragen. – Das dicke Ende des Eis ist das
beste! – Absurd, Sirrah! Das spitze Ende, immer! – »Rauf!« sage
ich. – Aber mein Lieber, es ist doch eindeutig, daß die einzig
richtige Aussage »runter!« lautet. – Na ja, dann »rein«. – »Raus!«
– »Raus!« – »Rein!«

»Komische Leute in diesem Nest«, konstatierte Vivar in
schlechtem Amerikanisch, als wir den Ort verließen.

Nach meiner Straßenkarte mußte Benengeli das nächste
Dorf sein; doch als wir Erasmo verließen, begann sich die Straße
bergabwärts zu winden, statt weiter bergauf zu führen. Wie ich
von Vivar hörte, bestand seit der Franco-Zeit, in der Erasmo für
die Republikaner und Benengeli für die Falange gewesen war,
unverminderter Haß zwischen den Einwohnern beider Gemeinden, ein so tiefer Haß, daß sie sich geweigert hatten, dem Bau
einer Straße zwischen den beiden Dörfern zuzustimmen. (Nach
Francos Tod hatten die Einwohner von Erasmo ein Fest ausge-
richtet, während die von Benengeli in tiefer Trauer gegangen
waren – abgesehen natürlich von der großen Gemeinde der
»Parasiten« oder Exilanten, die nicht mal wußten, was geschehen war, bis sie von Freunden im Ausland besorgte Anrufe
erhielten.)

Deswegen mußten wir einen endlosen Umweg den Berg von
Erasmo hinab und den nächsten wieder hinauf zurücklegen. An
der Stelle, wo die Straße von Erasmo in die weit größere vierspu-
rige Schnellstraße nach Benengeli mündete, lag ein weitläufi-
ges, wunderschönes Grundstück, umgeben von Granatäpfel-
bäumen und blühendem Jasmin. Kolibris schwirrten um das

Zufahrtstor. In der Ferne hörte man das sanfte *Plop* von Tennisbällen. Die Inschrift über der Toreinfahrt lautete *Pancho Vialactada Campo de Tenis.*

»Dieser Pancho, ha!« Vivar deutete mit dem Daumen hinüber. »Ein großer *hombre.*«

Vialactada, Mexikaner von Geburt, war einer der Großen aus der Prä-Open-Ära; weil er mit Hoad, Rosewall und Gonzalez im Profizirkus gespielt hatte, war er von den Grand-Slam-Turnieren ausgeschlossen worden, bei denen er sich mit Sicherheit mühelos durchgesetzt hätte. Er war eine Art ruhmreiches Phantom, das außerhalb des Rampenlichts warten mußte, während geringere Spieler die großen Trophäen emporhielten. Vor einigen Jahren war er an Magenkrebs gestorben.

Also hier ist er damals gelandet, dachte ich mir, um reichen Matronen Serve-and-Volley beizubringen: auch eine Art Vorhölle. So sah das Ende seiner erdumspannenden Pilgerreise aus – wie würde das Ende der meinen aussehen?

Obwohl ich die Tennisbälle hören konnte, war auf den roten Sandplätzen kein einziger Spieler zu sehen. Vermutlich gibt es weitere Plätze außerhalb unseres Blickfeldes, dachte ich. »Wer leitet den Club jetzt?« erkundigte ich mich bei Vivar, der eifrig nickte und dabei sein monströses Lächeln zeigte.

»Na, Vialactada natürlich«, behauptete er. »Ist Panchos Besitz. Immer noch.«

Ich versuchte mir diese Landschaft so vorzustellen, wie sie gewesen sein mochte, als unsere fernen Vorfahren hier lebten. Es gab nicht viel, das man sich von der Szenerie wegdenken mußte – die Straße, die schwarze Silhouette eines Osborne-Stiers, der mich von einer Anhöhe aus beäugte, ein paar Strommasten und Telefonpfosten, einige Seat-Personenwagen und Renault-Laster. Benengeli lag, ein Band aus weißen Mauern und roten Dächern, über uns an seinem Berghang und sah weitgehend so aus, wie es wohl schon vor all diesen Jahrhunderten ausgesehen hatte. *Ich bin ein Jude aus Spanien, genau wie der Philosoph Maimonides,* sagte ich mir, um zu hören, ob die Worte richtig klangen. Sie klangen hohl. *Ich bin wie die katholisierte Moschee von Córdoba,* experimentierte ich weiter. *Ein Bauwerk orientalischer Architektur, in das eine Barockkathedrale gestellt wurde.* Auch das klang falsch. Ich bin ein Niemand von nirgendwo, ich gleiche niemandem und gehöre nirgendwohin. Das klang schon besser. Das klang wahr. All meine Bindungen waren gelöst worden. Ich hatte ein Antijerusalem erreicht: kein Zuhause, sondern ein Weit-Fort. Einen Ort, der nicht band, sondern löste.

Ich sah Vascos eigenartige Festung, die mit ihren roten Mauern die Hügelkuppe oberhalb der Stadt beherrschte. Vor allem staunte ich über ihren hoch aufragenden Turm, der einem Märchenbuch entstiegen zu sein schien. Gekrönt war er von einem riesigen Reihernest, obwohl ich nirgends eine Spur dieser hochnäsigen, majestätischen Vögel entdecken konnte. Bestimmt hatte Vasco die einheimischen Planungsbehörden bestochen, damit sie ihm erlaubten, etwas zu bauen, das möglichst weit aus dem Rahmen der niedrigen, weiß getünchten, kühlen Häuser dieser Gegend fiel. Das Gebäude war so hoch wie die Zwillingstürme der Kirche von Benengeli; also hatte sich Vasco zu Gottes Rivalen aufgeschwungen, und auch das hatte ihm, wie ich später erfuhr, viele Feinde im Ort eingetragen. Als ich Vivar, den Taxifahrer anwies, mich zur »Little Alhambra« zu bringen, machte er einen Umweg durch die gewundenen Straßen des Dorfes, die allesamt verlassen dalagen – vermutlich, weil es Siestazeit war. Und doch war die Luft erfüllt vom Lärm des Verkehrs und den Geräuschen der Fußgänger – von Rufen, Hupen, dem Quietschen von Bremsen. Immer wieder erwartete ich hinter der nächsten Ecke einen Menschenauflauf, einen Verkehrsstau oder beides zu finden. Aber ganz zufällig schienen wir diesem Teil des Dorfes ständig auszuweichen. Das heißt, wir hatten uns verfahren. Als wir zum drittenmal an einer bestimmten Bar, *La Gobernadora*, vorbeikamen, beschloß ich, den Taxifahrer zu bezahlen und trotz meiner Müdigkeit und dem summenden, schmerzhaften Jet-lag-Wirbel in meinem Kopf zu Fuß weiterzugehen. Der Fahrer war verärgert, so unvermittelt davongeschickt zu werden, in Anbetracht meiner Unkenntnis der einheimischen Währung und der dortigen Bräuche ist es aber auch möglich, daß ich ihm zu wenig Trinkgeld gegeben habe.

»Mögen Sie niemals finden, wonach Sie suchen!« rief er mir in perfektem Englisch nach und machte mit der Linken das Hörnerzeichen. »Mögen Sie für tausendundeine Nacht in diesem infernalischen Irrgarten, in diesem Dorf der Verdammten, gefangen bleiben.«

Ich betrat *La Gobernadora*, um mich nach dem Weg zu erkundigen. Meine Augen, die ich zum Schutz vor dem rasiermesserscharfen, grellen Licht, das Benengelis weiße Mauern reflektierten, zusammengekniffen hatte, brauchten einen Moment, um sich an die Dunkelheit im Innern der Bar zu gewöhnen. Ein Barmann mit weißer Schürze polierte ein Glas. Weiter hinten in dem schmalen, langen Raum entdeckte ich schemenhaft einige alte Männer. »Versteht hier jemand Englisch?« fragte ich. Es war, als hätte ich kein Wort gesprochen. »Entschuldigen Sie«, sagte ich und wandte mich an den Barkeeper. Der einfach durch mich hindurchsah und sich abwandte. War ich unsichtbar geworden? Aber nein, eindeutig nicht. Für den mißlaunigen Vivar war ich durchaus sichtbar gewesen, genau wie mein Geld. Ich ärgerte mich und langte über die Theke, um den Barmann auf die Schulter zu tippen. »Haus von Señor Miranda«, artikulierte ich betont langsam. »Welcher Weg?«

Der Mann, ein dickbäuchiger Bursche in weißem Hemd, grüner Weste und mit glatt zurückgekämmten schwarzen Haaren, stieß eine Art Ächzen aus – Verachtung? Trägheit? Abscheu? – und kam hinter seiner Theke hervor. Er stellte sich an die Tür und zeigte hinaus. Und jetzt entdeckte ich, genau dem Eingang zur Bar gegenüber, zwischen zwei Häusern eine schmale Gasse, an deren anderem Ende viele Leute eilig hin und her gingen. Das mußte die Menschenmenge sein, die ich gehört hatte; aber wieso war mir diese Gasse nicht zuvor schon aufgefallen? Offenbar befand ich mich in einem noch elenderen Zustand, als ich gedacht hatte.

Mit meinem immer schwerer werdenden Koffer und Jawaharlal, den ich an seiner Leine hinter mir herzog (seine Räder klapperten und holperten auf dem unebenen Kopfsteinpflaster), marschierte ich die schmale Gasse entlang und kam auf einen höchst unspanischen Boulevard, eine »fußgängerisierte« Straße voller Nichtspanier – in ihrer Mehrheit eher älter, wenn auch makellos gekleidet, während die Minderheit jung und gemäß der derzeitigen Mode absichtlich schlampig angezogen war –, die sich eindeutig nicht um die Siesta und andere einheimische Gewohnheiten kümmerten. Dieser Boulevard, wie ich später erfuhr, bei den Einheimischen »Straße der Parasiten« genannt, war auf beiden Seiten nicht nur von einer großen Anzahl luxuriöser Boutiquen – Gucci, Hermès, Aquascutum, Cardin, Paloma Picasso – gesäumt, sondern auch von Eßlokalitäten, deren Reihe von skandinavischen Fleischklößchenverkäufern bis zu einem Stars-and-Stripes-geschmückten Chicago Rib Shack reichte. Ich blieb mitten in der Menge stehen, die sich in beiden Richtungen an mir vorbeidrängte und mich, eher nach Art von Großstädtern als von Dorfbewohnern, schlichtweg ignorierte. Ich hörte die Menschen Englisch sprechen, Amerikanisch, Französisch, Deutsch, Schwedisch, Dänisch, Norwegisch und etwas, das entweder Holländisch oder Afrikaans zu sein schien. Aber das waren keine Touristen; sie trugen keine Kameras und verhielten sich wie Menschen auf ihrem eigenen Territorium. Sie hatten sich diesen denaturierten Teil Benengelis offenbar zu eigen gemacht. Nirgends war auch nur ein einziger Spanier zu sehen. Vielleicht sind diese Exilanten die neuen Moors, dachte ich. Und ich gehöre letztlich doch zu ihnen, weil ich auf der Suche nach etwas herkam das niemanden interessiert als mich persönlich, und vermutlich hierbleiben werde, bis ich sterbe. Vielleicht planen die Einheimischen in einer anderen Straße eine Reconquista, und es wird alles damit enden, daß wir wie unsere Vorgänger auf die Schiffe im Hafen von Cádiz getrieben werden.

»Sehen Sie? Obwohl die Straße sehr belebt ist, sind die Augen derer, die sie beleben, leer«, sagte eine Stimme neben mir. »Es mag Ihnen schwerfallen, diese verlorenen Seelen in ihren Krokoschuhen und den Sporthemden mit dem Krokodil über der Brusttasche zu bemitleiden, aber Mitleid ist genau das, was hier am Platze ist. Vergeben Sie ihnen ihre Sünden, denn diese Blutsauger befinden sich bereits in der Hölle!«

Der das sagte, war ein hochgewachsener, eleganter, silberhaariger Gentleman, der einen cremefarbenen Leinenanzug und ein festgefrorenes ironisches Lächeln zur Schau trug. Das erste, was mir an ihm auffiel, war jedoch seine riesige Zunge, die in seinem Mund offenbar kaum Platz zu haben schien. Ständig leckte sie auf eine verdächtig satyrhafte Art und Weise über seine Lippen. Er hatte schöne, blitzende blaue Augen, die alles andere als leer dreinblickten; im Gegenteil, sie schienen von einer Menge Wissen und einer gehörigen Portion Schalk zu zeugen. »Sie sehen müde aus, Sir«, sagte er höflich. »Gestatten Sie mir, Sie zu einem Kaffee einzuladen und Ihnen, sollten Sie es wünschen, als Gesprächspartner und Fremdenführer zu dienen.« Sein Name war Gottfried Helsing, er sprach zwölf Sprachen – »ach, das übliche Dutzend«, erklärte er leichthin, als handle es sich um Austern –, und obwohl er die Manieren eines deutschen Aristokraten hatte, fiel mir auf, daß es ihm offenbar an Ressourcen mangelte, sonst hätte er wohl die Flecken von seinem Anzug entfernen lassen. Resigniert akzeptierte ich seine Einladung.

»Es fällt schwer, dem Leben die Heftigkeit zu vergeben, mit der die großen Maschinen dessen, was-da-ist, die Seelen jener niederdrücken, die-da-sind«, sagte er lässig, als wir mit unseren

Tassen voll starkem schwarzem Kaffee und zwei Gläsern mit Fundador unter einem Sonnenschirm an einem Cafétischchen saßen. »Wie soll man der Welt ihre Schönheit vergeben, die nur ihre Häßlichkeit kaschiert; ihre Zärtlichkeit, die nur ihre Grausamkeit maskiert; die Illusion, daß sie sozusagen nahtlos, so wie die Nacht auf den Tag folgt, weitergeht, während das Leben in Wirklichkeit aus einer Reihe brutaler Brüche besteht, die auf unsere wehrlosen Köpfe herniedersausen wie der Hieb einer Holzfälleraxt?«

»Bitte, Sir, verzeihen Sie mir«, sagte ich und wählte meine Worte so, daß ich ihn möglichst nicht verletzte. »Wie ich sehe, sind Sie ein Mann, der zu einem kontemplativen Leben neigt. Aber ich habe eine lange Reise hinter mir, und sie ist noch immer nicht beendet; vor mir liegen Aufgaben, dir mir leider den Luxus eines Plauderstündchens verbieten ...«

Wieder hatte ich dieses Gefühl des Nichtexistierens. Helsing redete ganz einfach weiter, ohne sich anmerken zu lassen, ob er auch nur ein einziges meiner Worte gehört hatte. »Sehen Sie diesen Mann da drüben?« fragte er mich und zeigte auf einen alten, überraschenderweise spanisch aussehenden Burschen, der an einer Theke auf der anderen Seite Bier trank. »Das war einmal der Bürgermeister von Benengeli. Während des Bürgerkriegs schloß er sich jedoch den Republikanern an, zusammen mit den Männern von Erasmo – kennen Sie Erasmo?« Ohne meine Antwort abzuwarten, fuhr er fort: »Nach dem Krieg wurden Männer wie er, prominente Bürger, die gegen Franco gewesen waren, in der Schule von Erasmo oder in der Stierkampfarena von Avellaneda zusammengetrieben und erschossen. Also beschloß er, sich zu verstecken. In seinem Haus gab es hinter einem Schrank einen winzigen Alkoven, in dem er seine Tage verbrachte. Bei Nacht, wenn seine Frau die Fensterläden geschlossen hatte, kam er heraus. Die einzigen Menschen, die das Geheimnis kannten, waren seine Frau, seine Tochter und sein Bruder. Um Lebensmittel einzukaufen, ging seine Frau zu

Fuß den ganzen Berg hinab, damit die Einheimischen nicht merkten, daß sie für zwei einkaufte. Miteinander schlafen konnten sie nicht, weil sie als fromme Katholiken keine Verhütungsmittel benutzen durften und die Folgen einer eventuellen Schwangerschaft tödlich für sie beide gewesen wären. So ging das weiter – dreißig Jahre lang, bis zur Generalamnestie.«

»Dreißig Jahre im Versteck!« stieß ich hervor, trotz meiner Müdigkeit von dieser Geschichte gefesselt. »Welch eine Qual das gewesen sein muß!«

»Das ist gar nichts im Vergleich zu dem, was geschah, nachdem er wieder aufgetaucht war«, sagte Helsing. »Denn dann wurde sein geliebtes Benengeli zum Reservat dieses internationalen Gesindels; und außerdem waren alle Leute seiner Generation, die überlebt hatten, Falangisten gewesen, und die weigerten sich, ein einziges Wort mit ihrem ehemaligen Feind zu wechseln. Seine Frau starb an der Grippe, sein Bruder an einem Tumor; seine Tochter heiratete und zog nach Sevilla. Zuletzt blieb ihm nichts anderes übrig, als hier, inmitten der Parasiten, zu sitzen, weil es bei seinen eigenen Leuten keinen Platz mehr für ihn gab. Sie sehen also, auch er ist zu einem wurzellosen Fremden geworden. So wurde er für seine Prinzipientreue belohnt.«

In Helsings Monolog entstand eine kurze Pause, weil er über das Schicksal des Bürgermeisters nachdachte, und ich nutzte diese Chance, um ihn nach dem Weg zu Vasco Mirandas Festung zu fragen. Mit einem leicht verwirrten Blick sah er mich an, als habe er nicht ganz verstanden, was ich sagte, um dann mit einem leichten, abwehrenden Achselzucken den Faden seiner Erzählung weiterzuspinnen.

»Auch mir wurde ähnlicher Lohn zuteil«, sinnierte er. »Als die Nazis an die Macht kamen, floh ich aus meinem Heimatland und bereiste eine Anzahl von Jahren lang ganz Südamerika. Von Beruf bin ich nämlich Fotograf. In Bolivien machte ich ein

Buch, in dem ich die Schrecken der Zinnminen aufzeigte. In Argentinien fotografierte ich Eva Perón – einmal, als sie noch lebte, und einmal nach ihrem Tod. Nach Deutschland kehrte ich nie zurück, weil es mich zutiefst berührte, wie sehr seine Kultur durch das, was dort geschah, vergiftet wurde. Das Fehlen der Juden empfand ich als unendlichen Verlust; obwohl ich selbst kein Jude bin.«

»Ich bin Halbjude«, warf ich törichterweise ein. Helsing beachtete mich nicht.

»Schließlich gelangte ich in reduzierter Finanzlage nach Benengeli, weil es mir hier möglich war, mit meiner schmalen Pension ein einfaches Leben zu führen. Als die Parasiten hörten, daß ich Deutscher und als solcher in Südamerika gewesen war, begannen sie mich ›der Nazi‹ zu nennen. Und so heiße ich heute noch. Mein Lohn für ein Leben in Opposition zu gewissen teuflischen Ideologien sieht also so aus, daß man mir diese im Alter selbst an den Hals hängt. Mit den Parasiten rede ich nicht mehr. Ich rede überhaupt mit keinem mehr. Sie hier zu treffen und mich mit Ihnen zu unterhalten ist ein seltenes Vergnügen für mich, Sir! Die alten Männer hier vertraten einstmals die mittleren Ränge unter den Übeltätern der ganzen Welt: zweitrangige Mafiabosse, drittrangige Gewerkschaftsbonzen, viertrangige Rassisten. Die Frauen sind von jenem Typ, der beim Anblick von Uniformstiefeln in Erregung gerät, beim Heraufdämmern der Demokratie jedoch tief enttäuscht ist. Die jungen Leuten sind Abschaum: Drogensüchtige, Tagediebe, Plagiatoren, Huren. Sie alle, jung und alt, sind tot, doch weil ihre Pensionen und Taschengelder weitergezahlt werden, weigern sie sich, sich in ihre Gräber zu legen. Also schlendern sie die Straße auf und ab, essen, trinken und tratschen über die gräßlichen Einzelheiten ihres Lebens. Beachten Sie bitte, daß es hier nirgendwo Spiegel gibt. Denn wenn es solche gäbe, würde keiner von diesen hier eingesperrten Schatten darin reflektiert werden. Als ich begriff, daß dies hier ihre Hölle ist, so wie sie die

– 525 –

meine sind, lernte ich, Mitleid mit ihnen zu empfinden. Das also ist Benengeli, mein Zuhause.«

»Und Miranda ...«, wiederholte ich hilflos und dachte mir, es sei wohl am besten, Helsing nicht allzu viel aus meinem, moralisch auch nicht ganz so einwandfreien Leben zu erzählen.

»Es besteht nicht die geringste Möglichkeit für Sie, Señor Vasco Miranda zu sprechen, unseren berühmtesten und schrecklichsten Einwohner.« Helsing lächelte ganz leicht. »Ich hatte gehofft, Sie hätten den Wink verstanden, den ich Ihnen gab, indem ich Ihre hartnäckigen Fragen nicht beantwortete, da Sie das jedoch nicht getan haben, muß ich Ihnen offen sagen, daß Sie vergeblich hergekommen sind. Wie Don Quijote sagen würde: Sie suchen die Vögel dieses Jahres in einem Nest vom letzten Jahr. Niemand sieht Miranda von einem Monat zum anderen, nicht einmal seine Dienstboten. Vor kurzem hat eine junge Frau nach ihm gefragt – ein hübsches, kleines Ding! –, aber sie hat nichts erreicht und ist, weiß Gott wohin, verschwunden. Es heißt ...«

»Was für eine Frau?« fiel ich ihm ins Wort. »Wie lange ist das her? Woher wollen Sie wissen, daß sie nicht zu ihm gelangt ist?«

»Einfach eine Frau«, gab er zurück und leckte sich wieder die Lippen. »Wie lange das her ist? – *Nicht* sehr lange. Nur *einige* Zeit. – Und sie ist nicht zu ihm gelangt, weil niemand zu ihm gelangt. Haben Sie nicht zugehört? Es heißt, daß alles in diesem Haus stagniert; alles. Sie ziehen die Uhren auf, aber die Zeit bewegt sich nicht weiter. Der große Turm ist schon seit Jahren verschlossen. Niemand schafft es, da hinaufzusteigen, es sei denn vielleicht der alte Wahnsinnsclown selbst. Wie es heißt, liegt der Staub in den Turmzimmern kniehoch, weil Miranda nicht duldet, daß die Dienstboten dort putzen. Ein ganzer Flügel dieser riesigen Festung soll, wie es heißt, von Kreosotbüschen, *la gobernadora*, überwuchert sein. Man sagt ...«

»Ist mir egal, was man sagt«, rief ich erbost, weil ich fand,

– 526 –

daß jetzt ein energischeres Vorgehen angebracht war. »Ich muß ihn unbedingt sprechen! Ich werde das Telefon im Café benutzen.«

»Wie beschränkt sind Sie eigentlich?« fragte Helsing. »Das Telefon hat er vor Jahren schon abschalten lassen.«

Wie aus dem Nichts waren zwei ansehnliche, etwa vierzigjährige Spanierinnen in weißer Schürze über schwarzem Kleid neben mir aufgetaucht. Sie sahen aus wie Kellnerinnen. »Wir haben zufällig etwas von Ihrem Gespräch mitgehört«, sagte die erste in ausgezeichnetem Englisch. »Und bitte verzeihen Sie mir, daß ich mich einmische, aber ich muß Sie darauf hinweisen, daß dieser Nazi Sie falsch informiert hat. Vasco unterhält sowohl einen Telefonanschluß mit Anrufbeantworter als auch ein Faxgerät, nur beantwortet er niemals eine Nachricht. Der Besitzer hier dagegen, ein bösartiger Däne namens Olé, gestattet den Gästen des Cafés nicht, das Telefon zu benutzen, auch nicht im Notfall.«

»Hexenweiber! Vampiressen!« rief Helsing in aufflammender Wut. »Man sollte euch einen Pfahl durchs Herz treiben!«

»Sie sollten sich nicht mit diesem alten Bauernfänger und Kretin abgeben«, warnte die zweite Kellnerin, deren Englisch noch perfekter klang als das ihrer Begleiterin und deren Züge außerdem ein wenig feiner geschnitten waren. »Er ist hier überall als verbitterter, verdrehter Phantast bekannt, ein lebenslanger Faschist, der jetzt vorgibt, Gegner des Faschismus gewesen zu sein, einer, der Frauen belästigt, die ihn immer wieder abweisen und die er anschließend mit Beleidigungen überhäuft. Vermutlich hat er Sie mit allen möglichen Schauergeschichten eingewickelt, nicht nur über sein Leben, sondern auch über unser wunderschönes Dorf. Wenn Sie es wünschen, können Sie uns begleiten; wir kommen gerade von der Arbeit und können vielleicht das falsche Bild zurechtrücken, daß er Ihnen vermittelt hat. Na ja, es haben sich eine Menge Phantasten in Benengeli niedergelassen und sich in ihre Lügengewebe gehüllt, als wären es winterliche Wollschals.«

»Ich heiße Felicitas Larios, und dies ist meine Stiefschwester Renegada«, erklärte die erste. »Und wenn Sie Vasco Miranda suchen, sollten Sie wissen, daß wir seine Haushälterinnen sind, seit er den Fuß in unser Dorf gesetzt hat. Eigentlich arbeiten wir gar nicht in Olés Bar; wir haben heute nur bei ihm ausgeholfen, weil seine Bedienungen krank sind. Niemand kann Ihnen mehr über Vasco Miranda sagen als wir.«

»Ihr Säue! Ihr Hexen!« rief Helsing empört. »Die führen Sie an der Nase herum, wissen Sie das? All diese Jahre haben sie für einen Hungerlohn gearbeitet, gekatzbuckelt und gedient, gewaschen und gefegt, und der Besitzer hier ist übrigens kein Däne namens Olé, sondern ein pensionierter Donaudampfschiffahrtskapitän namens Uli.«

Ich hatte genug von Helsing. Vascos Haushälterinnen hatten ihre Schürzen abgelegt und sie in dem großen Strohkorb, den jede trug, verstaut; sie hatten es offenbar eilig, wegzukommen. Ich stand auf und entschuldigte mich. »Haben denn meine Bemühungen um Sie so wenig bewirkt?« fragte der enttäuschte Mann. »Ich war doch schließlich Ihr Mentor hier; ist das Ihr Lohn für mich?«

»Geben Sie ihm nichts«, warnte mich Renegada Larios. »Er versucht ständig, von Ortsfremden Geld zu erschwindeln. Genau wie ein gemeiner Bettler.«

»Ich möchte wenigstens unsere Getränke bezahlen«, wandte ich ein und legte einen Schein auf den Tisch.

»Die beiden werden Ihnen das Herz herausreißen und Ihre Seele in eine Glasflasche einschließen«, warnte Helsing mich erregt. »Sagen Sie nicht, ich hätte Sie nicht gewarnt. Vasco Miranda ist ein böser Geist, und die da sind seine Kreaturen. Hüten Sie sich! Ich habe gesehen, wie sie sich in Fledermäuse verwandelten ...«

Obwohl er ziemlich laut sprach, schenkte niemand aus der

Menge, die sich auf der Straße vorüberschob, Gottfried Helsing die geringste Beachtung. »Wir sind an ihn gewöhnt«, erklärte Felicitas. »Wir lassen ihn reden und wechseln auf die andere Straßenseite. Hin und wieder sperrt Salvador Medina, der Sargento der Guardia Civil, ihn für eine Nacht ein, und da beruhigt er sich dann ein wenig.«

Ich muß zugeben, daß Jawaharlal, der ausgestopfte Hund, bessere Zeiten gesehen hatte. Seit ich begonnen hatte, ihn mit mir herumzuschleppen, hatte er den größten Teil eines Ohres verloren, und auch ein paar Zähne fehlten ihm. Nichtsdestoweniger erging sich Renegada, die feinerknochige meiner beiden neuen Bekannten, in überschwenglichen Lobeshymnen über ihn und nutzte jede Gelegenheit, mich, um ihre Gefühle zu betonen, am Arm oder an der Schulter zu berühren. Felicitas Larios verhielt sich still, aber ich hatte den Eindruck, daß sie diese flüchtigen körperlichen Kontakte mißbilligte.

Wir betraten ein kleines, zweistöckiges Reihenhaus an einer steilen Straße, die Calle de Miradores hieß, obwohl die Häuser, die sie säumten, nicht mit jenen glasumschlossenen Veranden, denen die Straße ihren Namen verdankte, aufwarten konnten. Das Straßenschild jedoch (weiße Buchstaben auf königsblauem Grund) blieb unerschütterlich. Es war ein weiterer Beweis dafür, daß Benengeli ein Ort der Träumer wie auch der Geheimnisse war. In der Ferne, oben am Scheitelpunkt der Straße, konnte ich die Umrisse eines großen, scheußlichen Springbrunnens ausmachen. »Das ist der Platz der Elefanten«, erklärte Renegada stolz. »Dort oben liegt der Haupteingang zum Miranda-Grundstück.«

»Aber es ist sinnlos, dort zu klopfen oder zu klingeln, denn niemand wird Ihnen öffnen«, ergänzte Felicitas mit besorgter Miene. »Es wäre besser, wenn Sie zu uns hereinkommen und sich ausruhen. Sie sehen aus wie ein sehr erschöpfter und, verzeihen Sie mir, ein kranker Mann.«

»Bitte«, sagte Renegada, »ziehen Sie die Schuhe aus!« Obwohl ich diese eher in einem Tempel angebrachte Bitte nicht verstand, gehorchte ich, und sie führte mich in ein winziges Zimmer, dessen Boden, Decke und Wände mit Keramikfliesen bedeckt waren, auf denen in Delfter Blau eine Unmenge Miniaturszenen abgebildet waren. »Nicht zwei von ihnen sind identisch«, sagte Renegada stolz. »Wie es heißt, sind sie alles, was von der alten, nach der endgültigen Vertreibung abgerissenen Synagoge von Benengeli übriggeblieben ist. Man sagt, die Fliesen können jedem die Zukunft zeigen, der den rechten Blick dafür hat.«

»Alles Unsinn!« widersprach Felicitas lachend, die nicht nur einen schwereren Knochenbau und ein gröberes Gesicht mit einer dicken, unglückseligen Warze am Kinn hatte, sondern offenbar auch weniger romantisch veranlagt war. »Diese Fliesen sind Dutzendware und alles andere als antik; dieses holländische Blau war sehr lange überall zu sehen. Und was das Hellsehen betrifft, so ist das absoluter Schwachsinn. Also hör auf mit deinem Hokuspokus, meine liebe Renegada, und laß den müden Gentleman ein wenig schlafen!«

Eine weitere Aufforderung, mich auszuruhen, war überflüssig – Schlaflosigkeit war auch in schlimmsten Zeiten niemals mein Problem gewesen; vollständig angezogen warf ich mich auf die schmale Bettstatt dieses Kachelzimmers. In den wenigen Sekunden, bis ich einschlief, fiel mein Blick zufällig auf eine bestimmte Fliese dicht bei meinem Kopf, und ich entdeckte das Porträt meiner Mutter, die mich mit keckem Lächeln anstarrte. Schwindel überkam mich, und ich verlor das Bewußtsein.

Als ich erwachte, hatte man mich entkleidet und mir ein langes Nachthemd über den Kopf gezogen. Unter diesem Nachthemd war ich splitternackt. Ganz schön dreist, diese Haushälterinnen, dachte ich; und wie fest mußte ich geschlafen haben! Einen Augenblick später fiel mir das Wunder der Fliese ein, aber so sehr ich mich bemühte, ich fand nichts, das auch

– 530 –

nur im entferntesten an das Bild erinnerte, das ich meiner festen Überzeugung nach gesehen hatte, kurz ehe ich einschlief. Die Phantasie spielt einem seltsame Streiche, wenn man in den Schlaf sinkt, sagte ich mir und stieg aus dem Bett. Es war heller Tag, und aus dem Hauptraum des kleinen Hauses drang der kräftige, unwiderstehliche Duft von Linsensuppe. Felicitas und Renegada saßen am Tisch, aber es war noch ein dritter Platz gedeckt auf dem schon eine große, dampfende Schale bereitstand. Die beiden sahen beifällig zu, als ich einen Löffel nach dem anderen verschlang.

»Wie lange habe ich geschlafen?« fragte ich, und sie warfen einander einen flüchtigen Blick zu.

»Einen ganzen Tag«, antwortete Renegada. »Heute ist bereits morgen.«

»Unsinn«, widersprach Felicitas. »Sie haben nur ein paar Stunden geschlafen. Es ist immer noch heute.«

»Meine Halbschwester will Sie aufziehen«, sagte Renegada. »Ich wollte Sie nicht erschrecken, deswegen habe ich untertrieben. In Wirklichkeit haben Sie mindestens achtundvierzig Stunden geschlafen.«

»Achtundvierzig Minuten kämen der Sache schon näher«, sagte Felicitas. »Mach doch den armen Mann nicht konfus, Renegada!«

»Wir haben Ihre Kleider gewaschen und gebügelt«, berichtete ihre Stiefschwester, das Thema wechselnd. »Ich hoffe, Sie haben nichts dagegen.«

Die Nachwirkungen der Reise waren noch nicht abgeklungen, nicht einmal nach den Stunden der Ruhe. Falls ich wirklich bis in den übernächsten Tag hinein geschlafen haben sollte, war eine gewisse Verwirrung jedoch verständlich. Ich konzentrierte mich auf mein Vorhaben.

»Ich bin Ihnen überaus dankbar, Ladies«, sagte ich höflich. »Aber jetzt muß ich Sie dringend um einen Rat bitten. Vasco Miranda ist ein alter Freund meiner Familie, und ich muß ihn wegen einer wichtigen Familienangelegenheit sprechen. Gestatten Sie, daß ich mich vorstelle. Moraes Zogoiby, aus Bombay, Indien, zu Ihren Diensten.«

Sie hielten hörbar den Atem an.

»Zogoiby!« murmelte Felicitas ungläubig und schüttelte den Kopf.

»Ich hätte nie erwartet, aus einem anderen Mund diesen ach so verhaßten Namen zu hören«, sagte Renegada Larios, die beim Sprechen puterrot wurde.

Es gelang mir, folgende Story aus ihnen herauszuholen.

Als Vasco Miranda nach Benengeli kam, und zwar als Maler mit weltweitem Ruf, hatten ihm die Halbschwestern (damals junge Frauen Mitte Zwanzig) ihre Dienste angeboten und waren sofort von ihm eingestellt worden. »Er sei über unsere Englischkenntnisse, unsere Erfahrung bei der Haushaltsführung erfreut, erklärte er uns, vor allem aber über unseren Familienstammbaum«, sagte Renegada überraschenderweise. »Unser Vater Juan Larios war Seemann, und Felicitas' Mutter war Marokkanerin, während die meine aus Palästina stammte. Also ist Felicitas eine halbe Araberin, und ich bin von Mutters Seite Halbjüdin.«

»Dann haben wir ja etwas gemeinsam«, gab ich zurück. »Denn auch ich gehöre zu fünfzig Prozent in diese Richtung.« Renegada schien außerordentlich erfreut zu sein.

Vasco hatte ihnen erklärt, er werde in seiner Little Alhambra die sagenhafte, vielfältige Kultur des alten Andalus wiederaufleben lassen. Sie würden weit eher wie eine Familie sein als Herr und Dienerinnen. »Wir hielten ihn natürlich für ein bißchen verrückt«, sagte Felicitas, »aber das sind ja wohl alle Künstler, und der Lohn, den er uns zahlen wollte, lag weit über dem üblichen.« Renegada nickte. »Wie dem auch sei, es war nichts als ein Hirngespinst. Nur Luft und leere Worte. Für uns war er immer der Boß, und wir waren seine Untergebenen. Und dann wurde er immer wahnsinniger, verkleidete sich wie ein Sultan

– 532 –

aus alten Zeiten und begann sich sogar noch schlimmer zu verhalten als einer dieser absolutistischen, ungläubigen Mauren-Despoten.« Von da an seien sie nur noch jeden Morgen hinübergegangen und hätten das Haus geputzt, so gut es ging. Die Gärtner waren entlassen worden, und der Wassergarten, einst ein Juwel, ein Generalife im kleinen, lag wie tot da. Und da das Küchenpersonal längst verschwunden war, pflegte Vasco den Larios-Frauen Einkaufslisten und Geldbeträge zu geben. »Käse, Wurst, Wein, Kuchen«, sagte Felicitas. »Ich glaube, nicht mal ein Ei ist dieses Jahr in dem Haus da oben gekocht worden.«

Seit dem Tag, an dem ihn Salvador Medina vor über fünf Jahren beleidigt hatte, führte Vasco ein Einsiedlerleben. Er verbrachte seine Tage eingeschlossen in seiner Turmwohnung, die die Haushälterinnen unter Androhung ihrer sofortigen Entlassung niemals betreten durften. Renegada sagte, sie hätten ein paar große Leinwände in seinem Atelier gesehen, blasphemische Arbeiten, auf denen Judas statt Christus ans Kreuz geschlagen sei; doch diese »Judas-Christ«-Gemälde hätten monatelang dagestanden, halbfertig, offensichtlich aufgegeben. Auch an etwas anderem schien er nicht zu arbeiten. Und er reiste nicht mehr, wie früher, um für die Abflughallen und Hotellobbies dieser Erde riesige Wandgemälde zu schaffen. »Er hat sich eine Menge High-Tech-Apparaturen gekauft«, vertraute sie mir an. »Recorder und sogar eines von diesen Röntgengeräten. Mit den Recordern stellt er seltsame Bänder her, nur noch Kreischen und Gerumpel, Rufe und Gepolter. Avantgarde-Mist. Das spielt er mit voller Lautstärke in seinem Turm und hat damit sogar die Reiher aus ihrem Nest vertrieben.« Und das Röntgengerät? »Das weiß ich nicht. Vielleicht will er aus diesen durchsichtigen Fotos Kunst fabrizieren.«

»Das ist nicht normal«, warf Felicitas ein. »Er empfängt niemanden. Keine Menschenseele.«

Seit über einem Jahr hatten Felicitas und Renegada ihren

Dienstherrn nicht mehr gesehen. Doch manchmal, in einer mondhellen Nacht, konnte man vom Dorf aus eine Gestalt in weitem Umhang erkennen, die langsam wie ein fettleibiger Geist auf den Zinnen seiner Burg spazierenging.

»Und was ist das mit meinem ›verhaßten Namen‹?« wollte ich wissen.

»Da war eine Frau«, antwortete Renegada schließlich. »Entschuldigen Sie! Möglicherweise Ihre Tante?«

»Meine Mutter«, berichtigte ich. »Eine Malerin. Inzwischen verstorben.«

»Sie ruhe in Frieden«, warf Felicitas ein.

»Vasco Miranda ist sehr verbittert wegen dieser Frau«, berichtete Renegada hastig, als sei das die einzige Möglichkeit für sie, darüber zu sprechen. »Ich glaube, daß er sie sehr geliebt hat, *no?*«

Ich schwieg.

»Tut mir leid. Wie ich sehe, ist das sehr schwer für Sie. Ein schweres Problem. Ein Sohn, eine Mutter. Sie dürfen sie nicht verraten. Aber ich glaube, er war ... er war ihr ... ihr ... ihr ...«

»Ihr Geliebter«, sagte Felicitas barsch. Renegada errötete.

»Falls Sie das nicht gewußt haben, tut es mir leid«, sagte sie und legte mir die Hand auf den linken Arm.

»Bitte sprechen Sie weiter!« antwortete ich.

»Dann war sie ihm gegenüber sehr brutal und warf ihn hinaus. Seitdem ist ein besonderer Groll in ihm gewachsen. Ich habe es immer deutlicher gesehen. Es ist eine Besessenheit.«

»Es ist krank«, mischte sich Felicitas wieder ein. »Haß zerfrißt die Seele.«

»Und nun Sie«, fuhr Renegada fort. »Meiner Meinung nach wird er niemals bereit sein, den Sohn Ihrer Mutter zu empfangen. Ihren Namen wird er, glaube ich, nicht ertragen können.«

»Er hat die Wände meines Kinderzimmers mit Comic-Tieren und Superhelden bemalt«, sagte ich. »Er muß mich empfangen. Und er wird es tun.«

– 534 –

Wieder warfen Felicitas und Renegada einander einen kurzen Blick zu; einen verständnisinnigen Ich-gebe-auf-Blick.

»Ladies«, sagte ich, »auch ich habe eine Story zu erzählen.«

»Vor einiger Zeit ist ein Paket gekommen«, erzählte Renegada, als ich geendet hatte. »Möglicherweise ein Gemälde. Ich weiß es nicht. Möglicherweise das Gemälde, unter dem das Bild Ihrer Mutter ist. Er muß es in den Turm hinaufgeschafft haben. Aber vier große Bilder? Nein, nein, so etwas ist nicht gekommen.«

»Vielleicht ist es noch zu früh«, sagte ich. »Der Einbruch ist erst vor kurzem erfolgt. Bitte, passen Sie an meiner Stelle auf! Und so wie die Dinge stehen, das weiß ich jetzt, sollte ich nicht überstürzt an seine Türe klopfen. Sonst kriegt er Angst und sorgt dafür, daß die Bilder gar nicht erst hier ankommen. Passen Sie also bitte auf, während ich abwarte.«

»Wenn Sie hier in unserem Haus wohnen wollen«, lenkte Felicitas ein, »wir werden uns sicher einigen. Falls Sie das wünschen.«

Renegada wandte den Kopf ab. »Sie haben eine lange Pilgerreise hinter sich«, sagte sie, ohne mich anzusehen. »Ein Sohn auf der Suche nach den Schätzen seiner verlorenen Mutter, auf der Suche nach Heilung und Frieden. Als Frauen ist es unsere Pflicht, einem solchen Mann bei seiner Suche zu helfen.«

Über einen Monat lang blieb ich bei den Halbschwestern. Während dieser Zeit wurde ich gut versorgt und lernte ihre Gesellschaft schätzen; über ihr Leben jedoch erfuhr ich nur wenig mehr. Ihre Eltern waren anscheinend tot, doch da sie offenbar nicht gern darüber sprachen, schnitt ich das Thema natürlich nicht mehr an. Sie schienen weder Verwandte noch Freunde zu haben. Auch Liebhaber gab es nicht. Dennoch wirkten sie vollkommen glücklich und sich selbst genug. Jeden Morgen gingen sie händchenhaltend zur Arbeit, und genauso kehrten sie auch zurück. Es gab Tage, da verspürte ich in meiner Einsamkeit ein halbherziges Verlangen nach Renegada Larios, doch da sich niemals eine Gelegenheit ergab, mit ihr allein zu sein, vermochte ich diese Angelegenheit nicht weiter zu verfolgen. Jeden Abend nach dem Essen zogen sich die Halbschwestern nach oben in das Bett zurück, das sie miteinander teilten, und dann hörte ich bis spät in die Nacht hinein ihr Gemurmel und die Geräusche, wenn sie sich bewegten; trotzdem waren sie morgens unfehlbar schon auf, bevor ich mich selbst auch nur regen konnte.

Schließlich war die Neugier stärker, und ich fragte sie beim Abendessen, warum sie nicht geheiratet hätten. »Weil alle Männer in dieser Gegend vom Hals aufwärts tot sind«, gab Renegada bissig zurück und warf ihrer Schwester einen flammenden Blick zu. »Und vom Hals abwärts ebenfalls.«

»Meine Stiefschwester hat, wie gewöhnlich, eine viel zu rege Phantasie«, behauptete Felicitas. »Aber es stimmt, daß wir nicht so sind wie die Leute hier. Keiner von uns, in unserer Familie. Die anderen sind inzwischen tot, und wir wollen uns nicht an jemanden verschenken, nur um des Heiratens willen. Uns verbindet etwas weit Stärkeres. Unsere Einstellung, wissen Sie, ist für den größten Teil der Leute in Benengeli nicht leicht zu verstehen. Zum Beispiel freuen wir uns über das Ende des Franco-Regimes und die Rückkehr der Demokratie. Außerdem mögen wir, um etwas persönlicher zu werden, weder Tabak noch kleine Kinder, während alle um uns herum ganz verrückt nach beidem sind. Die Raucher reden immer von den gesellschaftlichen Freuden, die man aus ihren Fortunas oder Ducados zieht, von der intimen Sinnlichkeit, die man empfindet, wenn man einem Freund Feuer gibt; wir aber verabscheuen es, mit diesem durchdringenden Geruch in den Kleidern aufzuwachen oder mit kaltem Rauch in den Haaren schlafen zu gehen. Und was die Kinder betrifft, so heißt es, man könne nie genug von ihnen haben, aber wir haben keine Lust, von einer Brut zappelnder, quengelnder kleiner Gefängniswärter eingesperrt zu sein. Und Ihren Hund mögen wir, wenn ich das sagen darf, eben weil er ausgestopft ist und wir uns daher nicht um ihn kümmern müssen.«

»Aber für mich haben Sie wahrhaft fürstlich gesorgt«, wandte ich ein.

»Das ist etwas Geschäftliches«, gab Felicitas zurück. »Sie bezahlen uns dafür.«

»Aber es muß doch Männer gegeben haben, die Sie um Ihrer selbst willen geliebt haben, auch ohne eine Familie gründen zu wollen«, bohrte ich hartnäckig weiter. »Und wenn die Männer von Benengeli der falschen Politik anhängen – warum nicht, zum Beispiel, in Erasmo suchen? Wie ich hörte, sind die Ansichten dort anders.«

Mir fiel ein seltsamer Ausdruck in Renegadas Augen auf. Vielleicht war sie nicht mit allem einverstanden, was ihre Schwester gesagt hatte. Nach jener Diskussion nahm ich mir die Freiheit, mir in meinen einsamen Nächten zuweilen vorzustellen, die Tür gehe auf und Renegada Larios, splitternackt unter ihrem langen, weißen Nachtgewand, käme zu mir ins Bett geschlüpft ... aber ich wartete umsonst. Ich lag allein und lauschte auf die Bewegungen und das Gemurmel unmittelbar über meinem schlaflosen Kopf.

Während der Monate des Wartens wanderte ich – manchmal mit Jawaharlal an der Leine, häufiger aber mutterseelenallein – durch Benengelis Straßen, in mir lähmende Langeweile, die es mir zuweilen unmöglich machte, mich mit der Vergangenheit zu beschäftigen. Ich fragte mich, ob auch ich inzwischen den leeren Blick bekommen hatte, der so viele dieser sogenannten Parasiten kennzeichnete, Menschen die ihre Tage nur damit zu verbringen schienen, sich zu treffen und in »ihrer« Straße auf und ab zu schlendern, Kleider zu kaufen, in Restaurants zu essen und in Kneipen trinken zu gehen, wobei sie die ganze Zeit zwar heftig, aber mit einer seltsamen Abwesenheit im Verhalten diskutierten, die darauf schließen ließ, daß sie sich für die

Themen ihrer Gespräche nicht im geringsten interessierten. Benengeli schien jedoch sogar bei jenen, die nicht abgestumpft waren, die Vergeßlichkeit zu fördern, denn jedesmal, wenn ich zufällig dem alten Faseler Gottfried Helsing begegnete, sah er mich strahlend an, winkte mir fröhlich zu und rief mit vielsagendem Augenzwinkern: »Wir müssen wirklich bald wieder mal so ein ausgezeichnetes Gespräch führen!«, als wären wir die besten Freunde. Ich argwöhnte, daß ich mich an einen Ort begeben hatte, den die Leute aufsuchten, um sich selbst zu vergessen – oder, genauer gesagt, sich in sich selbst zu verlieren, in einer Art Traum von dem zu leben, was sie hätten werden können oder auch wollen, oder um sich, nachdem sie vergessen hatten, was sie einmal gewesen waren, unauffällig von dem zu distanzieren, was das Leben aus ihnen gemacht hatte. So konnten sie entweder Lügner sein wie Helsing oder Fast-Katatoniker wie der »Ehren-Parasit« und Exbürgermeister, der von morgens bis abends reglos auf einem Barhocker im Freien saß und niemals ein Wort äußerte, als stecke er immer noch in der finsteren Einsamkeit eines Alkovens, versteckt hinter einem großen Almirah aus Holz im Haus seiner verstorbenen Frau. Und das Geheimnis, das den Ort umgab, war in Wirklichkeit vielleicht die Atmosphäre des Nichtwissens und das, was als ein Rätsel wirkte, in Wirklichkeit nur Leere. Diese Entwurzelten waren aus freiem Willen zu menschlichen Robotern geworden. Sie vermochten menschliches Leben zu simulieren, waren aber nicht mehr fähig, es zu leben.

Auf die Einheimischen wirkte – jedenfalls vermutete ich das – die narkotisierende Atmosphäre des Dorfes weniger verwirrend als auf die Parasiten; doch die allgemein vorherrschende Realitätsferne und Apathie färbte bis zu einem gewissen Grad auch auf sie ab. Ich mußte Felicitas und Renegada dreimal nach dem von Helsing erwähnten Besuch der jungen Frau in Benengeli fragen, die sich nach Miranda erkundigt hatte. Zweimal zuckten sie nur die Achseln und erinnerten mich daran, daß man Helsing nicht trauen könne; doch als ich das Thema eines Abends abermals aufs Tapet brachte, blickte Renegada von ihrer Näharbeit auf und platzte heraus: »O Himmel, ja! Wenn ich es recht bedenke, ist einmal eine Frau gekommen – eine vom Typ Bohemienne, eine Art Spezialistin aus Barcelona, eine Restauratorin für Bilder oder so ähnlich. Sie hat mit ihrer Koketterie nichts erreicht und ist inzwischen wohl wieder heil und gesund in Katalonien, wo sie hingehört.« Wieder einmal hatte ich das bestimmte Gefühl, daß Felicitas die Indiskretion ihrer Halbschwester mißbilligte. Sie kratzte sich ihre Warze, schürzte die Lippen, sagte aber kein Wort. »Dann wollte diese Katalanin also doch zu Vasco?« fragte ich, wie elektrisiert von dieser Erkenntnis. »Das haben wir nicht gesagt!« fuhr Felicitas auf. »Es ist sinnlos, dieses Thema weiter zu diskutieren.« Renegada senkte gehorsam den Kopf und nahm ihre Näharbeit wieder auf.

Auf meinen Spaziergängen begegnete ich gelegentlich dem heftig schwitzenden Guardia-Chef Salvador Medina, der mich jedesmal stirnrunzelnd musterte und seine Mütze abnahm, um sich die schweißnassen Locken zu kratzen, als versuche er sich zu erinnern, wer zum Kuckuck ich wohl sein mochte. Niemals wechselten wir ein Wort, teils, weil mein Spanisch noch immer sehr schlecht war – obwohl es sich langsam besserte, sowohl durch nächtliches Studieren von Büchern als auch dank der tagtäglichen Lektionen, die ich, gegen einen Aufschlag auf meine wöchentliche Rechnung für Kost und Logis, von den Larios-Schwestern erhielt –, und teils, weil die englische Sprache sämtlichen Versuchen Salvador Medinas widerstanden hatte, sie in den Griff zu bekommen – fast so wie ein Meisterdieb, der den Polizisten immer um zwei Schritte voraus ist.

Es freute mich, daß Medina sich so wenig Gedanken über mich machte und mich jedesmal prompt vergaß, denn das ließ darauf schließen, daß die indischen Behörden kein Interesse an meinem Aufenthaltsort bekundeten. Dabei hatte ich doch erst vor kurzem einen Mord begangen; ganz offensichtlich war meine Tat jedoch durch die Explosion im Haus meines Opfers erfolgreich kaschiert worden. Die stärkere Gewalt der Bombe hatte die Szene, an der ich teilgehabt hatte, übermalt und sie vor den Augen der Ermittler verborgen. Eine weitere Bestätigung dafür, daß ich nicht verdächtigt wurde, entnahm ich meinen Bankkonten. Während der Jahre im Turm meines Vaters war es mir gelungen, beträchtliche Summen bei Überseebanken unterzubringen, unter anderem auch auf Nummernkonten in der Schweiz. (Sie sehen also, ich war nicht nur der Schläger und Dummkopf, für den »Adam Zogoiby« mich gehalten hatte!) Soweit ich wußte, hatte es jedoch in letzter Zeit keinen Versuch gegeben, gegen diese, meine Arrangements vorzugehen, obwohl zahlreiche Aspekte der zusammengebrochenen Siodicorp noch immer untersucht wurden und viele Bankkonten der Aufsicht des Konkursverwalters unterstellt oder gesperrt worden waren.

Sonderbar war jedoch, daß mein Verbrechen – schließlich ein Mord, ein äußerst brutaler Mord, und der einzige Mord, für den ich je verantwortlich war – so schnell in den Hintergrund meiner Erinnerung gesunken war. Vielleicht hatte mein Unterbewußtsein die höhere Autorität, die im wahrsten Sinne des Wortes überwältigende Realität der Bomben akzeptiert und meine Weste reingewaschen. Vielleicht war aber dieses fehlende Schuldbewußtsein – diese ausgesetzte moralische Empfindung – Benengelis Geschenk an mich.

Auch körperlich hatte ich das Gefühl, in einer Art Interregnum zu leben, in einer zeitlosen Zone unter dem Zeichen eines Stundenglases, in dem der Sand reglos stand, oder einer Wasseruhr, deren Quecksilber nicht weiterrann. Selbst mein Asthma hatte sich gebessert; welch ein Glück für meine Lungen, dachte ich, daß ich mich den einzigen beiden Nichtraucherinnen des Dorfes angeschlossen habe, denn wo ich ging und stand, pafften die Leute wie verrückt vor sich hin. Um dem

– 540 –

Gestank der Zigaretten zu entgehen, schlenderte ich durch mit Wurstgirlanden geschmückte Straßen voller Backstuben und Konditoreien, in denen der köstliche Duft nach Fleisch, Gebäck und frisch gebackenem Brot vorherrschte, und überließ mich den rätselhaften Gesetzen des Ortes. Der Dorfschmied, der sich auf Ketten und Handschellen für das Gefängnis von Avellaneda spezialisiert hatte, nickte mir zu, so wie er allen Passanten zunickte, und rief mir in dem stark akzentbehafteten Spanisch der Region zu: »Noch imme' frei, eh? Wart nur, bal', bal'«, worauf er mit seinen schweren Ketten rasselte und vor Lachen brüllte. Als mein Spanisch besser wurde, wagte ich es sogar, mich noch weiter von der Straße der Parasiten zu entfernen, und vermochte so einige kurze Einblicke in das andere Benengeli zu gewinnen, jenes von der Geschichte besiegte Dorf, in dem eifersüchtige Männer in steifen Anzügen ihren Verlobten nachspionierten, weil sie von der Untreue der keuschen jungen Mädchen fest überzeugt waren, und wo man die Hufe der Pferde längst verblichener Don Juans bei Nacht die holprigen Gassen entlanggaloppieren hörte. Allmählich begann ich zu verstehen, warum Felicitas und Renegada Larios die Abende hinter geschlossenen Läden zu Hause verbrachten und sich immer nur leise unterhielten, während ich in meinem winzigen, gemütlichen Zimmer Spanisch lernte.

Am Mittwoch meiner fünften Woche in Benengeli kehrte ich von einem Spaziergang in meine Unterkunft zurück. Unterwegs hatte mir eine aufdringliche junge, einbeinige Frau ein billig produziertes Flugblatt mit den Forderungen der Anti-Abtreibungs-Organisation »*Lasset die Kindlein …* Revolutionärer Kreuzzug für ungeborene Christen« in die Hand gedrückt und mich zu einer Versammlung eingeladen. Ich hatte sie brüsk zurückgewiesen, wurde aber im selben Moment von den Erinnerungen an Sister Floreas heimgesucht, die den Krieg *pro vita* in die übervölkertsten Regionen von Bombay getragen hatte und inzwischen an einem Ort weilte, an dem unerwünschte Schwangerschaften vermutlich kein Problem mehr waren: Süße, fanatische Minnie, dachte ich im stillen, ich hoffe, daß du jetzt glücklich bist ... Und auch an meinen einstmaligen Boxtrainer hatte die junge Frau mich erinnert, an den ähnlich holzbeinigen Lambajan Chandiwala Borkar, und an Totah, den Papagei, den ich immer gehaßt hatte und der nach der Bombay-Bombardierung verschwunden und niemals wieder aufgetaucht war. Während ich über den verschwundenen Vogel nachdachte, überfielen mich Heimweh und Trauer, und ich begann auf offener Straße zu weinen – zur Konsternation und Verlegenheit der Aktivistin, die schnell davoneilte, um zu ihren Kollegen ins Hauptquartier zurückzukehren.

Daher war der Moor, der bald darauf das Haus der beiden Larios-Frauen in der Calle de Miradores betrat, ein ganz anderer Mensch, ein Mann, der, weil der Zufall es wollte, in die Welt der Gefühle und der Schmerzen zurückversetzt worden war. Emotionen, so lange betäubt, umspülten mich wie Flutwellen. Bevor ich meinen Vermieterinnen diese neue Entwicklung erklären konnte, redeten sie jedoch schon heftig auf mich ein. Einander ständig unterbrechend, teilten sie mir mit, daß die gestohlenen Bilder tatsächlich, wie erwartet, in der Little Alhambra eingetroffen seien.

»Da kam ein Lastwagen ...«, begann Renegada.

»... mitten in der Nacht; direkt an unserer Tür ist er vorbeigefahren ...«, ergänzte Felicitas.

»... also hab' ich mich in meinen Rebozo gewickelt und bin rausgelaufen ...«

»... und ich bin auch rausgelaufen ...«

»... und wir haben gesehen, wie das Tor vom großen Haus aufging und der Lastwagen ...«

»... durchfuhr ...«

»... und heute lag in den Kaminen eine Unmenge von billigem Holz ...«

»… wie man es für Versandkisten verwendet, wissen Sie …«

»… er muß die ganze Nacht gebraucht haben, um das alles kleinzuhacken …«

»… und im Müll lagen ganze Haufen von diesem Plastikzeug …«

»… mit dem Kinder gern so knallen …«

»… *bubble wrap*, so heißt es …«

»… ja, *bubble wrap*, und Wellpappe, und Metallbänder …«

»… also müssen große Pakete mit dem Lastwagen gekommen sein, und was sollten sie sonst enthalten haben?«

Es war kein Beweis, aber ich wußte, daß so etwas in diesem Dorf der Ungewißheiten einer sicheren Erkenntnis am nächsten kam. Zum erstenmal begann ich mir mein Wiedersehen mit Vasco Miranda auszumalen. Früher, als Kind, hatte ich gern zu seinen Füßen gesessen; inzwischen waren wir beide alte Männer, die, wie man sagen könnte, um dieselbe Frau kämpften, aber der Kampf würde mit Sicherheit nicht weniger heftig ausgetragen werden, nur weil die betreffende Lady tot war.

Es wurde Zeit, den nächsten Schritt zu planen. »Wenn er mich nicht empfangen will, müssen Sie mich eben reinschmuggeln«, erklärte ich den Larios-Schwestern. »Ich sehe keine andere Möglichkeit.«

Ganz früh am nächsten Morgen, als die Sonne noch kaum mehr als eine Ahnung war, sich den Kamm der fernen Berge entlangzog, begleitete ich Renegada Larios zur Arbeit. Felicitas, die grobknochigere und fülligere der beiden Schwestern, hatte mir ihren weitesten schwarzen Rock mit Bluse geliehen. An den Füßen trug ich unauffällige Gummisandalen, gekauft im spanischen Teil des Dorfes, am rechten Arm einen Henkelkorb mit meinen eigenen Kleidern, die ich unter einer Lage von Staubtüchern, Schwämmen und Sprays gut versteckt hatte; die rechte Hand war, genau wie mein Kopf, unter einem Rebozo verborgen, den ich mit der Linken krampfhaft zusammenzuhalten versuchte. »Eine recht armselige Kopie von einer Frau sind Sie«, tadelte mich Felicitas, die mich mit ihrem ewig kritischen Blick musterte. »Aber zum Glück ist es noch dunkel, und ihr habt es ja nicht sehr weit. Gehen Sie ein bißchen gebückt und machen Sie kleine Schritte! Und nun los! Wir setzen für Sie unseren Lebensunterhalt aufs Spiel. Das wissen Sie hoffentlich.«

»Wegen Ihrer verstorbenen Mutter«, berichtigte Renegada ihre Halbschwester. »Unsere Mutter ist ebenfalls tot. Deswegen verstehen wir Sie so gut.«

»Meinen Hund überlasse ich Ihrer Obhut«, wandte ich mich an Felicitas. »Er wird Ihnen keine Umstände machen.«

»Das wird er wahrhaftig nicht«, gab sie mürrisch zurück. »Sobald Sie aus der Tür sind, heißt es, ab in den Schrank mit ihm, und glauben Sie bloß nicht, daß ich ihn rauslasse, bevor Sie zurück sind. Wir hier im Haus sind nicht so dämlich, einen ausgestopften Hund spazierenzuführen.«

Ich verabschiedete mich von Jawaharlal. Auch er hatte eine lange Reise hinter sich und verdiente ein besseres Ende als einen Besenschrank in einem fremden Land. Aber ein Besenschrank war nun mal sein Schicksal. Ich selbst machte mich auf zu meinem Showdown mit Vasco Miranda, und Jawaharlal war jetzt nichts anderes als einer von vielen ausgesetzten andalusischen Hunden.

Mein erstes Abenteuer in Weiberkleidern erinnerte mich an die Geschichte von Aires da Gama, der im Brautkleid seiner Frau und in Begleitung von Prinz Henry dem Navigator zu einer wilden Nacht aufgebrochen war; doch was für ein billiger Abklatsch war das hier, um wieviel primitiver als Aires' märchenhafte Robe war dieses dunkle Tuch und wieviel weniger paßte ich in eine derartige Aufmachung! Als wir aufbrachen, erzählte mir Renegada Larios, der Exbürgermeister des Dorfes – genau jener, der namen- und freundlos an der Straße der Parasiten saß und Kaffee trank – sei früher einmal gezwungen gewesen, als seine eigene Großmutter verkleidet durch diese Straßen zu schleichen, weil sein Haus gegen Ende jener Zeit, in der er sich versteckt hielt, zum Abbruch freigegeben worden war und die Familie umziehen mußte. Also gab es sowohl in der Familie als auch hier am Ort Vorläufer für meine Verkleidung.

Es war dies die erste Gelegenheit, daß Renegada und ich allein waren, ohne daß Felicitas unsere Tugendwächterin spielte; aber obwohl sie mir immer wieder höchst bedeutsame Blicke zuwarf, hatte ich viel zu große Hemmungen, diese zu erwidern – sowohl aufgrund meiner weiblichen Aufmachung als auch, weil mich angesichts der Unberechenbarkeit dessen, was unmittelbar vor mir lag, eine hochgradige Nervosität ergriffen hatte. Soweit ich feststellen konnte, blieben wir unbemerkt, bis wir den Dienstboteneingang der Little Alhambra erreichten, obwohl ich mir unmöglich sicher sein konnte, daß es nicht doch neugierige Augen gab, die uns hinter geschlossenen Läden in der Calle de Miradores beobachteten, während wir Vascos scheußlichem und völlig fehl am Platze wirkendem Elefanten-Springbrunnen zustrebten. Flüchtig entdeckte ich etwas leuchtend Grünes, das über die Mauern der Festung hinwegflog. »Gibt es in Spanien Papageien?« fragte ich Renegada flüsternd, erhielt aber keine Antwort. Möglicherweise grollte sie mir, weil ich keinerlei Anstalten machte, diese seltene Gelegenheit zu einem Flirt zu nutzen.

Neben der Tür gab es, eingelassen in die ziegelrote Mauer, ein elektronisches Tastenfeld, in das Renegada flink eine vierstellige Ziffernkombination eintippte. Die Tür ging auf, und wir betraten Mirandas Reich.

Augenblicklich hatte ich das deutliche Gefühl eines Déjà-vu, und mir schwirrte der Kopf. Als ich mich ein wenig erholt hatte, staunte ich über das Geschick, mit dem es Vasco Miranda gelungen war, die Innenräume seiner Festung nach Aurora Zogoibys Moor-Gemälden zu gestalten. Ich stand in einem offenen Patio mit einer zentralen, im Schachbrettmuster gefliesten Piazza und Bogengängen an allen vier Seiten, während ich durch die Fenster des gegenüberliegenden Gebäudeteils eine weite Ebene sehen konnte, die im aufglimmenden Tageslicht wie ein Ozean schimmerte. Ein Palast am Ufer eines Fata-Morgana-Meeres, teils arabisch, teils Mughali und ein bißchen von Chirico abgekupfert, war er genau das, was Aurora mir einstmals als den Ort beschrieben hatte, »an dem die Welten zusammenstoßen, fließend ineinander übergehen und wieder wegspülofiziert werden. Ein Ort, an dem ein Luftmensch im Wasser ertrinken oder aber Kiemen entwickeln kann; an dem ein Wasserwesen sich an der Luft berauschen, aber auch in ihr ersticken kann.« Trotz des gegenwärtigen Zustands, der beginnenden Verfall und gärtnerische Vernachlässigung spiegelte, hatte ich wahrhaftig mein Mooristan gefunden!

Ein leerer Raum folgte auf den anderen, und überall entdeckte ich in die Realität umgesetzte Szenerien aus Auroras Gemälden. Fast erwartete ich sogar, daß ihre Gestalten plötzlich hereinkamen und vor meinen ungläubigen Augen ihre traurigen Geschichten abspulten, daß mein eigener Körper sich in diesen aus Rauten bestehenden, buntscheckigen Moor verwandelte, dessen Tragödie das verbindende Prinzip der Serie gewesen war – die Tragödie der Vielfältigkeit, die von Einzigartigkeit zerstört wird, das Drama des Sieges der einen über die vielen. Und vielleicht verwandelte sich meine verkrüppelte Hand ja jeden Moment in eine Blume, ein Licht, eine Flamme! Vasco, der stets davon überzeugt gewesen war, Aurora habe die Idee für die Moor-Bilder von seinem Kitschporträt eines weinerlichen Reiters übernommen, hatte ein Vermögen dafür aufgewandt, um ihre Vision für sich zu verwirklichen, und dabei jene Energie freigesetzt, die aus den klaffenden Abgründen der Besessenheit erwächst. War dies ein Haus der Liebe oder des Hasses? Wenn man den Geschichten glauben wollte, die ich so hörte, war es ein echtes Palimpstina, in dem sich Vascos gegenwärtiger Zorn gerinnend über die Erinnerung an eine alte, verlorene Süße und Romantik legte. Denn irgend etwas war faul

– 546 –

hier, irgendein Neid lag wie ein grelles Licht über dem Glanz des Nacheiferns; und als der erste Schock des Erkennens nachließ und der Tag emporstieg, fielen mir langsam die Fehler in dem großen Plan auf. Vasco Miranda war auch jetzt noch so vulgär, wie er immer gewesen war, und was Aurora höchst lebendig und fein ersonnen hatte, war von ihm in Farben wiedergegeben worden, die, wie man im zunehmenden Tageslicht erkennen konnte, um jene kaum spürbare, aber wesentliche Nuance neben dem Original lagen, die das angenehm Gekonnte vom grob Unangemessenen unterscheidet. Auch die Proportionen des Bauwerks waren unrichtig und seine Umrisse falsch konzipiert. O nein, das Ganze war letztlich doch kein Wunder; mein erster Eindruck war eine Illusion gewesen, doch diese Illusion war bereits verblaßt. Trotz ihrer Größe und Pracht war die Little Alhambra kein New Moorusalem, sondern ein häßliches, prätentiöses Bau-Machwerk.

Weder von den gestohlenen Bildern noch von den Apparaten, von denen Renegada und Felicitas gesprochen hatten, war mir bisher auch nur eine Spur vor Augen gekommen. Die Tür zum Turm war fest verschlossen. Offenbar war das der Ort, an den sich Vasco mit all seinen Apparaten zurückgezogen hatte.

»Ich möchte mich umziehen«, sagte ich zu Renegada. »So, wie ich jetzt aussehe, kann ich dem alten Bastard unmöglich gegenübertreten.«

»Ziehen Sie sich nur um!« gab sie eiskalt zurück. »Sie haben nichts, was ich nicht schon öfter gesehen hätte.« Renegada hatte sich tatsächlich verändert; seit dem Moment, da wir die Little Alhambra betreten hatten, verhielt sie sich anmaßend und wie die Besitzerin persönlich. Zweifellos hatte sie den wachsenden Widerwillen bemerkt, mit dem ich – nach einigen ersten bewundernden Ausrufen – das Haus inspizierte, das sie schließlich seit so vielen Jahren betreute. Es wäre keineswegs erstaunlich gewesen, wenn sie sich durch meine mangelnde Begeisterung für den Besitz verärgert fühlte. Dennoch war dies eine unverschämte, schamlose Bemerkung, die ich einfach nicht dulden konnte.

»Hüten Sie Ihre Zunge!« warnte ich sie und begab mich, ihren zornigen Blick ignorierend, in einen angrenzenden Raum, wo ich allein war. Während ich mich umzog, fiel mir plötzlich ein Geräusch auf, das aus einiger Entfernung zu kommen schien. Es war ein grauenvoller Lärm – eine Mischung aus weiblichen Schreien und Rückkoppelungsgequietsche, heulende Töne unerfindlicher Herkunft, computererzeugtes Winseln und Krachen sowie ein Klappern und Scheppern, das mich an eine Küche während eines Erdbebens erinnerte. Das mußte die »Avantgarde-Musik« sein, von der ich gehört hatte. Vasco Miranda war erwacht.

Da Renegada und Felicitas mir unmißverständlich erklärt hatten, sie hätten ihren Einsiedlerboß seit über einem Jahr nicht mehr gesehen, war ich zutiefst überrascht, als ich aus meinem Umkleideraum auftauchte und mich der fülligen Gestalt des alten Vasco gegenüberfand, der mich auf der Schachbrett-Piazza erwartete; neben ihm stand seine Haushälterin, aber sie stand nicht nur da, sondern kitzelte ihn kokett mit einem Staubwedel, während er vor Entzücken kicherte und quietschte. Tatsächlich trug er, wie er es laut Aussage der Halbschwestern gerne tat, ein Maurenkostüm und wirkte in den Pluderhosen und der über einem bauschigen, kragenlosen Hemd offenstehenden, bestickten Weste wie ein wabbeliger Berg aus türkischem Lokum. Der Schnurrbart war geschrumpft – seine steif gewachsten Haarstalagmiten waren vollständig verschwunden –, und der Kopf war so kahl und pockennarbig wie die Oberfläche des Mondes.

»Hi, hi«, kicherte er und stieß Renegadas Staubwedel beiseite. »*Hola, namaskar, salaam,* Moor, mein Junge! Du siehst ja furchtbar aus: als wolltest du jeden Moment den Löffel abgeben. Haben meine beiden Damen dich nicht gut genug gefüttert? Hat dir dieser kleine Urlaub nicht gefallen? Wie lange ist es jetzt her? Na, so was – vierzehn Jahre! Donnerwetter. Die Zeit war nicht sehr freundlich zu dir.«

»Wenn ich gewußt hätte, daß du so … zugänglich bist«, sagte ich mit einem feindseligen Blick zu der Haushälterin hinüber, »hätte ich mir diese idiotische Farce erspart. Doch wie es scheint, waren die Berichte über dein Eremitendasein reichlich übertrieben.«

»Welche Berichte?« fragte er arglistig. »Nun ja, mag sein, aber nur, was ein paar unbedeutende Details betrifft«, fuhr er beschwichtigend fort, während er Renegada von sich winkte. Wortlos legte sie den Staubwedel hin und zog sich in eine Ecke des Patio zurück. »Daß wir in Benengeli auf unsere Privatsphäre Wert legen, trifft zu – das tust du ja im übrigen auch, wenn man bedenkt, was für ein Getue du gemacht hast, weil du dich nicht hier umziehen wolltest! Renegada hat sich köstlich amüsiert. Aber was wollte ich sagen? Ach ja. Hast du bemerkt, daß Benengeli sich über das definiert, was ihm fehlt – daß es hier nämlich, ganz im Gegensatz zur übrigen Region und mit Sicherheit zur gesamten Küste, keine solchen Auswüchse gibt wie Coco-Loco-Nightclubs, Kutschenfahrten mit Besichtigungen, Esel-Taxis, Wechselstuben und Stroh-Sombrero-Händler? Salvador Medina, unser ausgezeichneter Sargento, verscheucht derartige Greuel, indem er jedem Unternehmer, der so etwas einführen will, in den finsteren Gassen unseres Dorfes nächtens eine Tracht Prügel verabreichen läßt. Salvador Medina verabscheut mich unendlich, genau wie er übrigens alle Neuankömmlinge im Ort verabscheut; doch wie alle gut angepaßten Zuwanderer – und im Einklang mit der großen Mehrheit der Parasiten – begrüße ich seine Politik der Abschreckung gegenüber neuen Einwanderungswogen. Nun, nachdem wir uns hier niedergelassen haben, ist es nur angemessen, daß irgend jemand hinter uns die Tür verschließt. Findest du es nicht bewundernswert, mein Benengeli?« Er machte mit dem Arm eine unbestimmte, ausholende Geste in Richtung des Fata-Morgana-Ozeans, der durch die Fenster zu sehen war. »Adieu Schmutz, Krankheit, Korruption, Fanatismus, Kastenpolitik, Cartoonisten, Echsen, Krokodile, Playbackmusik und, vor allem anderen, Zogoiby-Familie! Adieu Aurora, du Große, Grausame – Lebwohl, du hinterlistiger, verachtungsvoller Abe!«

»Stimmt nicht ganz«, widersprach ich. »Denn wie ich sehe, hast du hier – mit zweifelhaftem Erfolg, würde ich sagen – versucht, die phantasievolle Welt meiner Mutter um dich herum zu errichten, vermutlich als Feigenblatt, hinter dem du deine eigene Unzulänglichkeit verbirgst; und dann gibt es ja noch diesen letzten Zogoiby, dem du dich stellen mußt, sowie das kleine Problem der gestohlenen Bilder.«

»Die sind oben«, gab Vasco achselzuckend zurück. »Du solltest dich freuen, daß ich sie geklaut habe. Was für ein Hit-Geschick für sie! Auf den Knien solltest du mir danken. Ohne meine Profibande wären sie jetzt nämlich verbrannter Toast.«

»Ich möchte sie sofort sehen«, erklärte ich energisch. »Und dann kann Salvador Medina mir vielleicht einen Gefallen tun. Vielleicht könnten wir Renegada, deine Haushälterin, nach ihm schicken oder sogar das Telefon benutzen.«

»Aber bitte sehr, gehen wir hinauf und sehen sie uns an!« antwortete Vasco, offenbar ganz unbefangen. »Aber sei so freundlich und geh langsam, denn ich bin fett. Und was das andere betrifft, so bin ich sicher, daß du bestimmt nicht den Wunsch haben wirst, hopplahopp zur Polizei zu rennen. Was ist in deinen Kreisen besser: inkognito oder exkognito? Zweifellos in-. Außerdem wird meine geliebte Renegada mich niemals hintergehen. Und – hat dir das denn niemand gesagt? – das Telefon ist schon seit Jahren abgestellt.«

»Hast du ›meine geliebte Renegada‹ gesagt?«

»Und meine geliebte Felicitas. Um nichts in der Welt würden die beiden etwas tun, das mir schadet.«

»Dann haben diese Halbschwestern ein grausames Spiel mit mir gespielt.«

»Sie sind keine Halbschwestern, mein armer Moor. Sie sind ein Liebespaar.«

»Diese beiden?«

»Seit fünfzehn Jahren. Und seit vierzehn gehören sie mir. Wie viele Jahre lang mußte ich mir euer dusseliges Gequassel über die Einheit in der Vielfalt anhören und was weiß ich wieviel anderen Unsinn noch. Jetzt aber habe ich, Vasco, mit meinen Mädchen zusammen diese neue Gesellschaft erschaffen.«

»Deine Schlafzimmergeschichten interessieren mich nicht. Sollen sie doch auf dir rumhüpfen wie auf einer Gummimatratze! Was kümmert's mich? Nein, deine Tricks sind es, die mich wütend machen.«

»Aber wir mußten doch auf die Bilder warten, nicht wahr? Das war kein Trick. Und dann mußten wir dich hierherschaffen, ohne daß jemand etwas merkte.«

»Und warum?«

»Na, was meinst du wohl? Um mich von allen Zogoibys zu befreien, die ich in die Finger kriegen kann, von vier Bildern und einem Menschen – zufällig dem letzten dieser ganzen verfluchten Dynastie –, und zwar mit einem *boom-boom-badoom*; oder, um es anders auszudrücken, *five-in-a-bite* – fünfe auf einen Streich.«

»Eine Pistole? Ist das dein Ernst, Vasco? Du richtest eine Pistole auf mich?«

»Nur eine ganz kleine. Aber ich habe sie in der Hand. Und das ist mein großes Hit-Geschick; und dein Miß-.«

Ich war gewarnt worden. *Vasco Miranda ist ein böser Geist, und die da sind seine Kreaturen. Ich habe gesehen, wie sie sich in Fledermäuse verwandelten.*

Aber ich hatte von Anfang an in diesem Netz gezappelt. Wie viele Menschen im Dorf sind seine Verbündeten, fragte ich mich. Nicht Salvador Medina, soviel schien festzustehen. Gottfried Helsing? Der hatte richtig gelegen, was das Telefon anging, ansonsten aber verworrenes Zeug geredet. Und die anderen? Hatten sie sich in dieser Farce allesamt gegen mich verschworen und waren in Wirklichkeit Vascos Befehlsempfänger? Wieviel Geld hatte den Besitzer gewechselt? Waren sie alle Mitglieder irgendeines Kults – Freimaurerloge, Opus Dei oder so ähnlich? Und wie weit reichte diese Verschwörung zurück? Bis zum Taxifahrer Vivar, bis zum Einwanderungsbeamten, bis zu der sonderbaren Crew in der Maschine aus Bombay? *Five in a bite*, hatte Vasco gesagt. Genau das hatte er gesagt. Dann reichten die Fangarme dieser Geschehnisse tatsächlich bis zu der zerstörten Villa in Bandra zurück, und dies war die Rache der Opfer – oder? Ich spürte, wie mein Verstand aus dem Ruder lief, und zügelte meine Spekulationen, die ohnehin nicht begründbar und sinnlos waren. Die ganze Welt war ein Mysterium und nicht zu entschlüsseln. Die Gegenwart war das Rätsel, das gelöst werden mußte.

»Der Lone Ranger und Tonto geraten in einem Tal in einen Hinterhalt und werden von feindlichen Indianern umzingelt«, sagte Vasco Miranda, der hinter mir die Treppe emporkeuchte. »Und der Lone Ranger sagt: ›Es ist sinnlos, Tonto. Wir sind umzingelt.‹ Und Tonto antwortet: ›Wieso *wir*, weißer Mann?‹«

Hoch über uns lag offenbar die Quelle der kreischenden Rückkoppelungsmusik, die ich schon die ganze Zeit gehört hatte: ein unirdisches, gequältes – oder vielmehr quälendes – Geräusch, sadistisch, seelenlos, kalt. Zu Beginn unserer Klettertour hatte ich mich darüber beschwert, aber Vasco hatte meine Proteste hinweggefegt. »In einigen Teilen des Fernen Ostens«, belehrte er mich, »gilt diese Musik als höchst erotisierend.« Beim Hinaufsteigen mußte Vasco immer lauter sprechen, damit ich ihn verstehen konnte. Mein Kopf begann zu hämmern.

»Der Lone Ranger und Tonto schlagen also ihr Nachtlager

auf«, schrie er. »›Mach Feuer, Tonto!‹ – ›Jawohl, *kemo sabay.*‹ – ›Hol Wasser aus dem Fluß, Tonto!‹ – ›Jawohl, *kemo sabay.*‹ – ›Koch Kaffee, Tonto!‹ Und so weiter. Plötzlich hört der Lone Ranger einen Ausruf des Ekels von Tonto. ›Was ist?‹ fragt er. – ›Igitt!‹ antwortet Tonto, der die Sohlen seiner Mokassins inspiziert, ›ich glaube, ich bin in einen dicken Haufen *kemo sabay* getreten.‹«

Unwillkürlich dachte ich an Vivar, den Taxifahrer und Westernfan, der den Namen eines mittelalterlichen, panzergerüsteten Cowboys trug, Spaniens zweitgrößten fahrenden Ritter – El Cid meine ich, Rodrigo de Vivar, nicht Don Quijote –, der mich vor Benengeli gewarnt hatte und dabei einen Slang sprach, der halb an John Wayne in allen möglichen Filmen, halb an Eli Wallach in *Die glorreichen Sieben* erinnerte: »Vorsicht, *pardner* – da oben iis Indianerland.«

Aber hatte er das wirklich gesagt? War es eine trügerische Erinnerung, oder ein halb vergessener Traum? Ich vermochte nichts mehr mit Sicherheit zu behaupten. Es sei denn vielleicht, daß dies in der Tat Indianerland, daß ich umzingelt und die *kemo sabay* ziemlich tief war.

Irgendwie war ich mein Leben lang in Indianerland gewesen, hatte gelernt, seine Spuren zu lesen, seinen Pfaden zu folgen, mich an seiner Weite, seiner unerschöpflichen Schönheit zu erfreuen, um seine Territorien zu kämpfen, seine Rauchsignale auszusenden, seine Trommeln zu schlagen, seine Grenzen zu erweitern, mich durch seine Gefahren zu fechten – immer in der Hoffnung, Freunde zu finden, immer in Angst vor seiner Grausamkeit, immer voll Sehnsucht nach seiner Liebe. Nicht mal ein Indianer war im Indianerland sicher; jedenfalls nicht, wenn er die falsche Sorte Indianer war – den falschen Kopfputz trug, die falsche Sprache sprach, die falschen Tänze tanzte, die falschen Götter anbetete, in der falschen Gesellschaft reiste. Ich fragte mich, wie rücksichtsvoll sich die Krieger, die den Maskierten mit den silbernen Gewehrkugeln umzingelt hatten, wohl seinem federgeschmückten Begleiter gegenüber verhalten würden. Im Indianerland gab es keinen Platz für einen Mann, der keinem Stamm angehören wollte und der danach strebte, die Grenzen hinter sich zu lassen, der davon träumte, seine Haut ab- und das Geheimnis der Identität – das heißt, das Geheimnis der Identität aller Menschen – bloßzulegen, sich vor die kriegsbemalten Stammesgenossen hinzustellen und die geschundene, nackte Einheit des Fleisches zu enthüllen.

Renegada hatte uns nicht in den Turm begleitet. Die kleine Verräterin war vermutlich in die Arme ihrer warzengesichtigen Liebhaberin zurückgeeilt, um sich mit ihr über meine Gefangensetzung zu freuen. Ein geisterhaftes Licht fiel durch schmale, schlitzartige Fenster auf die Wendeltreppe. Die Wände waren mindestens einen Meter dick und sorgten dafür, daß die Temperatur im Turm kühl, ja sogar unangenehm kalt war. Auf meinem Rücken trocknete der Schweiß, und ich erschauerte. Vasco schob sich keuchend und prustend hinter mir herauf, ein birnenförmiges Gespenst mit einer Pistole. Hier in der Festung Miranda würden diese beiden vertriebenen Geister, der letzte der Zogoibys und sein dem Wahnsinn verfallener Feind, die letzten Schritte ihres Geistertanzes vollführen. Alle waren tot, alles war verloren, und in diesem Zwielicht war für mehr als diese letzte Phantomerzählung keine Zeit. Hatte Vasco Miranda in seiner Pistole Silberkugeln? Es heißt, daß man Silberkugeln braucht, um ein übernatürliches Wesen zu töten. Wenn ich selbst also ebenfalls zum Geist geworden war, würden sie bei mir bestimmt ihre Wirkung tun.

Wir kamen an einem Raum vorbei, der Vascos Atelier sein mußte, und ich entdeckte flüchtig eine unfertige Arbeit: ein Gekreuzigter war vom Kreuz genommen worden und lag quer über dem Schoß einer weinenden Frau, während aus seiner stigmatisierten Hand Silberstücke rollten – ohne Zweifel dreißig an der Zahl. Diese Anti-Pietà mußte eines von den »Judas-Christ«-Bildern sein, von denen ich gehört hatte. Zwar konnte ich nur einen sehr kurzen Blick auf die Leinwand werfen, aber die gespenstische, El Greco imitierende Atmosphäre des Gemäldes verursachte mir Übelkeit und ließ mich hoffen, daß Vasco dieses Projekt endgültig fallengelassen hatte.

Im nächsten Stock deutete er in einen Raum, in dem ich – und mein Herz machte einen Sprung – ein unvollendetes Bild von ganz anderem Kaliber sah: Aurora Zogoibys letztes Werk, ihre verzweifelte Verkündung einer Mutterliebe, welche die vermutlichen Verbrechen ihres geliebten Kindes überwinden und vergeben konnte – *Des Mauren letzter Seufzer*. Außerdem entdeckte ich in diesem Raum ein voluminöses Gerät, das ich für einen Röntgenapparat hielt; und an einer langen Reihe von Leuchtkästen an einer Wand eine große Anzahl von Röntgenaufnahmen. Offenbar untersuchte Vasco das gestohlene Bild Abschnitt für Abschnitt, als könne er, wenn er unter die Oberfläche vordrang, im nachhinein das Geheimnis von Auroras genialer Kunst entdecken und für sich nutzen. Als suche er nach einer Wunderlampe.

Als Vasco die Tür schloß, konnte ich die ohrenbetäubende Musik nicht mehr hören. Offensichtlich war der Raum schalldicht abgesichert. Das Licht in diesem Zimmer – die Fensterschlitze waren mit schwarzen Tüchern verhängt worden, so daß es nur noch das blendende Weiß gab, das die Leuchtkastenwand ausstrahlte – war jedoch fast ebenso entnervend wie zuvor die Musik. »Was soll das?« fragte ich Vasco, ganz bewußt so unhöflich wie möglich. »Du willst doch nicht etwa endlich malen lernen?«

»Wie ich sehe, hast du die spitze Zunge der Zogoibys geerbt«, gab er zurück. »Aber es ist leichtsinnig, einen Mann mit einer geladenen Pistole zu provozieren; einen Mann überdies, der dir den Gefallen getan und das Rätsel des Todes deiner Mutter gelöst hat.«

»Die Lösung jenes Rätsels ist mir bekannt«, widersprach ich. »Und dieses Bild hat nichts damit zu tun.«

»Ihr seid eine arrogante Mischpoche, ihr Zogoibys«, fuhr Vasco Miranda fort, ohne meinen Einwurf zu beachten. »Ganz egal, wie schlecht ihr einen Menschen behandelt, ihr setzt voraus, daß er euch immer weiter liebt. Deine Mutter hat das von mir geglaubt. Sie hat mir geschrieben – wußtest du das? Nicht sehr lange vor ihrem Tod. Nach vierzehn Jahren des Schweigens ein Hilferuf.«

»Du lügst!« entgegnete ich. »Du hättest ihr nie, mit gar nichts helfen können.«

»Sie hatte Angst.« Wieder ignorierte er meinen Einwand. »Irgend jemand wolle sie umbringen, schrieb sie. Irgend jemand sei verärgert und eifersüchtig und skrupellos genug, sie umbringen zu lassen. Sie fürchte, jeden Moment getötet zu werden.«

Ich versuchte die Fassade der Verachtung aufrechtzuerhalten, aber wie hätte ich nicht tief bewegt sein sollen von der Vorstellung, daß sich meine Mutter im Zustand einer so tiefen Angst – und einer so absoluten Isolation – ausgerechnet an diese abgehalfterte Figur, diesen längst vergessenen Wahnsinnigen wandte und ihn um Hilfe bat? Wie hätte ich nicht ihr vor Angst verzerrtes Antlitz vor meinem inneren Auge sehen sollen? Auf und ab marschierte sie in ihrem Atelier, rang die Hände und zuckte bei jedem Geräusch zusammen, als stehe der Sensenmann bereits vor der Tür.

»Ihr Zogoibys behauptet immer, alles zu wissen. Gar nichts wißt ihr! Überhaupt nichts! Ich bin es, Vasco – ich allein –, Vasco, den ihr alle verspottet habt, dieser Flughafenkünstler, der es nicht wert war, den Saum des Gewandes eurer großen Mutter zu küssen, Vasco, der Auftragskünstler, Vasco, der beschissene Witz – ich bin es, der diesmal alles weiß!«

Inzwischen stand er als Silhouette vor der Reihe der Leuchtkästen, rechts und links von Röntgenbildern flankiert. »Sollte

– 556 –

sie umgebracht werden, schrieb sie, wünsche sie, daß ihr Mörder
zur Rechenschaft gezogen wird. Aus diesem Grund habe sie sein
Porträt unter ihrem gegenwärtig in Arbeit befindlichen Werk
verborgen. Laß das Bild röntgen, schrieb sie, und du wirst das
Angesicht meines Mörders sehen.« Er hielt den Brief in der
Hand. Also gab es hier, in dieser Zeit der Fata Morganas, diesem
Ort der Tricks, endlich einen handfesten Beweis. Ich nahm den
Brief, und meine Mutter sprach aus dem Grab zu mir.

»Sieh dir das an!« Mit der Pistole deutete Vasco auf die
Röntgenbilder. Stumm, gedemütigt gehorchte ich. Es gab keinen Zweifel daran, daß die Leinwand ein Palimpsest war: unter
dem Oberflächenbild war in den Negativsegmenten eindeutig
ein Brustbild auszumachen. Aber Raman Fielding war ein Mann
von vascoähnlichen Körpermaßen gewesen, und der Mann auf
diesem Geisterbild schien hochgewachsen und schlank.

»Das ist nicht Mainduck.« Eine Feststellung, die mir ganz
unwillkürlich entfuhr.

»Ganz recht! Absolut richtig!« sagte Vasco. »Ein Frosch ist
ein harmloses Tier. Aber dieser Mann hier? Erkennst du ihn
nicht? Folge deinen In- und Ausstinkten? Hier mag es *undercover*
sein, aber du hast ihn *overcover* gesehen. Sieh hin, sieh hin – der
Boß-*baddie* persönlich. Blofeld, Mogambo, Don Vito Corleone:
Erkennst du diesen Gentleman wirklich nicht?«

»Mein Vater«, sagte ich, und so war es. Kraftlos sank ich auf
den kalten Steinfußboden.

Kaltblütig: Auf keinen paßte dieser Ausdruck so perfekt wie auf
Abraham Zogoiby. Aus bescheidenen Anfängen (als er einen
widerwilligen Handelskapitän überredete, die Segel zu setzen)
war er zu olympischen Höhen aufgestiegen; von wo aus er wie
ein eiskalter Gott den minderen Sterblichen da unten Vernichtung brachte; aber auch, und darin unterschied er sich von den
meisten Göttern, seinen eigenen Freunden und Verwandten.
Unzusammenhängende Gedanken präsentierten sich mir, um

gebilligt zu werden; oder ausgewählt; oder was Sie wollen. – Wie Superman war mir die Fähigkeit des Röntgenblicks gegeben; anders als Superman hatte sie mir jedoch gezeigt, daß mein Vater der böseste Mensch auf Erden war. Übrigens, wenn Renegada und Felicitas keine Halbschwestern waren, wie lautete dann wohl ihr Name? Lorenço, del Toboso, de Malindrania, Carculiambro? ... Aber mein Vater, ich spreche von meinem Vater Abraham, der die Untersuchung von Auroras geheimnisvollem Tod befohlen hatte, der sie nicht ruhen lassen konnte und ihren Geist in seinem Himmelsgarten umgehen sah – war da etwa sein schlechtes Gewissen am Werk gewesen, oder gehörte das auch zu seinem großen, kaltblütigen Plan? Abraham, der mir mitgeteilt hatte, daß Chhaggan Five-in-a-Bite eine eidesstattliche Erklärung bei Dom Minto hinterlegt hatte, die allerdings nie aufgetaucht, für mich jedoch Anlaß gewesen war, einen Mann totzuknüppeln. – Und Gottfried Helsing? Konnte es sein, daß ihm die Wahrheit über die Larios-Sisters nicht bekannt war – oder war seine Gleichgültigkeit so groß, daß er keinen Grund sah, mir diese Information zu geben? War bei den Parasiten von Benengeli der Sinn für menschliche Gemeinschaft so verkümmert, daß ein Mensch nicht eine Spur von Verantwortung für das Schicksal seiner Mitmenschen empfand? – Jawohl, totgeknüppelt, sage ich, totgeknüppelt. Auf sein Gesicht eingeschlagen, bis es kein Gesicht mehr war. Und auch Chhaggan wurde in einer Gosse gefunden; Sammy Hazaré wurde dieses Verbrechens verdächtigt, aber vielleicht war ja eine ungesehene Hand am Werk gewesen. – Also, wie zum Teufel hießen die Schauspieler noch, die den Maskierten und den Indianer spielten? A-B-C-D-E-F-J – jawohl, Jay, und nicht Silberkugeln, sondern Silverheels, Chief Jay Silverheels hatte den Tonto gespielt und Clayton Moore den Lone Ranger. – O Abraham! Wie bereitwillig hast du deinen Sohn auf dem Altar deines Zorns geopfert! Wen hast du bezahlt, den vergifteten Pfeil abzuschießen? *Gab* es überhaupt einen solchen Pfeil, oder wurden schlüpfrigere Methoden angewandt – ein kleiner Tupfer Vaseline hätte dir die Mordtat abgenommen, nur ein Tupfer an der richtigen Stelle, so leicht aufgetragen, so schnell entfernt; warum soll ich schließlich ein einziges Wort von dieser Minto-Story glauben? Oh, ich versank in Phantasien und war rings von Mord umgeben. – Meine Welt war wahnsinnig geworden, und ich war wahnsinnig in ihr; was sollte ich Vasco vorwerfen, wenn die Zogoibys einander und ihrer unglückseligen Zeit einen solchen Wahnsinn antaten? – Und Mynah, meine Schwester Mynah, bei einer früheren Explosion umgekommen; Mynah, die einen betrügerischen Politiker ins Gefängnis gebracht und ihren Vater gezwungen hatte, hohe Unkosten auf sich zu nehmen! War es möglich, daß auch die Tochter von der Hand des Vaters gestorben war – konnte das Daddyjis Generalprobe für die spätere Vernichtung seiner Ehefrau gewesen sein? – Und Aurora: War sie schuldig oder unschuldig gewesen? Sie hielt mich für schuldig, obwohl ich unschuldig war; sollte ich es da nicht vermeiden, in die gleiche Falle zu gehen? Hatte sie Abraham, indem sie ihm untreu war, wirklich Anlaß für wütende Eifersucht gegeben – so daß er sie, nachdem er ein Leben lang in ihrem Schatten gestanden und jeder ihrer Launen nachgegeben hatte (um dann im Verlauf seines restlichen Lebens monströs, omnipotent, diabolisch zu werden), getötet und das Geheimnis ihres Todes anschließend benutzt hatte, um mich irrezuführen, damit ich wiederum seinen Feind erschlug? – Wie soll man, wenn die Vergangenheit vergangen ist, wenn alles explodiert und in Scherben gegangen ist, Schuld zuweisen? Wie in den Ruinen eines Lebens Sinn finden? – Eines stand fest: Ich hatte mich vom Schicksal und von meinen Eltern zum Narren machen lassen. – Dieser Boden ist ein kalter Boden. Ich sollte mich von diesem Boden erheben. Da drüben steht noch immer ein Fettwanst, der mit einer Pistole auf mein Herz zielt.

2

Ich kann sie nicht mehr zählen, die Tage, die vergangen sind, seit ich meine Gefängnisstrafe im obersten Raum von Vasco Mirandas wahnwitziger Festung in dem andalusischen Bergnest Benengeli angetreten habe, doch nun, da sie vorüber sind, muß ich meine Erinnerungen an dieses grauenvolle Leben im Kerker niederschreiben, und sei es auch nur, um die heldenhafte Rolle zu würdigen, die meine Mitgefangene dabei spielte, denn ohne ihre Courage, ihre Erfindungsgabe und Gelassenheit wäre ich jetzt bestimmt nicht mehr am Leben und könnte meinen Bericht nicht anfertigen. An jenem Tag, an dem ich so viele Dinge entdeckt habe, entdeckte ich nämlich auch, daß ich nicht das einzige Opfer von Vasco Mirandas krankhafter Besessenheit von meiner verstorbenen Mutter war. Es gab eine zweite Geisel.

Noch war ich von den Enthüllungen des Röntgenraumes bis in die Grundfesten meines Seins erschüttert, da befahl mir Vasco weiterzuklettern. Und so gelangte ich in jene kreisrunde Zelle, in der ich so lange dahinvegetieren sollte, betäubt von dem gräßlichen Lärm, der aus hohen, an der Wand befestigten Lautsprechern drang, fest überzeugt von meinem unmittelbar bevorstehenden Tod und nur getröstet von dieser erstaunlichen Frau, die meine Zeit der Finsternis durchdrang wie der erlösende Strahl eines Leuchtturms. An sie klammerte ich mich, und nur durch sie ging ich nicht unter.

Auch in der Mitte dieses Raums stand ein Gemälde auf einer Staffelei: Vascos eigener Boabdil, der weinerliche Reiter, war unter Tränen ebenfalls nach Spanien galoppiert; er hatte das Haus seines Käufers C. J. Bhabha verlassen, um zu seinem Schöpfer zurückzukehren. Alles, was in *Elephanta* entstanden war, war inzwischen in Benengeli gelandet: Mord, Rachsucht und Kunst. Vascos erste Arbeit auf Leinwand und Auroras letzte, sein Neubeginn und ihr tragischer Abschluß: zwei gestohlene

Gemälde, die beide dasselbe Thema behandelten, und unter jedem war ein Teil meiner Eltern versteckt. (Die übrigen gestohlenen »Moors« bekam ich nie zu Gesicht. Vasco behauptete, sie zerhackt und zusammen mit den Verpackungskisten verbrannt zu haben; er habe sie lediglich gestohlen, erklärte er, um die Tatsache zu kaschieren, daß nur *Des Mauren letzter Seufzer* das Bild war, auf das er es abgesehen hatte.)

Die Röntgenaufnahmen in einem tieferen Kreis dieser emporstrebenden Hölle beschuldigten Abraham Zogoiby, für die verborgene Aurora reichten Fotos jedoch nicht aus. Vascos Moor wurde zerstört, wurde Farbschuppe um Farbschuppe von der Leinwand entfernt; und allmählich tauchte das Bild meiner Mutter als junge Frau, diese barbrüstige Madonna-ohne-Kind, die Abraham früher einmal so heftig erzürnt hatte, aus seiner langen Gefangenschaft auf. Doch diese Befreiung ging auf Kosten der Befreierin. Denn es dauerte nicht lange, bis mir auffiel, daß die Frau, die vor der Staffelei stand, Farbschuppen von der Leinwand pickte und auf einen Teller legte, an die rote Steinmauer gekettet war – mit einem Fußeisen!

Sie war japanischer Herkunft, hatte einen großen Teil ihres Berufslebens jedoch als Restauratorin von Bildern in den großen europäischen Museen verbracht. Dann heiratete sie einen spanischen Diplomaten, einen gewissen Benet, und zog mit ihm um die Welt, bis ihre Ehe schließlich in die Brüche ging. Aus heiterem Himmel hatte Vasco Miranda sie – mit der Behauptung, sie sei ihm wärmstens empfohlen worden – in der Fundación Joan Miró in Barcelona angerufen und eingeladen, ihn in Benengeli zu besuchen, um gewisse Palimpsest-Gemälde zu untersuchen, die er vor kurzem erworben habe, und ihn in diesem Zusammenhang zu beraten. Obwohl sie sein Werk keineswegs bewunderte, hatte sie es für unmöglich gehalten, die Einladung abzulehnen, ohne ihn zu kränken; und außerdem war sie neugierig und gespannt darauf, einen Blick hinter die hohen Mauern seiner legendären Festung zu werfen und möglicherweise zu entdecken, was hinter der Maske des bekannten Einsiedlers steckte. Als sie in der Little Alhambra eintraf – mit ihrem Arbeitsgerät, wie er es ausdrücklich verlangt hatte –, zeigte er ihr seinen selbstverfertigten *Mauren* und die Röntgenbilder des Porträts darunter; und fragte sie, ob es im Bereich der Möglichkeit liege, die darunter verborgenen Gemälde zu exhumieren, indem man die oberste Farbschicht entfernte.

»Es wäre zwar gefährlich, aber möglich ist es, ja«, antwortete sie, nachdem sie die Bilder kurz untersucht hatte. »Nur werden Sie doch sicher nicht wollen, daß Ihre eigene Arbeit zerstört wird.«

»Genau deswegen habe ich Sie hergebeten«, gab er zurück.

Sie hatte sich geweigert. Obwohl sie Vascos *Mauren*, ein Bild, das sie für wenig wertvoll hielt, nicht mochte, war die Aussicht, Wochen, vielleicht sogar Monate auf die Vernichtung statt die Erhaltung eines Kunstwerks zu verschwenden, sehr wenig attraktiv für sie. Sie formulierte ihre Absage höflich und taktvoll, löste bei Miranda aber dennoch einen Wutanfall aus. »Das ganze Geld wollen Sie – ist es das?« fragte er und bot ihr eine Summe von einer so absurden Höhe, daß sie ihre Besorgnis hinsichtlich seines Geisteszustands bestätigt sah. Bei ihrer zweiten Weigerung hatte er dann eine Pistole gezogen, und so hatte ihre Kerkerhaft begonnen. Er werde sie nicht eher freilassen, erklärte er ihr, bis sie ihre Aufgabe beendet habe; sollte sie sich weigern, diese auszuführen, werde er sie abknallen »wie einen Hund«. Damit begann ihre Zwangsarbeit.

In ihrer Zelle betrachtete ich nun staunend ihre Ketten. Welch ein willfähriger Mensch mußte dieser Schmied sein, wenn er derartige Dinge ohne Verdacht zu schöpfen in einem Privathaus installierte! Dann fiel mir sein Zuruf wieder ein – *Noch imme' frei, eh? Wart nur, bal', bal',* und augenblicklich kehrte der Gedanke an eine grandiose Verschwörung zurück und begann erneut an mir zu nagen.

»Gesellschaft für Sie«, erklärte Vasco der Frau. Dann wandte

– 562 –

er sich wieder an mich und verkündete, daß er meine Hinrichtung aufgrund unserer alten Bekanntschaft und seiner gutmütigen, schrulligen Art vorerst noch einmal aufschieben werde. »Lassen wir doch die guten alten Zeiten wiederaufleben«, schlug er munter vor. »Bevor die Zogoibys endgültig vom Gesicht der Erde verschwinden – und am Sohn Vergeltung geübt wird für die Untaten des Vaters, jawohl, und auch der Mutter –, soll der letzte des Geschlechts ihre ganze sündhafte Saga erzählen.« Von da an brachte er mir jeden Tag Bleistift und Papier. Er machte eine männliche Scheherezade aus mir. Solange meine Erzählung sein Interesse fand, wollte er mich gnädigst am Leben lassen.

Meine Mitgefangene gab mir einen guten Rat. »Ziehen Sie den Bericht in die Länge!« sagte sie. »Genau dasselbe mache ich auch. Mit jedem Tag, den wir am Leben bleiben, verbessern wir unsere Rettungschancen.« Auch sie war ins soziale Leben eingebunden gewesen – Arbeit, Freunde, ein Zuhause –, und ihr Verschwinden würde mit Sicherheit irgendwann Verdacht erregen. Vasco wußte das und hatte sie daher gezwungen, Briefe und Ansichtskarten harmlosen Inhalts zu schreiben, sich vom Arbeitgeber unbezahlten Urlaub geben zu lassen und ihrem Bekanntenkreis mitzuteilen, die »Faszination« der geheimen Welt des berühmten V. Miranda lasse sie einfach nicht mehr los. Diese Manöver würden Nachforschungen nach ihrem Verbleib zwar hinauszögern, aber nicht auf ewig, denn sie hatte bewußt einige Fehler in die Briefe geschmuggelt, indem sie zum Beispiel den Geliebten einer Freundin oder ein Haustier bei einem falschen Namen nannte; früher oder später also mußte jemand Verdacht schöpfen. Als ich das hörte, geriet ich ganz außerordentlich in Erregung, denn die Mutlosigkeit, die mich nach Vascos Röntgenenthüllungen ergriff, hatte mich an jeder Rettung verzweifeln lassen. Nun belebte mich neue Hoffnung, und ich wurde ganz aufgeregt vor freudiger Erwartung. Doch meine Mitgefangene holte mich rasch auf den Boden der Tatsachen zurück. »Es ist ein Langzeitplan«, warnte sie mich. »Im großen und ganzen sind die Menschen doch schrecklich unaufmerksam. Sie lesen nicht gründlich, sondern überfliegen die Zeilen nur. Und da sie nicht darauf gefaßt sind, kodierte Nachrichten zu erhalten, entdecken sie möglicherweise auch keine.« Um ihre Ausführungen zu erläutern, erzählte sie mir eine Geschichte. Im Jahre 1968, während des Prager Frühlings, hatte ein amerikanischer Kollege von ihr eine Gruppe Kunststudenten in die CSSR begleitet. Als die russischen Panzer in die Stadt rollten, waren sie alle auf dem Wenzelsplatz. Im Verlauf der darauffolgenden Unruhen hatte der amerikanische Lehrer zu jenen gehört, die von den Besatzungstruppen willkürlich verhaftet wurden. Er mußte zwei Tage im Gefängnis verbringen, bevor der amerikanische Konsul seine Freilassung erreichte. Während dieser Tage hatte er in seiner Zelle, eingeritzt in die Wand, einen Klopf-Kode entdeckt und sofort eifrig begonnen, Nachrichten an denjenigen zu übermitteln, der sich auf der anderen Seite der Wand befand. Nachdem er ungefähr eine Stunde lang geklopft hatte, war plötzlich die Zellentür aufgestoßen worden, und ein belustigter Wächter war zu ihm hereingekommen, um ihm in unflätigem, gebrochenem Englisch zu sagen, sein Nachbar wünsche, er solle »verdammt noch mal aufhören«, weil ihm nämlich »kein Mensch diesen Scheiß-Kode verraten« habe.

»Außerdem«, fuhr sie kühl fort, »wer sagt uns denn, daß Miranda es, selbst wenn Hilfe kommt – sogar wenn die Polizei versucht, die Tore dieses gräßlichen Bauwerks einzurammen –, zulassen wird, daß man uns lebendig hier rausholt? Im Moment lebt er voll und ganz für den gegenwärtigen Augenblick und hat die Ketten der Zukunft abgestreift. Aber wenn dieses Morgen kommt und er sich gezwungen sieht, sich ihm zu stellen, könnte er es, wie all diese Sektenführer, von denen man heutzutage immer häufiger hört, vorziehen zu sterben, und dann wird er uns höchstwahrscheinlich allesamt mitnehmen wollen: Miss Renegada, Miss Felicitas, mich und Sie sicher ebenfalls.«

– 564 –

Wir begegneten uns so nahe dem Ende unserer Geschichte, daß ich ihr nicht gerecht werden kann. Ich habe weder Zeit noch Raum, ihr den Gefallen zu tun und sie sozusagen in Lebensgröße abzubilden; obwohl auch sie ihr Leben gelebt hatte, auch sie liebte und geliebt wurde, ein menschliches Wesen war und nicht nur eine Gefangene in diesem verhaßten Raum, dessen dickwandige Kälte uns in der Nacht zittern ließ, selbst wenn wir uns, um uns wenigstens etwas zu wärmen, aneinanderkuschelten und in meinen Ledermantel wickelten. An dieser Stelle ihre Geschichte zu erzählen, ist mir nicht möglich – ich kann nur ihrer selbstlosen Stärke Tribut zollen, mit der sie mich in jenen endlosen Nächten in den Armen hielt, während ich bereits spürte, wie der Tod sich näherte, und schier am Verzweifeln war. Und ich kann nur schildern, was sie mir ins Ohr flüsterte, wie sie mir etwas vorsang und mit mir scherzte. Sie hatte andere, freundlichere Mauern kennengelernt, hatte durch andere Fenster geblickt als durch diese Rasiermesserschlitze im roten Gestein, durch die täglich Gefängnisgitterstangen aus Licht quer über unseren Käfig fielen und durch die kein Hilfeschrei den Weg nach draußen fand. Von jedem anderen Fenster aus hätte sie wenigstens rufen können, nach Freunden oder Verwandten; hier blieb ihr selbst das verwehrt.

Folgendes kann ich sagen. Ihr Name war ein Wunder aus Vokalen. Aoi Uë: Auf diese Weise gruppiert, wurde aus den fünf formenden Lauten der Sprache – sie. Sie war winzig, schlank, blaß. Ihr Gesicht war ein glattes faltenloses Oval, dem zwei strichfeine Augenbrauen, ungewöhnlich hoch plaziert, einen ständigen Ausdruck leichten Erstaunens verliehen. Es war ein altersloses Gesicht. Sie hätte alles sein können, von dreißig bis sechzig. Gottfried Helsing hatte von einem »hübschen, kleinen Ding« gesprochen, Renegada Larios – oder wie immer sie wirklich heißen mochte – von einer Frau »Typ Bohemienne«. Beide Beschreibungen lagen ganz leicht daneben. Sie war kein junges

Ding, sondern eine reife, beherrschte Frau – ja, in der Welt draußen hätte ihre Selbstbeherrschung tatsächlich ein wenig beunruhigend wirken können, in der Enge unseres tödlichen Kreises wurde sie jedoch zu meinem Rettungsanker, zu meiner Nahrung bei Tag und meinem Kopfkissen bei Nacht. Auch war sie nicht der leichtfertige Aussteigertyp, sondern sogar ein überaus ordentlicher Mensch. Ihre Förmlichkeit, ihre Präzision weckten in mir ein altes Ich, erinnerten mich daran, wie sehr auch ich mich einst an die Vorstellung von Sauberkeit und Ordnung geklammert hatte, damals, in den Kindertagen, ehe ich vor den Erfordernissen kapitulierte, die in meiner brutalen, verwachsenen Faust erwachten. In der grauenhaften Atmosphäre unseres Daseins an der Kette erwiesen sich diese, ihre Stärken als unverzichtbare Disziplinen, und ich leistete ihr, ohne zu fragen, Gefolgschaft.

Sie bestimmte unsere Tage, indem sie einen Stundenplan aufstellte, an dem wir rigoros festhielten. Jeden Morgen wurden wir von einer Stunde jener »Musik« geweckt, die Miranda hartnäckig »asiatisch«, ja sogar »japanisch« nannte, doch falls die Japanerin, die er gefangenhielt, derartige Bezeichnungen als Beleidigung empfand, tat sie Vasco kein einziges Mal den Gefallen, ihre Verärgerung zu zeigen. Der Lärm erschreckte und schmerzte, doch während er anhielt, erledigten wir gemäß Aois Vorschlag unsere täglichen intimen Verrichtungen. Abwechselnd wandten wir den Blick ab, legten uns so, daß wir die Wand anstarrten, während der andere in einen der beiden Latrineneimer, die Vasco, alptraumhaftester aller Gefängniswärter, uns zur Verfügung gestellt hatte, seine Notdurft verrichtete; und der Krach, der unsere Ohren fast sprengte, ersparte jedem von uns die Geräusche des anderen. (Wir erhielten von Zeit zu Zeit ein paar Quadrate aus grobem, braunem Papier, mit denen wir uns säubern sollten, und diese Blätter hüteten und verteidigten wir, wie Drachen ihre Schätze verteidigen.) Anschließend wuschen wir uns in den Aluminiumschüsseln, die uns einmal am Tag eine der beiden Larios-Sisters, zusammen mit einem Krug Wasser, heraufbrachte. Felicitas und Renegada zeigten bei diesen Besuchen steinerne Mienen, lehnten jede Bitte ab, ignorierten alle Proteste und Beschimpfungen. »Wie weit wollt ihr noch gehen?« schrie ich sie an. »Wie weit, für diesen fetten Wahnsinnigen? Bis zum Mord? Bis zum bitteren Ende? Oder steigt ihr eine Station früher aus auf dieser Höllenfahrt?« Derartigen Fragen gegenüber verhielten sie sich unbeteiligt, unerbittlich, taub. Wieder erteilte mir Aoi Uë eine Lektion: Nur wenn man in einer Situation wie der unseren stumm bleibe, könne man sich den notwendigen Selbstrespekt bewahren. Von da an ließ ich Mirandas Weiber schweigend kommen und gehen.

Sobald die Musik endete, machten wir uns an die Arbeit: Aoi an ihre Farbschuppen, ich an diese Seiten. Trotz unserer Pflichtaufgaben ließen wir uns jedoch Zeit für Konversationsstunden, in denen wir, so lautete unsere Übereinkunft, über alles sprachen außer über unsere eigene Lage; sowie für kurze, tägliche »geschäftliche« Unterredungen, bei denen wir unsere Möglichkeiten erwogen und provisorisch sogar von Flucht sprachen; und für Gymnastikstunden; und für Stunden des Alleinseins, während der wir nicht redeten, sondern jeder für sich allein dasaßen und unser bröckelndes Ego pflegten. All das diente dazu, Menschlichkeit zu bewahren und zu verhindern, daß wir uns nur noch über unsere Gefangenschaft definierten. »Wir sind größer als dieses Gefängnis«, sagte Aoi. »Wir dürfen nicht kleiner werden, nur um in seine kleinen Mauern zu passen. Wir dürfen keine Geister werden, die in dieser albernen Festung spuken.« Wir spielten auch Spiele – Wortspiele, Memory-Spiele, Backe-backe-Kuchen. Und immer wieder umarmten wir einander ohne jedes sexuelle Motiv. Manchmal ließ Aoi sich gehen, zitterte und weinte, und ich ließ sie zittern und weinen. Häufiger aber leistete sie mir diesen Dienst. Denn ich fühlte mich alt und ausgelaugt; meine Atemprobleme waren zurückgekehrt, schlimmer denn je, zumal ich keine Medikamente hatte und mir auch keine besorgt wurden. Schwindelnd, schmerzgepeinigt begriff ich, daß mein Körper mir eine einfache, unwiderrufliche Botschaft sandte: Mein Auftritt auf der Bühne der Welt war so gut wie beendet.

Ein einziger Teil des Tages konnte nicht vorausbestimmt werden, und das war Mirandas Besuch. Denn er kam jeden Tag, um Aois Fortschritte zu kontrollieren, mein tägliches Seitenpensum mitzunehmen und mir, falls nötig, neues Papier und neue Bleistifte zu bringen. Dabei amüsierte er sich auf unsere Kosten. Er habe Kosenamen für uns, verkündete er einmal, denn schließlich seien wir nichts anderes als seine Schoßtiere, angekettet und eingesperrt, in Hund und Hündin verwandelt. »Also, Moor ist natürlich Moor«, sagte er. »Aber Sie, meine Liebe, werden von nun an seine Chimène sein.«

Ich erzählte Aoi Uë von meiner Mutter, die sie von den Toten zurückzuholen versuchte – und von der Bildersequenz, auf der eine andere Chimène einen anderen Moor kennengelernt, geliebt und betrogen hatte. Aoi antwortete: »Wissen Sie, ich habe einen Mann geliebt; Benet, meinen Ehemann. Aber er hat mich oft betrogen, in vielen Ländern, er konnte nicht anders. Er liebte mich und hinterging mich, ohne je aufzuhören, mich zu lieben. Zum Schluß war ich es, die ihn nicht mehr liebte und ihn verließ: nicht, weil er mich betrog – daran hatte ich mich gewöhnt –, sondern weil gewisse Gewohnheiten, die er besaß und die mich schon immer geärgert hatten, meine Liebe einfach getötet hatten. Kleinigkeiten. Die Hingabe, mit der er sich in der Nase bohrte. Die endlose Zeit, die er im Bad verbrachte, während ich im Bett auf ihn wartete. Seine Weigerung, mir auch nur einmal liebevoll zuzulächeln, wenn wir in Gesellschaft waren. Petitessen; oder nicht? Was meinen Sie – war mein Verrat möglicherweise schlimmer als der seine, oder ebenso schlimm? Lassen wir das. Ich möchte nur betonen, daß unsere Liebe noch immer das Wichtigste in meinem Leben ist. Auch eine gescheiterte Liebe ist kostbar, und jene, die sich von vornherein für die

Lieblosigkeit entschieden haben, haben bestimmt keinen Sieg errungen.«

Gescheiterte Liebe … O herzzerreißendes Echo aus der Vergangenheit! Auf meinem kleinen Tisch in dieser Todeszelle umwarb der junge Abraham Zogoiby seine Gewürzerbin und verbündete sich mit Liebe und Schönheit gegen die Mächte des Hasses und der Häßlichkeit; aber stimmte das überhaupt, oder füllte ich die Sprechblasen meines Vaters mit Aois Worten? Genauso, wie ich bei Nacht noch immer davon träumte, gehäutet zu werden; wenn ich also Oliver d'Aeth' ganz ähnliche Visionen niederschrieb oder die Masturbationsgedanken Carmen da Gamas vor langer Zeit, wenn sie sich auf meinen Befehl und in der Intimität ihrer eigenen Phantasie nach der Peitsche und der Vernichtung sehnte – was war sie dann anderes als ein Produkt meiner Erfindung? Genau wie sie alle; wie sie es sein *mußten,* weil sie keine andere Möglichkeit des Existierens hatten als durch meine Worte.

Und auch ich kannte die gescheiterte Liebe. Früher einmal hatte ich Vasco Miranda geliebt. Jawohl, so war es. Der Mann, der mich umbringen wollte, war ein Mensch, den ich geliebt hatte … aber ich hatte noch einen weit größeren Verlust erlitten.

Uma, Uma. »Was ist, wenn die Frau, die ich liebe, in Wirklichkeit gar nicht existiert?« fragte ich Aoi. »Was ist, wenn sie sich aus ihrer Wahrnehmung meiner Bedürfnisse heraus selbst erschafft – was ist, wenn sie betrügerisch die Rolle einer Person spielt, der ich nicht widerstehen kann, noch nie widerstehen konnte, die nämlich meiner Traum-Liebe; was ist, wenn ich sie liebe, *damit sie mich betrügen kann* – wenn Betrug nicht das Versagen der Liebe, sondern von Anfang an der Zweck der ganzen Übung gewesen ist?«

»Immerhin haben Sie sie geliebt«, entgegnete Aoi. »*Sie* haben keine Rolle gespielt.«

»Ja, aber …«

»Und selbst wenn«, sagte sie energisch. »Selbst wenn – verstehen Sie?«

»He, Moor!« sagte Vasco. »In der Zeitung hab' ich gelesen, daß ein paar Leute in Frankreich eine Wunderdroge entwickelt haben. Sie verlangsamt den Alterungsprozeß, *men*, stell dir das vor! Haut bleibt elastischer, Knochen bleiben knochiger, die Organe halten länger, und das allgemeine Wohlbefinden wie auch die geistige Beweglichkeit bei den Alten werden gefördert. Die klinischen Tests mit Freiwilligen sollen schon bald beginnen. Schade; leider zu spät für dich.«

»Ja, ja«, gab ich zurück. »Danke für dein Mitgefühl.«

»Lies doch selbst!« sagte er und reichte mir den Zeitungsausschnitt. »Klingt wie das Lebenselixier. *Boy*, mußt du dir jetzt frustriert vorkommen!«

Und in der Nacht kamen die Kakerlaken. Unser Schlafplatz war eine mit Sackleinen bezogene Strohmatratze, aus der die Viecher im Dunkeln hervorgekrabbelt kamen, so wie es eben die Art der Kakerlaken ist, die sich selbst durch haarfeine Risse des Universums zwängen. Anfangs erschauerte ich vor Ekel, wenn ich spürte, wie sie mir über den ganzen Körper krochen, wie schmutzige Finger, ich sprang auf, stampfte und schlug blindlings um mich, weinte heiße, angewiderte Tränen, und mein Atem ging rasselnd wie ein Eselsschrei, *i-aaaa.* »Nicht doch, nicht«, tröstete mich Aoi, wenn ich danach zitternd in ihren Armen lag. »Nicht doch! Sie müssen lernen, das aus sich herauszulassen. Lassen Sie die Angst, die Scham einfach aus sich heraus.« Sie, die im normalen Leben gewiß eine zarte, empfindliche Frau war, ging mir mit gutem Beispiel voran; niemals zuckte sie zusammen oder jammerte, und ihre eiserne Disziplin geriet selbst dann nicht ins Wanken, wenn die Kakerlaken versuchten, in ihre Haare zu kriechen. Und ganz allmählich lernte ich von ihr.

Als Lehrerin erinnerte sie mich an Dilly Hormus; bei ihrer Arbeit war sie dagegen eine Wiedergeburt von Zeenat Vakil. Es sei der Firnis, der ihr diese Arbeit erleichtere, erklärte sie mir: Jener dünne Film, der das frühere Bild vom späteren trennte. Zwei Welten standen auf ihrer Staffelei, getrennt durch etwas Unsichtbares, das ihre letztliche Trennung ermöglichte. Bei dieser Trennung wurde die eine Welt jedoch vollkommen zerstört, während die andere nur allzuleicht beschädigt werden konnte. »O ja, sehr leicht!« sagte Aoi. »Wenn meine Hand auch nur vor Angst zittert, ist es schon passiert.« Sie war gut darin, praktische Gründe zu finden, warum sie keine Angst haben dürfe.

Meine eigene Welt hatte in Flammen gestanden. Ich hatte versucht, aus ihr herauszuspringen, war aber mitten im Feuer gelandet. Ihr Leben jedoch, das von Aoi, hatte diese Klimax nicht verdient. Sie war eine Wanderin gewesen und hatte ihren Teil Schmerz erlitten, aber wie gelassen wirkte sie in ihrer Wurzellosigkeit, wie sehr in sich selbst ruhend!

So wenig Aoi ihr Schicksal verdient hatte – sie stellte sich ihm. Und ließ Vasco eine sehr lange Zeit ihre Angst nicht erkennen.

Aber wovor hatte Aoi Uë Angst? Vor mir, lieber Leser; vor mir. Ich war es. Nicht aufgrund meiner äußeren Erscheinung, auch nicht aufgrund meiner Taten. Doch wenn sie las, was ich geschrieben hatte, bevor Vasco es mitnahm, wenn sie die volle Wahrheit über die Geschichte las, in die sie auf so unfaire Weise hineingezogen worden war, begann sie zu zittern. Ihr Entsetzen darüber, was wir Da-Gama-Zogoibys einander im Laufe der Epochen angetan hatten, war um so größer, als es ihr zeigte, was wir einander immer noch anzutun vermochten; uns selbst, und ihr. An den schrecklichsten Stellen der Erzählung barg sie das Gesicht in den Händen und schüttelte den Kopf. Ich aber, der ich ihre Gelassenheit brauchte, der ich mich an ihre Selbstbeherrschung klammerte wie an einen Rettungsring, erkannte voller Verzweiflung, daß ich für dieses Angstzittern selbst verantwortlich war.

»War es denn ein so schlechtes Leben?« fragte ich sie kläglich wie ein Kind, das vor seiner Schulmeisterin steht. »War es wirklich so furchtbar schlecht?«

Ich sah die Episoden vor ihrem inneren Auge vorüberziehen – der Brand der Gewürzfelder, Epifania, die in der Kapelle starb, während Aurora zusah. Talkumpuder, Betrug, Mord. »Natürlich war es das«, gab Aoi mit durchdringendem Blick zurück. »Ihr alle ... schrecklich, schrecklich!« Und dann, nach einer Pause: »Hättet ihr nicht einfach alle ... friedlicher sein können?«

Da lag sie, die Geschichte unserer Familie in Kurzfassung, unsere Tragödie, von Clowns gespielt. Ritzt sie ein in unsere Grabsteine, flüstert sie in den Wind: Diese da Gamas! Und diese Zogoibys! Sie konnten es einfach nicht – *friedlicher werden.*

Wir waren Konsonanten ohne Vokale: schroff, ohne feste Form. Vielleicht, wenn wir Aoi gehabt hätten, uns zu dirigieren, unsere Lady von den Vokalen. Dann vielleicht. Vielleicht würde sie in einem anderen Leben, an einer Weggabelung, zu uns kommen, und wir würden alle gerettet. Es gibt da in uns, in uns allen, ein gewisses Maß an Heiterkeit, an Möglichkeiten. Damit beginnen wir, aber genauso mit einer dunklen Gegenmacht, und diese beiden verbringen sodann unser ganzes Leben damit, einander zu bekriegen, und wenn wir Glück haben, geht dieser Kampf unentschieden aus.

Ich selbst? Ich habe niemals die richtige Hilfe erhalten. Und habe niemals meine Chimène gefunden – bis jetzt.

Als es dem Ende zuging, zog Aoi sich von mir zurück, sagte, sie wolle nichts mehr lesen; las es aber dennoch und empfand mit jedem Tag ein bißchen mehr Entsetzen, ein bißchen mehr Abscheu. Ich bat sie um Verzeihung, erklärte ihr (weil meine verrückten katholisch-jüdischen Verwirrtheiten mich bis ans Ende begleiteten!), daß ich ihre Absolution brauche. »Dazu bin

ich nicht befugt«, sagte sie. »Wenden Sie sich an einen Priester!«
Von da an herrschte eine gewisse Distanz zwischen uns.

Während sich unsere Aufgaben dem Ende näherten, hing die Angst über uns und tropfte uns in die Augen. Ich hatte lange Hustenkrämpfe, bei denen ich, würgend und mit wässernden Augen, beinah auf ein Ende dieser Art hoffte, das Miranda um seinen großen Preis gebracht hätte. Meine Hand zitterte über dem Papier, und auch Aoi mußte oft in ihrer Arbeit innehalten, um sich mit klirrenden Ketten davonzuschleppen, an einer Mauer zusammenzukauern und ihre Selbstbeherrschung zurückzugewinnen. Jetzt erschrak auch ich, denn es ist in der Tat entsetzlich, mit ansehen zu müssen, wie eine so starke Frau schwach wird. Doch wenn ich sie während jener letzten Tage zu trösten suchte, stieß sie meinen Arm von sich. Und Miranda sah das natürlich alles mit an, ihre Schwäche und unsere Entfremdung; er weidete sich an unserem Zusammenbruch und höhnte: »Vielleicht tu' ich's noch heute – Ja, ja! – Ach nein, vielleicht doch lieber erst morgen.« Es war ihm gleichgültig, wie ich ihn darstellte, und zweimal geschah es, daß er mir seine Pistole an die Schläfe setzte und abdrückte. Jedesmal war das Magazin leer und glücklicherweise auch mein Gedärm; denn sonst wäre es mit Sicherheit zu einer tiefen Demütigung in meiner Hose gekommen.

»Er wird es nicht tun«, redete ich mir ein, wieder und wieder. »Er wird nicht, er wird nicht, er wird nicht.«

Aoi Uë brach zusammen. »Selbstverständlich wird er es tun, du Bastard!« kreischte sie, vor Grauen und Wut aufstoßend. »Er ist verrückt, völlig verrückt, und sticht sich N-Nadeln in den Arm!«

Sie hatte natürlich recht. Dieser verwirrte Vasco der letzten Jahre war zu einem schwer Abhängigen geworden. Miranda von der verlorenen Nadel hatte viele neue gefunden. Also würde er, wenn er kam, um uns das Ende zu bringen, den Mut in den Adern haben, den der Rausch mitbringt. Auf einmal fiel mir

wieder ein – und ein Schauder überlief mich –, wie er an dem
Tag ausgesehen hatte, an dem er meinen Bericht über Abraham
Zogoibys Abenteuer mit dem Kinderpflege-Busineß las; wieder
sah ich das schiefe Grinsen auf seinem Gesicht, als er sich über
uns lustig machte, und hörte mit einer erschreckenden, neuen
Erkenntnis seine Stimme auf der Treppe, als er beim Hinabstei-
gen sang:

Baby Softo, sing it louder,
Softo-pofto talcum powder
Bestest babies are allowed-a
Softer Baby Softo.

Selbstverständlich würde er uns töten. Ich stellte mir vor, daß er
sich – durch die Gewalttat von seinem Haß befreit – zwischen
unsere beiden Leichen setzen und zu dem bloßgelegten Porträt
meiner Mutter emporblicken würde: endlich mit der geliebten
Frau vereint! Und dann würde er mit Aurora zusammen warten,
bis sie ihn abholen kamen. Und würde die letzte Silberkugel
vielleicht sich selber geben.

Es kam keine Hilfe. Kein Kode wurde geknackt, Salvador Medina argwöhnte nichts, die Larios-Sisters hielten getreulich zu
ihrem Herrn. Ist das eine Talkumpuder-Loyalität, fragte ich
mich; halten sie's auch mit dieser Art von Nadelarbeit?

Meine Geschichte war in Benengeli angelangt, und meine
Mutter, die nichts in den Armen hielt, sah mich von der Staffelei
aus an. Aoi und ich sprachen kaum noch miteinander; täglich
erwarteten wir das Ende. Manchmal bat ich, während ich wartete, das Porträt meiner Mutter um Antworten auf die großen
Fragen meines Lebens. Ich fragte sie, ob sie wirklich Mirandas
Geliebte gewesen sei, oder die von Raman Fielding, oder die
irgendeines anderen Mannes; ich bat sie um einen Beweis ihrer
Liebe. Aber sie lächelte nur und antwortete nicht.

Oft starrte ich, während Aoi Uë arbeitete, zu ihr hinüber. Zu dieser Frau, die sowohl Vertraute als auch Fremde war. Ich träumte davon, ihr später, wenn wir diesem Schicksal entronnen waren, auf einer Vernissage in einer ausländischen Stadt zu begegnen. Würden wir einander in die Arme sinken oder ohne ein Zeichen des Erkennens aneinander vorbeigehen? Nach den zitternden, klammernden Nächten und den Kakerlaken – würden wir einander alles bedeuten oder nichts? Vielleicht aber noch Schlimmeres als nichts: wenn nämlich ein jeder den anderen an die schrecklichste Zeit seines Lebens erinnerte. Dann nämlich würden wir einander hassen und uns voller Wut abwenden.

Ach, ich bin überall blutbesudelt. Blut klebt an meinen zitternden Händen und an meiner Kleidung. Blut verschmiert diese Worte, während ich sie niederschreibe. Oh, diese Vulgarität, diese grelle Unzweideutigkeit des Blutes! Wie talmihaft sie ist, wie dünn ... Ich denke an Presseberichte über Gewalttaten, an kleine Schreiberlinge, die sich als Mörder entpuppten, an verwesende Leichen, unter Holzdielen im Schlafzimmer oder im Garten vergraben. Es sind die Gesichter der Überlebenden, an die ich mich erinnere: der Ehefrauen, Nachbarn, Freunde. »Gestern war unser Leben reich und bunt«, sagen diese Gesichter zu mir. »Dann geschah diese Greueltat; und nun sind wir nichts als ihre Marionetten, Komparsen in einer Geschichte, zu der wir nicht gehören. Zu der zu gehören wir nicht mal im Traum gedacht hätten. Wir wurden plattgewalzt; reduziert.«

Vierzehn Jahre sind eine Generation; oder auch Zeit genug für eine Erkenntnis. In vierzehn Jahren hätte Vasco Zeit genug gehabt, seine Bitterkeit aus sich herausfließen zu lassen, seinen Boden von Giften zu säubern und neue Früchte heranreifen zu lassen. Aber er hatte sich in dem, was er hinter sich gelassen hatte, nur noch gesuhlt, sich in dem mariniert, was ihn verachtet hatte, und in seiner Galle. Auch er war ein Gefangener in diesem

Haus, seiner größten Kaprice und Torheit, die ihn in seiner Unzulänglichkeit, seiner Unfähigkeit, Auroras Höhen zu erreichen, wie in einer Falle gefangenhielt; er steckte fest in einer kreischenden Endlosschleife der Erinnerungen, einem ohrenbetäubenden Lärm von Gedächtnisbildern, dessen Ton höher und immer höher wurde, bis er Dinge zerspringen ließ. Trommelfelle; Gläser; Leben.

Das, was wir fürchteten, trat ein. Angekettet warteten wir; und es kam. Als ich meine Story bis in den Röntgenraum erzählt hatte und Aurora um die Mittagszeit durch den weinenden Reiter brach, kam er in seinem Sultanskostüm zu uns, auf dem Kopf eine schwarze Mütze, den klirrenden Schlüsselbund am Gürtel, seine Pistole in der Hand, ein Talkumpuder-Shanty summend. Dies ist ein Bombay-Remake eines Westernfilms, dachte ich. Ein Showdown um zwölf Uhr mittags, nur, daß einer von uns nicht bewaffnet ist. *Es ist sinnlos, Tonto. Wir sind umzingelt.*

Sein Gesicht war finster, fremd. »Bitte nicht«, sagte Aoi. »Sie werden es bereuen. Bitte!«

Vasco wandte sich an mich. »Die Lady Chimène bittet um ihr Leben, Moor«, sagte er. »Willst du nicht losreiten, um sie zu retten? Willst du sie nicht bis zum letzten Atemzug verteidigen?«

Sonnenlicht fiel in Streifen auf sein Gesicht. Vascos Augen waren gerötet, sein Arm zitterte. Ich wußte nicht, wovon er sprach.

»Ich bin zu keiner Verteidigung fähig«, gab ich zurück. »Aber befreie mich von den Ketten und leg die Pistole weg, dann werde ich um unser Leben kämpfen.« Mein Atem ging laut keuchend, machte mich wieder einmal zum Tölpel.

»Ein echter Maure«, behauptete Vasco, »würde den Bedroher dieser Lady attackieren, und wenn es für ihn den sicheren Tod bedeutete.« Er hob die Waffe.

»Bitte!« Aoi stand mit dem Rücken zur roten Steinmauer. »Bitte, Moor!«

Schon einmal hatte mich eine Frau gebeten, für sie zu

– 576 –

sterben, und ich hatte mich für das Leben entschieden. Jetzt wurde ich abermals darum gebeten; von einer besseren Frau, die ich weniger liebte. Wie sehr wir doch am Leben hängen! Wenn ich mich auf Vasco stürzte, würde ich ihr Leben damit höchstens um einen Augenblick verlängern; aber wie kostbar erschien dieser Augenblick, wie endlos lang, wie sehnte sie sich danach, und wie verabscheute sie mich dafür, ihr diesen Äon zu verweigern!

»Um Gottes willen, Moor – bitte!«

Nein, dachte ich. Nein, ich tu's nicht.

»Zu spät«, sagte Vasco Miranda vergnügt. »Oh, du falscher, feiger Moor.«

Aoi schrie und lief, soweit die Kette es zuließ, wie von Sinnen durch den Raum. Einen Moment lang war ihr Oberkörper durch das Gemälde verdeckt, und genau in diesem Augenblick schoß Vasco; einmal. Ein Loch erschien in der Leinwand, direkt über Auroras Herzen; aber es war Aoi Uës Brust, die durchschossen worden war. Schwer fiel sie gegen die Staffelei, suchte sich an ihr festzuhalten; und sekundenlang – man stelle sich vor – ergoß sich ihr Blut durch die Wunde in der Brust meiner Mutter. Dann kippte das Porträt nach vorn, die obere rechte Kante krachte auf den Fußboden, das Bild überschlug sich und blieb, blutverschmiert, mit der Vorderseite nach oben liegen. Aoi Uë dagegen lag mit dem Gesicht nach unten und regte sich nicht mehr.

Das Bild war beschädigt. Die Frau war tot.

So war letztlich ich es, der diesen Moment gewonnen hatte, diesen kleinen Moment, so ewig in der Erwartung, so flüchtig rückblickend. Ich wandte den tränenumflorten Blick von Aoi ab. Ich wollte meinem Mörder ins Gesicht sehen.

»*Wohl steht es dir an, wie ein Weib zu beweinen*«, sagte er zu mir, »*was du nicht verteidigen konntest wie ein Mann.*«

Dann zerplatzte er. Buchstäblich. Irgend etwas gurgelte in ihm, unsichtbare Fäden ließen ihn zucken, und die Fluten seines Blutes wurden entfesselt, strömten ihm aus Nase, Mund, Ohren, Augen. – Ich schwöre es! – Blutflecken breiteten sich quer über die Vorder- und Rückseite seiner maurischen Pluderhose aus, er fiel auf die Knie und sank platschend in seine eigenen, tödlichen Lachen. Überall war Blut, und noch mehr Blut, Vascos Blut mischte sich mit dem Aois, Blut schwappte zu meinen Füßen und sickerte unter der Tür hindurch, um die Treppe hinabzutropfen und Abrahams Röntgenbildern die Nachricht zu bringen. – Eine Überdosis, sagen Sie. – Eine Nadel zuviel in seinem Arm habe den mißhandelten Körper dazu gebracht, ein Dutzend Lecks aufbrechen zu lassen. – O nein, dies war etwas viel älteres, war eine viel ältere Nadel, die Nadel der Vergeltung, die ihm eingepflanzt worden war, bevor er je ein Verbrechen begangen hatte; und/oder es war eine Nadel aus dem Märchen, war der Eissplitter, der ihm nach seiner Begegnung mit der Schneekönigin tief im Blut steckte, der Begegnung mit meiner Mutter, die er geliebt und die ihn in den Wahnsinn getrieben hatte.

Im Tod lag er auf seinem Porträt meiner Mutter, und sein letztes Lebensblut verdunkelte die Leinwand. Auch sie war ohne Wiederkehr gegangen, nie wieder würde sie zu mir sprechen, niemals ein Geständnis ablegen, mir niemals wieder das geben, was ich so dringend von ihr brauchte: die Gewißheit ihrer Liebe.

Was mich betraf, so kehrte ich an meinen Tisch zurück und beendete meine Geschichte.

Das harte Gras auf dem Friedhof ist hoch gewachsen und drahtig, und während ich auf dieser Grabplatte sitze, scheine ich auf den gelben Spitzen der Gräser zu ruhen, schwerelos, bar aller Bürde, getragen von einem dichten Büschel wie durch ein Wunder unbiegsamer Halme. Ich habe nicht mehr lange. Meine Atemzüge sind gezählt, umgekehrt wie die Jahre der antiken Welt, und der Countdown bis zur Null ist weit fortgeschritten. Ich habe den letzten Rest meiner Kraft dazu benutzt, diese Pilgerfahrt zu machen; denn als ich meinen Verstand wieder beisammen-

hatte, als ich mich selbst von den Ketten befreit hatte, indem ich die Schlüssel an Vascos Bund benutzte, als ich mit meiner Niederschrift fertig war, um den beiden, die tot dalagen, die jeweils entsprechende Ehre und Unehre zu erweisen – da wurde mir klar, was mein letzter Auftrag im Leben war. Ich zog den Mantel an, verließ meine Zelle, entdeckte den Rest meiner Niederschrift in Vascos Atelier und stopfte mir den dicken Stoß beschriebener Blätter zusammen mit einem Hammer und ein paar Nägeln in die Taschen. Die Haushälterinnen würden die Leichen bald genug finden, und dann würde Medina mit seinen Nachforschungen beginnen. Soll er mich doch finden, dachte ich, er soll nicht denken, daß ich nicht gefunden werden will. Soll er alles erfahren, was es zu erfahren gibt, und sein Wissen weitergeben, an wen er will. Und so hinterließ ich meine Story auf dem Fluchtweg überall angenagelt in der Landschaft. Dieser Lunge zum Trotz, die nicht mehr so will wie ich, habe ich mich von den Straßen ferngehalten, bin durch unwegsames Gelände geklettert und trockene Wasserläufe entlanggewandert, denn ich war entschlossen, mein Ziel zu erreichen, bevor man mich fand. Dornen, Zweige und Steine zerrissen meine Haut. Ich schenkte diesen Wunden keine Beachtung; wenn meine Haut endlich von mir abfiel, war ich froh, diese Last loszuwerden. Und so sitze ich hier im letzten Licht auf diesem Stein, unter diesen Olivenbäumen, und blicke über das Tal hinaus auf einen fernen Hügel; da steht sie, die Glorie der einst so mächtigen Mauren, ihr triumphales Meisterwerk und ihre letzte Festung. Die Alhambra, Europas rotes Fort, Schwester der Festungen von Delhi und Agra – Palast der ineinandergreifenden Formen und geheimen Weisheiten, der Lusthöfe und Wasserspiele, dieses Monument einer letzten Möglichkeit, das dennoch stehengeblieben ist, nachdem ihre Eroberer längst gefallen sind; wie das Testament einer verlorenen, doch innigsten Liebe, einer Liebe, die über die Niederlage, die Vernichtung, die Verzweiflung hinaus besteht; einer gescheiterten Liebe, die größer ist als das, woran sie gescheitert ist, und wie das Testament des profundesten all unserer Bedürfnisse, des Bedürfnisses nämlich, ineinanderzufließen, den Grenzen ein Ende zu setzen, die Grenzen des Ichs abzuschaffen. Jawohl, ich habe sie über eine meeresweite Ebene hinweg erblickt, obwohl es mir nie vergönnt gewesen *war, in ihren vornehmen Höfen zu wandeln. Ich betrachte sie im Abendlicht, und während es schwindet, steigen mir Tränen in die Augen.*

An der Kopfseite dieser Grabplatte stehen drei verwitterte Buchstaben; meine Fingerspitzen vermögen sie noch zu lesen. RIP. Nun gut: Ich werde ruhen und auf Frieden hoffen. Die Welt ist voller Schläfer, die auf den Augenblick ihrer Rückkehr warten; Arthur schläft in Avalon, Barbarossa im Kyffhäuser. Finn MacCool liegt unter den irischen Hügeln, und die Schlange Uroboros auf dem Grund des Meeres. Australiens Ahnen, die Wandjina, ruhen sich in der Unterwelt aus, und irgendwo in einer Dornenhecke wartet ein schönes Mädchen auf den Kuß eines Prinzen. Sehen Sie: Hier ist mein Fläschchen. Ich werde einen Schluck Wein trinken; und dann werde ich mich wie ein moderner Rip van Winkle – ganz der Tradition unserer Familie gemäß, in schweren Zeiten erst einmal zu schlafen – auf diese Grabplatte legen, den Kopf auf die Buchstaben RIP betten, die Augen schließen und darauf hoffen, in einer besseren Zeit erfrischt und freudig zu erwachen.

GLOSSAR

Die hier aufgelisteten Wörter stammen größtenteils aus dem indischen Sprachraum; Begriffe, die sich aus dem Kontext ergeben, sind nicht aufgeführt.

Almirah	Schrank
Ayah	Kindermädchen
Baba	wörtlich: Großvater; auch liebevolle Anrede für älteren Mann oder Jungen
Banshee	Gestalt des irischen Volksglaubens ähnlich der »Weißen Frau« der deutschen Volkssage
Bapu	Herr
Bidi	indische Zigarette
Brinjal	Aubergine
Chappals	Ledersandalen
Charpoy	leichtes indisches Bettgestell
Chawl	Hütte
Chipkali	Eidechse
Dhun	Gebetsform
Dschinn	im muslimischen Volksglauben böser oder guter Geist, Dämon
Ganesha	Elefantengott der indischen Mythologie
Ghat	Berg
Homespun	heimgesponnene Stoffe; im indischen Unabhängigkeitskampf Symbol der Auflehnung gegen das britische Empire
Jhunjhunna	Glöckchen
Jibba	langes Hemd
Kannada	Einzelsprache der drawidischen Sprachfamilie
Karri	in Westaustralien heimischer Baum; Eukalyptusart
Kauri	kleine Tigerschnecke; in Südostasien früher gängiges Zahlungsmittel

Khaddar	indische → Homespun-Stoffe
Khansama	Diener, Butler
Kurta	weites, kragenloses Oberhemd
Lathi	Knüppel
Lingam	phallusförmiges Symbol der Schöpferkraft
	→ Schiwas
Lungi	lange Stoffbahn, zum Beispiel als Lendenschurz
	oder Turban verwendet
Malayalam	Einzelsprache der drawidischen Sprachfamilie,
	die vor allem an der Küste von Malabar
	heimisch ist
Masala	Gewürzmischung
Memsahib	Anrede für eine Dame
Paisa	alte indische Münze
Pisang	malaiisches Wort für Banane
Pogo-Stick	gefederte Stelze
Puja	Form der Gottesanbetung im Hinduismus
Rakshasa	im Hindu-Glauben böser Geist
Ram	auch Rama; Held des indischen Nationalepos
	»Ramayana«
Sarangi	Saiteninstrument
Schiwa	einer der Hauptgötter der indischen Mythologie;
	einerseits Gott der Zerstörung, andererseits ein
	Heilsbringer
Sepoy	indischstämmiger Soldat der angloindischen
	Armee
Sita	→ Rams Gefährtin
Surahi	kühlendes irdenes Wassergefäß
Tamasha	Durcheinander
Tamil	
Telugu }	Einzelsprachen der drawidischen Sprachfamilie
Tulu	
Wog	abwertend für Inder

QUELLENNACHWEISE

Die Worte des Residenten auf S. 59 ff. sind angelehnt an Rudyard Kiplings Erzählung *On the City Wall*.

Die kursiv gesetzte Passage auf S. 81 stammt größtenteils aus R. K. Narayans Roman *Waiting for the Mahatma*.

Der Brief Jawaharlal Nehrus an Aurora Zogoiby auf S. 161 f. beruht auf einem authentischen Schreiben Nehrus an Indira Gandhi vom 1. Juli 1945.

Die Illustration des »Common Man« auf S. 310 stammt von R. K. Laxman.

Der Auszug aus Homers *Ilias* (22. Gesang) auf S. 494 f. folgt der deutschen Übersetzung der Gebrüder Stolberg.